btb
Aus Freude am Lesen

btb

Buch

Einer der streitbarsten, vielseitigsten und prominentesten deutschen Publizisten feiert seinen fünfundsiebzigsten Geburtstag: Horst Stern, engagierter Umweltschützer und brillanter Journalist, Romancier von Rang und steter »Schwimmer gegen den Strom« *(Die Zeit)*, war schon immer ein Vordenker der besonderen Art. Lange bevor ökologisches Denken und Umweltschutz im allgemeinen Bewußtsein verankert waren, setzte sich Stern kritisch mit dem Thema Mensch und Umwelt auseinander. Seine Serie »Sterns Stunde« machte Fernsehgeschichte; die von ihm gegründete und über mehrere Jahre herausgegebene Zeitschrift *natur* leistete einen entscheidenden Beitrag zur öffentlichen Diskussion.

Der Geburtstag von Horst Stern ist willkommener Anlaß, ein Lesebuch seiner wichtigsten alten und neuen Arbeiten herauszubringen und die ganze Bandbreite seines Schaffens zu dokumentieren.

Autor

Horst Stern, geboren 1922 in Stettin, brachte als einer der ersten Journalisten mit seinen Fernsehfilmen über gestörte Mensch-Tier-Beziehungen und den Ausverkauf der Natur die ökologische Diskussion in Deutschland in Gang. Nach seinen aufsehenerregenden Veröffentlichungen – besonders zu nennen ist hier »Rettet den Wald« – überraschte er 1986 seine Leser mit der Publikation seines ersten Romans »Mann aus Apulien«. Es folgten die »Jagdnovelle« (1989) und »Klint« (1993). Horst Stern lebt heute in Irland.

Herausgeber

Ludwig Fischer ist Professor am Literaturwissenschaftlichen Seminar der Universität Hamburg. Fischer hat sich intensiv mit dem Werk Horst Sterns auseinandergesetzt und wird im Herbst 1997 eine umfangreiche wissenschaftliche Studie über Horst Stern veröffentlichen.

Inhalt

Einleitung

Tiere, Medien, Wörter, Moral –

Der unbequeme Horst Stern

von Ludwig Fischer

Einer breiten Öffentlichkeit gilt Horst Stern heute noch als Lehrmeister der bundesdeutschen Fernsehnation in Sachen Ökologie, als ein wortgewandter Provokateur im eher betulichen Tele-Zoo der öffentlich-rechtlichen Sendeanstalten. Seine Publikumserfolge in der damals noch überschaubaren Programmkonkurrenz – »Sterns Stunde« stach bald auch populäre Unterhaltungsangebote zur besten Abend-Sendezeit aus – überdeckten einerseits die große Resonanz, die Stern schon seit den frühen sechziger Jahren als Hörfunk- und Buchautor erreicht hatte.

Seine Rolle als unfreiwilliger Fernseh-Star (vgl. S. 288)* strahlte auch noch auf die journalistische Arbeit der achtziger Jahre aus, in denen Stern die Zeitschrift »natur« fast auf einen Schlag zum allseits anerkannten Leit-Blatt in der ökologischen Presselandschaft machte.

Andererseits konnte Stern mit dem Pfunde des televisionär eingeheimsten Ruhms an anderer Stelle wuchern, sei es beim gezielten Einmischen in politische Auseinandersetzungen um Natur- und Tierschutz, sei es bei den öffentlichen Anlässen, die er für ein lautes Nachdenken über Grundsatzfragen unseres Verhältnisses zu unseren Mitgeschöpfen und unserer Lebenswelt nutzte. Daß Stern die meisten seiner großen Reden und Vorträge, mit denen er den Zuhörern aus Politik, Ver-

* Die Seitenzahlen in Klammer verweisen auf Texte bzw. Passagen in diesem Band.

bänden, Lobby und Wissenschaft oft bittere und schmerzhafte Wahrheiten zumutete, eben in den siebziger Jahren hielt, verdankt sich nicht einfach der Logik der Fernseh-Erfolge. Stern hat sich aus persönlicher Publicity nie etwas gemacht, im Gegenteil: Er hat sie verabscheut, und den Zumutungen der Medienöffentlichkeit an einen TV-Star hat er sich konsequent verweigert. Er hat aber die Reden, Essays, Polemiken und Artikel gerade in dem Dutzend Jahre, in denen er seine 26 Fernsehfilme produzierte, sozusagen als ein Gegengewicht zu der ungeheuer erfolgsträchtigen Sendereihe verstanden.

Denn Horst Stern ist trotz aller Wirkungsmöglichkeiten und aller Popularität dem Medium Fernsehen nie »verfallen«. Schon der Einstieg in die Filmarbeit, die er nicht angestrebt hatte, war eher von Zögerlichkeit als Vorbehalten bestimmt (vgl. S. 44f.). Und der Zweifel an den Möglichkeiten, mit Hilfe des Fernsehens gründlich informieren und hinreichend genau argumentieren zu können, hat ihn trotz der engagierten Nutzung der »Reichweite« des Mediums nie verlassen. Dieser Zweifel an der Eignung des Fernsehens für Sterns Absichten nahm schließlich überhand, als der dreiteilige Film über Tierversuche in der Pharmaforschung beinahe zwangsläufig schlimme Mißdeutungen hervorrief – Stern verließ nicht nur die Sendeanstalt, die ihm so einmalige Arbeitsbedingungen eingeräumt hatte, er schwor endgültig dem Leitmedium unserer Tage ab (vgl. S. 45f. und 53f.).

Wer also Horst Stern immer noch, gemäß dem nachwirkenden Ranking auf einer Bekanntheits-Skala, vorrangig als den Erfolgsmenschen für brisante Themen aus der Tierwelt auf dem Bildschirm wahrnimmt, der verkennt ihn. Stern hat sich – obgleich mit der Wirkungsmacht der leuchtenden Bilder professionell kalkulierend – immer zuerst als ein Mann des Wortes verstanden. Das hat nichts mit Einäugigkeit von Berufs wegen zu tun, mit der Fixierung auf das »Arbeitsmittel Sprache« bei einem Journalisten, der durch die harte Schule der Tageszeitung und der Fachpresse ging: zunächst Gerichtsreporter bei den »Stuttgarter Nachrichten« bis 1955, dann Chefredakteur bei Reise-, Auto- und Seglerzeitschriften. Für Horst Stern gehörte ein mehr als routinierter Umgang mit der Sprache von Beginn an sozusagen zur Mitgift seiner Existenz. Er konnte und wollte nie hinter den Anspruch zurück, »sehr viel besser zu schreiben als andere.« Der »Mut zur Sprache«, sagt er, das habe ihn von Anfang an ausgezeichnet (vgl. S. 41).

In den frühen Zeitungsbeiträgen und Hörfunksendungen über Tiere, ihre Daseinsbedingungen, Verhaltensweisen und Lebensräume handhabte Stern die Sprache unverkennbar in erster Linie als Medium der Übermittlung von Information. Er erarbeitete sich ein weitreichendes, fein verästeltes Wissen aus zwei Nährböden: aus dem täglichen Umgang mit mancherlei Getier, das er in der Wohnung beherbergte oder in Gehegen hielt, und aus der Lektüre wissenschaftlicher Literatur. Dieses Wissen suchte er freilich auf bekömmliche Weise den Zeitungslesern und Rundfunkhörern zu verabreichen. Auf bekömmliche Weise – das hieß: angerichtet mit jener Kunst der pointierenden, überraschenden, auch lustvoll spielerischen Formulierung, für die er bei sich eine schon jugendliche, ihm selbst unerklärliche Begabung erkannt hatte.

Noch in der Schule, die er aus kleinbürgerlichem Sicherheits- und Beschränkungsdenken der Familie mit der Mittleren Reife verlassen mußte, wurde Horst Stern nachgesagt, er könne sogar seinen Deutschlehrer »an die Wand schreiben«. Häusliche Förderung hatte diese Fähigkeit, das Deutsche geläufiger und phantasiereicher zu handhaben als andere, nicht erfahren, weder durch eine Ermunterung zu weitgestreutem Lesen noch durch Interessen der Mutter, der Großeltern oder dann des Stiefvaters. Die Banklehre, der mehrjährige Arbeitsdienst, der aus riskanter Erwägung angenommene Kriegsdienst bei den Fallschirmjägern drängten die frühe Erfahrung einer besonderen Fähigkeit unerbittlich ab, und selbst in der amerikanischen Gefangenschaft konnte sie nur verdeckt eine Wirkung gewinnen, in der Leichtigkeit, mit der Horst Stern im Zuge eines Fernstudiums – angelsächsisches Recht »und im Nebenfach noch angelsächsische Literatur« – sich einen idiomatischen Gebrauch des Englischen erarbeitete. Das eröffnete ihm dann einen Broterwerb als Dolmetscher.

Aber es ist bezeichnend, daß Stern in der Lagerbibliothek an den Schriften Lessings und Lichtenbergs fast wie mit einer Erleuchtung wahrnahm, »daß das Deutsche sehr viel biegsamer, schmiegsamer und auch nuancenreicher ist als etwa das Englische«.* Es sind die Texte von brillanten Aufklärern, die ihn an eigenes Sprachvermögen erinnerten. Folgerichtig entstanden in den Jahren danach die ersten literarischen Versuche – Gedichte, ganz auf den konventionellen Ton der bekennenden Selbsterforschungs-Lyrik jener Nachkriegsjahre gestimmt, und eine Kurzgeschichte, ganz im Stil des verknappenden Realismus der sogenannten Jungen Generation, die ihre Kriegserlebnisse zu verarbeiten sucht.

Die literarische Ambition hat Stern nie losgelassen, aber sehr spät erst – im Alter von über sechzig Jahren – gestand er sich zu, aus ganzer Kraft sich ihr zu überlassen. Als ihn noch während der Zeit des Tageszeitungs-Journalismus der Freund Wolfgang Bechtle aufforderte, ins Feld der Literatur hinüberzugehen, schätzte er nüchtern die Chancen eines freien Schriftstellers ein, sich und seiner Familie ein Auskommen zu verschaffen (vgl. S. 39f.). Rückblickend gibt Stern aber auch zu verstehen, daß er den Beruf eines »Dichters« für sich gar nicht definieren konnte, das heißt: in der Identität als Literat keine auszufüllende Rolle sah, die ihm eine Position in den zugänglichen Feldern hätte verschaffen können. Er war zu dieser Zeit – Mitte der fünfziger Jahre – bereits »mit Leib und

* Aus dem Interview am 14. 2. 1997.

Seele« Journalist, hatte sich einen Namen in der Branche gemacht und ein Selbstsicherheit gewährendes Können akkumuliert.

Die Entscheidung, aus der literarischen Ader nicht das Elixier für einen Hauptberuf zu gewinnen, war erstens nie endgültig. Zweitens ließ Stern je länger desto mehr von der »Lust an der Sprache« auch in das journalistische Schreiben einfließen. Man könnte fast von einer parallelen Bewegung sprechen: Je vielfältiger sich sein ökologisches Wissen anreicherte – nicht zuletzt im oft freundschaftlichen Umgang mit Fachwissenschaftlern unterschiedlicher Disziplinen – und je tiefer sein fragendes Interesse in die komplexen Naturzusammenhänge hineingeriet, desto konzentrierter arbeitete er auch an der Sprachform des Mitgeteilten. Was ihm zunächst fast wie eine leibliche Eigenschaft mitgegeben schien – die Fähigkeit, prägnanter und phantasiereicher sich auszudrücken als andere –, wurde immer bewußter als genuin journalistische Kunstfertigkeit und als legitimes Wirkmittel begriffen wie eingesetzt.

Als die Universität Hohenheim 1974 dem hochgelobten Fernsehmacher und Wissenschaftsvermittler Stern den Ehrendoktor verlieh, erklärte er in seiner Promotionsrede die emotional anrührende, die pointiert verdichtende, die farbig umschreibende Ausdrucksweise des verantwortlich auf Sache *und* Publikum hin abwägenden Journalisten zur kennzeichnenden Aufgabe seines Metiers. Sprache war also für Stern zu dieser Zeit auch bei der journalistischen Arbeit längst mehr als ein Medium zur bloßen Vermittlung von Wissensbeständen, von Tatsachen, von Forschungsergebnissen. Der Wissenschaftsjournalismus erschöpfte sich für ihn nicht in der gleichsam neutralen Übersetzungsleistung, mit der hochkomplizierte und mitunter extrem subtile Forschungen für die sogenannten interessierten Laien »aufbereitet« werden. In der Handhabung des Ausdrucksvermögens sind das Engagement und die Verantwortung des Journalisten mit enthalten: Die ausgefeilte, die zündende, die bildlich verdichtende Formulierung lädt den mitzuteilenden Sachverhalt, die weiterzugebende Einsicht noch einmal auf, eben mit der unverzichtbaren inneren Beteiligung des Schreibenden, die sich in nichts als den gelingenden Sätzen inkarnieren kann. Horst Stern hängt damit die Zielvorgabe für einen im Wortsinn gewissenhaften und zugleich wirkungssüchtigen Journalismus sehr hoch: Das Ethos an der Sache und die Raffinesse der Schreibweise sollen in eins fallen.

Stern wußte natürlich schon immer, daß es sich im Alltagsgeschäft auch der anspruchsvollen journalistischen Tagesarbeit um eine riskante Spannung handelt. Er war, was deren Gelingen angeht, stets mißtrauisch gegen sich selbst. Denn die Begabung zur höher gespannten, gelegentlich überrumpelnden oder gar zustoßenden sprachlichen Formung, mit jedem Text neu trainiert, und die Neigung, selbst blasseste Genres – wie etwa das Logbuch oder den Landfunk-Beitrag – literarisch einzufärben, trieben auch die Zweischneidigkeit dieser Ambition hervor. Mehr als einmal ließ ihn eine Redaktion wissen, der abgelieferte Artikel, der Bericht, die Reportage, der Kommentar seien für die Leserschaft zu anspruchsvoll geschrieben, schmecke zu sehr nach Literatur, mute zuviel an arrangierter Wortkunst zu (vgl. S. 60f.). Das konnte Stern nicht immer als nivellierende Rücksicht auf ein durchschnittliches Publikum abtun oder als falsche Gleichsetzung von faktengesättigtem mit farblosem Schreiben. Die mahnende Rückmeldung wies auch auf ein Risiko hin, das der Formulierungsgabe generell innewohnte.

Horst Stern hat es nur einmal öffentlich erwogen, da aber mit der ihm unerläßlichen Schärfe der Selbstbefragung und mit bemerkenswert aufgeladenen Sprachbildern, in der bislang nicht gedruckten »Überlinger Rede« (S. 146 bis 161). Zunächst nimmt sich die Betrachtung fast wie eine Publikumsschelte aus – »hatte ich doch oft Gelegenheit zu bedauern, daß die Kritik den ästhetisch-formalen Aspekten meiner publizistischen Arbeit breiteren Raum gab als den materiellen Anliegen«. Aber das Nachdenken richtet sich, nach großen, mit weiträumigen Metaphern bestückten Umwegen, auf die eigene Schreibart und ihre unbezweifelbaren »poetischen Einfärbungen«, auf die sich immer neu einstellenden »ambitionierteren Worteinfälle«. Der Zug zum Literarischen erscheint dem Gebrauchstextautor verdächtig – »Ich sah die Gefahr, daß ich die feinen Haarrisse in meiner poetischen Substanz mit Sprachkunst verkleben könnte.« Er entscheidet sich lieber dafür, die »schreiberische Brache zugunsten von Wissensansammlung liegenzulassen, den Kunstdünger der hochreichenden literarischen Ambitionen auszuschwemmen.« Die Bilder verraten viel – das schriftstellerische Talent, von dessen Substanz doch in Wahrheit das journalistische Schreibvermögen zehrt, muß »brachliegen«. Hier scheint sie durch die sprachlichen Bilder hindurch, die Kluft zwischen der Verpflichtung des Journalisten auf das Wissen-Wollen, auf die Gewißheit des Faktischen einerseits und der lustvoll-assoziativen Freiheit des Schriftstellers andererseits. So sehr Stern betont, der gekonnte Umgang mit Sprache sei die »Brücke« über diese Kluft (vgl. S. 60), so sehr driftet auseinander, was doch der Idealvorstellung nach zusammengehen soll: die beinahe asketische Konzentration auf die »Sache« und das gekonnte »Spiel mit der Sprache«. Im Roman »Klint« wird daraus eine innere Spannung des fiktiven, ökologisch sensibilisierenden Journalisten, die sein Gemüt spaltet, bis in die Schizophrenie (dazu S. 344f.).

Dort wird der Gegensatz, ins Innere einer literarischen Figur hineinfabuliert, zwischen der Faktenhuberei, dem anbiedernd Zeitgeistigen des journalistischen Schreibens und der kühn schweifenden Phantasiearbeit des Literarischen aufgebaut. Aber Sterns Denken ist weit über diese Konstellation hinaus von Spannungsbögen gekennzeichnet. Aus ihnen speist sich das Unbequeme, das Unbotmäßige und oft Provozierende seines Werks, aber auch das Bedürfnis zu differenzieren, für das er zumindest im Fernsehen keinen Raum sah.

Der Spannungszustand gilt bereits für die Basis der journalistischen Tätigkeit. Für Stern besteht sie zu allererst in der Verpflichtung auf Fakten, auf gesichertes Wissen. Er erklärt sogar, mit einem verblüffenden Wortspiel, das Ge-wissen des Journalisten bestehe eben im überprüften Wissen (vgl. S. 61f.). Deshalb hat Horst Stern auch immer wieder stolz darauf verwiesen, in seiner vierzigjährigen publizistischen Tätigkeit sei ihm niemals ein justiziabler Fehler nachgewiesen worden, nie habe er sich öffentlich berichtigen müssen.

Aber gerade dieser Zwang, jede Aussage abzusichern, mehrfach zu kontrollieren, notfalls belegen zu müssen, der doch Erkennungsmerkmal des guten Journalismus sein soll, wird immer wieder und immer mehr als hemmende, beengende Panzerung des Sprachvermögens erfahren. Schon in frühen Texten strapazierte Stern daher die eisernen Regeln des journalistischen Handwerks, öffnete die harten Klammern, die er um seine Ausdrucksfähigkeit gelegt sah, etwa in Reportagen wie denen über die Antarktis. Und in den achtziger und neunziger Jahren suchte er immer entschiedener die Formen, die das Stahlkorsett des Mitteilungs-Journalismus definitiv aufbrachen, auf das er doch so hochtönend gepocht hatte. Diese Formen – der große Essay, der reflexiv und geschichtlich vertiefte Reisebericht – sind in mehreren Fällen bereits die Vorstudien zu den Romanen. Im lange Zeit emphatisch bejahten Beruf können sich also das herausgestrichene Ethos der Verläßlichkeit, der Tatsachentreue, des sicher Gewußten und der ebenso unerläßliche Mut zur Sprache gegenübertreten. Es gibt für Stern keine gefällige Auflösung der Spannung, im Gegenteil: Je mehr er »weiß« und mit Genauigkeit, ja Schärfe meint sagen zu müssen, desto schwieriger wird ihm die Disziplinierung zu einer »handwerksgerechten«

journalistischen Schreibweise. Im Alter, mit den angesammelten Erfahrungen, erhöht sich eher die Risikobereitschaft: Glossen wie »Die neuen Wölfe«, kürzlich in der »Woche« veröffentlicht, überschreiten mit der von Zorn angereicherten Bildlichkeit entschieden die ungeschriebenen Gesetze des abgesicherten Journalismus (s. S. 272f.).

Spannungsreich nehmen sich aber auch die Einsichten aus, die Horst Stern in seinem zentralen Lebensthema gewinnt, dem Umgang mit Natur, wie er für unsere Gesellschaft charakteristisch ist. »Natur« selbst wird zu einer von Gegensätzlichkeiten durchzogenen Größe. Zum Beispiel wurde Stern nicht müde, für den Naturschutz eine Entschiedenheit zu fordern, die jede billig zu habende, politisch gut verkäufliche Versöhnung von Schutzmaßnahmen für gefährdete Lebenswelten mit touristischen oder landwirtschaftlichen oder verkehrstechnischen Nutzungen verbietet. Immer wieder handelte er sich heftigen Ärger mit Politikern und Verbandsvertretern ein, weil er für die letzten Inseln halbwegs sich selbst überlassener Natur radikaleren Schutz vor den Menschen verlangte, als ihn so manche gesetzliche Bestimmung und praktische Regelung vorsah. Die großen Reden aus den siebziger Jahren zu den Grundsatzfragen eines Naturschutzes, der seinen Namen verdient, ließen an Deutlichkeit nichts zu wünschen übrig. Argumentativ verbaute Stern jeden taktischen Kompromiß, der zu Lasten der Refugien für Tier und Pflanze gehen müßte. Er klagte u.a. nicht bloß ein strenges Wegegebot in Nationalparks ein, er wollte die Menschen aus eng umgrenzten Kernzonen schützenswerter Gebiete auch gänzlich ausgeschlossen wissen. Die Probleme, die er damit für ein dichtbesiedeltes, in zumeist kleine und kleinste naturräumliche Einheiten zersplittertes Land wie die Bundesrepublik auf den Tisch legte, gelten heute unvermindert. Sterns Texte müßten nach wie vor Elementarlektüre für jeden sein, der sich mit der Sache befaßt. Aber Stern sah ebenso scharf und viel früher als die meisten für den Naturschutz Engagierten, daß in unserem Land »Natur« nahezu überall in einer Verfassung ist, in die menschliches Handeln sich längst eingeschrieben hat. Stellvertretend führte er diese Erkenntnis an der Alpenlandschaft vor, mit seinem Fernsehfilm »Bemerkungen über eine Urlaubslandschaft«. Der Untertitel lautet »Wer Alpen sagt, muß auch Bauer sagen«. Programmatisch beginnt der Film mit der These »Es ist endlich der oft gesungene und noch öfters gedruckte Irrtum auszurotten, der Alpenraum sei noch so etwas wie unberührte Urnatur.« Mit der Rodung eines sehr großen Teils der ursprünglichen Bewaldung seien die Alpen bis in Hochlagen hinauf schon vor Jahrhunderten zu einer Kulturlandschaft geworden, durch menschliche Arbeit in einer heiklen Balance von Nutzung und natürlicher Regulation gehalten. An der verfehlten Forstwirtschaft und Jagdpolitik unserer Tage führte Stern vor, welch verheerende Folgen eine unbedachte und kruden Wirtschaftsinteressen verdankte Mißachtung dieser in Generationen austarierten Balance hat. Die Folgerung: Bewahrung von Natur in diesem scheinbar so ursprünglichen Lebensraum ist ohne eine stete, aber maßvolle und ökologisch abgewogene Pflege durch Menschen nicht zu haben. Die Rückkehr zu einem lange schon hinweggearbeiteten »Urzustand« ist ausgeschlossen, was als »Natur« gelten kann, schließt menschliche Einwirkung unaufhebbar ein.

Auch hier befindet sich Stern an den vordersten Linien der wissenschaftlichen Erkenntnis. Die Humanökologie hat sich gerade beim Alpenraum mit den komplizierten Mechanismen des Mensch-Umwelt-Verhältnisses in traditionellen Nutzungsweisen befaßt. Was Stern pointierend im Massenmedium Fernsehen vorführte, hatte Hand und Fuß des aktuellen Forschungsstandes. Wie immer erarbeitete er sich sein Wissen, das die Substanz seiner publikumswirksamen Texte und Filme ausmacht, gewissermaßen als Autodidakt. Er suchte den Austausch mit den Fachwissenschaftlern, er lernte unentwegt von ihnen, er stellte ihnen auch respektlose Fragen, aber er verstand sich stets als ein Nehmender – daß er nicht selbst hatte Wissenschaftler werden können, zeigt er als vernarbte lebensgeschichtliche Enttäuschung selten genug vor.

Aber Stern hatte den allermeisten Wissenschaftlern eins voraus: Seine Neugier und seine Suche nach sicherem Wissen, nach unbezweifelter Erfahrung brachten ihn dazu, Erkenntnis aus dem eigenen gelebten Leben zu gewinnen. So begann sein Interesse für Tiere damit, daß er mit denen, die ihm buchstäblich zugetragen wurden, täglich und stündlich umging, angeregt durch seinen Tier-Freund Wolfgang Bechtle. Und so erprobte er noch die Einsicht in die unerläßliche bäuerliche Pflege des Naturraums Alpenlandschaft gewissermaßen mit allen Fasern der Existenz, als geradezu schuftender Nebenerwerbslandwirt im Allgäu. Das Projekt einer Beweidung aufgelassener Hanglagen durch Bergschafe, genauestens wissenschaftlich begleitet, war eben nicht aus dem Bemühen entsprungen, »reine Natur« in der Voralpenlandschaft zu bewahren. Es verdankt sich dem Protest gegen eine »Verdüsterung« der alten Kulturlandschaft des Allgäu, also gegen eine Verminderung auch der ästhetischen Qualitäten der Region. Diese menschengemachten Qualitäten sah Stern gefährdet durch großflächige Aufforstungen aus rechnendem Nutzholz-Denken. So beredt und beschlagen Stern gegen deregulierende Eingriffe der Menschen in natürliche Lebenszusammenhänge polemisierte – etwa bei der »Verhaustierung von Wild« in den deutschen Wäldern durch falsche Hege –, für so unaufkündbar hielt er die Aufgabe, im »durchkultivierten« Mitteleuropa die entstandenen Naturkomplexe mit klug geleiteter Menschenhand in verträglichem Zustand zu halten.

Sein differenziertes Denken, das die extremen Spannungen unseres gegenwärtigen Weltzustandes nicht in simpler Radikalität kurzschließen konnte, hinderte ihn nicht an entschiedenen Stellungnahmen und unliebsamen klaren Forderungen. Fast schon legendär sind seine schockierenden Attacken auf eine vorherrschende Jagdpraxis, bei der die Sucht nach der kapitalen Trophäe und dem »kräftigen Wild« vor jeder ökologischen Vernunft regiert. Sein vielleicht bekanntester Fernsehfilm, »Bemerkungen über den Rothirsch«, war nur eine Etappe in den nachhaltigen Angriffen auf die Schönrednerei vom Jäger als dem »Stellvertreter des Wolfs« und vom »edlen Ringen mit dem Wild«. Mit einer heute undenkbaren Kühnheit der Programmplanung plazierte der Süddeutsche Rundfunk den Film am Heiligen Abend 1971 – einen Film, der sich zu der schier unerträglichen Sequenz verdichtete, in der Stern eine von falschem Pathos dröhnende Hubertus-Rede mit insistierenden Bildern von der Schlachtung eines Hirsches unterlegte; einen Film, der mit dem ruhestörenden Satz endete: »Man rettet den deutschen Wald ja nicht, indem man ›O Tannenbaum‹ singt.« Und Sterns Offener Brief an den damals amtierenden Bundespräsidenten, den »Jäger Walter Scheel«, respektlos den Operettenzauber der Diplomatenjagden bloßstellend, führte immerhin zu Sitzungen im Präsidialamt und schließlich zur Abschaffung der bundesherrlichen Jagd. Bei solchen Galoppaden gegen Gesetzgeber und Lobby, gegen Geschäftemacher und falsche Tierfreunde scheute Stern nicht vor drastischen Verknappungen, ja vor Sinnverkürzung durchs knallende Bonmot zurück. Im Rothirsch-Film setzte er, auf die Überzahl an Schalenwild zielend, den Kalauer »Zu viel Boom, zu wenig Bumm« ein. Mit solchen Sprüchen schien die Sache einprägsam und zitierbar gemacht. Stern wußte genau, daß die modernen Massenmedien immer wieder die Vereinfachung verlangen. Er bediente sie, seine Absichten kalkulierend, ein Stück weit – und arbeitete ein paar Sätze weiter doch gegen die »Gedankenfeindlichkeit« des journalistischen Gewerbes an.

Vor allem aber verfuhr Stern, auch darin professioneller Medienpraktiker durch und durch, nach der Devise »Eine

Sache zur Zeit«. Der unbeirrte, über Jahre wiederholte Ruf nach einer von Grund auf geänderten, von ökologischem Wissen her gedachten Jagd- und Forstpolitik richtete sich auf eine solche, ihm wesentliche Sache. Die enthielt die auf den ersten Blick paradoxe Quintessenz, daß es auf absehbare Zeit massiven menschlichen Einwirkens in den Naturhaushalt des deutschen Waldes bedürfe – unter anderem mit drastischen Abschußregeln –, damit ökologisch stabile, ›naturnahe‹ Wälder allmählich an Boden gewönnen.

Daß er solchermaßen nachdrücklich eines der Probleme traktierte, die einer essentiell wichtigen »Restnatur« in unseren übernutzten Landschaften zu schaffen machen, und daß er dabei ein festgeschnürtes Bündel von Forderungen und Vorschlägen hochhielt, hinderte ihn doch nicht daran, in anderen Zusammenhängen die ganze Fragwürdigkeit, ja unheilbare Widersprüchlichkeit des erforderlichen Handelns vorzubuchstabieren. Er hatte ja keine Mühe nachzuweisen, daß die pflegenden und schützenden Maßnahmen für *eine* vorgefundene oder beförderte Tier- und Pflanzengruppierung *andere* mögliche Gruppierungen auf den gleichen Arealen zurückdrängten oder verhinderten. In einer späten Glosse hat er die damit gegebene, unausweichliche Schwierigkeit an dem absurden Beispiel illustriert, daß man die forstpolitisch verteufelten Kahlschläge als Rettungsmaßnahme für eine Lerchenart in Erwägung ziehe (vgl. S. 263). Es wird deutlich: *Welche* »Natur« geschützt, wiederhergestellt, befördert werden soll, ist allemal eine letztlich politische Entscheidung – sofern Politik noch mit Wertfindungen in der Gesellschaft zu tun hat. Es gibt hierzulande keine politisch-kulturelle Unschuld eines Eintretens für »die Natur«. Dies ist der tiefere Grund dafür, daß Horst Stern sich darüber klar wurde, nur mit politischen Filmen hätte er seine Sendereihe im Fernsehen fortsetzen können.

Daß Stern mehr und mehr in die politischen Dimensionen einer ernsthaft ökologischen Tierkunde hineingeriet, ist nicht nur den offenkundigen Vorgaben der Politik für unseren Umgang mit den sogenannten Nutztieren geschuldet, ob nun bei den Transporten des Schlachtviehs oder der Hühnerhaltung in Legebatterien oder der Schweinemast. Auch die Befassung mit den Wildtieren wies in die gleiche Richtung: Sobald Stern über die anfängliche Faszination durch die Körpervorgänge in den Tieren, durch ihr Verhalten, durch das Entstehen ihrer arteigenen Biologie hinausgelangte, kamen ihr Lebensraum und ihre Lebensbedingungen in den Blick. Die aber sind in einer nahezu flächendeckend regulierten Landschaftsgliederung wie hierzulande von im weitesten Sinn politischen Entscheidungen abhängig. Stern war anfangs fasziniert von Erkenntnissen darüber, wie die Tiere »funktionieren«. Er wollte sich alles aneignen, was die Wissenschaften über den Stoffwechsel, die Verhaltensweisen, die Sinnesorgane, die Überlebensstrategien der einzelnen Tierarten herausgefunden hatten, und er stellte das Angelesene auf das Fundament eigener Beobachtungen. Betrachtet man jedoch die Liste der über 30 Schulfunk-Sendungen, die er zwischen 1960 und 1965 für den Süddeutschen Rundfunk verfertigte und die er dann in mehreren Büchern drucken ließ, so fällt auf, daß die Reihe mit Portraits einzelner Tierarten begann – »Der Steinmarder«, »Die Waldohreule«, »Der Turmfalke« usw. –, daß aber bald übergreifende Verhaltensformen zum Thema wurden – »Tarnen und Jagen«, »Wachen und Schlafen« u. a. m. – und daß wenig später schon Erkundungen ganzer Lebensräume folgten – »Das Hochmoor«, »Der See«, »Die Heide« etc. Stern war bereits Mitte der sechziger Jahre, von den konkreten Lebensbedingungen bestimmter einheimischer Tiere ausgehend, bei Fragen nach ihren Lebensräumen auf der zivilisatorisch überformten Erdoberfläche angelangt. Das heißt: Auch die Wildtiere mußte er in einer unmittelbaren Abhängigkeit von menschlichem Handeln sehen.

Als er 1970 mit der Fernseharbeit begann, hatte er längst die Perspektive des klassischen Tierfilms hinter sich gelassen, der die »schönen Geschöpfe« als anrührende Kreaturen in einer weithin menschenleeren Natur vorführte. Den Unterhaltungseffekt dieser »Einblicke in die Tierwelt« verabscheute Stern. Deshalb lehnte er zunächst das Angebot des Fernsehdirektors ab, eine immerhin dreizehnteilige Serie über Tierverhalten zu fabrizieren; zu Bereicherungen der medialen Fauna im üblichen Stil konnte er sich nicht verstehen. Erst als ihm zugestanden wurde, sich mit scheinbar unattraktiven Tieren und mit dem menschlichen Handeln an ihnen zu befassen, sagte er schließlich zu (vgl. S. 44f.).

Es führt also eine gerade Linie in Horst Sterns Arbeiten von den frühen, beinahe feuilletonistischen Plaudereien, die einzelne Tierarten vorstellten, über die Einblicke in ihre Lebensräume und menschenabhängigen Daseinsbedingungen bis zu den provozierenden, anklagenden Filmen vom Leiden und Sterben, von der widernatürlichen Existenz und der rücksichtslosen Deformierung uns »nahestehender« Mitgeschöpfe und schließlich bis zu den grundsätzlichen, an die Zentralnerven unserer Gesellschaft rührenden Überlegungen in politischer Ökologie.

Es kann daher nicht verwundern, daß Sterns Beiträge zu den großen ökologischen Sachbuch-Bestsellern der späten siebziger Jahre – »Rettet den Wald«, »Rettet die Vögel« – sich direkt aus Interessen speisten, die schon fünfzehn Jahre früher in Schulfunkbeiträgen zu Wort gekommen waren. Es war auch ganz unvermeidlich, daß er in heimischen Gefilden blieb: So wie am Beginn die eigenen, alltäglichen Erfahrungen mit Tieren standen, so mußte ihm die Befassung mit der eigenen Lebensumwelt zur Aufgabe werden, einer ganz den menschlichen Belangen unterworfenen Umwelt, in der die Tiere (und die Pflanzen) Teil einer weitgehend menschengemachten Natur sind. Folgerichtig konnte es für Stern auch keinen prinzipiellen Unterschied zwischen der Beschäftigung mit Wildtieren, mit Haustieren und mit Nutztieren geben. Immer lauteten die leitenden Fragen: Wie behandeln wir sie im Hinblick auf ihr Recht zu einem artgerechten Dasein? Welche Lebensbedingungen räumen wir ihnen ein? Welchen Nutzen verlangen wir ihnen ab? Welche Auswirkungen unseres Handelns muten wir ihnen zu? Mit welchen Einstellungen begegnen wir ihnen? Von welchem Wissen über sie lassen wir uns leiten? Welchen Wert messen wir ihrer Existenz und ihrem Vorhandensein in natürlichen Abläufen zu?

Solche Fragen richteten sich auf die Tiere, auf ihre Daseinsbedingungen von der industriellen Kasernierung bis zu den sich scheinbar ganz selbst regulierenden Lebensgemeinschaften. Aber die Fragen enthalten ja auch eine Gegenrichtung, weisen auf die Menschen als die vorgeblichen »Herren der Schöpfung« zurück: Nicht nur die »Natur-Katastrophen« und die schleichenden ökologischen Desaster unserer Zeitläufe erinnern uns daran, daß wir trotz aller hybriden technologischen Errungenschaften auf die natürliche Basis unserer Existenz unaufkündbar angewiesen sind. Auch im scheinbar unschuldigen Umgang mit einem gehätschelten Haustier oder im unbedachten Desinteresse am Vorhandensein einer unauffälligen Spezies ist die Mahnung enthalten, uns nicht einer mit der tierischen verbundenen Kreatürlichkeit enthoben zu wähnen. Denn, so hat es Horst Stern nicht nur einmal formuliert, »in einer Welt ohne naturbelassene Tiere und Pflanzen« wäre spätestens unseren Kindern »mit den Naturgeschöpfen der einzige Maßstab abhanden gekommen, an dem sich ablesen läßt, was uns vor uns selber rettet: die Einsicht, daß wir ein Teil der Natur sind, nicht ihr ein und alles«.

Diese Naturhaftigkeit unseres zivilisatorisch manipulierten Lebens, die uns buchstäblich den Kreaturen gleichstellt, wird uns nirgends so erschreckend von den Tieren vorgehalten wie dort, wo wir sie ganz unmittelbar zu Stellvertretern für unsere Leiblichkeit machen: in den Tierversuchen für medizinische und pharmakologische Forschung und Fabrikation. Dieser Thematik sei er lange ausgewichen, sagt Stern zu seinem letzten, großen Fernsehprojekt (vgl. S. 49f.). Er wußte: Wenn er die Sache anging, konnte es nur zu fürchterlichen Mißverständnissen kommen. Denn nicht nur die erklärten Tierversuchsgegner erwarteten von ihm ein vernichtendes Urteil, eine fernsehwirksam ausgestrahlte Anklage gegen die Praxis einer oft quälenden, in riesigem Ausmaß tödlichen Erprobung von Medikamenten, medizinischen Techniken und chemischen Wirkungen an Tieren. Was Stern dann in seinem Dreiteiler zeigte, waren tatsächlich über weite Passagen kaum noch ertragbare Bilder. Aber eine pauschale Anklage, gar eine von manchen ihm abverlangte Denunziation der zu Wort kommenden Forscher lieferte er nicht. Wer sich mit seinen vorausgehenden Arbeiten ernstlich beschäftigt hatte, der hätte es wissen können: Auch der wahrhaft beklagenswerte, jedes Mitleiden erledigende Umgang mit Tieren in den Forschungslabors mußte für Stern eine nahezu zwangsläufige Folge unserer modernen Lebensweise sein, nämlich unserer Erwartung auf Heilung oder Linderung von Krankheiten und Beeinträchtigungen, die wir doch zum guten Teil selbst durch die Unvernunft unseres alltäglichen Handelns , durch die »Naturferne« unserer gesellschaftlichen Verhältnisse hervorbringen. Indem Horst Stern eine leichtgängige moralische Empörung und eine entlastende Schuldzuweisung an die vorgeblichen »Sadisten im weißen Kittel« verweigerte, stand er plötzlich für viele als »Verräter an der eigenen Sache« da. Dabei hatte er nur die Maximen seines Fragens und Erkundens auf das bis dahin heikelste der Felder angewandt, auf denen sich menschlicher Umgang mit Tieren abspielt. Auch hier wollte er herausfinden, »was wir mit den Tieren machen« – das aber mußte heißen: wir, aufgrund unserer Interessen und Bedürfnisse und ethischen Normen. Damit standen unweigerlich die Ursachen für die Tierversuche weit stärker zur Debatte als die entsetzliche Praxis vieler Experimente selbst. Stern war sich mit diesen Filmen treu geblieben, auch wenn das manche zu bösen Verunglimpfungen trieb, die in ihm den gelobten Schutzpatron für die Tiere »aus reiner Liebe zur Kreatur« sehen wollten.

Ohne daß er es eigens hervorkehrte, setzte Stern in den Filmen über »Tierversuche in der Pharmaforschung« auch seine eigene Einstellung zu den Naturwissenschaften einer harten Prüfung aus. Denn die methodische Grundlage der neuzeitlichen Naturwissenschaften überhaupt – das Experiment – stand ja mit den Tierversuchen unter dem unabweisbaren Verdacht, die schrecklichsten Perversionen des Erkenntnisdrangs und legitimen Forschungsinteresses hervorzubringen. Wiederum schärfte Stern damit ein Problem nur aufs Schmerzhafteste zu, das ihm schon aus früheren Recherchen und Debatten vertraut war: Gerade bei der Erforschung der lebenden Kreatur standen die »harte«, experimentell abgesicherte Wissenschaftspraxis und die Evidenz der unmittelbaren Anschauung für ihn nicht selten schroff einander gegenüber. Erneut tut sich eine der grundlegenden Spannungen auf, die Sterns Denken durchziehen: Auf der einen Seite ist ihm die Wissenschaft, die empirisch verfahrende Naturwissenschaft zumal, das oberste »Erkenntnisorgan« für das überprüfbare Wissen von den Naturerscheinungen. Deshalb suchte er auch, über die Lektüre von Forschungsergebnissen hinaus, den Kontakt und Austausch mit den Fachwissenschaftlern, um ein Stück weit selbst Einblick in den Prozeß der Kenntnisgewinnung zu bekommen. In seinen Schriften, Reden, Filmen zitierte er häufig die Forscher, griff auf ihre Daten und Schlüsse zurück. Wissenschaft und verläßliches Wissen schienen für ihn weithin synonym.

Auf der anderen Seite erhob Stern immer wieder Einspruch gegen Experimente und wissenschaftlichen Erkenntnisgewinn: Das aufwendige, allein aufs Meßbare erpichte Forschen am isolierten Einzelphänomen wurde ihm geradezu der Inbegriff eines menschlichen Interesses an der Natur, das deren verflochtene Zusammenhänge verfehlt und des allein tragfähigen »Gefühls für das sinnenhafte Leben« verlustig geht (vgl. S. 114ff.). So hielt Stern oft dem akademischen Spezialistentum und der Wahrnehmungsblindheit bei experimenteller Datenerhebung als überlegene Befähigung zur wahrhaftigen Erkenntnis den »gesunden Menschenverstand« entgegen, genauer: die Einsicht aus sensibilisierter Anschauung.

Ihm waren die Vorurteile und Borniertheiten geläufig, die dem sogenannten gesunden Menschenverstand einwohnen können. Deshalb ist ihm die Evidenz der Anschauung auch ohne ein Vorwissen, ohne die interessegeleitete Öffnung der Sinne nicht denkbar. Aber diese Evidenz galt ihm in vielem als der kürzere Weg zur Wahrheit, als der festere Grund der Überzeugung. Oft ist sein Satz »Die Wahrheit ist einfach« zitiert worden. Zu diesen Wahrheiten gehöre zum Beispiel, »daß das Huhn ein Huhn ist und im Sand baden und scharren und picken will« (S. 66). Um derlei zu erkennen, an dem das Wohl und Wehe der Tiere hänge, brauche es die Wissenschaft nicht. Gerade für den Fall der Hühnerhaltung in Legebatterien hat Stern Sinn und Unsinn naturwissenschaftlicher Forschung in heftige Kontroversen zur Debatte gestellt. Und er hat übrigens mit seinen Fragen ein kleines Stück weit selber Forschungsgeschichte mitgeschrieben, indem er die Ethologen zur Beschäftigung mit der modernen Nutztierhaltung veranlaßte. Aber er hat sicher nicht im Sinn gehabt, daß er mit seinem Vorbehalt gegen eine Wissenschaft, die nur am Meßbaren interessiert ist, die Grundfesten neuzeitlicher Wissenschaftsideale anrühren könnte.

Auch seine Haltung im Spannungsbogen zwischen Verläßlichkeit der wissenschaftlichen Erkenntnis und Evidenz des Augenscheins will nicht auf einseitige Entscheidung hinaus. So klar und unmißverständlich er in den konkreten Fragen unseres praktizierten Umgangs mit den »Naturgeschöpfen« und ihren Lebensräumen Stellung bezogen hat, so sehr blieb er sich der unauflösbaren Widersprüchlichkeiten im menschlichen Handeln bewußt. Einer seiner vorläufig letzten großen Zeitungsbeiträge formuliert dazu tatsächlich ein Credo – das »credo quia absurdum« des Tertullian, das auf die Evolution gewendet besage, »daß das Widersprüchliche in ihr kein Grund sein kann, den Glauben an die Notwendigkeit des Schutzes ihrer Voraussetzung, eine ungestörte Natur, aufzugeben« (S. 283).

Man sollte dies nicht als kontemplativ gewonnene Altersweisheit abtun. Geheime und offene Spannungen, ja Widersprüchlichkeiten haben Horst Sterns Denken schon immer durchwirkt. Aber sie waren und sind etwas ganz anderes als Ungereimtheiten oder Resultate ungenauen Arbeitens. Sie repräsentieren als Formen des intensiven Nachdenkens auf das Angemessenste jene fundamentalen, oft heillosen und gewaltsam aufbrechenden Widersprüche, in die wir unser modern »westliches« Verhältnis zur Natur hineingetrieben haben.

Ein Spannungsverhältnis allerdings – das nicht den Naturbezügen zuzuschlagen ist, sondern den bedenklichen Verhältnissen in unseren Medienöffentlichkeiten – hat Horst Stern nie als produktiv und herausfordernd empfinden können: die Diskrepanz zwischen publizistischer Anerkennung, ja mit Preisen beglaubigtem Ruhm und praktisch-politischer Wirkungslosigkeit. Die Bilanzen, die er immer wieder für sich aufgemacht hat, fielen durchweg negativ aus. Seine gefeierten Reden und vieldiskutierten Filme mußte er für sich oft als Festschmuck und Alibiveranstaltung qualifizieren. Auch sein praktisches Engagement – etwa für den Nationalpark Bayerischer Wald, als Naturschutzbeauftragter des Landkreises Lindau, als Mitbegründer der Gruppe Ökologie und der Wildbiologischen Gesellschaft – brachte ihm wenige Erfolgserlebnisse ein. Seinen letzten großen publizistischen Einsatz, mit der Gründung der Zeitschrift »natur«, sah er auf ein Einschwenken des Blattes in den Mainstream der werbeträchtigen Öko-Zeitschriften hinauslaufen und sprang ab. Freunde und Sympathisanten haben ihn immer wieder darauf zu verweisen versucht, daß er de facto doch vieles bewegt habe, bis hin zu Gesetzesänderungen und zu neuen Fragestellungen der Forschung. Und sein Beitrag zum ökologischen Bewußtseinswandel in der Bundesrepublik werde vielleicht erst aus einigem Abstand, aus der geschichtlichen Distanz ins richtige Verhältnis gesetzt werden.

Stern konnte und mußte auch auf die Wirkungen hoffen, die er unterhalb der vom harten Geschäft geformten Tagespolitik vielleicht erzeugt hat. Aber daß er mit aller Schärfe der Argumentation und aller Raffinesse der publizistischen Rhetorik so wenig an der ökonomistisch verkrusteten Oberfläche des Zeitgeschehens kratzen konnte, hat ihn umgetrieben, manchmal auch sarkastisch und bitter gemacht.

Dennoch, er weiß und kommt gelegentlich durchaus mit Stolz darauf zu sprechen, daß seine Reden, Filme, Essays, Polemiken und Glossen in vielem immer noch unerreichte Marksteine eines verantwortungsvollen Journalismus sind, mit ihrer thematischen Brisanz, ihrer unerschrockenen Entschiedenheit, ihrer vor allem sprachlichen Kraft.

Der Zweifel an seinen Wirkungsmöglichkeiten hat sich nicht verflüchtigt, nur ist er im Alter weniger von Schwärze eingefärbt. Und ganz ungeschmälert ist Sterns Empfindlichkeit geblieben, die emotionale Energie, die seine Neugier und immer wieder seine Empörung angefacht hat über all die aberwitzigen Manifestationen unseres zutiefst gestörten Verhältnisses zu den Mitgeschöpfen. Sein produktiver Zorn ist heute der eines alten Mannes, und er gießt ihn jetzt selten in das öffentliche Wort. Aber Zorn, Faszination, Erkenntnisdrang, Nachdenklichkeit, Mut zur Sprache in den Arbeiten früherer Jahre sind unverändert frisch.

Lauter Geschichten

Redigierte Auszüge aus einem Interview mit Horst Stern

Das Gespräch führten Ludwig Fischer und Martina Schweitzer am 14. Februar 1997 in Hamburg.

[Über die Anfänge der journalistischen Arbeit nach der Rückkehr aus amerikanischer Kriegsgefangenschaft]

HS: Ich wurde 1948 entlassen, und ich konnte ja nicht dahin zurück, wo ich zu Hause war. Ich bin in Stettin geboren, das war polnisch. Ich war kurz in Berlin, aber da war eigentlich niemand mehr, und meine Mutter lebte in Hamburg inzwischen. Ich ging dann nach Süddeutschland, weil ich mit einem Architekten, Fritz Grube, in der Gefangenschaft Kontakt hatte. Der nahm mich mit in die Gegend von Stuttgart und dann nach Ludwigsburg zur Militärregierung.

Ich habe, als ich Dolmetscher war, überhaupt nicht geschrieben. Die »Stuttgarter Nachrichten« unterhielten wie jede Zeitung natürlich einen Gerichtskorrespondenten, der die Gerichte abklapperte und darüber berichten mußte. Zu den Gerichtskorrespondenten gehörte übrigens auch Horst Jädicke, der später Fernsehdirektor des Süddeutschen Rundfunks wurde und durch den meine Fernseharbeit in Gang kam.

Da die Reporter nie Zeit hatten, sich stundenlang in die Verhandlungen zu setzen, weil sie, insbesondere der »Spiegel«-Korrespondent, tagsüber auch noch andere Betten aufdecken mußten, so kamen sie dann abends, wenn alles vorbei war, zu mir und sagten: ›Na, was ist denn gelaufen und was hat denn der gekriegt, erzähl mir mal ein bißchen was.‹ Ich kriegte dafür ein Informationshonorar, das ich gut brauchen konnte. So ging das dann drei Jahre lang. Ich habe überhaupt nicht geschrieben. Und dann passierte es eines Tages, das war im dritten Jahr meiner Dolmetschertätigkeit – 1950 –, daß ein amerikanischer Soldat, der in irgendeinem Zustand der Unzurechnungsfähigkeit in einem offenen Jeep mit einem Karabiner unter dem Arm durch die Gegend fuhr, um sich schoß, und dann lagen drei Deutsche auf dem Pflaster. Es gab eine ungeheure Aufregung. Es kam zu einem Prozeß, Kriegsgericht. Am Kriegsgericht wurde nur das ins Deutsche übersetzt, was deutsche Zeugen betraf. Die Plädoyers, die richterlichen Entscheidungen, die Vernehmung des Angeklagten, die Vernehmung der Ballistiker und dergleichen fanden nur in Englisch statt. Aber der Prozeß erregte natürlich eine sehr große Aufmerksamkeit, und er war öffentlich, die Presse war zugelassen. Nur: Die Zeitungen hatten überhaupt niemanden, der nur annähernd in der Lage war, zu begreifen, was da eigentlich ablief. Es gab nur einen einzigen, und der hieß Horst Stern. Da kamen die »Stuttgarter Nachrichten« als allererste zu mir. Ich hatte natürlich damals auch schon darüber nachgedacht, daß die Tätigkeit als Gerichtsdolmetscher einmal zu Ende gehen würde und keine Lebensaufgabe sei. Da kam also einer dieser berühmten Zufälle auf mich zu. Ich verdanke es letztlich diesem Amerikaner und diesen drei Toten, daß ich Journalist wurde. Die »Stuttgarter Nachrichten« heuerten mich an, ich ging zu meinem Richter und sagte ihm eben dies: daß das Dolmetschen keine Lebensaufgabe für mich sei. Sie gaben mir für die Dauer des Prozesses Urlaub von meinen Pflichten, bezahlten Urlaub. Und ich setzte mich dann in das Kriegsgericht als Journalist. Die »Stuttgarter Nachrichten« waren für die ganze Dauer des Prozesses das einzige Blatt, das sich an keinem einzigen Tag jemals berichtigen mußte. Alle anderen Blätter hatten regelmäßig am nächsten Morgen den

Presseoffizier im Genick, der ihnen sagte, was sie wieder für einen Unsinn geschrieben hätten, weil sie es nicht verstanden hatten. Ich hatte natürlich den großen Vorzug, daß ich durch mein Fernstudium während der Gefangenschaft angelsächsisches Recht und auch die Prozeßmaterie verstand. Insofern fiel es mir leicht, über diesen Prozeß farbig und fehlerfrei zu berichten. Der Prozeß ging sehr lange. Es sprach sich herum, die einzigen, die verläßlich sind in der Berichterstattung, sind die »Stuttgarter Nachrichten«. Die Auflage stieg. Als der Prozeß zu Ende war, haben sie mich gefragt: »Willst du nicht ganz zu uns kommen?« So ging ich zu den »Stuttgarter Nachrichten«. Ich habe nie volontiert. Ich bin sofort mit einem vollen Redakteursgehalt eingestiegen, sofort fest angestellt, von heute auf morgen. Seither bin ich Berufsjournalist.

Ich habe in der ersten Zeit nur Gerichtsberichte geschrieben. Dazu fing ich an – daraus wurde das Ende meiner Karriere als Tageszeitungsjournalist –, mich auch um Dinge zu kümmern, die noch nicht gerichtsanhängig waren, Geschehnisse und ihre Hintergründe aufzudecken. Ich erfuhr vieles in Juristenkreisen, ich hatte unter den Juristen einige Leute, auch unter den Polizisten hatte ich Leute, die mir schon mal etwas steckten. Was ich tat, nennt man heute investigativen Journalismus. Ein solches Wort kannten wir damals nicht, aber so etwas ähnliches war es de facto. Das war der Anfang vom Ende, denn solange ich nur über Prozesse schrieb, war das Stoff, der gerechtfertigt war und nicht explosiv, alles war abgesichert durch die Justiz. Aber nun fing ich an, Dinge zu schreiben, die Reaktionen auslösten, Proteste, Klagedrohungen und dergleichen mehr. Es kam, wie es heute noch ist: Ich wurde zurückgepfiffen, und es wurde auch manchmal etwas nicht gedruckt, oder es wurde verändert. Das zog sich ein paar Monate hin, und ich verlor mehr und mehr die Lust, weil ich schon damals der Meinung war, daß ein Journalist dazu da ist, das, was er recherchiert und für wahr befunden hat, eben aufzuschreiben, solange es von den Gesetzen gedeckt ist. Ja, und dann passierte diese berühmte Geschichte mit dem Feuerwehrhauptmann, der mit dem Feuerwehrauto im Suff einen Hydranten umfuhr. Ich trug das in der Redaktionskonferenz vor und wollte eine grandiose Geschichte daraus machen. Es kamen aber parteipolitische Rücksichten zum Zuge: Der Feuerwehrhauptmann war ein Genosse, man wollte keinen Ärger. Da habe ich meinen Schlüsselbund auf den Tisch geknallt, bin aufgestanden, so daß der Stuhl an die Wand flog, und hab gesagt: »Oh leckt mich doch ...« Das war das Ende.

LF: Aber ich habe den Unterlagen, die mir zur Verfügung stehen, entnehmen können, daß Sie schon in dieser Zeit angefangen hatten, für die Wochenendbeilage der »Stuttgarter Nachrichten« über Tiere zu schreiben.

HS: Ja, das ist richtig. Ich hatte, während ich bei den »Stuttgarter Nachrichten« Lokalredakteur war, einen Kollegen, der im Laufe der Jahre wirklich mein Freund geworden war und im Grunde bis heute eigentlich der einzige geblieben ist, mit dem ich wirklich alles geteilt habe, meine Gedanken und auch viele meiner Alltagssorgen: Wolfgang Bechtle. Er hatte schon als Bub immer Frösche in den Hosentaschen gehabt und derlei, er war mit Tieren groß geworden und besaß immer welche.

Es gibt ein Schlüsselerlebnis mit ihm. Er nahm mich eines Nachts, spätnachts, mit hinauf nach Degerloch – Degerloch liegt oben auf dem Berg, Stuttgart unten im Kessel. Er hatte im Ramsbachtal oben ein Holzhaus und drumherum Gehege mit allerlei Tieren, einheimische nur, exotische hielt er nicht. Er stellte mich in eines dieser Gehege. Da hing ein Kobel, ein Stück Baumstamm, der innen hohl war und an beiden Seiten offen. Ich wußte gar nicht, was das ist, und der Bechtle sagte: »Stell dich mal da hin und tu gar nichts.« Wir hatten beide etwas getrunken, und er wollte sich einen Spaß machen. Er wollte, daß ich mal so richtig aufschrie vor Angst. Es war nicht ganz ungefährlich, was er da mit mir vorhatte. Ich stellte mich also dort hin unter den Kobel. Eine Weile passierte nichts, aber ich hatte dann das Gefühl, daß hinter mir etwas atmete aus dem Kobel heraus. Es dauerte auch nicht lange, dann sprang etwas auf meine Schulter. Viel sehen konnte ich ja nicht, aber ich roch ein Felltier. Ich hatte etwas getrunken und ich fühlte mich mutig – es war ein Steinmarder. Gut, er war nicht mehr ein völlig wildes Tier, aber Sie können einen Marder nie zähmen, und ich war fremd und er kannte mich nicht. Ich machte gar nichts, ermutigt vom Alkohol hielt ich einfach still. Dann fing er an – ich spürte nur plötzlich Zähnchen an meinem Ohrlappen, tat aber immer noch nichts. Da sagte der Bechtle ganz leise – der stand nämlich draußen und merkte, was er da angerichtet hatte, und kriegte es ein bißchen mit der Angst zu tun, der Marder hätte mir das Ohr abbeißen können: »Beweg dich nicht, nimm jetzt deine Hand ganz langsam von unten hoch, über die Brust, ganz langsam, keine Hast, keine hastige Bewegung, und versuche, dieses Tier von unten her am Kopf anzufassen. Das ist er gewöhnt. Ich gebe ihm immer die Hand, und dann kuschelt er seinen Kopf in die Hand, vielleicht verwechselt er dich, wir stinken ja beide nach Alkohol.« Mein Gott, das werde ich nie vergessen. Ich tat, was er gesagt hatte, und es funktionierte. Der Marder legte seinen Kopf in meine Hand – und das war's dann auch schon, mehr spielte sich nämlich auch zwischen dem Marder und Bechtle nicht ab. Er sprang dann ab. Nachts hatte er Ausgang. Ich weiß nicht, wie oft der Wolfgang Bechtle einem Bauern den ganzen Hühnerstall bezahlen mußte.

Mich machte das Erlebnis nachdenklich, und Bechtle sagte: »Das hätten wohl nicht viele ausgehalten, was du gerade gemacht hast.« Wir waren also beide ziemlich ernüchtert, es war keine so ganz ungefährliche Geschichte. Marder können ungeheure Wunden reißen mit ihrem Gebiß. In mir setzte das Erlebnis etwas in Bewegung. Ich hatte das Gefühl, ich kann mit Tieren umgehen, und es begann mich auch zu interessieren.

Ich wollte sofort wissen, was ist da eigentlich abgelaufen, was geht in diesem Tier vor und warum verhält es sich so. Das weckte mein Interesse an Tieren. Ich baute mir dann irgendwann auch ein Holzhaus, wie der Bechtle eines hatte, oben auf dem Frauenkopf. Ich konnte einen Garten mieten, und ich machte genau das, was er auch machte. Ich hatte ein Gehege um das Haus herum, und dann setzte eine Zeit ein, in der ich sehr intensiv mit Tieren und über Tiere gearbeitet habe. Ich schrieb in den Wochenendbeilagen, als ich selber Tiere hatte, über diese Tiere, weil ich ja Geld verdienen mußte, um die Viecher zu ernähren. Ich bekam für diese Geschichten ein gesondertes Honorar bezahlt, weil solche Texte in meinen Vertrag nicht eingeschlossen waren. Ich war angestellt als Lokalredakteur, aber nicht als Feuilletonist mit Tiergeschichten.

Bechtle und ich hatten einen Ruf in Stuttgart, und wir bekamen immer wieder Tiere gebracht. Wenn irgendwo eine Eule aus dem Nest fiel, dann kam der Förster und brachte uns eine Eule. Wenn Jäger irgendwo einen Bau aufgruben, um die jungen, kleinen Füchse totzuschlagen, weil sie anders der Fuchsplage nicht mehr Herr wurden, wenn sie die kleinen Scheißer in der Hand hatten, mochten sie sie nicht totschlagen, dann fiel irgendeinem der Jäger ein, da gibt's doch den Stern und den Bechtle, die machen das schon. Ich bekam allmählich den Ruf, ich sei eine Art heiliger Franziskus, dem die Tiere hinterherlaufen und der mit ihnen redet.

Ich hatte zum Beispiel mal einen Turmfalken. Der war auch irgendwo aus dem Nest gefallen und mir gebracht worden, und ich hatte ihn großgezogen. Er hing natürlich sehr an mir. Kiki hieß er. Der wollte überhaupt nicht mehr in die Freiheit, aber ich wollte ihn auch nicht behalten, und so habe ich ihn mit großer Geduld ausgewöhnt. Er flog dann auch frei, und da er lange frei flog, mußte er auch Beute gemacht haben, aber er blieb immer in der Gegend. Gegenüber wohnte Josef Eberle, der berühmte Humanist, der Herausgeber der »Stuttgarter Zeitung«. Wir kannten uns. Er war einmal in seinem

Garten mit seiner Frau, und ich hatte gesehen, mein Kicki ist irgendwo hier in der Gegend. Ich hatte einen Pfiff, den er kannte. Ich pfiff und hielt die Hand hin, und es dauerte nicht lange, da machte es sch…, und da saß mir ein Falke auf der Faust. Eberles brachten den Mund nicht mehr zu, andere Leute blieben stehen, die begriffen überhaupt nicht, was da ablief. Der Stern pfeift, und da kommt aus der Luft ein Falke gesaust – der hatte ja kein Geschirr, es war ja ein wilder Falke – und setzt sich ihm auf die Hand.

Ich hatte mal zwei Kolkraben. Das sind ja große, wehrhafte Vögel. Die versuchte ich auch auszugewöhnen, und es ist mir auch gelungen. Eine Weile aber kreisten, wenn ich spazierenging, über mir die Kolkraben, so wie Wotan immer von seinem Kolkraben begleitet wurde.

LF: Ist es richtig, daß Wolfgang Bechtle zum »Kosmos« ging und Sie sozusagen mitnahm als Autor?

HS: Ja, so ungefähr. Bechtle ging also auch eines Tages weg von den »Stuttgarter Nachrichten« und wurde Chefredakteur des »Kosmos«. Wir hatten immer einen guten Kontakt, und er schickte mich dann eines Tages auf eine große Reise in die Antarktis. Daraus sind mehrere Reportagen entstanden, die im »Kosmos« erschienen sind.* Aber ich hatte schon damals einen literarischen Touch in meiner Schreibe, und auch diese »Kosmos«-Reportagen waren nicht so, wie der biedere »Kosmos«gerne gehabt hätte. Bechtle sagte: »Das ist nichts für den ›Kosmos‹.« Sehr früh eigentlich schon, bevor irgend jemand etwas derartiges bemerkte – ich hatte ja nichts Literarisches mehr geschrieben –, meinte Bechtle nach diesen Reportagen zu mir: »Gib den Journalismus auf, das kannst du, das wissen wir alle. Du bist ein Dichter, du mußt Literatur schreiben. Was willst du hier ewig diese nüchternen, ruhigen Reportagen

* Vgl. S. 357 bis 396 in diesem Band.

machen.« Ich habe das gerne gehört, aber ich habe mich dann natürlich gefragt: Was ist das, ein Dichter, und was machst du damit, du mußt Geld verdienen.

Bis 1955 arbeitete ich bei den »Stuttgarter Nachrichten« und wurde dann vom Delius Klasing Verlag übernommen, wo ich heute noch eine Beraterfunktion habe. Ich hatte angefangen in der »Guten Fahrt«, in dieser VW-Zeitschrift, auch wiederum Geld für meine Viecher zu verdienen und für Autofahrer eine Art Rechtsberatung zu betreiben. Ich hatte bestimmte Situationen im Leben eines Autofahrers juristisch beurteilt. Das war, weil ich es ganz flott schrieb, ein Erfolg, und ich konnte gar nicht genug davon schreiben. Als ich dann wegging von den »Stuttgarter Nachrichten«, mit diesem berühmten Knall, da sagte der Klaus-Peter Heim, der Chefredakteur der »Guten Fahrt«, zu seinem Verleger: »Der ist zu schade, um auf der Straße herumzuliegen. Wir wissen zwar nicht, wofür wir ihn haben wollen, und er versteht auch von Autos nichts, aber den sollten wir einkaufen.« Mein Abgang bei den »Stuttgarter Nachrichten« ging ja herum wie ein Lauffeuer. Ich hatte einen Namen als Journalist in Stuttgart, ich rieb mich an Gerhard Hermann Mostar, der auch Gerichtsberichte schrieb. Wir saßen Backe an Backe in den Gerichtssälen. Er schrieb für die »Stuttgarter Zeitung«, ich für die »Stuttgarter Nachrichten«. Wir waren einfach bekannt, und als ich hinschmiß, erfuhr eben auch der Heim davon. Also, die kauften mich für dasselbe Geld, das ich bei den »Nachrichten« verdient hatte, ein. Ich war höchstens drei Wochen arbeitslos, dann hatte ich einen neuen Job, und keiner wußte, was ich da eigentlich tun sollte. Und daraus entwickelte sich eine Art Feuerwehr-Funktion, die ich bis heute innehabe in diesem Verlag. Der Verlag brachte alle möglichen Blätter heraus, darunter »Die Yacht«, die Segelzeitschrift.

[Über die Auffassung vom Beruf als Journalist bei der Tages- und Fachpresse]

Ich war mit Leib und Seele Journalist und sonst gar nichts. Ich war besessen davon, Journalist zu sein, Dinge zu schreiben, die möglichst keiner sonst herausbekommen hatte, und – das war etwas, was mich schon immer auszeichnete – sie auch sehr viel besser zu schreiben. Den meisten Journalisten genügt es, wenn sie in ihrem schlichten Deutsch einfach das, was sie glauben zu wissen, hinschreiben. Mir hat das nie genügt. Ich hatte immer, was die »Welt« später einmal in bezug auf meine Fernseharbeit den Mut zur Sprache genannt hat. Das hat mich von Anfang an ausgezeichnet. Ich wollte immer besser schreiben, als die meisten Journalisten schrieben, aber mit Literatur hatte das alles noch nichts zu tun. Auch was ich im »Kosmos« über die Antarktis geschrieben habe, war immer noch keine Literatur. Eine Art literarische Reportage, wie immer Sie das nennen wollen. Ich habe mich für Literatur überhaupt nicht interessiert. Ich war so beschäftigt mit Journalismus und mit Recherchen und dem Tagesgeschäft.

LF: Man hat den Eindruck, daß Sie Ihre journalistische Arbeit immer wieder sozusagen am eigenen Leib erprobt haben. Sie haben Tiere gehalten, als Sie über Tiere geschrieben haben. Sie sind gesegelt, als Sie »Die Yacht« gemacht haben. Sie haben das Reiten von der Pike auf an sich selber gelernt, um über die Reitlehre zu schreiben. Sie sind Naturschutzbeauftragter geworden, als Sie Ihre Fernsehfilme über die uns umgebenden Tiere erarbeitet haben. Das zieht sich, wenn ich es richtig sehe, durch Ihr Leben. Immer wieder die gleichsam existentielle Probe auf die journalistische Arbeit.

HS: Ja, ich konnte nicht anders. In dieser Hinsicht bin ich wohl Journalist durch und durch. Ich kann über nichts schreiben, das ich nicht recherchiert habe, und ich bin nicht wirklich gut, wenn ich nicht Wissen habe. Und ich bin nicht wirklich gut, wenn ich nur angelesenes Wissen habe. Das reicht mir nicht. Ich muß es an mir ausprobieren, wenn es eine Thematik ist, die ich ausprobieren kann. Und so habe ich eben alle diese Dinge selber gemacht, bevor ich drüber geschrieben habe. Als ich z. B. »Die Yacht« an den Hals bekam, ich hatte noch nie ein Segelboot aus der Nähe gesehen, ich hatte keine Ahnung, was Backbord und was Steuerbord ist. Ich wußte nur, daß dieses Blatt so desolat gemacht ist, daß es in der heraufkommenden Zeit der Quoten und Auflagen vor die Hunde geht, wenn man nichts unternimmt. Und ich tat dann eben das, was die Auflage voranbrachte. Aber ich merkte, daß da etwas daran war, was mich interessieren könnte, und ich merkte vor allen Dingen eines: daß ich mich in diesem Blatt nicht würde halten können, wenn ich nicht selbst das Segeln lernte. Und dann machte ich sehr rasch hintereinander meine Segelscheine und schaffte mir dann auch ein eigenes Boot an. Ich habe vier Boote in meinem Leben gehabt, bis zu einer 12m-Yacht, die ich im Mittelmeer lange gesegelt bin. Ich konnte mir das leisten, weil das Finanzamt anerkannte, daß ich von Berufs wegen segelte.

LF: Das ist ja ein Stück weit ein Bestandteil Ihres Lebens geworden, das Segeln. Es gibt nur sehr wenige Herausgeber-Texte in der »Yacht«, die diese Seite auch zu erkennen geben. Die Kolumnen sind oft sehr ironisch, sehr spielerisch, aber es gibt einige wenige Texte, an denen Sie etwas zu erkennen geben, Auszüge aus dem Logbuch z. B., das Sie geführt haben. Da finden sich einige fast literarische Passagen, und man bekommt den Eindruck, daß es auf eine ganz andere Weise auch Auseinandersetzung mit dem ist, was »Natur« genannt wird.*

* Vgl. S. 347 bis 356 in diesem Band.

HS: Auch das war ein Motiv für mich, das Segeln zu erlernen, weil Natur etwas ist, was mich, seit ich mich mit Tieren umgab, in der vielfaltigsten Form beschäftigt hat. Ich blieb ja nicht bei den Tieren stehen. Ich guckte mir auch ihr Habitat an, ich wollte ja auch wissen, was brauchen sie eigentlich zum Leben, wie sieht ihr Lebensraum aus. Es war nie die naive Liebe zur Natur, die manche Leute so haben.

Zu Anfang einer meiner Reportagen in der »Zeit« habe ich jetzt geschrieben, was mich immer an der Natur interessiert hat.* Ich konnte nicht einfach eine schöne Blume anschauen und sagen »Ach, wie schön« und dran riechen. Wenn sie mich interessierte, dann wollte ich etwas über sie wissen, ihre Stammesgeschichte und ihre Bedürfnisse. Das kam mir beim Segeln natürlich zupaß, weil ich mich zwangsläufig mit den Elementen auseinandersetzen mußte. Wenn man Hochseesegeln betreibt, und ich betrieb das ja – Atlantik und Ostsee, Nordsee, Mittelmeer –, dann sind Wind und Wetter und Wellen das tägliche Brot des Seglers.

Was »Die Yacht« angeht, so war mein Verdienst, daß ich dieses Blatt aus dem Fahrwasser des deutschen Seglerverbandes herausmanövriert und es zu einem eigenständigen, selbständigen Blatt gemacht habe, so wie ich die »Gute Fahrt«, die Autozeitschrift, aus einer absoluten Abhängigkeit von Wolfsburg befreit habe.

[Über den Beginn der Arbeit für das Fernsehen]

LF: Und dann gab es ja wieder so eine Art Zufall: Der Beginn der Fernseharbeit, über Horst Jädicke, erneut eine Konstellation, die an Ihnen bekannte Personen gebunden ist. Eine dieser Gelegenheiten, die vielen Leuten vor die Füße fallen, die man dann aber ergreifen muß.

* S. 274 in diesem Band.

HS: Ich habe sie zunächst erst einmal liegenlassen. Ich machte ja Schulfunk beim Süddeutschen Rundfunk, wo Jädicke Programmdirektor war. Ich kannte ihn schon, als er noch »Spiegel«-Korrespondent war und ich im Gericht arbeitete als Journalist für die »Stuttgarter Nachrichten«, und auch vorher, als ich noch Dolmetscher war. Jädicke bat mich eines Tages im Funkhaus in sein Büro und sagte zu mir: »Der Hans Hass hat mich hängenlassen mit einer 13teiligen Serie. Schafft er nicht, wird nichts. Es ist terminiert, und ich habe da Programmlöcher, die wirst Du mir füllen. Du kennst Dich doch mit Tieren aus, und ich habe schon in Berlin den Zoo requiriert. Du kannst also sofort anfangen, machst eine 13teilige Serie über Tierverhalten.« Wir kannten uns gut, und ich sagte: »Hast Du sie eigentlich noch alle? Tiere im Zoo sind nicht das, was mich an Tieren interessiert, und außerdem habe ich noch nie hinter einer Kamera gestanden und vor einer Kamera auch nicht. Ich habe keine Ahnung von Eurem Geschäft hier. Du kannst doch nicht im Ernst glauben, daß ich mich ins Abenteuer einer 13teiligen Serie stürze, die ich eh für völlig hirnrissig halte, weil das, was Du von mir willst, überhaupt nicht machbar ist.« »Na ja, wir treffen uns mal wieder, und wenn nicht, dann nicht, und gute Zeit und…« Jeder andere wäre doch darauf angesprungen, und die Fachleute waren ja da, aber ich wollte nicht, weil mir das widerstrebte. Ich mochte so nicht arbeiten. Da ging ein Jahr, glaube ich, ins Land. Jedenfalls habe ich mitnichten diese Chance sofort aufgehoben, ich habe sie weggekickt, habe gesagt: »Da, ich brauche sie nicht, nimm sie.« Aber er ließ dann nicht locker und kam wieder auf mich zu. Ich sagte ihm: »Ja, ich bin soweit, ich würde wohl gerne, aber nicht unter diesem ungeheuren Druck«. Er sagte: »Was würdest Du denn gerne machen?« Ich war derzeit sehr an Bienen interessiert und habe ihm gesagt: »Also, ich würde gerne einen Film über Bienen machen.« Da guckte mich der Jädicke an und sagte: »Ja, sag einmal, hast Du sie noch alle! Bienen, da bräuchten wir ja ein Mikroskop. Wir sind Fernsehen. Wie stellst Du Dir das vor?« Und er sagte den klassischen Satz: »Warum nimmst Du nicht einen Elefanten, der hat doch schon einen Arsch, der so groß ist, daß er den Schirm ausfüllt!«

Das war der Beginn meiner Fernsehkarriere. Es wurde zunächst wieder nichts, es gingen wieder Monate ins Land, und dann bat er mich wieder einmal zu sich. Da ging es eigentlich nur noch darum, daß er immer mehr Unterhaltung wollte und ich mehr Wissenschaft. Deshalb kamen wir nicht so richtig zusammen. Ich habe gesagt: »Ich gebe entweder mein Wissen preis und mache das seriös, wenn auch mit Ironie und mit Scherz und tieferer Bedeutung, oder es wird nichts.« Wir näherten uns dann einander an, und er akzeptierte auch die Bienen als meinen ersten, nein: zweiten Film. Es wurde ein großer Erfolg, weil ich es fast kabarettistisch anfaßte. Ich war mir damals meiner Mittel auch noch nicht so ganz sicher. Ich würde heute manche meiner Filme so nicht mehr machen. Aber es war ein Erfolg. Der erste Film waren die »Bemerkungen über das Pferd« – ein Riesenerfolg, nach dem die Reiter mit Roßäpfeln nach mir schmissen.

Die Verabredung zwischen Jädicke und mir lautete: »Du machst einen Film, und wenn er ein Erfolg wird, dann machst Du einen zweiten, und wenn der auch Erfolg hat, dann machst Du einen dritten,und so geht das immer weiter. Ist der erste ein Flop, machst Du einen zweiten. Ist der wieder ein Flop, machst Du noch einen dritten. Ist das auch ein Flop, trennen wir uns.« Das war die Verabredung. Ich bin ja der einzige Fernsehjournalist bis heute, der nie einen Vertrag mit dem Fernsehen hatte. Bei der Verabredung sind wir eigentlich geblieben. Ich mußte auch nie, so wie es heute ist, Exposés abliefern und große Konferenzen durchstehen. Ich habe gesagt: »Das und das Viech will ich behandeln, für die und die Zeit brauche ich ein Team. Gib mir das.« Und dann kriegte ich es automatisch. Keiner interessierte sich dafür, was genau ich zu machen gedachte. Ich führte den Film dann vor, wenn er fertig war. Ich mußte nie irgend etwas nachschneiden oder etwas herausnehmen. Ich hatte goldene Zeiten im Fernsehen. Weil ich Erfolg hatte. Und wenn ein Mann Erfolg hat, darf er eigentlich alles. Heute wohl auch nicht mehr, aber damals war das so.

Aber ganz zufällig hat sich das nicht ergeben. Es ist alles irgendwo verkettet. Ich kannte den Jädicke, und ich kannte den Bechtle, und eines gab das andere. Es ist schon eine gewisse Linearität in meiner Entwicklung, die meistens, weil sie äußerlich so vielfältig aussieht, ganz anders sich ausnimmt. Von der Gefangenschaft an können Sie das sehen. Da setzte mein Ungenügen mit meiner eigenen Sprache ein, und das wieder hatte zur Folge, daß ich später als Journalist mich immer bemühte, ein bißchen besser zu schreiben als andere. Das ist eine direkte Folge meiner Lektüre von Lessing und Lichtenberg während der Gefangenschaft und von der Erkenntnis, daß Deutsch eine schmiegsame, ungeheuer nuancenreiche Sprache ist. Es hängt alles irgendwo zusammen – daß ich während der Gefangenschaft dieses Fernstudium machte und Juristerei studierte, hatte zur direkten Folge, daß ich mein Englisch vervollkommnete und daß ich Journalist wurde aus Anlaß des Mordes und so weiter. Mein Leben ist nicht so zusammengestückelt, wie es scheinen mag.

[Über den Wechsel des Wohnorts zum Hof Hohenegg im Allgäu]

HS: Das war die Zeit, als ich im Allgäu oben einen Film drehte über die Situation der Bergbauern, die weggingen, und wo dann der Großgrundbesitz alles aufkaufte und Fichtenwälder darüberzog, so daß das Allgäu anfing, sich in den Höhenlagen zu verdüstern.

Während ich das drehte, war der Landwirtschaftsdirektor von Lindau bei mir, der führte mich dort. Er sagte: »Der Hof da unten steht zum Verkauf.« Der war längst von Bauern aufgegeben. Da wohnte ein Autohändler, seine Frau ertrug aber die Einöde nicht mehr. Sechs Monate Schnee im Jahr, und manchmal der Weg überhaupt nicht geräumt, da konnte man nicht hinauf und nicht hinunter, außer mit Skiern. Und ich wollte weg vom Bodensee. Ich habe alles zusammengekratzt, und mit Bankenhilfe usw. habe ich diesen Hof gekauft, der bis heute in unserer Hand ist. Nun wird er verkauft.

LB: Dann beginnt das nächste Experiment am eigenen Leib: mit den Schafen Landschaftspflege betreiben.

HS: Ja, mein Gott, ich arbeitete über Naturschutz und Landschaftspflege. Ich war Gutachter, ich machte Filme darüber und zeigte die Verwaldung und die Verdüsterung und die ästhetische Minderung, ich zeigte, was das Allgäu als Landschaft ausmacht, den Wechsel von Licht und Schatten und Wald und Weide – da dachte ich: Was tue ich auf diesem Hof? Die Bauern hatten eh gewettet, wenn dieser Fernsehstar da oben den Hof kauft, baut er als erstes in dem Kuhstall einen Swimmingpool.

Das erste, was ich einbaute, war ein Schafstall. Dann ging ich nach Garmisch-Partenkirchen und kaufte mir den Kern einer kleinen Herde auf dem Schafmarkt, lauter Bergschafe. So habe ich Schafe gezüchtet und die ganze Arbeit geleistet, zusammen mit meiner Frau, und manchmal haben mir auch die Söhne geholfen, wenn sie zu Besuch kamen. Ich hatte hundert Schafe im Stall, und der Allgäuer Winter dauert sechs bis sieben Monate. Es standen hundert Schafe da oben und wollten fressen, und nicht zu knapp. Wir mußten Heu machen. Im Allgäu ist das Wetter sehr, sehr wechselhaft, und meistens schlägt es dann um, wenn das Heu draußen zum Trocknen liegt. Es gibt Geschichten in den Allgäuer Chroniken, daß im 18., auch noch im 19. Jahrhundert, wenn den Bauern das Heu zum dritten Mal verregnet war, sich mancher einen Strick griff, auf die Tenne ging und sich aufhängte. Denn mehrfach durchnäßt ist das Futter nichts mehr wert. Es hat keinerlei Eiweißgehalt mehr, es ist ausgewaschen, ist eigentlich nur noch Füllfutter. Geld hatten sie nicht, sie konnten ihre Tiere nicht mehr ernähren.

Ich habe in diesen fünf Jahren körperlich ungeheuer hart gearbeitet, Heu gemacht in diesem Gelände, wo Bauern nicht mehr arbeiten mochten. Ich bin auf meinem Traktor in Schräglage gefahren, wie ich dann später gesegelt bin. Und hier und dort stand ein Kreuz, wo früher ein Bergbauer an Steillagen zu Tode gekommen war. Ich hab mir mein Wissen schon wirklich sehr hart erarbeitet.

Dann bekam ich einen Forschungsauftrag zusammen mit der Universität Weihenstephan. Ich kannte den damaligen Landwirtschaftsminister ganz gut, Hans Eisenmann. Dem schilderte ich bei Gelegenheit diese Situation, und er sagte dann: »Das untersuchen wir mal näher, ob denn die Landschaftspflege da oben auch mit Schafen auf eine natürliche Weise möglich ist und nicht mit großen Mulchmaschinen.« Und er vergab an die Universität Weihenstephan diesen Forschungsauftrag. Die saßen dann bei mir auf dem Hof, ein paar Jahre lang. Daraus sind zwei Doktorarbeiten entstanden. Es war eine interessante Zeit.

LF: War es auch eine Zeit, wo Sie wieder akkumulieren wollten? Ein Stück Rückzug, ein Stück Konzentration, weg von der Geschäftigkeit? Obwohl in dieser Zeit ja auch noch sehr viel lief, die Arbeit für den Nationalpark Bayerischer Wald, für die Fernsehfilme. Die vielen Reden und Vorträge.

HS: Ich war viel fort vom Hof. Ich mußte ja Geld verdienen. Es ist doch undenkbar, mit hundert Schafen seinen Lebensunterhalt verdienen zu wollen. Die Hofbewirtschaftung lief doch nur im Nebenerwerb. Ich war Nebenerwerbslandwirt, ich war im bayerischen Bauernverband, und außerdem saß ich auch noch im Gemeinderat. Aber das ist noch wieder eine andere Geschichte.

[Über die letzten Fernsehfilme und die Rückkehr zu den Printmedien]

LF: Sie haben erzählt, wie es zu den Fernsehfilmen gekommen ist, auch wie Sie dort gearbeitet haben, welche Rückendeckung Sie im Sender hatten. Aber nun zum Schluß Ihrer Fernseharbeit – Sie selbst haben mehrfach gesagt, mit dem Film über die Tiere in der Pharmaforschung sei die Grenze des Mediums eigentlich erreicht gewesen. Die Grenze der Möglichkeit, sich differenziert in einem solchen »Massenmedium« auszudrücken. Da läge der eigentliche Grund für das Ende der Filmarbeit.

HS: Ich bin diesem Thema »Tierversuche« acht Jahre lang ausgewichen. Tierversuche. Ich hatte in irgendeinem meiner Filme gesagt: »So sind sie, die Ethologen. Die Südsee ist ihnen nicht tief genug, kein Urwald ist ihnen dicht genug und gefährlich genug. Aber in einen Saustall, da bringt sie niemand hinein.« Und als Klaus Zeeb, der Verhaltensforscher von der Universität Freiburg, mich einmal mit zu Konrad Lorenz nach Seewiesen nahm, hatte der auch schon etwas von mir gehört und kam auf mich zu: »Sie sind also der, der von mir behauptet, ich würde in keinen Stall gehen.« Ich hab gesagt: »Herr Professor, ich hab das nicht auf Sie persönlich gemünzt.« »Ja, ja«, sagte er. »Ja, ja. Und ich will Ihnen mal was sagen: Sie haben völlig recht. Das ist eine Sauerei, daß wir uns um diese armen Viecher überhaupt nicht kümmern.« Dann fing er an, sich für Legebatterien zu interessieren.

Ja, das Ende meiner Fernseharbeit. Ich war in die Stallungen hineingegangen. Ich war der erste, der diesem Volk gezeigt hat, wo die Frühstückseier herkommen. Bis dahin wußte das keiner genauer. Als ich anfing mit diesem Thema, habe ich Schienen legen lassen in den Käfighallen, so daß man ungeheuer lange Fahrten ohne Schnitt drehen konnte. Ich wollte dartun: Seht, es ist nicht zusammengeschnitten. So lang sind diese Legebatterien wirklich. Ich habe den Schmutz gezeigt. Habe gezeigt, wie Schweine unter Streß gespritzt werden, damit sie sich nicht auf dem Transport die Schwänze abbeißen. Wie man die Kühe, die schon halb tot sind, von den Transportwagen herunterzieht. Heute sind das wieder Neuigkeiten. Ich war kürzlich in Berlin, da wurde ein Film gefeiert und mit der Goldenen Kamera geehrt, ein Film über Tiertransporte. Das hab ich vor 20 Jahren gezeigt. Und heute wird das wieder so gefeiert, als sei es etwas völlig Neues. Darüber sollten wir noch mal reden, daß heute die junge Generation alles neu entdeckt, was ich ihnen schon vor 20 Jahren gezeigt hab. Also, kurzum, ich hatte die Sauereien eigentlich schon vorgeführt. Aber einem Thema war ich immer ausgewichen: Tierversuche. Ich konnte mich einfach dazu nicht durchringen, aber ich merkte: Irgendwann wirst du das müssen. Wenn du glaubwürdig bleiben willst, mußt du dich diesem Thema nähern. Das ist jetzt eine lange Geschichte. Wie's dazu kam und was daraus wurde.

Ich begann mit den Recherchen und den Vorbereitungen. Überall, wo ich in Deutschland anklopfte, bekam ich entweder gar keine Antwort, oder ich wurde abgewimmelt. Ich hatte ja schon meinen bösen Ruf. Und als ich mich dann dieses Themas bemächtigte, da kannten sie mich alle. Wo ich anklopfte mit so einem heiklen Thema, gingen natürlich sämtliche Vorhänge runter. Also ging ich in die Schweiz. Ich war bei einer Abendveranstaltung mit Tierärzten. Ein Thema, das ich vergessen hab. Ich hörte mir das an, und beim anschließenden Umtrunk in einem Gasthaus kam ich mit zwei Tierärzten von Ciba-Geigy ins Gespräch. Die schilderten mir in aller Vorsicht einiges, was mein Interesse weckte. Und sie sagten auch: »Wir haben eine Direktion, die unter Umständen Ihnen entgegenkommen würde. Wollen Sie es nicht mal versuchen.« Ich ging dann die Stufenleiter im Konzern hinauf. Das war natürlich eine Geschichte, die nur ganz oben entschieden werden konnte. Dieses heikle Thema und mit dem vollen Namen und dann ins Fernsehen und mit meinem schlechten Ruf. Es dauerte, ich glaube, anderthalb Jahre, bis ich dann oben angekommen war. Das muß ich den Schweizern hoch anrechnen: Als sie sich von meiner Seriosität überzeugt hatten und durch lange Gespräche wußten, daß ich nicht vorhatte, sie zu diskriminieren, haben sie zugesagt. Ich hatte vorgeschlagen: »Was immer ich hier drehe, ich komme mit dem Rohschnitt hierher und zeige Ihnen den gesamten Rohschnitt. Es kann also nur weniger werden und nicht mehr. Und ich verspreche Ihnen, daß ich mit Bildern nichts anderes machen werde, als was ich Ihnen hier zeige. Ich sage Ihnen nur eines: Mein Kommentar ist mein Kommentar. Ich werde Ihnen auch diesen Kommentar vorlesen. Und ich werde ihn korrigieren, wenn Sie mir einen sachlichen Fehler nachweisen. Meine Meinung werden Sie mir nicht nehmen. Sie sollten nicht mal den Versuch machen, eine Meinung, die ich habe und die von Ihrer abweicht, zu korrigieren. Wenn das zwischen uns vereinbart und abgesprochen ist, dann lasse ich mich auf die Sache ein.« Das haben sie akzeptiert und bis zum Schluß eingehalten. Und dann durfte ich drehen. An alle Abteilungen wurde Order ausgegeben: Wo immer Stern hinein will, was er sehen will, wo immer er filmen will, zeigen Sie ihm, was er sehen will.

Dann hab ich zwei Jahre lang bei Ciba-Geigy gedreht. Was ich zuerst sah, war eigentlich gar nicht so schrecklich. Es wirkte trotzdem so schockierend, daß ich nichts mehr essen konnte. Ich hab mich wieder und wieder übergeben, ich konnte nicht schlafen. Aber der Mensch gewöhnt sich an alles, und ich merkte natürlich auch mehr und mehr, daß dort mitnichten die Sadisten im weißen Kittel herumstanden, die aus privater Lust am Quälen die Versuche mit den Tieren anstellen. Ich habe die Menschen, die Experimentatoren, auch privat kennengelernt. Ich hab das in meinem Film auch eingespielt, ich habe auch ihre private Seite gezeigt. Ich war mit vielem nicht einverstanden, aber ich konnte nicht sagen: »Dieses Schwein…« Das hatten natürlich alle von mir erwartet. Daß ich erkläre: »Diese Sadisten, seht sie Euch an.« Ich differenzierte. Und dennoch war die Wucht meiner Bilder so groß, daß mein Kommentar davon einfach überschwemmt wurde. Die Leute hörten bloß: So ganz ist der Stern nicht dagegen, so ein bißchen kann er das sogar nachvollziehen. Und dann beging ich einen ganz schrecklichen Fehler. Ich schnitt gegen das Tierelend Menschenelend, zeigte, wie man an einer Katze eine bestimmte Operationstechnik entwickelte, und zeigte danach ein spastisches Kind, an dem diese Operationstechnik mit Erfolg angewandt werden konnte. Ich ließ einen Chirurgen sagen: »Was glauben Sie, hier sind 80 Katzen draufgegangen, aber woran hätte ich's denn lernen sollen?« Das hat man mir übelgenommen. Man wollte, daß ich mit dem großen Hammer auf diese Menschen, auf diese Wissenschaftler einschlage, und das tat ich nicht. Ich übte Kritik, besonders an dem Me-too-Prinzip, wo jeder die Versuche noch einmal macht und nicht genug Literatur auswertet. Ich habe auch gesagt, daß die Gesetze eigentlich geändert werden müssen, denn es kann nicht sein, daß man mit diesem schrecklichen LD50-Versuch immer die Hälfte aller Tiere unter großen Qualen über die Klinge springen läßt, wenn es Möglichkeiten gibt, das auch anders zu machen.* Ich habe das alles gesagt, aber es ging unter. Die Leute hörten nur: Er kann ein gewisses Verständnis für die Forscher und ihre Arbeit aufbringen.

Diese Filme sind das Ernsthafteste, was ich je im Fernsehen gemacht habe. Da gibt es keinerlei Späße, keinerlei Humor, das ist bitter und böse und ironisch manchmal. Aber es war dem Thema angemessen, nur klagte ich die Forscher nicht lauthals an. Ja, und dann brach der Sturm los.

* Vgl. S. 302 bis 314 in diesem Band.

In der »Hör zu« und anderen Zeitschriften schrieben die Kritiker: »Das ist ja ganz fürchterlich, warum macht er das überhaupt, wie kann man Verständnis für diese Forschungen aufbringen« usw. Sie hatten keine Ahnung von dem, was sie da schrieben. Am schlimmsten aber waren die Briefe aus dem Publikum. Es kamen ganze Stöße an. Und ich wurde nur beschimpft. Ich war der Knecht der Pharmaindustrie. Die Folterkeller hätte man mir nicht gezeigt, und ich sei blöd genug, auf diese vordergründigen Einblicke und Auskünfte einzugehen. Lauter solche Dummheiten. Ich hab das dann gar nicht mehr gelesen. Es gab Reportagen und Verrisse und Anfeindungen. Ich stand auf einmal da wie der Verräter an meiner eigenen Sache. Und ich selbst sah mir immer wieder meinen Text an und sagte: »Ich hab mir nichts vorzuwerfen. Ich habe nur einen differenzierten Text abgeliefert.« Aber ich erkannte damals, daß im Fernsehen, wenn man es bedient als Bildmedium und möglichst starke Bilder gibt, die eine große emotionale Kraft haben, die Bilder völlig überschwemmen, was man sagt. Der Text ist dann verschenkt. Ich wußte, daß ich die netten Filme über Störche und Igel – so etwas habe ich ja auch gemacht – nie wieder würde aufnehmen wollen; daß meine Themen immer politischer werden würden. Da merkte ich: Das Fernsehen ist mein Medium nicht. Es läßt Differenzierungen nicht zu, wenn man mit starken Bildern arbeitet. Ich bin mit meiner Kunst am Ende, wenn ich nicht mehr differenzieren kann. Also war es für mich nur logisch, daß ich zum Schreiben zurückkehrte. Es kam natürlich auch eine gewisse Müdigkeit hinzu. Nach 26 Filmen hatte ich beinahe alles gesagt, was ich meinte sagen zu sollen. Ich hätte mich wiederholen müssen und Kompromisse eingehen, um meinen Sendeplatz zu behaupten. Es war die Zeit, als das private Fernsehen heraufdämmerte und die Quotenseligkeit sich abzeichnete. Ich hätte Konzessionen machen müssen, in Konkurrenz zu Krimis oder was weiß ich um 20.15 Uhr. Das hätte nur heißen können, daß ich da wieder angefangen hätte, wo ich einmal anfangen sollte, nämlich bei mehr Unterhaltung. Und das wollte ich nicht. Also hab ich gesagt: »Ihr könnt mich, ich will raus.« Ich hab's auch nie bereut.

[Über das Ende der Herausgeber- und Chefredakteur-Verantwortung für die Zeitschrift »natur«]

HS: Ich war es auch müde. Ich hatte eigentlich meine Pflicht erfüllt. Ich hatte in über vier Jahren dieses Blatt genau da hingebracht, wo es der Prognose nach sein sollte. Es hatte eine gut funktionierende Redaktion. Das Blatt war am Markt eingeführt, und es konnte natürlich nicht die acht Millionen Schweizer Franken einspielen, die mal in die Werbung hineingeflossen waren, in die Einführung des Blattes. Aber redaktionell und in der Herstellung trug es sich. Also sagte ich: Was soll ich hier eigentlich noch? Und ich kam mit dem Verlag auch nicht mehr so gut aus. Denen paßte auch meine »negative Weltsicht« nicht. Kurzum, ich wollte keinen Kampf nach zwei Seiten führen, nach innen in den Konzern hinein, nach außen gegen die Politiker. Ich war ja auch nicht jünger geworden, und dann habe ich gesagt: Nein. Außerdem drückte mich der Staufer mittlerweile, das war für mich ungeheuer wichtig geworden. Ich merkte: Es ist jetzt Zeit. Den Journalismus beherrschst du, das hat dir der Bechtle schon vor 20 Jahren gesagt. Nun langt es. Tue endlich das, womit du meinst, dir noch etwas beweisen zu sollen. Also schmiß ich das Blatt von heute auf morgen hin. Das werde ich nie vergessen. An einem Freitagnachmittag versammelte ich die ganze Redaktion. Da habe ich zum ersten Mal Männer heulen sehen, als ich gesagt habe: »Liebe Leut', das war's. Ich weiß nicht, wer kommt. Ich weiß bloß, daß ich Montag nicht mehr komme. Ich kann Euch nichts mehr geben, über das hinaus, was ich Euch gegeben habe.« Es war entsetzlich. Ich fuhr dann ins Onzalonetal, da wo der Max Frisch und andere Literaten ihre Häuser haben. Ein Freund von mir besaß ganz oben am Talende eine Berghütte. Und da zog ich ein. Mit zwei oder drei Geschichtsbüchern und mit ein paar Kladden, in denen ich mir Notizen gemacht hatte. Da setzte ich mich hin und fing an, am Staufer zu schreiben. Mit diesem Buch über den Staufenkaiser Friedrich II. habe ich mich aus der desolaten Situation herausgezogen. Ich habe dort oben, ich glaube: an die 150 Seiten hintereinander weg geschrieben. Das war ein bewegendes Erlebnis, wie es mir aus der Feder floß. Ich bekam – auch dann, als ich in München weiterschrieb – regelrecht halluzinatorische Zustände, morgens zwischen 3 und 4 Uhr, wenn ich eigentlich gar nicht mehr wußte, was ich da schrieb. Ich hatte mich freigemacht von diesem journalistischen Zwang, der mich ein Leben lang beherrscht hatte: »Kannst du das beweisen, wenn es justitiabel wird? Und steigert das die Auflage? Was sagt dein Chef dazu?« Das hatte ich von mir weggeschoben, und ich ließ einfach laufen, was mir in den Kopf und in die Finger kam. Schlimm wurde es dann immer nur am nächsten Vormittag, wenn ich das las, was ich in der Nacht getippt hatte. Dann war ich halbwegs ausgeschlafen, und da saß mir der Journalist wieder auf der Schulter und nörgelte an mir herum. »Solchen Quatsch kann man doch nicht stehenlassen. Was soll denn das? Dieses ganze große Stück, dieses Symposium, wo dem Franz von Assisi die Schlange aus dem Beutel fällt und der Emir einen Dolch im Rücken trägt.« Aber ich habe es stehenlassen. Heute bin ich gottfroh, daß ich es habe stehenlassen. Also, das ist die Geschichte von der Zeitschrift »natur« und meinem Übergang in die Literatur.

[Über Vorbilder]

LF: Gab es für Sie Vorbilder, für Ihre journalistische Arbeit? Womöglich für das Schreiben?

HS: Nein. Sehr eingeschränkt würde ich eben Konrad Lorenz nennen. Er war für mich immer eine Art Leitbild. Nicht zuletzt wegen seiner großen Offenheit, die er auch mir gegenüber immer bewiesen hat. Er hat zum Beispiel, als ich ihn fragte, warum er sich von den Tieren immer mehr abwende, hin zu erkenntnistheoretischen Dingen, und beinahe hinüberwechsele in Philosophie und Ethik und Moralfragen, lachend gesagt: »Ich bin einer, der schreibt am liebsten über das, von dem er nicht genug versteht.« Womit er im Grunde genommen nur dem Goetheschen Wort gerecht wird, das sinngemäß lautet: Wenn man über eine Sache wirklich etwas wissen will, sollte man ein Buch über sie schreiben. Danach hat Lorenz weitgehend gehandelt. Natürlich konnte man ihn dann auch leicht aufs Kreuz legen. Er hat sich manchmal sehr weit aus dem Fenster gehängt, zum Beispiel mit seiner Aggressionstheorie.

Vorbilder – ich weiß nicht. Konrad Lorenz in seiner großen Menschlichkeit, in seinem Wissensdurst und in seinem Mut, sich zu exponieren, Lorenz war wohl das einzige – ich würde nicht sagen Vorbild, aber ein Leitbild war er für mich schon. Sonst wüßte ich wirklich keinen zu benennen.

LF: Auch für das Schreiben nicht?

HS: Nein, beim Schreiben – nein.

[Über das Selbstverständnis als »kritischer« Journalist]

LF: Wir haben mehrfach über Kontinuitäten gesprochen, die über alle Wendungen und scheinbaren Brüche in Ihrem Leben hinwegreichen. Für mich ist ganz deutlich, daß sich ein aufklärerischer Impetus durchzieht durch Ihr Werk. Der wird immer stärker im Verlauf der journalistischen Arbeit. Können Sie dessen Entstehung selber nachvollziehen? Dieses Bemühen, diese Verpflichtung darauf, aufzuklären? Zu sagen, wo die Zustände schlecht sind, wo es besser werden muß?

HS: Der Effekt meiner Arbeit mag über weite Strecken hinweg so gewesen sein, aber die Absicht, ein Aufklärer zu sein, hatte ich nie. Ich hab Ihnen vorhin etwas gesagt, was am Grunde dieses Problems liegt. Ich war zeit meines journalistischen Lebens immer der Meinung, daß ein Journalist die Dinge, die er sorgfältig recherchiert hat und die er bei sich für wahr befunden hat, auch aussprechen soll. Wenn sie dann zur Aufklärung beitragen, wenn sie sogar zur Veränderung von einigen Menschen, von Zuständen führen, um so besser. Aber ich bin nie mit der Absicht angetreten, verändern zu wollen oder Menschen bessern zu wollen oder auch die Welt verbessern zu wollen. Ich habe immer nach den Gesetzen meines Berufes gehandelt – Gesetze, die heute mehr und mehr aus der Mode kommen – ich habe immer nach diesen altehrwürdigen Gesetzen des Journalismus gearbeitet. Recherchieren, darüber nachdenken, nachprüfen, nachprüfen, und wenn du keinen wirklich begründbaren Zweifel mehr hast, dann sag es auch. Und ich bin immer dort weggegangen, wo ich etwas nicht sagen durfte, was ich für richtig hielt. Aber ich möchte mir nicht den Mantel eines Aufklärers umhängen.

LF: Aber dieses Bemühen, das zu sagen, was man für wahr erkannt hat, erfordert auch immer wieder, zum Angriff überzugehen. Zum Angriff gegenüber den Mächtigen in Politik, Wirtschaft, den Medien usw. Auch zum Angriff gegenüber dem, was man mit einem gefährlichen Wort die unwissende Mehrheit nennen könnte. Es sind ja in Ihrer Arbeit, wenn auch nicht programmatische, so doch in der Sache immer wieder massive Angriffe enthalten gewesen, auf Mißstände, auf Ihrer Meinung nach Unhaltbares.

HS: Wissen Sie, die Verschlagenheit und die Dummheit in der Politik sind natürlich ein ewiger Stachel, gegen den man löcken möchte. Aber ich kann mich dazu eigentlich nicht verstehen, daß ich partout etwas ändern wollte. Natürlich, wenn man einen Mißstand erkennt und wenn man darunter selber leidet, wie ich unter vielem gelitten habe, was Tiere angeht, möchte man natürlich, daß das geändert wird. Aber es gibt auch eine Art von Journalismus, wo man innerlich gar nicht beteiligt ist, wo man den Angriff um des Angriffs willen und des Effektes willen betreibt. Dazu habe ich nie gehört. Ich hab mich nie eingemischt, wo ich nicht wirklich Kenntnisse hatte und wo ich nicht wirklich innerlich engagiert war. Das war immer mein Bestreben: bei mir zu bleiben.

LF: Sie sind über jede Art von deskriptivem Journalismus, der nur feststellt und beschreibt, je länger, desto mehr, hinausgegangen. Sie haben zum Beispiel gesagt, wenn Sie heute noch einmal Filme über Tiere für das Fernsehen machen sollten, dann müßten es politische Filme sein. Das heißt doch, daß da eine Auseinandersetzung mit Struktur und Zuständen in unserer Gesellschaft erforderlich ist, die für mich den Begriff des Aufklärers rechtfertigt. Damit will ich Sie nicht mit einem Glorienschein umgeben, sondern zur Debatte steht: Was treibt eigentlich an? Es treiben an Einsicht und Wissen, auch Wissen darum, wo etwas anders werden soll oder muß.

HS: Ja, das mag sein. Mir lag nur daran, Ihnen zu sagen: Ich bin nicht angetreten mit der Absicht, ein Aufklärer zu sein, wie Walter Jens zum Beispiel. Bei ihm steht das Aufklärerische ganz weit im Vordergrund. So war ich nie und so werde ich auch nie sein. Und wenn sich bei mir manches zu Polemik zugespitzt hat, so darf man dabei nicht übersehen, daß im Vordergrund überhaupt nicht die Absicht stand zu verletzen. Das war einfach die Lust an der Sprache, die mich nie verlassen hat. Mir fallen manchmal Dinge ein, nicht nur Überschriften, die nach Meinung meiner Kollegen sehr gut und treffend sind. Mir fallen diese Formulierungen ein, und dann ist es sehr schwierig, sie zu prüfen und sie u. U. wegzuwerfen. Aber auch da habe ich in meinem Leben etwas durchgemacht, was mir sehr geholfen hat. Bis in die Zeit hinein, als ich Schulfunk machte, habe ich viele meiner Texte, über die etwas im Zweifel war, meinem ältesten Sohn, dem Rainer, vorgelesen. Wenn der mich so völlig leer anguckte, und ich merkte, der begriff gar nicht, um was es mir ging, dann hab ich es weggeworfen oder hab es vereinfacht.

Das habe ich eigentlich bis heute beibehalten. Nehmen wir das Fernsehen. Ich habe mir über das Fernsehen gesagt: Das ist ein Bildmedium. Du lieferst erst einmal Bilder. Und wenn die Bilder gedreht sind, dann werden sie geschnitten. Und wenn das optisch ein guter Film ist, dann setzt Du Dich hin und machst einen Text dazu. Mich haben sie in den Sendern befremdet angesehen, weil die Prozedur im Grunde genommen zumeist anders abläuft. Da setzt sich einer hin und schreibt einen Rohtext, und wenn der Film abgedreht ist, schmeißt er den Text dem Cutter auf den Tisch und sagt: Nun schneide mal einen Film danach. Bei mir war das immer anders. Ich habe dem Medium gegeben, was des Mediums ist. Es geht im Fernsehen um Bilder. Und dann habe ich mich mit der Stoppuhr in der Hand nach den Bildern gerichtet. Ich habe manchmal Silben ausgetauscht, um Sekundenbruchteile zu schinden. Ich hab mich immer gefragt: Für wen tust du das? Wer soll das verstehen? Ich bin nie in diese Eigenliebe verfallen, wo jemand um einer Pointe willen sich überhaupt nicht mehr dafür interessiert, ob der Text noch zu verstehen ist. Das ist bis zum heutigen Tage so. Wenn ich das Gefühl habe, etwas wird nicht verstanden, dann lasse ich die Formulierung lieber weg. Auch wenn es eine gelungene Formulierung ist.

In der Literatur muß ich so nicht verfahren. Da muß ich mich so etwas nicht fragen. Das ist der große Unterschied zwischen Journalismus und Literatur. Ich kann im Journalismus nicht von gewissen Zwängen weg, wenn ich mich nicht meiner eigenen Wirkung berauben will. Ich muß um Verständnis werben, und das heißt: Ich muß so schreiben, daß das Publikum, an das ich mich wende, es auch versteht. Bei literarischen Texten muß ich mich danach nicht richten. Und das war die große Verlockung der Literatur, als ich damit anfing, darüber auch nur nachzudenken. Die große Versuchung. Ich dachte: Endlich frei. Sich endlich nicht mehr fragen müssen, was sagt der Chef, und ob es die Auflage steigert oder die Einschaltquote erhöht. Ist das wahr? Kannst Du das beweisen? Das alles mal wegzuwerfen und einfach der Sprache nachzugehen, dem eigenen Denken, dem eigenen Fühlen, der Bildhaftigkeit des Denkens auch, das war für mich der Impuls.

LF: Aber in Ihrer Rede bei der Verleihung der Ehrendoktorwürde sprechen Sie auch von den »zur Kunst offenen Grenzen des Journalismus«.*

HS: Ja, das gibt es ja auch. Die Brücke ist die Sprache. Offen ist Journalismus zur Literatur nur über die Brücke der Sprache. Wenn Sie sie beherrschen, ist die Grenze offen.

LF: Sie haben selbst Beispiele für Übergänge zwischen Journalismus und Literatur genannt. Schon früh die Antarktis-Texte, dann später die Texte aus dem Spinnen-Buch und anderes mehr, mit denen Sie diese Brücke immer wieder beschritten haben. Hat Ihnen das in der Zukunft gelegentlich Schwierigkeiten gemacht?

HS: Ja, sicher. Auch Bechtle hat zu mir gesagt: »Du, ich kann das nicht drucken lassen. Unsere Leserschaft ist nicht danach. Das ist zu sehr Literatur.« Ich habe Ihnen schon geschildert,

* Vgl. S. 136 in diesem Band.

welchen Rat er mir gab. Auch er hat gesagt: »Wenn Du weiterhin so schreibst, kannst Du bei mir nicht veröffentlichen. Das kann ich meinen Lesern nicht zumuten.« Da ich die literarischen Einschläge danach zu vermeiden hoffte, geschah es mir nur selten, daß man etwas ablehnte. Aber es kommt doch heute noch vor, daß mir eine Redaktion sagt: »Das ist nichts für unser Blatt.« Das sind seltene Erlebnisse, aber sie kommen vor. Und ich weiß dann genau, woran es liegt. Ich habe über die Hutschnur formuliert, die die Leser an ihrem Hut tragen.

[Über das Gewissen des Journalisten]

LF: In der Promotionsrede »Wissenschaft und Journalismus« in Hohenheim haben Sie gesagt, daß eigentlich das einzige Kriterium, das eine Kontrollinstanz für den Journalisten ist bei seinem Zwang, auch zu emotionalisieren, das Schranken setzende Gewissen sei. So haben Sie es dort formuliert. Nun gibt es ja diese klassische Vorstellung vom Gewissen als dem inneren Gerichtshof. Da frage ich mich sofort: Wer steht denn in diesem Gerichtshof? Wer sind die Instanzen, vor denen man das aushandelt, was Gewissen heißt? Vor wem verantwortet man sich? Wenn man sagt: vor sich selbst, dann heißt das ja auch immer: vor bestimmten Instanzen, die man in sich hat.

HS: Den Richter haben Sie natürlich dabei. Wenn Sie dem Wort Gewissen die erste Silbe abhacken, dann haben Sie den Richter. Für mich war der Richter immer mein eigenes Wissen, und da ich meistens das Zehnfache von dem wußte, was ich zeigen oder sagen konnte, war mein Wissen immer der Richter über das, was ich schrieb oder was ich zeigte. Ich relativierte an dem, was ich im Kopf hatte, das, was ich schrieb. Weil ich ein Vielfaches von dem im Kopf hatte, was ich schrieb. Die Formulierung konnte noch so schön sein, noch so pointenreich. Wenn ich aufgrund meines Wissens mir sagen mußte, daß sie dubios sei, habe ich schon gezögert. Ich wollte sicher sein, daß das, was ich schrieb, auch mit dem Wissen übereinstimmte, das ich von einer Sache hatte. Das war mein Gewissen. Mein Wissen war immer mein Gewissen. Ich kann da keine moralische Instanz nennen. Gut, Wahrheit und Lüge sind immer Instanzen. Eine Lüge ist eine Lüge. Aber besser kann ich es nicht sagen: Mein Gewissen war das Wissen.

[Über die Arbeitsweise bei den Fernsehfilmen]

LF: Noch einige Fragen zum journalistischen Handwerk, nun bei den Fernsehfilmen. Sie haben gesagt, sie hätten, als Sie begannen, überhaupt keine Erfahrung mit Filmarbeit, Kameraarbeit und dergleichen gehabt. Wie ist denn eigentlich das Kooperationsverhältnis bei dieser Teamarbeit gewesen? Sie haben oft mit sehr erfahrenen, bekannten Kameraleuten zusammengearbeitet.

HS: Ich habe mich in Kameraarbeiten nie eingemischt, einmal abgesehen davon, daß ich technisch davon überhaupt nichts verstand. Ich wußte zunächst überhaupt nicht, welche Wirkung auf eine Bildgestaltung hat diese oder jene Brennweite, was für ein Licht brauchst du oder brauchst du nicht usw. Davon wollte ich auch nichts wissen. Ich hatte auch keinen fertigen Text. Es ist völlig falsch gesehen, wenn man glaubt, ich sei vom Text her an die Sache herangegangen. Ich bin es mitnichten. Ich hatte ein großes, weit ausgefächertes Tierwissen. Und dann habe ich mir gesagt: Dieses ist interessant, und jenes ist vielleicht machbar. Mehr hatte ich nicht. Dann bin ich zum Fernsehdirektor gegangen und habe gesagt: »Ich möchte gerne etwas machen über Springreiten oder über die Biene oder das Schwein in der modernen Stallhaltung. Das mußt du verstehen, nach statistischen Angaben ißt jeder Deutsche im Durchschnitt sein eigenes Gewicht an Schweinefleisch. Also verdammt noch mal, sollte ich dann nicht auch wissen, wie eigentlich das, was er in sich hineinfrißt, produziert wird?« Da hat er gesagt: »Okay, machen wir.« Wenn Sie meinen, ich hätte mich nun hingesetzt und einen Text geschrieben und den dann abgefilmt, dann irren Sie sich. Ich hatte nie bei meinen 26 Filmen einen Text. Ich hatte immer nur eine Idee, welches Tier oder welches Thema ich behandeln wollte. Und ich hatte drei feste Kamerateams, die nur mit mir arbeiteten. Im einzelnen lief das dann so ab: Ich sagte: »So, wir drehen. Da und da.« Ich habe vorher natürlich Drehorte organisiert, dann sind wir losgefahren, und am Abend vorher haben wir uns in eine Kneipe gesetzt zum Essen. Dann habe ich meinem Team alles erzählt, was ich über das Tier oder das Thema wußte, das wir uns vorgenommen hatten. Es hat manchmal vier Stunden gedauert. In allen Einzelheiten habe ich ihnen geschildert, was ich wußte. Dann habe ich gesagt: »So, nun macht mal. Morgen geht es los.« Ich habe Kameraleute nicht im dunkeln gelassen über meine Absichten, aber ich habe mir nie einen Belichtungsmesser um den Hals gehängt und eine Schirmmütze aufgesetzt und den Regisseur gespielt. Mich in einen Stuhl gesetzt, auf dem hinten mein Name stand. Nie. Ich habe dem Team alles gesagt, was ich wußte. Und dann habe ich sie dort hingeführt, wo man vielleicht filmen konnte, und ihnen gesagt: »Filmt einfach. Haltet drauf.« Meine Filme sind nicht nach Plan entstanden. Man kann ja Tiere nicht kommandieren, ich kann denen ja nicht sagen: Nun mach mal das und jenes. Was fange ich denn mit einem Manuskript an, in dem steht: Diese Sau muß jetzt den Nachbarn in den Schwanz beißen, weil sie kannibalisch gesonnen ist. Ich muß warten können, bis das geschieht. Deshalb habe ich gesagt: »Haltet drauf. Wir haben das Recht, bis zum Zwanzigfachen dessen zu drehen, was wir hinterher zeigen.« Ich habe meinem Fernsehdirektor klargemacht, daß man Tiere nicht kommandieren kann. Ich brauchte Material, Material. Und dann brachten wir Berge von Filmen nach Hause. Da habe ich mich mit dem Stelse hingesetzt, der mein Cutter war, alle Filme durch – ich hatte immer dieselben Leute, wir waren aufeinander eingespielt –, und wir haben das gesamte Material gesichtet. Ich habe ihm nur gesagt: »Hol das mal heraus und das mal und das mal.« Dann haben wir die Streifen an dem Galgen aufgehängt. So sind meine Filme entstanden. Ich habe mir aus dem Material, das aus dem Draufhalten entstanden war, dasjenige herausgesucht, was in mein Konzept hineinpaßte. Das haben wir dann nach den Regeln der filmischen Dramaturgie zu einem Film geschnitten. Danach habe ich mich mit dem fertig geschnittenen Film zurückgezogen in den Schneideraum und habe mit der Stoppuhr in der Hand die Passagen ausgemessen und anschließend meine Texte geschrieben. Manchmal als Kontrast und manchmal auch als Klärung oder sogar als Antiklimax. Auf dem Klavier konnte ich spielen. Aber es ist völlig falsch zu meinen, ich hätte vom Text aus meine Filme entworfen. Der Text war das allerletzte in meiner Arbeit. Den aber habe ich mit großer Sorgfalt ausgearbeitet. Mein Gott, was habe ich meine Texte gefeilt.

[Über das Ideal der Wissenschaftlichkeit und den »gesunden Menschenverstand«]

LF: Herr Stern, so wie ich Ihre Schriften gelesen habe, gibt es für Sie ein Ideal von Wissenschaft, das sich an den klassischen empirischen Wissenschaften, an den Naturwissenschaften orientiert. Es hat den Anschein, als gäbe es für Sie ein Ideal der sogenannten objektiven oder reinen Erkenntnis im Sinne vor allem der Naturwissenschaften. Wie verhält sich aber dazu das, was Sie selber immer wieder als Organ der Erkenntnis angewandt haben: der sogenannte gesunde Menschenverstand? Ich will es an einem Beispiel verdeutlichen. Es wird ja in der modernen Naturwissenschaft unter anderem über die problematische Stellung des Experimentes diskutiert. Das Experiment ist eine Veranstaltung, bei der »Natur« unter den Bedingungen reagiert, denen sie ausgesetzt wird. Heute werden dazu sehr grundsätzliche Fragen gestellt. Schafft nicht das Experiment sozusagen das Konstrukt von der Natur, das hinterher bewiesen wird?

Die ganze Affäre mit den Hühnern und den Legebatterien und den wissenschaftlichen Experimenten, die in Celle dazu angestellt wurden, ist für mich ein Modellfall für dieses Problem. Wenn man z. B. fragt, ob Hühner in Legebatterien an den inneren Organen bestimmte empirisch nachweisbare Symptome zeigen, die etwa auf Streß oder andere »schädliche« Faktoren rückschließen lassen, dann enthält dies letztlich eine Frage nach dem Recht und dem Stellenwert des Experiments. Denn der Ansatz der Experimente unterwirft das »Leben der Hühner« bereits jenem Denken, das konsequent zur Einrichtung industrieller Legebatterien geführt hat. Sie haben gerade in diesem Fall, wie in vielen anderen, die Evidenz der unmittelbaren Anschauung dagegengehalten, die »einfache Wahrheit«.

HS: Ich würde jeder Wissenschaft das Recht absprechen, überhaupt nach solchen Kriterien wie Veränderungen an den inneren Organen zu suchen, wenn die Phänomene dem Auge sichtbar sind. Wenn ich in eine Legebatterie hineingehe und das ganze Elend sehe, dann brauche ich niemanden, der die Leber dieser Tiere untersucht, ob da Streßhormone zu finden sind. Das halte ich für absolut schwachsinnig, um nicht zu sagen hirnrissig. Es gibt Dinge, die man mit dem Auge entscheiden kann und die zu beurteilen ein Mensch in sich trägt. Diese Kritik habe ich an der Wissenschaft immer wieder vorgebracht: daß für sie überhaupt nur zählt, was zählbar und meßbar ist. Darin war ich auch mit Lorenz immer und immer wieder einer Meinung. Der hat gesagt: Das ist auf die Dauer tödlich, wenn man nur gelten läßt,was zählbar und was meßbar ist. Wenn man das Auge und die eigene Emotion nicht sprechen läßt.

Ich billige der Wissenschaft zu, daß sie sich für Meßbares und Zählbares interessiert. Aber von dem, was sie dann findet, abhängig zu machen, ob ich z. B. etwas gegen solche Greuel wie die Legebatterien unternehme oder nicht unternehme, das kann ich nicht akzeptieren. Wenn ich erst warten muß, bis ein Wissenschaftler mir in der Leber eines Batteriehuhnes nachweist, daß zu viele Streßhormone drin sind, würde ich sagen: »Schade um das Geld und schade um deine Zeit. Hast du nichts Besseres zu tun?« Das sieht man doch mit dem bloßen Auge, daß diese Tiere, deren Stammesgeschichte ich ja kenne – auch wenn ich zugebe, das Bankivahuhn ist über viele Generationen hin umgezüchtet worden –, bestimmte Bedürfnisse in ihrer Umwelt haben. Die Domestikation ändert nichts daran, daß das Huhn ein Huhn ist und nach wie vor im Sand baden und scharren und picken will. Wenn ich ihm das Ausleben solcher elementaren Bedürfnisse nehme, dann muß ich nicht die Leber untersuchen, um festzustellen, ob die Tiere leiden. Und da bin ich auch mit den Hühnerforschern in Hohenheim aneinandergeraten, die mich eigentlich sehr mochten, auch Scholtyssek, der Professor für Geflügelzucht. Aber ich habe ihm gesagt: »Herr Scholtyssek, ich kann Ihnen nicht folgen in Ihrer Hörigkeit den Meßergebnissen gegenüber. Es mag ja sein, daß diese Tiere optimal ernährt sind und daß man Batteriehaltung den Eiern nicht anschmeckt. Aber ich kann die Tiere doch nicht auf ihr Fressen reduzieren. Allein, wenn ich daran denke, daß man denen beim Tageslichtersatz den natürlichen Rhythmus verändert, um die Legeleistung anzuspornen, kann doch von einer einigermaßen artgerechten Haltung nicht mehr die Rede sein.«

Dies war immer meine Auffassung: Wo mir mein Wissen von Tieren und das Auge sagen: das kann nicht gut sein, da brauche ich keine Wissenschaft, die mir erklärt, was gut oder nicht gut für die Tiere ist. Das sieht jeder Mensch mit seinem gesunden Menschenverstand, der ein bißchen von Tieren versteht. Also, da setzt schon auch Wissenschaftskritik an, wenn ein Forscher mir mit seinen ausgeklügelten Meßmethoden versucht, etwas zu beweisen, was mein Auge mir eindeutig sagt.

LF: Sind das die »Evidenzerlebnisse«, von denen Ihre Kritik an unserem Umgang mit den Tieren, mit der natürlichen Umwelt oft ausgegangen ist? Wenn die unmittelbare Anschauung einen Mißstand zu erkennen gibt? Wenn der gesunde Menschenverstand ein Urteil zu fällen erlaubt, ja vielleicht zu fällen zwingt?

HS: Natürlich. Wenn ich sehe, wie man Pferde, Springpferde im Maul reißt, dann brauche ich doch bloß hinzugucken, wie diese Tiere unter Streß stehen. Schon wenn sie in den Parcours hineingeritten werden, sind sie hochgradig nervös. Ich hab gesagt: »Denkt doch mal über das Auge dieser Pferde nach. Das Pferd sieht wenige Meter vor einem Hindernis nur noch mit einem Auge, weil es eine längere Entfernung braucht, damit beide Sehwinkel zusammenfallen und das Tier ein Hindernis in seiner äußeren Dimension richtig abschätzen kann. Schaut euch das doch bloß mal an.« Oder bei Rennpferden. Im Fernsehen habe ich gegen Jockeys anpolemisiert und gegen Rennkommentatoren, die immer verkünden: »In diesen Rennpferden steckt ein Siegeswillen.« Ich habe dann gesagt: »Was ist denn der Siegeswille für ein Pferd? Was soll denn das sein? Das gibt es doch gar nicht. Dieses Pferd rennt wie verrückt, weil es den Wolf im Nacken hat. Guckt euch doch bloß mal die Ohren an. Wenn das Pferd einen Siegeswillen in sich trüge, der auf einen Zielpfosten gerichtet ist, da hielte es die Ohren nach vorn gerichtet. Es gibt kein einziges Foto, wo ein Rennpferd, das hart geritten wird, die Ohren nach vorne richtet. Es richtet sie immer nach hinten, wo ihm der Wolf im Genick sitzt. Das ist natürlich alles sublimiert, es ist nicht mehr dieser archaische Zustand wie früher, aber die Verhaltensstruktur ist noch da. Der Säbelzahntiger ist immer noch in diesen Steppentieren lebendig.« Das muß ich mir doch bloß anschauen. Ich stehe dann auch gegen Fachleute auf, die behaupten: »Das Springreiten ist für ein Pferd doch etwas ganz Normales. Der Mensch kann doch so ein starkes Tier überhaupt nicht zum Springen zwingen.« In einer Fernsehsendung hat mir das irgendein Buchautor entgegengehalten. Ich habe gesagt: »Na, wenn das so ist, Herr Sowieso, dann ist wohl der Handstand, den die Elefanten im Zirkus Krone machen, eine natürliche Handlungsweise der Elefanten.« Da war er still, weil ein Elefant ja noch stärker als ein Pferd ist, und daß ein Elefant nicht auf Händen geht, wissen selbst diese Typen.

[Über die Wirkungsmöglichkeiten des Journalisten]

LF: Mehrere Ihrer Mitstreiter und der sympathisierenden Beobachter meinen festgestellt zu haben, daß im Verlauf der siebziger und vor allem der achtziger Jahre Ihre journalistische Arbeit immer mehr von einem bitteren Grundton, ja von Sarkasmus und Pessimismus geprägt gewesen sei. Ist das so?

HS: Der Mensch unterliegt Wandlungen. Es ist schon richtig: Ich war manchmal bis zur Feindseligkeit gegenüber Menschen verbittert, weil ich natürlich registrierte, daß eigentlich nichts besser wurde. Man feierte mich und man überhäufte mich mit Preisen, und dann ging man zur Tagesordnung über. Es änderte sich nichts. Ich bekam das Kopfnicken der Schwachen für meine Sache, der politisch Machtlosen. Die Mächtigen zuckten mit den Schultern und gingen darüber hinweg. All die Gesetze für die Tierhaltung und den Naturschutz und den Umweltschutz haben sich eigentlich immer nur verschlimmbessert, bis in die letzte Zeit. Wenn Sie das neue Naturschutzgesetz sich anschauen – diese fatale Landwirtschaftsklausel, die erklärt, daß eine moderne, sachgerechte Landwirtschaft den Zielen der Natur dient, hat man, weil sie so nicht mehr haltbar war, vorn herausgenommen, und hinten hat man sie leicht verändert wieder hineingebracht. Im Grunde hat sich nichts geändert. Das hat mich über die Jahre verfolgt, und daß man dadurch nicht fröhlicher wird, ist eigentlich nur zu verständlich. Natürlich hat sich auch in meine Rede eine gewisse Bitternis eingeschlichen, das will ich nicht bestreiten. Aber in letzter Zeit hat sich meine Haltung verändert. In dem Artikel, den ich jetzt über meine Reise an die Oder in der »Zeit« veröffentlicht habe, steht am Schluß mein Credo – »credo quia absurdum«, ich glaube, weil es absurd ist – lesen Sie es nach, besser kann ich es Ihnen nicht sagen.* Ich bestreite nicht die Bitternis, aber ich habe meine – das Wort haben Sie benutzt – misanthropischen Züge verloren, weil ich in vielen Gesprächen mit den Leuten eingesehen habe, daß man in so kurzer Zeit auch mit Wissen und mit einer spitzen Feder nicht gegen das Kulturwesen Mensch angehen kann, das sich der Natur entfremdet hat mit seinen Bedürfnissen – und das mehrheitlich ganz andere Gedanken hat als unsereiner.

[Über die kunstliterarischen Bücher]

LF: Von da aus nun zu Ihren literarischen Büchern. Sie haben in einer Rezension über »Unten am Fluß« im »Spiegel« einmal geschrieben: »Nur die schöpferische Allmacht der Phantasie vermag den Tieren noch zu geben, was nicht des Tieres ist, menschliche Sprache und menschliches Denken.« Die »Jagdnovelle« ist doch ein solcher Versuch, einem Tier gewissermaßen die menschliche Phantasie zu leihen.

* S. 283 in diesem Band.

HS: Da möchte ich ein Veto einlegen. Mein Bär in der »Jagdnovelle« denkt nicht, mein Bär redet auch nicht. Ich versuche natürlich, in seine Verhaltensweisen einzudringen, aber er denkt nicht. Und wo ich auch immer in die Nähe der Schilderung seines Verhaltens komme, da versehe ich es mit Einschränkungen. Ich bin da sehr, sehr vorsichtig gewesen. Und ich glaube auch nicht, daß mir die Darstellung mißlungen ist.

LF: Ich wollte Sie danach fragen, welche zusätzlichen Ausdrucksmöglichkeiten die Literatur Ihnen bietet, gegenüber denen, die Sie mit journalistischer Arbeit haben. Ich habe das Buch auch so gelesen, daß die Literatur dort Ausdrucksmöglichkeiten, sozusagen gesellschaftlich anerkannte Ausdrucksmöglichkeiten bietet, eine andere Sicht zu formulieren. Das muß nicht notwendig heißen, daß das Tier wirklich spricht und denkt, wohl aber, daß man, wie Sie jetzt sagen, z. B. so etwas tun darf, wie sich in ein Tier hineinzuversetzen. Was ja zumindest, wenn es auf eine Anthropomorphisierung der Tiere hinausläuft – die als Gefahr immer lauert –, sehr kritisch zu sehen ist. Da erscheint es dann höchst aufschlußreich, daß in der modernen Ethik-Diskussion die Empathie – also das Vermögen, sich hineinzufühlen auch in Tiere – eine Voraussetzung für eine moralische Haltung gegenüber Tieren ist. So scheint mir, daß die Literatur Ihnen hier die Möglichkeit gibt, eine Perspektive einzunehmen, die z. B. innerhalb einer journalistischen oder wissenschaftlichen Darlegung illegitim ist.

HS: Auf die Gefahr hin, mich schon wieder zu entmythologisieren: Ich machte mit meinen Münchner Professoren einmal eine Reise in die jugoslawischen Plenterwälder, die Bauernwälder, die nach altem Schema bewirtschaftet werden. Ein Baum wird dort nur dann umgelegt, wenn die Tochter eine Aussteuer braucht oder ein Haus gebaut werden muß, und nach langem Umherlaufen um den Baum wird seine Wirkung auf die anderen Bäume abgeschätzt, um dann zu sagen: Der ist es. Und auf dieser Reise kamen wir in ein kleines Jagdmuseum – genau, wie ich das in der Einleitung des Buchs geschrieben habe. Dort hing an der Wand in einem Mahagonirahmen unter Glas ein riesiges Bärenfell. Darunter stand ein kleines Schild: Ort und Tag der Erlegung und der Name. Der Name wies ins Rheinische und war von der Kürze eines Schusses. Der Name legte schon nahe, was das für einer gewesen sein muß und was er für die Jagd auf den Bären bezahlt hatte. Ich mochte mich irren, aber der Name führte mich auf solche Überlegungen, und dann dieses ungeheure Fell, für das er 50 000,– DM gezahlt hatte, aber das er dennoch nicht ausführen durfte, weil es eine Weltrekordtrophäe war. Nach Gesetzen bekam der Erleger das Geld zurück, aber die Trophäe mußte im Lande bleiben. Da hing sie also nun, und das setzte meine Phantasie so in Bewegung, daß mir innerhalb – ich schwöre es Ihnen, es ist die Wahrheit – einer halben Minute ein kompletter Film durch den Kopf schoß. Ich wollte den ungeheuren Widerspruch zwischen dieser nichtigen Existenz eines rheinischen Industriellen und einer so archaischen Gestalt wie dieses riesigen Bären sichtbar machen.

[Über das literarische Debüt mit »Mann aus Apulien«]

LF: Herr Stern, Sie haben spät, sehr spät in Ihrem Leben mit der Literatur als einer öffentlich ausgestellten Tätigkeit sich hervorgewagt. Sie haben aber mehrfach darauf hingewiesen, daß ja das Buch über Friedrich II., »Mann aus Apulien«, eine lange Entstehungsgeschichte hat, in den sechziger Jahren schon begonnen wurde, zunächst aus einem historischen Interesse an den beinahe naturwissenschaftlichen Ambitionen dieses Stauferkaisers. Es ist dann etwas ganz anderes geworden. Ist der Friedrich-Roman nicht auch und ganz stark ein Buch übers Altwerden?

HS: Ja, ganz sicher. Ich hätte dieses Buch vorher auch gar nicht schreiben können. Ich bin ja über zwanzig Jahre mit diesem Kaiser im Kopf herumgegangen. Bin auf seinen Spuren gereist. Ich habe wohl alles gelesen, was es über ihn zu lesen gibt. Aber ich bin über den Anfang viele, viele Jahre lang nie hinausgekommen. Dieser Anfang hat dazu geführt, daß ich an den Vertrag von Bertelsmann kam, einen enorm hoch dotierten, der dann später von Kindler aufgekauft wurde, weil Bertelsmann einfach die Hoffnung verlor, daß aus diesem Roman je noch etwas werden würde. Es wurde dann doch etwas daraus. In den sechziger Jahren hätte ich dieses Buch gar nicht schreiben können. Das ist ein Buch über das Altwerden natürlich, und es beschreibt die Empfindungen dieses Kaisers in seinen letzten fünf Lebensjahren, die aus meiner Sicht seine bedeutendsten waren, gewiß nicht im politischen Sinn, aber doch im menschlichen und vor allen Dingen für sein Naturverständnis. Da schreibt er sein großes Buch: »De arte venandi cum avibus«.

Solch ein Buch hat im Leben eines Mannes seine Zeit, und ich bin froh, daß ich damit so lange gewartet habe; ich bin dankbar für die vielen Hindernisse, die sich mir in den Weg gestellt haben und die mich immer zwangen, Umwege zu machen. Wer mich nicht kennt und nicht genau hinsieht, der nimmt immer ungeheure Sprünge in meinem Leben wahr, Unverbundenes. Im Grunde ist das nicht so. Ich bin auf diesen Kaiser gestoßen, als ich selber mit Vögeln arbeitete. Ich habe vorhin von dem Turmfalken Kiki erzählt, den ich auswilderte und der aus dem heiteren Himmel mir auf die Hand flog, so daß die Leute mich für einen Wundermann hielten. Als ich mit diesem Falken arbeitete, handelte ich nach der Maxime, nach der ich immer handelte, wenn ich mich mit Tieren umgab: Ich wollte wissen, wie sie funktionieren, was die Wissenschaft über sie zu sagen hat. Wenn man sich mit Falken beschäftigt, kommt man nicht umhin, an dieses Kaiser-Buch über die Falknerei zu geraten, das ja bis in die heutige Zeit, von einigen grausamen Dingen abgesehen, immer noch die Bibel der Falkner ist. Also fing ich an zu lesen, und das faszinierte mich, je mehr ich las, immer stärker, weil – so viel wußte ich vom Mittelalter – im Mittelalter konnte kein einziges Buch geschrieben werden, ohne daß der liebe Gott ins Spiel kam. Und der liebe Gott kommt in diesem ganzen Buch überhaupt nicht vor. Und was noch viel aufregender ist: Alle, die bis dahin über Tiere schrieben, schrieben mehr oder weniger von Aristoteles ab oder kopierten wenigstens Albertus Magnus. Dieser Kaiser schrieb von Aristoteles nicht ab, er kritisierte ihn sogar. Machte ihn zu einem Stubengelehrten, der lieber bei seinen Fischen hätte bleiben sollen, bei seinen Tintenfischen, von denen er wirklich Gewißheit hatte. Und dann diese nüchterne Sprache und der Satz »Ich glaube nur, was ich mit meinen Sinnen erfahren kann«. Ein Mann, der zum ersten Mal Recherchen betrieb. Der seine Gesandten nicht nur für politische Missionen durch die Lande schickte, sondern dem es viel wichtiger war, was sie an Nachrichten aus der Vogelwelt der besuchten Gegenden mitbrachten. Das waren alles ganz ungewöhnliche Dinge, die mich an diesem Mann so faszinierten, daß ich mir sagte: Über den schreibst du. Aber meine Absicht war zunächst nur, über den Naturwissenschaftler zu schreiben, der immerhin auch die moderne Naturwissenschaft mit begründet hat. Was viele nicht wissen: Er war der erste, der auf eine krude Weise, wie auch immer, das Experiment in die Naturbetrachtung einführte. Dieser Kaiser stand sozusagen mitten in meinem eigenen Interessengebiet, Tiere und Naturwissenschaften. Da war er eine ganz zentrale Figur, und nur über diesen Teil seines Lebens wollte ich schreiben. Es ödete mich auch an, wie Historiker einer nach dem anderen immer wieder abschrieben, was irgendwo einer einmal über diesen Kaiser als Tierdresseur gesagt hatte. Und ich hatte selbst so viel Erfahrung mit Tieren, im Umgang mit ihnen, daß ich wußte: Allein der verfügbaren Zeit eines Mannes nach, der mehr als die Hälfte seines Lebens im Sattel zugebracht hatte, konnte es nicht sein, daß er seine Pferde selber zuritt, seine Hunde dressierte, seine Falken abtrug. Ich habe das dann sehr genau geschildert, daß es vollendete Werkzeuge waren, die ihm andere in die Hand gaben und mit denen er virtuos umging. Ich wollte eigentlich der Historikerzunft eins ans Bein geben, weil sie auf diesem Gebiet, das nicht ihr eigenes war, nämlich Naturwissenschaften, Tierhaltung und so fort, dauernd Dinge abschrieben, einer von dem anderen, ohne sie je zu überprüfen. Und dann merkte ich, daß ich mit solchen Aspekten dieses Leben nicht würde fassen können.

Ich bin in den Sechzigern über die ersten 30 Seiten nie hinausgekommen. Das ist wieder eine schöne Geschichte: Bertelsmann verlor die Lust an dem Buch. Ich stand mit 50 000,– DM in der Kreide, und Helmut Kindler gab dem Bertelsmann-Verlag dann 50 000,– DM, kaufte den Vertrag, und nun war ich also Sklave von Helmut Kindler. Er ist ein Freund, wir kennen uns lange, und ich sagte: »Helmut, ich muß noch fürs Fernsehen ...« »Ja, ja«, sagte er. Dann machte ich die Zeitschrift »natur«, da sagte er: »Ja, mach Du mal ›natur‹. ›natur‹ ist ja auch wichtig.« Wobei man wissen muß, daß Helmut Kindler der geborene Pflastertreter ist, der von sich sagt: »Wenn ich keinen Zement unter den Füßen habe, fühle ich mich nicht wohl.« Er kaufte also die Rechte auf, und es interessierte ihn eigentlich gar nicht. Nur Nina Kindler, seine Frau, war brennend an diesem Thema interessiert. Er mochte mich einfach.

Als dann meine Herausgeberschaft bei »natur« zu Ende ging, schrieb er mir einen Brief: »Hör mal, es geht mir nicht um die 50 000,– DM, die ich natürlich erwähne. Es geht mir darum, daß ich noch zu meinen Lebzeiten dieses Buch auf dem Tisch habe.« Ich habe mich dann hingesetzt. Das ist die Geschichte dieses Buches.

Das eine habe ich noch vergessen: Eine vorausgegangene Mahnung Helmut Kindlers an mich, dieses Buch doch endlich zu schreiben, bestand darin, daß ich eines Tages ein Postpaket bekam. Ich machte es auf, und in diesem Postpaket waren drei Bücher, in bischofslila Leinen gebunden, auf dem Rücken in Golddruck »Horst Stern: Mann aus Apulien«. »Kindler« unten auf dem Buchdeckel. Ich dachte: Was ist das denn? Ich hatte nicht mehr als 30 Seiten geschrieben, und da kamen drei fertige Bücher. Ich öffnete sie: Es war mein Text. Die Vorbemerkungen, genau wie sie heute noch dastehen, und die ersten 30 Seiten. Und dann kamen natürlich 350 weiße Seiten. Es lag eine Karte dabei: »Bitte stell Dir eines auf den Schreibtisch und gucke es jeden Tag an und denke, was Du mir schuldig bist.« Das war Helmut Kindler. Das waren noch Verleger.

LF: Man hat behauptet, was dieses Buch angeht, die Figuren seien Projektionsflächen für Ihre Ideen. Von dem Satz halte ich nicht viel, aber es steckt ein kleines Problem darin. Das ist der – ich nenne es einmal: Schreibabstand zu den Figuren. Es wird gesagt, bei diesem Buch über Kaiser Friedrich II. sei das imperiale Pathos in der Schreibweise Ihrem Schreibstil sehr nahe.

HS: Beim Staufer-Buch ist das sehr leicht zu erklären. Natürlich hat das Deutsch des Staufers ein gewisses Pathos. Aber es gingen ja viele, viele Versuche der endgültigen Fassung voraus. Ich setzte mich ja nicht einfach hin und schrieb. Ich habe mehrere stilistische Versuche unternommen, um den Ton zu finden, von dem ich meinte, er sei der richtige. Ich brauchte dieses Imperiale der Ausdrucksweise, und ich brauchte diese dem Latein nahekommenden, verschachtelten Sätze. Das kann man natürlich als ein Erschwernis für den Leser ansehen, aber für mich war es einfach zwingend. Ich schrieb ja keine Biographie. Ich schrieb aus dem Innersten dieses Kaisers heraus. Also, glaubte ich, müßte ich auch eine Sprache finden, die diesem Innersten entsprochen haben könnte. Deshalb entschloß ich mich für diesen durchgängig gehaltenen hohen Ton. Und ich bin bis heute noch der Überzeugung, daß es absolut richtig war und auch den Erfolg und die Glaubwürdigkeit des Buches mit ausmacht.

[Über den bislang letzten Roman, »Klint«]

LF: Für »Klint« kann man die Frage anders formulieren. Die Unterscheidung zwischen dem Journalisten, der Klint nachspürt, und Klint selbst ist in stilistischer Hinsicht minimal. Das kann ja ein Problem werden bei solchen Konzeptionen, wo dann plötzlich zwei schreibende »Ichs« in der Schreibart sehr nahe beieinander sind. Wie ist das mit diesem »Schreibabstand«?

HS: Bei »Klint« gebe ich Ihnen in manchen Aspekten recht. Ich bin auch dem Kaiser in vielen Aspekten sehr nahe. Er ist schon in manchen Dingen eine Projektionsfläche für mein eigenes Inneres, und was ich von Tieren immer gesagt habe, findet sich natürlich auch in dem wieder, was er in dem Buch äußert. Daß sich dies mit der Auffassung des historischen Kaisers, die ich den Akten entnehmen kann, weithin deckt, war für mich ein ungeheurer Glücksfall. Ich mußte den Friedrich nicht vergewaltigen, um meine eigenen Anliegen, wie ich sie empfinde, sagen zu können.

»Klint« ist etwas ganz anderes. »Klint« ist ein Buch, das aus einer gewissen Verzweiflung heraus entstanden ist. Aus dieser Bitternis, über die wir gesprochen haben. Es sind meine hochgerechneten Ängste, die sich in diesem Buch widerspiegeln. Ich habe das nie verhehlt. Ich habe mich immer nur dagegen gewehrt, daß man etwas sagte wie: »Das ist Horst Sterns Vermächtnis« und solchen Quatsch. Aber daß ich natürlich meine Ängste über den Zustand der Welt und den Umgang, auch meines eigenen Berufsstandes, mit diesen Fragen gegeißelt habe, das trifft zu. Die Nähe zu mir will ich nicht verleugnen. Und das hat mich auch nicht sehr interessiert, ob die zwei Stimmen, die darin sprechen, sich nun ähnlich sind oder nicht. Sie sind von einer Denkungsweise und – mein Gott, wenn Sie mich fragen: Literatur ist immer eine Lüge, und ich habe auch etwas gegen solche Spitzfindigkeiten wie: Was ist deine Erzählhaltung? Mußt du deinen Ton verändern? Ist das glaubwürdig? Jeder weiß, daß Horst Stern das geschrieben hat. Ich kann das kaschieren, und ich kann eine Kunst daraus machen, die Schreibweise zu verändern. Eine Lüge bleibt es so oder so. Ich hab mir dieses Buch von der Seele geschrieben. Ich brauchte es. Ich mußte es loswerden. Ich mußte meine Bitternis zwischen zwei Buchdeckel bringen. Das Buch ist sicherlich nicht mein bestes, und ich bin auch nicht sehr glücklich darüber, und es hat ja auch nur einen minimalen Erfolg. Ja, gut, was heißt minimal? Es hat auf Menschen sehr viel Wirkung gehabt. Ich habe sehr viele Briefe bekommen von ebenfalls verzweifelten Menschen, für die das immerhin ein Trost war, daß sie in ihrer Verzweiflung nicht allein waren. Insofern war das Buch sicherlich nicht vergeblich. Aber es ist natürlich – und das hat mir auch jeder angekreidet – eines der schwärzesten Bücher, die je geschrieben worden sind.

LF: Sie haben aber eine Distanzierungskonstruktion hineingebracht. Klint, der an der Welt verzweifelt und zerbricht, wird von einem anderen recherchiert. Es wird nicht aus seinem Kopf heraus allein geschrieben, sondern aus dem Kopf dessen, der recherchiert. Diese Brechung macht, daß man es aushalten kann. Vielleicht konnten Sie selbst es nur so aushalten. Ich habe den Eindruck gehabt, daß das Buch sehr stark von dem lebt, was ich Großmetaphern nenne. Sehr großräumige bildliche Konstruktionen, z. B. die bildliche Konstruktion der Sodomie, die ja sehr viel mehr ist als die physische, praktizierte Sodomie, sondern die das Mensch-Tierverhältnis in seiner ganzen aktuellen Perversion allgemein enthält. Diese

Metaphern sind auf der einen Seite sehr weit gespannt, auf der anderen Seite wieder sehr ausphantasiert, ausfabuliert, wie in diesem Roman die ganze zwischen Traum und Realität gehaltene Szenerie in dem Pferdebordell. Sind solche Großmetaphern für Sie eine Möglichkeit, die Ängste und Bitterkeiten, diese schwarzen Visionen auszudrücken? D. h. ist das Medium der Literatur mit der Möglichkeit, solche Metaphern zu wählen, tatsächlich ein Ausweg, wenn es in einer anderen Ausdrucksweise nicht mehr geht?

HS: Wenn Sie sich entschließen, ein literarisches Buch zu schreiben, dann können Sie die Gleichgültigkeit der Kirche gegenüber Tieren oder die Grausamkeit oder die Perversion der Wissenschaft gegenüber Tieren ja nicht wie in einem Sachbuch abhandeln. Ich mußte also eine Metapher finden, die deutlich macht, was ich sagen will, die das aber in einer der Literatur gemäßen Sprache tut. Da bot sich mir – weil das ja auch für die Kriminalstory, die in diesem Buch steckt, wunderbar paßte – das Pferdebordell an. Ich kann nur den Kopf schütteln über einen Menschen wie den Johannes Wilms, den Feuilletonchef der »Süddeutschen Zeitung«, den die »Zeit« nicht zu Unrecht einen Coiffeur des Zeitgeistes genannt hat, der sich nicht entblödet hat, in der Fernsehsendung »Literarisches Quartett« über den »Klint« zu sagen, es habe ihn geekelt, und er habe sich gewundert, daß dieses Buch einen Verleger gefunden hätte. Dümmer kann sich ein Feuilletonchef wohl nicht äußern. Karasek hat versucht, das wieder richtigzustellen und gesagt, man müsse doch begreifen, daß die ausfabulierte Sodomie eine Metapher ist für den Umgang, den bestimmte gesellschaftliche Gruppen mit dem Tier pflegen, und daß es dem Stern nicht darum geht, darzutun, wie irgendwelche Menschen ein Pferd vögeln. Natürlich ist das so, es ist eine Großmetapher, die ich gewählt habe, weil ich nicht mit einer journalistischen Sprache in einem literarischen Buch einen solchen Sachverhalt geißeln kann.

LF: Und die Antike in diesem Buch »Klint« – ist sie eine Möglichkeit, die Gegenwart zu spiegeln? Sie verlagern ja sozusagen die Antike in die Gegenwart. Sie wählen eigentlich den Weg, die Antike neu zu schreiben als eine Dimension auch des Gegenwärtigen.

HS: Ich bin darauf gekommen, weil ich viel Vergil gelesen und zu meiner großen Verblüffung entdeckt habe, daß damals zu Vergils Zeiten, unter Octavian, dem späteren Augustus, die Perversion der modernen Landwirtschaft schon anfing. Daß die eigentlichen Landwirte in den Städten saßen und abkassierten und daß man im großen Stil Ackerbau und Viehzucht betrieb. Daß man anfing, mit den damals zur Verfügung stehenden Mitteln zu industrialisieren – und daß es damals schon jemanden gab, der das beklagte und es in den Worten und mit den Feststellungen beklagte, wie man heute noch klagt. Das setzte mich auf die Spur. Und als ich dann noch gewisse Parallelen entdeckte – ich habe das einmal einen metaphysischen Krimi genannt, der sich in diesem Buch abspielt –, etwa die Genmanipulationen und die Kentauren, diese Zwitterwesen, die man heute zu züchten versucht – das lag so auf der Hand, daß ich mich wunderte, und es gab meiner Fabuliersucht natürlich auch Zucker. Ich konnte das wunderbar ausmalen, ich konnte das ironisieren, ich konnte mich darüber amüsieren. Ich wollte damit das Buch nicht auf eine große Höhe heben, indem ich mich der Antike zuwandte. Es waren schlicht Vergil und die Landwirtschaft und die Genmanipulation, die sich zur Glossierung anboten. Es wird vieles hineingeheimnist in ein solches Buch. Ich habe einfach Materialien aus der Antike, die zutage lagen und die sich mir als verblüffende Parallelen der Neuzeit anboten, als Spielmaterial in diesem Buch benutzt.

Einmischung – der streitbare Journalist Horst Stern

Essays, Reden, Polemiken, kritische Beiträge

Ein Journalist mit Stimme

von Klaas Jarchow

Zur gleichen Zeit, in der die großen Gründerfiguren der deutschen Nachkriegspresse wie Henri Nannen und Rudolf Augstein beginnen, kommt auch der aus der Gefangenschaft entlassene Soldat und Dolmetscher Horst Stern zum Journalismus. Aber die scheinbar mühelos gelungene Aufnahme in die Zunft der Tagespresse-Schreiber ist mehr als der entschlossen ergriffene Zufall, mit dem ein Broterwerb gesichert werden kann. Schon bei Gericht zeigt der junge Mann Stern ein Talent zur Sprache und einen analytischen Verstand. Der Gerichtsreporter auf Zeit reüssiert sofort. Noch weit über 40 Jahre nach der entscheidenden Weichenstellung für sein berufliches Leben (»Seither bin ich Berufsjournalist«) kommentiert Horst Stern den Effekt dieser Anstellung gewohnt pointiert und trocken, zugleich gewohnt süffisant und selbstbewußt, in folgendem Wortlaut: »Die Auflage stieg« – da es sich damals herumsprach, daß die »Stuttgarter Nachrichten«, also Stern, die einzigen waren, die verläßlich berichteten (vgl. S. 34f.).

Was uns als Bordmittel des Journalisten Horst Stern inzwischen nur zu geläufig ist, die Eigenheiten seines Stils, sehr genau, sezierend, scharf akzentuierend, kein Wort unbedacht setzend, hochkonzentriert und sehr selbstreflexiv, das ist ganz offensichtlich auch die Qualifikation, mit der Stern seinen journalistischen Weg sucht. Früh entwickelt er einen analytischen Blick für die Bedingungen seiner Zunft und für seine ganz persönliche Situation darin. Er ist ein scharfer Analytiker, nicht nur in den Texten, sondern auch gegenüber dem Tun der anderen und seinem eigenen Handeln. In der Anfangsphase eher intuitiv-suchend im Spiel der sich andeutenden Möglichkeiten, die sich für seine weitere Berufsentwicklung bieten, später ganz sicher höchst bewußt. Die Kombination des Autors und Journalisten mit dem messerscharfen, auch selbstreflexiven Analytiker wird Grundlage seines kommenden Erfolges. Denn die Jobs, die jetzt auf ihn zukommen, sind die desjenigen Journalisten, der sich selbst oder eben das Blatt, das er macht, zu analysieren vermag, und sei es mit einer kurzen Bemerkung wie der gesagten: »Die Auflage stieg.«

Horst Stern tritt in die Dienste des Verlages Delius Klasing. Dies ist ein Engagement, das die ökonomische Grundlage für alle anderen Aktivitäten bilden wird. Er wird als journalistischer Manager, als Blattmacher engagiert, Chefredakteur genannt oder später auch Herausgeber. Er ist derjenige, der farblosen Zeitschriften Profil verschaffen und gefährdete Verlagsprojekte in die Gewinnzone steuern soll, ob es nun »Unterwegs«, »Gute Fahrt« oder »Die Yacht« ist. Und er liefert höchst erfolgreiche Arbeit ab, denn das Engagement wird, in der einen oder anderen Form, in den nächsten 40 Jahren bestehen bleiben. Für das Fachpublikum der Zeitschriften, die er übernimmt, wird sich das, was der neue Herausgeber äußert, zuweilen befremdlich lesen. So behelligt er die Freizeitskipper der »Yacht« mit seinen editorialen Fragen und Notizen zum Musikus Brahms (»Lieben Sie Brahms?«), oder er stellt im Jahr 1969 die Haar-Frage »Tragen Ihre auch lang?«. Da derlei »nur« das jeweilige Wort des Chefredakteurs oder Herausgebers ist und die redaktionellen Beiträge davon nicht berührt scheinen, bleiben seine geistreichen Etüden für die Leserschaft im Rahmen des Erträglichen, für den Verlag der Bonus des Einträglichen.

Stern kann in diesen Funktionen immer auch er selbst sein,

denn er verschreibt sich dem Macher-Job nicht mit Haut und Haaren, bewahrt sich den lustvollen Umgang mit Sprache und die Freiheit, ganz anderes zu erkunden und für andere Zwecke zu schreiben. So bietet ihm die bald routiniert gehandhabte Verantwortlichkeit für verschiedene Blätter wirtschaftliche Sicherheit und zugleich die Möglichkeit, den Horizont des ökologischen Wissens zu erweitern, nicht nur segelnd die Küsten und reisend die Landstriche kennenzulernen.

So sehr Stern in der »Yacht« eine besondere Klientel bedienen mußte, mancher Titel des Editorials klingt schon wie von jenem Autor, als den wir ihn später kennen werden: »Suum cuique« (der gelehrte Stern), »Getrennte Schlafzimmer« (der leicht süffisante Stern, die Pointe sitzt), »Das Land der Griechen mit dem Segel suchend« (Stern, der Literat), »Naturbetrachtungen vom Achterdeck« (der Ökologe).

Aber, und das ist sicherlich die Basis seiner Tätigkeiten, die Methode Sterns paßt auch verlagsstrategisch, gilt es doch, z. B. »Die Yacht« mehr an die Kioske und weniger fest an die Mitglieder des »Deutschen Segler-Verbandes« zu bringen und damit auch ökonomisch freier und ertragreicher zu machen.

Horst Sterns Arbeit ist erfolgreich. Das liegt mit Sicherheit auch an der Art, wie der »Chef« die Redaktionen leitet. Darüber erfährt man nur sehr selten etwas in den Editorials. Dann aber blitzt auf, daß die scharfe Analyse und das klare Kalkül für die jeweilige Situation eines Blattes mit einem Stil der Redaktionsarbeit einhergehen, der andere mitzieht.

Aber Stern sieht sich als Chefredakteur der Fachblätter trotz der harten Arbeit nicht ausgelastet. So gibt es in den frühen 50er und 60er Jahren schon die Tierporträts, die Hörfunksendungen zum Tierverhalten und damit erste Reflexionen über Lebensraumgrenzen und ökologische Fragen. Parallel zu der Supervisor- und »Feuerwehr-Funktion« (vgl. S. 40) als Chefredakteur oder Herausgeber spezialisiert sich Horst Stern auf Tierwelt- und Umwelt-Themen.

In den 60er Jahren entwickelt er diese Themen vor allem in seinen Hörfunkbeiträgen. In den 70er Jahren geschieht und widerfährt ihm der Aufstieg zum gehaßten und geliebten journalistischen Agent provocateur durch seine Fernsehsendungen zur Prime time. Der Blattmacher und Journalist wird Fernsehstar. Wenn Rudi Carrell der eine Fernsehheld dieser Zeit ist, dann ist Horst Stern der ganz andere. Nach dem Schock durch die flegelhaften Studenten von 1968 nun auch noch dies: Bilder von den lieben Tieren, die man so doch gar nicht sehen will, denen man sich aber nicht entziehen kann, denn der Mann fädelt effektvoll und geschickt ein. Und dazu noch diese Stimme: klirrend analytisch und sezierend, von höchster Konzentration und ohne Erbarmen, Sätze wie aus dem Plädoyer eines Staatsanwalts. Immer in eigener Sache, als wären wir für jeden Mißstand mitverantwortlich.

Jetzt kulminiert Sterns Talent zum Alleskönner von höchster Intensität und schärfstem Verstand. Der sich spezialisierende Dilettant macht das Wissen der Fachwissenschaftler allgemein verständlich und somit wirksam erkenntnisfördernd, da es durch seine Sendungen im Massenmedium überhaupt erst von einer breiteren Öffentlichkeit wahrgenommen wird.

Der Journalist Horst Stern ist auf dem Höhepunkt seiner Wirksamkeit angelangt, als sein schwierigster auch sein letzter Fernseh-Fall wird. Die bewährte Methode wendet sich gegen ihren meisterhaften Anwender. In den Filmen über die Tierversuche in den Laboren der pharmazeutischen Industrie stimmt Sterns Analyse nicht mehr mit der Erwartung an ihn, mit der verbündeten öffentlichen, kritischen Moral überein.

Er beschließt, die Notbremse zu ziehen, für das Medium Fernsehen nicht mehr zu arbeiten und statt dessen, noch einmal, den Posten des Blattmanagers anzunehmen. Das Printmedium, das gedruckte Wort scheint ihm die Gewähr für die als notwendig erachtete größere Differenzierung der Darstellungen zu bieten. Jetzt gehen der Blattmacher, der Organisator, der er schon für Delius Klasing war, und der Fachjournalist eine höchst logische, wirksame und erfolgsträchtige Verbindung ein.

Horst Stern entwickelt und gründet »natur«, die Zeitschrift für Ökologie. Mit einem stattlichen Millionen-Etat des Verlages Ringier im Rücken und unter verhandelbaren Bedingungen kann er versuchen, wissenschaftlich fundiert sein Thema öffentlich zu machen, ein Forum vermittelter Wissenschaft zu gründen. Er holt sich exzellente Fachleute in den Beirat und die profundesten Autoren in die Redaktion. Bei Anzeigen wird ihm vertraglich ein Vetorecht eingeräumt. Er schafft eine Plattform, von der aus Wissen vermittelt werden kann, notwendig komplexe Zusammenhänge über unseren bedrohten Lebensraum behandelt werden. »natur« ist nun auch das Tableau, von dem aus die großen Gegner, die Vierzehnender und Kaventsmänner, ins Visier genommen werden. »Basta«, Helmut Schmidt (vgl. S. 231 f.). – Gut vier Jahre wird Horst Stern diesen letzten großen journalistischen Versuch seines Lebens steuern. Ökonomisch erfolgreich für ein derart anspruchsvolles Konzept. 180000 Käufer von »natur«, davon 130000 Abonnenten, sind ja keine Kleinigkeit.

Homo sapiens, Homo ludens und Homo oeconomicus sind im Leben des Journalisten Horst Stern eine höchst ertragreiche Liaison eingegangen. Was den Journalisten und Blattmacher Horst Stern von den anfänglich genannten Kollegen Nannen und Augstein u. a. unterschied, war wohl der Grad der höchst produktiven persönlichen Obsession, mit dem persönlichen, eigenen Wort aufklären zu wollen. Genau dies rückte ihn immer schon, mal mehr und mal weniger, in die Nähe des Berufes des freien Schriftstellers, des Autors und Literaten. Zu diesem konvertierte er dann, als er der Notwendigkeiten des Anfangs schon weit entledigt war und schon ganz wund geworden am Journalismus, nach all den Jahren »im langen Sklavendienst an Verlegern und Lesern«. Und heute vermag er offenbar beides zu kombinieren, den Journalisten, der kein Blatt mehr zu machen braucht, aber in der »Zeit« und der »Woche« ein freies Wort schreibt, und den Schriftsteller.

Tiere zwischen Vermenschlichung und Vermassung

Am 9. April 1974 hielt Horst Stern zum einhundertjährigen Jubiläum der Gründung des Deutschen Veterinärrats in Berlin einen Vortrag über das zutiefst widersprüchliche, ethisch unverantwortbare und ökologisch verheerende Verhältnis der Menschen in unserer Gesellschaft zu den Tieren.

Als die Vorstandschaft des 11. Deutschen Tierärztetages mir das Thema »Die Evolution der Tier-Mensch-Beziehung in den vergangenen hundert Jahren« stellte, muß sie wohl auch die Pünktlichkeit unseres Mittagessens im Sinn gehabt haben, kommt diese zeitliche Einengung des Themas doch einem Versuch gleich, einen Eisberg allein anhand seiner aus dem Wasser ragenden Spitze hinreichend beschreiben zu wollen.

Ginge ich um nur hundert Jahre zurück, so verfehlte ich mit Ausnahme der Herren Brehm und Grzimek so gut wie alle Menschheitslehrer, die die Tier-Mensch-Beziehung durchdacht, artikuliert und lehrend geprägt haben, Pythagoras etwa, den Schutzpatron aller Vegetarier, der die Tiere für beseelt hielt und darum die Menschen mahnte, sich tierischer Nahrung zu enthalten. Oder, ganz im Gegensatz dazu, die nacharistotelische Peripatos-Akademie und die Ältere Stoa, die beide tierische Nahrung für den Menschen – und als ihre Voraussetzung das Töten – rechtfertigten, indem sie den Tieren Vernunft absprachen und damit auch die Rechtsfähigkeit.

Die Beschränkung auf hundert Jahre unterschlüge auch die platonische Quelle der ambivalenten, manche sagen: der skandalösen Haltung, die die christliche Theologie dem Tier gegenüber seit alters her einnimmt. Der Religionsgeschichtler Ebermuth Rudolph wies darauf hin, daß schon die Priesterschrift des biblischen Buches Genesis für die Herrschaftsfunktion des Menschen über die Tiere die hebräische Vokabel *kib'schu* verwende, die aus der Sprache des Traubenkelterns stammt und *unter die Füße treten* bedeutet. Die auf Platon zurückgehende, von Augustin neu bekräftigte dogmatische Ansicht von der unsterblichen menschlichen Vernunftseele schloß die Tiere als nicht erleuchtet, das heißt: unfähig, Gottes Weisheit zu erkennen, von den Wohltaten der Christenpflichten aus. Das wirkt bis in unsere Gegenwart hinein. Als der *World Wildlife Fund* Paul VI. bat, die Stimme der Kirche ex cathedra für die Tiere zu erheben, schickte der Vatikan einen Scheck. Immerhin: Der Gerechte erbarmte sich seines Viehs (ein Bibelzitat übrigens, das der einzige deutlich ausgesprochene Tierschutzgedanke der Heiligen Schrift ist, wenn man vom Ochsen absieht, dem man beim Dreschen nicht das Maul verbinden soll). Franz von Assisi war kaum mehr als ein Rudi Dutschke der Kirche, ein vom römischen Establishment für naiv angesehener Revoluzzer, der Unterprivilegierte zu vermenschlichen suchte.

Das alles, meine Damen und Herren, muß ich unserer Schildkrötensuppe von nachher opfern, das und noch etliches mehr: etwa den animalischen Automaten ohne Seele und Individualität, wie die kartesianische Maschinentheorie des Lebendigen das Tier deutete. In der Intensivhaltung unserer Nutztiere feiert dies mechanistische Tierbild heute, 300 Jahre später, kommerzielle Urständ. Spinoza dann, der dem Menschen folgerichtig zubilligte, mit dem vernunftlosen Rechtsobjekt Tier nach Gutdünken verfahren zu dürfen. Und schließlich Immanuel Kant, der das Tier endgültig den Sachen zuschlug.

Mit ihm bin ich meinem Thema immerhin auf 90 Jahre nahe gekommen. Es ist Neuzeit längst, 1788, als Kant, der den anorganischen Kosmos streng naturgesetzlich erklärt hatte, alles Organische einer rationalkausalen Deutung autoritär entzieht und aus der Hand eines Denkgottes kommen läßt. Aber dann, nach einer Übergangszeit der romantischen Naturphilosophie, richtet sich riesengroß der Affe auf, wenn auch nur erst in Gestalt seines vorausgeworfenen Schattens. Der französische Zoologe Jean Lamarck stößt als erster den Menschen roh auf den peinlichen Verwandten. 1810 erklärt er alle Organismen für »wahre Naturerzeugnisse«, die nacheinander und auseinander entstanden seien. Das Ergebnis davon: eine Affenart, die »bewogen durch das Bedürfnis zu herrschen und zugleich weit und breit zu sehen, sich bemühte, aufrecht zu stehen«. Darin sei, so Lamarck, die eigentliche Geburt des Menschen zu sehen. Mit den Tieren war er nun stoffgleich, und Gott hatte, als erster Beweger, bestenfalls noch etwas mit den Amöben zu tun.

Der Galilei der Biologie, und mit ihm die Körperlichkeit des Affen, sollte indes erst noch kommen. Charles Darwin veröffentlichte 1859 seine Abstammungstheorie. Die unwissenschaftliche Lamarcksche These vom äffischen »Bedürfnis« zu herrschen, präzisierte er durch die Ansicht vom Gestalt- und Organwandel durch Anpassung an eine sich verändernde Umwelt, vom Überleben der aus dem Lebenskampf als optimal angepaßt hervorgehenden, die Anpassungsmerkmale vererbenden Individuen.

Das hatte schwerwiegende Folgen auch im Sinne unseres Themas, der modernen Tier-Mensch-Beziehung. Mit Darwin kam dem Menschen die gottgleiche Gelassenheit seiner Denk- und Verhaltensweisen den Tieren gegenüber abhanden. Seit er zwischen sich und seinem Schöpfer nicht mehr nur Adam und Eva und das Menschengeschlecht ihrer Kinder und Kindeskinder sieht, sondern das namenlose, das gallerte, das quallige, das beschuppte, befiederte, behaarte, beschwänzte und behufte Tierreich aus Millionen Jahren organischer Evolution, ist sein Umgang mit Tieren der eines haltlosen, zwischen den Extremen schwankenden Psychopathen. Niemals zuvor in geschichtlicher Zeit wurden so viele Tiere von so vielen Menschen so hysterisch gehätschelt, niemals zugleich aber auch so viele von so vielen so ausgebeutet, verfolgt und gequält. Der groteskesten Vermenschlichung und Individualisierung der Tiere steht fast übergangslos ihre makaberste Maschinisierung und Vermassung gegenüber. Im Niemandsland dazwischen moralisiert das Tierschutzgesetz – für die Vermenschlicher aus Mangel an Straftatbeständen nicht gedacht, für die Ausbeuter aus ökonomischen Zwängen nicht gemacht: ein Gesetz, heute noch, für eine Minderheit krimineller Tierquäler.

Das Jahr 1871 ist das Erlaßjahr der ersten Tierschutzbestimmungen im Strafgesetzbuch für das Deutsche Reich. Von nun an war mit Geldstrafe »bis zu funfzig Thalern« oder mit Haft zu bestrafen, wer »öffentlich oder in Aergerniss erregender weise Thiere boshaft quält oder roh mißhandelt«. Das bedeutete freilich erst einen ästhetischen Tierschutz, weil das Gesetz nicht die Tiere vor der Mißhandlung, sondern die Menschen davor schützte, das Ärgernis eines rohen Umgangs mit Tieren mit ansehen zu müssen. Doch immerhin, es wedelte wenigstens der Schwanz eines ethischen Tierschutzes, der das Tier um seiner selbst willen schützt, schon mit dem Schweinehund im Menschen.

Erst 1933 kam der ethische Tierschutz ins Gesetzbuch. Die ominöse Jahreszahl verpflichtet mich zu sagen, daß rechtsmateriell die deutsche Justiz die Nazis zur Novellierung der Tierschutzvorschrift von 1871 nicht gebraucht hatte; lange vorher hatten schon der Göttinger Strafrechtslehrer Robert von Hippel und andere ihr Unbehagen daran formuliert. Die gesetzgeberische Hürde nur war unter Tierfreund Hitler niedriger geworden. Im November 1933 schon erließ man ein eigenständiges Reichstierschutzgesetz. In den Konzentrationslagern waren von nun an die Wachhunde die besseren Menschen.

Das Jahr 1972 brachte uns endlich ein neues Tierschutzgesetz. Es ist so gut, wie es eben sein kann aus dem Haus eines Ministers, der die europäische Tendenz zur Agrarfabrik, zur menschenlosen Tiermaschine vertreten muß, wenn er politisch überleben will. Das Gesetz wurde, was die Intensivhaltung von mindestens 120 Millionen Tieren angeht, folgerichtig ein Ermächtigungsgesetz, mit der Humanität als Postulat. Es überläßt vieles der Wissenschaft, also der Zukunft. Man wird sehen. Was man jetzt schon sieht: Eine Sache im Sinne des bürgerlichen Rechts, wie bei Immanuel Kant schon im philosophischen Verstand, ist das Tier trotz des Pudelfreundes Schopenhauer und des Urwalddoktors Albert Schweitzer geblieben. Des Gesetzkommentators Wort vom »Mitgeschöpf«, das sich, obwohl keine Rechtspersönlichkeit mit schützenswertem Rechtsgut, »als ein Gegenstand *sui generis* mit leblosen Dingen nicht gleichstellen läßt«, in des Christengottes Ohr!

Die mir aufgegebenen 100 Jahre sind tierphilosophisch nicht so leicht zu personalisieren, obwohl die Wissenschaft in ihnen ganz allgemein – man denke an Atomphysik, Raumfahrt und Genetik – spektakulär kulminierte. Die zwei Jahrtausende davor waren nicht nur wegen des langen Zeitraumes an großen Gedanken über Mensch und Tier trächtiger. Wer Aristoteles sagt, muß nicht Albertus Magnus, ja nicht einmal Buffon sagen, wenn er die Fülle dessen andeuten will, was vor uns über Tiere an Originärem geschrieben wurde. Alfred Brehm und sein verdienstvoller Erneuerer Bernhard Grzimek, die den Alpha- und den Omegapunkt dieser 100 Jahre besetzen, sind am ehesten noch mit dem fleißigen Älteren Plinius zu vergleichen und werden, wenn durch nichts anderes, wie dieser Römer durch die schiere Fülle ihrer Enzyklopädien überdauern.

Einzig Konrad Lorenz wohl erhebt sich eigenständig zu säkularer Größe schon deswegen, weil er die Ethologie als beherrschendes Tierthema unserer Zeit ins Bewußtsein der Zeitgenossen hebt. Sein durchaus genial zu nennendes gestaltseherisches Fragen wird möglicherweise sogar einige seiner gefundenen Antworten überdauern, setzte es doch eine ganze, ihm nachfolgende Forschergeneration instand, plausible Hypothesen zu wagen in der Deutung der Innenwelt-Aspekte Darwinscher Theorien. Lehrer mehr noch als Gelehrter, ein flamboyanter Sokrates der Zoologie, wird er in den Schriften seiner Schüler über die Zeiten hinweg fortdauern. Daß Lernpsychologen ihm heute politisch und soziologisch am Zeug flicken, weil er gelegentlich irrte – in der flüchtigen verbalen Anpassung an das inhumane Vokabular brauner Rassenmedizin gewiß, in der Vernachlässigung sozial bedingter Frustrationsaspekte seiner ganz auf den Trieb gestellten Aggressionslehre vielleicht, das nimmt ihm nichts von seinem Glanz. Kant, auf dessen Königsberger Lehrstuhl er saß, nannte Platon einen Pseudophilosophen. Vor dem Irrtum sind auch die Großen nicht gefeit.

Nein, es ist nichts mit der Erhellung der modernen Mensch-Tier-Beziehung allein durch die Leuchtkraft großer Namen, wenn man diese Beziehung ethisch hinterfragt statt nur ethologisch. Es fehlte und fehlt der Zoologie heute nicht an bedeutenden Lehrergestalten. Auch hat sie unser Tierwissen um eine ganze Dimension, nämlich die der animalischen Innenwelt, erweitert. Aber zu den beiden großen Perversionen der Tier-Mensch-Beziehung von heute, der maßlosen Tiervermenschlichung einerseits und der ebenso maßlosen Tiervermassung andererseits, hat sie, nimmt man Lorenz aus, so gut wie nichts zu sagen, was kraft der moralischen Leidenschaftlichkeit des Denkens geeignet wäre, das Bewußtsein der Zeitgenossen zu verändern. Das wirkungsmächtige Philosophieren über die Schöpfung und die Wertigkeit von Mensch und Tier besorgen zuvörderst die Atomphysiker und die Molekularbiologen. Die Zoologie von heute ist an philosophischen

Gedanken arm. Sie läßt denken durch den maschinisierten Menschen, genannt Computer. Es zählt, was quantifizierbar ist.

Zur Stoffgleichheit von Mensch und Tier tritt als neues identisches Schicksal beider nun noch die Vermassung hinzu, ein Schicksal, das sich in der Leistungssteigerung bis hin zum physischen Zusammenbruch und in der Wohnform der Batterie ausdrückt. Weil aber der Mensch so auf die Dauer nicht leben kann, bricht er ahnungsvoll aus ins Grüne, in den noch oberflächlichen Natur- und Umweltschutz, diese große, das Gewissen relaxierende Mode unserer Zeit. Und weil er auch mit der Tiermaschine auf seinem Gewissen nicht leben kann, bricht er aus in die noch oberflächlichere Tierliebe, die der andere bedeutende Verdrängungsmechanismus dieser Jahre ist. Niemals zuvor wußten Menschen dank der Ethologie so viel über die Bedürfnisse der Tiere. Niemals wollten sie in ihrer Mehrzahl weniger davon wissen als heute, faktisch nicht und moralisch schon gar nicht. Die Extreme *Daktari* und *Batterie, Vermenschlichung* und *Verdauung* beschreiben präzis die Hauptinhalte des heutigen Umgangs mit Tieren.

Geht man den Motiven nach, die heute den unterschiedlichsten menschlichen Beschäftigungen mit dem Tier zugrunde liegen, so kommt man alsbald zu dem deprimierenden Schluß, daß fast alle diese Motive anthropozentrisch sind, mehr oder weniger stark auf Ausbeutung und Erhaltung der körperlichen oder geistigen, in jedem Fall der dem Menschen nützlichen Eigenschaften der Tiere gerichtet. Nichts oder doch nur weniges geschieht um des Seins der Tiere willen. Zu dem wenigen zähle ich, in dieser Reihenfolge, die Arbeit der Erforscher und Bewahrer einer freilebenden Tierwelt, die der praktizierenden Tierärzte und der ihnen zuarbeitenden Forschung und die der wissenschaftlich geleiteten Zoos. Und selbst bei diesen Gruppen wären noch ethisch zu formulierende Einschränkungen zu machen.

Da ich das Millionenheer der sogenannten Tierfreunde von

der Feststellung der anthropozentrischen Tiernutzung nicht ausgenommen habe, wird von dieser Seite der lauteste Protest kommen. Ich will daher meine These zur Verminderung von Mißverständnissen einengen. Wenn ich generalisierend Tier sage, so meine ich die höher organisierten Wirbeltiere, an die wir diffuse Gefühle einer Zuneigung wenden. Wenn ich von den Tieren der Tierfreunde rede, so rede ich von denen, mit denen sie sich in der Regel umgeben, also durchweg von käuflichen und verkäuflichen Tieren. Hier, beim ursprünglichen Warencharakter dieser Tiere, hat jede halbwegs gründliche Betrachtung der landläufigen Tierliebe einzusetzen.

Ich lasse die vom Handel der freien Natur entnommenen Wildtiere beiseite. Angesichts der barbarisch hohen Verlustraten, die mit dem Export und Import solcher Frischfänge in aller Regel verbunden sind, herrscht, glaube ich, unter Fachleuten, sofern sie nicht am Handel partizipieren, Einigkeit darüber, daß ein weltweites gesetzliches Verbot der Entnahme von gefährdeten Tieren aus der Natur für alle anderen Zwecke als die der unumgänglich nötigen Forschung überfällig ist. Artenschutz und Menschlichkeit gebieten es. Der parasitäre Charakter einer Tierliebe, die sich auf solche Tiere richtet, braucht nicht diskutiert zu werden.

Was aber kann man gegen die Tierliebe haben, die beliebig züchtbare Heimtiere zu Objekten hat? Das ist nicht die Frage, degradierte sie das Tier doch vorbehaltos zur Ware. Die Frage muß vielmehr lauten: *Cui bono* – wem nützt eine solche Tierliebe? So gefragt, stellt sich als erstes heraus, daß diese Tierliebe mit den Werbemethoden unserer Konsumgesellschaft zum Boom angeheizt worden ist. Anders ist der nie dagewesene, in die Millionen gehende Stückzahlenbestand in der privaten Tierhaltung nicht zu erklären. Der Umsatz der einschlägigen Branche geht mittlerweile in die Milliarden. Ich wohnte einmal einer Versammlung von Tierhändlern bei. Als ich sie nach zwei Stunden darauf aufmerksam machte, daß man bislang noch nicht vom Tier, sondern immer nur vom

Geld geredet hätte, war man nicht einmal peinlich berührt, so selbstverständlich war ihnen allen das Tier als Ware längst geworden. In den Schaufenstern ihrer Ladengeschäfte, in den Vitrinen der Kaufhäuser, auf den Fernsehmattscheiben, in den Inseraten betteln denn auch die sorgfältig nach dem Lorenzschen Kindchenschema ausgesuchten Demonstrationsobjekte die Menschen an, man möge sie doch endlich von der Lieblosigkeit einer gewerblichen Umwelt erlösen, sprich: sie kaufen. Bekannt ist auch der Werbefeldzug eines Futtermittelherstellers, der Tausende von Wellensittichen an Kinder verschenkte, um ihnen zur Steigerung des Futtermittelabsatzes Tierliebe anzuerziehen.

Man kann als sicher annehmen, daß die Tierliebe dem Menschen nicht angeboren ist. Der Raubaffe ist nur sublimiert im »Pfui« der Mutter, mit dem sie ihrem Kind das Flügelausreißen an Insekten, das Herumzerren des Junghundes an Schwanz und Ohren, das Anbrennen der Katzenschnurrhaare verbietet. Tierliebe ist anerzogen, kulturell erzwungen, ethisch motiviert und, wie wir sehen, kommerziell stark manipulierbar, was sich von der spontanen Liebe, die ein Mensch für einen Menschen empfinden kann, nicht sagen läßt. Mit Recht wirkt daher auf gefühlsgesunde Menschen eine Tierliebe, die die Merkmale der Menschenliebe trägt, abstoßend. Der tote Hund in Leichenhemd und Sarg, mit einer Rose zwischen den erkalteten Pfoten, ist eine Manifestation sozialer Sodomie.

Was manipulierbar ist, ist ungerichtet, schwankend, ist an- und abschaltbar. Wer die Fachpresse des Tierhandels liest, stößt immer wieder auf Artikel, die den jeweiligen modischen Trend der sogenannten Tierliebe aufzeigen und den Händlern unverhüllt raten, ihn durch verlockende Werbeangebote und Inserate in Verbindung mit Gefälligkeitsreportagen in der Lokalpresse zu aktivieren.

Die beliebig anschaltbare Wärme der Tierliebe ist auch ebenso beliebig wieder abschaltbar. Das schreckliche Wort vom Wegwerftier gehört zum Vokabular unserer Zeit. Viele Hunde werden umgebracht oder verjagt, wenn die Hundesteuerbescheide verschickt werden. An den Türklinken der überfüllten Tierheime finden sich früh morgens öfters trächtige Hündinnen, die man dort nachts angebunden hat. Jahr für Jahr, zu Beginn der Reisezeiten, werden die Tierheime überfordert mit ausgesetzten, herrenlosen Tieren. *Paris Match,* die große französische Illustrierte, schockte vor drei Jahren ganz Frankreich mit grauenvollen Bildern aus den mit Wegwerfhunden vollgestopften Vorhöfen der Pariser Tierkrematorien. Um die internationalen Flughäfen streunen sommers die Hunde und Katzen herum, denen im Handgepäck ihrer Herrschaft der Mitflug nicht erlaubt wurde. In allen Großstädten der westlichen Welt herrscht von Juli bis September Hundefängerkonjunktur, von der die zoologischen und pharmazeutischen Versuchsanstalten profitieren. Die Wälder sind überlaufen von ausgesetzten, nach Nahrung suchenden Katzen. Jäger üben den Schrotschuß an ihnen oder fangen sie in Fallen, damit ihre Jagdhunde an ihnen die in Prüfungen verlangte Raubzeugschärfe üben können. Stiege man in die Kloaken der Städte hinab, fände man dort zu dieser Jahreszeit große Mengen toter Zierfische. Auch die Ratten haben nun Konjunktur.

Für die neue Saison dann, zur Erbauung der Tierfreunde an den wieder länger werdenden Abenden, ist der Tierhandel bestens gerüstet. Die Nachzucht läuft auf vollen Touren. Bei den Modehunden Dackel und Basset und bei der Versuchshunderasse der Beagles hat die Zucht vielenorts durchaus einen Intensivcharakter angenommen, wie man ihn heute aus der Nutztierproduktion kennt. In kleinen Boxen aus Beton, die an langen Stallgassen aufgereiht sind, stehen die Hündinnen als Gebärmaschinen, oft ohne Auslauf und meist ohne sozialen Kontakt. Es interessieren nicht ihre Gefühle und sozialen Bedürfnisse, es interessieren allein die Läufigkeitszyklen. Ich weiß von einer Basset-Zucht im tierfreundlichen England, in der die Hündinnen bis zur Schließung des Etablissements jeweils in einem kniehoch abgesägten Holzfaß standen, angebunden natürlich, Kopf und Analregion in trogartigen Ausschnitten nach draußen. Die Fässer standen dicht an dicht, und ein Fließband transportierte den Tieren den Kot unter der Rute weg.

Da es auch bei uns Intensivzuchten gibt (wenn auch wohl nicht dieses perversen Charakters), muß es bei uns auch Tierärzte geben, die am Stempelgeld, das bei der Massenimpfung anfällt, gut verdienen. Ich wünsche diesen Veterinären weiterhin einen ruhigen Schlaf.

Noch einmal: *Cui bono?* Wiegt die Nestwärme, das individuelle Glück, das den solcherarts produzierten, gesundheitlich oft fragwürdigen Fließbandwelpen in den Häusern der Tierfreunde zuteil wird, das Massenelend ihrer Mütter auf? Und was ist das für ein Glück oft genug? Die Adressaten der Versandhauskisten mit den Jungenhunden darin gehen ganz überwiegend in die Städte. Wer die Großstadtpresse der Bundesrepublik liest, dem kann eine sich ausbreitende Hundefeindlichkeit nicht verborgen bleiben. Es mehren sich die Proteste gegen die übervollen, nächtlichen Lärm verbreitenden Tierheime, gegen den Hundekot, der Gehwege und Spielplätze verseucht. Eine bis vor die Gerichte getragene Feindschaft zwischen den Menschen dieser unschuldigen Tiere nimmt zu. »Hunde dürfen alles, Kinder dürfen nichts!« las ich an einer Stuttgarter Mauer.

In Wahrheit dürfen auch diese Hunde so gut wie nichts von dem, was natürliche Hundeart ist. Bis über beide vom Stadtlärm abgestumpften Ohren werden sie an Leinen durch die Abgase des Straßenverkehrs gezerrt, nasenblind vermutlich durch den Ansturm artfremder Gerüche. Wir finden schon nichts mehr dabei, daß diese klassischen Lauftiere im Auto zum Friseur, zum Hausarzt und neuerdings auch zum Psychiater gefahren werden. Im Pariser Hilton-Hotel filmte ich einen Cocker, der vom gedeckten Tisch ein geschabtes Filetsteak fraß. Hilton wirbt damit in Anzeigen um Gäste. In New York ließ ich ein durchaus ernstgemeintes, florierendes Hunderestaurant filmen, und derzeit bin ich dabei, zu Bildern zu kommen aus einem süddeutschen Schlankheitsinstitut für übergewichtige Hunde.

So betrachtet, und so muß man es wohl betrachten, ist Tierliebe, Hundeliebe zumal, in der für mich überschaubaren hochzivilisierten Gesellschaft ganz überwiegend anthropozentrisch, nützlich in der Hauptsache dem Menschen und seinen auf Mode, Status, körperliche Fitneß und das Ausleben von Autorität gerichteten Bedürfnissen.

Daß es die Ausnahmen der ethischen Tierliebe gibt, und gar nicht einmal so wenige, daß ich das weite Feld der Diensthunde hier nicht beackere, das weiß ich natürlich auch. Das Ärgernis ist der Boom, der alles andere diskreditiert hat. Für die Städte ist der Zeitpunkt gekommen, sich und die Tiere mit einem *Numerus clausus* zu schützen, der in erster Linie die Hinwendung der Kinder zum Tier, die Alterseinsamen und die geistig Defekten begünstigt, auf die neuen Forschungen zufolge ein Hund therapeutische Effekte haben soll. Das wäre der wahre, bis in die Zuchtgettos hineinwirkende ethische Tierschutz.

Daß dieser Tierboom seine tiefsten Gründe in der Entfremdung des Menschen von der Natur haben könnte, daß die übersteigerte Tierliebe in unserer Zeit die Stillung eines triebhaft menschlichen Appetenzverhaltens und mithin etwas ganz Natürliches, tief Gefühltes sei, das ist oft gemutmaßt worden. Diese Deutung besonders der rekordhaften Einschaltquoten bei problemfreien, das exotische Heile herausstellenden Tiersendungen des Fernsehens habe ich stets mit Mißtrauen gelesen. Sie wurde inzwischen auch gründlich widerlegt. Als das ZDF in Mainz mit bewährten Holzamer-Methoden daran ging, durch Vorverlegung seines Abendprogramms die großen Torjäger der ARD, voran unseren Großmeister Bernhard Grzimek, systematisch zu decken, da fielen die üblichen traumhaften Sehbeteiligungsquoten von etwa 70 Prozent aller eingeschalteten Geräte in den tiefen Keller von 20 Prozent. Edgar Wallace und seine *Toten Augen von London,* sein *Hexer* und wie diese abgestandenen Gruselfetzen aus den sechziger Jahren sonst noch heißen mögen, entlarvten die deutsche Tierliebe als ein drittklassiges Unterhaltungsthema. Auch wohl als ein spezifisches Frauen- und Kinderreservat. Ich weiß aus meiner vielen Post, daß die Programmtyrannei der Männer die weiblichen Mitglieder der Familien nur zu oft zu Krimi- und Sportkonsum zwingt, wenn diese Art der Unterhaltung mit Tiersendungen konkurriert. Das ist zu bedenken. An der grundsätzlichen Richtigkeit der Diagnose, die Beschäftigung mit dem Tier in Fernsehtheorie und Haushaltungspraxis diene vorwiegend einer die wirklichen Tierprobleme unserer Zeit verdrängenden Unterhaltung, ändert es nichts. Die demoskopisch ermittelten Zahlen sind gar zu eindeutig.

Es gibt noch einen anderen Stützbeweis für meine Behauptung vom Zerstreuungscharakter der Tiere in Menschenhand. Mein an Weihnachten 1973 gesendeter Film über die Metamorphose der Schmetterlinge war in fast allen Blättern der Republik angekündigt worden als das, was er tatsächlich war: eine stark wissenschaftlich getönte Information über biochemische Abläufe, eingehüllt freilich in ein ästhetisch ansprechendes Bilderkleid und sogar in Musik. Folgerichtig im Sinne meiner kulturpessimistischen Deutung der Tierliebe waren bei diesem Schmetterlingsfilm zur denkbar besten Sendezeit nur 19 Prozent der in Betrieb befindlichen Geräte eingeschaltet, während ich normalerweise über 50 Prozent auf mich ziehe. Das Konkurrenzangebot des ZDF war nicht spektakulär: kein Krimi, kein Fußball, vielmehr eine durchschnittliche Marlitt-Schnulze.

Wer diesen Schmetterlingsfilm gesehen hat, wird zumindest der Kameraarbeit Kurt Hirschels bescheinigen müssen, daß Diffizileres aus dem Mikro- und Makrobereich selten, wenn überhaupt je zuvor, in dieser technischen und ästhetischen Perfektion gezeigt worden war. Es bleibt nur der Schluß übrig, daß ein echtes, in die Verstandestiefen reichendes Interesse am Tier nach wie vor eine Beschäftigung von Minderheiten ist. Man kann ja nicht einmal davon ausgehen, daß diejenigen, die diesen Film sahen, auch schon am Tier interessiert waren. Wir in den Fernsehanstalten wissen, daß jeder von uns, der regelmäßig im Scheinwerferlicht steht, zahlenmäßig ein nicht unbeträchtliches Publikum hat, das weniger von der Sache als vielmehr von einer bestimmten filmischen Machart, einer Diktion, einer Stimme oder auch nur von der Krawattensammlung des Moderators angezogen wird. Auch sagt vielen Gewohnheitssehern oft das Mainzer Programmangebot so wenig zu wie das der ARD, und also wählen sie, unfähig abzuschalten, das kleinere Übel, das in meinem Fall eben Schmetterling hieß.

Die Zahlenprobe aufs Exempel meiner eigentlichen Filmhandschrift steht noch aus. Sie wird kommen, wenn meine filmischen Bemerkungen über den Hund in der Stadt gezeigt werden. Ich deutete Ihnen die Thematik vorhin schon an. Es ist leider anzunehmen, daß Edgar Wallace, mit dem sich das ZDF gut versorgt hat, obsiegen wird. Wenn sich bis 20.15 Uhr, beim Beginn des ARD-Abendprogramms, seit 19.30 Uhr drei ungeklärte ZDF-Leichen angesammelt haben, dann ist, so fürchte ich, der überwältigenden Mehrheit des tierliebenden deutschen Volkes das Schicksal der im Auftrag und auf Rechnung dieser Tierliebe ausgebeuteten, intensiv gezüchteten und oft genug als Wegwerfware behandelten Hunde gleichgültig. Mit nur fünf Mark für die Haussammlung des Tierschutzvereins ist man bei der Liebe ja wieder dabei.

Das flache Gewässer einer solchen Tierliebe hat dicht unter der Oberfläche einen Untergrund, in dem jeder Gedankenschritt versinkt und wenig anderes zutage fördert als die Blasen aufsteigender Emotionen. Ich meine die Intensivhaltung unserer Nutztiere. Es ist schwer, sich dem Urteil von Konrad Lorenz nicht anzuschließen, diese Art der Fleisch- und Eiproduktion sei eine Kulturschande. Es ist doppelt schwer gerade für mich, ihm zu widersprechen, denn ich provozierte diese Stellungnahme. In meinem Hühnerfilm hatte ich den Ethologen um Lorenz vorgeworfen, es sei ihnen kein exotischer Urwald zu dicht, kein Ozean zu tief, um darin nicht ihren Studien an freilebenden Tieren nachzugehen und sie flugs in Bestseller umzusetzen. Nur in einen heimischen Stall, da bringe sie niemand hinein. Das, so hatte ich der Lorenz-Schule im Hinblick auf Klaus Zeeb, Anton Grauvogel und andere Veterinäre vorgeworfen, überließen sie den ethologisch ambitionierten Tierärzten.

Da Konrad Lorenz es selber öffentlich sagte, kann ich es hier wiederholen: Er schränkte nach meinem Appell an sein wissenschaftliches Gewissen seine bis dahin vertretene und von der Hühnerindustrie weidlich ausgebeutete Lehrmeinung ein, die hohe Legeleistung sei bei Vögeln, und also auch bei Batteriehühnern, stets ein Beweis für körperliches Wohlbefinden. Fortan ließ er diese Meinung nur noch für die Wildformen der Vögel gelten. Die Batteriehühner erklärte er *ex cathedra* für hormonal manipuliert. Den Beweis dafür und für die Streßsymptome der Batteriehühner versuchen nun die Lorenz-Schüler Leyhausen und Nicolai, insbesondere aber Glarita Martin, Hohenheim, durch eigene Versuchsreihen und Literaturauswertung zu erbringen. Der Hohenheimer Hühnerpapst, Professor Siegfried Scholtyssek, der den Tierschützern als die Inkarnation des Leibhaftigen gilt, als ein Sadist im weißen Kittel, mußte seine eigenen ethologischen Bemühungen um die Geschöpfe seiner Computergenetik einstweilen aufgeben. Man bewilligte ihm dafür, wie er mir sagte, kein

Geld. An gutem Willen, das weiß ich aus der genauen Kenntnis dieses oft diffamierten Mannes, fehlt es ihm nicht.

Und das, diese Verlangsamung wissenschaftlicher Erkenntnisprozesse durch Geldverknappung seitens des Staates, ist der eigentliche Tierschutzskandal, weil es an jedem dadurch verlorenen Tag Millionen von Tierindividuen verwehrt wird, ihre artspezifischen Verhaltensweisen frei auszuleben. Wann endlich werden die von Menschenwürde fabulierenden Politiker begreifen, daß der Tier- und Naturschutz im Hause eines Landwirtschaftsministers zu unlösbaren Zielkonflikten führen muß? Politischer Selbstmord ist keinem Minister zuzumuten. Darauf aber liefe es hinaus, wollte Herr Ertl heute einer ohnehin aus Einkommensgründen sich radikalisierenden Landwirtschaft das Zurück zur Natur in der Viehzucht verordnen. Daß auch noch die Industrielobby zunehmend hinter der Intensivhaltung steht, macht die Probleme allenfalls moralisch, keineswegs aber politisch leichter.

Viele Tierfreunde übersehen stets diese politischen Implikationen des Problems. Sie übersehen, daß der Fleisch- und der Eierpreis politische Preise sind, die national kräftig zu erhöhen – und darauf zumindest liefe eine Abschaffung der Intensivhaltung hinaus – sich keine Regierung leisten kann in einer Zeit des internationalen Agrarmarktes und der allgemeinen Inflationshysterie. Die Welt der Tierzucht aber in Ordnung bringen zu wollen, indem man das Kalbfleisch hinfort auch rot und die Eier nur noch anhand des Stempels eines naturnah produzierenden Betriebs kauft, das ist menschlich liebenswert, aber es bringt kein einziges Kalb aus der dunklen Mastbox, keinen jungen Mastbullen vom Spaltenboden und kein Huhn aus dem Käfig. Zu viele Leute, die absolute Mehrheit, streicheln Hund und Katz und Meerschweinchen und absolvieren damit ihr Pensum Menschlichkeit gegenüber Tieren. Der Tierschutz wird diese große Mehrheit nicht mit Bildern von anämischen Kälbern und die Ethologen werden sie nicht mit Aminosäuren, die den Batterieeiern fehlen sollen, anders als nur flüchtig schrecken. Und die Mehrheit ist der Gesetze machende Souverän. Und wer in den Massenmedien täglich das asiatische Menschenelend sieht, die Hungers sterbenden Äthiopier und Inder, der wird sich dem Hinweis der Nahrungsmittelproduzenten nicht ganz verschließen können, daß die Mehrheit eine Versorgungslücke an Eiweiß aufweist, die sich keineswegs schließt, vielmehr mit steigender Bevölkerungszahl immer größer werden wird; daß die menschliche Not von morgen die Not der Nutztiere von heute ist.

Zumindest den Wissenschaftlern, die den Tierhaltern das Instrumentarium liefern, sollte man zubilligen, daß sie über den monetären Profit hinaussehen. Sie haben die Warnung Carl Friedrich von Weizsäckers im Ohr, der in Indien eine Hungerkatastrophe heraufziehen sieht, deren Opfer sich nicht mehr auf schon gewohnte Zehntausende, sondern auf Millionen von Menschen belaufen könnte. Sie wird, wenn sie kommt, die Welt in unvorstellbarem Maße erschüttern, und die Erschütterung wird sich nicht in den Seelen der Menschen, sondern im politischen und geographischen Gefüge unseres Planeten abspielen. Es könnte dann sein, daß der in den Industrienationen derzeit noch mit moralisch anfechtbaren Mitteln erzeugte Eiweißüberschuß die letzte Möglichkeit ist, Moral auszuüben, das heißt: die Verhungernden zu speisen und die Welt vor dem sozialen Chaos zu bewahren.

Diese düsteren Zukunftsaspekte schließen unsere gegenwärtige Verantwortung für die Nutztiere natürlich nicht aus. Sie exkulpieren insbesondere das Haus Ertl auch nicht von dem Verdacht der Interessenabhängigkeit in den Fragen des Nutztierschutzes. Seit beinahe zwanzig Jahren stehen auch in der Bundesrepublik die übervölkerten, nach Kapitalnutzen und Kapitalertrag organisierten Batterien, stehen die Kälber in ihren Boxen und die Mastbullen und Mastschweine in ihren auf den Zentimeter berechneten Ställen. Zwanzig Jahre ohne eindeutiges verhaltensphysiologisches, vor allem aber politisches Ergebnis sind mehr als genug. Die ethologischen Aspekte der modernen Massentierhaltung lagen lange genug offen zutage. Daß man sie erst heute unter öffentlichem Druck und Auftrag intensiver angeht, spricht nicht für das moralische Engagement der Wissenschaft und der Politik in diesen Fragen.

Dabei wird von ernst zu nehmenden Tierschützern nicht ein blauäugiges Zurück zur Natur verlangt. Gefordert ist eine Humanisierung der Intensivhaltung durch die Gewährung eines ethologisch zu ermittelnden Mindestmaßes an artspezifischer Bewegungs- und Triebfreiheit für Tiere, die heute noch nach einem schrecklichen Wort von Ruth Harrison oft sterben müssen, ohne je gelebt zu haben.

Ich kann mein Thema, die Tier-Mensch-Beziehung unserer Zeit, nicht zu Ende bringen, ohne den Jäger zu bedenken und den Reiter zumindest zu streifen. Beider Verhältnis zu ihren Tieren, besonders das des Jägers, war einmal nahezu symbiotisch. Es verband den Jäger der Prähistorie mit den jagdbaren Tieren über deren profane Nahrungsfunktion hinaus eine Magie des Blutes, die heute freilich auf den Unbefangenen leicht belustigend wirkt, wenn sie in einer Hubertusrede von einem Jäger beschworen wird, der sich nach einer in TEE-Zügen und Hochhäusern verbrachten Woche jeweils Freitag abends als Hermann Löns verkleidet und mehr schlecht als recht seiner modernen Beschäftigung als Wolfersatz nachgeht.

Ich muß es immer wieder sagen: Ich habe nichts gegen den Jäger als Ordnungsprinzip in der heutigen Natur. Ich weiß natürlich auch, daß er, so gesehen, unentbehrlich ist. Meine Vorbehalte entspringen auch nicht den emotionalen Gemütsschichten, aus denen heraus viele Tierfreunde die Jäger als Tiertöter ablehnen. Mir schießen sie erstens nicht genug und zweitens zu oft das falsche Wild. Die vom Gesetz geforderte Vielfalt der Arten, deren Bewahrung dem Jäger noch aufgegeben ist, reduzierte sich nicht ohne seine erhebliche Mitschuld zur Vierfalt aus Hirsch und Reh, Hase und Fasan. Die alte mörderische Beutekonkurrenz zu Wolf und Luchs, Habicht, Marder und anderem sogenannten Raubzeug ist noch längst nicht tot. Sie erweist sich heute wieder am vehementen, bis zum illegalen Totschießen gehenden Widerstand der jagenden Mehrheit gegen den Luchs, der in unseren großen geschlossenen Waldgebieten nach seiner Ausrottung vor 100 Jahren wieder eingebürgert werden soll.

Wieder also eine Menschengruppe, die in ihrer Mehrheit die Tiere nicht um ihres ökologischen Seinszweckes willen ansieht, sondern den mühsam mit der Stammesgeschichte bemäntelten Nervenkitzel ihrer Bejagung, ein rein anthropozentrisches Motiv, im Sinn hat. Der Chefredakteur des führenden deutschen Jagdblattes *Wild und Hund* schrieb allen Ernstes die Meinung nieder, die – so wörtlich – jagdliche Nutzung des vom Aussterben bedrohten Sumatratigers sei die beste Gewähr für sein Überleben. Worum es indessen beim Postulat der Jagd als Naturschutz nur allzuoft in Wirklichkeit geht, nämlich um privaten Lustgewinn, das zeigt in einer der neuesten Ausgaben dieses Blattes das Foto eines Jägers, der zwei totgeschossene polnische Wölfe sieghaft beim Genick hält. Darunter stand von der Hand eines Redakteurs (also denktypisch für das Blatt): »Des Jägers schönster Tag: Seine Doublette auf Wölfe.«

Um die biologische Ignoranz einer solchen Veröffentlichung abschätzen zu können, muß man die Sorgen der internationalen Wildbiologie um den Fortbestand des weltweit geächteten Wolfes kennen, auch ihre Bemühungen, diese Tiere, die sich nur als Ranghöchste verpaaren, wenigstens solange zu bewahren, bis man für die Lehrbücher kommender Generationen mehr von ihnen weiß, als in den Märchen und Gruselgeschichten von gestern zu lesen steht, wo der Wolf als eine Art von Faschist der Wildbahn porträtiert wird. Nach einer mündlichen Mitteilung des schwedischen Wolfforschers Erik Zimen ist in Skandinavien in diesem Winter eine letzte kleine Wolfpopulation durch Jagd vermutlich ausgerottet worden. In Polen und in der ČSSR ist der Urahn unserer Hunde in seinem Bestand gefährdet, weil er keine Schonzeit genießt.*

Kein Zweifel ist mehr daran möglich, daß, wenn der Trophäenkult und der Männlichkeitswahn nicht endlich sterben, die Herrenjagd sterben wird, die ihre privaten Gefühle und ihren Schießtourismus auf Kosten einer immer ärmer werdenden Natur auslebt. Die Zeit ist gegen sie. Nur, fürchte ich, wird sie einige Tierarten noch mit ins Grab nehmen.

Ich wüßte vieles auch *für* die Jagd zu sagen. Da aber die Jäger das selber zur Zeit in überreichem Maß besorgen, kann ich es hier lassen. Meine Zeit läuft auch ab, und ich muß noch durch den schwierigen Parcours der Springreiter. Das vielpublizierte Mißverständnis zwischen ihnen und mir rührt daher, daß wir, wenn wir von Pferden sprechen, von verschiedenen Pferden sprechen. Ich rede dauernd vom Pferd, sie reden dauernd vom Reitpferd, und das ist etwas grundsätzlich anderes. Ein Reitpferd, gleich welcher Sportdisziplin, ist ein dressiertes Tier. Es hat, indem es Lob und Strafe erfuhr, über Jahre hinweg gelernt, die Dinge zu tun, die straffrei sind und gute Behandlung zur Folge haben. Davon leiten viele Reiter ab, ein aus solcher Erfahrung resultierendes Verhalten ihrer Pferde, zum Beispiel das Überspringen auch höchster Hindernisse, sei artspezifisch. In Wahrheit handelt es sich um ein andressiertes Meideverhalten, das durch Gedächtnisauffrischungen in Form von Schmerzzufügungen mittels Barren und ähnlichem aktiv gehalten wird.

Die Verhaltensforschung an Tieren bemüht sich peinlichst, bei der Beobachtung und Beschreibung ihrer Studienobjekte jeden Anflug von Dressur, auch von Selbstdressur auszu-

* Als ich zu dieser Rede nach Berlin flog, las ich in der *Süddeutschen Zeitung* vom 8. April 1974, daß die polnische Regierung beabsichtige, die Wölfe unter Naturschutz zu stellen. Eine gnadenlose Jagd habe sie auf 150 Stück dezimiert.

schalten. Die Reiter aber dressieren ihre Tiere zu kunstvoll stilisierten Geschöpfen mit Schaueffekten heran und neigen dann dazu, in ihnen einen neuen Genotypus Pferd zu sehen, der in der Lage ist, Erworbenes, nämlich das erst seit 100 Jahren übliche Parcoursspringen, zu vererben. Aber ein Grobschmied kann seinen Söhnen nicht das Schmiedehandwerk vererben. Was er weitergeben kann, das ist allenfalls eine Muskel- und Sehnendisposition, aus der sich durch Ausbildung ein Grobschmied machen läßt.

Und allein hier, im Muskel- und Sehnenapparat der Pferde, hat meine Kritik an den Auswüchsen der heutigen Springreiterei ihre Wurzel. Ich hoffe, es schreibt einmal einer die Geschichte der berühmten Springpferde der letzten zwanzig Jahre, die praktisch über Nacht aus den Schlagzeilen verschwanden. Die Biographien von Pferden wie Donald Rex, Jägermeister, Moët et Chandon, High and Dry, Winzer, Tasso (um nur die ganz Prominenten der letzten Jahre zu nennen) würden deutlich machen, daß die vierbeinigen Athleten der Springbahnen nicht anders als die menschlichen Hochleistungssportler in ihrem Bewegungsapparat längst überfordert sind. Es ist für die ihm heute zugemuteten Belastungen nicht konstruiert. Fluchttiere der Ebenen sind einseitig spezialisierte Lauftiere. Die Vertikale, das regelmäßige »Häuserspringen« unter fremdem Gewicht, ist nicht ihre Dimension. Sie ist eine Funktion von Zuckerbrot und Peitsche, vor allem der Peitsche.

Sie als Veterinäre, als die Sachwalter der Haustiere, haben es weitgehend in der Hand, dem Pferd durch öffentliche Mahnung zum reiterlichen Maßhalten zu nützen oder durch Schweigen an seinem Mißbrauch mitschuldig zu werden. Die unseligen Nervenschnitte, die nichts heilen, sondern die Ausbeutung der Sportpferde oft genug nur noch steigern, sind heute wohl nicht mehr zu verheimlichen und haben damit ihren Rückversicherungswert für gewissenlose Reiter verloren. Ihre Ursache aber, die Überanstrengung der Tiere in einem sich mehr und mehr professionalisierenden Springreiterzirkus, besteht weiter. Und man liest von Klagen des organisierten Tierschutzes über bagatellisierende Ausflüchte der reiterlichen Sportgremien.

Mein Galopp durch die schillernde Welt der Tier-Mensch-Beziehung hat vieles übersprungen, das eine oder andere an Denkhindernissen wohl auch gerissen. Dafür erbitte ich Ihre Nachsicht. Sie werden mir in manchem widersprechen wollen. Das macht nichts. Ich bin nicht auf Ihren Beifall aus, sondern auf Ihre Hilfe bei der Vermenschlichung nicht der Tiere, sondern einer Tierliebe, die zumeist auf Lustgewinn oder materiellen Profit gerichtet ist. Im Grunde sind wir, Sie und ich, Brüder im Abglanz des Geistes eines Franz von Assisi und schulden dem geringeren Bruder Tier unser Engagement. Wenn wir einen Vorwurf vor allen andern zu fürchten haben, dann den, es ginge unser berufliches Gewissen zuweilen am Stock der Honorare.

Was ist an der Naturwissenschaft noch natürlich?

Vor den Preisträgern des Wettbewerbs »Jugend forscht« sprach Horst Stern am 3. Mai 1973 in Paderborn über die Sicht der Natur und den Umgang mit ihr, wie sie für die modernen Naturwissenschaften kennzeichnend sind.

Es ist schon ein paar Jahre her, das Datum tut hier nichts zur Sache, da hatte ich in der Eiszeit zu tun. Die Stuttgarter Zeitschrift *Kosmos* hatte mich in die Antarktis geschickt, weil ihr naturwissenschaftlich engagierter Verleger, als er 1967 Wernher von Braun die Bölsche-Medaille verlieh, vom Vater der Mondraketen gesprächsweise erfahren hatte, es gäbe in der Antarktis eine Diptera-Art, ein zweiflügeliges Insekt also, das in einem Schulbeispiel von evolutiver Anpassung an den sturmreichsten Kontinent der Erde die hier nutzlosen Flügel zurückbildete.

Die Reise war eine verlegerische 15 000-Mark-Idee, denn Neckermann machte sie damals noch nicht möglich. Aber wie wir alle wissen, lassen Verleger und auch Chefredakteure es sich etwas kosten, wenn es gilt, die Früchte der Wissenschaft unters Volk zu bringen, denn der Zeitschriften lesende Mensch lebt zum Glück für uns Wissenschaftsbeflissene nicht vom Fleisch allein.

Ich kehrte mit einem Sack voll erstaunlicher Fakten aus der Eiszeit zurück, mit Beobachtungen auch, von denen eine mir hier deshalb erzählenswert vorkommt, weil sie ein Licht wirft auf meine zunächst dunkel erscheinende, rein rhetorisch anmutende Thema-Frage, was heute an der Naturwissenschaft noch natürlich sei.

Irgendwo auf der antarktischen Palmer-Halbinsel, die sich auf einem Globus ausnimmt wie das vom südamerikanischen Landkörper losgerissene geologische Steißbein der Anden-Wirbelsäule, irgendwo auf Palmer also traf ich auf eine gottverlassene Feldstation nordamerikanischer Botaniker. Sie hausten nicht ohne Komfort in einer wohnlichen Baracke, und auch ihren Studien oblagen sie keineswegs mit Lupe, Botanisiertrommel und dem alten Schmeil unterm Arm. Vielmehr hatten sie im Moränenschutt dieser antarktischen Urlandschaft das ganze zentnerschwere elektronische Zeug aufgebaut, ohne das es ein rechter Wissenschaftler heute kaum mehr tut. Nur von ein paar Skua-Möwen bestaunt, standen sie hier also herum, die Gaschromatographen, die so kompliziert waren, daß sie zum regelmäßigen Kundendienst jährlich mit Eisbrecher und Flugzeug über Neuseeland nach Kalifornien zurückgeschickt werden mußten; die Stromaggregate, die Lochkartenschreiber und die EDV-Anlagen, bedient von hochqualifizierten Spezialisten, denen es nach eigenem Eingeständnis schwerfiel, zu Hause, in Nordamerika, Weizen von Hafer zu unterscheiden.

Ich verstehe nicht viel davon, doch schätze ich, daß dieser elektronische Geräteaufwand, seine Bedienung und sein Unterhalt, in die Hunderttausende ging. Und all dies galt einem schlichten Moos namens Neuropagon. Man hatte ein paar Büschel von den Steinen geklaubt, auf denen Neuropagon sich festkrallt, und sie in einen nachttopfgroßen Tiegel gegeben, den ein Glasdeckel luftdicht abschloß. Die antarktische Sommersonne entzog dem Moos nun durch Aufheizung des Tiegelinneren flüchtige Stoffe, die von den Sensoren im Tiegel aufgespürt und über vielfarbige Nervendrähte an Apparaturen weitergeleitet wurden, die sie zerlegten und chemisch deuteten. Lochkarten wurden mit dem Ergebnis beschickt, ein Computer damit gefüttert und das schließlich herausratternde Band per Hubschrauber, Eisbrecher und Flugzeug nach Washington geschickt, wo es einem Obercomputer einverleibt wurde, der dann, beispielsweise, zu sagen wußte, ob Neuropagon wohl geeignet sei, einem armen in der Antarktis verirrten Schaf von Forscher als Überlebensnahrung zu dienen.

Mir kam dies ziemlich akademisch vor auf einem Kontinent, auf dem seit Shackleton und Scott meines Wissens niemand mehr den Hungertod gestorben war – doppelt akademisch, weil ich kurz zuvor von den Botanikern mit Schildkrötensuppe, Lendensteak und Apfelkuchen bewirtet worden war. Und so fragte ich den Stationsvorsteher nach einem etwas lebensnäheren Zweck dieser aufwendigen Forschung. Er zuckte mit den Schultern. Aber dann fiel ihm etwas ein. Am Ärmel zog er mich in die Barackenunterkunft, wo neben der Ankündigung, daß im Speisesaal heute abend der Film *Doktor Schiwago* gezeigt werde, das fast lebensgroße Faltbild einer nackten Dame hing, die sich mit hocherhobenen Armen als verführerische Schlange gab. An den drei Körperstellen, an denen – abgesehen vom Kopf – das geschlechtsreife Weibchen von Homo sapiens dichten Haarwuchs aufzuweisen pflegt, hatten die seriösen Botaniker zwecks unmoralischer Aufrüstung der papierenen weiblichen Anatomie das Moos Neuropagon hingeklebt. Und das, so wurde ich von ihnen nicht unernst belehrt, sei das weitaus Befriedigendste, das die Forschung des Computer-Teams an diesem Moos bislang, und das hieß in vier Monaten, ergeben habe.

Nun kann man in Paderborn* ganz unmöglich gegen Computer sein (und schon gar nicht für diese gehäuteten Nacktfalter). Ich habe auch Ernsthafteres im Sinn. Ich möchte aufzeigen, wie sich das ungeheuer kompliziert gewordene

* Paderborn ist Sitz eines Computerherstellers und eines Bischofs.

technische und auch geistige Instrumentarium der Naturwissenschaften mehr und mehr zwischen die Studierenden schon und die Objekte ihrer Studien schiebt und ausgerechnet jene der Natur entfremdet, die sich der Natur und der Erforschung ihrer Gesetze verschrieben.

Ich bin nicht naiv genug, im Zeitalter der Einsteins und Heisenbergs, der Elektronenmikroskope und Computer nach der Renaissance eines romantischen Forscherideals zu rufen. Ich weiß natürlich, daß Charles Darwin wohl der letzte große Wissenschaftler war, der allein mit den Augen und der gedanklichen Reflexion des Gesehenen der Natur ihre elementaren Gesetze abfragen konnte. Wir wissen heute zuviel. Um die Maus einer kleinen, wirklich neuen Erkenntnis zu gebären, muß in jedem Fachbereich der ungeheure Berg des längst Gedachten, längst Beschriebenen kreißen. Das geistige Plateau, auf dem Wissenschaft heute überhaupt erst beginnt, ist hoch. Schon die wissenschaftlich interessierte Jugend liefert heute nicht gar so selten respektable Antworten zu Problemstellungen, für die die Generation ihrer Väter und Großväter häufig noch nicht einmal die Fragen zu formulieren imstande war. Aber diese Antworten der forschenden Jugend, von den Arbeiten der Vollwissenschaftler nicht zu reden, entfernen sich erschreckend oft in der Esoterik ihrer wissenschaftlich überzogenen Sprache vom Vokabular selbst einschlägig vorgebildeter Laien im gleichen Maße, wie sich ihre Verfasser – fürchte ich – von einem mehr aufs Anschauliche gerichteten Naturverständnis entfernen, und das bis hin zur Unfähigkeit, Natur noch mit den Sinnen aufzunehmen. Von seelischer Rezeption wage ich nicht mehr zu sprechen.

Ein Blick in die insgesamt imposante Themenübersicht dieses Wettbewerbs macht deutlich, was ich meine. Da liest man, beispielsweise, von Untersuchungen zur Induktion der Chlorophyllsynthese bei kernhaltigen und kernlosen Acetabularien. Von der elektrophoretischen, vergleichenden Analyse der Stoffwechselprodukte von Pseudomonaden, die Herr

Grzimek in seinem *Tierleben* in schrecklicher Vereinfachung schlicht »Darmbakterien im ungarischen Blutegel« nennt. Ferner liest man über Borderline-Mechanismen bei aliphatischen Sn-Reaktionen. Weiter von der 4. Koordinate in der 3-D-Projektion eines 4-D-Würfels. Und sogar von der Petrogenese der carbonatischen Septarien im Haupt-Aconthodenlager. Woraus die Druckerei, was ich ihr nicht verüble, ein »Thodeslager« machte. Woher kann sie wissen, daß Acanthoden die wohl ältesten kiefertragenden Wirbeltiere waren?

Doch ist ein Fortschritt der Wissenschaft insgesamt in Richtung auf mehr Allgemeinverständlichkeit nicht zu übersehen: Während bis ins Mittelalter hinein Latein ausschließlich die Sprache der Wissenschaft war, erreicht der Anteil an deutschen Wörtern heute mitunter schon 30–40 Prozent.

Ich kenne und respektiere den Einwand, daß oft nur der wissenschaftliche Name ein Objekt präzis aus der Flut seiner möglichen Varianten heraushebt. Die Forderung nach sprachlichem Purismus wäre hier in der Tat kindisch. Dennoch ist nicht zu übersehen, daß viele Wissenschaftler sich mit einer unverständlichen Geheimsprache schmücken wie mit elitären Adelsprädikaten. Ich habe Zoologen erlebt, die im Gespräch mit Laien nach dem nonchalanten Gebrauch etwa der Tierbezeichnung *sus scrofa* so gekonnt stotternd suchten wie ein Deutsch-Amerikaner, der nach Jahren in seine alte Heimat zurückkehrt, nach dem schönen deutschen Wort Wildsau.

In diesem elitären Brahmanentum, das der Wissenschaft als einer volksfremden Rühr-mich-nicht-an-Kaste von jeher nicht nur sprachlich nachzusagen ist, vermute ich die Teil-Ursache eines Phänomens, das der wissenschaftlichen Untersuchung würdig wäre. Ich meine die unleugbare Tatsache, daß zu einer Zeit, in der menschliches Naturverständnis mit der Spitze einer riesenhaften Wissenspyramide im wahrsten Wortsinn an die Sterne stößt, die große Masse der Menschen (und durchaus nicht nur die der ganz bildungslosen) daran keinen nennenswerten Anteil hat.

Der Nachweis fällt nicht schwer, und ich habe es bei meiner Fernseharbeit oft genug erfahren, daß Millionen von Menschen im 20. Jahrhundert offenen Mundes naturwissenschaftlichen Fakten lauschen, die schon für den italienischen Staufer Friedrich II. im 13. Jahrhundert ein alter Hut waren. Ich erwähne hier nur die Unfähigkeit der Geier, das Aas zu riechen, bei dem sie sich aus einem eben noch leeren Himmel heraus massenhaft versammeln; ferner den mit Aerodynamik statt mit Führereigenschaften zusammenhängenden Wechsel an der Spitze einer in V-Formation fliegenden Gänsegruppe; dann das Kaspar-Hauser-Phänomen im Menschenversuch. Und das gesetzliche Verbot, Flüsse und Seen als die Trinkwasserspeicher der Menschen mit Unrat zu belasten – bei Vermeidung von einem Jahr Zwangsarbeit in Ketten: dies Wort in Herrn Genschers* Ohr!

Das sokratische »Ich weiß, daß ich nichts weiß« hat für das menschliche Individuum nichts an Gültigkeit verloren. Was der Einzelmensch heute weiß, das weiß er außerhalb seiner engbegrenzten Spezialkenntnisse ganz überwiegend kollektiv. Man ist versucht, an eine Arbeitsbiene zu denken, die nur in einem Volk von 50 000 Bienen sozusagen weiß, daß die Winkelsumme der Wabenzelle, an der sie baut, 720 Grad beträgt. Als geistiges Kollektiv hat sich die Menschheit die Geheimnisse der Natur in einer so unerhörten Weise erklärt, daß sie sie nun in ebenso unerhörter Weise zu manipulieren beginnt. Als Individuum aber wird ein jeder von uns vor dem Angesicht der Natur zu einem Nichtswisser, den jeder kleine Spaziergang außerhalb der Städte einer ungeheuren Ahnungslosigkeit überführt. Schon die Betrachtung eines einzigen Quadratmeters Wiese stürzt gerade den intelligenten, zur Beobachtung fähigen Menschen in die Verzweiflung von tausend Fragen, zu denen er die Antworten, wenn er nicht zufällig Mi-

* Hans-Dietrich Genscher war 1973, als diese Rede gehalten wurde, Innenminister der Bundesrepublik Deutschland (Anm. d. Red.).

krobiologe ist, allenfalls in seinem Bücherschrank hat. Ich habe Schullehrer der naturwissenschaftlichen Richtung erröten sehen bei der Frage, wie denn, aber genau bitte schön, das Wasser entgegen den Gesetzen der Physik einer 100 m hohen Sequoia zu Kopf steigen kann: Ist das Wurzeldruck, Kohäsion, wächst das Wasser dorthin, oder was? Jeder Schulbub kann uns, die wir uns als naturkundig aufspielen, angesichts einer Formation von Prozessionsspinnern in Verlegenheit bringen mit der Frage, wohin die Raupen denn gehen zu ihrer Verpuppung: ins Nest oben im Baum oder in die Erde? Und wenn in die Erde, verpuppen sie sich dort einzeln oder im Sammelkokon? Und wenn einzeln, warum dann diese betont soziale Lebensweise und der Ausflug über Waldwege in Elefantenmanier, Schwanz bei Kopf?

Die harmlose Frage, warum das blaue Ägäische Meer sich unter einem unverändert blauen Himmel bei sommerlichem Meltemi-Sturm schwarz färbt, kann eine ganze gelehrte Studienreisegesellschaft in Verlegenheit versetzen. Aristoteles wußte mehr über das optische Phänomen einer beim Eintritt ins Wasser scheinbar abgeknickten Ankertrosse als die allermeisten heutigen Segler, deren kostspielige Schiffe doch ausweisen, daß ihre Eigner wohl nicht zu den Dümmsten im Land gehören. Dieselbe Verlegenheit bei der Frage, wie es angehen kann, daß eine seismische Welle, die kaum mehr als kniehoch und darum unbemerkt von der Schiffahrt mit Jet-Geschwindigkeit von den Aleuten nach Hawaii rast, dort plötzlich zu einer Masse und einer Wucht aufläuft, die große Frachtschiffe weit landeinwärts wirft. Eine Frage übrigens, in der zwei Dutzend weiterer Fragen stecken, wie immer und überall.

Der Mensch, der unspezialisierte einzelne, muß den Blick nicht zu den Sternen heben, um seiner Sprachlosigkeit vor den meisten Dingen der Natur gewahr zu werden. Ein Blick auf einen armseligen Tümpel genügt, in dem sich – warum? – der Himmel spiegelt; oder auf einen morschen Moorbaum, den das sanfte Moos erwürgte – aber wie?; oder auf eine ordinäre Zecke, die von einem Ast herab anstandslos auf den vorbeilaufenden Hund kommt – aber mit welchen Sinnen? Im Sieb der Schulerinnerungen hängengebliebene grobe Schlagwortkiesel wie Molekularstruktur, Thermotaxis oder Strahlenreflexion, kinetische Energie oder Refraktion sind kein wirkliches Wissen.

Stimmt also die sarkastische Definition, nach der ein Spezialist ein Mann sei, der von immer weniger immer mehr weiß, bis er schließlich von gar nichts mehr alles weiß? Die Scholastik des Mittelalters geriet in ihrem Bemühen, die Glaubens- und die Wissensdinge, letztlich also Seele und Leib, miteinander zu vereinbaren, auch an die Frage, wie viele Engel denn wohl auf der Spitze einer Nadel tanzen könnten. Und die moderne Physik hat ihre steilen Gedanken wie Leitern an den Himmel gelehnt und sucht von ihren Höhen aus wieder nach Gott.

Darüber verlor man damals wie heute leicht das Gefühl für das sinnenhafte Leben und für die nötige gesellschaftliche Relevanz, für den menschlichen Bezug jeglicher Forschung. Wissenschaft kann weder nur in der Stille der Klöster noch allein in der Sterilität der Labors leben, ohne sich in den Geruch einer geschlossenen Gesellschaft von gelehrten Finsterlingen zu bringen, die zum Beweis eines genialen Gedankens skrupellos bereit sind, Seele und Leib der Menschen im Experiment zu riskieren. Schon sind Moral und Gewissen der modernen Naturwissenschaftler ins Gerede gekommen – nicht zuletzt auch des Brahmanen-Getue wegen, das viele von ihnen auf jene wenige Kastenmitglieder mit Argwohn, ja, mit fachlicher Herabsetzung reagieren läßt, die die Wissenschaft popularisieren. Und dies muß man der Wissenschaft insgesamt zum Vorwurf machen, daß sie die große Autorität, die Professoren in Deutschland – Tomaten hin, Farbbeutel her – noch immer innehaben, nicht zu nutzen verstehen im Sinne einer argumentativen Beeinflussung der Massenmedien in Richtung auf ein Mehr an Wissensvermittlung. Ein Ditfurth und ein Haber machen noch keinen Sommer. Wären es nicht die Journalisten, die immer wieder Wissenschaft gegen das quallige Ausufern des Nur-Unterhaltsamen in die Druckseiten und in die Programme hineinboxten – wir wüßten alle noch weit weniger, als wir ohnehin nur wissen.

Zu solch trüben Gedanken und wenig festlichen Reflexionen, von denen ich hoffe, daß sie nicht als Publikumsbeschimpfung verstanden werden, kommt man, wenn man die Fülle der stark kopflastigen, hochspezialisierten Forschungsthemen dieses Jugendwettbewerbs nachliest. Die Spezialisierung am Anfang eines wissenschaftlichen Lebens schon, die Betrachtung der dinglichen Welt sogleich durch Mikroskop und Teleskop, ja, durch das Brennglas reiner, abstrakter Gedanklichkeit – darin liegt der Keim zu einer neuen lebensfremden Scholastik.

Die Wahrheit gebietet es aber auch zu sagen, daß ich mich öfters erholte bei der Lektüre von Themen, in deren Problemstellung Pennälerwitz aufblitzt, etwa in einer »Untersuchung zum Nikotingehalt des Rauchkondensats bei Änderung der Abrauchbedingungen und Ermittlung der durchschnittlichen Zugpausenlänge bei Schülern des Gymnasiums Sobernheim«. Oder auch beim »Verhalten der Kaninchen unter verschiedenen Erziehungsmethoden«.

Inmitten so schwergewichtiger Themen nimmt sich ein ebenfalls zum Wettbewerb angemeldetes Nachdenken »Über die Entstehung des Lebens auf der Erde« oder der ganz unscheinbare Titel »Umwelt – Gedanken über eine bessere Zukunft« wie wissenschaftliche Scharlatanerie aus, während es sich doch in Wahrheit um die unversehrten Fundamente abendländischen Naturdenkens seit der Zeit der Vorsokratiker handelt.

Es liegt mir fern, Sie hier nun auch noch mit den ollen Griechen zu langweilen, wenngleich uns eine gelegentliche Besinnung auf die wissenschaftlichen Anfänge des abendländischen Menschen nicht schaden kann. Daß Leukippos und Demokrit – zwei philosophierende ältere Herren, die die Mittelmeersonne wärmte – die Atome als Bausteine der Welt schon dachten, bevor zweieinhalbtausend Jahre später mit dem technischen Aufwand unseres Jahrhunderts die atomare Struktur der Materie experimentell bewiesen wurde, das macht mir Mut, hier dem Erstgeburtsrecht der menschlichen Sinne vor der denaturierenden Macht des wissenschaftlichen Apparats das Wort zu reden. Und damit bin ich zurückgekehrt zu meinem Hauptthema, der Entfremdung vieler Naturwissenschaftler von der Natur.

Ich weiß, ich muß das konkretisieren, wenn ich hier mehr als ein Achselzucken ernten will. Am besten vermag ich das auf zwei Gebieten, die mir halbwegs vertraut sind: der Forstwissenschaft und der Zoologie. Ich kenne Forststudenten, denen die subtilsten Feinheiten der Forstpflanzengenetik geläufig sind und die an Gaschromatographen so nonchalant hantieren wie unsereins nicht einmal am Weißbrot-Toaster. Ihren Erläuterungen kann man schon nach dem zweiten Satz nicht mehr folgen, so kompliziert, so gespickt mit spracherbkranken Wortmutationen und angelsächsischen Kürzeln ist das alles.

Hier ließe sich nun süffisant einwenden, was schon Lichtenberg, glaube ich, sagte: daß es nämlich, wenn ein Buch und ein Kopf zusammenstoßen und es hohl klingt, nicht unbedingt am Buch gelegen haben müsse. Ich will also gern eingestehen, daß das Chromosomenzählen meine Stärke nicht ist. Aber wenn ich dann erlebe, daß solche jungen Forstwissenschaftler vor lauter Chromosomen den Baum nicht mehr sehen, geschweige denn den Wald, dann stellt sich mir die Frage nach der menschlichen Tiefe einer solchen wissenschaftlichen Ausbildung.

Ich kann unsere zu 70 und mehr Prozent verfichteten, von früheren Generationen auf schnöden Gelderwerb ausgerichteten Wälder nicht betreten, ohne in depressive Stimmungen zu verfallen. Ihre formative und vegetative Eintönigkeit, die mir aufs Gemüt drückt, ihre ökologische Instabilität, die jeden Biologieverstand beleidigt, wecken in mir die unwiderstehliche Sehnsucht nach lichten, mehrstufigen, ökologisch gesunden Mischwäldern, wie die Natur sie einst schuf und die Bauern sie hier und da noch heute pflegen, indem sie ihre Gehölze nur stammweise statt im Kahlschlag nutzen und das Wild darin ohne jägerisches Pseudo-Ethos mit Bracke und Büchse zum Nutzen einer natürlichen Waldverjüngung schnöde kurzhalten.

Nicht, daß die tüchtigen akademischen Aminosäuerlinge, die ich im Visier habe, dies alles nicht wüßten – es ist ihnen nicht wichtig; sie haben kein Sensorium für die Schönheit, die auch aus der biologischen Gesundheit kommt. Ich habe es erlebt, daß man mir kühl eine Statistik vorhielt, die besagte, daß die Mehrzahl der Bevölkerung einen mehrstufigen ungleichaltrigen Mischwald seiner teilweise winterlichen Blattlosigkeit und seines unordentlichen Wuchses wegen als häßlich empfinde, jedenfalls als lange nicht so schön wie eine gleichaltrige, immergrüne Fichten-Monokultur.

Aber es ist ja längst nichts Neues mehr, daß man auch die Ästhetik schon wissenschaftlich quantifiziert. Ich hoffe nur, man berücksichtigt dabei, daß der im Morast fauliger Gewässer lebende Röhrenwurm Tubifex den Faulschlamm ganz herrlich findet – er kennt nichts anderes, wie halt auch eine Bevölkerung, die von überwiegend verfichteten Wäldern umgeben ist, nicht viel anderes kennt. Das Schönheitsempfinden des Menschen ist stark geprägt von den Bildern seiner unmittelbaren Umgebung. Allenfalls die geographischen Extreme, die Alpen etwa oder der Ozean, schlagen durch auf nahezu jedermanns Gemüt.

Nun ließe sich noch gegenfragen, was uns wohl das ästhetische Waldempfinden dieses oder jenes akademischen Forstmeisters angehe, solange er nur den ökologisch richtigen Wald baut, den ihm die Forsteinrichtungspläne der Ministerien vorschreiben. Aber das wäre schon falsch gefragt, denn es sind eher die altgedienten Ministerialbürokraten, die unter dem Druck des Holzmarktes und dem Zwang zur Rentabilität wider besseres ökologisches Wissen die marktgängige Fichte hoch und das schwer verkäufliche Laubholz niederhalten. Was der deutsche Wald braucht, das ist die ökologische Opposition junger Forstakademiker. Man trifft sie leider in viel zu wenigen Forsthäusern an. Verbreitetes Karrieredenken und Mangel an einer Leidenschaft, die allein aus einem intakten Landschaftsempfinden – sagen wir es ruhig rundheraus: nur aus der Seele aufsteigen kann, dies beides läßt viele junge Menschen schweigend die Holzwege ihrer Altvorderen gehen.

An einem Vormittag, es war der 13. November 1972, warf ein Jahrhundertsturm zwischen Bremen und Goslar den niedersächsischen Waldbauern 160 Millionen Festmeter eines weithin ökologisch instabilen Waldes vor die Füße – die Holzernte von zehn Jahren in drei Stunden. Es ist wahr: einem 16-Windstärken-Orkan widerstehen auch gesunde Wälder kaum. Aber wir haben auch bei uns so gut wie nie 16 Windstärken. Bei Beaufort 10 und 11 aber sind Mischwälder eindeutig stabiler als die Fichten- und Kiefernmonokulturen. Der säkulare Schaden in Höhe von mehr als einer Milliarde Mark bietet nun aber auch die säkulare Chance zum Aufbau neuer, vegetativ vielseitiger und auch sozialfunktionsfähiger Erholungswälder. Doch schon diskutiert man mit vielen einflußreichen Kontrastimmen heftig das eigentlich ganz Selbstverständliche: den Vorrang der Biologie, der Wald- und Menschengesundheit vor der Wirtschaftlichkeit. Es ist noch lange nicht ausgemacht, ob die forstwissenschaftliche Einsicht bei der Wiederaufforstung dieser ungeheuren Windwurfflächen auch siegen wird.*

* Inzwischen schrieb der Landwirtschaftsminister des Landes Nordrhein-Westfalen, Deneke, daß er nach dem Film des Verfassers über diese Windwurf-Katastrophe angeordnet habe, nur noch solche Aufforstungen staatlich zu bezuschussen, die – geeignete Böden vorausgesetzt – einen angemessenen Laubholz-Anteil aufweisen.

Und damit wird der Kreis erkennbar, den ich um mein Thema schlage: Es gereichen der Natur die naturfremden Wissenschaftsfunktionäre, die Nur-Programmierer, die Nur-Quantifizierer, die Nur-Gehirne irgendwo irgendwann immer zum Schaden. Um das zu beweisen, brauchen wir nicht einmal in die eisige Denkwelt der modernen Technokraten, der betont unsentimentalen Macher von allem, was heute machbar ist, hinab- oder hinaufzusteigen – ganz wie Sie wollen. Der geistige Anteil solcher Wissenschaftler an den Umweltproblemen der Industrienationen ist so offenkundig, daß es Phosphate nach Konstanz, in den Bodensee, tragen hieße, wollte ich diese Dinge hier vortragen. Ich will meiner, zugegeben, überspitzten Frage, was an den modernen Naturwissenschaften noch natürlich sei, lieber noch ein paar beispielhafte Antworten aus einem Wissenschaftsbereich anfügen, der mir besonders vertraut ist: aus der Zoologie.

Ich wage die Behauptung, daß kaum anderswo so wenig vom Tier gesprochen wird wie dort, wo man von morgens bis abends von Tieren spricht: beim Studium der Zoologie. Die notwendige Zerfaserung des Tiers in tausend Einzelheiten der Systematik, der Stammesgeschichte, der Physiologie und des Verhaltens hat für die Studierenden die Wesenskontur des Tiers aufgelöst.

Seit die ungeheure Wissensfülle Spezialisierungen auch hier erzwungen hat, seit nicht einmal mehr die ungeteilte Leber, sondern allein ihre Fähigkeit zur Regeneration, nicht einmal mehr ein ganzes Auge, sondern nur noch seine Hell-Dunkel-Adaption, jeweils unter speziellen Umweltbedingungen, zur Diplomierung des Studenten schwierig und problemreich genug gemacht werden können – seither ist an den zoologischen Instituten das Tier nicht mehr der geringere Bruder, das geheimnisvolle Wesen im Vorfeld des Menschen – wenn es das überhaupt jemals war. Es ist Segestria florentina, Lacerta vivipara, Macaca mulatta oder Bombyx mori-basta!

Aber auch der Numerus clausus, den ich mir lieber für

Stadthunde als für Studenten wünschte, spielt hier mit. Um überhaupt ein Bein in die Universitätstür hineinzubekommen, gehen auch solche Menschen zunächst in die Zoologie, die mit Tieren noch niemals etwas im Sinn hatten. Gelingt ihnen später der Absprung in die Medizin oder die Biologie nicht, dann werden sie halt in Gottes Namen, was sie niemals werden wollten: Zoologen.

Wäre es anders und hätten die Tiere in den Zoologen mehr als ihre nur zu oft indifferenten Katalogisierer, Beschreiber und Sezierer, dann wäre die moderne Nutztierhaltung nicht unter den Augen der Zoologie zu den bekannten Formen entartet, die wir alle schweigend in uns, nun ja: hineinfressen.

Die Verhaltensforschung innerhalb der Zoologie fängt gerade erst an, sich mit den oft widernatürlichen, die Tiere zu Eiweiß degradierenden Haltungsformen moderner Intensivbetriebe zu beschäftigen; lange genug hatte sie das unerfreuliche Geschäft der Auseinandersetzung mit der Tiermaschinenindustrie den Laien-Tierschützern überlassen, deren Emotionen vor keinem Gericht wirklich standhielten.

Es ist überhaupt festzustellen, daß das Schicksal von weit über 100 Millionen Nutztieren in der Bundesrepublik in den Lehrplänen unserer Universitäten und Hochschulen kläglich unterrepräsentiert ist. Niemand wird die »Ethologie afrikanischer Stielaugenfliegen« oder »Untersuchungen über angeborene Verhaltensweisen bei Schwielensohlern, unter besonderer Berücksichtigung neuweltlicher Formen« oder »Erkenntnisse zur Funktion und Variation der Spechtzunge«, gar nicht zu reden vom »Sozialverhalten der Kellerasseln« – niemand wird solche Arbeiten geringschätzen.

Wenn dann aber die Forschung am Hausrind, und die am Hauspferd dazu, in der Bundesrepublik in der Hauptsache (nämlich in der wohltätigen Nutzbarmachung von Erkenntnissen, die an freilebenden Tieren gewonnen wurden) einem einzigen Wissenschaftler überlassen bleibt, nämlich Klaus Zeeb vom Tierhygienischen Institut in Freiburg, der überdies auch noch Klinikdienst als Tierarzt zu versehen hat, wo er verfetteten Möpsen zu geregeltem Stuhlgang und neurotischen Ebern zu geregeltem Samenabgang verhelfen muß, dann ist etwas faul im Staate der Naturwissenschaften.

Ich will hier auch nicht rechten mit Fangexkursionen zoologischer Institute, die kräftig mithelfen, gefährdete Tierarten weiter an den Rand der Ausrottung zu bringen, wie etwa den Apollo-Falter, dessen afghanische Variante, wie ich mir sagen ließ, unter akademischen Brüdern mit 3000 Mark und mehr gehandelt wird. Warum aber, so ist zu fragen, führen die Zoologieprofessoren ihre Studenten niemals an Plätze, wo Tiere von Menschen rücksichtslos ausgebeutet werden – etwa bei Gala-Auftritten des internationalen Springreiterzirkus? Die Professoren sollen ja keine roten Transparente hochhalten lassen mit der Beschriftung »Je höher die Mauer, desto voller die Kasse!«. Sie sollten vielleicht nur einmal Diplomarbeiten vergeben über die Kilopond-Quadratzentimeter-Belastung der vorderen Extremitäten bei Equus caballus Schockemöhlii oder über die vermuteten Schwierigkeiten der Pferde, mit einem unzureichend gekrümmten Augenhintergrund binokular die Hindernisse zu fokussieren.*

Sie sehen, ich lasse es, dem Auditorium entsprechend, nicht am Lockzucker in Form von wissenschaftlichem Fachchinesisch fehlen. Und so könnte ich noch manch anderes Thema empfehlen. Etwa die künstliche, durch Eisenmangel herbei-

* Die *Stuttgarter Zeitung* berichtete am 16. Juli 1974, daß sich ein Forscherteam an der Universität Hohenheim neuerdings mit Untersuchungen am Leistungspferd beschäftige. »Exakte Grundlagenforschung soll klären, warum das Pferd überhaupt zu Hochleistungen in der Lage ist und warum auf der anderen Seite das Pferd seit der Jahrhundertwende in seinen Leistungen stagniert.« Es ginge nicht darum, erklärten die Forscher, Leistungssteigerungen zu ermöglichen. Da »das bisherige Training der Turnier- und Militarypferde nur auf Erfolg aufgebaut war, wisse niemand zu sagen, ob ein Pferd, das auf eine schwere Springprüfung vorbereitet wird, in der Prüfung körperlich so fit ist, daß es ohne Schaden auf Erfolg geritten werden kann«. Leiter der Forschungsgruppe ist der Inhaber des Lehrstuhls für Zoophysiologie an der Universität Hohenheim, Professor Dr. Hörnicke.

geführte anämische Weißfleischigkeit von Mastkälbern zur Befriedigung der Qualitätswünsche deutscher Hausfrauen. Oder die Gelenkschwellungen junger Mastbullen bei überwiegend stehender Haltung auf einem Bohlenspaltenboden, damit erstens der Mist ohne Menschenarbeit in die Grube fährt und die juvenilen Tiere zweitens nicht teures Kraftfutter bei albernen Bewegungsspielen vergeuden. Oder die abnorme Großfüßigkeit der auf Schenkelfleisch gezüchteten Junghähne.

Ich meine, so ganz absurd ist sie nicht, die Frage, was an den Naturwissenschaften von heute noch natürlich sei. Vielleicht habe ich mehr die Ausnahmen zitiert, vielleicht. Aber es sind Ausnahmen, die mir zur Regel zu werden scheinen. Und ich meinte, dies sei ein guter Tag und ein gutes Publikum, um diese Sorgen öffentlich zu äußern.

Wissenschaft und Journalismus

Die Universität Hohenheim promovierte Horst Stern am 22. April 1974 zum Doctor honoris causa. Sie würdigte die gesellschaftliche Bedeutung seines journalistischen Werks, mit dem er zur öffentlichen Wirksamkeit wissenschaftlicher Erkenntnisse und Fragen beigetragen habe. Der Geehrte dankte mit einer Rede über das spannungsreiche Verhältnis von Wissenschaftlichkeit und journalistischen Arbeitsprinzipien.

Wenn die Wissenschaft einen Journalisten ehrt, einen zumal, der sie immer wieder kritisch nach der gesellschaftlichen Relevanz und den humanen Aspekten ihrer Forschungen fragt, dann sind sich einige Leute ganz sicher, daß auf seiten der Wissenschaft mit solcher Ehrung die perfide Hoffnung verbunden ist, es werde der Ehrendoktorhut dem Unbequemen nicht nur über die bis dato gespitzten Ohren, sondern auch über den vorlauten Mund rutschen. Aus der Vorstandschaft einer deutschen Tierschutzorganisation wurde ich gefragt, ob ausgerechnet ich mir diesen – ich zitiere – akademischen Flitter aus der Hand einer Universität leisten könne, von der man schließlich wisse, daß sie – ich zitiere wieder – kein Tier mehr im Freien sehen mag.

Bevor ich darauf antworte, möchte ich auf die Suche gehen nach den allgemeinen Gründen für die ungewöhnliche Aufmerksamkeit, die diese einem Journalisten zuteil gewordene akademische Ehrung in der Öffentlichkeit hervorrief. Das Ergebnis dieser Suche, fürchte ich, wird uns beide nicht befriedigen – Sie, die Wissenschaftler, nicht und nicht uns, die Journalisten, leben wir beide doch, wie Alge und Pilz, in einer auf Öffentlichkeit gerichteten symbiotischen Interessenverquickung, deren Äußeres, darin ganz der Flechte gleichend, zwar ungemein interessant und farbig ausschaut, dabei aber nur von sehr bescheidenem Nährwert ist – geistigem in unserem Fall.

Das öffentliche Erstaunen über diese Ehrung speist sich aus der allgemeinen, nicht von der Hand zu weisenden Ansicht, daß nur wenige im Bereich des Geistes in Denk- und Arbeitsweise konträrer, ja sich feindlicher sein können als Wissenschaft und Journalismus. Dem langen Atem der im Grunde ergebnisscheuen Forschung steht die tägliche Gier der Nachrichtenmedien nach präsentablen, fertigen Resultaten gegenüber; dem differenzierten, gern mit einem Fragezeichen versehenen Gedanken die zur Schlagzeile verkürzte Exklamation. Der formal ritualisierten, fachlich verschlüsselten Schreibweise der Wissenschaft, die dazu neigt, stilistische Zopfmuster zu flechten, entspricht auf der Seite des Tagesjournalismus ein nach Möglichkeit für Kreti und Pleti verständlicher Stil, der mit dem Hackbeil des kurzen, tunlichst reinen Hauptsatzes einem komplexen Thema so lange das Gedankenfleisch abschlägt, bis nur mehr das übrigbleibt, was der harte Reporter für das harte Knochengerüst harter Fakten hält.

Wo solche Gegensätze sich berühren, da nimmt, besonders auf lokaler Ebene, der Dialog zwischen Wissenschaft und Journalismus oft kafkaeske Züge an. Da steht dann dem in aller Regel hochspezialisierten Wissenschaftler, der mit dem Studium der hinteren larvalen Abdominaldrüsen der Baumwollwanze drei Jahre seines Lebens zubrachte, ein für unsere Berufsbegriffe ebenfalls schon hochspezialisierter Reporter gegenüber, der am Nachmittag seines Besuches im Forschungslabor neben den Wanzen des Herrn Professor auch noch einen Einweihungsschluck in der neuen Städtischen Kläranlage, danach die Buchsignierstunde eines sehr berühmten Fernsehprofessors (im morgen inserierenden größten Kaufhaus am Platze) und schließlich noch die Pressekonferenz des Vereins zur Erhaltung des Lebens – die Verhinderung von Kernkraftwerken betreffend – auf seinem Terminkalender hat. Denn dies alles, und noch vieles mehr, gehört in die Zuständigkeit eines Redakteurs für die regelmäßige Seite »Wissenschaft und Technik«. Und nur dann, wenn das Erscheinungsdatum dieser Seite zufällig mit dem Beginn des Winterschlußverkaufs zusammenfällt, die üppige Anzeigensituation des Blattes es also erlaubt, der Verbreitung der Wissenschaft eine halbe Druckseite mehr als üblich zuzugestehen, nur dann kann unser Parasitologe damit rechnen, sich und seine Tierchen in 60 statt in 45 Druckzeilen gewürdigt zu sehen. Doch ist zu fürchten, daß er es so oder so nicht liest. Die Überschrift schon reicht ihm. Ein sachfremder Nachtredakteur, der sie aus typographischen Gründen im Stegreifverfahren auf zwei Spaltenbreiten verlängern mußte, hatte beim Querbeetstudium des Textes zufällig auch etwas von der sexuellen Signalfunktion gewisser Insektenpheromone gelesen und ebenso entschlossen wie leider zusammenhanglos formuliert: »Nicht nur im Bett sind Wanzen sexy.« Und weil auch der Setzer vom Spätdienst das gut fand, schrieb der Herr Nachtredakteur als Unterzeile noch dazu: »Professor Klug muß es wissen. Er lebte mit ihnen drei Jahre.«

Vielleicht ist dies nicht der rechte Ton für eine Promotionsrede, doch macht die satirische Zuspitzung eines durchaus realistisch gesehenen Mißstandes noch am besten die Schwierigkeiten deutlich, die uns das Fragen und Ihnen das Antworten verleiden, weil Sie unsere Fragen oft für voraussetzungslos primitiv und wir Ihre Antworten noch öfters für absichtsvoll unverständlich halten. Wären diese Schwierigkeiten nur die Privatsache der Dialogpartner mit dem Ergebnis einer verhinderten Selbstdarstellung beider vor der Öffentlichkeit, so könnte man sie übersehen. Aber sie schmälern oder verfälschen gar den Informationsfluß aus der Wissenschaft in die Gesellschaft, die schon deshalb ein Recht auf Kenntnis der Forschungsergebnisse hat, weil sie deren Zustandekommen bezahlt.

Ein wichtigerer als dieser fiskalische Grund für Wissenschaftler und Journalisten, ihre Sender und Antennen endlich besser aufeinander einzupeilen, ist das Eindringen der Naturwissenschaften in gesellschaftliche und geistige Räume, die einst von der Religion und dem Glauben besetzt waren. Seit der stofffreie actus purus, der reine Denkgott des Aristoteles, im 13. Jahrhundert die vorthomistische, erzklerikale Pariser Universität unterspülte, seit Galilei mit seinem Bekenntnis zum heliozentrischen Weltbild des Kopernikus die biblische Offenbarung dem Zweifel der Physik aussetzte und Einstein seine Formel in ein engelloses Universum trieb, an dessen Rand die Molekularbiologen heute den Menschen als ein Zufallsprodukt aus biochemischen Abläufen und evolutiven Notwendigkeiten ansiedeln, trat die Naturwissenschaft im Bewußtsein der Menschen nach und nach in ein säkularisiertes Priesteramt ein, das sie gewiß nicht suchte, das ihr aber zuwuchs aus ihren für Laien so oft sakral anmutenden Hantierungen und ihrer liturgisch-fremdartigen Sprache. Wo die Kirche längst gegen den weitverbreiteten Verdacht ankämpfen muß, um des eigenen materiellen Überlebens willen die Verkündigerin nur noch eines Aberglaubens zu sein, da muß sich die Naturwissenschaft heute gegen den nicht minder weitverbreiteten Afterglauben wehren, sie allein sei nunmehr im Besitz des Heilswissens und der Wahrheit, was immer das sein mag. Denkerisch verklausulierte Gottesvorbehalte philosophierender Atomphysiker stehen an den Wegen der Naturwissenschaft von der Masse so unbeachtet herum wie die alten bayerischen Herrgottsbilder an den Autostraßen.

Da die Wissenschaft aber im Weihrauch der Verehrung nicht atmen kann, vielmehr die reine Luft einer kritischen Denkwelt braucht, da sie nicht Gläubige sucht, sondern Mitwisser, muß sie sich auf allen Ebenen durchschaubar machen. Zu dieser Dienstleistung an ihr und an der Gesellschaft, die von der Konsumgüterwerbung zunehmend mit pseudowissenschaftlichen Schlagwörtern manipuliert wird, steht beiden nur der seriöse Journalismus zur Verfügung. Daß er diese Dienstleistung heute noch mehr schlecht als recht versorgt, das steht auf einem anderen Blatt meiner Rede. Die Schuld daran bei Ihnen oder bei uns zu suchen ist müßig; sie ist zwischen beiden gut verteilt.

Wer die Berichterstattung der Tages- und Wochenpresse, auch die des Fernsehens, aus der wissenschaftlichen Welt aufmerksam verfolgt, dem wird der Zufallscharakter der Themenwahl nicht verborgen bleiben. Das Kuriose hat Vorrang vor dem Banalen, das Modische vor dem Bleibenden. Das Spektakuläre überwuchert das Wichtige. Es herrscht weitgehend das Prinzip von Kraut und Rüben. Fünf Sendeminuten für das Magnetfeld der Erde. Sechseinhalb danach für die Anbringung von Haftminen an Kriegsschiffen durch dressierte Delphine (wegen des Magnetismus schafft der Moderator hier den Übergang so gut). Achteinhalb Minuten für die Mengenlehre, weil sie aktuell ist und dem Kommissar im Zweiten Programm vielleicht Zuschauer abzieht. Und 15,5 Minuten für den Kernphysiker aus Göttingen, weil er es kürzer nicht machen wollte und keiner im Haus die Sache gut genug versteht, um ihn mit Zwischenfragen kurzschließen zu können. Ist ja auch kompliziert, so ein Teilchenbeschleuniger! »Das wär's für heute. Guten Abend, meine Damen und Herren!«

Mit der ungeheuren Fülle des wissenschaftlichen Angebots allein ist das nicht zu erklären. Das Materialangebot der Politik ist ja nicht geringer, ist kaum weniger verwirrend in seinen komplexen Verflechtungen mit weltwirtschaftlichen, soziologischen und philosophischen Bezügen. Dennoch gelingt es sogar der Provinzpresse, die großen Linien selbst der Weltpolitik herauszuarbeiten, und politische Magazine gar haben in der Aufhellung von Hintergründen sowie in der Einordnung und Gewichtung von Einzelheiten einen Grad der Virtuosität erreicht, der selber schon wieder Politik ist. Wissenschaftliche Magazine dagegen sind in der Darstellung und Deutung der wissenschaftlichen Welt selbst dann noch weit von solcher Perfektion der Durchleuchtung und Eindeutschung entfernt, wenn sie einen Professor zum Herausgeber und Journalisten zu Redakteuren haben.

Die Gründe für diese Unterschiede liegen auf der Hand. Der politische Journalismus hat eine mehr als 100 Jahre lange Tradition bei uns, der Wissenschaftsjournalismus ist ein Nachkriegskind. Politische Journalisten von Rang kennt man dem Namen nach zu Dutzenden. Wissenschaftsjournalisten eines vergleichbaren, und das kann nur heißen: meinungsbildenden Ranges kann man in der Bundesrepublik an den Fingern zweier Hände herzählen, bestenfalls.

Das ist ganz erstaunlich, wenn man bedenkt, daß der Mensch in den westlichen Demokratien nur im Wege des Mißbrauchs naturwissenschaftlicher Forschungsergebnisse von der Politik an Leib und Leben gefährdet werden kann, Politik also bei uns im Grunde das existentiell Sekundäre ist nach dem Primat der Naturwissenschaften. Nichts, sollte man meinen, läge deshalb näher, als daß sich unsere Gesellschaft durch starke Nachfrage nach Informationen aus dem Wissenschaftsbereich einen großen Stamm von hochqualifizierten Wissenschaftsjournalisten heranzöge und daß damit dies publizistische Ressort zumindest gleichwertig neben dem politischen stünde.

In Wirklichkeit sind wir eine verschwindende Minderheit. Es fehlt nicht die öffentliche Nachfrage nach wissenschaftlicher Information, es fehlt am Angebot durch die Wissenschaft. Man geht als Berg nicht zum Propheten. Man will gebeten sein, und wie! Aber die journalistische Neugier an der

Naturwissenschaft ist für einen naturwissenschaftlichen Laien, wie der Journalist es heute oft noch ist, nicht selten ein geistiger Spießrutenlauf.

Als ich beim Recherchieren meines Schweinefilms Otto Koehler, den großen Freiburger Zuchtmeister der deutschen Verhaltensforschung, telefonisch um ein Gespräch bat, kam ich über eine kurze Darlegung meiner, zugegeben anspruchsvollen, filmischen Absichten nicht hinaus. Seine hohe Stimme unterbrach mich mit der Frage: »Ja, haben Sie denn Zoologie studiert?« Ich hatte leider nicht, sagte es, spürte den Zweifel an meiner Zuständigkeit für die Schweinsseele und legte nach drei, vier belanglosen Sätzen achselzuckend den Hörer in die Gabel. Von heute abend an hätte Otto Koehler mir vermutlich geholfen, aber nun ist er leider tot.

Politik wirkt vorbehaltlos in die Öffentlichkeit. Sie ist extrovertiert, oft ist sie exhibitionistisch. Wissenschaft ist sich selbst genug. Ihre Öffentlichkeit ist das nicht selten narzißtische Spiegelkabinett der Fachwelt. Sie ist elitär. Ihre Selbstdarstellung bleibt dort, wo sie heute zaghaft versucht wird, meist in den bürgerlichen Denkkategorien von Würde, Anstand und Bildung stecken.

So kommt es denn, daß es nicht schwer ist, Journalisten an Krawallen und Numerus clausus zu interessieren, weit schwerer aber, sie für die kontinuierliche Darstellung der Lehrinhalte und der gesellschaftlichen Ziele der Wissenschaft zu gewinnen. Und weil das so ist, weiß die öffentliche Meinung von den Universitäten nur dreierlei: Sie sind erstens voll, zweitens links und drittens teuer. Allenfalls bezüglich der Reihenfolge gehen die Ansichten auseinander.

Wer sich der Journalisten für die Verbreitung wissenschaftlicher Erkenntnisse bedienen will, muß wissen, welcher Mittel sich Journalisten ihrerseits bedienen, muß es doppelt wissen, wenn er Journalismus an Universitäten lehren will.

Und so frage ich Sie also: Was macht einen Journalisten aus? Ich riskiere meine Ehrenpromotion ja nicht mehr, wenn ich jetzt in einer Art Antilaudatio sage, daß das, was Sie an mir ehren, ganz und gar unakademisch ist. Es sei denn, Sie flüchteten sich in den Sophismus der Unterscheidung zwischen journalistischer Wirkung und Machart. Die in der Laudatio genannte Wirkung meiner Arbeit, die allmähliche Veränderung in der privaten und öffentlichen Tierbetrachtung vom Sentimentalen zum Sachlichen, mag der akademischen Ehrung wert sein. Meine Mittel dazu sind es gewiß nicht, denn es sind journalistische Mittel durch und durch, von jeder akademischen Denk- und Arbeitsweise weit entfernt. Und glauben Sie mir: Ich bin so ernsthaft, wie es eine Auseinandersetzung mit den Inhalten meines Berufes verlangt, den ich gegen keinen anderen eintauschen möchte.

Natürlich machen auch unsere Festredner, wie die Ihrigen, reichlichen Gebrauch von solch hehren Postulaten wie Wahrheit und Objektivität. Einem Definitionsversuch gehen die Unserigen freilich meist aus dem Weg. Sie müßten dann ja bekennen, daß es im Journalismus nur grobe Annäherungen an Wahrheit und Objektivität geben kann; und diese Annäherungen haben Namen, die den vielen Verächtern unseres Berufes leicht zum Aha-Erlebnis, zum Anlaß für Zitatwillkür werden könnten. Ich muß das riskieren.

Objektivität und Wahrheit sind nur Richtungspunkte auf der Kompaßrose des Journalisten, deren Nadel er selber ist. Je reicher einer nun an inhaltlicher und formaler Substanz, desto sensibler wird er als Kompaßnadel die weiten Spielräume bestreichen, die die Fixpunkte Wahrheit und Objektivität umgeben. Gedämpft und in den Schwingungen begrenzt, wird er allein durch sein Gewissen, dessen starke moralische Ausprägung freilich die Voraussetzung für jede seriöse journalistische Wegweisung zur Wahrheit ist – die einzige, wie ich heute, nach 25 Berufsjahren, zu wissen glaube. Denn über handwerkliche Mittel redet man dann nicht mehr.

Die Spielräume auf der journalistischen Kompaßrose um die Fixpunkte Wahrheit und Objektivität haben Untertelungsmarken, die sich, ich sagte es schon, mit Namen belegen lassen. Sie heißen Weglassung und Überspitzung, Verkürzung und Vereinfachung, Assoziation und Metapher, ja, auch Polemik und Emotion.

Der Wissenschaft sind solche Annäherungen an die Wahrheit mit Recht zutiefst suspekt. Forschung und Lehre lassen sich mit Weglassung und Emotion, um nur diese beiden zu nennen, nicht betreiben. Journalismus, wenn er erfolgreich sein soll (und das kann zuallererst nur heißen: wenn er die Mehrzahl der Menschen erreichen soll), läßt sich nicht ohne Verkürzung und Vereinfachung, Polemik und Emotion betreiben, was immer unsere puristischen Sonntagsredner dazu sagen mögen.

Ein Zyniker würde dazu sagen, daß die Wissenschaft es sich leisten kann, im bürgerlichen Sonntagsanzug der Objektivität daherzukommen, ist sie doch von der athenischen Agora, vom Markt der Eitelkeiten längst herunter. Sie ist arriviert und von der Gesellschaft bezahlt – ausgehalten, mit einem Wort. Der Journalismus aber geht noch immer im Künstlerkleid der Subjektivität und schlenkert auf dem Boulevard mit seinen Schlagzeilen wie mit Lacklederhandtaschen. Er muß sich, wenn er leben will, verkaufen. Auch sind seine geistigen Ahnen weder so alt noch so fein wie die der Wissenschaft. Sie hat ihren Aristoteles, einen Lehrer des Staates, er den Herrn Zola, einen Ankläger des Staates.

Aber so einfach ist wohl Objektivität als methodisches Arbeitsprinzip nicht zu erklären. Darum geht es mir auch nicht. Ich will vielmehr aufzeigen, warum Journalismus, wie ich ihn verstehe, an Hochschulen kaum lehrbar ist. Die akademische Lehre setzt Lehrinhalte voraus, die von der stets wechselnden Wirklichkeit des Lebens abstrahierbar sind zu Lehrsätzen, Begriffen, Ideen oder Formeln. Nichts im Journalismus ist von der Lebenswirklichkeit abstrahierbar, wenn die Abstraktion nicht zu banal handwerklichen oder berufsethisch fragwürdigen Begriffen wie dem der Objektivität gerinnen soll, hinter der sich nicht nur bei uns oft die Nichtskönner, die Langweiler verschanzen.

Es läßt sich mit Sicherheit sagen, daß wirkungsmächtiger Journalismus und akademische Abstraktion natürliche Feinde sind. Ich neige dazu, meinen Beruf sogar der Gedankenfeindlichkeit zu verdächtigen, so sehr bedarf er zu seinem Ausdruck des Konkreten in Wort und Bild. Nur seine zur politischen Essayistik, zu Kunst und Literatur offenen Grenzen kaschieren diesen Sachverhalt für Außenstehende.

Werden wir also, wie es guter Journalistenart entspricht, endlich konkret. Die Universität, sagte ich, kann die Emotionsweckung als journalistischen Weg zur Wahrheit unmöglich akzeptieren, geschweige denn lehren, wenn sie sich nicht dem Verdacht aussetzen will, die Objektivität als wissenschaftliche Methode zu desavouieren. Und doch ehren Sie heute in mir nicht zuletzt den journalistischen Gebrauch der Emotion, wenn Sie meine Wirkungen ehrenswert finden. Ohne die Emotionalisierung meines Filmthemas Trophäenjagd hätte die öffentliche Diskussion um zu hohe Schalenwildbestände zu Lasten der Wälder nicht bis heute, mehr als zwei Jahre danach, angehalten, wären in der Legislative nicht biologisch motivierte Novellierungsbestrebungen der Jagdgesetze in Gang gekommen, die die ewig Gestrigen unter den Jägern zutiefst beunruhigen. Ich bewirkte diese emotional bedingte Nachhaltigkeit, indem ich eine in Stil und Ton klirrend falsche Hubertusrede mit schockierenden Bildern von der auch metzgerhaften Wirklichkeit jagdlichen Tötens sowie der platten bürgerlichen Lust am feudalen Herrenzimmerwandschmuck unterlegte.

Die Universität kann auch die Weglassung relevanter wissenschaftlicher Sachverhalte als legitimes journalistisches Mittel nicht akzeptieren, geschweige denn lehren, wenn sie nicht riskieren will, die Subjektivität auf den Kothurn der Wissenschaftlichkeit zu stellen. Und doch ehren Sie die Weglassung eines relevanten Sachverhaltes, wenn Sie es ehrenswert finden, daß die aus wirtschaftlichen und jagdlichen Gründen fortschreitende Verfichtung unserer Wälder, ihre gefährliche Entwicklung zur Nadelholzmonokultur, zur ökologischen Instabilität und zur Menschen- und Tierfeindlichkeit derzeit einer Revision öffentlichen Denkens unterzogen wird.

Man kann sagen, daß ich in drei Filmen die Fichte als Baumindividuum verketzert habe, um sie in der landschaftsschädlichen Massierung um so besser treffen zu können. Indem ich ihre Rolle zwar ganz gewiß nicht falsch, aber unvollständig dargestellt habe, war ich unwissenschaftlich.

Ich rede mich nicht einmal auf die übliche journalistische Zeitknappheit hinaus. Ich war bewußt einseitig. Ich vermied es zu sagen, was ich durchaus wußte und was einige akademische Forstleute mir triumphierend als Wissenslücke ankreideten: daß nämlich die Fichte auf manchen Standorten vom Boden und vom Klima her erzwungen wird und daß sie nicht immer und überall zur Übersäuerung und Verkittung des Wurzelgrundes und damit zum gefährlichen Oberflächenabfluß des Regenwassers führt. Und daß sie als autochthone, tief beastete Baumgestalt von großer Schönheit sein kann. »Wären Sie wissenschaftlicher vorgegangen«, so schrieb mir ein bekannter hessischer Landforstmeister, »dann wären Ihnen in Zukunft noch ein paar Millionen Zuschauer mehr sicher gewesen.« Das ist naiv.

Die Wissenschaftlichkeit, die in der gründlichen, detailreichen Gegenüberstellung des Einerseits und des Andererseits besteht, die nach 50 Seiten eines mit Fakten überfrachteten Textes der Zusammenfassung selbst für geübte Leser bedarf, ist der sichere Tod jeder journalistischen Arbeit. Die Fichte im Fernsehen wissenschaftlich zu porträtieren, ihr professorale Gerechtigkeit widerfahren zu lassen, hätte bedeutet, mein eigentliches Anliegen, nämlich ihr Zurückdrängen zugunsten eines von der Forstwissenschaft ebenfalls seit langem geforderten höheren Laubwaldanteils, bis hin zur Ratlosigkeit des Zuschauers zu verwässern und damit wirkungslos zu machen.

Wer gegen Edgar Wallace im ZDF um Zuschauer kämpfen muß, gibt seine Gelehrsamkeit tunlichst an der Garderobe ab.

Wir Wissenschaftsjournalisten sind ohnehin stets der Gefahr der Anpassung an das Fachchinesisch der Wissenschaft ausgesetzt. Es ist menschlich, den Beifall der Götter schmeichelhafter zu finden als den der Menschen. Es ist aber auch der sicherste Weg für einen Journalisten, seine Aufgabe zu verfehlen. Rüdiger Proske, einer aus der ersten Garnitur der Wissenschaftsjournalisten, jonglierte unlängst im Fernsehen vor einem Millionenpublikum mit kaum oder gar nicht erläuterten Enzymen und Aminosäuren so selbstverständlich herum, als seien es Brötchen, die jedermann vom Bäcker her kennt. Und die Molekularbiologen ließ er so ungebremst plaudern, als seien die DNS-Strukturen, mit denen sie hantierten, den Hausfrauen so vertraut wie die Schnittmusterbögen der Frau Senator Burda.

Ich treibe hier keine Kollegenschelte. Die Fernsehkritik hat das längst besorgt. Sie war sich ungewöhnlich einig darin, daß hier einer souverän über sein Publikum hinweggeredet hatte. Es besteht auch Grund, mich an die eigene Nase zu fassen. Mein Film über die ökologische Bedrohung der Alpenwelt sprengte wohl das Fassungsvermögen vieler Zuschauer, und es nützte der Sache wenig, wenn ich für mich ins Feld führen kann, es habe sich um den Versuch der Darstellung des Regelkreises Alpen gehandelt, den man nicht nach Belieben verkürzen kann, wenn nicht der Sinn des Ganzen verlorengehen soll. Es ist zu fürchten, daß bei nicht wenigen Zuschauern nur haftenblieb, der Bürgermeister von Kreuth, gestern noch ein Bauer, sei nach lukrativen Grundstücksgeschäften vom Haflinger direkt auf die 200 PS eines Ford-Mustang umgestiegen.

Noch einmal frage ich Sie: Kann man diese Weglassungen und Simplifizierungen, diese Emotionalisierungen und polemischen Härtungen wissenschaftlicher Erkenntnisse, für die sich viele Belege in der Arbeit seriösester Journalisten finden lassen, an Hochschulen lehren? Die Frage stellen heißt sie verneinen. Und das aus einem simplen Grund: Ein Hochschulstudium kann vieles vermitteln, nur das eine nicht, das allein den Gebrauch dieser nicht unbedenklichen Mittel kontrolliert und ihren Anwender vor dem Absturz in die Demagogie bewahrt: ein Schranken setzendes Gewissen.

Was man lehren kann, das ist die Wissenschaft von den Wegen der Kommunikation in der modernen Gesellschaft, die Kenntnis ihrer technischen Mittel und ihrer sozioökonomischen Voraussetzungen. Die Universitäten können dem Journalismus die Theoretiker liefern, und da ich weit entfernt bin vom Hochmut vieler Redaktionspraktiker, die den Wert einer wissenschaftlichen Ausbildung an der Fähigkeit des Promovierten messen, eine anständige Kurzmeldung verfassen zu können, bejahe ich natürlich die Theorie. Der Journalismus hat da einen starken Nachholbedarf. Die menschliche Gesellschaft ist heute zu komplex geworden, als daß sich ihre Informationsbedürfnisse noch allein über den Daumen der routinierten Blattmacher abschätzen und befriedigen ließen. Nur darf man den Absolventen eines solchen Studiums nicht die Hoffnung vermitteln, sie verließen die Universität als Journalisten. Zwar braucht unser Beruf bitter nötig Gehirne, die differenzieren, analysieren, formulieren können. Es gibt in unseren Redaktionen nur allzu viele Pseudo-Journalisten, die nicht begriffen haben, daß Wissen die Voraussetzung für Schreiben ist (und oft genug wissen sie noch nicht einmal, daß sie auch nicht schreiben können). Aber auch ein mit Wissen vollgestopftes Gehirn macht noch keinen Journalisten. Wer eine soziale, ökonomische oder ökologische Leidenschaft, die sich an gesellschaftlichen Mißständen entzündet, nicht verspürt oder, schlimmer noch, sie stets im Eiswasser wissenschaftlicher Analysen tötet, wer Engagement für akademisch unfein hält und das Risiko, mit einer gerechten Sache auch einmal zu scheitern, für eine kommerzielle Dummheit ansieht, der lasse die Finger von unserem Beruf, wenn ich ihm raten darf. Akademisch angereicherte Redaktionsbeamte haben wir genug.

Es könnte nun der Eindruck entstanden sein, die Sache der in den Medien veröffentlichten Wissenschaft sei ganz hoffnungslos und werde über das von mir aufgezeigte Kraut- und Rübenstadium nie hinauskommen; es werde also auch weiterhin alles dem Zufall von ein paar glücklichen personellen Konstellationen zwischen Ihnen und uns überlassen sein.

Das muß so nicht sein. Um es freilich zu ändern, bedarf es eines Umdenkens auf beiden Seiten. Es gibt Beispiele, die hoffen lassen. Sehen Sie es mir um der guten Sache willen nach, wenn ich zur Erläuterung wieder auf einen Aspekt meiner eigenen Arbeit zu sprechen komme.

Das Thema Wild und Wald wurde mir von der Wissenschaft zugeschoben. Der Forstpolitiker und Konrektor der Münchner Universität, Richard Plochmann, der heute unter uns ist, gehörte zu jenen Wissenschaftlern, die sich der Hilfe eines Massenmediums bedienen zu müssen glaubten, um die seit Jahrzehnten betriebenen Versuche der Forstwissenschaft, dem ökologisch instabilen reinen Wirtschaftswald zu einem naturnäheren Zustand zu verhelfen, endlich auch politisch durchzusetzen. Ich wurde nicht indoktriniert, sondern informiert. Man schickte mich auch zu ernst zu nehmenden Gegnern und überließ die Meinungsbildung schließlich mir. Man überließ mir auch die Dramaturgie und Formulierung des Kommentars. Eine Zensur fand nicht statt.

Was daraus wurde, ist weitgehend bekannt. Als am Heiligen Abend 1971 die Flinte, die man mir geladen hatte, losging und nicht nur den deutschen Hirsch, sondern auch das deutsche Gemüt voll traf, da zog die Wissenschaft einmal nicht den klugen Kopf ein. Zwei deutsche Forstfakultäten hielten zwar auf Abstand zu einigen meiner journalistischen Stilmittel, deckten mich aber per reihenweis geleisteter Unterschrift in Briefen an meinen Intendanten in der Sache, also in meiner harten Kritik an den zu hohen Schalenwildbeständen um des Jagdvergnügens willen, voll und ganz. Sie gaben damit der nun breit einsetzenden öffentlichen Diskussion sofort das nötige Gewicht und verschafften mir – und das ist das Wichtigste aus der Sicht meines heutigen Themas – Freiraum für weitere engagierte Fernseharbeit. Es hat sein Gutes, wenn man als Wissenschaftsjournalist einen Journalisten zum Programmdirektor und einen Professor zum Intendanten hat.

Dies scheint mir für unsere gemeinsame Zukunft ein probates, wiederholenswertes Rezept der Zusammenarbeit zu sein. Es ist auch für Hohenheim so neu nicht. Auf ähnlich freimütiger, unvoreingenommener Basis entstanden hier ein Bienenfilm mit Herrn Steche und ein Hühnerfilm mit Herrn Scholtyssek. Insbesondere Herrn Scholtyssek wird längst nicht alles geschmeckt haben, was ich aus seinem umstrittenen Thema machte. Es hinderte ihn nicht daran, mich weiter zu informieren und zu freimütigen Gesprächen mit seinen wissenschaftlichen Gegnern zur Verfügung zu stehen.

Halten Sie also Ausschau nach engagierten Wissenschaftsjournalisten. Es gibt sie. Laden Sie sie ein. Unterbreiten Sie ihnen ein Thema, das freilich einen Bezug zur gesellschaftlichen Wirklichkeit haben muß. Es gibt sie in jedem Fachbereich übergenug. Wissenschaftliches l'art pour l'art ist den Aufwand nicht wert. Informieren Sie die Journalisten gründlich – tagelang, wochenlang, notfalls in Seminar-Manier, wenn das Thema schwierig ist, und das ist es immer, wenn es kontrovers ist und damit zur öffentlichen Auseinandersetzung geeignet. Laden Sie auch wissenschaftliche Gegner ein. Dann überlassen Sie das weitere den Journalisten. Sie können ebenfalls eines noch tun: Verschaffen Sie ihm oder ihr, wenn der eigene Name dafür noch nicht reicht, Arbeitszeit und vor allem ausreichend Druckraum oder Sendezeit, indem Sie mit dem Gewicht Ihres wissenschaftlichen Ansehens auf Chefredakteure und Programmdirektoren, Verleger und Intendanten argumentierend einwirken. Noch ist die Faszination der Professoren in der bürgerlichen Gesellschaft ungebrochen. Hier ist ein weites Feld zu neuem Ansehen in der Gesellschaft.

Ja, und wenn es dann Ärger gibt, dann decken Sie die

Sache, wenn die Sache stimmte. Und fassen Sie mit öffentlichen Diskussionen nach. So zu verfahren wäre ein Dienst an der Wissenschaft und an der Gesellschaft, die um so leichter manipulierbar ist, je weniger sie weiß.

Während der Vorbereitung und Durchführung solcher Aktionen durch einen kommunikationswissenschaftlichen Fachbereich bei Mitarbeit thematisch tangierter Institute und unter Wahrung journalistischer Selbständigkeit und Verantwortung entstünde quasi unter der Hand eine oft vermißte Lebenswirklichkeit im akademischen Studiengang. Es entstünden so auch akademisch geschulte Wissenschaftsjournalisten aus Kollegen, die nicht das Glück hatten, studieren zu können.

Ich kann hier nicht schließen, ohne auf die Frage der Tierschützer geantwortet zu haben, ob ich es mir leisten könne, von einer Universität geehrt zu werden, die als der Schrittmacher einer Maschinisierung des Nutztieres gilt – zu Unrecht, wie ich meine, gehen von Hohenheim doch auch in den engen Grenzen, die das oft inhumane Leistungsprinzip unserer Gesellschaft zieht, Impulse zur Hygiene und der technischen Tierfürsorge aus. Man sollte Wissenschaftler nicht verdächtigen, in der Tierquälerei ein hinreichendes Mittel der Leistungssteigerung zu sehen.

Doch will ich es mir so leicht nicht machen. Zwar verdient die anmaßende Formulierung, diese Ehrung sei »akademischer Flitter«, keinen Kommentar, doch verdient die dahinter sichtbar werdende Angst, es könnten die Tiere einen öffentlichen Anwalt verlieren, eine sachliche Antwort – wenn es denn überhaupt noch einen Standpunkt der Sachlichkeit in der Frage der modernen Massentierhaltung gibt, so hoffnungslos verklemmt ist dies Problem zwischen wirtschaftlichen, politischen und ethischen Motivationen.

Es kommt hinzu, daß nun auch einige der betroffenen Wissenschaftler anfangen, sich ihren Emotionen zu überlassen und zu Kampfesweisen zu greifen, vor denen jeder Journalist, der das Prädikat seriös verdient, zurückschrecken würde. Die Objektivität der Forschung leidet unter dem Vorwurf der Zitatwillkür in der Beweisführung mit wissenschaftlicher Literatur, mehr noch unter der Anschuldigung der öffentlichen Stimmungsmache durch den nicht qualifizierten öffentlichen Gebrauch von Lichtbildern, die scheußlich anzuschauende Versuchskäfige für Batteriehühner zeigen, ohne daß man diese Käfige ausdrücklich als nicht im Allgemeingebrauch befindlich deklariert habe. Die sich diffamiert fühlende Züchterseite kontert mit einem Flugblatt, das Bernhard Grzimeks Fernseh-Attacke auf die Batteriehaltung der Hühner ins Unglaubwürdige zu ziehen versucht, indem es Grzimek den privaten Bezug von Batterie-Eiern anlastet. Selbst wenn der gerichtliche Beweis dieser in der Sache durchaus legitimen Nachricht zu erbringen wäre, so bliebe doch das akademische Ärgernis der in der Landesanstalt für Geflügelzucht echt handgemalten Überschrift unter dem Briefkopf der Universität Hohenheim: »Ei, ei, ei, Herr Grzimek!« Das sind selbst nach journalistischen Maßstäben drei Eier zuviel.

Und schon redet man davon, daß die Gutachterkommission im Hause des Landwirtschaftsministers den Wissenschaftsstreit um die Problematik der Batteriehühner ja auch durch Handaufheben beenden könnte. Es wären dann 15 Weise für die Käfighaltung und drei dagegen. Käme es zu diesem Votum, wäre die Atmosphäre zwischen Tierschutz und Wissenschaft für lange Zeit vergiftet. Die Minderheitsgutachter wären dann in der Meinung der tierfreundlichen Öffentlichkeit die Koryphäen, und die Mehrheit, das wären die Korrupten, die dem Druck der industriellen Tierhalterlobby, und nicht nur ihrem Druck, schließlich nachgaben. Das darf um des Ansehens der Wissenschaft willen nicht geschehen.

Der gutachtenden Minderheit aber, zu der ich mich aus Gründen eines ethischen Tierschutzes hingezogen fühle, ist anzuraten, die Gesprächsbereitschaft der Mehrheit zu nutzen, um mit ihr zusammen die staatliche Finanzierung eines gemeinsamen Großversuchs zu erzwingen, der für das Haushuhn neben allgemeinen Verhaltensindikatoren auch endlich anatomische, biophysikalische und endokrinologische Parameter zuverlässig und allgemein akzeptabel erbringt.

Neben der personellen Unmöglichkeit, die wissenschaftlichen Standpunkte in der immerhin schon 15 Jahre alten Batteriehuhnfrage zu versöhnen, ist die bisherige staatliche Finanzmittelverknappung für solche Grundlagenforschung der eigentliche Tierschutzskandal, wie ich meine. 15 Jahre Streit sind genug. Die Öffentlichkeit, die sich für das Los der Nutztiere zunehmend sensibler zeigt, hat ein Recht darauf, daß die Wissenschaft nach jahrelangem, verzeihen Sie, Gegacker nun endlich ihr für Mensch und Tier bekömmliches Ei legt. Es wird von ernstzunehmenden Tierschützern ja kein blauäugiges Zurück zur Natur verlangt. Wir wissen auch nur zu gut, daß die frühere landwirtschaftliche Haltung der Nutztiere für diese alles andere als ein Paradies war. Verseuchte, vor Dreck starrende Schweinebestände, Kühe mit eingewachsenen Ketten und Mistkratzer, die nach der Schlachtung während der parasitologischen Untersuchung sich auf ihren eigenen Würmern noch einmal zu bewegen begannen, liegen noch nicht sehr lange zurück; sie sind auch heute noch unter Haltungsformen anzutreffen, die unkritische Tierfreunde sich wünschen.

Es geht also bei einem zweifellos erreichten Mehr an Hygiene um ein noch zu erreichendes Mehr an artspezifischer Trieb- und Bewegungsfreiheit für die Tiere; es geht um ihre Möglichkeit, ein wenig zu leben, bevor sie sterben müssen. Ihre totale Befreiung und Rückführung in die Landschaft sehe ich nicht angesichts der stark zunehmenden Eiweißverknappung in einer Welt, deren menschliche Bevölkerung schier explodiert. Es gibt keine allseits befriedigende Lösung, es gibt nur eine das menschliche Gewissen besänftigende Milderung des Problems. Das wird manchen nicht befriedigen, insbesondere viele Tierfreunde nicht. Ich kann es nicht ändern, denn ich weiß es nicht besser.

Ich weiß nur dies: Wer sich daran macht, mit den Autogrammen von Peter Alexander und Anneliese Rothenberger am Kopf von Unterschriftslisten die Hühner aus den Käfigen zu befreien, der hat nicht begriffen, daß seine menschlich respektable Haltung durch die Unterhaltungsmedien nur zur Auflagensteigerung benutzt wird, denn eine zynische Journalistenweisheit sagt, daß Tiere und kleine Kinder als zugkräftige Themen immer gut seien. Den publizistischen Schrittmachern solcher Aktionen gerinnt auch die Bewegungsnot der Tiere noch zur Unterhaltung. Eine Linderung dieser Not kommt den Tieren allein von der moralisch engagierten Forschung, oder sie kommt ihnen gar nicht.

Die Gesetze machende Politik wird kühl das Pendeln der Waage betrachten, die belastet ist einerseits mit solchen publizistischen Eintagsaktionen und andererseits mit den mächtigen Dauerinteressen der Wirtschaft. Wohin die Waage sich neigen und wofür die Politik sich dann entscheiden wird, ist für mich nicht zweifelhaft. Eier- und Fleischpreise sind in einer Zeit der Inflationshysterie eminent politische Preise. Der Einfluß der Tierhaltungsformen auf sie wird von vielen Tierfreunden nur zu leicht übersehen. Erst wenn die Wissenschaft in dieser Sache mit einer Stimme spricht und nicht, wie derzeit noch, mit zweien, hinter denen sich jede beliebige Art von Interessenpolitik machen läßt, wird der Gesetzgeber eindeutig reagieren.

Weil ich auf die Vernunft baue und weil ich glaube, daß sie nur in der freiheitlichen Luft von Forschung und Lehre noch Hoffnung auf humane Konkretisierungen hat, konnte ich diese große Ehrung reinen Gewissens und von Dank erfüllt annehmen. Sie ist ein Zeichen auch für Toleranz und Respekt, die man abweichenden, ja unbequemen Meinungen in der Wissenschaft noch immer entgegenbringt. Und ich bleibe ein Stachel in ihrem zuweilen bequemen Fleisch.

»Haben Sie's nicht 'ne Nummer kleiner, Thomas Mann?«

1975 wurde Horst Stern mit dem Bodensee-Literaturpreis ausgezeichnet. Beim Festakt am 15. Juni sprach Horst Stern in seiner Dankesrede über die Bodenseelandschaft, über sein Engagement als Naturschutzbeauftragter des Landkreises Lindau, aber auch generell über seinen Einsatz für die Ökologie und insbesondere über die Sprache als Instrument seiner journalistischen Arbeit.

Als ich Nachricht erhielt von der auf mich gefallenen Wahl des Preisgerichts, da mischte sich eine alte Sorge in die Freude, die ich empfand – die Sorge, es könnten wieder einmal meine sprachlichen Mittel den Blick auf die Sache verstellt haben, um derentwillen ich sie handhabe. Ich meine die Sache der Natur.

Bei aller Empfänglichkeit für öffentlichen Beifall, dessen Warmbadwirkung sich wohl niemand entziehen kann, hatte ich doch oft Gelegenheit zu bedauern, daß die Kritik den ästhetisch-formalen Aspekten meiner publizistischen Arbeit breiteren Raum gab als deren materiellen Inhalten. Das beginnt mit der vulgären Diskussion gewisser Schockwirkungen, die mit Fleiß anzustreben man mir regelmäßig nachsagt. Man fragt gar nicht, ob der Schock nicht allein vom Bitterstoff der animalischen Wahrheit kommen könnte, den ich in einen sacharinsüßen, lauwarmen Tee einer Tierdarstellung mische, wie sie bisher von den Massenmedien einem unkritischen Publikum serviert wurde. Es ist der Schock der Erkenntnis, daß wir ganz überwiegend die Tiere auch dort noch ausbeuten, wo wir sie zu lieben vorgeben.

Die oft zu beobachtende Verdrängung meiner auf die Natur gerichteten Anliegen durch eine Betrachtung ihrer Sprachkleider setzt sich fort in mehr oder weniger subtilen Untersuchungen darüber, ob meine Art von Sprache vom Fernsehen überhaupt zulässig, mediengerecht ist, wie man sagt, ob Sprache sich nicht dem filmischen Bild zuliebe auf die Funktion von Sprechblasen beschränken sollte, damit das Publikum ab 20 Uhr 15, wenn ihm die Verdauung des Abendbrots das Blut aus den Köpfen abzuziehen beginnt, nicht überfordert wird. Und es endet nun, so befürchtete ich einen Augenblick lang nach Erhalt der ersten Nachricht aus Überlingen, mit einem das Stilistische belohnenden Literaturpreis, den schon – um nur einen zu nennen – mein Mitstreiter um die Wasserburger Halbinsel, Martin Walser, ein veritabler Dichter doch, nach Hause trug.

Der Berufsstand des Journalisten zeigt sich mißtrauisch solchen Zunftbrüdern gegenüber, die die Welt nicht mehr nur sachlich beschreiben, sondern sie gedanklich zu reflektieren beginnen. Da wird man dann, wie ich, von den Kollegen mit dem Etikett »Publizist« versehen. Man wird zum Objekt des eigenen Standes. Man wird befördert, in Wahrheit aber hinausbefördert aus der reportierenden, kommentierenden Kollegenschaft. Und ein Literaturpreis, das ist endgültig das Stigma des verlorenen Sohnes, wenn nicht gar, zu Streichmusik, seine Beerdigung.

Ich habe mich über die Abneigung, über die als »Drang zum Höheren« benamte leise Verachtung, die mein Beruf dem Mut zur Sprache entgegenbringt, oft gewundert. Es ist doch etwas ganz Natürliches, wenn ein Journalist zur Perfektion seiner Mittel drängt und in der Sprache mehr sieht als ein Vehikel von Tatsachenmitteilungen. Und was noch erstaunlicher zu sein scheint: Es sind nicht immer die sauren Trauben der Fuchsfabel als Motiv geeignet für die Herabsetzung, die eine ausdrucksstarke, bilderreiche Sprache in unserem Beruf leicht erfährt. Nicht wenige Journalisten schreiben zeitlebens unter ihrem stilistischen Niveau, allenfalls daß sie ihrem Stil zu besonderen Gelegenheiten einmal einen Sonntagsanzug anziehen. Aber sie gehen dann ins Feuilleton, unter den Strich, wie man bei uns sagt, wie ins Freudenhaus – unentschieden, ob sie sich mehr freuen oder mehr genieren sollen.

Der Grund für solche Sprachaskese ist zweifellos im Diktat der großen Druckauflage zu suchen. Es ist in den Redaktionsstuben bürgerlicher Blätter die Schizophrenie weit verbreitet, daß der Sensationsjournalismus großstädtischer Massenblätter zwar eigentlich nicht standesgemäß, aber eigentlich doch erstrebenswert sei, ein bißchen wenigstens und natürlich nur, was die hohe Auflage betrifft. So kommt es unter Druck der Konzerne und des härter werdenden Marktes heute mehr noch als früher zu verschämten Anpassungen: Die Überschriften werden ein bißchen größer, die Gedanken ein bißchen kleiner. Es herrscht der Primat des möglichst reinen Hauptsatzes, in dem Subjekt, Prädikat und Objekt auch dem Autofahrer beim Lesen vor der auf Rot stehenden Ampel durchsichtig bleiben. Gerät einem eine punktlose Sequenz mehr als drei Zeilen lang und passiert einem das öfters, so hat man sich schnell einen Spitznamen eingefangen: »Haben Sie's nicht 'ne Nummer kleiner, Thomas Mann?«

Auf ähnliche, wenn auch nicht gar so krasse Weise, erblickten die besseren Sätze meiner frühen Berufsjahre nicht einmal das Licht des Schriftsetzers an seiner Maschine. Man trieb sie mir in der Regel als Fötus schon ab, in Manuskriptform. Das sind Prägungen, die sich später nicht leicht verwischen.

Ich will hier nicht die Frage untersuchen, ob denn vieles von dem, das mit sprachlicher Ambition geschrieben wird, ein besseres Schicksal überhaupt verdient hätte. Eine Disziplinierung des frühen Stils durch Schere und Rotstift eines erfahrenen Redakteurs ist ein notwendiges Element journalistischer Lehrjahre. Doch ist ebenso gewiß, daß solche stilistischen Drainagen, die erkennbar nicht mehr der Vereinfachung um der Klarheit, sondern der Simplifizierung um des Massengeschmacks willen dienen, in sensiblen Schreibern leicht für immer ein geistiges Brachland zurücklassen.

Eine solche Sozialbrache war auch ich etliche Jahre lang, nachdem ich aus Verdruß über die täglichen Kastrationen nicht nur des Stils, sondern auch der von mir recherchierten, unbequemen Fakten das harte Geschäft eines Tageszeitungsschreibers aufgegeben hatte. Mir ging nichts mehr von der Hand, und meine ambitionierteren Worteinfälle standen – um im Bild der Brache zu bleiben – wie Kohldisteln aus dem überständigen Gras der Sätze hervor.

In diesem Zustand kam ich – es liegt an die fünfzehn Jahre zurück – an den Bodensee. Ich schiebe diese Mitteilung hier ein, damit Sie nicht meinen, es ginge die Selbstbespiegelung eines einst frustrierten Journalisten noch lange so weiter und ich hätte das Thema meiner Dankesrede verfehlt. Einen Augenblick aber muß ich noch zurück zur Sozialbrache.

Diese Metapher kommt mir nicht von ungefähr. Das Wort stammt aus der Ökologie und bezeichnet eine Fläche ehemals landwirtschaftlich genutzten Bodens, die verwilderte, weil der Bauer sich wegen eines Mangels an Rentabilität von ihr zurückzog. Die steileren Mittelgebirgslagen, die man maschinell nicht bearbeiten kann, sind heute voll von solchen Brachen. Das nicht mehr gemähte Gras färbt, im hessischen Dillkreis zum Beispiel, ganze Täler gelb – ein so ungewohnter Anblick, daß die Urlaubsgäste Anstoß nehmen. Da sie die Zusammenhänge nicht kennen, halten sie die bäuerliche Bevölkerung für faul geworden. Die Landschaft erinnert Frau Jedermann an ungemachte Betten. Also fährt sie im nächsten Jahr mit der Familie an die Adria. Da ist das Gras zwar auch gelb, aber da ist es wenigstens die italienische Sonne, die schuld ist.

Also nehmen auch die Fremdenverkehrsverbände Anstoß. Das Unland, wie sie es nennen, muß weg. Der Forst bietet sich an als Retter in der Not. Er pflanzt Wald darauf an. Man nimmt es hin, daß es fast immer ein reiner Fichtenwald ist, eine zukünftige Holzplantage mit den Bäumen in Reih und Glied, weil der hohen Wildbestände und der schlechten Marktpreise wegen Laubhölzer keine Aufwuchschance haben. Daß man eine Landschaft nicht nur zersiedeln, sondern auch zergrünen kann, daß nicht nur Wände aus Beton, sondern auch Wände aus Holz die Sicht verstellen und die Ästhetik einer Landschaft zum Düsteren verschieben können, das weiß man noch nicht überall. Noch nicht. Man wird es wissen, in zwanzig Jahren, wenn die Wanderwege der eigenen Kindheit in Fichtenwüsten versunken sein werden. Die Fichte als natürlicher, autochthoner Baum, tiefbeastet und als zahlreiches Mitglied einer artenreichen Waldgesellschaft ist eine herrliche Pflanzengestalt. Als Monokultur gesetzt, auf Standorten, wo auch Laubwald wüchse, ist sie, bezogen auf die Sozialbrache, nicht einmal immer das kleinere Übel. Sie ist das größere.

Vorerst sagen es nur die Ökologen, daß die Brache eine einmalige Chance ist für uns alle, wieder zu naturnäheren Landschaften zu kommen. Im Dillkreis hat der botanische und faunistische Artenreichtum auf diesen liegengelassenen, versteppten Flächen erstaunlich rasch zugenommen. Man findet dort Pflanzen, sieht dort Vögel, an die man sich schon gar nicht mehr erinnern kann, so lange fehlten sie in der wirtschaftlich bedingten Monokultur der Äcker und Weiden. Laßt die Brachen liegen, sagen darum die Ökologen. Ist erst einmal der jahrzehntelang eingebrachte Kunstdünger aus diesen Böden ausgeschwemmt, wird auch der anstößige Geilwuchs der Pflanzen aufhören. Die Natur findet ins Gleichgewicht zurück, zur ökologischen Stabilität, die mit der Artenvielfalt Hand in Hand geht. Alles, was es dazu braucht, ist menschliche Geduld und die Belehrung der Urlauber, daß nicht nur

Grün, sondern auch Gelb eine erholsame Farbe ist. Die Brachen sind die neuen Paradiese.

Ich kehre zu meiner damaligen Innenbrache zurück. Bevor ich am See seßhaft wurde, segelte ich auf ihm einige Jahre lang. Der Überlinger See war mein Revier. Bis zum Obersee reichten mir meistens der Wind und die Zeit nicht, und für den Untersee hatte man mir das Schifferpatent verweigert, ich war nicht in der Lage gewesen, die Seezeichen-Numerierungen zwischen der Konstanzer Rheinbrücke und Gottlieben auswendig herzusagen. Der schüchtern vorgebrachte Hinweis auf meine ausgiebige und auch attestierte Seebefahrenheit und auf die in der Küstennavigation übliche Praxis, die Kennung von Fahrwassermarkierungen der Seekarte zu entnehmen, fruchtete gar nichts. Ich war ein Bodenseesegler zweiter Klasse. Die Tatsache, daß ich das hier erwähne, mag Ihnen zeigen, eine wie tiefe Wunde man mir in Konstanz riß.

Ich muß Ihnen, die Sie hier das Glück haben zu leben, nicht sagen, welche Schönheiten mir beim Segeln auf Ihrem See vor die Augen kamen. Und weil ich kein Ding sehen kann, ohne mich an seiner sprachlichen Fixierung zu versuchen, bewahre ich aus jener Zeit Sätze, die mir, hätte ich sie veröffentlicht, vielleicht nicht gerade den Bodensee-Literaturpreis eingetragen hätten, aber wohl doch eine Einladung durch den Herrn Kulturreferenten der Stadt Überlingen zu etwas besonders Gutem, sagen wir: zu einem Viertele 71er Müller-Thurgau. Denn ohne Zweifel handelte es sich um Dichtung, und die Stadt Überlingen kam darin vor.

Später, im Fernsehen, kam sie bei mir nur noch in der Wahrheit vor. Ich ließ, als ich vom Norddeutschen Rundfunk den Auftrag hatte, die Zersiedelung des Bodenseeufers zu zeigen, als Anfangseinstellung eine weittragende Gummilinse groß auf das Zifferblatt der seenahen Überlinger Kirche richten und hieß den Kameramann dann, das Objektiv ganz langsam aufzuziehen. Es kam die Kirche ganz und mit ihr die Unversehrtheit der alten Stadt ins Bild – Dächer, Tore, Gassen. Aber dann weitete sich der Blick der Kamera plötzlich wie im Schreck, und eine Woge von kostenorientierter Modernität von Beton schwappte vom See her landeinwärts, hügelaufwärts.

Es erschraken viele Menschen in Deutschland, als der Streifen damals gesendet wurde. Daß aus Überlingen nicht, wie aus Singen, dessen Großmannsträume ich im selben Film aus der Luft gezeigt hatte, wütende Proteste kamen, nahm ich als ein Zeichen der stillen Zustimmung und des eigenen heilsamen Erschreckens. Man weiß ja, wie leicht man unter kommunalen Sachzwängen in manches hineinschliddert, das erst eine spätere Zeit als fragwürdig zu erkennen imstande ist. Und da Überlingen mich in Kenntnis des eben Geschilderten heute ehrt, habe ich neuen Grund, mich zu meiner Arbeit eher ermutigt als abgeschreckt zu fühlen.

Aus jener Zeit, meine Damen und Herren, resultieren die Schwierigkeiten des Autors, den See mit der Seele zu suchen. Ich war sprachlich und emotionell damals reif, mir den See in poetisch eingefärbten Landschaftsschilderungen geistig anzueignen. Doch hielt die strenge Schule des Tageszeitungsjournalismus, die ich bald nach dem Krieg in Stuttgart durchlaufen hatte, in mir stets einen Zweifel wach, ob in solcher Schriftstellerei nicht ein unauflösbarer Rest von Künstlichkeit verbleiben würde. Ich sah die Gefahr, daß ich die feinen Haarrisse in meiner poetischen Substanz mit Sprachkunst verkleben könnte. Heute, lange ereignisreiche Jahre danach, möchte ich es ökologisch sagen: Ich war drauf und dran, meine Innenbrache mit Kunstbäumen zu bepflanzen, denen der Kenner ansieht, daß sie nicht autochthon sind, standortfremd und also in einem tiefen Sinn unwahr.

Ich entschloß mich, meine schreiberische Brache zugunsten von Wissensansammlung liegenzulassen, den Kunstdünger der hochreichenden literarischen Ambitionen auszuschwemmen und zu sehen, was da kommen würde. Heute sehe ich, daß eine Vielfalt der absonderlichsten Blüten kamen, mit der Distel als Leitpflanze.

Die erste neue Einsicht war, daß man das Tier nicht mehr wertfrei, nicht ohne jeden Bezug zu seiner durchweg anthropogenen, vom Menschen gemachten Umwelt darstellen kann, zoologisch allein, als Träger kurioser oder faszinierender Verhaltensweisen, die sich in unserem Beruf gut verkaufen lassen, denn Tiere und kleine Kinder gehen immer gut.

Das Phänomen der Hackordnung bei Hühnern, das sich so unterhaltsam mit den sozialen Rangkämpfen auf unseren Autobahnen vergleichen läßt, war mir nicht genug. Ich ging in die industriellen Batteriestallungen.

Das Schwein als gemütliche Sau, die sich zum Ergötzen des Publikums die fetten Schinken wohlig grunzend im Dreck paniert, das feuilletonistische Schwein, wenn ich so sagen darf, war mir nicht genug. Ich zeigte die Streßsymptome der modernen Schweineleistungsgesellschaft, ihre sozialen Frustrationen, ihre Magengeschwüre und Herzinfarkte.

Das Pferd als getreuer Kamerad des Menschen, als Kalenderbild und moralisches Objekt von Dankesreden am Tag des Pferdes war mir nicht genug. Ich zeigte seine Ausbeutung als kostspieliges Sportgerät professioneller Sattelakrobaten und Markenartikelwerber und vergaß auch die roßtäuscherischen Nervenschnitte nicht, mit denen viele dieser anatomisch überanstrengten Tiere dem Metzger oder dem Schulbetrieb noch ein, zwei Jahre vorenthalten werden können.

Der Rothirsch als heilige Kuh der deutschen Jagd, als uriges, seinen Brunftschrei mit einer fotogenen Atemwolke vor dem Äser ausstoßendes Tier war mir nicht genug. Ich zeigte seine durch jagdliche Überhege und Trophäenkult entstandene ökologische Rolle als unschuldiger, gleichwohl verheerender Freßfeind der Bergwälder.

Die Alpen mit Alpenglühen und Kühen und Zithermusik waren mir nicht genug. Ich zeigte ihre fortschreitende Denaturierung durch bauliche Zersiedelung und sogenannte Erschließung mit unnötig vielen Bergbahnen, Skipisten und breiten Forststraßen.

Eine solche ganzheitliche Betrachtungsweise der ökologischen Dreifaltigkeit Mensch, Tier und Landschaft führte geradewegs in den modernen, den notfalls militanten Naturschutz. Nach fünfzehn Jahren schloß sich am Bodensee, an seinem bayerischen Ufer, ein Kreis, zu dessen Vollendung ich das erste Zirkelbein hier am Überlinger See angesetzt hatte. Und es ist noch immer der See, aus dessen ökologischer Gefährdung, die trotz allen Bemühungen noch immer nicht abgewendet ist, ich meine stärksten Antriebe beziehe.

Nirgendwo ist die Not einer Landschaft besser zu studieren als dort, wo ihre Lieblichkeit Marktwert hat. Und da zeigte es sich dann, daß eine überbeanspruchte Landschaft nicht weniger Zeiten und Räume der Erholung braucht als der zivilisationsgeschädigte Mensch. Und Erholung einer Landschaft kann immer nur heißen: Erholung vom Menschen. Wer gelernt hat, auf Pflanzen und Tiere nicht nur als Objekte seelischer Erbauung zu schauen, sondern sie auch als Bioindikatoren, als ökologische Warnlampen zu nehmen, der erkennt am Flackern ihrer Lebenslichter am See und im Hinterland herannahendes Absterben von wichtigen Körperteilen einer Landschaft. Mißt man der Natur mit dem Thermometer des Wissens das Fieber, tastet man ihre Frakturen und Kontusionen wandernd mit den Augen ab, dann überprüft man hinfort, wenn man über Landschaften schreibt, seine Adjektive und Metaphern. Ich kann keine Westdrift über dem See mehr sehen und ihre Wolkenfelder in verzückten Ausdrücken der Reinheit, des großen himmlischen Aufwaschens nach einer Periode der klebrigen Schwüle feiern, wenn mir die Kohlenwasserstofffracht in den Sinn kommt, die sie von westlichen Industrierevieren heranführt und abregnet. Ich kann den See nicht als einen Spiegel in der Hand Gottes preisen, der das Antlitz des Schöpfers den Menschen zeigt, wenn mir die Algentrübung dieses Spiegels Gott in Wahrheit verbirgt und nur den Menschen enthüllt in seiner Hybris, mit der er jahrzehntelang den See als die preiswerteste Kläranlage weit und breit ansah.

Ich kann im Schilf nicht lustvoll auf das Orgeln des Föhnsturms lauschen und meine Augen verschließen vor dem fortschreitenden Schilfsterben durch Freizeitnutzung, Wellenschlag und Überdüngung des Wassers mit Phosphaten. Und meinen Ohren fehlt der Baß der Rohrdommel und die Flöte des Brachvogels. Nicht nur die ökologische, auch die lyrische Substanz der Bodenseelandschaft nimmt ab. Es wächst ihr Freizeitwert.

Er wächst nicht selten im Licht des Bekenntnisses der Politiker zum Schutz der Natur. Das Zauberwort heißt Naturpark. Erfahrung hat mich gelehrt, mißtrauisch zu sein, wenn Kommunalpolitiker den Schutz der Natur mit Leidenschaft an ihre Fahnen heften, wie derzeit im Oberallgäu. Dort betreibt man die raumordnerische Vorbereitung eines Naturparks, dessen Grenzen sich von Memmingen über das Kreuztal und weiter, in den Landkreis Lindau hinein, über Scheidegg und Scheffau nach Immenstadt unter Umgehung Kemptens zurück nach Memmingen erstrecken sollen – ein ganz uneinheitlich strukturierter Mammutpark, der allein im Bereich des Landkreises Lindau, dessen Naturschutzbelange wahrzunehmen ich die amtliche Ehre habe, nahezu ein Drittel seiner Fläche beansprucht.

Da sollte ich jubeln, nicht wahr: statt des lumpigen einen Prozentes Kreisfläche, das wir in Lindau unter Schutz haben, nun auf einen Schlag dreißig. Statt der neun Jahre, die wir auf die Münchner Rechtsverordnung für die Inschutznahme eines kleinen, aber kostbaren Mooses bei Wasserburg warten, nun vielleicht nur neun Monate Geduld im Warten auf ein grünes Riesenbaby, um dessen Vaterschaft sich Allgäuer Politiker schon heute reißen. Ich jubelte nicht, ich protestierte, und meine Kollegen im Naturschutzbeirat schlossen sich an, politisch wichtiger noch: auch der Lindauer Landrat.

Als unsere Ablehnung publik gemacht wurde, setzte es für mich aus Sonthofen und Kempten herbe Kritik und seitens zweier Abgeordneter allgäuerische Spezialausdrücke, die zu drucken die »Allgäuer Zeitung«, wie sie schrieb, den Mut nicht hatte. Das machte mich noch mißtrauischer, und ich nehme mit Ihrer Erlaubnis, die ich erbitte, hier die Gelegenheit wahr, öffentlich zu sagen, warum.

Ich halte die Naturpark-Idee in vielen Fällen für unvereinbar mit den wahren Interessen des Naturschutzes, der nach Lage der Dinge in unserer Industriegesellschaft nur ein Schutz ökologischer Nischen sein kann zur Bewahrung einer tierischen und pflanzlichen Erbsubstanz, die anders total verlorenginge – zum Schaden unseres Ansehens als einer sogenannten Kulturnation. Solange in der Bundesrepublik ein Defizit an echten Natur- und Landschaftsschutzgebieten besteht, solange der Staat aus politischer Rücksichtnahme auf mächtige private Nutzungsinteressen sich jahrelang in der Ausweisung neuer tatsächlich schutzwürdiger Gebiete ziert, solange besteht kein Grund, in verdächtiger, der Bürokratie ganz ungewohnter Eile riesige Areale unter Schutz zu stellen, die in aller Regel weder Natur noch gar Park sind. Es sind meist Kulturlandschaften aus Bauern- und Försterhand. Wir empfinden sie als Natur nur deshalb, weil sie noch spärlich besiedelt sind und die Farbe Grün in ihnen dominiert.

Der euphemistische Begriff Naturpark trägt dazu bei, in der Bevölkerung das Lernen der Unterschiede zwischen den vor jeder Nutzung zu verschonenden Naturresten und den pfleglich zu nutzenden Kulturlandschaften zu verhindern. Schlimmer noch: Da man im Naturpark unter einer Pflege ganz überwiegend die sogenannte Erschließung einer Landschaft für die menschliche Erholung versteht, mit Parkplätzen, Spazierwegen, Spielplätzen, Feuerstellen, Kiosken und pädagogischen Waldeinrichtungen, überträgt die Bevölkerung ihre hier rechtmäßig erworbenen Nutzungsansprüche unterschiedslos auch auf wertvollste Naturschutzgebiete mit den heute schon zu beobachtenden katastrophalen Folgen einer Mißachtung jeglicher Wegegebote.

Im Wort »Erschließung« wird auch das Interesse von Politikern sichtbar, die zur Verwirrung der Bevölkerung plötzlich gegen die Naturschützer Natur schützen wollen. Erholung für die Bevölkerung, das läßt sich öffentlich gut verkaufen, das bringt Wählerstimmen. Tatsächliche Naturschutzarbeit aber, das Eintreten für rigorose Nutzungsbeschränkungen in der Natur, das bringt nichts als Ärger.

Ich möchte nicht mißverstanden werden: Ich habe nichts gegen die legitimen Ansprüche der Menschen an die offene Landschaft als Erholungsraum. Ich bin nur dagegen, daß diese Ansprüche mehr und mehr unter dem Etikett Naturschutz verwirklicht werden. Der Staat und die ihn tragenden Politiker vermögen die Landschaft und ihren Schutz offensichtlich nur noch unter dem Gesichtswinkel ihrer touristischen Erschließung zu sehen. Aber sie stehlen sich auf diese Weise nur aus ihrer Verantwortung für den unpopulären Schutz der Restnatur, indem sie, dessen angeklagt, stets auf den durch sie bewirkten großflächigen Schutz der Landschaft des Naturparks verweisen. Ich nenne das Etikettenschwindel.

Aber nicht nur als politisches Alibi sind diese Naturparks oft tauglich, sondern auch als Kandare, mit der man die Raumansprüche des Naturschutzes zügeln kann. In Lindau könnte man unseren Wunsch nach nicht nur einem, sondern vielleicht zwei oder drei Prozent echt schützenswerter Flächen leicht mit dem Hinweis blockieren, wir hätten schließlich schon dreißig Prozent der Kreisfläche, und einmal müsse Schluß sein. Es entstünde dann die unerträgliche Situation, daß mit einem Pseudoschutz der Landschaft ihr ökologischer und allein tauglicher Schutz verhindert wird.

Pseudoschutz ist nicht zuviel gesagt. Das Paragraphenwerk eines Naturparks verhindert nichts von dem, was andere verbal auf die Landschaft bedachte Gesetze meist vergeblich zu verhindern suchen. Da nicht einmal die höherwertige Landschaftsschutzgesetzgebung die bauliche Zersiedelung und gewerbliche Nutzung einer Landschaft wirklich verhindern kann, frage ich mich, wie die geringerwertige Naturparkgesetzgebung dies verhindern will. Das bayerische Bodenseeufer und der Hoyerberg bei Lindau, beide unter Landschaftsschutz, sind steingewordene Beweise für das, was ich sage. Und so bringt denn in Wahrheit ein Naturpark den in ihm liegenden Kommunen nicht den Schutz ihrer Landschaft, sondern die Chance, sie im Wege der Fremdenverkehrswerbung besser vermarkten zu können und für ihre sogenannte Erschließung vom Staat höhere Zuschüsse zu erhalten. In Hessen baut man ein Autodrom in einem rechtskräftigen Naturpark.

Wenn die Kulturlandschaft des Westallgäus, für die ich spreche, einen Schutz braucht, dann ist es der Schutz der Bergbauern vor den Leistungs- und Erfolgszwängen der modernen Industriegesellschaft. Gerade in den empfindlichen Lagen, den hängigen und flachgründigen, hat die Westallgäuer Landschaft, und nicht nur sie, die Pflege durch die Bauern nötig. Man halte sie auf ihren Höfen und entlohne sie zeitgemäß für den Dienst, den sie als Nebenprodukt ihrer Arbeit der deutschen Freizeitgesellschaft durch Bereitstellung einer Erholungslandschaft aus Wald und Weide, Sonne und Schatten leisten.

Diese Politikerschelte fiel allgemein aus, zu allgemein. Ich weiß, daß es heute schon politische Beamte gibt, in deren Terminkalender der Naturschutz nicht nur am Tag des Baumes, von neun Uhr bis neun Uhr dreißig, stattfindet. Ich bin mit einem solchen Politiker gesegnet. Es ist der Lindauer Landrat Klaus Henninger. Ich wünschte und möchte es anregen, daß einige seiner Amtsbrüder am See und dahinter ihn einmal zu einem Privatissimum bäten über das Thema, wie man als Politiker die Naturschützer schützt und dennoch politisch auf einen grünen Zweig kommt. Politiker handeln nicht nur ökologisch, sondern auch politisch instinktlos, wenn sie in Landesteilen, deren großartige Landschaft ihr nachhaltigstes, auch wirtschaftlich krisensicherstes Produktivvermögen ist, die Sachwalter dieses Vermögens, die amtlichen und privaten

Naturschützer, als Querulanten, als Bremser am Zug des Fortschritts, ja als Menschenfeinde diffamieren. Der Bodenseeraum, besonders der westliche, kennt Beispiele dafür. Wer in der kommerziellen Quantität der Menschen, der Siedlungen, des Gewerbes und der Straßen das Heil dieser Region sucht, der zerstört ihre kulturelle Qualität.

Es fehlt solchen Politikern die geschichtliche Dimension. Sie lassen sich durch ihre Legislaturperiode hetzen wie durch ein Fegefeuer, und sie meinen, es ließe sich mit dem Schaum von Reden löschen. Sie vergötzen die Tat, das Machen, wie man heute so verräterisch sagt, und es kommt ihnen nicht in den Sinn, daß Machen, auf die Landschaft bezogen, immer zerstören heißt. Sie stehen unter dem Zwang, täglich entscheiden zu müssen, ohne sich der Grundlage ihrer Entscheidungen sicher zu sein. Und da Hamletfiguren auf der politischen Bühne nur die Karikaturisten reizen, entscheiden sie, immer für den Menschen, wie sie meinen.

Es fehlt ihnen an Nachdenklichkeit, an Mut zur Angst, zum Zögern. Sie würden dann erkennen, daß wir Heutigen die kurzatmigen Schwankungen unseres Wirtschaftslebens nicht nur mit dem Schreibstift als Kurven des Auf und Ab zu Papier bringen, sondern sie auch mit Bulldozern der Landschaft auftragen. Perioden des Wachstums stellen sich hier als triumphal breite Betonbänder, als Autobahnen dar, deren eine Funktion es ist, die Menschen unter dem Schlagwort von der Naherholung in die Frustrationen des Massentourismus zu treiben. Den gestuften Prozentsäulen der Wirtschaftsgrafiken entsprechen die Ansammlungen von Hochhäusern.

Diese steingewordenen Wachstumskurven setzen sich selbst dann weiter fort, wenn nur das Fieber herannahender Krisen sie noch treibt. Es gibt Beispiele am See dafür, daß man noch mit Planungen spielt und sie verbissen zu verwirklichen trachtet, über die der Zeitgeist hinweggegangen ist. Planungsstäbe trennen sich nicht gern von ihren jahrelang gehätschelten Kindern.

Aber nicht nur die Steigerung, auch die Abnahme des Geldwertes in Zeiten eines stagnierenden oder gar rückläufigen Wachstums prägt sich in der Landschaft aus. Der in steigenden Kosten und mangelnden Erträgen zu suchende Zwang zur Rationalisierung hat die Flurbereinigung geschaffen. Wozu sie fähig ist, das kann man in der Reblandumlegung am Kaiserstuhl sehen. Da wird die Landschaft rationalisiert. Profil und Tiefe der neuen Terrassen bestimmen sich allein von ihrer Befahrbarkeit mit Maschinen. Das ergibt Dimensionierungen, die wie zyklopische Festungsbauwerke mit übereinander gestaffelten Wallmauern drohend in die Rheinebene starren.

Als man erkannte, daß der Wind auf diesen großen Rebterrassen leichtes Spiel hat mit den empfindlichen Trauben und der maschinell gelockerten Krume, da setzte man den gestuften Bergnasen hohe Holzzäune auf, die so häßlich aussehen wie die Papiernasen, die Damen sich am Strand gegen den Sonnenbrand ankleben.

Was aber die Vergewaltigungen alter Kulturlandschaften auch vom Zweck her in Frage stellt, das drückt sich in der Meinung nicht weniger erfahrener Weinzähne aus, es ginge mit der Steigerung der Quantität ein Abfall der Qualität einher, dessen Ursache nicht im Boden oder in den Trauben zu suchen sei. Wo die Masse die Liebe ersetzt und die chemotechnische Apparatur Auge und Zunge, da nivellieren sich die Spitzen, wie die Landschaft nivelliert wurde, die sie hervorbrachte. Ich hoffe, wenigstens das bleibt dem See erspart.

Sie haben mir eine große Ehre erwiesen, indem Sie mich auszeichneten. Sie würden mir eine größere erweisen, wenn Sie, ein jeder an seinem Ort und nach seinen Möglichkeiten, ein paar der Gedanken, die Sie preiswert fanden, weitertragen, besser noch: in die Tat umsetzen würden.

Man hat mich einen Evangelisten der Ökologie genannt. Der Spott stört mich nicht, solange ich noch nicht in einer steinernen Wüste, sondern in einer Landschaft predige, die trotz allem, was man ihr in den letzten Jahren angetan hat, noch nicht verloren ist.

Der Bürger als Waldbesitzer

Bei einem Kolloquium an der Universität Freiburg/Brsg. zum Thema »Wald und Wild« hielt Horst Stern am 29. Januar 1976 diese Rede, die einem zentralen Angriffsziel seiner journalistischen Arbeit gilt: der im ganzen skandalösen bundesdeutschen Forstpolitik und Waldpflege, der »Naturferne« der meisten deutschen Wälder und dem Desinteresse an der ökologischen Wüstenei des vielbesungenen Waldes.

Wer Waldspaziergänger ist, findet sich zuweilen vor einem Schild, auf dem er sich angesprochen sieht. »Staatswald«, so liest er, »ist Dein Wald«. Falls dieses Schild im schildermüden, oft staatsverdrossenen Bürger überhaupt noch Fragen weckt, dann wohl zuvörderst die, mit welchem Recht der Staat ihn eigentlich duzt.

Anderswo kommt der Bürger zu anderen an die Bäume genagelten Schildern. Sie sagen ihm, daß er sich auf einem sogenannten Waldlehrpfad befindet. Macht er sich die Mühe des Schilderstudiums, so beendet er den Pfad mit der meist ebenso rasch zerronnenen wie gewonnenen Kenntnis des Unterschieds zwischen einer Fichte und einer Tanne – falls er das Glück hatte, in einem Wald zu wandern, in dem es die Tanne noch gibt.

Der Wald als Zoo. Die Direktion gibt hier wie dort freundlich Antwort auf die klassischen drei Fragen naturverbundener Besucher an die Geschöpfe der Natur: Wie heißt du? Wo lebst du? Was brauchst du? Und kaum einer scheint sich über die Informationsähnlichkeit in Zoo und Wald zu wundern. Vielleicht, weil auch im Wald Seltenheiten hinter Drahtgittern leben, die ganz seltenen sogar in Einzelkäfigen. Darüber freilich schweigen die Schilder sich aus.

Wenn Staatswald aber mein Wald ist, dann will ich mehr von ihm wissen als Baumnamen und Allerweltsweisheiten über die Nützlichkeit der A- und der Tannenmeisen; dann will ich in ihm nicht nur meine Muskeln trimmen, sondern auch die Kritikfähigkeit des Mitbesitzers an der Geschäftspolitik der Waldvorstände schärfen; dann will ich nicht nur wissen, was Forst- und Ministerialdirektoren meinem Laienverstand für zuträglich halten. Dann will ich die Wahrheit wissen über diesen meinen Wald, die ganze. Im Nationalpark Bayerischer Wald, den jährlich mehr als eine Million Bürger durchwandern, wurden die Besucher auf Anordnung der zuständigen Ministerialforstabteilung per Umleitung eines – auf unterer Ebene ehrlich konzipierten – Waldlehrpfades von den immensen Schälschäden ferngehalten. Nun wandeln sie auf einem Lehrpfad für Beamtentugend.

Das Waldwissen des Bürgers ist gleich Null

Es bedarf keiner demoskopischen Befragung der Bürger; schon die Alltagserfahrung des Waldgängers lehrt, daß das wirtschaftliche und das biologische Wissen der erdrückenden Mehrheit der Bevölkerung vom Wald praktisch gleich Null ist. Die so schädliche Bambi-Mentalität hinsichtlich des Wildes, die es dem guten Jäger schwermacht, biologisch richtig, d. h. wölfisch in den Jugendklassen zu jagen, und die es dem schlechten erleichtert, das Wild zu überhegen und zu degenerieren, diese Bambi-Mentalität hat ihre Entsprechung in der weit verbreiteten naiven Anschauung des Waldes als Gemütsstempel und Liederhalle.

Nichts dagegen! Bleibt aber beides total unreflektiert an biologischem Wissen, dann gefährdet es auf die Dauer die Objekte der eigenen Anbetung. Wer Wild und Wald nur sinnlich wahrnimmt, wer es genug sein läßt mit der ästhetisch gefärbten Betrachtung von Tier- und Baumgestalten, wer ihre vielfältigen sozialen und physiologischen Abhängigkeiten nicht sieht, der entmündigt sich als Mitbesitzer des Kulturgutes Wild und Wald. Er liefert es dem Gutdünken der Jagd und des Staates aus und damit oft genug materiellen Nutzungsinteressen, die unter dem verführerischen Postulat der Mehrung dieses Kulturgutes in Wahrheit seine natürliche Substanz vermindern.

Mehr noch als die Wildfrage entzieht sich das Waldgeschehen der Vereinfachung. Geschichtliche Entwicklungen, Standortfragen und volkswirtschaftliche Zwänge lassen beinahe jede beliebige Deutung, Relativierung und auch Verharmlosung von Verlusten an ökologischer Waldsubstanz zu.

Ist unser Wald wirklich so gesund?

Immerhin gibt es einiges, an das man sich halten kann. Nach *Plochmann* schreibt keine deutsche Staatsforstverwaltung noch schwarze Zahlen. Nach *Heske* sind 3,2 Millionen Hektar Waldboden, das sind etwa 46 Prozent unserer Gesamtwaldfläche, durch die Bevorzugung von Fichtenbeständen biologisch degradiert. Nach *Köstler* ist in Bayern, dem weitaus waldreichsten Bundesland, nur ein Drittel der Wälder als gesund zu bezeichnen; die anderen beiden Drittel nennt er labil und anfällig gegen abiotische Einwirkungen wie Sturm und Schneebruch oder ausgepowert durch Holznutzung und Weide. Über dic Frage des ökologisch, mehr noch des ökonomisch gesunden Zustands norddeutscher Kiefern- und Fichtenwälder hielten die Orkane von 1972 und 1976 und die Feuersbrunst von 1975 ein schreckliches Gericht.

Nach dem statistischen Jahrbuch über Ernährung, Landwirtschaft und Forsten 1970 liegt für den Hochwald der Bundesrepublik der Anteil an Nadelholz in der ersten und zweiten Altersklasse bei jeweils 80 Prozent, während der durchschnittliche Nadelholzanteil an der gesamten Waldfläche 69,5 Prozent beträgt. Damit lehrt nicht nur der begrenzte private Augenschein des inkompetenten Waldgängers, sondern auch die amtliche Statistik, daß die Tendenz zur Entmischung der Wälder trotz akademischer und forstlicher Gegensteuerung in Richtung auf naturnahe Mischwälder fortschreitet.

Assmann schrieb im *Forstwissenschaftlichen Centralblatt:* »Leider gibt es einseitige und ausgesprochen kurzsichtige Äußerungen, die von reinen Rentabilitätsvorstellungen ausgehen, wie geblendet auf obligate Reinerträge bzw. abzuliefernde Geldüberschüsse der Forstverwaltung zielen und die Rettung erblicken etwa in Preisgabe von Grenzwirtschaftswald, in problematischen Organisationsänderungen oder in einer totalen Mechanisierung der forstlichen Produktion.«

Es geschah im Königreich Sachsen wohl zum letzten Mal, wenn nicht zugleich auch zum ersten, daß ein leitender Forstmann – er hieß *Bernhard* – sein staatliches Bettelamt hinwarf, weil der Finanzminister von ihm die Ablieferung von Erträgen verlangte, die nicht zu vereinbaren waren mit der Rückverwandlung von zu siebzig Prozent verfichteter Staatsforste in naturgemäßere Bestände. Er ging in die Türkei.

Sind die Roten die besseren Grünen?

Ich ging unlängst nach Slowenien, um mir dort das Maß zu holen, das an einen Wald anzulegen ist, der Anspruch auf biologische Gesundheit und Schönheit erhebt. Der *Leibundgut*-Schüler Dusan *Mlinsek,* der heute an der Universität Laibach Waldbau lehrt, führte mich. Was ich dort auf riesigen, von Horizont zu Horizont reichenden Flächen an Mehrstufigkeit und Mischung, an Vorrat und Nachhaltigkeit, an Nutzung und Naturverjüngung sah und lobend kommentiert hörte auch von deutschen Forstleuten, das verlieh dem Wort Mlinseks stille Überzeugungskraft, als er sagte: »Wer die Möglichkeit des europäischen Waldes diskutiert und die Balkanwälder nicht gesehen hat, dem fehlt Entscheidendes.«

Und in der Tat, ich kenne auch süddeutsche bäuerliche Plenterwälder, die bei Lenggries etwa oder die Allgäuer im Landkreis Lindau, dessen Naturschutzbeauftragter ich bin. Die Wälder um den Markt Weiler im Allgäu sind eine Berühmtheit, seit *Köstler* sie vor mehr als 20 Jahren untersuchte; Ausländer sogar wallfahrten zu ihnen – durchaus mit Recht, denn sie finden hier beste bäuerliche Waldgesinnung dokumentiert. Und doch verblaßten diese Wälder in meiner Erinnerung zu Durchschnittlichem, als ich die slowenischen Bauernwälder sah. Nicht nur ihrer Ausdehnung wegen. Das ist ja eine Frage der Bevölkerungsdichte, der Industriestruktur und der Gesellschaftsform. Es ist die mächtige Dimension vieler Baumindividuen, die diesen Wäldern die bei uns so oft vermißte Schönheit des waldlichen Alters gibt und die bei uns noch mehr vermißte Lebendigkeit der Jugend durch eine kraftstrotzende Naturverjüngung, besonders der Tanne.

Und das alles läge allein am Klima? Naturverjüngung in Slowenien steht zur Kunstverjüngung im Verhältnis 70:30, bei uns ist es – so höre ich – schlimmer als umgekehrt. Der Kahlschlagbetrieb ist gesetzlich verboten, das Wort Umtriebszeit kommt in den slowenischen Forstanweisungen nicht vor. Sind die Roten also die besseren Grünen?

Das wohl nicht, denn ihr waldbauliches Vorbild ist die erzkapitalistische Schweiz. Spätestens seit Karl *Gayer* weiß man ja auch bei uns sehr genau, was unseren Wäldern nottut. Es ist auch nicht so, daß die Kunst des naturnahen Waldbaus bei uns nicht praktiziert würde, keine überzeugenden Beispiele vorzuweisen hätte. Aber sie sind glückliche Inseln im Meer der Kunstforste. Kenner pilgern zu ihnen wie zu großen Sehenswürdigkeiten. Und sie sind meist private Schöpfungen.

Ich könnte Sie hier mit Dutzenden von zum Teil klangvollen Namen langweilen, mit stundenlangen Zitaten aus alter und neuer Fachliteratur, mit Stimmen, die alle im überwiegend naturverjüngten, standortgerechten, kahlschlagfreien, starkholzhaltigen Mischwald gegenüber dem Nadelholzreinbestand nicht nur den biologisch gesünderen, sondern auf Dauer auch den wirtschaftlich zukunftssichereren Wald sehen. Der Züricher Professor Dr. H. *Leibundgut* antwortete auf die Frage, ob er heute, wenn er Geld anlegen wollte, einen Wald kaufen würde, ohne weiteres mit ja. Und er fügte hinzu: »Wenn der Wald für mich selber wäre, würde ich einen hiebsreifen Fichtenwald mit Stammholz kaufen, wenn er für meine Kinder und Enkel wäre, dann würde ich einen gesunden Mischwald kaufen oder pflanzen, der wie ein Plenterwald zu nutzen ist.«

Was steht dann seiner Verwirklichung auf großen Flächen entgegen? Ungunst des Standorts hier, die Erfordernisse der Holzzucht, der Marktnähe dort. Das muß man gelten lassen. Aber überall? Erzwingen Markt und Standort wirklich eine steigende Verfichtung unserer Wälder in den Jugendklassen bis zu 80 Prozent und, schlimmer noch, in manchen Alpenrevieren bis zu 90 Prozent und darüber?

An dieser Stelle erwartet man von mir, daß ich mit dem Finger anklagend auf das Wild zeige. Aber so weit bin ich noch nicht, noch lange nicht.

Olischläger hat die Stereotypie des Einwands vieler forstlicher Praktiker gegen die Waldbaupostulate der Wissenschaft und der Legislative in einem oft zu hörenden Satz zusammengefaßt: »Ja, dafür haben wir keine Leute und kein Geld.« Er beschreibt den Teufelskreis der forstlichen Armut. Die Unerschwinglichkeit manueller Waldarbeit erzwinge die Maschine. Die notwendigen Mittel zur Mechanisierung entstammten nicht selten Überhieben. Der Nachhaltshiebsatz sei nach einer Schrift des Bundesministeriums für Finanzen von 1961 bis 1968 um 12 Prozent überschritten worden. Inzwischen habe man sich dran gewöhnt.

Und habe man erst die Maschine, tue man nur noch das Nötigste. Man entfeinere, sagt *Olischläger,* den Waldbau. Der Hieb auf den starken Stamm nehme zu, desgleichen das, was er die »forstliche Sozialbrache« nennt: überdichte, wegen schlechter Preis- und Kostensituation nicht durchforstete Dickungen, die instabil und risikoträchtig sind und ästhetisch deprimierend. Am fernen Ende könnte wohl ein Wald stehen, der zu den Maschinen paßt: flurbereinigte Holzäcker zwischen Rückegassen.

Olischläger registriert heute schon einen Verlust an »Forstkultur im weitesten Sinne«. Unter den aktiven Forstmännern bemerkt er Unzufriedenheit als Folge ungelöster beruflicher Spannungen zwischen der Kulturaufgabe der Nachhaltigkeit und der wirtschaftlich orientierten Alltagspflicht. Er sieht regressives Verhalten, eine Wurstigkeit in Gestalt einer verstärkten Hinwendung zur Jagd, Aggression und Apathie.

Zu jedem der hier genannten Wesenszüge wüßte ich ein paar Namen zu nennen, bekannte darunter aus allen Etagen der staatlichen forstlichen Hierarchie. Ich teile auch *Olischlägers* Meinung, daß es auffällig sei, welch geringer Aufwand hinsichtlich der Motivierung von Mitarbeitern in einem Wirtschaftszweig getrieben wird, der doch mit immerhin 70 Prozent Personalkosten belastet ist.

Weit auffälliger noch und mit Sicherheit folgenschwerer ist das Unvermögen der Staatsforstverwaltungen, die Bürger als die eigentlichen Besitzer des Staatswaldes für waldliche Interessen nachhaltig zu begeistern. Bedenkt man, daß mehr als ein Drittel der Republikfläche Wald ist und ihm als Umweltschutzfaktor nichts gleichkommt, daß er als Lebensspender der Luft und dem Wasser nicht nur ebenbürtig ist, sondern sie qualitativ und quantitativ verbessert, dann wird man als Genosse einer bis zum Exzeß von Information beherrschten Zeit von einem tiefen Staunen befallen, daß ausgerechnet dieser unser Wald wie zur Zeit der Romantik still steht und schweiget.

Der Wald sei kein Müllplatz, erfahre ich. Na gut. Der Staatswald sei mein Wald. Na schön. Die Musik der Vögel in ihm sei besser als die aus einem Kofferradio. Einverstanden. Dies sei eine Buche, dies eine Fichte, dies eine Tanne und dies ein Ahorn, und an der Stellung der Jahresringe auf diesem Baumstumpf hier sei die Not und dort der Tod des einstigen Baumes abzulesen; Kalk sei ein stabilerer Untergrund als das rutschsüchtige Flysch, und Freund Specht sei auch mal für einen morschen Baum dankbar, nimm also keinen Anstoß an ihm, lieber Bürger. Den Tag des Baumes wollen wir um Gottes willen auch nicht vergessen.

Nur den Kahlschlag kennt jeder

Und nun gehen Sie einmal in den Wald und halten Sie die Spaziergänger an. Fragen Sie sie nach dem wirklich Wesentlichen, nach dem Waldpolitischen. Fragen Sie sie, ob sie schon einmal etwas von der an die Seite großer menschlicher Bauleistungen zu stellenden Kulturtat der Nachhaltigkeit gehört haben. Bitten Sie um eine auch nur ungefähre Erklärung so grundlegender, weil auf den Menschen bezogener Begriffe wie Wohlfahrtswirkung, Urwald, Kulturwald, Dauerwald. Was immer Ihnen sonst noch einfällt: Stufung, Mischung, Verjüngung, Plenterung, Umtriebszeit – fragen Sie danach. Sie werden Achselzucken ernten, bestenfalls vage Vermutungen.

Nur den Kahlschlag, den wird man Ihnen allerbestens erklären. Und so lautet denn das Wissen der Bürger vom dritten Teil ihres Lebensraumes: Der Wald, der stammt vom lieben Gott und der Kahlschlag vom Förster.

In der modernen Literatur ist der Wald längst kein Thema mehr. Doch gebe ich zu: Es ließe sich streiten darüber, ob man nicht froh sein sollte, daß ihm wenigstens das erspart geblieben ist. Waldlyrik drucken heute nur noch die Jagdzeitungen, und so ist sie denn auch. In der ernstzunehmenden Naturlyrik aber, etwa bei Krolow, ist der Wald zur metaphorischen Chiffre erstarrt. Er spricht wohl nicht mehr zu den Dichtern. Und wo er noch spricht, da redet er vom Geld.

Es wäre einer interdisziplinären, philologisch-biologischen Untersuchung wert, ob sich der sensible menschliche Geist nicht in dem Maße vom Wald abwendet, in dem dieser sich von seinen Archetypen entfernt. Das Wort Kultur ist ja doppeldeutig und enthält im agrarischen und forstlichen Gebrauch auch das Element der Naturzerstörung.

Banausisches vom Urwald

Ich habe immer mit Kopfschütteln die leise Verachtung zur Kenntnis genommen, die manche Forstbeamte, auch und gerade hochgestellte, in Streitschriften gegen die Naturschützer dem Urwald entgegenbringen. Er sei chaotisch, man könne sich in ihm nicht fortbewegen, er sei nicht erlebbar, die Erholung suchenden Bürger lehnten ihn ab, und so weiter.

Es liegt mir nicht daran, hier etwa ein Plädoyer für die Rückverwandlung unserer Wirtschaftswälder in Urwälder zu beginnen. Ich bin kein Schwärmer. Ich weiß, daß der Urwald, und das kann bei uns nur heißen: der sich selbst überlassene Wald, nur auf relativ kleiner Fläche eine Chance hat, und das auch nur als Studienobjekt, an dem Forstleute sich mit Hilfe der Wissenschaft wieder das natürliche Maß holen können. Doch dies möchte ich sagen, nachdem ich mich im Rothschildschen Urwald bei Langnau in Oberösterreich und in slowenischen Urwaldgebieten umgesehen habe: Es ist banausisch, sich diesen grandiosen Naturdenkmälern mit der Frage zu nähern, ob wohl Hinz und Kunz in ihnen sonntags nachmittags spazierengehen möchten.

Es ist eine Wohltat für den Wirtschaftswaldgänger, eine Erholung für Leib und Seele, unter mehrhundertjährigen Baumgestalten zu stehen, an denen der Blick auch des routiniertesten Massenschätzers zuschanden wird. Die faszinierend anzuschauende Kadaververjüngung der Fichte in diesen Wäldern gibt mir die Liebe zu einem Baum zurück, die man mir mit der schieren Zahl und der maschinengerechten Reihung erschlagen hat. Und noch der Geotropismus des Baumschwamms am zu Tode gestürzten Holz lehrt mich Natur. Das rigoros auf den Wald übertragene Prinzip der für den Besucher aufgeräumten guten Stube mit den gepflegten Teppichläufern der Forststraßen lehrt mich wenig oder nichts.

Die geistige Saat der Reinbestände

Das schwache Echo, das der Jahrhundertsturm vom November 1972 in der Öffentlichkeit auslöste, ist der Beweis für die Ansicht, daß unser Wald aufgehört hat, die Gemüter der Deutschen für mehr als eine Spazierstunde lang nachhaltig zu bewegen. In der Zeitschrift der »Schutzgemeinschaft Deutscher Wald« schrieb Helmut *Ahrens* drei Monate nach dem Sturm: »Der Bürger war desinteressiert. Briefe und Anfragen an die zuständigen Institutionen, Instanzen und Behörden blieben fast aus. Die Bundesrepublik Deutschland hat eine grausame Naturkatastrophe verschlafen. Bei Hilferufen für den niedersächsischen Wald blieben die Ohren taub. Man rätselte in Fachkreisen herum, warum Niedersachsens Sturmkatastrophe keine hohen Wellen schlug.« Ich frage mich, was es da zu rätseln gab. Es warf dieser säkulare Sturm den Forstleuten nicht nur in drei Stunden die Kiefernholzernte von zehn Jahren vor die Füße, er machte, als der Wald um sie herum niedersank, auch sichtbar, daß sie alleine dastehen, ohne die Solidarität des Volkes, auf die der Wald, den ja auch wirtschaftliche Stürme beuteln, angewiesen ist. Sie haben sein Holz gut verkauft, nicht aber seinen Sinn und Nutzen über den profanen Holzwert hinaus. Für die breite Öffentlichkeit stürzt oder brennt in diesen Katastrophen nicht wohltätiger Wald, sondern käufliches Holz. So geht die Saat der Reinbestände geistig auf.

Journalisten und Buchdrucker

Grün gebundene Traktate und ministerielle Broschüren helfen da nicht. Den Massenmedien aber als den Litfaßsäulen unserer Zeit nähern sich schreib- und redefreudige Forstleute nicht selten wie mit dem Rindenkratzer in der Hand, mit dem sie ihre von Schälung bedrohten Fichten gegen die Hirsche zu schützen suchen. Das ist hundertfach belegbar durch Veröffentlichungen, deren Tonfall weinerlich ist bis aggressiv.

Journalisten darin sind fast ausnahmslos sensationslüstern, dazu von jeglichem forstlichen Wissen unbeleckt und ganz allgemein von der Schädlichkeit des Buchdruckers. Man hält sie, wie ihn, am besten aus dem Wald heraus.

Nicht viel besser sind in ihren Augen Verhaltensforscher, Naturschützer und Ökologen. Der niedersächsische Oberlandforstmeister Walter KREMSER schmähte ihre unheilige Allianz – mit Blick auf die Gruppe Ökologie, vermute ich – in einem so nie zuvor gehörten Haßgesang als »in die Biologie eingebrochene Dilettanten« mit »einem Bedürfnis nach rechthaberischer Intervention«. Die Geisteshaltung dieser Waldschädlinge nannte er »rattomorph«. Man möchte diesem forstlich hochverdienten, humanistisch gebildeten Mann mit Boetius zurufen: O si tacuisses, philosophus mansisses!

Kremsers irrationaler Haßausbruch vom Januar 1975 muß wohl als eine traumatisch bedingte Spätwirkung des Niedersachsen-Orkans von 1972 gedeutet werden. Damals schrieb er: »Ich frage mich, was ein alter Mann sagen kann, der kurz vor dem Ende seines aktiven Dienstes so vieles, woran mit allen Kollegen auch er sein törichtes Herz gehängt hatte, vernichtet sieht.« Kremser fand angesichts von Nadelholzzusammenbrüchen in der Größenordnung des gesamten Harzwaldes Trost in einer Tatsache, die zu wiederholen er nicht müde wurde: Es habe dieser Orkan auch Eichen und Buchen gefällt. Am Ende aber flüchtete er sich zu Vergil: »Weiche dem Unglück nicht, kühner noch gehe es an.«

Man wird diese Kühnheit zu messen haben an der neuen Bestockung der durch Sturm und Feuer devastierten Flächen. Wie ich höre, wächst zumindest auf der verbrannten Erde nichts anderes als wieder nur die sturm- und feuergefährdete Kiefer. Man hat von ihr, einer Zeitungsnotiz zufolge, Millionen neuer Pflanzen bestellt. Aber die Weisheit dieser Maßnahme zu beurteilen fehlt mir nun in der Tat die Kompetenz. Sicher ist jedoch dies: Sturm und Feuer werden wiederkommen und Gericht halten über die nächsten zwei Forstmannsgenerationen. Freilich, Vergil wird auch dann noch zur Verfügung stehen.

Mit Knickschleppern gegen rote Zahlen?

Nicht aus Gründen der sogenannten Volksbildung kritisiere ich den ergebnisschwachen Umgang der Forstpartie mit den

Massenmedien, ihr offenbares Unvermögen, die Bevölkerung nachhaltig mit den krisenhaften ökonomischen und ökologischen Erscheinungen unseres Waldes vertraut zu machen, oder ihre oft zu beobachtende Feindseligkeit gegenüber Ökologen und Naturschützern. Ich meine vielmehr, daß man das in öffentliche Fürsprache ausgemünzte Verständnis der Massenmedien und damit auch das der Bevölkerung politisch schon bald bitter nötig haben wird.

Die Forstpartie ist ja keine gute Partie mehr. Nach *Speidel* und *Frauendorfer* ist 1985 unter der Voraussetzung einer Senkung der Personalkosten von gegenwärtig 70 Prozent der Gesamtkosten auf 40 Prozent ein Reinertrag von 25 bis 30 Mark je Hektar Wald zu erwarten. Da die Autoren an so spektakuläre Kostensenkungen im Zeitalter der Kostenexplosionen nicht recht zu glauben scheinen, haben sie auch gleich errechnet, was auf einem Hektar Holzboden 1985 zu holen sein wird, wenn die zur Personalkostensenkung nötigen Investitionen von mehr als 100 Mark pro Hektar unterbleiben: nicht nur nichts, sondern 250 Mark minus pro Hektar.

Die Forstwirtschaft, vornweg die staatliche, wird also gewaltige Anstrengungen vollbringen müssen, wenn sie auch nur nichts verdienen will. Und weil das keine den Geist befeuernde Berufsaussicht ist, versucht sie für dieses Nichts, sich mit der Energie eines von der Natur schwer benachteiligten, aber auf Anpassung an die Leistungsgesellschaft bedachten Kindes zu bewähren, d. h. in ihrem Fall: sich immer weiter zu mechanisieren. Sie entfeinert, wie wir hören, den Waldbau und bringt die Lehren von Gayer, Möller, Leibundgut und Köstler, um nur diese zu nennen, in Gefahr, unter die Räder der Knickschlepper zu geraten. Schon fordert die Lobby der Papierindustrie unverhüllt auf größten Flächen den Stangenwald als Zelluloselieferanten.

Es ist wahr, die Mehrheit der Forstleute wehrt sich dagegen, aber sie haben die unerbittliche Logik der Maschine gegen sich. Am Ende werden wir, wenn der noch immer virulente

Gedanke der forstlichen Gewinnmaximierung in den Finanz- und Landwirtschaftsministerien nicht endlich stirbt, nicht den menschenfreundlichen, sondern den maschinenfreundlichen Wald haben. Schon las ich aus der Feder eines Forstmannes in Erwiderung auf die Formulierung, Landschaft ließe sich, im Gegensatz zu Holz, nicht importieren, es ließen sich ja notfalls unsere Menschen in fremde Erholungslandschaften exportieren.

Die Kosten der Wohlfahrtswirkungen

Nun, dazu wird es nicht kommen. Die vielfältigen Wohlfahrtswirkungen des Waldes, die ich vor diesem Auditorium ja nicht zu erklären brauche, rücken mehr und mehr, wenigstens verbal, gleichrangig neben seine Einkommensfunktion. Das neue bayerische Waldgesetz stellte sie sogar dem Postulat der Wirtschaftlichkeit voran – im Gegensatz, leider, zum neuen Bundeswaldgesetz.

Und daran wird deutlich, was ich meinte, als ich sagte, es werde die Forstpartie die Medien und die Öffentlichkeit bald brauchen. Es geht um Geld, das diese Wohlfahrtswirkungen des Waldes kosten, Dienstleistungen für die Gesellschaft, die die Forstpartie ungelohnt nicht länger produzieren will. Der Bund aber weigerte sich analog zur Rangfolge der Waldfunktionen, wie er sie sieht, diese Dienstleistungen des Waldes unter die Gemeinschaftsaufgaben von Bund und Ländern aufzunehmen. Da wird man ihn denn wohl mit dem Druck der aufgeklärten öffentlichen Meinung zur Forstkasse bitten müssen.

Um welche Summen geht es denn? *Zundel* sagt, es beliefen sich die zur Erstattung anstehenden Mindereinnahmen und Mehrausgaben der baden-württembergischen öffentlichen Forstwirtschaft zugunsten der Allgemeinheit auf 60 Millionen Mark jährlich. Das entspräche einer durchschnittlichen

Belastung im Gemeindewald von 70 Mark und im Staatswald von 35 Mark je Hektar. Könnte man sie ehrlich auf der Habenseite verbuchen, wäre man aus den roten Zahlen heraus.

Man sollte wohl doch einmal Äpfel mit Birnen vergleichen, damit die Größenordnungen, um die es hier geht, deutlich werden. Schätzungen für den gesamten öffentlichen wie privaten Waldbesitz von sieben Millionen Hektar ergeben unter Zugrundelegung eines durchschnittlichen Hektarsatzes für Wohlfahrtswirkungen in Höhe von 50 Mark die Jahressumme von 350 Millionen Mark. Dafür kann man heute gerade zwei Rotten moderner Kampfflugzeuge kaufen – sechs Stück ohne Ersatzteile. Und man weiß, wie viele davon im Jahr vom Himmel fallen. Für 350 Millionen Mark kann man heute 175 Piloten ausbilden oder ebenso viele Kilometer Autobahn bauen. 350 Millionen Mark, das sind exakt zehn Prozent des Jahresetats unseres Entwicklungsministeriums. Und so weiter.

Ich sage ausdrücklich nicht, auf Kampfflugzeuge, auf Piloten, auf Autobahnen könnten wir gut verzichten. Ich nannte auch den Entwicklungsetat nicht, weil ich meine, wir könnten auf Entwicklungshilfe verzichten. Ich nannte ihn, weil er der weitaus kleinste der wichtigen Bonner Ressortetats ist und weil er die gesellschaftlichen Prioritäten, die bei uns gelten, am besten deutlich macht.

Und so frage ich denn: Ist uns die naturgemäße Fortentwicklung unseres Waldes zum Klima-, Wasser- und Erholungsfaktor erster Ordnung, zum Stabilisator unserer Landschaften nicht zehn Prozent dessen wert, was wir an Entwicklungshilfe in den Ländern der Dritten Welt leisten? Oder, um im Bereich der Naturschätze zu bleiben, ein Viertel dessen, was wir als Kohlepfennig jährlich zur Energiesicherung für den Bergbau an Subventionen aufwenden?

Das sind rhetorische Fragen, ohne politische Realität. Der Wald, zumal der Staatswald, hat keine Lobby. Während die Funktionäre des Deutschen Bauernverbandes dafür sorgen, daß die Misere der Landwirtschaft, wenn es denn noch eine ist, 300 Tage im Jahr politisch präsent ist und Herr Köpcke im Fernsehen Begriffe wie Grenzausgleich und Strukturschwäche schon nicht mehr zu erläutern braucht, hat der Wald sein Medienecho nur, wenn er brennt. Man erlebte noch nie eine gärende Forstversammlung. Heiße Eisen gehören nicht in den Wald.

Man wird mir nun entgegenhalten, daß es in der Frage des Waldes nicht primär um Einkommensvorteile der an und in ihnen Tätigen gehe. Darum geht es bei den Bauern auch nicht nur. Sie reden wie wir von der Landeskultur und dem Erholungswert der von ihnen gepflegten Kulturlandschaft. Warum verstehen es Forstleute nicht, ihren Wald zu politisieren?

Als Herr Ertl nach dem 72er Orkan im Bonner Kabinett angesichts einer Schadensmilliarde 50 Millionen Mark Beihilfe für Aufräumungsarbeiten erbat, verzog der Finanzminister, wie man im »Spiegel« las, gequält das Gesicht. Er hieß damals Schmidt, glaube ich. Er wird das Gesicht auch verziehen, wenn er morgen Strauß heißen sollte. Das Prinzip der Nachhaltigkeit gilt weit mehr noch als vom Wald von der Unwissenheit der meisten Politiker, was Wald ökologisch und auch human-ökologisch eigentlich ist.

Das gilt auch, wenn sie Jäger sind. Denn wäre *das* eine Hilfe für den Wald, ginge es ihm wohl besser. Man bedenke doch, wie viele Politiker Jäger sind – von den Wirtschaftskapitänen gar nicht zu reden, die an den Wochenenden im Revier die Schrumpfung unserer Restnatur beklagen, von Montag bis Freitag aber, von reichlich Wildanblick gestärkt, an der Schrumpfung mitwirken. Sachzwänge nennt man das, glaube ich.

Und nun kommen die Etatisten und sagen: Was soll das Theater? Haben wir für die Wälder der öffentlichen Hand nicht die pragmatische Lösung des Etatausgleichs? Ich halte ihn für eine unanständige Lösung. Sie degradiert den Forstmann vor der öffentlichen Meinung zum ewigen Defizitär. Sie würdigt ihn zum Steuergroschengrab herab und treibt ihn wider besseres Wissen zu einem mehr ökonomisch als ökologisch ausgerichteten Waldbau, zum Wirtschaften um beinahe jeden Preis, denn es ist menschlich, auch nach wirtschaftlichem Erfolg zu streben.

Aber vielleicht hat der politische Kleinmut, mit dem Forstleute nach einem gerechten finanziellen Ausgleich ihrer Arbeit rufen, seinen Grund in der nicht zu übersehenden Angst, man könnte ihnen am Ende die Säge aus der Hand nehmen und sie zu einer Art von Urwalddoktor degradieren. Wollen die bösen Buben im Nationalpark Bayerischer Wald denn nicht heute schon den Holzeinschlag drastisch reduzieren, die Bäume leben und die Hirsche sterben lassen? Verlangen aufmüpfige Forstmeister nicht auch für den neuen Nationalpark Königssee nur das Allernötigste an Pflege für einige Waldgebiete?

Ich meine, nur Böswilligkeit kann aus den international legitimierten Zielen der Nationalparkleute für ein paar Zehntausend Hektar Wald gleich ein vom Naturschutz gefordertes Betriebsziel auch für den kleinen Rest von viereinhalb Millionen Hektar Wald der öffentlichen Hände herauslesen. Niemand denkt daran, die Forstverwaltungen aus ihrer Pflicht zur geordneten Waldbewirtschaftung zu entlassen. Nur Narren können von vielen urwaldartigen Wäldern in Deutschland träumen. Und Holz ist noch tot ein umweltfreundlicher Stoff.

Ein Angebot zur Hilfe

Niemand unter den Naturschützern und Ökologen übersieht auch den steigenden Holzbedarf und unsere für krisenhafte Zeiten bedenkliche Importabhängigkeit. Noch aber sind Holzimporte gesichert und vermutlich noch auf lange Zeit. Warum nützen wir also diese Zeit nicht, unsere Wälder vermehrt auf Starkholz umzubauen, ihnen naturnähere Strukturen zu geben, ihre Nachhaltigkeit und damit ihre Zukunftserträge zu verbessern? Einen mit Sicherheit früher oder später ins Forsthaus stehenden Finanzausgleich für vom Wald erbrachte Wohlfahrtswirkungen aber nur zu benutzen, um die Forstwirtschaft immer weiter zu mechanisieren, die Wälder noch mehr zur Holzzucht zu benutzen – das freilich trifft schon heute auf den entschiedenen Widerstand der Naturschützer und Ökologen, die das Ohr der breitesten Öffentlichkeit haben und bereit sind, auch die Belange einer naturnahen Waldwirtschaft journalistisch und politisch zu vertreten.

Wenn in diesen Fragen Übereinstimmung herrscht zwischen der Forstwirtschaft und der Ökologie, wird der Wald eine starke Lobby haben, die ihn wegbringt vom Bettelstab seines Stangenholzes. Vorerst aber macht der Wald nur bei Katastrophen von sich reden.

Was Öffentlichkeitsarbeit ist, das können die Forstleute übrigens auch von den Jägern lernen. Sie zeigen den Journalisten gleich omnibusweise Rotwildgebiete, in denen sich die Tanne auch ohne Zaunschutz prächtig verjüngt (und sei's auf einem Nordhang, auf dem der Schnee bis in den Mai hinein liegt). Ein anderes Beispiel: Als nach der Brandkatastrophe des letzten Sommers der Landkreis Celle um private Hilfe für den zerstörten Wald bat, rührte sich kaum eine Hand. Als die Jäger aber um Futtergroschen für das einstandslos gewordene Wild baten, gingen binnen weniger Wochen 85 000 Mark ein.

Und damit bin ich endlich dort angekommen, wo man mich möglicherweise von Anfang an gern gesehen hätte: bei der Jagd auf das zu viele Wild. Die mir zugestandene Redezeit ist weit vorgeschritten, aber nicht darum fasse ich mich in dieser Frage kurz. Was ich den Jägern aus der Pflicht meines Berufes sagen zu müssen glaubte, das sagte ich ihnen oft genug. Wiederholungen bessern den Stil nicht und nicht die Sache. Auch möchte ich deutlich erkennbare Lernprozesse nicht stören. Sollten diese aber, wie leider so oft in der Vergangenheit, in leeren Worten enden statt in leeren Geschoßhülsen, dann werde ich mich wohl wieder zu Wort melden.

Dies jedoch möchte ich heute bemerken: Werde ich aufgefordert, das Meine zu tun für ein besseres Wissen der Bürger von ihrem Wald, so werde ich nicht umhin können, deutlich zu sagen, daß der Staat in Gestalt seiner Forstverwaltungen ein gerüttelt Maß Schuld an Wildschäden trägt, die in gewissen Waldregionen schon einmal bei 56 Mark pro Hektar lagen – sechs Mark noch über dem Satz, den man heute für die Wohlfahrtswirkungen eines Waldhektars reklamiert.

Korrumpiert durch Jagdpassion und Trophäe haben bis auf den heutigen Tag Generationen von Forstbeamten an den Stellhebeln der Bürokratie in den ihnen anvertrauten Staatsforsten Wildbestände heranwachsen lassen, die das von ihnen öffentlich vertretene Waldbauziel eines maßvoll gemischten, ökologisch stabilen Waldes insgeheim auf großen Flächen vereitelten.

Es ist noch nicht lange her, da stieg ich unter kundiger Führung oberhalb des Sylvensteinspeichers im ehemals Törringschen Wald umher. Der Freistaat Bayern hat ihn zu Herrn Hundhammers Zeiten noch aufgekauft, für eine Summe, die wohl nur der bezahlt, der das Geld nicht selber verdienen muß: 8,4 Millionen Mark für 1230 ha, von denen nur 700 ha Wirtschaftswald sind. Fachleute errechneten: mehr als das

Doppelte des Zerschlagungswertes, das 3 1/2fache des forstlichen Verkehrswertes.

Man könnte nun in Anbetracht der Schutzwirkungen dieses Waldes für den Sylvensteinspeicher und die Queralpenstraße das Geschäft noch gutheißen, wüßte man nicht – und darin liegt der Skandal –, daß das Jagdrecht auf 24 Jahre mit einem Vorpachtrecht für weitere zwölf Jahre beim Verkäufer verblieb – ohne jeden Pachtzins und ohne jede Wildschadensregelung.

Das Wasserwirtschaftsamt Weilheim hielt mit dem Ziel, die Wildschäden zu verringern, die Zäunung wieder einmal für den letzten Ausweg. Für 290 000 Mark setzte man 40 Hektar hinter Draht und pflanzte Mischbaumarten nach. Dieser Versuch, die Schutzwirkung des Waldes zu sichern, wurde als erfolglos aufgegeben, nachdem es trotz zweijähriger Verhandlungen zwischen Wasserwirtschaftsverwaltung, Oberforstdirektion und Jagdherrn nicht gelungen war, den Abschuß des Wildes im Zaun durchzusetzen: Wer will, kann die zum Fenster hinausgeworfenen Steuergelder oberhalb des Sylvensteinspeichers in Gestalt verbissener Pflanzen und Zaunlöcher herumliegen sehen. Der Grund für die Erfolglosigkeit ist auch in der Jagdstatistik nachzulesen. 1970 gab man von einem Abschußsoll von 34 Stück Rotwild ein Stück als erlegt, 33 Stück als Fallwild an. 1971 wurden von 82 Stück Rotwild 40 Stück als abgewandert gemeldet.

Der Fall Törring ist nicht ohne Beispiel. Der Freistaat Bayern kaufte auch den Gebrüdern Sachs einen Wald ab. Er heißt Rechenau, ist 691 ha groß, mit einem Wirtschaftswaldanteil von 68,2 Prozent, 22,2 Prozent Schutzwald und 9,6 Prozent Nichtholzboden und Flächen außer regelmäßigem Betrieb; er kostete 7,4 Millionen Mark. Der Zerschlagungswert wird hier mit 6,9 Millionen, der Rentierungswert mit 1,7 bis 2 Millionen Mark angegeben.

Ich würde Sie heute damit nicht mehr langweilen, wäre nicht auch hier wieder das Jagdrecht beim Verkäufer geblieben. Diesmal gleich für 100 Jahre, denn die Gebrüder Sachs sind noch jung und lebenslustig. Immerhin müssen sie einen Pachtzins zahlen, und zwar vier Mark pro Hektar. Natürlich läuft auch das angesichts der Geldentwertung über die Jahre hinweg auf ein zumindest sehr billiges Jagdrecht hinaus, denn der Pachtzins ändert sich nur mit dem Stammholzpreis für Fichte III. Klasse.

Der Wildschaden und die Wildschadensverhütung wird nach diesem menschenfreundlichen Vertrag mit drei Mark pro Hektar geregelt. Zugunsten der Jagd wurde festgesetzt, daß eine Zäunung sieben Prozent der Fläche nicht überschreiten dürfe. Die Rotwilddichten stiegen auf 8 Stück/100 ha im Jahr 1970, und das sind Eigenschätzungen.

Neuere Zahlen habe ich im Augenblick nicht zu bieten. Man bedeutete mir in München, es handle sich um Privatrechtliches, da dürfe der Staat keine Auskunft geben. Vielleicht sind Sie im Verlauf Ihrer nun anlaufenden Schadenserhebungen glücklicher. Vielleicht aber auch nicht.

Niemand glaube nun, diese beiden Fälle seien einsame Ausnahmen; sie sind auch keine bayerische Spezialität. Ich bewahre einen dreifingerbreiten Ordner mit Briefen von beamteten deutschen Forstmännern auf, die mir Neujahr 1972, nach meinem Hirschfilm, das Kreuz stärkten, als in der Jagdpresse zur Sauhatz geblasen wurde und ich mich für einige Zeit in den Wald absetzte, nach Kaltenbronn – ausgerechnet nach Kaltenbronn.

Die Briefe sind meist lang und detailreich und verzweifelt. Und sie enden fast immer mit der Bitte um Diskretion, die ich selbstverständlich wahre. Was hätten diese Forstmänner wohl zu fürchten in ihrer gesetzlichen Sorge um den Wald, säßen in den gepolsterten Stühlen der Staatsforstverwaltungen nicht immer wieder Vorgesetzte, die nur zur Jagdzeit ausgiebig in den Wald kommen, und dann sind sie geistig stark brunftig, also blind, und forkeln jeden Forstmeister mit dem Makel der Wildfeindlichkeit, dem Wald vor Wild geht.

Die Unkultur der Zäune

Ich verehre Josef Nikolaus Köstler sehr und verdanke ihm viele Einsichten in das Waldgefüge, wie auch manche Korrektur rasch gefaßter Ansichten. Doch wage ich heute, nach Jahren der Beschäftigung mit dem Wald, die Meinung, daß sein waldbaulicher Götterblick, den seine mir befreundeten früheren Assistenten so an ihm rühmen, getrübt gewesen sein muß, als er 1954 den 1972 noch einmal bekräftigten, die Überhege des Wildes de facto salvierenden Satz niederschrieb, es scheine durch den Bau von kilometerlangen Zäunen ein gescheiter Ausweg aus einem sonst nicht lösbaren Dilemma gefunden worden zu sein.

Ich teile dagegen die Meinung der Unterzeichner des Schalenwildaufrufs deutscher Forstwissenschaftler vom Juni 1974, wonach ein Wildbestand, der eine Verjüngung der an einem Standort heimischen Hauptbaumarten ohne Zaun nicht zuläßt, zu hoch ist. Die Zäune, die unsere Wälder allerorten durchschneiden und rostige Unkultur verbreiten, sind die Zeichen der geistigen Unterwerfung des Forstes unter die politische Allmacht der Jagd. Oder sie signalisieren, schlimmer noch, Komplizenschaft. Man kann darüber heute gefahrlos reden, weil im waldreichen Bayern der Oberste Rechnungshof der Staatsforstverwaltung kürzlich Hirschzucht zum Jagdvergnügen der Beamten und ihrer Gäste auf Kosten des Waldes vorgeworfen hat. Die Zeitungen waren Anfang dieses Jahres voll davon, wie die Presse denn überhaupt in diesen Dingen endlich hellhörig geworden ist.

Das Münchner Ministerium ließ lakonisch verlauten, Jagd sei für Forstbeamte Dienst. Ich hätte das ganz richtig gefunden, wäre dazu gesagt worden, daß hinfort die vielbeschäftigten Beamten nur noch auf Kahlwild, Kälber und schwache Hirsche angesetzt werden, daß man die dicken aber zu einem in Ungarn und Jugoslawien von unseren Jägern freudig akzeptierten Preis von fünf- bis fünfundzwanzigtausend Mark an Gäste verkaufen wird – mit einem 33-Prozent-Rabatt für Forstbeamte, die partout die Hauptzier so eines Geweihten für die Bürowand haben möchten. Schließlich kriegen sie ja auch ihr Holz nicht geschenkt; so wenig wie ein Finanzbeamter einen 10000 Mark-Freibetrag nur dafür erhält, daß er seine bezahlte Pflicht tut. Aber das ist wohl banausisch gedacht, hat doch der Hirsch bei uns nur einen *meta*physischen Wert.

Wenn der Staat in seinen eigenen Revieren nicht endlich Ernst macht mit der nachhaltigen Wildreduktion, wenn er nicht endlich einmal ohne Rücksicht auf große Namen Pachtverträge für privat bejagte Staatsreviere kündigt, weil in ihnen über viele Jahre hinweg der vorgeschriebene Abschuß nicht erfüllt wurde, dann mißachtet er auch weiterhin aus Gründen der Privilegienwirtschaft und des politischen Opportunismus seine eigenen Gesetze.

Und wann endlich werden die hohen Kosten zum Schutz des Waldes vor dem Wild ehrlich als jagdlich verursacht ausgewiesen und nicht mehr unter nützlich klingenden Waldbautiteln manipulatorisch versteckt? Auch hier herrsche, um eine alte Forderung Karl *Hasels* neu zu erheben, endlich Wahrheit.

Und wo bleibt das Positive? Wer im Fernsehen einen Film über Kindesmißhandlungen zeigt und nur 30 Minuten zur Verfügung hat, kann sich nicht damit aufhalten, auch noch das Selbstverständliche zu zeigen: daß es Eltern gibt, die ihre Kinder nicht schlagen. Wer, wie ich, hier nur 30 Minuten Zeit hat, über Schäden am Wald zu reden, kann sich nicht damit aufhalten, das Selbstverständliche zu vertiefen: daß es nicht wenige Forstleute und Jäger gibt, denen auch im Handeln Wald vor Wild geht.

Mehr aber noch geht bis heute Wild vor Wald. Es ist dies hier in eineinhalb Jahren schließlich der dritte große Anlauf der Forstwissenschaft, das Problem der zu hohen Wildbestände nach Jahrzehnten erfolglosen Mahnens endlich in der

Tat anzugehen. Nach dem Schalenwildaufruf und dem Münchner Kolloquium beginnt jetzt das große bundesweite Quantifizieren. Alles, was geeignet ist, die notwendige Periode der Argumentenhärtung durch Streit nun durch wissenschaftliches Arbeiten zu beenden, muß jedem willkommen sein, dem es ernst ist mit der Gesundheit von Wald und Wild. Doch fürchte ich die Banalität der Schadenszahl, die am Ende der Erhebung vermutlich stehen wird. Wie wird sie lauten? 50 Millionen, 100, 150? Sie wäre schlimm genug.

Aber nichtkooperative Jäger, mit denen man ja auch rechnen muß, könnten eine waldnaive und tierliebende Öffentlichkeit fragen, ob ihr der Anblick des Wildes, für den eine ansehnliche Stückzahl Voraussetzung sei, nicht jährlich den Preis von, sagen wir: drei abgestürzten Starfightern wert ist. Sie fragten die bayerische Öffentlichkeit per Fragebogen ja schon einmal, ob sie es richtig fände, daß die Ökologen das Wild »aus Steuerersparnisgründen ausrotten« wollten.

Die Antwort kann man sich denken. Sie fiele mit Sicherheit anders aus, könnte man das öffentliche Mitleid mit den Rehen auf die degenerativen Folgen ihrer Übervermehrung und auf die Rolle des Winters als eine die Art verbessernde Auslesefunktion lenken. Aber noch stehen nur ganz wenige Journalisten gegen die von interessierter Seite gesteuerte Flut von sentimentalen, alljährlich wiederkehrenden Bildreportagen über Wildfütterungen, obwohl diese oft nicht dem Wild, sondern dem Fremdenverkehr Gesundheit bringen.

Wie also machen Sie, meine Damen und Herren, einer in Wild- und Waldfragen noch immer weitgehend naiven Öffentlichkeit die Zusammenhänge zwischen Verbiß und Entmischung klar? Und wie vor allem erfassen Sie einen Schaden, der keinen rechten Geldwert hat, der ökologisch ist und erst in Jahrzehnten in Gestalt eines nach Baumarten verarmten Waldes sichtbar werden wird?

Dennoch ist die bevorstehende Untersuchung von großem öffentlichen Wert. Ich sehe sie in engem Zusammenhang mit dem Schalenwildaufruf deutscher Forstwissenschaftler vom Juni 1974. Damals geschah etwas Unerhörtes in der Geschichte der deutschen Forstwissenschaft: Professoren wurden endlich einmal dem Wortsinn ihres akademischen Titels gerecht – sie wurden zu Bekennern. Sie bekannten sich endlich unzweideutig zur Priorität des Waldes im Verhältnis zum Wild. Nicht unter sich, in jagdbezogener Ironie und tieferer Bedeutung, wie so oft gehabt. Sie bekannten sich zu ihrem geistigen Gegenstand Wald in thesenhafter Sprache auf dem zugigen Markt der öffentlichen Meinung. Daraus entstand das Münchner Kolloquium, und aus ihm wiederum, nach Herrn Speidels Referat, das Freiburger Unternehmen, das wir hier bereden.

Ich wünsche ihm wissenschaftlichen Erfolg, d. h.: ein Ergebnis, das die beiden heute noch streitenden Parteien, Forstwissenschaft und Jagd, zur Grundlage ihres zukünftigen gemeinsamen Handelns machen können. Dazu auf meine, im Doppelsinn anstößige Weise vielleicht ein wenig beigetragen zu haben wäre für mich die tiefste Befriedigung, die ich aus lebenslanger journalistischer Arbeit ziehen kann.

Vom sogenannten guten Ruf der Naturschützer

Vor der Delegiertenkonferenz des Bundes Naturschutz Bayern in Erlangen sprach Horst Stern am 25. April 1976 in seinem Festvortrag über die Diffamierung der für den Naturschutz engagierten Menschen durch Politik und Lobby.

Wenn ich die Stimmungslage unter uns richtig deute, meine Damen und Herren, dann sind wir alle, oder doch viele von uns, ein bißchen so geworden wie die Naturschützer im Städtchen Güllen meines Lichtbildermärchens: Wir haben es schon immer gewußt, daß es mit der Natur bös enden wird, haben es auch oftmals gesagt, aber es kommt im Leben eines jeden von uns einmal der Tag, da kann er sich selber nicht mehr hören, da hängt ihm sein ökologischer Singsang zum Hals heraus:

- die Rohstoffvorräte der Erde sind der Erschöpfung nahe;
- wir treiben Raubbau an der Natur;
- wir verschmutzen die Luft, wir verschmutzen das Wasser, wir vergiften die Böden;
- wir bauen die falschen Häuser, die falschen Straßen, die falschen Wälder;
- wir dränieren die letzten Feuchtwiesen, düngen ihre Orchideen zu Tode und stellen Kühe drauf, für die wir Prämien kriegen, wenn wir sie im Schatten der Butterberge wieder schlachten;

- wir rotten die Wildtiere aus oder hegen sie zu Haustierformen heran;
- wir riskieren durch den forcierten Bau von Atomkraftwerken den kollektiven Selbstmord für ein glückliches Leben aus der Steckdose;
- wir wollen wachsen, wachsen, wachsen.

Und wenn Sie das und vieles mehr tausendmal gesagt haben und sehen,
- daß wir nach der Ölkrise, nach einem kurzen Seufzer der Besinnung und Hoffnung auf Mäßigung, schon wieder im größten Autoboom der Nachkriegszeit stehen und der Herr Bundeskanzler jedermanns Privatauto wahlopportun als sein Wirtschaftsziel verkündet;
- wenn Sie sehen, daß die Straßenbauer wieder einem Frühling und in ihrem Gefolge allein im kleinsten bayerischen Landkreis Lindau 37 zum Teil wertvollste Streuwiesen auf einen Streich dem Tode entgegengehen;
- wenn Sie erleben, daß der projektierte Nationalpark Königssee vor lauter Nutzungsansprüchen des Fremdenverkehrs, der Forstwirtschaft und der Jagd wohl eine schöne Hoffnung der Ökologen bleiben wird, 20–30 Atomkraftwerke uns aber bis 1985 in der Bundesrepublik ziemlich sicher sind;
- wenn Sie lesen, daß der Bonner Forschungsminister Matthöfer – so wörtlich – es in der Nase habe, daß die 400-km/h-Magnetschwebebahn, die auch das Donauried heimsuchen soll, vielleicht betriebswirtschaftlich kein Erfolg, gewiß aber ein Exportschlager der späten achtziger Jahre werde;
- wenn Sie lesen, daß ein hoher bayerischer Jagdfunktionär uns Landschaftspfleger öffentlich »Kasperl« nennen darf und der Fraktionschef der Bonner CDU, der Herr Professor Carstens, mit Blick auf die Wahl von Herbert Gruhl sagt, seine Partei müßte ihn erfinden, gäbe es ihn nicht, ansonsten aber verstünde man diesen Parteifreund nicht –

dann, meine Damen und Herren, diagnostiziert ein Naturschützer an sich leicht einen Zustand, den ich einmal das Herbert-Gruhl-Syndrom nennen möchte. Ich könnte auch sagen: dies gewisse Feigenblattgefuhl, den politischen Machern jeglicher Couleur die Scham bedecken zu helfen. Man zeigt uns gern vor, umarmt uns auch dann und wann öffentlich, hält uns mit Geld aus und setzt uns als Beiräte an die Katzentische der Macht. Das letzte Wort freilich hat man selber. Wir sind rhetorische Riesen und politische Zwerge, und so kommt es, daß die Öffentlichkeit sich nicht recht entscheiden kann, ob sie uns lieben oder ob sie uns belächeln soll. Die Massenmedien gebrauchen das Wort Naturschützer stets mit einer gewissen intellektuellen Distanz, so als gehörten wir zum Gemeinwesen nicht recht dazu, als nähmen wir nicht so sehr die Interessen der Menschen wahr als vielmehr allein die von Pflanzen und Tieren mit merkwürdigen lateinischen Namen. Bücher, wie das von Herbert Gruhl, kauft man gern, liest die kassandrischen Warnungen in ihnen aber mit dem unentschiedenen Gefühl, mit dem man seinem Horoskop in der »Bildzeitung« begegnet: Es könnte stimmen, stimmt aber doch wohl nicht. Der Herr Bundeskanzler oder, je nachdem, der Herr Strauß wird's schon richten. Die kennen doch den amerikanischen Präsidenten und sogar den Papst; die können sich doch nicht irren!

Oder doch?

Nur wo sehr direkte, sehr materielle, sehr persönliche Nachteile oder Gefahren durch Umweltzerstörungen drohen, formieren sich große Bürgerinitiativen. Das Gemeinwohl aber, die Welt unserer Kinder und Kindeskinder, bedenkt das vielzitierte Umweltgewissen der Bevölkerung noch lange nicht. Abwassergesetze, Waldgesetze, Naturschutzgesetze haben verglichen mit wirtschaftlichen und außenpolitischen Themen eine überaus schwache öffentliche Resonanz außerhalb der Fachwelt. Die Nation redet vom Geld und von wenig sonst.

In ihren Ansprüchen an die Natur sind die Menschen wenig aufgeklärt und darum bescheiden. Einen Fichtenstangenwald mit einer Hirschfütterung darin halten sie für die reinste Natur. Gebirgsalmen mit Parkplätzen und Teerstraßen zu ihnen hin werden von der Mehrzahl der Menschen nicht als absurd empfunden.

Wohnwagenmassierungen an den Ufern der Seen, Fernsehantennen statt Schilf, Autos auf den Wiesen statt Kühe, Flüsse und Bäche im Streckbett aus Beton und Weingärten, die zu bereinigten Feldern wurden – das alles nimmt das Auge des modernen Menschen nicht mehr als Perversion wahr. Auf das Wählerverhalten schlagen unsere Themen darum auch nicht durch. Noch nicht. Und wie auch? Es ist, ich sagte es schon einmal, derzeit mehr Grün weder von mehr Rot noch von mehr Schwarz zu erwarten. Es muß wohl erst noch schlimmer kommen. Wir brauchen wohl erst eine Stadt wie Detroit, deren Weltanschauung aus Autoblech bestand und die nun im sozialen und wirtschaftlichen Chaos versinkt. Man ist versucht, auch dem Naturschutz eine Sonthofener Rede zu halten.

Vorerst also sind wir Naturschützer mehr noch als alles andere die Prügelknaben der Fortschrittsgesellschaft.

Wer ist schuld, wenn sich im Jahr 2000 alle deutschen Menschen die Zähne noch immer nicht elektrisch werden putzen können? Die Naturschützer, denn sie sind gegen die Eile, mit der Atomkraftwerke geplant und verteidigt werden von Herrn Matthöfer, der die Warnungen von 146 Physikern in den Wind schlägt mit der saloppen Bemerkung, man solle doch den Sachverstand von Physikern bei der Beurteilung von volkswirtschaftlichen Vorgängen nicht überschätzen. (Das fordert natürlich die Frage heraus, wie hoch der physikalische Sachverstand eines Parteifunktionärs zu bewerten ist.)

Wer ist schuld, wenn die Sturmflut in den Hamburger Hafen schwappt? Die Naturschützer, denn sie sind mehr für Enten als für Menschen und verzögern den Bau neuer Deiche.

Wer ist schuld, wenn im Harz die Bettenberge leer bleiben? Die Naturschützer, denn sie sind gegen eine attraktive Seilbahn ins Bruchberg-Moor.

Wer ist schuld, wenn im Königsseegebiet demnächst die Hirsche und die Rehe verhungern werden? Die Naturschützer, denn sie wollen die armen Hätscheltiere der Jagd doch tatsächlich der Natur überlassen, ganz ohne Apfeltrester, Heu und Wurmmittel.

Wer ist schuld, wenn die bayerischen Sportfischer sich im Warten auf einen Anbiß den Hintern wundsitzen? Die Naturschützer, denn sie sind dagegen, daß man die Graureiher, die in Wahrheit doch Fischreiher heißen, wieder totschießt.

Wer ist schuld, wenn 1985 im Donauried fünfzig ständige Arbeitsplätze fehlen werden? Die Naturschützer, denn das sichere Gefühl schon wieder des Herrn Matthöfer, es könnte aus der Magnetschwebebahn im dichtbesiedelten Deutschland vielleicht nichts, vom Export her gesehen aber eine Menge werden, ist ihnen nicht Grund genug, eine wertvolle Landschaft vernichten zu lassen.

Und hier stocke ich in meinem unvollständigen Katalog des ökologischen Schwachsinns, ist doch das neue Reizwort »Arbeitsplätze« gefallen.

Da ziehen wir sogleich die Köpfe ein. Denn wie steht man da angesichts von arbeitslosen Menschen, wenn man der Holzfabrik den naturnahen Wald, dem Blumenerdefabrikanten das Moor, der Ölraffinerie eine Seeschwalbenkolonie vorzieht? Als Asozialer steht man da, als Unmensch, ja, als grüner Kommunist, wenn nicht gar als – und dies ist der schlimmste Vorwurf – Feind der sozialen Marktwirtschaft. Da fallen wir dann halt um, da mendeln wir Kompromisse heraus, denn irgendwie fühlt ja selbst ein Naturschützer sich mehr den Menschen als Sonnentau und Blindschleiche verwandt. Aber ich glaube, meine Damen und Herren, daß es sich mit dem Vorwurf, wir verhinderten die Schaffung neuer Arbeitsplätze oder bedrohten die Erhaltung alter, ein bißchen so verhält wie jüngst mit dem von einem Bayerwaldwolf lädierten Freyunger Bubenhintern.

Da hat unsereiner jahrelang gepredigt, Wölfe seien dem Menschen ungefährlich. Und dann brechen sie aus, und ein Hundsfott von Wolf hat angesichts von Reh- und Rotwildfütterungen, die auch im Bayerischen Wald so zahlreich herumstehen wie die Wirtshäuser, doch wahrhaftig nichts Besseres zu tun, als einen kleinen Buben in den Hintern zu beißen.

Wie stehen wir schon wieder einmal da? Als die Asozialen, als die Menschenfeinde, die wir halt sind. Betreten treten wir hinter die Kulissen des großen bayerischen Staatsschauspiels zurück, das nun mit 120 Bereitschaftspolizisten und ebenso vielen NATO-Sturmgewehren beginnt. Dabei wissen wir genau, daß der Biß in den Bubenhintern nur politisch bedeutsam ist. Ihn in Augenschein zu nehmen, ihn gar in der »Bildzeitung« zu unserer Verteidigung im Bild vorzuführen, das verwehrt man uns. Mit diesem Hintern kann man uns endlich heimzahlen, was wir der Gesellschaft alles antaten, das darf nicht so schnell vorübergehen, wie dieser Bubenhintern heilt.

Die Volksseele brodelt dumpf, und die Boulevardpresse schiebt immer noch und noch eine Balkenüberschrift ins Feuer. Der bayerische Landesjagdverband tut ein paar Tropfen Waffenöl hinein, indem er der Presse ein mehrseitiges Gutachten seines rechtsgelehrten Präsidenten übergibt, in dem die um menschliche Jagdbeute konkurrierenden Ausreißer messerscharf als herrenloses »Raubzeug« definiert werden, das wegzuputzen gesetzliche Pflicht des Jägers ist, zum Schutz des edlen bayerischen Wildes und selbstverständlich auch zum Schutz der bayerischen Menschen. Verbandssprecher Popp verbreitet die Stimme seines Herrn im bayerischen Rundfunk und wird nicht gewahr, daß er mit diesem »Raubzeug«-Etikett, wie legal es auch immer sein mag, just dorthin gehört, wo er sich als neuer Chef des Bayerischen Jagdmuseums ja auch schon befindet: ins Museum.

Niemand im Münchner Kabinett, auch der Naturschutzminister nicht, der den Wölfen, wenn ihnen schon nicht das Leben zu retten war, ihnen durch Aufklärung und öffentliche Abwiegelung, wie es doch stets in Sachen Atomstrom geschieht, wenigstens den Ruf gerettet hätte. Und so sind die Tiere nun wieder die alten menschenfressenden Mordbestien, die ausgerottet gehören. Eine Woche hausgemachter Hysterie langte hin, die Arbeit der internationalen Wolfsforschung in Deutschland kaputtzumachen.

Nur der Graf Schönburg, unser lieber Spezi, meldete sich aus Bonn und rettete die Ehre der deutschen Jagd. Er stellte privat 200 Mark bereit für den Fall, daß die Wölfe sich an Hausgetier vergreifen sollten. Sie taten's nicht, denn bevor sie sich an den Gänsen eines Jägers in herrschaftlichen Diensten vergreifen konnten, schoß dieser einen Wolf, wie weiland schon einen Luchs, in Notwehr tot. Er sei uns dennoch gegrüßt, der Graf vom Deutschen Jagdschutzverband, der mit uns und einigen anderen besonnenen Jägern dafür eintritt, diese verfemten Tiere in den Schutz des Jagdrechtes aufzunehmen für den Fall, daß aus dem Osten ein paar zu uns herüberwechseln. Denn sie bei uns auszusetzen, davon träumt außer unserem Erik Zimen, der als um diese Tiere verdienter Homo lupus gewiß mildernde Umstände verdient, ernsthaft niemand von uns, gleichgültig, was für Schauermärchen das Hamburger Jagdblatt »Wild und Hund« dazu verbreitet.

Aber ich kam vom Thema ab: den durch den Naturschutz angeblich gefährdeten oder verhinderten Arbeitsplätzen. Man möge mir die Abschweifung verzeihen, diese Wolfsfährte duftet gar zu süß nach Lachgas, als daß ich nach zwei Sätzen schon die Nase hätte von ihr nehmen können.

Mit den Arbeitsplätzen sei das ein bißchen wie mit dem Freyunger Bubenhintern, sagte ich: politisch hochgespielt und tauglich als öffentliche Zuchtrute für unbequeme Naturschützer. Im Nationalpark Bayerischer Wald sind es die Holzarbeiter, die wir angeblich brotlos machen mit unserer Forderung nach einer Unterordnung der Holzwirtschaft unter die ökologischen Waldbauziele eines Nationalparks. Im Donauried sind es die zukünftigen Magnet-Eisenbahner, denen wir mit unserem Widerstand gegen diese Alptraumbahn das Brot von morgen nehmen. An der Unterelbe, deren Industrialisierung auf Kosten der letzten Regenerationsräume für Mensch und Tier gleich von drei miteinander konkurrierenden Bundesländern vorangetrieben wird, gefährdeten wir ebenfalls die Arbeitsplätze von morgen. Und so weiter und so weiter.

Welch eine Heuchelei der Macher, dieses Schlagen der sozialen Harfe! Als ob sie nicht wüßten, daß industrielle Arbeitsplätze durch nichts und niemand mehr gefährdet werden als durch die Industrie selber. Die Maschine ist ihr lieb, der arbeitende Mensch aber ist ihr nur teuer und darum lästig. Maschinen streiken nicht im Kollektiv; man kann sie abschreiben, man muß mit ihnen nicht entnervende Lohnrunden austragen. Wo immer menschliche Hände durch Maschinen und menschliche Hirne durch Computer ersetzbar sind, da schafft die Industrie den Menschen ab. Investitionskosten werden, wo immer möglich, so berechnet, daß sie sich über die Jahre danach durch Personaleinsparungen finanzieren.

Aus dem bedingungslosen Ja zum *Fortschritt* resultiert Arbeitslosigkeit, nicht aus dem Nein des Naturschutzes zu einem Fortschritt, der menschenfeindlich ist, weil er den Menschen abnabelt von der Natur, deren Teil er ist.

Und wäre es so, würden hier und da zugunsten der Natur Arbeitsplätze freigesetzt oder nicht neu geschaffen – überfordert das unseren Sozialstaat? Welches soziale Massenelend kann der Naturschutz anrichten auf den 1,5 Prozent der Landesfläche, die seinem direkten Einfluß unterliegen? Wo hätten wir je einen Betrieb ruiniert, wo hätten wir je einen verhindert, der nicht auch woanders stehen könnte? Dieser Vorwurf ist lächerlich.

Wir haben ja wohl nicht eine Million Arbeitslose, weil der Naturschutz gegen überzogenen Straßenbau, forcierte Atomkraftwerke und umweltschädliche Chemie- und Metallwerke ist. Wir haben sie, weil wir unser ganzes Leben dem Markt unterordnen, weil wir mit den subtilsten Mitteln der Massenverführung die Produktion von energievergeudenden, die Umwelt belastenden Konsumgütern fördern, deren Kurzlebigkeit auf Ersatz programmiert ist. Stockt der Energiefluß dann, und zwar wiederum aus Marktgründen, wie während der Ölkrise, und stocken mit ihm Absatz und Produktion, dann schicken die Konzerne Hunderttausende von Arbeitern auf die Straße und dem Steuerzahler auf den Hals. So sozialisieren sie die Marktwirtschaft. 80000 Menschen entließ damals allein die Automobilindustrie. Heute, wo sie in einem Boom sondergleichen steckt, wo sie 700000 neue Autos in *den ersten drei Monaten* dieses Jahres allein im Inland absetzte, wo einige Autofirmen von den größten Absatzfolgen ihrer Geschichte reden, stellte sie die Entlassenen nicht etwa wieder ein, sie erhöhte vielmehr prompt die Preise und nützte rücksichtslos den Boom für den Ertrag. Weder änderte man 1973 die Marktgesetze, noch stoppte man nachhaltig die Energievergeudung. Und schon gar nicht denkt man daran, die Wirtschaftsenergien auf neue, dem Menschen dienende, statt ihn belastende Dienstleistungsbereiche zu richten.

Um das zu ändern brauchen wir nicht den Marxismus, um das zu ändern brauchen wir nur die Vernunft. Aber sie erstickt im Machtstreben und in der Zuwachsbesessenheit aller Parteien. So behandeln sie denn Natur wie einen Sonntagsanzug, den man nicht unbedingt braucht, den man ruhig für eine Weile in den Schrank hängen kann, wenn man Überstunden machen muß für ein besseres Leben, ich sagte es schon, aus der Steckdose und aus dem Erdöl. Natürlich sagt man es so nicht. Man sagt im Gegenteil, Umweltschutz sei keine Schönwettersache, und das mag auch zutreffen, wo es sich um den rein technischen Umweltschutz handelt, der ja auch industriellen Produktionscharakter hat. In Standortfragen für neue Industrien und Gewerbebetriebe aber schlägt man uns, legen wir uns quer, immer wieder den Vorwurf um die Ohren, wir verhinderten in einer Zeit sozialer Schwierigkeiten die Schaffung neuer Arbeitsplätze – so kann man sich jedes ökologische Argumentieren mit uns sparen; endlich hat man die Pille gegen ein schlechtes Gewissen gefunden.

Nicht nur die Kapitalseite argumentiert so, die Gewerkschaften sind ihr darin eher noch über. »Von reiner Luft allein kann man nicht leben!« sagen sie. Daß man in giftiger Luft sterben kann, sagen sie nicht. In Athen, auf der Akropolis, sterben sogar die Steine in dieser Luft.

Hörte man je den Vorwurf, die Erdölgesellschaften hätten den Bergmann seines Arbeitsplatzes beraubt? Weil es dem Fortschritt dienlich war, mußte der Großteil eines Jahrtausende alten Berufszweiges sich bei uns nach neuen Betätigungen umsehen.

Hörte man je die Klage, es sei der europäischen Kulturlandschaft seit der Erfindung des Kunstdüngers und der chlorierten Kohlenwasserstoffe nichts Schlimmeres widerfahren als der Exodus Hunderttausender von Kleinbauern in die Städte? Im Namen des agrarischen Fortschritts wurden und werden diese kleinräumig und darum schonend wirtschaftenden Bauern proletarisiert. Der Agrarfabrikant macht sich breit und die Flurbereinigung richtet ihm die Landschaft zum maschinengerechten Fabriksaal her. Der Fortschritt stinkt mit intensiven Massentierhaltungen zum Himmel.

Aber wenn wir *Naturschützer* in einem Nationalpark zwei Dutzend Holzfällern die Sägen aus der Hand nehmen möchten, um von sieben Millionen Hektar bundesrepublikanischem Wirtschaftswald ein paar 10000 Hektar naturnah zu behandeln, dann versteckt sich Ihre Ministerialforstabteilung, Herr Staatsminister, mit ihren Holzwirtschaftswünschen und territorialen Machtansprüchen auch hinter dem sozialen Schicksal von Holzfällern, die mit Leichtigkeit im Brot zu halten wären, wenn der Staat sich zu mehr ökologischer Pflege und weniger ökonomischer Ausbeutung der Natur verstehen könnte.

Besonders die Bundespolitik hat sich auf dem Gebiet des Naturschutzes disqualifiziert. Was sie uns demnächst als Bundesnaturschutzgesetz präsentieren wird, verdient in meinen Augen diesen Namen nicht. Es ist nicht gelungen, den längst als notwendig erkannten Schritt in die Zukunft zu tun, nämlich den Landschaftsplan als gleichberechtigtes, rechtlich verbindliches Instrument der Raumordnung zu installieren. »Sie haben mich«, seufzte Josef Ertl kürzlich in einem Gespräch mit mir, und er meinte seine Kabinettskollegen und die Länder, »sie haben mich enteiert.«

Sie können nun weiterhin, wie in Poing bei München, Wohnungen für 12000 Menschen auf die grünen Wiesen stellen, obwohl andernorts genug Wohnungen leerstehen. Sie können nun auch weiterhin, wie im Fall der Südautobahn von Irschenberg über Kempten nach Lindau, Schnellstraßen bauen, die durch 70 Prozent schutzwürdiger Landschaften führen. Sie können nun auch weiterhin ihre Milliarden in Großmannsprojekte wie den Flughafen München II oder den Rhein-Donau-Kanal durchs Altmühltal fehlinvestieren.

Und es wird wohl auch dabei bleiben, daß alles, was der Landwirt, der Forstmann, der Jäger und der Fischer tun, wohlgetan ist und stets und fraglos zum Nutzen der Natur. Das ist die unselige Handschrift des Bonner Ernährungsausschusses, auf den man in dieser Sache gewiß das Wort vom Bock als Gärtner anwenden muß. Das Gefühl, auch hier enteiert worden zu sein, hatte Josef Ertl meinem Eindruck nach freilich nicht. Auf seine Bauern läßt er nichts kommen, und seinen ersten Gamsbock hat er inzwischen auch schon geschossen. Ich grüße ihn trotzdem von hier, denn er ist wenigstens ein guter Mensch.

Ich stelle überhaupt fest, daß wir am meisten noch mit den Landwirtschaftsministern wenn schon nicht immer eines Sinnes, so doch fast immer eines gleichen Grundgefühls sind. Sie haben ein sicheres Gespür für unsere Not, auch wenn sie sie aus ihrer Interessenlage heraus oft nicht wenden können. Wir streiten miteinander, aber wir verletzen uns nicht.

Und so grüße ich denn auch Sie, Herr Staatsminister Eisenmann. Ihre historische Etatrede von 1973, in der Sie die Ökologie hoffähig, bauernhoffähig machten, ist bei uns nicht vergessen. Wir haben auch sehr wohl bemerkt, daß Ihr neues Waldgesetz die landschafts- und humanökologischen Funktionen des Waldes vor den rein wirtschaftlichen nennt – das ist für den Forst noch lange nicht überall selbstverständlich, wie das Bundeswaldgesetz mit seiner umgekehrten Rangordnung der Waldfunktionen beweist.

Daß Sie die Flurbereinigung noch mehr zügeln und dem Naturwaldgedanken noch mehr Raum geben möchten, ist heute mein Wunsch an Sie, Herr Staatsminister, und mein Wunsch an diese Versammlung ist es, daß sie Sie mit Beifall zu weiterem Engagement an unserer Sache ermuntern möge.

Ich hoffe, Herr Staatsminister, dieser Beifall schadet Ihnen nicht. Es ist ja für einen bayerischen Minister nicht ganz ungefährlich, auch nur den Anschein zu erwecken, er könnte mit uns Naturschützern packeln, sind wir doch in den Augen mancher Mandarine des Freistaats Bayern nichts als grün verkappte Rote, denen die Gemeinnützigkeit abzusprechen ist und die man am besten, wenn schon nicht in persona, so doch wenigstens als *Verband* vierteilen und aufs Rad des Fortschritts flechten sollte. Nicht jeder von uns, meine Damen und Herren, erträgt das Stigma des Bremsers oder gar das des Menschenfeindes, das man uns, um uns einzuschüchtern, immer wieder aufzubrennen versucht. Man hört darum Stimmen unter uns, die den Bund Naturschutz in Bayern zum gesellschaftlichen Wohlverhalten mahnen, Stimmen, die sich um unseren sogenannten guten Ruf sorgen.

Da frage ich denn: Was ist der gute Ruf eines Naturschützers? Was beschädigt ihn? Doch nicht die veröffentlichte Meinung, die manche Politiker und Wirtschaftler von uns haben. Das ist widersprüchlich und interessengebunden wie weniges sonst auf der Welt. Das schmäht oder umarmt den Gegner je nach machtpolitischem Bedarf. Das gibt die Rezession für den

Aufschwung oder den Aufschwung für die Rezession aus, je nach politischem Standort. Eine kleine Gesetzesnovelle schon bringt diese Politiker außer Atem. Ein Abwassergesetz, das die Industrie fest an die Kandare nähme, bringen sie in *zehn Jahren* nicht hin. Sie sind nicht korrupt, dazu gehörte ja Mut. Sie sind bloß schwach und abhängig von allem und jedem, nur meist von einem nicht – von ihrem Gewissen. Was *ihre* Wortführer uns sagen, das beschädigt uns nicht. Das nimmt unsereiner auf, wie ein Baum den Wind aufnimmt: Man biegt sich zur Seite und läßt es passieren.

Den guten Ruf eines Naturschützers, meine Damen und Herren, beschädigt ein Bleiwerk in Töging, das mit seinem giftigen Auswurf Tier und Mensch gefährdet.

Unseren guten Ruf beschädigt eine Hochleistungsschnellbahn im Donauried, die wertvollste bäuerliche Kulturlandschaft eines Tages zum Industrieschrott werden lassen wird.

Unseren guten Ruf beschädigt eine Bundesschnellstraße B 17 neu, die im Bereich Roßhaupten-Füssen ein Landschaftsschutzgebiet und den Hopfensee schwer beeinträchtigen wird.

Unseren guten Ruf beschädigt das Stauprojekt Gumpen in der Oberpfalz, das die Weiher- und Flußlandschaft zwischen Falkenberg, Wiesau und Tirschenreuth ihres Reservatcharakters berauben wird.

Unseren guten Ruf beschädigt die Errichtung zweier gigantischer Kernkraftwerksblöcke in Pleinting bei Vilshofen; ferner die übersteigerten Erschließungsmaßnahmen im Zuge der Flurbereinigung auf die Rotwand und im Nationalparkvorfeld sowie die Erschließung der Jenner-Südseite mit Hilfe einer Seilbahn durch den interessenabhängigen Berchtesgadener Landrat, der sich wahrhaftig berufen fühlt, den größten deutschen Nationalpark zu verwalten.

Unseren guten Ruf beschädigt besonders und vor allem, wenn sich am Rosenkavalierplatz in München der Geist des geringsten Widerstandes gegen die Verwässerung der Nationalparkidee durchsetzte; wenn man dem Landtag eine Nationalparkverordnung vorlegte, der man in endlosen Anhörungsverfahren das Muskelfleisch von den Knochen reißen ließ – eine Verordnung, die schließlich wenig mehr bewirken würde, als daß das alte Naturschutzgebiet Königssee den neuen werbewirksamen Namen Nationalpark angehängt bekäme. Ein Nationalpark würde das werden, in dem sie fröhlich jagen, Holz fällen, Enzianwurzeln ausgraben, Straßen und Seilbahnen bauen werden. Nur das Blümchenpflücken, das wird man wohl verbieten.

O mein prophetisches Gemüt, möchte ich ausrufen in Erinnerung an den höheren Orts übel vermerkten Satz, den ich vor zwei Jahren in meiner Rede auf dem Deutschen Naturschutztag 1974 in Berchtesgaden im Hinblick auf diesen Nationalpark sprach: »Unsere Freude hält sich in Grenzen, unser Dank hat noch Zeit.« Er wird wohl weiter auf sich warten lassen.

Das also ist der gute Ruf der Naturschützer, meine Damen und Herren: das grüne Gewissen der Nation zu sein, sich von staatlicher oder industrieller Macht weder einschüchtern zu lassen noch sich ihr anzubiedern; sie freilich auch nicht ohne Not zu behindern. Die Bundesrepublik ist ein Industriestaat, der viertgrößte der Welt. An dieser Erkenntnis führt kein Weg vorbei. Wir können seine Prioritäten und Wertvorstellungen ändern, nicht seine Grundstruktur. Wir können nicht die Petroleumlampen von gestern anzünden und Pferde vor unsere Wagen spannen. Unsere Landschaft ist ganz überwiegend Landschaft aus zweiter Hand, aus Menschenhand. Nutzung hat sie weitgehend geformt, Nutzung ist weitgehend ihr Wesen. Nur wo die Nutzung in ästhetische oder gar ökologische Zerstörung übergeht, oder auf letzte Naturreste wie Feuchtbiotope, Moore und Berggipfel übergreift, wo das kulturelle Prinzip der Nachhaltigkeit dem raschen Profit geopfert wird, wie leider so oft, haben wir das Recht und die Pflicht, der Gesellschaft ein Halt zuzurufen.

So wie wir Kleingläubige unter uns haben, so haben wir natürlich auch Übereifrige, die stets erst einmal nein sagen, bevor sie denken. Das schadet uns nur. Es schadet uns, jeder Gemeinde in jeden Bebauungsplan hineinzureden. Es schadet uns, jede Autostraße als Blendwerk des Teufels anzusehen. Es schadet uns, im Almbauern grundsätzlich den Gegner und im Kiesunternehmer grundsätzlich den Feind zu sehen. Es schadet uns, mit jedem gefällten Baum unsere Welt einstürzen zu sehen. Man sollte im Gegenteil auch einmal nein sagen, wenn Übereifrige oder Wohlmeinende eine Landschaft schützen wollen, die des Schutzes nicht bedarf. So habe ich zur Verwunderung auch von Freunden nein gesagt, als man in Sonthofen ein Drittel des Landkreises Lindau in das Naturparkprojekt Oberallgäu einbringen wollte.

Ich werde immer mißtrauisch, wenn in Bayern CSU und SPD plötzlich etwas gemeinsam fordern, wie zum Beispiel diesen Naturpark Oberallgäu. Der politische Vorwand war denn auch gar zu durchsichtig: Man wollte – und gab es hinter der Hand auch zu – das werbeträchtige Etikett Naturpark für die Fremdenverkehrsprospekte; und man wollte Max Streibls Geld aus dem Programm Freizeit und Erholung, ein Programm, das ja immer in Gefahr ist, zum Landschaftszerstörer durch fragwürdige Erschließungen zu werden.

Ein Drittel des Landkreises Lindau unter formalem Schutz! Da hätte ich als sein Naturschutzbeauftragter heimgehen können. Es wäre das Ende des wirklichen Naturschutzes in diesem Landkreis gewesen, des Schutzes kleinräumiger, ökologisch wertvoller Biotope. Man hätte mir hinfort bei jedem Antrag auf Unterschutzstellung eines Weihers, eines Moors, einer Bachlandschaft gesagt: Was willst du denn noch alles, hast du nicht schon ein Drittel der Kreisfläche unter deiner Käseglocke?

In Wahrheit hätte ich nichts gehabt, denn was ist ein Landschaftsschutzgebiet rechtlich wert? Erleben wir Beeinträchtigungen, ja Zerstörungen nicht am laufenden Band? Sagen hohe deutsche Richter nicht mit der Ignoranz, zu der Juristen in Naturschutzdingen oft fähig sind, es gäbe zwar ein Recht auf den Genuß der Natur, nicht aber eines auf ihre Bewahrung?

Landschaftsschutz ist Bilderschutz. Nur zu oft muß er politischem Druck weichen. Auf diesen Bilderschutz kann das Westallgäuer Grünland, das im Gegensatz zur Bodenseelandschaft nur geringem Spekulationsdruck unterliegt, gut verzichten. Diese uns vertrauten Bilder sind bei den Bauern in bester Hand.

Das einmal laut gesagt zu haben hat mir bei unseren Bauern mehr Freunde gemacht, als ich unter ihnen je zu bekommen gehofft hatte. Es zahlt sich nun aus in manchem alten Birnenhochstamm, den sie auf mein Bitten hin stehenlassen, damit die Bodenseelandschaft nicht ganz und gar unter die Zwergwüchsigkeit der modernen Obstplantagen gerät. Es zahlt sich aus im neu erwachten Widerstand einzelner Bauern und Bäuerinnen zusammen mit mir gegen diese oder jene Torheit der Flurbereinigung, der Wasserwirtschaft und des Straßenbaus. Und wo sie für Streuwiesen, die wir kaufen möchten, einst schlitzohrig skandalöse sechs Mark für den Quadratmeter verlangten, geben sie ihn uns heute hier und da schon für eine Mark und fünfzig, die das Haus Streibl bezahlte – 80000 Mark insgesamt im letzten Jahr. Und dafür möchte ich hier ausdrücklich danken.

Wo die Bauern unseres Landkreises mich vor drei Jahren noch auspfiffen, da luden sie mich heuer als Hauptredner zu ihrem Bauerntag, den sie ganz unter das Motto »Landwirtschaft und Naturschutz« stellten. Drei Stunden lang hörten sie mir zu. Wir schenkten uns nichts, die törichten Dränagen nicht, das Flämmen nicht und nicht die Auffüllungen. Nur allgemeiner Blasendruck machte der guten Sache ein Ende.

Leben freilich kann der Naturschutz ohne einige Verbandsfunktionäre und hohe Ministerialbürokraten, die Jagd mit territorialer Machtausübung, Wald mit Holz und Landwirtschaft mit Naturausbeutung verwechseln; die Parlamentsabgeordnete vermehrt zu Jägern und Beamte und Bauern vermehrt zu Abgeordneten machen möchten, wie die Industrie ja auch, die Prämien aussetzt für ihre Leute, die in die Politik gehen.

Das alles zielt mit Sicherheit nicht auf mehr Ökologie, sondern auf mehr politische Macht zur Wahrnehmung meist höchst eigennütziger, lust- oder gewinnbetonter Interessen.

Wir sehen das hellwach. Wir sind nicht mehr die naiven Naturschwärmer, die mit einem fröhlichen Lied auf den Lippen durch die Wälder, durch die Auen streifen. Wir begreifen Natur nicht mehr als Waldeslust und Wiesenheiterkeit, als Alpenglühen und Blümchenschutz. Für uns ist Natur die Voraussetzung eines künftigen, in Ruhe und Gesundheit verlaufenden menschlichen Lebens. Wir lassen nicht zu, daß die Pflege und die Erhaltung der Natur an die vom Markt manipulierten Wechselfälle des wirtschaftlichen Auf und Ab gekettet wird. Wir verweigern politischem Geschwätz unser Ohr und faulen Kompromissen unsere Hand. Wer uns den Kampf anbietet, kann ihn haben. Es wird sich zeigen, wer auf dem Medienklavier besser zu spielen versteht. Uns reichen Gummistiefel fürs Fernsehen, wir können auf PR-Scharlatane und Medienberater verzichten, die uns sagen, wie wir unsere Frisuren, unsere Anzüge, unsere Brillen und unsere Koteletten zu wählen haben, um gewählt zu werden. Wir sind glaubwürdig, weil wir als einziger Verband für uns persönlich nichts zu fordern haben, weder Macht noch Geld noch Posten.

Die Natur hat Kämpfer nötig, meine Damen und Herren, heute mehr denn je. Es ist wichtiger, die vielen Klagemauern aus Beton, die das anlagesüchtige Kapital uns in die Gegend stellt, gar nicht erst entstehen zu lassen, als hinterher an ihnen zu weinen. Mut, meine Damen und Herren, ist in dieser Anpassungsgesellschaft eine Tugend von großer Sprengkraft geworden.

Rettet das Wild vor der Liebe!

Vom 17. bis 19. Februar 1978 veranstaltete die Evangelische Akademie Tutzing ein Wochenend-Seminar zum Thema »Tierliebe und Wildtier«. Horst Stern hielt dort einen Vortrag unter dem Titel »Echte und falsche Liebe zum Wildtier« über die Jagd als problematische kulturelle Errungenschaft und als weithin verheerende Praxis der Wildhege.

Im April eines jeden Jahres, wenn die Sonne den Schnee von den Bergflanken leckt, die sich von meinem Haus zum Westallgäuer Iberg hinaufziehen, weckt mich täglich in der Frühe die Stimme meiner Frau. Sie steht am Fenster und hat ein Fernglas auf einen knapp zwei Hektar großen Südhang gerichtet. »Eins«, zählt sie, »zwei… drei… vier…« Hier etwa werde ich wach, höre ihr zu bis »zehn« und drehe mich dann noch einmal auf die andere Seite, denn aus Erfahrung weiß ich: sie wird noch lange weiterzählen. Vor 27, 28 hört sie selten auf.

Jede Zahl steht für ein Reh. Möglich, daß meine Frau zwei oder drei Geißen doppelt zählt; wahrscheinlich ist das nicht, denn sie hat im Auseinanderkennen von Rehindividuen eine langjährige Übung, die wachgehalten wird durch die feste Absicht, jene Fürwitzigen dem Jäger zu verpetzen, die ihr im Sommer Nacht für Nacht die Rosen von der Hauswand fressen. Doch hat sie inzwischen – zu ihrer uneingestandenen Erleichterung – gelernt, daß das Fressen von Rosen kein weidgerechtes Abschußmerkmal ist.

Man soll den Tag ja fröhlich beginnen, und so greife ich denn, während meine Frau die – nach Äußerungen der illustrierten Jagdpresse – von der Ausrottung bedrohten Rehe zählt, zu José Ortega y Gassets berühmtem Essay »Über die Jagd« und lese uns daraus vor. Zum Beispiel dies: »Jeder Jäger weiß, daß ihm beim Tier am meisten dessen Abwesenheit zu schaffen macht. So wird das Hauptthema des Jagens das, womit die Jagd beginnt: das Wild auftreiben. Und das ist so schwierig, daß es auf Seiten des Weidmannes stets die größten Anstrengungen erfordert hat.« »Neunundzwanzig, dreißig…«, zählt meine Frau dann gelegentlich.

Ortega und die deutsche Jagd

Ich habe den philosophischen Generalisten Ortega mit Gewinn, aber auch mit Vorbehalt gelesen. Seine Reflexionen über Seele und Verhalten der Tiere sind nicht immer an zoologischen Erkenntnissen orientiert. Manieristische Todesbezüge, wie die Romanen sie lieben, verdunkeln ihm zuweilen die Wirklichkeit. So etwa, wenn er in seinem Jagd-Essay vom Orang-Utan in staunenswerter Mißdeutung südländischer Zooschlampereien sagt, er sterbe, von Trauer überflutet, sobald sich seine Umgebung ändere, weshalb es kaum möglich sei, ihn in Gefangenschaft zu halten. Er lebt in der Kachelzelle zwanzig Jahre und länger und pflanzt sich in ihr fort.

Die wirklich beunruhigende, philosophisch allein relevante Frage, ob wir recht daran tun, uns diese großen Menschenaffen zur banalen Schau zu stellen und dadurch den Entwurf zu unserem eigenen Bild in Kot und Obszönität zu ziehen, diskutiert Ortega nicht. Diese Frage fügt sich, da sie keine Todesmetapher hergibt, nicht in seinen gelegentlichen Ästhetizismus, der am prächtigsten in der ernsthaft vorgetragenen

Ansicht blüht, nicht zuvörderst die Jagd habe die nordamerikanischen Büffelherden ausgerottet, sondern die Milchkühe der ersten weißen Siedler auf dem Westufer des Mississippi. »Sanft und alltäglich«, schreibt Ortega, »weideten sie in dem hohen Gras der Ebene und hatten, wie es üblich ist, um den Hals die bukolischen Glocken hängen, damit sie sich nicht verlaufen sollten. Am späten Nachmittag, als die Strahlen der sterbenden Sonne schon schräg standen, weideten sie gemächlich und ließen dabei die zarte Musik der Glocken ertönen, die uns wie süße Klangtränen erscheinen, die auf die Landschaft niederperlen. Aber dieses lyrische Geräusch stellte die Weltanschauung des Büffels vollkommen auf den Kopf und rief in diesen prächtigen Tieren solche Unruhe und Nervosität und schließlich eine solche Panik hervor, daß sie sich wie wahnsinnig zu Zehntausenden in den Fluß stürzten...«

So liest Ortega sich nicht selten, wie sich eine Landschaft anschaut, auf die lange, melancholische Abendschatten fallen: Es ist die blaue Stunde des Gemüts.

Es ist merkwürdig, daß ein spanischer Philosoph (den man freilich schon genauer einen eleganten Denker genannt hat) der deutschen Jagd, und soweit ich sehe nur ihr, zu einem ideologischen Ordensmantel verhalf, in dessen barocken Falten sie ihre stark welthaltigen Komponenten verbirgt. Liest man Ortegas Jagd-Essay aber redlich, so zeigt sich rasch, daß dieser Mantel von der Jagd selbstgeschneidert ist. Zwar lieferte der Spanier das Schnittmuster dazu, aber man bediente sich seiner willkürlich bis zur Verfälschung Ortegascher Erkenntnisse.

Freilich macht dieser Denker es den Ideologen der Jagd auch leicht. Sein Essay spart zu oft die Realität aus. Man kann auch sagen: Ortega zielt genau, aber er schießt nicht. Von Edelmut und Sprachgrandezza übermannt, läßt er sein Wild, die Jagd, immer wieder in die Dickung der Gedanken und Metaphern entkommen. Elitär formulierte Sentenzen laden zur manieristischen Überhöhung der Jagd geradezu ein.

So setzt Ortega unter stark spekulativer Bemühung Platons den Jäger als den »absolut wachen Menschen des Draußen« nicht nur dem Philosophen als dem »Jäger im Drinnen der Ideen« gleich, er schlägt ihn sogar noch heute dem Bereich des Religiösen zu, wenn er schreibt: »Strenggenommen ist der Sinn der sportlichen Jagd nicht, das Tier zum Menschen zu erheben, sondern etwas viel Geistigeres als dies: eine bewußte und gleichsam religiöse Demütigung des Menschen, der seine Übermacht bändigt und zum Tier hinabsteigt.«

Kult mit religiösen Zügen

Das sind große, geheimnisvolle Worte für die künstlichen Erschwernisse, die sich die Sportjagd heute unter dem Gewissensdruck ihrer weittragenden Präzisionswaffen zur Herstellung einer vermeintlichen Chancengleichheit zwischen ihr und dem Wild auferlegt. Aber sie sind auch nicht ganz und gar aus der Welt: Die Sabbatstrenge der oft unnatürlich fixierten und zudem absurd starr gehandhabten Schonzeiten und der inquisitorische Eifer, mit dem ihre geringfügigsten Verletzungen noch verfolgt werden; die kopfwackelnde Aufgeregtheit der beamteten Hohen Priester der Jagd, wenn das Opfer mal einen Zacken mehr in der Geweihkrone hat als dem gesellschaftlichen Status des Erlegers zugemessen worden war; die an Hubertustagen stets beschworene Pflicht des Jägers, einen schalen Gaumen zu haben beim Anblick des bezaubernden, selbstverständlich nur widerstrebend getöteten Tieres – das alles und vieles mehr gibt der Sportjagd noch heute den Anschein eines Kults mit in der Tat religiösen Zügen, da braucht es Weihrauch und Weihwasser gar nicht, die die katholische Kirche an Hubertustagen gern beisteuert.

Verdeckt indessen von Kultus und andauernden öffentlichen Beschwörungen des Fetischs »Weidgerechtigkeit« geht seit langem eine Materialisierung der hochfliegenden Ortegaschen Philosopheme in jagdegozentrische Hegeprinzipien vor sich. Die »Bändigung menschlicher Übermacht« dient längst nicht mehr allein – oder auch nur vorrangig – der Minderung der Qual des verfolgten, dadurch empfindsam und hochgradig neurasthenisch gewordenen Wildes, wie Ortega es sieht, sondern der profanen Steigerung seiner Zahl. Die Überhege des Wildes, die in ihren Anfängen nach dem letzten Krieg gewiß nicht gewollt war, wird heute, da sie in Form hoher, oft viel zu hoher Wildbestände nun einmal da ist, von vielen Jagdherren insgeheim als angenehm ausgleichend empfunden in einer Zeit steigender Jägerzahlen, vermehrter Reviere und explodierender Pachtpreise. Der Kavalier genießt den Anblick des vielen, wenn dadurch auch nicht eben sehr gesunden Wildes und schweigt. Fürs Bagatellisieren, fürs Abwiegeln forstlicher Schadensbehauptungen hält er sich Funktionäre, deren jagdbesessener, mit kapitalen Abschüssen bei Laune gehaltener Parlamentarieranhang längst die gesetzgebenden Körperschaften durchsetzt, wie Schrot den Gesellschaftsjagdfasan.

Ich kehre zu Ortega zurück. Wie wenig er die hegerische *Vermehrung* des Wildes im Sinn hatte, als er über dessen Verschonung von der Übermacht des Menschen philosophierte, ist seinem Essay klar zu entnehmen, so klar, daß der konstante Nichtgebrauch des Ortegaschen Kernsatzes von der *Seltenheit des Wildes als erster Voraussetzung der Jagd* durch deren heutige Festredner der Fälschung ihres Hausphilosophen gleichkommt.

Einer der einfachsten und wahrheitshaltigsten Sätze des ganzen langen Essays erhellt wie ein Blitz die Bühne, auf der die Parteien heute dramatisch um Wilddichten streiten – ihre drastische Verringerung zum Nutzen des Waldes fordernd die einen, die bevorstehende Ausrottung des Wildes behauptend die anderen. »Daß man auf der Welt jagt«, schreibt Ortega, »setzt voraus, daß es wenig Wild gibt und immer wenig gegeben hat.« Denn, so füge ich an, im Überfluß ist kein Jagen, da ist schlimmstenfalls ein Metzeln und bestenfalls ein Ernten – ein Wort dies letztere, das im Deutsch der Heger sehr gebräuchlich ist. Es verrät sie als Abgenabelte vom archaischen Urstrom der Jagd und weist sie aus als Züchter und Halter von Tieren, welche die erste Voraussetzung ihres reinen Wildtiercharakters unabhängig von genetischen Veränderungen verloren haben: ihre menschenferne Seltenheit.

Ortega sieht den Einwand der großen Wildtierherden Afrikas voraus. Er führt sie zurück auf ökologische Anomalien. »Es sind dort *viele*«, sagt er, »weil rundherum *keine* mehr sind.« Doch behandelt er diesen Einwand eher beiläufig, es kommt ihm darauf nicht an, er setzt die Seltenheit des Wildes absolut, versteht sie geistig-elementar. Sie ist für ihn die natura naturata der Jagd, ohne die er sie gar nicht denken kann. Auch unsere Sprache bekräftigt ihn. Man jagt nicht Wild schlechthin, man jagt *seltenes* Wild. Das Verb »jagen« bedarf vor seinem Objekt der Beifügung »selten«, wenn es ganz sinnhaltig werden soll.

Unter dieser Prämisse enthüllt sich der Streit um sogenannte *tragbare* Wilddichten als ein jagdfremder. Er stellt den Jäger, der sich an ihm beteiligt, von vornherein bloß, weil die Wörter »tragbar« und »Dichte« von seiten der Jagdorganisationen numerisch stets nach *oben* zielend benützt werden, hin zu einer möglichst großen, landeskulturell gerade eben noch tragbaren Tierzahl. Und damit hin zur Sinnentleerung der Jagd.

Wie sehr heutiges Jagen in der Mehrzahl der Erscheinungsformen sich von den philogenetischen Wurzeln entfernt hat, auf die es sich gleichwohl dauernd beruft, läßt sich daran erkennen, daß man den Ortegaschen Kernsatz von der Seltenheit des Wildes als der ersten Voraussetzung der Jagd getrost umkehren kann, ohne daß er unwahr würde: *Daß man heute jagt, setzt voraus, daß es viel Wild gibt und immer viel geben wird.*

Planwirtschaft beim Wild

Als ich mich im September letzten Jahres im Fernsehen kritisch mit der Rotwildsituation in Rheinland-Pfalz beschäftigt hatte, schrieb mir der zuständige Landwirtschaftsminister Otto Meyer indigniert, er habe die Wilddichte in seinem Land so weit herabgedrückt, daß man ihm von seiten der Jagd schon den Vorwurf mache, er sei dabei, mit seiner Abschußpolitik eine – ich zitiere – »planmäßige Wildbewirtschaftung« unmöglich zu machen. Sehen wir zunächst davon ab, die Verträglichkeit der Begriffe »planmäßige Wildbewirtschaftung« und »Jagd« zu untersuchen, halten wir uns erst an die Zahlen. Unter dem Datum 30. Dezember 1977 teilte die Arenberg-Düsseldorf GmbH, die in Rheinland-Pfalz großen Waldbesitz hat und wegen ihrer andauernden – auch gerichtlichen – Klagen über unerträgliche Wildschäden von der Jagdzeitschrift »Wild und Hund« verächtlich eine »Holzfabrikationsaktiengesellschaft« genannt wurde, der zuständigen Jagdbehörde mit, es seien in einem Waldrevier, in dem nur 14 Stück Rotwild erlaubt seien, 32 Stück bereits abgeschossen, und der Wald stünde weiterhin voll von Hirschen. Diese noch unvollständige Strecke von 32 Stück Rotwild sei seit dem zweiten Weltkrieg noch nie erreicht worden und betrage fast das Dreifache der Durchschnittsstrecken der Jagdjahre 1963 bis 1976. Die Arenberger betonten, daß ihre Schätzungen abgesichert seien durch Beobachtungen seitens staatlicher Forstbeamter. Sie beantragten den Abschuß von weiteren 20 Stück Rotwild. Und einen parlamentarischen Untersuchungsausschuß dazu. Noch schweigt der Minster. Nicht so aber der baden-württembergische Forstpräsident Max Scheifele.

Er sagte kürzlich seinen Beamten in einem Ausblick auf das Jahr 1978: »Ich erkenne an, daß gebietsweise in der Bemühung um einen tragbaren Schalenwildbestand erfreuliche Teilerfolge erzielt werden konnten. Von einer Bewältigung des Ausgleichs zwischen Wald und Wild sind wir allerdings an vielen Orten noch meilenweit entfernt. Zukünftige Generationen werden uns nicht nach der Qualität heutiger Trophäen beurteilen, sondern ausschließlich danach, wie die Wälder des kommenden Jahrtausends beschaffen sein werden. Zwingen Sie Forstdirektionen und Ministerien nicht zu einer stärkeren Dienstaufsicht.« Den Beamten, die starke Wildschäden stillschweigend dulden, drohte Scheifele disziplinarische Maßnahmen an. Der bayerische Landwirtschaftsminister Hans Eisenmann zog gleich und erklärte während der Beratungen des neuen bayerischen Jagdgesetzes Ende Januar im Münchener Landtag, er werde in der Wildfrage pflichtvergessene, sprich jagdbesessene Forstbeamte in Zukunft strafversetzen oder ihnen den Jagdschein entziehen lassen. Deutlicher wurden deutsche Forstverantwortliche noch nie. Ihnen beiden gebührt, *wenn ihren Worten Taten folgen,* größter öffentlicher Dank.

Das Dreifache des gesetzlich Erlaubten ist bei unseren Rot- und Rehwildbeständen nichts Seltenes, und das gesetzlich Erlaubte ist schon das Zehnfache dessen, was in der Regel die naturnahen Wildmarken des hohen Nordens an vergleichbaren Tieren aufweisen. Wenn also, nach Ortega, die Seltenheit des Wildes die Voraussetzung der Jagd ist, dann findet Jagd bei uns nicht mehr statt, dann handelt es sich in der Tat um »planmäßige Wildbewirtschaftung«.

Dieses Wortungeheuer sagt etwas aus über den gesellschaftlichen Hintergrund der sportlichen Jagd. Das leistungsbezogene Vokabular des Alltags wird in die jagdliche Passion des Sonntags eingebracht. Mit dem Anlegen der Jagdkleider wird der geistige Habitus des wirtschaftenden Menschen nicht mehr abgelegt. Keine Rede mehr davon, wie bei Ortega, daß der Jäger sich dem Tier geistig anzunähern habe, sich aus seiner Welt entfernen müsse, um sich die Beute auch geistig aneignen zu können. Die Sinne bleiben dem Terminkalender verhaftet, in dem der Tod des geweihten Hirsches eingezwängt ist zwischen Geschäften.

Also muß das Wild verfügbar sein. Die Mühsal der Jagd relativiert sich am Ablauf des gewohnten beruflichen Alltags. Das Aufstehen vor Tau und Tag rechnet nun zu den Dingen, die stolz machen. Sechs Stunden auf dem Hochsitz, eine Zeitspanne, in der man Kapital oder Menschenschicksale zu bewegen gewohnt ist, dehnen sich zum Beweis der eigenen großen Passion. Ein Wochenende ohne Schuß, wenn Schußzeit ist, verschafft das angenehme Gefühl, kein bloßer Schießer zu sein: Es waren noch Blumen da, Bussarde in der Luft und das Sechsuhrläuten fern im Dorf, die große heilige Stille und das Leben mit der Natur. Als der Bundespräsident während der Brunftzeit 1975 im Allgäu jagte und in zwei Tagen nicht zum Schuß kam, ließ er seinen Mißerfolg wie eine gute Tat in der Presse verbreiten. »Es ist für die Jagd nicht wesentlich, daß sie Erfolg hat«, schrieb Ortega. Aber am zweiten Wochenende dann muß er liegen, der Hirsch.

Wild als Rendite?

Das Wild also muß verfügbar sein, das heißt: es muß in angemessener Zahl dasein, angemessen dem Aufwand an kostbarer Zeit für die Jagd und vor allem dem Pachtschilling, der bis zur Horrorsumme von 100 DM pro Hektar Jagdfläche geht, und vereinzelt weit darüber hinaus. Angemessen auch dem Salär des Berufsjägers, der Wildschadensrechnung, den Kosten für die Winterfütterung, die häufig im Sommer beginnt und im Frühjahr nicht endet, und angemessen auch den Stiftungen für die verpachtende Gemeinde, rechtzeitig vor Ablauf der Vertragszeit. Da kommen pro 100 Hektar Revierfläche schon bei durchschnittlichem Pachtsatz, wie er im Gebirge zu zahlen ist, leicht 10000 Mark und mehr zusammen. Sind also auf dieser Fläche etwa sieben oder acht Stück Rotwild oder 20 Rehe zuviel? Der Teufel soll die Förster holen, die auf 100 ha nicht mehr als ein bis zwei Stück Rotwild oder 10 Rehe dulden wollen, und manchmal weniger. Man denke doch: 10000 Deutsche Mark! So betrachtet, und so betrachten es verständlicherweise im Wirtschaftsleben erfolgreiche Jäger, gerät man tatsächlich an eine Grenze, wo »planmäßige Wildbewirtschaftung« endet.

Damwild – das warnende Beispiel

Niemand möge glauben, dieser Begriff »Wildbewirtschaftung« sei wenig mehr als eine der vielen sprachlichen Gedankenlosigkeiten unserer Zeit, ohne Wurzeln im Seinsgrund der Jagd. Heribert Kalchreuther, in dem viele Jäger seines Buches wegen ihren Erlöser vom Übel der Ökologen sehen, Kalchreuther also, der Wildbiologe, fordert, daß das Wild endlich *Wirtschaftsfaktor* werden müsse, wörtlich so. Nur als Wirtschaftsfaktor habe das Wild noch eine Chance gegen andere Formen der Landnutzung. Er nannte als Beispiel den Straßenbau.

Das liefe auf nichts anderes hinaus als die Majorisierung wildbiologischer Erkenntnisse durch die Spielregeln der Marktwirtschaft. Die Philosophie des Wachstums, dessen anhaltende Vergötzung die Natur und ihre Kreisläufe bis an den Rand des Kollapses gebracht hat, wird ausgerechnet von einem Biologen der Jagd und ihren Tieren aufgepfropft.

Eine Steigerung des Wirtschaftsfaktors Jagd kann doch nur heißen: *Noch* mehr Jäger als Käufer von Waffen, Munition und Ausrüstung. Und eine Steigerung des Wirtschaftsfaktors Wild kann doch nur *noch* mehr Wild zu Lasten der Landeskultur bedeuten, wenn es, als Rendite aus Landbesitz, mit anderen Formen der Landnutzung konkurrieren soll.

Da sind wir dann von Wildfarmen nicht mehr weit entfernt, und was das Damwild angeht, haben wir sie ja schon. In Gattern begafft, gemästet und gemetzgert, im Stich gelassen von den Gralshütern deutscher Weidgerechtigkeit, die beim Rothirsch jeden ökologischen Reduktionsabschuß in Fütterungsnähe als gemeinen Mord diffamieren, geht eine Wildart des Phänotyps Hirsch seiner endgültigen Domestizierung entgegen – zu keinem anderen Zweck als der Steigerung des Wirtschaftsfaktors Wild. Diese beschämende Degradierung eines grazilen Tiers der Jagd zum enthornten Schlachtvieh geschieht angesichts hoher Fleischüberschüsse in der Landwirtschaft, zur Appetitanregung einer Gesellschaft, die jährlich ein Vielfaches vom volkswirtschaftlichen Wert der Jagd *und* des Wildes in Abmagerungskuren anlegt.

Daß diese neue Landnutzungsform nur erst zögernd um sich greift, ist nicht der Jagd, sondern allein dem Naturschutz zu verdanken, der sich mit dem schwachbrüstigen Argument der Landschaftsverschandelung durch Gatterbau verzweifelt gegen die vielen vorliegenden Genehmigungsanträge zur Wehr setzt. Aber Ästhetik hatte gegen Geld auf Dauer noch nie eine Chance, zumal die neuen Fleischmacher agrarkonform argumentieren, sie würden durch Beweidung von Brachflächen die Kulturlandschaft pflegen – mit Gatterflächen von 200 x 200 m innerhalb von zwei Meter hohen Maschendrahtzäunen an Betonpfosten!

Von Herren und Handwerkern

Die Ansehung des Wildes als Wirtschaftsfaktor ist das Ende der Ansehung der Jagd als einer durch alte Instinkte legitimierten, der Natur verhafteten menschlichen Tätigkeit. Unter dem Marktgesetz der Kostensenkung durch Produktionssteigerung, sprich Wildvermehrung, verkommt sie zur Rentabilitätsrechnung. Es überlebt nur, was volkswirtschaftlich etwas bringt. Ich kenne mehrere sozial schwache Revierpächter. Wider besseres Wissen und hart an der Grenze zur Illegalität halten sie hohe Rehwildbestände, weil die steigenden Pachtkosten nur durch steigenden Wildbretverkauf aufzubringen sind. Ihre Tage als Revierherren, als tagtäglich auf heimatlichem Grund selbständig Pirschende sind gezählt, weil die Grenzen tragbarer Wilddichten längst überschritten, die der Pachtpreise aber noch längst nicht erreicht sind. Diese Jäger werden ihre Reviere an wirtschaftlich stärkere Ortsfremde verlieren, die schon auf der Lauer liegen.

Für diese neuen Revierherren wird Jagd, wie für viele alte schon, nach der Last der Woche zur gehobenen Kurzzeiterholung im Komfort aufwendiger Jagdhäuser bei reichlich Wildanblick. Jagd wird zu einer Zerstreuung, die nach Ortega frivol ist, weil sie – ich zitiere – »eine Lebensweise bezeichnet, die vollkommen ohne Mühsal ist, die kein Wagnis bedeutet, keine großen physischen Anstrengungen und keine anhaltende Aufmerksamkeit erfordert«.

So kommt es, daß Jagen heute vermehrt die Drohnen anzieht, die Lauen und Statussüchtigen, die die Jagd aufteilen in eine Beschäftigung für den Herrn und eine für den *Handwerker*. Das läßt sich unter anderem an der wachsenden Toleranz für *jene* ablesen, die die rote Arbeit, das Aufbrechen und Ausweiden des Wildes nach dem Schuß, nicht mehr selber besorgen mögen und es bezahlten Händen überlassen. Durch diese Arbeitsteilung wird der Jäger zum bloßen Schützen, denn der Schuß aus oft großer Entfernung denaturiert das starke Gefühl, getötet zu haben. Man hat nicht eigentlich Hand gelegt an fremdes Leben, wie einer, der wenigstens im nachhinein das Messer in den noch warmen Tierleib sticht und sinnenhaft gewahr wird, was er vergossen hat: Blut. Der Akt des Tötens bleibt der Technik verhaftet, das Opfer erscheint im Fadenkreuz des Zielfernrohrs nicht anders als im Sucher der Kamera: ein platonisches Abbild seiner Wirklichkeit, Idee mehr als Körper. So wie der Fotograf mit Blende, Verschluß und

Bildschärfe bis zur Blockierung jeder sinnlichen Wahrnehmung einer Landschaft beschäftigt ist, wird dem Schützen durch Optik und Mechanik und durch das klinisch reine Gefühl, das ein kühler blauer Lauf dem Auge und ein glatter seidiger Schaft der Wange vermittelt, das Wild entrückt. Der rascher gehende Puls kommt nicht von der Ortegaschen Unruhe im Gewissen, sondern von der Angst vor dem blamablen Fehlschuß. Und die erste Freude über das im Feuer weidgerecht liegende Tier gilt nicht dessen Tod ohne Qual, sondern dem Schuß ohne Tadel.

Macht fließt nicht aus dem Schein

Ich übersehe gewiß nicht die vielen kleinen Jäger, die sich redlich mühen. Aber sie gehen bei den großen, die als Revierherren die jagdpolitische, weil territorial begründete Macht haben, nur zu Tisch. Den einen die Allmacht, den anderen nur die Almosen. Das ist mit keiner den Arbeiter und den Handwerker vorzeigenden Sozialstatistik der Jagdscheinträger zu widerlegen. Die Jagd muß sich an ihren Häuptern, nicht an ihren Gliedern messen und reformieren lassen.

Schießtourismus statt Jagd

Folgt man Ortega in seinen Definitionen der Jagd, dann büßt heutiges Jagen oft noch aus einem anderen Grund diesen Namen ein. »Der erste Akt jeglichen Jagens«, sagt er, »besteht darin, daß man das Tier entdeckt und aufbringt. Genaugenommen ist dies nicht nur die erste, sondern die grundlegende Aufgabe bei allem Jagen: zu erreichen, daß Wild *da* ist.«

Ich erlasse Ihnen die Schilderung einiger Spielarten, mit denen man mitunter dafür sorgt, daß Wild da ist: Zuchtfasanen etwa, die vor der Treibjagd auf sie in Freiheit gesetzt werden; oder Hirsche, die zur Hinrichtung durch bedeutende, leider in Terminnot befindliche Zeitgenossen mittels vorheriger Fütterung von Leckerbissen zu einer bestimmten Zeit an einen bestimmten Ort gebunden werden; ganzjährig gefütterte Gattersauen und andere Unanständigkeiten mehr, die auch unter echten Jägern auf harte Kritik stoßen. Ich gebe nur den Ortegaschen Satz von der schwierigen Aufbringung des Wildes als dem ersten grundlegenden Akt jeglichen Jagens den deutschen Staatsforstverwaltungen zu bedenken, macht er doch ihre den Steuerzahler und den Forstbetrieb so sehr belastende Sitte der Jagdgastführung durch Revierbeamte zur Unsitte, die den Gast entehrt, weil aus seiner Unternehmung ein Erschießungskommando wird. Der Unterschied zu Kutschfahrten in jugoslawischen Staatsjagdrevieren ist gering. Der Jagdführer schätzt dort die austretenden Devisenhirsche wie eine Aktie nach Punkten, damit der Jagdgast an Hand einer mitgeführten Tabelle, die bis 97 000 Mark pro Hirsch geht, sich entscheiden kann, ob er den hinter der Punktzahl ablesbaren Preis für die Trophäe bezahlen, ob er also schießen will. Dieser Unterschied zur geführten Jagd im deutschen Staatswald ist nur graduell, nicht prinzipiell. Beide weit verbreiteten Jagdarten sind im Grunde Schießtourismus für Privilegierte. Man erhält die Trophäe für sein Geld oder für seinen Namen. Die jagdliche Eigenleistung beschränkt sich auf eine sichere Hand beim Schuß, und wie oft fehlt es selbst daran noch!

Und die Ansitzjagd, die bei uns so sehr verbreitet ist? Sie ist eine Sache des Sitzfleisches. Man jagt das Wild so nicht. Man lauert ihm auf. Schwerbewaffnet und oft kommod, die Füße im Wärmesack, das Schnapsglas in der Hand, entzieht man sich oben auf einer steilen Leiter den einzigen Waffen des Wildes im ohnehin schon ungleichen Kampf: den lauschenden Ohren und der windenden Nase. Überall im Land stehen diese Hochsitze herum. Für die Nachdenklichen sind sie die sichtbar gewordenen Krücken, an denen eine denaturierte Jagd in eine unsichere Zukunft geht.

Teilhaber am Bambi-Boom

Ortega irrt, wenn er die Jagd für verloren gibt, weil die fortschreitende Zivilisation ihr das Wild wegnehmen wird. Diese Zivilisation mit dem Gemüt und dem Glitzern eines Neonfisches ist krank nach Natur; in der dumpfen Ahnung einer wachsenden Entfremdung von ihr begünstigt sie die Vermehrung der Tiere, ob wild oder zahm, das ist ihr aus Mangel an Wissen gleich. Und wer ihr diese Vermehrung bietet, der ist ihr Freund. Eingehüllt in den Abgasgestank endloser Autoschlangen zahlen große Menschenmassen hohe Eintrittsgelder für das zoologische Schmierentheater einiger Tierhandelsfirmen und Großgrundbesitzer, die Löwen und Tiger, Zebras und Giraffen unter großräumiger Verdrängung des einheimischen Wildes und der Zerstörung der Vegetation in sogenannten Safariparks prostituieren.

Die Hüter des freilebenden *einheimischen* Wildes mögen da in der Wertschätzung des tierliebenden Publikums nicht zurückstehen. Den Bambi-Boom nützend, befragen Jagdorganisationen die demoskopischen Orakel, ob die Jäger denn wohlgelitten seien in diesem unseren Lande, und sie können es kaum fassen: Das Volk liebt sie! Die Prozente lügen nicht. So wenig wie die »Bildzeitung« lügt. Vor ein paar Monaten erschien in diesem Blatt das rührende Foto einer Rehgeiß mit ihrem Kitz. Es diente der Illustration eines hanebüchen löchrigen Berichts über ökologische Forderungen nach Verminderung der Schalenwildbestände. »Alles Quatsch«, zitierte »Bild« dazu einen alten Hamburger Oberjäger. Und also druckten sie fett unter das rührende Bild: »Keine Angst, Bambi!« Womit sie sagen wollten: Die Jäger schützen Dich!

Nicht weil ihr das Wild verlorengeht, geht die Jagd verloren. Sie gibt sich selber auf, weil sie, verstrickt in die falschen Sentimentalitäten einer im Grunde herzlosen Gesellschaft, analog dazu ihre Waffen versteckt und den Futtersack ins Licht der Öffentlichkeit rückt.

»Tier, reines Tier, ist nur das wilde«, sagte Ortega. »Wenn wir das hohe und reine Glück, das die Rückkehr zur Natur bedeutet, genießen wollen, müssen wir den Umgang mit dem ungebändigten Tier suchen, auf sein Niveau hinabsteigen, uns von ihm zum Wetteifern angestachelt fühlen, es verfolgen. Dieser subtile Ritus ist die Jagd«.

In Wahrheit haben wir es mit einer fortschreitenden Verringerung der natürlichen Abstoßungskräfte des Wildes gegenüber dem Menschen ausgerechnet durch die Jagd und ihre Praktiken zu tun. Und es sagt etwas aus über die Entfremdung heutigen Jagens von den alten Postulaten, wenn man beobachtet, wie die Jagdlobby, voran wie immer die bayerische, derzeit keine ihrer Gewohnheiten leidenschaftlicher gegen gesetzgeberische Neuerungsabsichten verteidigt als die Winterfütterung der Rehe (beim Rothirsch ist diese Materie seiner besonderen alpinen Winterbedingungen wegen weniger umstritten). Und es ist tragisch zu sehen, wie sie just jene als grausame Wildmörder an den öffentlichen Pranger der Bambi-Mentalität stellt, die ihr durch weitgehende Abschaffung der Winterfütterung das Wild als reines Wild, und damit die Jagd so jägerisch erhalten wollen, wie es heute noch eben geht.

Die Unruhe im Gewissen, die Ortega beim Töten verlangt, rumort in den noch nachdenklichen Jägern nicht, weil sie töten, sondern weil sie allzu *Vertrautes* töten, das ihnen ein halbes Jahr lang zu Tisch und das andere halbe zum Hochsitz kam, gute Bekannte, denen sie die Würmer mit Medikamenten und die Gehörne mit Hormonen austrieben. Das Gewissen rumort in diesen Jägern, weil sie weniger jagen als merzen, weil sie im Wild nicht das reine, das wilde Tier, sondern vermehrt den eklen Lungenwurm, den Leberegel, die Gehörnmißbildung und den Gewichtsverlust jagen. Der Gaumen wird ihnen nicht schal, weil ein Tier tot vor ihnen liegt, sondern weil ein aus Fütterungs- und Hochsitznähe allzu vertrautes *Tiergesicht* tot vor ihnen liegt. Und wenn die Zähmung eines Wildtiers zum Haustier zuvörderst mit der Verringerung seiner Fluchtdistanz durch Gewöhnung an die Nähe des Menschen beginnt, dann ist analog dazu die Aufhebung der magischen Distanz zwischen Jäger und Beute durch Fütterung und Zuchtwahl der Beginn der Domestizierung des Jägers zum Züchter.

Die Durchdringung der Restnatur durch den Menschen, ihre Verarmung und Verlärmung, erlaubten es nicht mehr, das Wild sich selbst zu überlassen, sagen manche guten Gewissens. Und sie führen mit großem Aufwand an Zeit, Geld und Wissenschaftlichkeit den Beweis für ihre Ansicht, indem sie durch ausgeklügelte, teure und lang andauernde Fütterungen Rehgestalten heranzüchten, die an Körpergewicht und Gehörn anderswo bei uns ihresgleichen nicht mehr haben. Begierig greifen Trophäenfetischisten nach diesen Rezepten und fühlen sich salviert durch das Franziskanische, das der Sache scheinbar innewohnt.

Liebe – der falsche Weg

Man sieht: Ich komme nun doch noch zum Thema dieser Akademietagung: »Tierliebe und Wildtier«. Daß ich so lange bis zu ihm brauchte und mich ihm nur über Ortega und die Jagd nähern zu können glaubte, kommt daher, daß ich mit der Koppelung dieser beiden Begriffe nichts Rechtes anzufangen weiß. Zum einen, weil ich finde, daß schon die Zuordnung des Wortes »Liebe« zum Wort »Tier« eine sprachliche Sodomie ist, etwas, das Konrad Lorenz im Sinn gehabt haben muß, als er schrieb (ich zitiere aus dem Gedächtnis): »Wer seine Liebe den Menschen entzieht und sie an Hund und Katze wendet, der begeht eine soziale Sodomie, die nicht weniger ekelerregend ist als die geschlechtliche.«

Tierliebe geht ja tatsächlich nicht selten mit Menschenhaß Hand in Hand. Seit ich die Menschen kenne, liebe ich die Tiere. Diesen oft kolportierten dümmlichen Spruch, der unbewiesen Friedrich dem Großen zugeschrieben wird, kennt ein jeder. Tierliebe, unreflektiert, ist schuld am Elend der Großstadthunde im Gefolge ihrer kommerziellen Massenvermehrung und an vielem anderen, das ich in Filmen dargetan habe, für das aber hier nicht der Ort ist. Das Wort Liebe gehört als eine Benennung spiritueller Kommunikation in den Humanbereich. *Sorge* sähe ich lieber. Aber wir haben dies Wort nun mal in der Zuordnung zum Tier, und ich wollte auch nicht beckmessern, sondern nur ein Unbehagen ausdrücken über diesen liebsten Wortbastard unserer Gesellschaft, dessen tägliche Präsenz in den Boulevardblättern ihnen die hohe Druckauflage sichern hilft. Zum anderen ist mir dies Akademiethema verdächtig, weil ich glaube, daß seine Betitelung mit »Tierliebe und Wildtier« nicht dem Denkergebnis der hochwürdigen Vorbereitungskommission, sondern ihrem Zwang zu einem *christlichen Bezug* dieser Veranstaltung entsprang. Denn, nicht wahr, von der Liebe zum Wildtier zu handeln, ohne den Liebhaber beim Namen zu nennen, das ist wie Luft streicheln: Man hat nichts davon. Nur deshalb habe ich den Liebhaber, sprich Jäger, so nachdrücklich eingeführt.

So setzt Haustierwerdung ein

Ein Wildtier lieben heißt in jedem Fall: ihm den Menschen aufzwingen. Liebe ist Annäherung. Das gilt für den unwissenden Waldspaziergänger, der das Reh täppisch beschleicht, um es besser mit den Augen streicheln zu können, und es gilt für den Jäger, der, umgekehrt, das Wild *sich* annähert, indem er zum ersten und wichtigsten Mittel jeder Tierzähmung greift: zur außernatürlichen Futterdarbietung, die das Wildtier mit der Kraft eines Magneten im Bannkreis des Menschen hält. Sein Fluchtinstinkt wird durch das mit Leckerbissen belohnte Ertragenlernen intensiver menschlicher Anwesenheitsspuren abgebaut. Was schlimmer ist, weil es nicht nur das Individuum, sondern die Art in ihrem wilden Wesen schwächt: Die Fütterung begünstigt die genetisch zur Vertrautheit prädisponierten Tiere, weil sie ihnen einen Selektionsvorteil durch Nahrungsüberfluß gegenüber den wahrhaft wilden Artgenossen, den extrem menschenscheuen und ohnehin schon vermehrungsschwächeren Tieren verschafft, die die Fütterung nur hastig oder gar nicht annehmen.

Die *natürliche* Jagd tötet die zur Vertrautheit neigenden Tiere als erste, weil sie ja am leichtesten zu erbeuten sind. Sie begünstigt, wie dargetan, gerade die relativ vertrauten Individuen und vermehrt sie bis zur Überhege, wo sie diese Tiere ihrer schieren Zahl wegen mit den zeitlichen Mitteln der Freizeitjagd und unter ihren künstlichen Erschwernissen nicht mehr durch Abschuß regulieren kann. Gleichzeitig nimmt die jagdliche Lust auf das besondere, weil stark heimliche oder trophäenmächtige Wild zu. Über seiner schwierigen Verfolgung wird der ökologische Reduktionsabschuß noch weiter vernachlässigt. So setzt Haustierwerdung ein.

Schon äsen die Rehe auf Friedhöfen und in Hausgärten. Die Fluchtdistanzen nehmen ab, die Stückzahlen aber nehmen weiter zu, nicht zuletzt auch deswegen, weil es für den Jäger immer schwerer wird, diese Kulturfolger zu schießen, sei es, daß Menschen dadurch in Gefahr geraten oder daß sie den Jäger anfeinden, der ihnen die so zutraulichen Bambigestalten vor ihren Augen hinmordet – so sehen sie es jedenfalls in Unkenntnis ökologischer Zusammenhänge.

Jagd – angewandter Naturschutz?

Ich werde den Verdacht nicht los, daß die Überhege speziell des populären Rehwildes bis hin zu seiner Sichtbarkeit für jedermann und nahezu überall eine Mitursache auch in dieser Angst sehr vieler Jäger hat, vor den Mitmenschen als eine Art von Lustmörder an unseren letzten freilebenden Tieren dazustehen. Gibt es aber allenthalben viele Rehe und machen die Ökologen und Förster ein großes öffentliches Geschrei darum, dann läßt sich selbst im augurenhaften Dementieren noch sagen: Wir jagen ja nicht *seltenes*, also tabuiertes Wild, sondern, wie doch die Wissenschaft ständig dartut, stark überzähliges und also demWald und seiner natürlichen Verjüngungskraft *abträgliches* Wild.

Jagen verliert so das Kainsmal des sportlichen Tötens. Es wird unversehens zum Naturschutz und damit zu einer Sache des öffentlichen Wohls. Dies und das vielpublizierte franziskanische Image, das der Winterfütterung anhaftet (meist unberechtigt, weil sie nach Wolf, Bär und Luchs nun auch den Selektionsfaktor Winter noch ausrottet), scheint mir das neue öffentliche Wohlwollen zu begründen, das die organisierte Jagd aus demoskopischen Umfragen freudig entnimmt.

Aber indem sie sich als gesellschaftspolitischer Nützling geriert, indem sie ihren Stellenwert wie die Kräfte des Marktes und die Primadonnen der Politik von den Demoskopen entgegennimmt und ihr neues Credo von der »Jagd als angewandtem Naturschutz« sich wie Ölreklame an die Autos klebt, verläßt sie endgültig das magische Feld, auf dem Ortega sie allein, nur mit dem wilden Tier zusammen, ansiedelte, als er schrieb:»Nur im Felde der Jagd, welches das ursprüngliche ist, das allein natürliche, gelingt es uns, aus unserer menschlichen Welt hinauszutreten in ein echtes Draußen, von dem die Geschichte den Rückzug darstellt.«

Ich sehe die Jagd heute eher eintreten in die allzu menschliche Welt der materiellen Begehrlichkeiten, der biologischen Kompromisse und der politischen Intrigen. Mir verkehrt sich ihr neues, weder historisch noch geistesgeschichtlich belegbares Motto »Jagd ist angewandter Naturschutz« immer mehr zu einem »Jagd ist angewandter Besitzschutz«. Es freut mich nicht. Es freut viele andere nicht, die die Jagd heute – auch als Jäger – kritisieren. Sie könnte in ihren vermeintlichen Feinden öffentlich für sie einstehende Freunde haben, würde sie sich endlich entschließen, das Wild wieder selten und wild und die Jagd wieder hart und einfach zu machen, indem sie mit den meisten Futterkrippen auch die meisten Hochsitze abbricht, ihre Jagdhäuser von ärgerlichem Luxus befreit, die verbreitete Bestechung der revierverpachtenden Kommunen in Solidarität mit den sozial schwachen einheimischen Jagdgenossen einstellt und rigoros jene ächtet, die sich mit dem Scheckbuch Ablaß erkaufen vom harten Handwerk ehrlicher Jagd.

Jäger als Politiker

Wer die Verhaustierlichung des Wildes durch eine biologisch unnötige Fütterung mit der Klage rechtfertigt, die fortschreitende Zerstörung der Natur lasse es nicht anders zu, der sollte sich zuerst darauf besinnen, daß nicht nur die Parlamente, sondern auch die Regierungen und Verwaltungen, die Senate und Verbände bis in ihre allerhöchsten Spitzen mit Jägern durchsetzt sind. Von hier, aus dem Zentrum gesellschaftlicher und politischer Macht, könnte der geschundenen Natur und ihren bedrohten Tieren am ehesten Erleichterung kommen.

Wenn diesen Mächtigen aber der Kampf um ihr ureigenstes Feld, um die Unversehrtheit des Wildes und seines Lebensraumes, nicht opportun ist, wenn Jagd ihnen wenig mehr bedeutet als Freizeitspaß und Schmierfett für die politischen und wirtschaftlichen Gelenke ihrer Parteien, Verbände und Betriebe, dann entbehren sie des Ernstes, weil sie Leben nehmen aus frivolem Grund.

Also warte ich auf den Tag, an dem der Gamsjäger Franz Josef Strauß gegen die kommerziell motivierte Ausuferung des Wintersports in den Alpen zu Felde zieht.

Ich warte auf den Tag, an dem der Entenjäger Berthold Beitz gegen die zügellose, geldorientierte Freizeitnutzung unserer Seen aufsteht.

Ich warte auf den Tag, an dem der Jäger Ernst Albrecht gegen die fortschreitende Industrialisierung der Unterläufe von Jade, Weser und Elbe als den letzten Lebensräumen seltener Wasservögel die politische Initiative ergreift.

Ich warte auf den Tag, an dem der Jäger Karl Günter von Hase als Intendant des ZDF den teuren Unfug der dümmlichen Tierserien à la »Lassie« und »Daktari« aus dem Programm wirft und sie ersetzt durch engagierte Filme, zum Beispiel über die drohende Eindeichung der Nordseewatten als der Heimstatt eines reichen Wildtierlebens.

Ich warte auf den Tag, an dem der Jäger Walter Scheel demonstrativ die verfassungsrechtliche Vereinbarkeit eklatant industriefreundlicher und naturzerstörerischer Umweltschutzgesetze mit der Naturschutzgesetzgebung des Bundes überprüfen läßt.

Ich warte auf den Tag, an dem der Jäger Constantin von Heeremann Front macht gegen die noch immer nicht überlebte Beseitigung letzter Deckungen in den agrarischen Lebensräumen unserer Feldtiere und Vögel durch die Flurbereinigung.

Ich warte auf den Tag, an dem der Jäger Alfred Kraus das Privileg hoher Beamter, im Staatswald kostenfrei auf starke Trophäenträger weidwerken zu dürfen, endlich als das benennt, was es ist: die Begünstigung der Zucht von starken Hirschen als der Spitze einer zu ihrer Hervorbringung nötigen Wildpyramide, die unsere Wälder bis zur Verheerung ganzer Areale belastet.

Ich warte schließlich auf den Tag, an dem der Jäger Josef Ertl die landwirtschaftlich motivierte Trockenlegung unserer letzten Moore und Feuchtwiesen, die Refugien schwer bedrohter Pflanzen und Tiere sind, öffentlich brandmarkt als das, was sie ist: eine Barbarei.

Wer dies alles – und vieles mehr – als politisch und gesellschaftlich einflußreicher Jäger öffentlich schweigend geschehen läßt, wer nicht unter Einsatz seines Namens und notfalls seiner politischen Existenz dagegen kämpft, wer statt dessen ein Parlament mit dem Ruf nach der gesetzlichen Todesstrafe für die Beutekonkurrenten Bussard, Habicht und Graureiher belästigt, wer den Futtersack und sein hausgemachtes biologisches Besserwissen gesetzlich festschreiben lassen will, wer Kritiker als Systemveränderer diffamiert und Wissenschaftler nur für fördernswert hält, wenn sie ihm die eigene Meinung bestätigen, der dient der Jagd nicht.

Am Rubikon

Der Wildbiologe Hermann Ellenberg hat die Alternativen, vor denen die deutsche Jagd steht, zu seinem persönlichen beruflichen Schaden brutal deutlich gemacht. Er schrieb: »Wollen wir viele Rehe und dann kümmernde, oder wollen wir wenige und dann gesunde? Auch ein dritter Weg ist möglich. Er führt zu vielen, gesunden starken Tieren über ausreichende Ernährung, sprich Herbst-, Winter- und Frühjahrsfütterung und notfalls über medikamentöse Behandlung von Krankheiten. Wenn man es richtig macht, kann man sogar den forstlichen Schaden bemerkenswert gering halten. Wir bekommen dann aber Rehe, die normalerweise zwar noch scheu sind, deren Sozialverhalten noch weitgehend intakt ist, die aber in dieser Zahl und Qualität in so starkem Maße vom Menschen abhängig sind, daß man sie eigentlich als extensiv gehaltene Haustiere bezeichnen muß.«

Das ist der Rubikon der Jagd. Überschreitet sie ihn endgültig in Richtung auf eine Verhaustierlichung von Reh und Hirsch, dann wird man sie nachdrücklich daran erinnern müssen, daß nur das *tote* Wildtier ihr wirklich zu eigen gegeben ist, das *lebende* aber uns allen gehört. Und *wie* es lebt und *wovon,* darüber wünschen wir ökologisch Engagierte entscheidend mitzureden. Für Kompromisse und Übergangslösungen ist Raum, für politische Diktate aber mit Hilfe diskreter, trophäenanfälliger Jagdmandarine in den Kulissen der Gesetzgebung nicht. Cäsar läßt warnend grüßen.

Wildtiere und die Kirchen

Ich bitte die Akademie um Nachsicht für diese wohl wenig christliche Rede. Doch darf sich hier eigentlich niemand wundern. Es ist dies ja schon das dritte Mal, daß man sich in Tutzing mit der Mensch-Tier-Beziehung beschäftigt. Zwischen der ersten Veranstaltung und der unserigen liegen mehr als 25 Jahre. Die Theologie ist während dieser Zeit – ein knappes Menschenalter immerhin – in ihrer Bemühung um eine Ausweitung des Begriffs der Nächstenliebe auf die subhumane Welt nicht eben weit vorangekommen. Noch immer gilt das Wort des Thomas von Aquin: Nur der Mensch ist imago Dei, Erscheinungsbild Gottes, alles andere nur vestigium, seine Spur. Die Gedanken, die die Theologie auf die Tiere verwendet, sind folgerichtig Almosen vom reich gedeckten Tisch der theologischen Ethik. »Unter solchen Umständen«, schrieb der Theologe H. J. Baden, »nimmt es nicht wunder, daß das Tier in den Dogmatiken beider Konfessionen praktisch kaum vorkommt. Es gibt nur ein Thema: den Menschen, seinen Fall und seine Erlösung. Aber die Monomanie, mit der man dies Thema variiert, indem man den theologischen Scheinwerfer lediglich auf den Menschen richtet und die gesamte sonstige Schöpfung in Nacht versinken läßt – diese Monomanie ist verdächtig; sie bezeugt, daß der Mensch den eigenen Zirkel noch nicht gesprengt hat, sondern sich in hemmungsloser Weise an sein eigenes Wohl und Wehe fixiert zeigt.«

Auch zählt das Wildtier im christlichen Denken, wenn es denn überhaupt gedacht wird, noch immer wie schon bei Thomas nur zu den Objekten der Caritas, bleibt also gebunden an den Menschen, der nur aufgefordert wird, ihm Liebe zu erweisen. Zur Jagd fällt den Kirchen traditionell nichts anderes ein als das Wort Hege.

Daß aber Liebe zu freilebenden Tieren nur darin bestehen kann, sie *nicht* zu lieben, das heißt sie nicht in der Furcht des sich ihnen liebend annähernden Menschen zu halten, sie vielmehr ein weitestmöglich nicht manipuliertes Leben leben zu lassen, notfalls unter Aussperrung des Menschen aus rigoros zu schützenden Freiräumen, dafür sehe ich noch nicht einmal den *Ansatz* eines kirchlichen Gedankens. Theologisches Bedenken der *natura* als dem Werk des ewigen *naturans* kreist weiterhin um die Exegese des biblischen Herrschaftsauftrags an die Menschen: Füllet die Erde und macht sie euch untertan!

Das sakrale Mißverständnis

Dabei sprach das letzte Wort zu diesem größten sakralen Mißverständnis eigentlich 1974 schon Günther Altner in seinem Buch »Ausbeutung und Christentum«. Die Gefährdung einer Biosphäre durch den Menschen ist für ihn nicht eine Folge biblischen *Gehorsams*, sondern des Mißbrauchs gewährter Mündigkeit. Diese Schuld, sagt er, müsse in ihrem ganzen Umfang bloßgelegt werden, denn sie sei eine Kollektivschuld der Christenwelt, gegen die sich im Verlauf dieser Unheilsgeschichte nur eine Handvoll Außenseiter erfolglos aufgelehnt hätten.

Einen will ich nennen: Franz von Assisi. Aber die Kirche nahm den sanften Mann nicht ernst, dessen Verhältnis zur Kreatur ja kein gewöhnliches Mitleid war und der den Tieren oft half, indem er sie der Natur zurückgab. Gotthard Martin Teutsch sagt in seiner »Soziologie und Ethik der Lebewesen« von ihm: »Hätte er provoziert und wäre er dann verfolgt worden, so hätte sein Schicksal die Gemüter bewegt, man hätte über ihn und sein Anliegen gestritten, die damalige Kirche und Theologie hätten sich damit befassen, ihn schließlich akzeptieren oder ablehnen müssen; beides hätte seiner Sache mehr genützt als die wohlwollende Duldung, derer er sich erfreute.«

In diesem Sinn hoffe ich, meiner Sache, dem Wohlbefinden von Wild und Wald, genützt zu haben.

Herausgeber-Kolumnen in »natur«

1980 entschloß sich Horst Stern, als Herausgeber und Chefredakteur eine neue, anspruchsvolle Zeitschrift für ökologische Fragen auf den Markt zu bringen. Im Juni 1981 begann sie regelmäßig zu erscheinen. Vier Jahre lang hat Horst Stern Profil und Gewicht der Zeitschrift bestimmt. Jede Nummer wurde eingeleitet mit einem Kommentar des Herausgebers. Diese Kolumnen sind zumeist aktuellen Ereignissen und Konflikten gewidmet, berühren aber immer wieder Grundsatzfragen der Ökologie in Politik, Alltagspraxis und öffentlichem Bewußtsein.

Basta

Das mußte so kommen: Während sich in SPD und FDP bis hinauf in die Minister- und Fraktionsführungsränge endlich die Stimmen durchzusetzen begannen, die – darin vehement unterstützt von so unverdächtigen Zeitungen wie der »Frankfurter Allgemeinen« – den weiteren Ausbau des Rhein-Main-Donau-Kanals für wirtschaftlich unsinnig und ökologisch katastrophal erklären, versprach der deutsche Bundeskanzler seinem österreichischen Amtsbruder, er werde den Kanalbau unterstützen. Durch seinen Regierungssprecher Becker ließ er lapidar verlauten, er fühle sich Österreich gegenüber »im Obligo«. Was das angesichts der »Kabinettsdisziplin«, die

Schmidt von seinen Ministern fordert, bedeutet, weiß man: Ende des Widerspruchs. Basta.

Man sagt nicht zuviel, wenn man konstatiert, daß den deutschen Naturschutz beim Lesen dieser Meldung Lähmung befiel: Es war die katastrophenträchtigste Nachricht seit Jahren. Der Streit um die Flugplatzpläne in Frankfurt und München muß in der ökologischen Sicht dagegen verblassen, denn dieser Kanalbau zerstört an Altmühl und Donau auf massivste, seit Jahrzehnten nicht mehr dagewesene Weise wertvollste Kulturlandschaft und letzte intakte Lebensräume von Dutzenden von Tier- und Pflanzenarten, die auf den Roten Listen der vom Aussterben bedrohten Lebewesen stehen.

Dieser sich so einseitig gegen die Natur stellende Bundeskanzler hielt es für wichtig, sich in den letzten Jahren wiederholt öffentlich auf seine Liebe zur Natur zu berufen, seine ornithologischen Kenntnisse hervorzuheben und politisch unbotmäßigen Jusos zu raten, sie möchten sich doch, bitte schön, der Pflege freilebender Vögel annehmen. Er trat vor den Deutschen Bundestag und versprach in seiner letzten Regierungserklärung, den Verbrauch an Landschaft endlich einzudämmen. Nun wirft er sie großflächig den Baggern zum Fraß vor.

Schon der Bau der Autobahn DDR-Hamburg, der ebenfalls zum Entsetzen der norddeutschen Ökologen viele der letzten Naturrefugien Schleswig-Holsteins zerstören wird, geht ihm nicht schnell genug voran: Er lobte nach Besichtigung aus der Luft die zügiger bauende DDR (sic!) und maulte, wie schon so oft, Bürger an, die sich in verzweifelten Initiativen diesem naturzerstörerischen Landschaftsfraß entgegenstemmen.

Begreift der Kanzler nicht, daß er immer mehr sensible, angstvolle, friedfertige Menschen gegen sich und seine Partei aufbringt?

Begreift er nicht, daß er das Bundesnaturschutzgesetz, das das Ausreißen einer gefährdeten Blume und das Wegnehmen eines seltenen Vogeleis mit Strafe bedroht, der Lächerlichkeit preisgibt, wenn er den billigeren Frachtraten österreichischer Spediteure zuliebe ganze Lebensräume dieser Pflanzen und Tiere niederwalzen läßt?

Begreift er nicht, daß er seine eigene Frau öffentlichem Lächeln preisgibt, wenn er hektarweise mit staatlichen Millionenmitteln vernichten läßt, was sie mit erbetteltem privatem Geld quadratzentimeterweise zu schützen versucht? Wie wohl fühlt er sich in der Ökonomen-Kumpanei mit Franz Josef Strauß, der ebenfalls – koste es, was es wolle – diesen Kanal wider alle auch ökonomische Vernunft erzwingen will?

Der 24. September 1981, der Tag, an dem diese Meldung durch die Presse ging, wird als einer der schwärzesten Tage in die traurige Geschichte des deutschen Naturschutzes eingehen. Die optische und ökologische Zerstörung des landschaftlich großartigen Altmühltals, die Ausrottung seltener Tiere und Pflanzen in den zur Vernichtung anstehenden Donauauen werden, wenn der deutsche Bundeskanzler dem österreichischen das Wort hält, für alle Zukunft einen Namen haben: Helmut Schmidt.

Ist was?

Die Neurologen lehren uns, es lerne der Mensch am besten im Affekt: Was sich seinem Gedächtnis unter der Einwirkung einer starken Emotion aufpräge, sei unverlierbar.

Das mag schon sein, doch scheint solches Lernen im Umweltschutz folgenlos zu bleiben; es setzt sich nicht in neues, am Gelernten orientiertes Handeln um.

Auf Harrisburg folgt Lüchow-Dannenberg – war was?

Auf die leckgeschlagene »Amoco Cadiz« folgen die lecken Bohrinseln in den Meeren – war was?

Auf Seveso I folgt Seveso II – war was?

Auf den ölverseuchten Golf von Mexico folgt der unter Öl erstickende Persische Golf – war was?

Auf das Sterben der Tierarten folgt das Sterben des Waldes – ist was?

Vielleicht liegt die Folgenlosigkeit solcher Lernvorgänge darin begründet, daß sie eben nicht affektgeprägt sind: Die technokratische Verketzerung der Emotion, die in Politik und Wissenschaft seit Jahrzehnten anhält, denunziert öffentliche Regungen des Zorns, der Verzweiflung und der Angst als unbrauchbar zur Problemlösung. *Cool* ist *in.* Der neue Bonner Landwirtschaftsminister Ignaz Kiechle, zuständig nun auch für das Forstwesen, sagte laut »Spiegel« vor der Industrie- und Handelskammer in Kempten, das Waldsterben werde nur deshalb so aufgebauscht, weil der deutsche Wald »ein Gemütsthema« sei. Kiechles Rezept: Was absterbe, müsse halt wieder aufgeforstet werden.

Zur Kälte des *Verstandes*, der zur alleinseligmachenden Tugend erhoben wurde, gesellt sich als weitere Erklärung für skandalöse Defizite im umweltpolitischen Handeln die *Leistung*, die mittlerweile die Qualität menschlichen Glücks erlangt hat. Auf der Frontseite der »FAZ«, die editorial endlich wieder zufrieden ist mit dem Zeitgeist, verschmolzen unlängst in fetter Frakturschrift die Begriffe Leistung und Glück zum semantischen Konkubinat »Leistungsglück«. Johannes Gross, des Blattes fröhlicher Zyniker und Notizbuch-Voltaire, hatte zuvor den neuen Trend, wie sagt man, gesettet: »... Friedensbewegungen, Umweltschutz und ähnliche frohe Botschaften ...«

Wird erst menschliches Glück ganz übewiegend materiell definiert, wird es »machbar« durch Fleiß und Besitz, dann sind Waldbäume tatsächlich für den, dem sie rechtlich nicht gehören, nur noch ein technokratisch verzichtbarer Gemütswert, der Seele zugehörig, in der das Glück keinen festen Wohnsitz mehr hat. Glück folgt dann aus Leistung. Was soll da ein Boß der Gewerkschaft Bergbau und Energie, der schließlich wiedergewählt werden will, anderes tun, als im Interesse des Stein- und Braunkohleabsatzes vor »Hektik« bei der Bekämpfung des sauren Regens zu warnen?

Und ganz auf dieser Linie des leistungsbezogenen, das eigene Karriereglück still bedenkenden Abwiegelns bewegt sich auch der Kraftwerksmanager, der, gestützt auf Gutachten forschungsfroher Wissenschaftler, den Politikern Abwarten anrät und der Forschung mehr Forschung. Der in Bonn akkreditierte Sachverständigenrat für Umweltfragen empfahl den deutschen Förstern, denen die Nadelbäume hektarweise wegsterben, einstweilen abzuwarten, ihren Wald unterdessen intensiver zu pflegen und schon mal mehr Laubbäume zu pflanzen – ein Rezept für 100 Jahre nach heute.

Wo dies alles enden mag?

Bei einer Gesellschaft, die den Preis von allem kennen wird und den Wert von nichts. Vielleicht ist es diese bedrückende Ahnung, die große Teile unseres Volkes, seine jüngeren vor allem, wieder stark emotional reagieren läßt: auf Rüstungswahnsinn und Umweltzynismus. Zeichen der mentalen Gesundung? Affektgeprägte und darum unverlierbare Lernvorgänge mit vielleicht doch noch folgendem, neuorientiertem Handeln?

Die ermüdete Wahrheit

Seit bei vielen, auch sehr gebildeten Menschen unter dem Zeit-Vertreib der optischen Medien das seriöse Lesen zum Blättern verkommen ist, beklagt die Literatur ihre häufiger gewordene Wirkungslosigkeit. Die Klassiker haben, sieht man von diesem oder jenem Bühnenspektakel ab, nur noch Sprichwortwert, und die Modernen erregen das große Publikum ungleich mehr mit politischen Aktionen als mit der Feder.

Die Klage darüber entspringt nicht belletristischer Weinerlichkeit. Nur aus der Literatur (wenn sie diesen Namen verdient), seltener aus den Journalen und fast nie aus den optischen Medien springt uns manchmal ein Gedanke an, der sich an einer einzigen Kurzsentenz zu entzünden vermochte.

Man kann auch dieses Bild wählen: ein Wort, das wie ein Stein in ein stilles Wasser fällt und, losgelöst vom Anlaß, immer weitere Kreise zieht. So ein steinernes Wort ist der Satz des 1963 gestorbenen französischen Kubisten und Picasso-Weggefährten Georges Braque: »Die Beweise ermüden die Wahrheit.« Ich will ein paar Kreise beschreiben, die dieses Wort in mir zieht, seit ich es las.

Meines Wissens war ich der erste Journalist, der mit Fernsehkameras in die Stallungen der Batteriehühner ging und die bis dato an den guten alten Mistkratzer glaubende Nation mit Bildern von schier endlosen, mehrstöckigen Reihen gekäfigter Legehennen schockierte. Das ist über zehn Jahre her. Aber das Thema hat mich seither immer wieder beschäftigt.

Ich führte über die Jahre hinweg lange Gespräche mit Züchtern, Genetikern und Nahrungsmittelfachleuten, solchen dafür und solchen dagegen, studierte dickleibige Forschungsberichte und schmalbrüstige Tierschutzpamphlete und nahm auch an Experimenten teil. Unter der wissenschaftlichen Beweislast, die sich so in mir anhäufte, ermüdete die schlichte, keines ethologischen Experiments bedürftige, keinem Gas-Chromatographen zugängliche Wahrheit, daß die Natur gewiß nicht den Drahtkäfig als das entwicklungsgeschichtliche Ziel des Huhns vorsah.

Ich hatte diese schlichte Wahrheit schon in Besitz, als ich damals, 1970, anfing, meinen Hühnerfilm zu drehen. Der im Rheinischen die hustenden Kumpels betreuende, inzwischen längst tote Landarzt Erich Baeumer wußte von Hühnern mehr als eine ganze ihm nachfolgende Ethologengeneration.

Er hatte zeitlebens mit ihnen gehaust. Hühnerhof-Phänomene wie die Hackordnung waren ihm so vertraut wie die Mittellosigkeit vieler seiner Patienten, die er für ein Dankeschön kurierte (und mit ein paar kräftigenden Eiern heimschickte). Er hatte bei Hühnern geleistet, was Karl von Frisch bei den Bienen gelang: die Sprache der Hühner ex ovo, ja schon *im Ei* zu deuten.

Als ich ihn nach seiner Meinung über die moderne Käfighaltung befragte, nahm er schweigend eine Injektionsspritze, zog sie mit etwas Leitungswasser auf, holte sich ein vor kurzem geschlüpftes Küken und hielt ihm einen an der Spitze der Spritze glitzernden Wassertropfen vors Gesicht. Das Küken pickte sofort in großer Gier danach. »Sehen Sie«, sagte der Doktor, »das Huhn ist ein nestflüchtendes Tier der offenen Grassteppe, und dies hier pickt nicht nach meiner Spritze, sondern nach dem glitzernden Tautropfen am Grashalm, neugeboren schon. Meinen Sie, so was gehört in einen engen, dunklen Käfig?«

Ich habe den seither mit Millionenaufwand erbrachten wissenschaftlichen Beweisen,

– daß es den Hühnern in puncto Nahrung, Stallklima und Hygiene noch niemals so gut erging wie in der Käfighaltung;
– daß es möglich ist, ihnen Verhaltensweisen wie Sandbaden und Flügelstrecken, die im Käfig nicht geübt werden können, genetisch abzuzüchten;
– daß überhaupt das »moderne« Huhn längst keine Verhaltensähnlichkeit mehr mit der einstigen Wildform hat;
– daß gegenüber der Freilandhaltung die Verlustquote geringer und die Eiqualität eher höher ist,

nichts anderes entgegenzusetzen als die schlichte Baeumersche Wahrheit: Ein Huhn gehört nicht in den Käfig.

Wissenschaftlich ist das gewiß nicht, eher ein bißchen lächerlich. Gleichwohl: Alle diese Beweise zugunsten der Käfighaltung haben die alte, in uns allen tief verborgene Wahrheit nur ermüdet, eine neue aber nicht erbracht. Die neue Wahrheit ist einzig und allein, daß das Huhn nach den Wertmaßstäben unserer Leistungsgesellschaft in den Käfig gehört, weil es dort produktiver und kostengünstiger gehalten werden kann als in Freiheit.

Das ist alles, und man kann auch das noch bestreiten. Diese

Zeitung hat es versucht. Aber es nützt nichts mehr, Josef Ertl hat seinem Nachfolger Ignaz Kiechle ganze Berge von Protest-Unterschriften gegen die Batteriehaltung vererbt. Sie haben kein Huhn aus dem Käfig gebracht. Die Wahrheit ist müde geworden. Sie weckt in der Politik niemanden mehr auf.

Ich könnte ganz ähnliche Geschichten erzählen vom Mastschwein und vom Mastkalb, von computergesteuerten Supermilchkühen und masturbierten Bullen, von Rindern, denen man zwecks Leistungssteigerung in einer Gesellschaft, die in Milch schier ersäuft und an Fleisch fast erstickt, fremdbefruchtete Hochleistungskeime einpflanzt, zwecks Frischhaltung bis zur Operation eingeflogen in Kaninchenleibern aus den Vereinigten Staaten von Amerika.

Ich könnte auch hier all die Beweise auflisten, nach denen es all diesen Tieren hygienisch, futtertechnisch und klimatisch besser geht als je zuvor, und so weiter und so weiter.

Und ich müßte doch wieder nur resümieren, daß alle diese Beweise die schlichte Wahrheit nur ermüdet, nicht beseitigt haben, daß das Suhltier Schwein nicht auf Gitterroste, das Kalb nicht mutterlos in enge, dunkle Boxen, das Weidetier Kuh nicht in den Fabrikstall und der Bullensamen nicht in den Rucksack eines reisenden Besamungstechnikers gehören.

Was hülfe es den Tieren? Die Verhältnisse, sie sind nicht so, klagte schon Brecht.

Vor ein paar Wochen, da war doch was? Da war wieder Welttierschutztag. Es wird noch viele Welttierschutztage geben.

Das Gebirge der Seele

In dem Essay in der »Frankfurter Allgemeinen Zeitung« vom 8. Dezember 1990 gab sich Horst Stern wieder einmal Rechenschaft über seine Aufklärungsarbeit für ein ökologisch sinnvolleres, auch den Menschen zuträglicheres Umgehen mit Tieren, Pflanzen und Landschaften. Es ist ein bitteres, aber nicht resignatives Fazit.

Als der Zug hinter Dortmund einbog in eine nachtschwarze Industrielandschaft aus Eisen und Beton, Dampf und Rauch, da schien mir der im Koffer mitgeführte Text, den ich am Morgen darauf vorzutragen hatte, im Cappenberger Schloß als einem von der Nordwanderung des Ruhrkohlenbergbaus gefährdeten Ort, sinnlos zu sein, gar eitel: David mit der Wortschleuder gegen Goliath, und viel zu leichtgewichtig das polemische Titelgeschoß gegen diese industrielle, nicht allein in Cappenberg auf die Zerstörung von Landschaften und Geschichtsdenkmälern hinwirkende Macht: »Vom Kohlemachen oder Was kosten 700 Arbeitsplätze unter Tag? 900 Jahre deutsche Geschichte.«

War das Zynismus? Das war es wohl, wenn Zynismus verstanden wird als Imponierverhalten des Unterlegenen im Rangkampf der Zeitgeister, als ein Zähnefletschen, das nicht mehr von der Absicht kommt, auch zu beißen, sondern von einem inwendigen bitteren Lachen, das die Augen nicht mehr erreicht. Zweifelnd an der Weisheit meiner Zusage, noch einmal, wie zu oft schon, klugredend teilzunehmen an einem Forum der Machtlosen, fuhr ich durchs nächtliche Revier, allein in einem kalten und dunklen Abteil des ratternden Nahverkehrszuges Dortmund-Lünen. Vom regengesättigten Licht der Neonlampen auf den Werkshöfen neben den Gleisen fiel ab und zu ein unsicherer Schein auf ein Stück Ödland: ein paar Büsche auf fahlem, zerrissenem Grün, darin ein Bach, dem man ansah, daß er stank – räudige Flecken unbebauten Landes, fußballfeldgroß und hier, wie anders auch, unter »Natur« verbucht.

Irgendwie schien mir dieses nasse, kalte Licht auch die Arbeit meiner vergangenen Jahre zu beleuchten. Zugehörig einst dem Bettelorden amtierender Naturschützer, war ich Mitverlierer so vieler Kämpfe um Moore und Auwälder, Watten und Sände. Und um gemächlich dahinmäandrierende klare Bäche, deren grüne Ufer sie in Beton faßten, um sie für den schnellen Geradeauslauf des Wassers zu »ertüchtigen« – zu schaumbedeckten Vorflutern. Gerade so, wie sie die Cappenberger Stiftskirche des heiligen Norbert von Xanten mit einem in die alten Mauern eingezogenen Stahlkorsett für die zu erwartenden bergbaubedingten Verwerfungen unter ihren Fundamenten »ertüchtigten« – dies ihr Wort für die technische Verfremdung eines Sakralbaues aus dem 12. Jahrhundert. (Wer so redet, dachte ich, kaltschnäuzig im Jargon der Macher, der reiht sich ein bei Leuten, die nach einem Wort Oscar Wildes den Preis von allem kennen und den Wert von nichts.)

Hingehalten vom Gesetzgeber, seit anderthalb Jahrzehnten, im Begehren, endlich die Lüge zu tilgen aus den Naturschutzgesetzen des Bundes und der Länder, es sei die Landwirtschaft, selbst die industrielle, der Natur nicht abträglich, solange die Pestizide und Herbizide, die Kunstdünger und die Jauche aus schamlos betriebenen Massentierhaltungen »ordnungsgemäß« ausgebracht würden, wie der Euphemismus für »rücksichtslos gewinnorientiert« im Naturschutzgesetz heißt.

Im Stich gelassen schließlich von den Gerichten im Streit um landschaftsfressende, dabei gesamtwirtschaftlich fragwürdige Großobjekte wie, um nur dieses eine zu nennen, den Rhein-Main-Donau-Kanal, der die liebliche, den Menschen, den Blumen und den Faltern freundlich gesonnen gewesene Altmühl in ein Streckbett aus Beton und Eisen zwingt, in die gottlose Gerade, die der Natur, außer im organisch toten kristallinen Bereich, fremd ist. Das Volk, in dessen Namen sie Recht zu sprechen meinen, bleibt dabei so abstrakt wie das allgemeine Wohl, mit dem sie den zerstörerischen Interessen der Mächtigen zur Hand gehen, Worthülsen, wie sie sich längst türmen auf überdüngten, EG-grünen Wiesen und entwässerten, zu Blumentopferde gemachten Mooren, in luftkranken Wäldern und an den Ufern vergifteter Flüsse.

Und nun dies: Über 800 schutzwürdige Objekte, lese ich bei den Denkmalschützern, Kirchen, Schlösser, Burgen, Bürgerhäuser, Hofanlagen, Bildstöcke, Plansiedlungen, historische Ortskerne allein im Westfälischen, bedroht vom nordwärts wandernden, auf Halde produzierenden, mit Steuergeldern ausgehaltenen Ruhrbergbau. Er ist dabei, allein in Cappenberg den goldenen und steinernen Zeugen deutscher Geschichte, vom staufischen Barbarossa-Reliquiar bis zum Schloß des preußischen Freiherrn vom Stein, den Boden unter den Füßen wegzuziehen.

»Natur« also – da stocke ich schon. Was ist das, diese Natur, die so viele Menschen, vorweg die Politiker, als zu bewahrende »Schöpfung« im Munde führen und die als Reizauslöser in der Konsumgüterwerbung der nackten weiblichen Brust seit längerem Konkurrenz macht? Genauer gefragt: Was ist noch übrig von der Natur, das verlohnt, von ihr so viel Aufhebens zu machen?

Ich werde die an dieser Stelle fällige ökologische Jeremiade kurzhalten, nicht vom Regenwald reden und nicht vom Ozonloch, obwohl beiden, blickt man in die Medien, ein gewisser Unterhaltungswert nicht abzusprechen ist.

Daß die Buchhalter des weltweiten Artensterbens mit dem Durchstreichen der Namen von Pflanzen und Tieren kaum noch nachkommen, sei abgetan mit einem kurzen Beileidsgemurmel, wie am offenen Grab eines Menschen, der uns eigentlich nie viel anging in seinem Leben, aber es gehört sich eben so. Wir tun ja auch was für die Hinterbliebenen. Zum Beispiel zahlen wir den Bauern Geld dafür, daß sie an ihren Feldrainen aufhören mit dem Totspritzen all dessen, was nicht zum Dutzend Nutzpflanzen zählt, die wir unter rücksichtsloser Verdrängung anderer, Unkraut genannter Arten kultivieren, exzessiv bis zum wirtschaftlichen Schwachsinn. Das Geld ist, zum Beispiel, für Distel und Brennessel gedacht, von denen zwei Dutzend Insektenarten leben, Schmetterlinge darunter.

So sind wir. Wir bewahren die Schöpfung. Wir bekennen auch unsere Sünden. Die Flurbereinigung, die jahrzehntelang jedes Feldgehölz für eine den Ertrag mindernde Flurschande hielt und in jeder Hecke ein Hindernis sah für die freie Traktordurchfahrt freier Bauern, diese Behörde, die bis vor kurzem den Theodoliten und den rechten Winkel anbetete, läßt endlich wieder den lieben Gott meiner Kindheit einen guten Mann sein: Nicht nur bleiben Hecken hier und da nun stehen, bleiben Tümpel unaufgefüllt, in denen der Wasserfloh haust und der Froschlaich reift. Man sieht auch in Dorfnähe hier und da wieder einen nicht asphaltierten Feldweg; man weiß nun, was Aristoteles schon wußte: daß fliegenfressende Schwalben den altmodischen Lehmmodder zum Nestbau brauchen.

Noch eine Behörde murmelt heute ihr Mea culpa: die Wasserbauämter. Deren Konversion gar geht bis zum »Renaturierung« genannten Konvertiteneifer. Nicht nur lassen sie nun dem einen oder anderen Bach seine Mäander, sie baggern sie ihm dort sogar wieder aus, wo sie sie ihm einst mit dem Lineal austrieben. Man gibt den Restmooren neues Wasser und zieht an den Seeufern geduldig neues Schilf auf wie Schnittlauch im Blumentopf. Aber das Wasser ist leider zu oft verdorben, es schmeckt den Forellen nicht und nicht dem Schilf. Moor und Feuchtwiese wollen auch nicht so einfach in ein zweites Leben hinein. Sonnentau und Knabenkraut, Iris und Wollgras, die man an ihren Wuchsorten den geldbringenden Fichten zuliebe ausrottete, lassen auf sich warten.

Für den klassischen Naturschutz, den rein biologisch orientierten, scheint der jahrzehntelange Grabenkampf so gut wie verloren zu sein. Eine Hand ist fast schon zuviel, um an ihren Fingern die Prozente der Republikfläche abzuzählen, auf denen der Schutz des Gesetzes ruht. Es ist zudem überall ein fragwürdiger Schutz. Wegegebote für das Publikum, wo es sie gibt, sind nicht durchzusetzen. Landwirtschaft, Jagd und Fischerei sind in aller Regel erlaubt. Als ich in den ersten Novembertagen dieses Jahres das Naturschutzgebiet Lange Rhön besuchte, eines der allerletzten Rückzugsgebiete des Birkwildes, da lief mir eine Jagdgesellschaft über den Weg, Schützen, Treiber und freilaufende Hunde, vor deren Nasen die Birkhähne aufstanden und in explosivem Flug das Weite suchten. Aber wo finden sie das: wildtiertaugliche Weite?

Es sind unsere Naturschutzgebiete hoffnungslos isoliert, eingekeilt zwischen intensiv genutztem, chemisch hochbelastetem Land und darum untauglich für wandernde Arten und den lebensnotwendigen Austausch ihrer Gene. Die Forderung nach einer Vernetzung der Naturschutzgebiete und ihrer Aufstockung auf zehn Prozent der Landesfläche, damit es zu einer Art Trittsteinfunktion der Reservate kommt, liegt seit zehn Jahren unbeantwortet auf den Regierungstischen.

Man könnte hier einwenden, es habe die letzte DDR-Regierung am Ende ihrer Amtszeit doch nahezu zehn Prozent ihres damaligen Territoriums noch rasch unter Schutz gestellt, handstreichartig fast: 5000 Quadratkilometer, die letzten Wildnisareale und historischen Kulturlandschaften von Rang. Aber ach, es war mehr ein deklamatorischer Akt! Naturschutz ist nun Sache der neuen industrie- und verkehrshungrigen Länder, und Friedrich Zimmermann, Bonn, diktierte kurz vor seinem politischen Exitus in den deutsch-deutschen Einigungsvertrag, es würden die DDR-Verordnungen zum Naturschutz allesamt nur mit der Maßgabe gelten, daß sie auf den Neu- und Ausbau von Bundesverkehrswegen keine Anwendung finden. Die »Süddeutsche Zeitung« schlug einen kürzeren Text vor: »Die Verordnungen zum Naturschutz gelten mit der Maßgabe, daß sie nicht gelten.«

Augustinus hat in seiner Schrift »De Trinitate« um 400 nach Christus der himmlischen Dreieinigkeit ihre menschliche Entsprechung zugeordnet: »memoria, intelligentia und voluntas« – Gedächtnis, Einsicht und Wille.

Im Gedächtnis des Menschen, »memoria«, sieht Augustinus die einheitsstiftende Kraft menschlichen Geistes, die fähig ist, sich aus der Heterogenität äußerer Dinge, wie den Erscheinungsformen der Natur, ein Innenbild zusammenzuschauen und es im Gedächtnis zu bewahren, so daß es auch bei körperlicher Abwesenheit der Bildteile stets auf das lebendigste in ihm präsent ist. Augustinus hielt das mit Recht für einen ungeheuren seelischen Reichtum, angehäuft in den weitläufigen Innenräumen menschlicher Erinnerungsfähigkeit. Und es nahm ihn wunder, wie wenig oder gar nicht die Menschen darauf achthaben. Er schrieb:

»Da gehen sie hin und bewundern die Höhen der Gebirge, das mächtige Gewoge des Meeres, die breiten Gefälle der Ströme, die Weiten des Ozeans und die Kreise der Gestirne – *und dabei verlassen sie sich selbst.* Sie staunen nicht darüber, daß ich, während ich all dieses nannte, nichts davon mit Augen sah. Und doch könnte ich davon nicht reden, sähe ich nicht die Berge, die Wogen, die Ströme und die Sterne, die ich gesehen habe, und den Ozean, von dem ich sagen hörte, innen in meinem Gedächtnis, in ungeheuren Räumen, als sähe ich sie draußen.«

Der Text kam zu literarischer Berühmtheit. Neun Jahrhunderte nach seiner Formulierung in Hippo Regio, dem heutigen algerischen Bône, deklamierte ihn der italienische Humanist und Dichter Francesco Petrarca, als er 1336 von Avignon aus den Mont Ventoux bestiegen hatte, auf dem Gipfel dieses höchsten Provenceberges. Petrarca war hingerissen sowohl von der Weisheit des Afrikaners, die bis in seine, des Dichters, Seele reichte, als auch von der eigenen Fernsicht in die bezaubernde Landschaft zu Füßen des Mont Ventoux.

Man vergewaltigt weder Augustinus noch Petrarca, wenn man sagt, daß in diesem geistigen Zusammentreffen von Theologie und Poesie auf dem kahlen, vom Mistral gesandstrahlten Berg die Wurzeln einer neuen Naturperzeption liegen, eine Sichtweise anhebt, die es einmal bis zur Untermieterin im Lehrgebäude der Geographie bringen sollte: das geistige Sehen von Landschaften, die Geopsyche.

Aber wie es einer Untermieterin manchmal so ergeht – sie galt dem professoralen Hauptmieter lange Zeit als suspekt, zeigte sie doch ganz unwissenschaftlich ihre Seele her und bekannte den Wert der Emotion, setzte also, o Schmach, das Objektive dem Subjektiven hintan! Wenig galt und gilt ihr die fachübliche, vorwiegend physikalische Sichtweise der Landschaft als eine geomorphologische Assoziation gegenständlicher Einzelbestandteile wie Berge, Täler, Quellen, Flüsse und Seen, Wiesen, Felder und Wälder, nicht zu vergessen Wolken, Regen, Nebel, Hagel, Schnee und Eis. Weit mehr ist sie am Ästhetischen interessiert, an dem im Gemüt des sensiblen Naturbetrachters entstehenden schönen Bild aus der Zusammenschau von Farben und Konturen und der Wahrnehmung von Düften und atmosphärischen Druckverhältnissen. »Landschaft«, sagte der Dichter-Geograph Josef Ponten, »ist ein an die Erdrinde gebundenes seelisches Ereignis.«

Die Natur bekam eine Physiognomie, ein durchgeistigtes Gesicht, das Landschaft hieß. Man erkannte, daß dieses unscheinbare, zuvor auf politische Regionen angewandte Wort zum Senkblei taugte, mit dem sich auch die Tiefe menschlichen Naturfühlens ausloten ließ.

Kann sich einer die Rheinlandschaft ohne ihre Burgen, ohne ihre Pfalz bei Kaub vorstellen? So fragte der geopsychisch infizierte Geograph Herbert Lehmann. Dabei fehlte ihr substantiell doch wenig oder nichts, nähme man sie ihr weg. Jeder von uns, der in seinen Reiseerinnerungen kramt, kann solche Landschaften nennen: die Wachau, die Loire, die Toscana, die Tempellandschaften Siziliens, die südenglischen Parks mit ihren Herrensitzen und die weiten Heiden und Moore Schottlands mit ihren Schlössern – jeder setze die Aufzählung für sich selber fort. Man weiß nicht recht, was man an diesen Orten mehr rühmen soll: die Baulichkeiten oder die Landschaften, in die sie eingebettet sind. Man ist versucht, auf jeden Teil solcher Zweisamkeiten das altprovenzalische, die Rhôneprovinz meinende Motto anzuwenden: *Ohne Sonne bin ich nichts.*

Von einer rein biologisch verstandenen Natur läßt sich Gleiches nicht sagen. Darum gebe ich einem Zusammengehen des klassischen, biologisch-ökologisch orientierten Naturschutzes mit dem Denkmalschutz keine großen Erfolgschancen; zu leicht hätten es die Gegner einer solchen Allianz, die Unvereinbarkeit, wo nicht gar die natürliche Gegnerschaft der Partner zu begründen. Es wird der Naturschutz das Adelsschloß im biologisch intakten und faunistisch bedeutsamen Moor, die Straßen zu ihm hin und hinein, die Besucher und ihre Autos nicht lieben; legte man es still und überließe es dem Verfall – es wäre ihm stillschweigend recht, und er würde nicht viele Gedanken verschwenden an den kulturellen oder geschichtlichen Wert des Bauwerks. Zum Glück prallen die Interessen nur selten so extrem aufeinander. Daraus lassen sich Gemeinsamkeiten ableiten. Gedanken dazu müssen wieder um die Landschaft kreisen als dem menschlichsten unter den Naturorten des Menschen.

Der Schutz unserer wenigstens optisch noch erhaltenen Kulturlandschaften, zu denen immer auch der Schutz der in sie eingebetteten Baudenkmäler gehört, ist letztlich Menschenschutz. Stellen wir den politisch Mächtigen und den finanziell Potenten vor Augen, daß auch ihre Kinder und Kindeskinder zu technoiden, in Phantasie und Geist verarmten Wesen heranwachsen werden, wenn wir ihnen durch die Gefährdung oder gar Zerstörung der kompositorischen Einheit aus landschaftlicher Naturschönheit und baulicher Geschichtsträchtigkeit das Spielmaterial nehmen für die Entwicklung ihrer kleinen Seelen hin zu mehr Menschlichkeit statt zu noch mehr Haß und Gewalt.

Wenn die Mächtigen und die Potenten die freilebende Pflanze und das wildlebende Tier schon nicht schonen und auch nicht den in Geschichte und Kunst eingebundenen, behauenen Stein, dann machen sie vielleicht doch vor dem Seelenheil der eigenen Kinder halt und kommen auf diesem Umweg zum Schutz auch der Geschöpfe und Formen der Natur.

Die biologiche Substanz einer Landschaft kann längst verdorben sein und ihre technologische Endnutzung in der Meinung der Macher dann nur folgerichtig. Ein ehrwürdiges Bauwerk kann dem Verfall nahe sein und damit in der Meinung einer Kommune das Geld seiner Restaurierung nicht wert. Aber in beiden kann immer noch Schönheit sein und schwer wiegen. Einem vergifteten Fluß auch noch die seinen Lauf begleitenden ehrwürdigen alten Häuser zu rauben, das erst nähme ihm wirklich das Leben, weil selbst in seinem Spiegel sich dann nichts Menschliches mehr regte. (Ich sehe an der Kloake Neckar noch immer Kinder spielen und darüber staunen, daß der Fluß ihnen die Wolken vom Himmel holt und das Fachwerk von den Rebhängen.) Einem durch schwefelige Luft bedrohten Bauwerk von Würde und Wert auch die Landschaft noch zu verderben, in die seine Erbauer es ja nicht gedankenlos stellten, das ist, als risse man ihm auch noch die sein Elend mildernden Kleider vom Leib, um sie gegen Kies oder Kohle zu verhökern.

Solche Gedanken offensiv zu vertreten, zornig und notfalls aggressiv, und in den Geisteswissenschaften, in Literatur und

Journalismus Dolmetscher dafür anzuwerben, darin sehe ich eine mögliche Antwort auf die Frage nach den Erfolgsaussichten eines Bündnisses zwischen Landschafts- und Denkmalschutz.

Baum oder Zahl?

Der Artikel in der »Zeit« vom 21. Juni 1991 rechnet mit dem modischen politischen Slogan einer »Versöhnung von Ökonomie und Ökologie« ab.

Der um die Natur besorgte Zeitgenosse fühlt sich zunehmend genervt durch den inflatorischen Gebrauch, den die Politik von einem ihrer Lieblingsbegriffe macht: »Die Versöhnung von Ökonomie und Ökologie«. Seit Jürgen Möllemann bei seinem Amtsantritt als Bundeswirtschaftsminister vollmundig versprach, mit den beiden Antagonisten im »oikos«, dem gemeinsamen Haus, endlich die Friedenspfeife zu rauchen, mehren sich auch wieder, man ist versucht zu sagen: die Tabakrezepte dafür. Doch kann man sicher sein, daß auch die Möllemannsche Ankündigung sich in (gelb-)blauen Rauch auflösen wird.

Ähnlich steht es mit der sogenannten »Schöpfung«. Zwar ist ihre oft beschworene »Bewahrung«, wie im Himmel ja schon immer, nun auch auf Erden Chefsache, seit der Kanzler sie oft und gern im Munde führt. Aber was Kohls Schöpfer nicht schafft, schafft sein Töpfer nimmermehr. Die wie die Wunden der Natur offen zutage liegende Wahrheit ist, daß in einer auf relativ engem Raum wirtschaftenden Industrienation von Weltbedeutung eine Versöhnung von Ökonomie und Ökologie sowenig stattfinden kann, wie der Glaube daran

Müllberge ins Nichts zu versetzen vermag. Daß auch nur der westdeutsche Status quo zu halten sein werde, ist angesichts der Lage in Ostdeutschland unwahrscheinlich genug.

Woher also nehmen die Möllemanns den Glauben, sie könnten den Stein des Sisyphos endlich nach oben bringen und es auch noch schaffen, daß er dort liegenbleibt? Beliebt als Zuspruch ist die »neue ökologische Sensibilität« unserer Wirtschaft. Und ist der grüne Baum etwa nicht zu ihrem liebsten Werbesignet geworden? Ziert der bunte Regenbogen nicht die Betonlaster? Dokumentierte der gute Stern auf unseren Straßen nicht unlängst ein grünes Gewissen der S-Klasse, als er eine umweltpapiergrau gerasterte (sic!) mehrseitige Werbebeilage in allen großen Gazetten des Landes schaltete und darin seine Umweltmaßnahmen gleich im Dutzend rühmte? Färbten die Rüsselsheimer ihre Auto-Inserate nicht ganzseitig grün ein? Opfert die Chemie nicht viele Umsatzmillionen für den Lachs im Rhein?

Alles nur Polemik? Dann schauen wir uns doch ein paar der ach so sachlich vorgetragenen Rezepte einmal an.

»Die Gestaltung der Natur muß zu einem vorrangigen Ziel der Wirtschaft werden.« So stand es unlängst in einem Artikel des in Berlin lehrenden Sozialökologen Hans Immler in der »Zeit«. Das Sprechblasenhafte solcher Postulate beginnt schon damit, daß kaum einer der Postulierer sagt, was er unter »Natur« eigentlich versteht. Wie mit der sprichwörtlichen Stange im Nebel stochern sie mit diesem Allerweltswort, das fürs Reformhaus so gut taugt wie für den Wald, im Grünen herum. Aber gut, nehmen wir den Wald her – sozusagen als Wetzstein zur Schärfung obiger ökonomischer Zielvorgabe.

Die »Gestaltung« des Ökosystems Wald der Ökonomie anheimzugeben – das kann doch wohl nur den Rückfall in die Zeiten der forstlichen Sächsischen Reinertragslehre des vorigen Jahrhunderts bedeuten, als sich schon einmal die Ökonomen der Natur gestalterisch annahmen: alle Bäume des Wirtschaftswaldes – und das ist beinahe der gesamte deutsche

Wald – möglichst von einer einzigen Sorte und immer zur selben Zeit gepflanzt und zur selben Zeit, nach 90 Jahren und im Kahlschlag, geerntet. Der Wald als Kartoffelacker.

Das ist gerade erst, und noch lange nicht überall im forstlichen Denken, überwunden. Es waren »ökologische Moralisten« (vor deren Eifer in wirtschaftspolitischen Traktaten stets gewarnt wird), welche die Abkehr von einem Forst herbeiführten, »der aus Bretterreihen besteht, die oben mit Grün verputzt sind« (Robert Musil), hin zu einem Wald, der wegen seiner vielfältigen Wohlfahrtswirkungen eine »grüne Menschenfreude« sein soll (Bert Brecht). Wie gesagt: Gerade erst und lange nicht überall überwunden. Denn noch immer ist die Fichte (»Willst du deinen Wald vernichten, so pflanze nichts als Fichten«), ungeachtet aller biotischen und abiotischen Katastrophen, von denen ihre Reinbestände – auf oftmals ungeeigneten Böden wachsende und daher höchst »instabile« Wälder – mit schöner Regelmäßigkeit heimgesucht werden, der Brotbaum der deutschen Forstwirtschaft und wird es noch lange bleiben.

Soviel zum Wald. Und wie hat man sich unter der Annahme ihrer wirtschaftlichen Gestaltung die Zukunft der letzten Großmoore vorzustellen, die Lebensraum sind für eine Fülle von Tier- und Pflanzenarten und ein Wasserreservoir für die Menschen dazu? Die Ökonomen, von denen ihnen künftiges Heil kommen soll, sind doch auch in ihnen, wie im Wald, längst schon am Werk: Die einen baggern ihnen den in Jahrtausenden gewachsenen Torf ab, um damit eine rasche Mark zu machen in Form von Blumenerde für Tante Lisbeths Natur auf dem Balkon. Andere, wie Daimler-Benz demnächst bei Papenburg, betonieren die Steilwände und Schleuderpisten einer Test-Arena für »umweltfreundliche« Autos hinein. Wieder andere Ökonomen, es ist so lange noch nicht her, legten die Moore trocken, damit durch ihre Umwandlung in Süßwiesen den deutschen Turbokühen etwas Standesgemäßeres geboten werden konnte als nasse Füße, Knabenkraut und Sonnentau. Bis diese Kühe dann ihrer so vielen Milch wegen (unter Einstreichen von Prämiengeld) wieder geschlachtet werden. So wie man das Moor (unter Einstreichen von Fördergeld) schlachtete. Dummerweise kalben Moore nicht.

»Das verbrauchte Naturvermögen muß durch Abschreibungen beziehungsweise durch Ersatzinvestitionen wiederhergestellt werden«, schreibt Immler. Auch dies ein Palmwedel ökonomischer Friedensstifter. Ich könnte viele Moore und andere Biotope namhaft machen, deren Naturvermögen verbraucht ist und die darum abgeschrieben wurden. Aber wiederhergestellt hat sie das nicht. Es muß wohl noch ein paar Unterschiede geben zwischen einer Ökobilanz und einem Ökosystem. Es ist wohl so auch nicht gemeint.

Wie ist es denn gemeint? Was ist eine »Ersatzinvestition« für ein zerstörtes Moor, für eine zu Tode gedüngte Orchideenwiese, für einen von Hirschen und Rehen aufgefressenen Bergmischwald, für ein eingedeichtes Gezeitenbiotop, für verjauchte Grundwässer, chemisch vergiftete Maisböden, zu Kies gemachte Eiszeitdrumlins, für eine überbaute Trockenrasenlandschaft? Was ist eine »Ersatzinvestition« für die zum Verkehrsstrich kanalisierte Altmühl und für das mit Rollbahnen zubetonierte Erdinger Moos? Lauter Abschreibungsprojekte.

Von *betrieblichen Ökobilanzen* ist dann gern die Rede. Die Forderung nach Bilanzen, die jene für die Produktion verbrauchten Naturgüter monetär bewerten und als Produktionskosten in die Ergebnisrechnung einstellen, beschäftigte schon vor zehn Jahren den St. Gallener Volkswirtschaftler Hans-Christoph Binswanger. Die Absicht war, dadurch – wenigstens rechnerisch – Geld freizumachen für Ersatzinvestitionen, sprich die Sanierung der Natur. Zu dieser Zeit schon setzte es auch Kritik an einer Bruttosozialproduktrechnung, in der auf chaplineske Weise Negativposten wie Naturzerstörung und Verkehrsunfalltote positiv zu Buche schlagen: Irgendeiner verdient ja immer daran – und sei's auch nur der Totengräber – und mehrt die Leistungsbilanz der Statistiker.

Marktwirtschaftliche Instrumente wurden entwickelt. Saubere Luft etwa sollte man, wenn man sie industriell zu verschmutzen gedachte, kaufen müssen per Zertifikat, und waren beim Staat keine Zertifikate mehr zu haben, weil der von ihm abgesetzte Verschmutzungsgrenzwert für eine bestimmte Region erreicht war, dann sollte der freie Börsenhandel mit diesen Papieren einsetzen: Wer verkaufe, müsse aufhören, Dreck in die Luft zu blasen; der Käufer erwarb im selben Umfang das Recht dazu. Es war der Versuch, die Marktwirtschaft vollends in den Himmel zu heben.

Es ist mir immer verborgen geblieben, wie ein Minus, das man mit einem Minus multipliziert, ein Plus ergeben kann, und darauf läuft es in meinem Verständnis von Natur im Grunde ja hinaus, wenn man zerstörte Natur mit einem zutiefst gestörten menschlichen Verhalten ihr gegenüber multipliziert und sich davon Gewinn für beide, Mensch und Natur, verspricht. Und ist ein Verhalten nicht tief gestört, das die Bilanzierungskünste des Marktes auf Ökosysteme anwenden will und Landschaftsruinen demnächst womöglich behandeln möchte wie Abschreibungsobjekte, auf welche Ökosteuern nachzuzahlen sind, wenn eine steuerbegünstigte schonende Nutzung der Natur zu Ausbeutung und Zerstörung geriet? Und was dann? Geldströme zu ihrer Neubelegung einleiten in die gestörten Kapillarnetze von Tieren und Pflanzen?

Und wie bewertet man den verlorengegangenen Nutzen eines Naturpotentials? Der Münchner Biologe und Kybernetiker Frederic Vester wagte sich an einen Versuch. Er wollte einer geldorientierten Gesellschaft ein paar Zuckerle geben, um sie zu einem Nachdenken über die Natur in Kategorien zu veranlassen, die ihnen geläufig sind: in denen des Geldes. Keinesfalls dachte er daran, einem schrecklichen Reduktionismus des Lebendigen den Weg zu bereiten. Er erforschte das Leben eines Blaukehlchens im Jahresrhythmus und bilanzierte die materiellen und ideellen Werte, die dieser kleine, selten gewordene Vogel der menschlichen Gesellschaft erbringt. Ich kann nicht einmal anfangen, die Rechnung hier nachzuzeichnen, so umfangreich geriet sie. Vester brauchte ein halbes Jahr für die fiktive monetäre Bewertung dieses nur wenige Gramm wiegenden Federbällchens, und es wurde ein ganzes Buch daraus. Das Ergebnis war, daß die auf fünf Jahre hochgerechnete Leistung des kleinen Schädlingsvertilgers, Schönlings und Kunstzwitscherers bei einem materiellen Eigenwert von 3,1 Pfennigen sich auf 1357,13 Mark beläuft. (Als bayerische Schulen sich um das Buch seines großen didaktischen Wertes wegen für den Umweltunterricht bemühten, lehnte das Kultusministerium übrigens ab. Das Werk entspreche nicht den bayerischen Schulbuchnormen. Soviel zur gesellschaftlichen Akzeptanz einer Ökobilanz.)

Wer will, kann nun im Vester-Modus anfangen, den Ersatzwert von einigen tausend verdrängten, bedrohten, zerstörten Tier- und Pflanzenarten zu erforschen und zu beziffern; nicht zu vernachlässigen sind die ungezählten organischen und anorganischen Stoffe in der Luft, in den unterschiedlichsten Gewässern und Bodenzusammensetzungen. Und der sollte auch den Menschen als ein längst beschädigtes Teil der beschädigten Natur in seine Rechnung einstellen. Zwar dürfte dieser mit einem Wasseranteil von 60 Prozent seiner Körperstoffe nicht die Welt kosten, dafür aber gehen die Ersatzteile, die durch umweltinduzierte Krankheiten und unnatürliche Lebensweisen für ihn immer nötiger werden, arg ins Geld. Und so gesehen ist es ökonomisch sinnvoller, ihn an der – selbstverschuldeten – Zerstörung seiner natürlichen Lebensgrundlagen einfach sterben zu lassen, als ihn kostenintensiv zu reparieren.

Über den Fragen nach der Moral eines solchen Verhaltens, das die kompliziertesten Lebensvorgänge monetarisiert und Naturbetrachtung auf ein Kosten-Nutzen-Denken reduziert, steht noch das unversöhnbare zeitliche Mißverhältnis zwischen ökonomischen und ökologischen Produktionsabläufen. Der Kieler Biologe Berndt Heydemann, der heute auf dem

Stuhl des Umweltministers von Schleswig-Holstein sitzt, lehrt, daß das Prinzip der natürlichen Evolution die zeitliche Verknüpfung aller ihrer Abläufe sei, die Überlappungen der gehenden und kommenden Lebewesen unter stetiger Anpassung an sich wandelnde Umweltbedingungen über riesige Zeiträume hinweg. Die im Vergleich dazu rasend schnell verlaufene kulturelle Evolution des Menschen benötige nur 100 Jahre, um in diesem erdgeschichtlich lächerlich kurzen Zeitraum einen so noch nie dagewesenen Artenschwund und die weitgehende Vergiftung der Biosphäre zu bewerkstelligen. Den Tempo-Unterschied beziffert Heydemann mit 1 : 1000.

Naturproduktion ist Urproduktion. In einem tausendjährigen Baum ist das Sonnenlicht von 1000 Jahren gespeichert. Wir haben nicht einmal die Zeit, unsere Wirtschaftsbäume auch nur ihr zwei- oder dreihundertjähriges natürliches Leben zu Ende leben zu lassen; mit 90 sind sie »hiebreif« – ab in die Säge! Das sind die wirklichen »Zahlen« der Natur – und daneben stehen jene schlauen Tüftler, die die Produktionskraft und die Geduld der Natur mit Marktinstrumenten an die Kurzatmigkeit und Raummentalität menschlichen Wirtschaftens anpassen wollen, daneben steht der Homo oeconomicus nackt da, seine neuen Kleider aus Naturfaser sind die alten durchsichtigen Plastikklamotten.

Es kann in der Nutzung der Natur nur das alte forstliche Prinzip der *Nachhaltigkeit* einer weiteren Zerstörung wehren: niemals mehr entnehmen, als auf natürliche Weise nachwachsen kann. Auf industrielle Verhältnisse angewandt: nicht stärker verschmutzen, als sich von selber wieder reinigen kann. Das schließt bei dem schon bedrohten Gleichgewichtszustand eines strapazierten Ökosystems die technische Sanierung nicht aus. Aber das nenne man nicht »Versöhnung«. Kläranlagen und Filtersysteme sind Ausdruck eines Mindestmaßes an menschlichem Anstand, mehr nicht. Es hat die – unter gesetzlichem Druck – von der Wirtschaft akzeptierte Forderung, technische Nothilfe und Vorsorge zu leisten, in der Regel auch nur für solche Räume Sinn, deren Naturkörper das Präfix *Natur* schon nicht mehr verdienen: Industriereviere, Siedlungsgebiete, Verkehrsareale, landwirtschaftlich genutzte Felder und Wälder. Addiert man diese Flächen, kommt man leicht auf mehr als zwei Drittel des Bodens unserer Republik, denn der Wald, der bisher das andere Drittel stellte, ist selbst da, wo er noch halbwegs gesund ist, von höchst unterschiedlicher Naturnähe. Die ökologisch noch funktionierenden terrestrischen Naturräume decken – definitionsabhängig – kaum mehr Flächenprozente, als sich an drei, vier Fingern einer Hand abzählen lassen.

Worüber also reden »ökologische Moralisten«, wenn sie über *Natur* reden? Sie reden zuvörderst über ein paar wenige Prozente unseres Landes – weniger als zwei, die sie, als Schutzgebiete, schon unter ihren (löchrigen) Fittichen haben, und zehn, die sie gern hätten. Die Ausweitung dieses Raumverlangens ist nicht utopisch. Es werden, wenn Agrarpolitik wieder etwas mit wirtschaftlicher Vernunft zu tun haben soll, große Flächen dafür aus der landwirtschaftlichen Produktion ausscheiden müssen. Sie einem neuen Subventionsunfug auszuliefern, nämlich der von manchen Politikern herbeigewünschten Produktion sogenannter Nachwachsender Rohstoffe für industrielle Betriebs- und Treibstoffe in riesigen pestizidbedürftigen Monokulturen, kann wohl nicht angehen.

Freilich verlangt der Naturschutz, bei der Auswahl der Gebiete, die ihm zugeschlagen werden sollen, mitzureden. Unsere heutigen Schutzzonen sind in der Regel nicht nur zu klein und ohne genügend Abschirmung gegen die intensiv genutzten Flächen um sie herum, von denen ihnen Unruhe und Begiftung zugetragen wird. Auch liegen sie isoliert und zu weit voneinander entfernt, als daß sie der Stabilität der Arten durch Austausch von Genen dienen könnten. Verbindung, die vielbeschworene »Vernetzung«, tut not, ein System von Trittsteinen für wandernde Arten muß her, Schutzflächen, die nicht politisch selektiert wurden als Gnadenakte oder opportunistische Gefälligkeiten kommunaler Politik, sondern nach wohlerwogenen, durch Forschung legitimierten biologischen Grundsätzen.

Das, diese bescheidene Landnahme, verstehen Ökologen unter »Ersatzinvestitionen«, die die Industriegesellschaft der Restnatur längst schuldet. Und in solchen Räumen, bekämen sie sie denn, wäre keine wirtschaftlich motivierte »Gestaltung« nötig. Dann könnte man getrost die Hände in den Schoß legen und auf die Wirkung der Regenerierungskräfte einer endlich in Ruhe gelassenen Natur warten – 30 Jahre, 50 oder 100. Denn das ist so das Zeitmaß *ihrer* Geschäftsjahre.

»Umweltpolitik«, sagt Heydemann, »heißt vor allem, die Natur auf genügender Fläche in freier Selbstverwirklichung zu belassen, ohne daß sie Nutzen abwirft, ohne einengende Pflege und Dauerbehandlung.«

Es wird also aus ökologischer Sicht, wie die gesellschaftlichen Kräfteverhältnisse bei uns nun einmal sind, günstigenfalls auf zwei Arten von »Natur« im Flächenverhältnis 9 : 1 hinauslaufen: die Wirtschaftsnatur (um diesen Wortbastard mangels eines besseren Ausdrucks zu gebrauchen) und die Naturwirtschaft (ein Wort, das nicht viel besser ist). Aber der Wortbestandteil »Wirtschaft« in beiden ist mir wichtig und hat seine Berechtigung insofern, als man die eine Natur nicht reinlich von der anderen wird scheiden dürfen: Es gibt in der »Wirtschaftsnatur« mehr oder weniger große Gebiete, die, wenn auch nicht mehr Natur pur, so doch noch von einiger, wenn auch sehr unterschiedlicher Naturnähe sind. Dazu gehören trotz seiner Gefährdung durch Verfichtung, Vergiftung und Wildverbiß der Wald, ferner (noch) einige ostdeutsche Seenlandschaften, Flußauen wie Peene, Spreewald, Isardelta oder Taubergießen, Watten und Sände der (langsam kollabierenden) Nordsee, nord- und süddeutsche Restmoore, natürliche Heiden, artenreiche Magerwiesen und Trockenrasengebiete.

Umgekehrt wird das, was ich »Naturwirtschaft« nenne, also

zuvörderst die zehn Nationalparks und die ausgewiesenen Naturschutzgebiete, immer wirtschaftlichen Einflüssen unterliegen: dem Tourismus, der Jagd, der Fischerei. Das ist vielfach heute so, und ich sehe nicht, wie sich das in unserem dichtbesiedelten Staatsgebiet und angesichts alter Rechte der politisch einflußreichen Naturnutzer ändern soll.

Je stärker sich nun eine jede der beiden Arten von »Natur« als Folge des zukünftigen politischen Gewichts von Ökonomie und Ökologie entwickeln wird – hin zu noch mehr Wirtschaft die Wirtschaftsnatur oder hin zu mehr Natur die Naturwirtschaft –, desto größere Gefährdungen wird es für beide geben. Die Gefahren für die ökologisch noch halbwegs intakten, relativ kleinen Bestandteile der Wirtschaftsnatur muß man im Fall des anhaltenden Siegeslaufs ihrer Territorialherrin Ökonomie nicht eigens an die Wand malen: noch mehr Zerstörung, noch mehr Verschmutzung. Aber wie kann paradoxerweise ein Mehr an Natur ein Weniger bedeuten? Ökologisch sicher nicht, in einem sozialen Sinne aber sehr wohl.

Die Natur, soweit sie diesen Namen noch verdient, ist ja heute schon den nordamerikanischen Indianern vergleichbar, denen man, nachdem man sie in die Gefahr des Verschwindens brachte, Reservate von fragwürdigem Wert zuwies. Die »soziale Akzeptanz« des Indianers durch die übrige Gesellschaft steigerte man dadurch nicht. Man machte ihn zu einem besuchens- und bestaunenswerten Exponat in einem Freilandmuseum für Völkerkunde; anstatt ihn – mit allen sozialen Chancen – zu integrieren, grenzte man ihn aus. Analog dazu läßt sich sagen: Weisen wir der Restnatur, nachdem wir ihre ehemals großen Bestände an den Rand des Verschwindens brachten, nur Reservate zu und fahren wir außerhalb ihrer Grenzen damit fort, die dort noch befindlichen naturnahen Gebiete im Wirtschaftsareal zu vernichten, dann schwindet insbesondere für unsere Kinder und Kindeskinder die Möglichkeit, in ihrer nahen bis weiteren Umgebung und in ihrem Alltag noch Naturbilder in sich aufzunehmen und diese als ein zu ihrem Leben Gehöriges sehen zu lernen. Folglich wächst einer in Reservaten gehaltenen Natur der Kuriositätswert des animistischen Indianers zu in einer durch und durch materialistischen, technoiden Gesellschaft, die dem Betonlaster das Emblem des Regenbogens und der Industrie insgesamt das Gütesiegel Grüner Baum fraglos abnehmen wird.

Um Natur zu erleben, geht man dann ferientags ins Freilandmuseum für Naturkunde und wird, wie vielfach heute schon eine weitgehend der Natur entfremdete Bevölkerung, auf »Lehrpfaden« an Schaubildern und Namenstafeln an Bäumen entlanggeführt, nicht anders als an seltenen Tieren im Zoo. Der Rohrkolbenteich als Exotarium, die Weißtanne als schöner Fremdling, Knabenkraut und Wollgras, Trollblume und Enzian, Waldeibe, Aspe, Moorbirke und Zirbel als wunderliche, nie gesehene Gestalten. Und nicht anders als im Zoo heute wird die Wissenschaft dann morgen auch im Naturreservat naive Publikumsfragen nach Sinn und Zweck einer solchen Naturschaustellerei mit dem Hinweis auf die ethische Verpflichtung des Menschen beantworten, bedrohte Arten, die in ihrer normalen Umwelt nicht mehr lebensfähig sind, als Kleinodien unseres Naturerbes der Nachwelt zu erhalten.

Und wo bleibt das Positive? Es ist ja doch nicht so, daß Wirtschaft Natur immer nur zerstört; sie bemüht sich hier und da auch, sie wiederherzustellen. Als Beispiel für solche Initiativen mag der Versicherungskonzern Allianz dienen. Er hat 100 Millionen Mark in eine Stiftung »Zum Schutz der Umwelt« eingebracht und aus dieser Kasse schon etwas Geld herausgegeben für eine Rückwandlung des verbauten und versauten Neckarufers bei Stuttgart in eine naturnahe Flußaue (zwei Millionen Mark), ferner für einen »Mauer-Park« in Berlin, der dem Stadtteil Prenzlauer Berg ein menschliches Antlitz zurückgeben soll (4,5 Millionen) und für die Rettung des Spreewaldes durch Zahlungen an Bauern für landschaftspflegerische Maßnahmen, Nisthilfen für den Schwarzstorch und anderes mehr (drei Millionen).

Versagen wir uns um des Positiven willen kritische Fragen nach der Wirksamkeit solcher Wiederbelebungsversuche an einzelnen Körperteilen des insgesamt schwer erkrankten Patienten; eine gebesserte Lunge ermöglicht ihm vielleicht ja das apparatelose Atmen. Versagen wir uns auch nach einem Blick auf die zwei Millionen Mark zur Rettung von ganzen zwei Neckarkilometern den Vergleich mit den Milliarden für die weitgehende, noch anhaltende Zerstörung der Altmühlnatur durch den Bau des Main-Donau-Kanals und die Vernichtung des Erdinger Mooses durch den neuen Münchner Großflughafen, der übrigens den Namen des leidenschaftlichen Förderers beider Projekte tragen wird: Franz Josef Strauß.

Richten wir den Blick lieber in die Zukunft. Aber auch da schlagen weit mehr als die guten Taten die ökologischen Untaten zu Buch. Zum Beispiel nach einer Hauruck-Planung die sogenannte »Küstenautobahn« von Lübeck nach Stettin im Weichbild der vorpommerschen Ostseeküste, nur eine von sieben (!) in den neuen Ländern geplanten, mit einem Gesamtvolumen von 23 Milliarden Mark. Sie wird Natur fressen wie kaum eine zuvor und Lawinen aus Blech und Menschen an die Strände und in die Wälder, an die Ufer und in die Dörfer der Boddenlandschaft schwemmen. Ein Schelm, der Böses dabei denkt, daß ihr Einpeitscher, der Bundesverkehrsminister Günther Krause, Abgeordneter des Wahlkreises Wismar ist, dessen Durchgangsstraßen zu sind von Wessi-Lastern, die mit ihrer Glücksfracht aus westdeutschen Konsumhochburgen den Verkehr dort binnen eines Jahres vervierzehnfachten. Es stört ihn nicht der Einspruch des Bundesumweltamtes, es macht ihm nichts aus, die noch vor kurzem geäußerte Hoffnung des Kollegen Töpfer auf einen »ökologischen Qualitätssprung« in Ostdeutschland zum Kabinettsgeschwätz von gestern zu machen, das ihn nichts angeht. Und damit alles rasch passiert, will er die demokratischen Einspruchsrechte halbieren. Wer in seinem Haus dagegen aufmuckt, der fliegt. Er ist beinahe schon so tüchtig wie die Altgedienten in Kohls Kabinett, zum Beispiel Bundesverteidigungsminister Stoltenberg: Er will in des Herrgotts Schöpfung mit Roland-Raketen herumfuhrwerken lassen, auf der Halbinsel Zingst im neuen ostdeutschen Nationalpark »Vorpommersche Boddenlandschaft«.

Darf es noch etwas mehr Zukunft sein? Die BASF gab bekannt, daß sie von 1992 an ihre jährlichen Aufwendungen für den Umweltschutz reduzieren werde, auf 100 Millionen im Jahr – die Summe, die im Allianz-Topf der milden Gaben liegt. Nach Umblättern der Zeitungsseite, auf der das stand, erfuhr man, wen die Großchemie hinfort »hegen« und »pflegen« will: ihre Aktionäre. Zitat: »Dividendenkonstanz als erste Pflegemaßnahme« (»Süddeutsche Zeitung« vom 27. Mai 1991).

Die gute Nachricht zum Schluß: Die ersten Hinrichtungen, die im US-Bundesstaat Arizona nach 28 Jahren der Aussetzung jetzt vollstreckt werden sollten, fielen aus: Es fehlte an der Genehmigung der Umweltbehörde zur Verbringung des nicht veratmeten Zyanidgases in die Atmosphäre.

Kolumnen in »Die Woche«

1995, nach einem langdauernden Verzicht auf journalistische Arbeit, begann Horst Stern, vierzehntäglich Kolumnen in der »Woche« zu veröffentlichen. Sie gehören zwar zum »Tagesgeschäft« des aktuellen Kommentars, oft macht ihre Brillanz und Schärfe sie aber zu beispielhaften Dokumenten eines kritischen, sprachmächtigen Journalismus.

Kahlschlag im Biotop

ARTENSCHUTZ: Um ein Tier zu retten,
werden Dutzende anderer geopfert

Es gilt hier, den Roten Listen bedrohter Arten eine neue Spezies hinzuzufügen: *Lector elegans,* den Leser eines Intelligenzblattes vom geistigen Biotopcharakter etwa dieser Zeitung. Schwer genug schon, ihn zu finden, ist es noch schwerer geworden, ihn zu erhalten. Gebunden an einen Stoffwechsel der neuronal sublimsten Art, denaturiert er, wie jede empfindliche Spezies, nur zu rasch unter den letztlich zum Aussterben führenden Mistgaben eines kulturellen Umfeldes, das mit der hechelnden Kurzsatzsprache von »Bild« und den dito hechelnden Hosenlatzbildern von RTL und Sat 1 überdüngt ist.

Da nun kommen die Artenschützer ins Spiel, die mit Rotstift und Schere bewaffneten redaktionellen Optimierer des Biotops. Sie sind auf Schonung von *Lector elegans* aus und halten alles von ihm fern, was seine von Bilderblättern und Glotze geschwächte Konstitution vollends überfordern könnte.

Schreibe ich, ein Beispiel nur, von den Rehen, daß sie die jungen Bäume verbissen und dadurch die natürliche Verjüngung des Waldes gefährdeten, kann ich darauf wetten, daß mich alsbald nach Eingang des Manuskripts ein redaktioneller Artenschützer und Biotop-Optimierer anruft, tiefe Sorge um seine Schutzbefohlenen in der Stimme, jedoch auch die Bestimmtheit, die nur ein großes Wissen verleiht: »Um Gottes willen, Herr Kollege – ›verbeißen‹! Das kann ich dem Leser nicht zumuten, das ist viel zu fachlich, viel zu ambivalent! Ich schlage vor, wir schreiben statt dessen:... machte sich das zu viele Wild über den jungen Wald her – das ist elegant, ist bekömmlicher Lesegenuß, finden Sie nicht auch?«

Mein von soviel Sprachkraft verschüchterter Einwand, es gäbe leider drei Möglichkeiten für das Wild, »sich über den Wald herzumachen« – mit ganz unterschiedlichen biologischen Folgen für Baum und Wald – nämlich, erstens, die jungen Triebe zwecks Nahrungsaufnahme zu verbeißen, den Stämmen, zweitens, zwecks Ballastaufnahme die Rinde abzuschälen und, drittens, die Äste blankzuschlagen mit dem neuen Geweih, um dieses von der ausgedienten Basthaut zu befreien, was man Fegen nenne – dieser Einwand wird abgeschmettert mit einem von soviel Präzisionsverlangen geradezu angewiderten »Um Gottes willen, Herr Kollege, nicht auch das noch – ›Fegen‹!«

Ich resigniere dann und suche Halt an einem Urteil des Bundesverwaltungsgerichts in Berlin, das dieser Tage nach zehnjährigem Rechtsstreit letztinstanzlich auf die Seite zweier oberbayerischer Waldbauern trat in deren Kampf gegen die Dominanz der Jagdpächter und der ihnen meist hörigen Jagdbehörden bei der Festsetzung der – viel zu geringen und darum waldzerstörerischen – Abschußzahlen. Obwohl das Urteil von kaum anderem handelt, kommt die Formulierung »Das Wild macht sich über den Wald her« darin kein einziges Mal vor.

Artenschützer, Biotop-Optimierer – sie sind überall. Im Niederbayerischen lebt der Fischotter mehr schlecht als recht; die Versauerung der Gewässer durch den SO_2-haltigen Regen vergrault seinen Nahrungsfisch, die Forelle. Also machten besorgte Artenschützer sich daran, in der Nähe, wo Stickstoffeinträge durch die Landwirtschaft das Wasser puffern, Nahrungsteiche für den Otter anzulegen und Forellen einzusetzen. Dummerweise zogen diese Teiche auch die Erdkröten, Frösche und Molche an, lauter Rote-Liste-Getier, das seinen Laich darin absetzte – zur Freude der Forellen, die ihn, bevor sie selber vom Otter gefressen wurden, ratzeputz auffraßen. Die Amphibien verschwanden. Ihre Schuld: Sie waren nicht das Schutzziel der Otterschützer.

Noch eine biologische Gemengelage, von der man besser die Finger lassen sollte: Die selten gewordene Heidelerche braucht, soll sie in einer Region überdauern, große Waldlichtungen mit sandigen Böden. Um sie im Fränkischen zu erhalten, denken Artenschützer daran, in die großen, hier heimischen Kiefernwälder ein Netzwerk von Kahlschlägen hineinzuhauen. Kahlschläge, man denke! Das gerade erst überwundene Ausbeutungskonzept gestriger Forstwirtschaft – erneuert für die Heidelerche! Er singt halt so schön, dieser kleine Vogel.

Der artenschützerischen Absurditäten ist kein Ende. In Jasmund auf Rügen, im kleinsten deutschen Nationalpark, sägten Förster vor ein paar Wochen 100 schönleibige (Herr Kollege, bitte!), 100 schönleibige Buchen um – zur Ausmerzung der Schwachen, zur Stärkung der Starken, wie sie sagten. So als wüßten sie genau, welcher Baum das genetische Potential zum Altwerden in sich trägt und welcher nicht. In Wahrheit wissen sie davon nichts. Sie »pflegen« mit heulenden Kettensägen blindlings drauflos und scheren sich einen Dreck um die Trauer der Menschen, denen dieser Wald auf Rügen seit germanischen Zeiten heilig ist.

Artenschutz? Biotop-Optimierung? Unter letzterem Rubrum lief bei den Naturschutzbehörden auch der große Bombenkrater nahe Starnberg, den die Medien tagelang als sensationellen Meteoriten-Einschlag handelten. Nur langsam setzt Umdenken ein: weg vom aktionistischen »Tu was«, hin zum kontemplativen »Tu nix«, das dem eigenen Besserwissen mißtraut und auf das Besserkönnen der Natur setzt.

Unsterbliche Freunde

Treue Augen, tiefer Blick – haben Tiere eine Seele? Ein philosophischer Diskurs

Antje-Katrin Kühnemann, telegene Hausärztin des Bayerischen Fernsehens und gemeinhin auf dem Bildschirm beschäftigt mit Krampfadern, Kropf und Darmflora, hatte diesmal zum philosophischen Plausch geladen: »Haben Tiere eine Seele?« Es diskutierten ein Philosoph, der Direktor eines Zoos, eine Pfarrerin und ein Landwirt.

Nun ist das mit der Seele schon beim Menschen schwierig genug. Seit Thomas von Aquin vom Leib und der Seele als zwei Substanzen sprach und beider Trennbarkeit im Tod lehrte, hat es nicht an Versuchen gefehlt, der Seele habhaft zu werden. Der sizilianische Stauferkaiser Friedrich II., Zeitgenosse des Aquinaten, ließ einen zum Tode Verurteilten in einem vernagelten Faß umkommen und wartete – vergeblich – auf das Entweichen der Seele dieses Ärmsten. Rudolf Virchow, der Berliner Chirurg, pflegte grimmig zu sagen, er habe Tausende von Leichen geöffnet, eine Seele jedoch nie gefunden. Heute herrscht unter Neurophysiologen die Meinung vor, daß die Seele ein elektrochemisches Produkt des Gehirns ist und mit dessen Tod erlischt. Die Kirche freilich sieht das alles ganz anders.

Um wieviel schwieriger nun die Frage nach einer Seele der Tiere! Immerhin, der Philosoph sah nicht wenig von dem,was die moderne Psychologie vom Menschen weiß, von der Innenwelt der Tiere hergeleitet. Und also – das wollte er wohl sagen – hätten sie eine Seele im Sinne des Axioms, daß Gleiches nur von Gleichem erkannt werden könne.

Der Zoodirektor wollte die Beseelung der Tiere nicht ausschließen, hängte sie aber im Vergleich mit der unsrigen unter Hinweis auf die Seelen-Trias des Aristoteles niedriger: Die Seele der Pflanzen, so der Fürst der Philosophie, sei ihr Vermögen, sich zu ernähren und fortzupflanzen, die Seele der Tiere deren Empfindungswelt und die Seele des Menschen der vernunftbegabte Geist. Das jeweils Höhere schlösse das Niedrigerwertige ein.

Die Frau Pfarrer votierte mit Ja. Klar doch, sie hält Gottesdienst für Tiere und hätte auch, sagte sie, gegen eine Kuh am Altar nichts einzuwenden, sofern diese sich am Strick manierlich benehme. Der Landwirt blieb, weil als solcher unzuständig für Seelisches, bei Schinken und Kotelett.

Der erhellende Diskussionsbeitrag der Gastgeberin schließlich war ein plattnasiger, schlappohriger kleiner Kuschelhund, dem die Seele unzweifelhaft aus den Augen schaute. Er lag in Frau Kühnemanns Jeans-Schoß und leckte als Dank für unablässiges Kraulen Frauchen die Hände. Professor Grzimek ließ grüßen von Wolke sieben. Auch Freuds Couch ein Platz für Tiere!

Also was nun, haben sie eine Seele, die Tiere? Der Schimpanse wohl eher ja. Das Stinktier aber wohl eher nein? Und was ist mit Tracy, dem britischen Milchschaf, an dem der Bayer-Konzern sich mit mehreren Millionen Dollar in der Hoffnung beteiligte, die dem Schaf eingeschleusten menschlichen Gene könnten zusammen mit der Milch profitträchtige Pharmaka produzieren – Tracy, der »Bioreaktor«, auch beseelt? Seien wir mitfühlend, sagen wir: Sie alle haben eine Seele.

Aber was folgt daraus? Ist die Tierseele als die Summe dessen, was sie mit der menschlichen teilt: Empfindungen von Lust und Unlust, Ängste auch, dann nicht der unsrigen analog? (Was doch schon unser Gebrauch desselben Wortes für beide Seelenarten nahelegt.) Und stirbt sie mit dem Tierkörper, oder ist sie unsterblich? Und ist sie das – kann sie dann auch in den Himmel kommen, wie es Franz von Assisi nicht ausschließen mochte, wenigstens nicht für die höheren Tiere? Das ist so absurd spekuliert nicht, denn wenn einem Lebewesen Unschuld eignet, ein Freisein von der Erbsünde gar, dann doch dem Tier, weit vor dem besten aller Menschen!

Man sieht schon: Es kommt der nicht weit, der von der Seele spricht und nicht sagt, was er darunter versteht. Selbst Konrad Lorenz hielt sich hierfür im letzten nicht kompetent und nannte mir im Gespräch einmal die Gründe. Wir wüßten jenseits von Vermutungen und Deduktionen nicht wirklich, was die Innenwelt der Tiere sei und ihre Seele ausmache, und alles Beschreiben ihres Eigenständigen, das letztlich eben doch nur ein Humananaloges sei, wäre mit einem unaufhebbaren Mangel behaftet: dem Zwang, es mit einem Vokabular zu versuchen, das allein auf die Innenwelt des Menschen paßt.

Schlag nach bei Wittgenstein: Wovon man nicht reden könne, davon solle man schweigen. Aber was würde dann aus den Talkshows werden?

Seuche im Kopf

Wer ist schuld am Rinderwahn? Politiker? Bauern? Nein, schuld ist jeder von uns

Es ist alles gesagt und geschrieben: die Möglichkeit einer neuen, für zahllose Menschen qualvoll und tödlich verlaufenden Krankheit; die Wahrscheinlichkeit, daß nahezu 12 Millionen britische Rinder dem Bolzenschuß und dem Feuer überantwortet werden; die Fahrlässigkeit, mit der die in London (und anderswo) Regierenden die Unheilszeichen an der Wand zehn Jahre lang übersahen; die Angst der Konsumenten, von einem schrecklichen Tod, und die Aussicht der Produzenten, von der Vernichtung ihrer Existenz bedroht zu sein. »Ein Menschheitsschock!« mahnte mich, der ich, hilflos vor soviel Menschen- und Tierelend, schweigen wollte, die Redaktion. Und ob ich nicht doch...

Was denn noch sagen, um Himmels willen, was denn? Schuldzuweisungen aussprechen, abermals, an die Adresse der Politiker? Sie sind, wie sie sind: den Kopf im Flugsand ihrer auf Machterhalt gerichteten Ränke, und wenn es brennt, der Versuch, das Feuer mit Worten zu löschen. »British beef is safe to eat.« 160 000 an BSE erkrankte Rinder, und das Fleisch vieler dennoch und bis heute an den Kontrollen vorbei in Verkehr gebracht; jeder Beefeater auf der Insel hatte vermutlich davon auf dem Teller.

Schuldzuweisungen an die Adresse der Tierverwerter? Weil sie den Pflanzenfresser Kuh mit Fleischmehl aus den Schlachtabfällen der eigenen bovinen Art und aus den Kadavern scrapiekranker Schafe fütterten? Weil sie von Huf bis Hirn alles, aber auch alles zu Geld machen? Aber was unterscheidet sie darin von Hühnerbaronen, die Fisch- und Fleischmehl an qualvoll gekäftigte Körnerfresser verfüttern; von den Lachsmultis an aller Herren Küsten, die ozeanische Salmoniden in Netzen käfigen, so daß vielen die Schwimmflossen verkrüppeln und Läuse sie befallen; von den Gänsemästern, die ihren en masse in Einzelhaft gehaltenen Tieren, Kindgänse noch, den Futterbrei maschinell in den Magen zwingen, so daß ihre Leber zur Delikatesse erkrankt?

Und was unterscheidet uns, die wir das Fleisch des auf verkoteten Spaltenböden stehenden, durch Bewegungsentzug und Kraftfutter fettgemästeten Jungbullen genießen, von dessen »Produzenten«? Ist das Verlangen nach weißem Kalbfleisch schuldfreier als die Herbeiführung seiner Blässe durch Vorenthaltung von Eisen und Rauhfutter? Nimmt Champagner dem schottischen, irischen, norwegischen Mastlachs, der französischen, belgischen, ungarischen Stopfleber, dem mit iranischem Kaviar dekorierten deutschen, holländischen, englischen Batterie-Ei den moralischen Hautgout, der ihrer aller Produktion anhaftet? Wohl nicht. Der Luxus der Tafeln ist die Not der Tiere, das Bestehen auf Überfluß die Ursache ihrer großen Zahl und die Forderung nach niedrigen Preisen der Grund für ihre tierquälerische Massierung auf engstem Raum. Artgerecht? Nicht einmal tiergerecht, nicht einmal »Nutztier«-gerecht. Über der Würdelosigkeit, in der wir diese Tiere halten, geht uns die eigene Würde verloren. Menschenwürde.

Schuldzuweisungen also? Wozu, wenn die Schuld nicht die Schuld von einzelnen ist, nicht einmal die von gesellschaftlichen Gruppierungen, sondern die Gesamtschuld einer am Niedergang ihrer Werte krankenden Gesellschaft, die nicht das Gewissen, sondern den Geldgewinn kultiviert. Sie wirft Millionen Tiere ins Feuer, um sich von Schuld und Furcht zu befreien – mythisches Tieropfer in industriellem Gewand. Die Sühne aber ist Sache der Schwachen, der Kinder und der noch Jungen, die in Schottland starben, und der Lohnabhängigen. Die Starken aber rechnen die Sühne um in die »makroökonomischen Eckwerte« des Desasters: 20 Milliarden Pfund zum Schornstein hinaus, wenn es zum Äußersten kommt, nämlich der Vernichtung von 11,8 Millionen Rindern allein in Großbritannien; der öffentliche Verschuldungsbedarf um 2,5 Milliarden Pfund rauf und das Bruttoinlandsprodukt um 0,5 Prozent runter. Keiner sagt es, viele denken es: So viel schönes Geld – und der Verlust von einer halben Million Arbeitsplätzen dazu – für zehn tote Menschen! Und BSE als Todesursache nicht einmal bewiesen!

Es wäre dies die Stunde einer flächendeckenden, die Menschen, die Tiere und die Pflanzen, das Wasser und die Böden schonenden, ökologisch verträglichen Landwirtschaft, wenn, ja wenn die politischen Konkursverwalter der sich ablösenden Agrarskandale – Hormonkälber, Wasserverseuchung durch Biozide, Hühnersterben und Salmonellen-Eier, Schweinepest und Rinderwahnsinn – anderes täten, als die partikularen Interessen ihrer Wahlklientel zu bedienen. Von ihnen kommt der kranken Natur kein Heil. Es kommt ihr – und uns – allein von einem kollektiven humanen Gewissen, das mehrheitlich ein neues Konsumverhalten herbeiführt. Aber wo war das Gewissen je mehrheitsfähig? Also weiter so! Die Gen-Chemie wird es schon richten.

Letzte Nachricht: Die Furcht nimmt wieder ab, die Beef-Umsätze in England erholen sich. Dem schwarzen Humor (»The Times«: »Vielleicht schicken uns die korrekten Deutschen ja Lebensmittelpakete!«) folgte am vorigen Wochenende ein TV-Bericht mit dem Resümee: »Ein Osterfest ohne Braten? Das wohl doch nicht!« Und der Sat-1-Talker Harald Schmidt drehte die latente Angst seines Publikums in ein gespenstisches Lachen um: »Nein zum Rinderwahnsinn! Aber ich habe einen geringen I-Kuh – da bin ich weniger gefährdet.« Ochsenmaulsalat.

Nächste Woche wird man eine neue Sau durch Europa jagen, beide krank – die Sau womöglich, Europa gewiß, wenn es sich weiterhin in monetärer Solidarität mit dem allseitigen Verbrechen an der Natur übt: Deine Schweinepest ist mein Rinderwahnsinn! Der Konsument als der Verlierer zahlt alles. Notfalls mit seiner Gesundheit – wo nicht gar mit dem Leben.

Schön war's!

Die Deutschen waren schon mal sensiblere Tierschützer

Es war einmal ein Fernsehautor, der zeigte – gut 20 Jahre ist es her – einem schockierten Millionenpublikum zum ersten Mal, woher neuerdings die Frühstückseier kamen: aus Legebatterien, in denen die Hennen, zu Zehntausenden in Drahtkäfige gepfercht, ein Leben lebten, dem dies Wort nicht zustand.

Und als die Fernsehbosse, angetan vom öffentlichen Echo der Sendung, den Autor drängten, sich weiterhin der Herkulesarbeit des ethisch-moralischen Ausmistens von »fortschrittlichen« Nutztierställen zu widmen, da bemächtigte sich dieser nacheinander der Kälber, der Rinder und auch der Schweine. Die Bilder, die er von Aufzucht und Haltung sowie dem Transport zum Schlachthof zeigte, waren von einer jeglichen Appetit verschlagenden Brutalität, und er sparte auch nicht an bitteren Worten, mit denen er die Mitschuld am Elend dieser Tiere seinem Publikum zur besten Abendmahlzeit neben den Teller legte: Gleichgültigkeit, Wegsehen, Schweigen. Angetan desgleichen von diesem Anti-Grzimek, der nicht nur die Serengeti, sondern auch die Legebatterien, die Dunkelzellen der Kälber, die engen Mastboxen der Schweine und die Melkkarussells euterlastiger Turbokühe, ja selbst die Transportwagen und die Schlachthöfe für einen fernsehtauglichen Platz für Tiere hielt, verlieh ihm »Hörzu« die Goldene Kamera, die damals noch im Teenie-Alter war.

Die Zeit, die bekanntlich alles heilt, ging darüber hin. Weißes Fleisch von künstlich anämisch gemachten Kälbern war schon bald wieder gefragt, ebenso die dem Schwein angezüchteten zusätzlichen Koteletts, deren Mehrgewicht half, die Gelenke degenerieren zu lassen. Und ein Ei ist ein Ei ist ein Ei.

Auch die Goldene Kamera kam in die Jahre. Neulich, am

Aschermittwoch, wurde sie 32. Unter den illustren Kunstschaffenden, denen sie verdientermaßen verliehen wurde, befand sich auch ein Journalist, der 1996 im ZDF »mit Bildern, die das Herz gefrieren ließen« (O-Ton Jury) die EU-subventionierten Knüppel-Orgien beim Entladen deutscher Schlachtrinder im Nahen Osten zeigte. »Hörzu« hatte sich des Mannes der ersten Stunde erinnert und ihn gefragt, ob er dem neuen Tier-*Stern* die Laudatio halten würde. Er hatte nein gesagt.

Sie luden ihn trotzdem ein nach Berlin, und da saß er nun im Konzerthaus am Gendarmenmarkt auf seinem Rangplatz, erste Reihe, und fragte sich, ob er nicht doch hätte ja sagen sollen, mußte er doch mit ansehen, wie nun statt seiner ein rundlicher, kleiner Comedystar mit einem goldbetreßten Affenjäckchen den moralischen Wert der schaurigen Filmbilder pries, deren rasanter Zusammenschnitt von einer Großleinwand herunter der publizistischen High-Society aus Intendanten, Programmdirektoren und Chefredakteuren für eine Minute Dauer die gute Laune verdarb. Was wäre, grübelte er, jenseits des Lobes für den ZDF-Mann wohl noch zu sagen gewesen? Vielleicht, und ans Publikum gerichtet, dies: »Lassen wir uns den Appell an unser Gewissen nicht allzu sehr auf den Magen schlagen, meine Damen und Herren! Um mit Frau Ruge zu reden: Alles wird gut! In Neubukow, gar nicht so weit weg von hier, plant westliches Kapital eine in dieser Größe nie dagewesene Legefabrik für 800 000 Hennen mit einem Jahresausstoß von 200 Millionen Eiern, neuester Stand der Technik, klar, und darum nur 50 000 Tote, Schwund genannt, pro anno! Die Aussicht auf Genehmigung ist gut, wird es doch 50 neue Arbeitsplätze geben. Und 1998 eine Goldene Kamera für den, der das mit Bildern, die uns wieder das Herz gefrieren lassen werden, mutig im Fernsehen zeigt.«

Das Büfett vorzüglich, die Austern frisch, das Fleisch zart, die Nudeln al dente. Champagner satt. Schön war's! Danke »Hör zu«!

Die neuen Wölfe

Der Lupus oeconomicus treibt sein Unwesen an Main und Ruhr

Aus dem Wildreservat Schorfheide drang die Nachricht, daß man dort vorhabe, durch Zucht mit Zoowölfen eine frei lebende Population dieser Raubtiere aufzubauen. Die brandenburgische Regierung senkte sofort die Daumen: Nur eine natürliche Rückkehr des Wolfes aus Polen werde man nicht behindern, eine gezielte Vermehrung hingegen nicht zulassen. Als ich das las, dachte ich: Es gibt ja auch wahrlich schon genug Wölfe hierzulande. Sie besiedeln den westdeutschen Frankfurter Raum und das Ruhrgebiet. Es handelt sich um eine ganz neue, von Nordamerika über England eingewanderte Spezies, *Lupus oeconomicus*. Ihr Haarkleid besteht aus teurem, dunklem Tuch, beste Schneiderarbeit, einreihig getragen und mit Weste. Der Kragen makellos weiß, die Brust von einem Designerlatz gesprenkelt, in dem die Rottöne überwiegen. Sie kaschieren die Blutspritzer, die beim Freßgeschäft nun mal anfallen. So wirken diese Wölfe fast menschlich. Das täuscht. Im Gegensatz zum herkömmlichen Wolf reißt *Lupus oeconomicus* ausschließlich Menschen. Seine Ausscheidungen bestehen aus Geld. Und er löst sich immer über demselben Haufen, den er Share-Holder-Value nennt.

Das Rudel an der Ruhr hat einen Leitwolf. Verängstigte Menschen im Kohle- und Stahlrevier gaben ihm den Namen Cromme. Das Frankfurter Rudel wird von der ranghöchsten unter den dortigen Wölfinnen angeführt. Ihr gab man den Namen Deutsche Bank. Ihre Gene bestehen aus Geld. Um diese über ihre Töchter zu vermehren, entscheidet sie nach wölfischem Gesetz ganz allein darüber, wer sich im Rudel paaren darf und wer mit wem. Sie bedient sich dabei der Beißhilfe einiger ihrer Jungwölfe, die sich »Analysten« nennen.

Beide Rudel jagen gemeinsam und treiben sich die Beute zu. Nach jedem Riß, der immer aus den Leben Abertausender Menschen besteht, sitzen sie in den Nächten danach um die Geldhaufen ihrer Ausscheidungen herum und heulen, hungrig nach mehr, den goldenen Mond an. Wer genau hinhört, kann die Frankfurter Wölfin singen hören: »Vertrauen ist der Anfang von allem.«

Lupus oeconomicus steht unter Bonner Artenschutz. Gelegentlich wird er von einem der Regierenden höflich daran erinnert, daß es doch Menschen seien, arbeitsame und oft in der Blüte ihres Lebens stehende, die er sich zur Beute macht. Dann frißt der Leitwolf an der Ruhr Kreide, und die Leitwölfin am Main steckt einen ihrer ergrauten und nicht mehr ganz so stark nach Geld duftenden Altwölfe in einen Schafspelz und schickt ihn aus, die »Bild«-Zeitung zu beschwichtigen. Die Stimme des verängstigten Volkes hatte mit Balkenlettern gefragt: »Wollen Sie das Land anzünden, Herr Cromme?«

Ich vergaß zu erwähnen, daß ein Wolfsrudel in Nordamerika, von woher *Lupus oeconomicus* stammt, »Pack« genannt wird. Und daß die Wölfe mit ihren Abkömmlingen, den Hunden, die kalten Schnauzen teilen.

Im Strom der Zeit

1996/97 schrieb Horst Stern vier große Reportagen für die »Zeit« über ökologisch bedeutsame Regionen in den neuen Bundesländern. Am 13. Februar 1997 erschien seine Betrachtung über den Nationalpark Unteres Odertal – Stern war in die Landschaft seiner frühen Kindheit zurückgekehrt.

Lange hing ich der Meinung an, daß erst ein nennenswertes ökologisches und geologisches Wissen das Betrachten von Landschaften über den naiven ästhetischen Genuß hinaus ins Geistige zu heben vermag, dorthin, wo im Zusammenfallen von Schauen und Denken vollkommenes seelisches Glück geschieht. Ich konnte eine seltene Pflanze, ein ungewöhnliches Tier oder ein der Natur besonders schön gelungenes Ensemble aus Landschaftsteilen erst dann befriedigend erleben, wenn ich über die Namhaftmachung hinaus ein Hintergrundwissen von ihnen hatte: stammesgeschichtliche, physiologische, ethologische oder tektonische Einzelheiten. Das ist im Grunde noch heute so.

Aber zu diesem Wissen trat über die Jahre ein neues hinzu: ein jegliches Denken und Schauen zur Trauerarbeit machendes Wissen von den großen anthropozentrischen Gefährdungen der Natur. Einem dunklen Schleier gleich, legt es sich allen um die Natur besorgten Menschen über die Schönheit von Landschaften, wie sie sich, wenn auch nur noch in Resten, in den zwölf deutschen Nationalparks erhalten hat. Die tägliche Anstrengung ihrer Verwalter gilt schon nicht mehr nur einem Lüften dieses Schleiers, damit die Natur entlassen werde aus krankmachender Übernutzung und nach langer Rekonvaleszenz ihr schönes Gesicht wieder zeigen kann. Längst gilt es zu verhindern, daß aus dem Schleier ein Leichentuch wird. Schon gibt es Brandanschläge auf Parkeinrichtungen, Terrordrohungen gegen Bedienstete und die Aufkündigung der Zusammenarbeit mit ihnen durch anliegende, sich durch Schutzvorschriften gegängelt glaubende Kommunen.

Aber wenigstens eine fröhliche Leiche wird es dann sein. Schon machen sich Fernsehmenschen, die sich Journalisten nennen, darüber lustig, daß ganze zwei Exemplare der Vogelart Wachtelkönig im grünen Umfeld Hamburgs neuen Wohnungen im Wege stehen sollen. Es ist eine dümmliche Lustigkeit, denn es geht in Wahrheit um die Erhaltung einer großflächigen alten Moorlandschaft, in der der Wachtelkönig nur die Weiserfunktion für die ökologische Gesundheit des Lebensraums vieler anderer gefährdeter Tiere und Pflanzen hat. Und so wie sie den vom Ruf des Wachtelkönigs hergeleiteten Artennamen *Crex crex* für ihre billigen Späße mißbrauchen, reißen sie Sprachwitze auch über die als Zumutung empfundene ornithologische Forderung an die Deutsche Bahn AG, den letzten 25 deutschen Großtrappen in Brandenburg für fünf Prozent der Bausumme einen Wall zu bauen, der sie davor bewahrt, in die Stromleitungen einer neuen ICE-Trasse zu fliegen: Warum nicht, so höhnten sie im NDR mit läppischen Fernsehbildern, warum nicht auf Holz gemalte Trappen als »A-Trappen« in die Landschaft stellen, wenn die Vogelschützer diese Tiere partout nicht missen möchten?

Ein schleswig-holsteinischer Adliger zieht nach zwei vorinstanzlichen Niederlagen vors Bundesverfassungsgericht, um einen Ackertümpel nicht wieder fluten zu müssen, den er zehn Jahre lang durch Drainage-Versäumnisse zu einem Biotop für aquatisches Leben werden ließ, ihn dann aber – rechtswidrig – trockenlegte. Die Minderung des landwirtschaftlichen Ertrages durch diesen Tümpel: 150 Mark.

Sind das »Peanuts«? Der Rede nicht wert? Man muß das vor dem atemberaubenden Verfall des Interesses der Deutschen am Schutz der Natur und der Umwelt sehen. Von einem demoskopischen Spitzenplatz in der Rangfolge der Problemfelder rutschte die Natur binnen weniger Jahre nahezu ans Ende der Liste bundesbürgerlicher Besorgnisse. Die Nation zerstreitet sich vehement über der Frage, ob eine Woche Kranksein einen Urlaubstag kosten dürfe. Der Krankenstand der Natur interessiert nicht in einer Zeit der leeren Kassen. Nicht einmal mehr die nun um ihre ökonomische Kompetenz besorgten Grünen.

Das Alibi für die um sich greifende neue ökologische Gewissenlosigkeit liefern journalistische und wissenschaftliche »Öko-Optimisten«, die aus ihrer selektiven, wirtschaftsbestimmten Sicht heraus rundweg leugnen, daß der Wald auch nur krank sei, oder die mit einseitiger Faktenhuberei postulieren, daß die Großstädte doch auch eine schöne und dazu nahrhafte Gegend für landflüchtige Tiere seien. Und der Leitwolf aller publizistischen, auf Ökologenhatz befindlichen Wadenbeißer, die »Frankfurter Allgemeine Zeitung«, warf schon die Frage auf, ob es überhaupt sinnvoll sei, die »Klimakatastrophe« verhindern zu wollen, und es nicht besser wäre, alle Anstrengungen darauf zu richten, mit ihr leben zu lernen.

Ich fuhr an die Untere Oder, Antwort suchend auf die mich umtreibende Frage: War alles umsonst? Ein Leben vertan im nutzlosen Streiten für das Lebensrecht auch subhumaner Geschöpflichkeit? Die Flußauen unterhalb des seit Kriegsende polnischen Stettins, wo ich geboren wurde, schienen mir der rechte Ort zu sein, um den Glauben zu retten. Ich hatte Erstaunliches darüber gelesen: »Eine Landschaft, die in der Ruhe des dahingleitenden Stromes, in der Urkraft des winterlichen Eisgangs, in der schieren Unendlichkeit ihrer Hochwässer durchaus ihr Gewaltiges hat…«

Das hätte von Fontane sein können, der in dieser Gegend wanderte. Es stammt aber – so ungewöhnlich wie die Landschaft – von einem Politiker, von Matthias Platzeck, dem Umweltminister des Landes Brandenburg. Einer Landschaft, dachte ich, die einen so bewegend schreibenden Politiker zum Schirmherrn hat, kann es an Schutz und Zukunft nicht fehlen. Und mein Besuch ließ sich ja auch so an. Die beiden von der Hamburger Baubehörde und ihren publizistischen Wasserträgern als Menschenfeinde inkriminierten Wachtelkönige noch in frischer Erinnerung, fragte ich während eines ersten Ganges durch einen der Oderpolder, den mich führenden Parkchef Hartmut Müller, wie viele Wachtelkönige er denn hier habe. »Na ja«, sagte er, »es waren schon mal so um die dreihundert …«

Man darf das Untere Odertal nicht mit dem sich südlich davon, bis in die Gegend von Frankfurt erstreckenden Oderbruch verwechseln. Dessen auf Sumpfland hindeutender Name führt in die Irre. Schon Friedrich der Große ließ es trockenlegen und rühmte sich, ohne Krieg eine Provinz erobert zu haben. Das Regiment der Oder mit der Macht ihrer periodischen, das Stromland weithin überflutenden Hochwässer zog sich an den Unterlauf zurück, zwischen Hohensaaten und Stettin mit der Industriestadt Schwedt als der ungefähren geographischen Mitte. Aber auch hier wurde die Macht gebrochen. Nach holländischem Muster schuf man beiderseits des Flusses langgestreckte Polder, die nichts anderes sind als eingedeichtes Land. Weit binnenwärts verläuft der Winterdeich, der das Oderwasser bei jeglicher Pegelhöhe von den menschlichen Siedlungen fernhalten soll. Der eigentlichen Zähmung des Stroms aber dienen die ufernahen Sommerdeiche; niedriger als der Winterdeich, haben sie Einlaßtore, durch die zwischen November und April das winterliche Hochwasser in die Polder strömen kann, so daß seine sonst alles mit sich fortreißende Kraft gebrochen wird und sich in den Weiten der gefluteten Polder totläuft.

Den Namen haben die Sommerdeiche von ihrer Aufgabe, das Niedrigwasser zwischen Mai und September nicht ins Land zu lassen, nachdem im April die Tore geschlossen und die Polder leer gepumpt wurden, um bis zum nächsten Hochwasser den Bauern als Grün- und Weideland zu dienen. Das ist eine halbwegs der Natur wie auch den Menschen freundlich gesonnene Nutzung: Zwischen Herbst und Frühling, wenn das Wasser den Weiden bis unter die Kronen steigt, gehört das Odertal hier schier unvorstellbaren Dichten von wassergebundenen Zugvögeln – 150 000 Gänsen, Enten und Schwänen, zweimal im Jahr. In der Zeit dazwischen dient das Land dem Auskommen der Bauern. Nur, mit den internationalen Zielsetzungen eines Nationalparks ist auch diese naturverträgliche landwirtschaftliche Nutzung nicht vereinbar. Verlangt wird, die Natur auf mindestens der Hälfte der Fläche des Nationalparks sich selbst zu überlassen.

Um die Oderpolder von jeglicher landwirtschaftlicher Nutzung freizubekommen, müßten Ersatzflächen für die betroffenen Bauern her. Es gibt sie, dem Park unmittelbar benachbart, in Gestalt des ehemaligen Landbesitzes zweier Adelsfamilien, die 1948 auf Befehl der Sowjets enteignet worden waren. Auch erklärten sich die Bauern zum Flächenaustausch bereit, lassen doch die Oderpolder wegen ihrer zeitweisen Überflutung nur eine stark eingeschränkte Nutzung zu.

Doch seit dem Exitus der DDR steht einer der Altbesitzer dieser uneingeschränkt nutzbaren Austauschflächen, die Familie von Arnim, bei der Treuhand auf der Matte, um den ehemaligen Besitz zurückzuerhalten – in Pacht, denn für den Rückkauf fehlt das Geld, mindestens 5,5 Millionen Mark. Hingegen kann der Förderverein des Nationalparks als Träger des Naturschutzgroßprojekts »Unteres Odertal« bis zum Jahr 2006 auf 56 Millionen Mark Fördermittel aus Bonner, Potsdamer und Brüsseler Kassen zurückgreifen. Auch liegt das öffentliche Interesse an diesem Land auf der Hand. Obendrein wäre es prinzipiell möglich gewesen, die Flächen gar nicht auszuschreiben, sondern sie mit einem Federstrich in Einzelvergabe dem Nationalpark zuzusprechen. Aber die Treuhand war versessen darauf, möglichst viel Geld herauszuschlagen, wohl auch wegen der gerichtsnotorisch gewordenen Millionenmitnahmen eigener Leute und westlicher Raffkes. So war auch Natur für sie nur zum Versilbern gut.

Eine Rechtsnachfolgerin der Treuhand ist die Bodenverwertungs- und -verwaltungs GmbH (BVVG). Sie favorisierte beim Landverkauf eine private Lösung; intern wurde diese wegen der Adelszugehörigkeit eines entscheidungbefugten BVVG-Chefs und der Exeigentümer spöttisch die »blaublütige« genannt. Der Nationalpark als Mitbewerber drohte leer auszugehen – die große humane Idee, die Oder als das letzte ökologisch noch weitgehend intakte deutsche Flußsystem vor einer Zerstörung nach dem Muster von Donau, Rhein und Elbe zu bewahren, Kühen und Schweinen zum Fraß vorgeworfen!

Es bedurfte mehrere Interventionen der Ukermärker in Bonn und schließlich noch einer telephonischen Demarche des brandenburgischen Ministerpräsidenten Manfred Stolpe beim Dienstherrn der BVVG, Bundesfinanzminister Theo Waigel, damit die Herren Treuhänder sich endlich bereit fanden, wenigstens einen Teil des Landes dem Nationalpark zuzuschlagen. Ende Januar wurden 500 Hektar Grünland und Ackerfläche des ehemaligen VE-Gutes Criewen für knapp vier Millionen Mark an den Nationalpark verkauft. Abgeschlossen ist der krämerische Handel indes noch nicht. So kann man nur erst hoffen, daß der Auszug der Bauern aus den Oderpoldern in diesem Jahr beginnt. Dann wird dort, wo sie gehen, allein die Natur das Sagen haben.

Ach ja?

Die Oder als der in ihrer Mitte geteilte Grenzfluß zwischen der DDR und Polen war mitsamt ihrer Uferlandschaften hüben und drüben fünfzig Jahre lang von zerstörerischer wirtschaftlicher Nutzung weitgehend frei. Die Wasserqualität hat die Note »Genügend« bis »Gut«. Das ist an der Fülle der Fischarten allein im Strombereich des Nationalparks Unteres Odertal abzulesen: Von Aal bis Zander reicht die Liste und nennt dazwischen 45 weitere Spezies, darunter Lachs und Karpfen, Wels und Meerforelle. Während die Berufsfischerei keine nennenswerte Rolle mehr spielt, boomt das Hobbyangeln. Um die zweitausend Rutenträger, meist ältere Semester, tummeln sich an den Gewässern im Nationalpark – eine Plage für die Vogelwelt, denn diese Angler fühlen sich an kein Wegegebot gebunden, sie latschen, um zu ihren Fangplätzen zu gelangen, quer durch Ried und Wiesen. Das Brut- und Rastgeschehen der Vögel, 253 selten gewordene Arten, nimmt Schaden. In den ersten Jahren nach der Wende, als die Zahl der Autos sich explosionsartig vermehrte, befuhren die Angler das extrem schutzwürdige Gebiet in Scharen. Das hat man eingedämmt und das Fahrrecht auf die Alten und Behinderten beschränkt, aber eine Plage der Vogelwelt bleiben die vielen Angler dennoch.

Wären sie doch nur die einzige Gefahr für ein ungestörtes Gedeihen der Natur! Aber der Gefährdungen des Oderstroms ist kein Ende. Der Energiemulti Weser-Ems AG (EWE) plant im Rüdersdorfer Salzkissen unter dem Kalkgebirge unterirdische Speicher für das unvorstellbare Volumen von 200 Millionen Kubikmetern russischen Erdgases, die eine preisgünstige Versorgung Berlins und Brandenburgs – bei satten Gewinnen – ermöglichen sollen. Voraussetzung dafür ist die Auswaschung riesiger Mengen Salz, die in die Oder eingeleitet würden. Der »Schwedter Stadtanzeiger« dazu: »Ob Winter, sengende Hitze, überflutete Polder, Brutzeit der Süßwasservögel oder Laichzeit der Süßwasserfische – stets würde der Salzgehalt der Oder um die 300 Milligram pro Liter liegen, zwei- bis dreimal so hoch wie derzeit.« Der Nationalpark von Meerwasser umspült! Für seine Flora und Fauna eine Katastrophe. Das Artensterben wäre programmiert.

Geldhaltig auch der Kies. Hier kommt die polnische Seite ins Spiel. Polen hat zwar längst einem beide Stromufer umfassenden Schutzkonzept namens »Internationales Unteres Odertal« zugestimmt, praktiziert es auch durch reibungslose Kommunikation, aber hüben wie drüben nagt die nach dem Ende des Kommunismus aufblühende Industrie an der Natursubstanz. Das neue Berlin wird zu achtzig Prozent mit polnischem Kies gebaut. Er kostet, hört man, nur ein Drittel des deutschen. Schon hat der Stettiner Woiwode die Schutzbestimmungen für das ihm unterstehende Odergebiet gelockert, damit Straßenbau möglich werde für die Vierzigtonnen-Kieslaster von Polen nach Deutschland, mitten durch den Nationalpark.

Auch die Kanalbauer stehen schon Spaten bei Fuß. Zum Glück hat die Oder für die Bundesrepublik keine große wirtschaftliche Bedeutung. Es ist auch fraglich, ob den Wasserstraßenbauern jemals wieder Geldmittel in einer Größenordnung zur Verfügung stehen werden, die es ihnen gestatten würden, auch die Oder, wie Rhein und Donau schon, in ein Streckbett aus Beton zu zwängen. Es sind die Polen und ihr Drängen auf Einbeziehung in Nato und EU, die der Oder wasserbauliche Gewalt antun wollen. Das Ziel der Planung ist eine Anbindung der Oder an das System der westlichen EU-Wasserstraßen.

Deutsche Naturschutzverbände haben ein Konzept dagegengestellt, welches die sechzig Stromkilometer im ostseenahen polnischen Schutzgebiet von Schiffahrt ganz freimacht und die Oder der Renaturierung überläßt. Den Polen bietet der Plan zur Kompensation ihrer Wünsche den modernen Ausbau der von Spree und Havel herkommenden, parallel zur Oder verlaufenden Kanalstrecke zwischen Hohensaaten und Friedrichsthal an – zur kostenfreien Benutzung, wenn sie dafür die Oder in Ruhe lassen. Ab Friedrichsthal, wo die Oder sich in einen West- und einen Oststrom teilt, soll der Schiffsverkehr über den westlichen, ebenfalls auszubauenden Arm

Richtung Stettin und Ostsee weitergeführt werden. Das naturträchtige Mutterbett der Oder bliebe unbehelligt, und bekäme man dann noch die deutschen Polder bauernfrei, könnte man auch die alten Sommerdeiche und ihre ohnehin angerotteten Schleusen schleifen; die Oder übernähme wieder mit periodischen, ökologisch so wichtigen Überflutungen das ihr vom Menschen entrissene Wasserregime.

Neben diesem Mix aus Gefährdungen und Chancen stellten sich mir auch die in der Natur selber liegenden Probleme und Widersprüche in den Weg zu einem schlüssigen Resümee meiner Reise an die Oder. Obwohl einer gewissen Kompromißlosigkeit im Naturschutz seit langem das Wort redend und die Rückkehr der Wildnis auf Teilen von Wald und Flur fordernd, kann ich doch nicht denjenigen für einen Feind der Natur halten, der seine tradierte seelische Prägung zum Kulturwesen nicht mittels Kopfarbeit zu überwinden vermag. Nicht vor einem Ausbeuter der Natur wäre ich um Worte verlegen, wohl aber vor einem Menschen, der mich fragte, wozu es, an der Oder und überhaupt, gut sein solle, die noch bewirtschafteten, dem Auge freundlichen grünen Polder zu Gelb und Braun verwildern zu lassen, wie auf der polnischen Seite, wo der Krieg die Flutwehre zerstörte und das seither »ungepflegte« Land verbuschte und verschilfte – wozu also, wenn ein solcher Naturschutz eine seiner heiligsten Ikonen vertreibt, den Wachtelkönig *Crex crex,* einen passionierten Fußgänger, der hier sein bedeutendstes deutsches Brutgebiet hat, die hochwuchernde Wildnis aber fliehen würde? Hilflos auch vor dem Fischer, der an vielen Hechten, die er aus einem Oder-Altwasser zieht, tief ins Fischfleisch gehende Wunden zeigen kann, Schnabelrisse der vielen – für ihn zu vielen – geschützten Kormorane, die sich wahllos an zu großer Beute versuchten und dem Fisch den absehbaren Tod durch Pilzfäulnis ins Schuppenkleid setzten.

Der strenggläubige Ökologe sagt dazu, es käme ihm auf die 300 Wachtelkönige des Odernationalparks nicht an, schließlich gäbe es in den Weiten Polens und Ungarns noch genug davon. Und dem Fischer sagt er, daß Beutegreifer und Beute sich ohne Zutun des Menschen im Gleichgewicht hielten, keiner stürbe aus oder vermehrte sich ins ökologisch Unverträgliche. Und für die Mutter, die ihrer Kinder wegen den vom Osten nach Brandenburg eingewanderten Wolf fürchtet, hat er sein sicheres Wissen parat, daß der Wolf extrem menschenscheu ist. Wohl wahr. Aber eine Wahrheit auch die Angst des Kulturmenschen vor der Wildnis. Und weiß man nicht, daß Angst in Mensch und Tier leicht zu Gewalt wird? Was also wundern wir uns, die wir ökologiegläubig das Recht der Natur auf eine partielle Rückkehr in den Urzustand vertreten, wenn uns immer wieder nackte Feindschaft entgegenschlägt?

Ich verlor an der Oder im Nachdenken über das scheinbar Absurde im uneingeschränkten Schutz der Natur nur dessen mitunter misanthrope Züge, den Glauben daran nicht. Als der Karthager Tertullian, der als der Schöpfer des Kirchenlateins gilt, am Ende seines eigenen, Gott suchenden Lateins angekommen war, seufzte er sein berühmtes *Credo quia absurdum*, ich glaube, weil es absurd ist. Umgemünzt auf die Evolution als den neuen Schöpfergott, besagt dies Wort nichts anderes, als daß das Widersprüchliche in ihr kein Grund sein kann, den Glauben an die Notwendigkeit des Schutzes ihrer Voraussetzung, eine ungestörte Natur, aufzugeben.

Lehrstunden in Hörfunk und Fernsehen – der Medienarbeiter Horst Stern

Die Fernsehfilme Horst Sterns

Bemerkungen zu einem Kapitel deutscher Fernsehgeschichte

von Knut Hickethier

Als Horst Stern 1972/73 in Bangkok Material für seinen Film über den Tierhandel suchte – eines der wenigen Male, wo er sich mit seinem Produktionsteam in ein »exotisches« Land begab –, war ihm sein Ruf als kritischer Journalist vorausgeeilt. Er konnte, wie er dann in der Sendung sagte, nicht alles drehen, was er zeigen wollte. Das war der Preis seiner Bildschirmprominenz, den er jedoch willig bereit war zu zahlen, weil er wußte, daß das Material, das er durch eine beharrliche und nachdrückliche Recherche dennoch zusammengetragen hatte, ausreichte, um auf einen Mißstand, einen Skandal aufmerksam zu machen.

Stern hatte sich zu diesem Zeitpunkt mit seinen Filmen und seinen Büchern bereits einen Namen gemacht und war bekannt für seine Kritik am Umgang der Menschen mit den Tieren. Seine prägnanten Darstellungen, seine genau kalkulierten, oft sarkastischen Kommentare, aber auch der manchmal bittere Ton seiner nüchternen Anklagen hatten ihn auf dem Bildschirm zu einem gefürchteten Kritiker werden lassen. Er nutzte das Fernsehen, um seine Kritik mit der dem Medium eigenen visuellen Anschaulichkeit prononciert einer breiten Öffentlichkeit zu präsentieren. Und das Fernsehen benutzte ihn als Aushängeschild für fortschrittliche Programmgestaltung – die Einschaltquoten sprachen für sich. Sein zweiteiliger Film über Spinnen – nicht gerade die Lieblingstiere der Nation – konnte in der Programmkonkurrenz gegen zwei Folgen des opulenten Fernsehromans »Lockruf des Goldes« bestehen, den das ZDF zur gleichen Zeit zeigte. »Eine Sendung von Horst Stern nicht gesehen zu haben ist in jedem Fall ein Versäumnis«, urteilte die zeitgenössische Kritik angesichts dieser Konkurrenz der beiden Sendungen.

Stern wollte anfangs, so sagte er selbst, die Bildschirm-Prominenz der etablierten TV-Tierexperten nicht schmälern und verstand seine Sendungen zunächst nur als Ergänzungen zum vorhandenen Angebot. Als notwendige und unentbehrliche Ergänzungen allerdings. Als Autor von ca. 50 Hörfunksendungen und vier Büchern war Stern durchaus kein Unbekannter mehr. Doch der Bildschirm machte aus ihm, ob er es wollte oder nicht, einen Fernsehstar, der den anderen Tierexperten das Wasser abgrub. Denn wo z. B. der Frankfurter Zoodirektor Bernhard Grzimek für das Fernsehen der fünfziger und sechziger Jahre stand, repräsentierte der Journalist Horst Stern das neue kritische Fernsehen der frühen siebziger Jahre. Er prägte den Tierdokumentarismus im Fernsehen dieses Jahrzehnts, seine Sendungen setzten neue Maßstäbe für das Genre, hoben es in den Rang eines engagierten professionellen Journalismus, machten aus diesem lange Zeit oft tümelnden Genre ein Feld der gesellschaftlichen Auseinandersetzung, auf dem allen Zuschauern sichtbar wurde, daß es hier eben nicht nur um eine schöne Nebensache ging, sondern um unser eigenes – menschliches – In-der-Welt-Sein, um unser Verhältnis zur Natur zwischen Ökologie und Ökonomie.

Im Genrefeld der Tiersendungen des Fernsehens

Als der Süddeutsche Rundfunk 1970 die ersten Folgen der Reihe »Sterns Stunde« im ARD-Programm brachte, waren Tiersendungen längst ein beliebtes Programmgenre des bundesdeutschen Fernsehens. Zum Selbstverständnis des auf

Weltvermittlung angelegten Mediums gehörte der televisuelle Blick in die Natur. Nach den eher kuriosen Mikroskopaufnahmen eines Dr. Fehse im NWDR-Fernsehen der frühen fünfziger Jahre und den biederen Plaudereien von Paul Eipper und Luis Trenker in den Kindersendungen prägten vor allem Bernhard Grzimek und der Unterwasserforscher Hans Hass die Vorstellung der Zuschauer jener Zeit von der Tierwelt. Sie präsentierten – wie die anderen Dokumentaristen des Fernsehens, z. B. Peter von Zahn, Max H. Rehbein und Rüdiger Proske – Bilder, die sie auf ihren Reisen in die Ferne, den Zuschauern damals unerreichbare Welt, gesammelt hatten: in der Serengeti in Ostafrika oder im Roten Meer. Die Eigenart der Tierwelten wurde unterhaltsam dargeboten, und trotz mancher mahnender Untertöne über die drohende Gefährdung der letzten Tierparadiese lebten diese Sendungen doch alle davon, daß eben diese Naturwelten als in sich selbst stabile und idyllische Welten in wunderbaren Aufnahmen dem zumeist urbanen und von der Natur weitgehend entfremdeten Publikum gezeigt wurden. Auch Heinz Sielmann unterschied sich mit seinen Reportagen nicht von diesem Genre-Konzept. Wenn Grzimek zur Einstimmung in seine Sendungen Tiere mit ins Studio brachte und sie während seiner Ansprachen an die Zuschauer über den Studiotisch kletterten, dann handelte es sich fast immer um eine possierliche Spezies, die das Sentiment der Zuschauer anrührte und diese für die »belebte« Unterhaltung empfänglich machte.

Durch ihre Informationshaltigkeit unterschieden sich diese Tiersendungen jedoch noch von den allein auf Zuschauergefühle spekulierenden Spielserien amerikanischer Provenienz, die im Fernsehen ebenfalls zu Hause waren. »Flipper«, »Fury«, »Daktari« oder auch Disneys »Die Wüste lebt« dichteten den Tieren menschliche Eigenschaften an und montierten Kameraaufnahmen oft so, als agierten die Tiere mit menschlichen Vorstellungen. Gerade bei den sonst oft tierabstinenten, aber sich tierlieb gebenden Großstadt-Zuschauern waren sie, wie Stern wiederholt beklagte, für ein falsches Bild von den Tieren verantwortlich. Dieser Genre-Hintergrund ist zu erinnern, um den Bruch zu verstehen, den Sterns Sendungen Anfang der siebziger Jahre für das Programmgenre bedeutete, um nachvollziehen zu können, warum seine Sendungen heftige Empörungen und Kontroversen auslösten und wie wenig andere Produktionen dieses Genres das Bewußtsein der Zuschauer nachhaltig veränderten.

Horst Sterns Sendung »Bemerkungen über das Pferd« vom 13.1.1970, mit der die Reihe »Sterns Stunde« begann, brach mit den Konventionen unterhaltender Tierplauderei und verklärend paradiesischer Filmaufnahmen. Stern hatte ein neues Konzept. Die Exkursionen zu den Tieren führten nicht in exotische Ferne, Stern blieb mit seinen Sendungen zumeist in Europa. Ihn interessierten weniger unzugängliche tropische Tierwelten, ihn interessierte das Verhältnis von Mensch und Tier in Deutschland. Wie wir mit den Tieren leben, das war sein Thema, wie diese Geschöpfe unter den von Menschen gesetzten Bedingungen in der Bundesrepublik leben, in einem Staat also, der sich als liberal und aufgeklärt versteht und dessen Bewohner sich für informiert und aufgeklärt halten. Pferd, Rind, Hausschwein, Haushuhn waren die Tiere, mit denen er sich beschäftigte, dann auch Falke und Storch, Igel und Rothirsch, Bienen, Spinnen, Schmetterlinge. Exotik geriet ihm in den Blick, wo es um Verwertungen geht: das Tier als Ware im Handel, als Versuchsobjekt der Pharmaindustrie, als Ausstellungsgegenstand im Zoo.

Damit stand Stern mit seinen SDR-Fernsehfilmen in der Tradition des Dokumentarismus der »Stuttgarter Schule«, die er beerbte, aus deren Erbe er aber etwas Neues entwickelte. Die Stuttgarter Dokumentaristen, wie z. B. Wilhelm Bittdorf oder Roman Brodmann, hatten sich in den fünfziger und sechziger Jahren um Heinz Huber, Dieter Ertel und Elmar Hügler auf eine eindringliche Art mit den »vergessenen« Themen der Bundesrepublik auseinandergesetzt und durch ihre präzise

Beobachtung der Mißstände der Republik Stellung bezogen. Sie hatten damit dem Dokumentarfilm zu neuem Ansehen verholfen. Der Stuttgarter Dokumentarismus war ein Qualitätsbegriff im deutschen Fernsehen. Als Heinz Huber 1968 starb und Dieter Ertel und Elmar Hügler zu Radio Bremen gingen, löste sich diese Schule auf. Stern knüpfte an diese Tradition an, ohne ihr direkt anzugehören. Gemeinsam war das genaue Hinsehen, das Insistieren und Nachfragen, die Haltung, ein Thema »gründlich« zu bearbeiten und sich dabei auch Zeit zu lassen, bis die Darstellung fundiert war. Es war ein aus der Sache geborenes Engagement. Stern entwickelte aus der Art, wie er sich mit seinen Themen auseinandersetzte, einen eigenen Stil, auch wenn es keine Schule gab, die diesen Stil verbreitete und verallgemeinerte, wie Manfred Delling bereits 1973 beklagte.

Stern nahm den Tiersendungen den Gestus, etwas Kreatürliches fern jeder sozialen Zusammenhänge darzustellen. Sein Blick ist soziologisch geprägt. Er betrachtet Tiere in der Regel daraufhin, wie sie sich unter den Bedingungen, die ihnen die Menschen setzten, verhalten – dies nicht nur im negativen, sondern auch im positiven Sinne: wenn er z. B. zeigt, wie der Schweizer Tierlehrer Knie im Umgang mit Pferden im Zirkus es versteht, an die vorhandenen Verhaltensmuster der Tiere (hier im Konkurrenzverhalten der Hengste untereinander) anzuknüpfen und sie für die Zirkusdarstellung artgerecht weiterzuentwickeln. Dadurch gab er dem Genre der Tiersendungen ein neues Profil und machte aus den eine scheinbar ahistorisch Natur darstellenden Filmen gesellschaftsbezogene, gegenwartsorientierte Arbeiten.

Die »Bemerkungen über das Pferd« widmen sich dem kulturgeschichtlich und mythologisch überhöhten Tier, das als »treuester Gefährte« des Menschen bezeichnet wird und für das die Mehrheit der Menschen starke Emotionen empfindet. Stern gibt sich nicht mit den bekannten Auffassungen zufrieden, er traut ihnen nicht, sucht danach, was sich bei nüchterner, ja zunächst durchaus immer respektloser Betrachtung dazu sagen läßt. Er sucht nach dem, was sich hinter den vordergründigen Allerweltsweisheiten verbirgt, was sich zu Züchtung und Zähmung, zu Psychologie und Verhaltensweisen sagen läßt.

Stern betreibt das, was man wenig später investigativen Journalismus nennt: Er sucht nach Verborgenem, nach zurückgehaltenem Wissen. Er ist neugierig, will es ganz genau wissen und vor allem verstehen. Was bringt Tiere dazu, sich dem Höchstleistungssport zu unterwerfen? Pferde, so ist seine These, seien hochspezialisierte Fluchttiere der Grassteppe, und sie würden den Hindernissen, über die sie bei den Reit- und Springturnieren gezwungen würden, lieber ausweichen. An der Legende vom tapferen und mutigen Pferd kratzt seine Feststellung, daß Pferde letztlich feige seien, erheblich. Der prominente Reiter Hans Günter Winkler bestätigt den Zuschauern in der Sendung, daß man als Reiter den Pferden den Willen aufzwingen müsse, von alleine würden sie nicht springen. Stern pointiert seine Folgerung: »Das Pferd überläßt das Denken seinem Reiter, deshalb ist es auch so oft der Dumme!« Solche Äußerungen mußten provozieren.

Stern geht es um neue Einsichten. Er will den Zuschauern Tiere vor Augen führen, »die er bestens zu kennen glaubt, in Wirklichkeit aber, bei genauem Hinsehen, so gut wie gar nicht kennt«. Er will etwas aufdecken, Wissen vermitteln, das zwar Biologen, Verhaltensforscher, Tiermediziner, nicht aber die Mehrheit der Zuschauer besitzen. Daß die »Gesellschaftstiere«, mit denen sich der Mensch umgibt, ihre ganz eigenen tierischen Verhaltensweisen haben, die durch den Menschen entweder weggezüchtet (wie z. B. beim Hausschwein) oder einfach negiert werden, ist ihm ein beständiges Thema seiner Arbeit. Gegen das Unwissen, das er überall als Ursache für einen falschen Umgang mit den Tieren am Werk sieht, zieht er zu Felde wie gegen die Geschäftemacherei und die falsch verstandene Tierliebe, die sich oft zum Schaden der Tiere gegenseitig in die Hände spielen. So zielen seine Attacken gegen den internationalen Tierhandel (»Bemerkungen über das Tier im Handel«, 1973) nicht nur gegen die unwissenden Tierfänger in Asien, sondern gegen die Zwischenhändler, die sich wenig um artgerechte Unterbringung und Transport bemühen, und auch gegen die tierliebenden Westeuropäer, die sich aus den unterschiedlichsten Gründen Tiere als Zimmerschmuck oder Repräsentationsobjekte zulegen.

Wort und Bild, Emotion und Kritik

Sterns Sendungen leben von seinem Kommentar, seinen pointierten Formulierungen, den Zuspitzungen und der oft harschen Kritik, die er an gesellschaftlichen Mißständen übt. Doch erst einmal läßt er Bilder sprechen. Durch sie wird der Zuschauer eingestimmt: Wir sehen minutenlang Tiere in Aktion: Gemsen auf ihren Wegen durchs Gebirge, Spinnen beim Lauern, Laufen, Zupacken, Sich-zurück-Ziehen, Bienen in emsiger Bewegung über ihren Waben. Der Zuschauer ist gehalten, sich unbefangen auf die Bilder einzulassen, erst danach wird er gelenkt, erhält er Anweisungen, worauf er zu achten hat, Hintergrundinformationen, die ihn besser verstehen lassen, was er sieht. Danach achtet er genauer auf das, was die Kamera zeigt, erkennt bereits an den Kisten, wie quälend die eingesperrten Tiere in ihnen vegetieren müssen, weiß jetzt um das Leiden der Tiere in den Versuchsvorrichtungen der Pharmaindustrie. Stern entwickelt eine Didaktik des Zeigbaren: die Kamera geht oft sehr nah heran, um die Details sichtbar zu machen. Der Zuschauer lernt mit Stern rasch, einen mißtrauischen Blick zu entwickeln, er lernt zweifeln, Skepsis zu entwickeln und beginnt, sein eigenes Verhältnis zu den Tieren nachdenklich zu überprüfen.

Die Filme vermitteln ein starkes Vertrauen in die Kraft der Bilder. Wenn Stern selbst vor die Kamera tritt, ordnet er das Gezeigte in einen Kontext ein, pointiert damit die Bilder, trägt einen Standpunkt vor. Anfangs noch im Blue-Box-Verfahren eingestanzt in ein Bild von Spinnen und anderen Tieren, später frontal im Halbformat. Die Bilder sind von unterschiedlicher Qualität. Einige Aufnahmen, etwa über die Gemsen oder die Wildpferde zeigen jene uns heute typisch für die siebziger Jahre erscheinende Unschärfe und Dunkelheit. Andere dagegen, wie die Filme über die Bienen und die Spinnen, beeindrucken noch heute durch ihre makellose Schönheit, durch ihre Brillanz und Lichtführung. Vor allem in dem zweiteiligen Film über die Spinnen zeigt Stern Bilder von einer ästhetischen Reinheit und Schönheit, wie sie bis dahin im deutschen Fernsehen nicht oder nur selten zu sehen gewesen waren.

Beim SDR hatte Stern den Kameramann Kurt Hirschel entdeckt, der schon in den fünfziger Jahren mit dem Unterwasserforscher Hans Hass zusammen Filme gedreht hatte und der nun sein »zoologiefernes Dasein« beenden und mit Stern wieder Filme über Tiere machen konnte. Hirschel machte ganz neue Erfindungen, die die komplizierten Aufnahmen erst ermöglichten. Ihm gelang es, perfekt ausgeleuchtete Bilder von Bienen im Stock zu drehen, ohne daß das Wachs der Waben schmolz. Hirschel entwickelte eine stroboskopische Aufnahmetechnik, bei der 12 Blitzlampen elektronisch mit der Kamera synchronisiert wurden und bis zu 500 Bilder pro Sekunde aufnahmen. Das normale Lampenlicht hätte die Spinnen geröstet, bevor es zu einer Aufnahme gekommen wäre. Elektronenmikroskop-Aufnahmen und Zeitrafferbilder zeigten bis dahin noch nicht Gesehenes. Die Kritikerin Cornelia Bolesch konstatierte nach dem Film, sie werde zwar die »haarigen Viecher nicht unbedingt auf den Arm nehmen und streicheln, wenn sie mir begegnen, aber zu einer Gänsehaut langt es wohl nicht mehr«. Das war eine Absicht Sterns, die Angst vor den Spinnen, die häufig nur aus Unwissenheit über die Tiere besteht, durch ein »Spinnenwissen«, wie er es nannte, zu bekämpfen.

Die Aussagekraft der Bilder steigert sich dadurch, daß eine filmische Argumentationsweise entwickelt wird, die auf eine episodische Verdichtung im Gezeigten hinarbeitet. Fang und Tötung der Kaimane vor den Augen der Zuschauer, das Ausspülen von blutigen Kaninchenaugen, in denen Kosmetika-Chemikalien auf Hautverträglichkeit erprobt wurden, brennen sich nachdrücklich in das Gedächtnis ein.

Das emotionale Potential der Bilder mobilisierte die Zuschauer, die oft bereits während der Sendungen beim SDR anriefen, Leserbriefe schrieben und immer wieder Diskussionen und Veränderungen forderten. Doch hier wurde nicht in erster Linie ein diffuses Sentiment bedient. Das Mitleid, das sich bei den Zuschauern regte, wurde fast immer in eine bestimmte Richtung gelenkt, indem Stern Hintergründe erklärte, Ursachen aufdeckte und auch, meist allgemein, auf die Schuldigen verwies. Seine Kommentare sind eher nüchtern, manchmal ironisch, immer aber durch bildhafte Formulierungen zugespitzt und prägnant. Stern verzichtet auf verklärende Bildparaphrasen, auf Romantizismen. Im Zusammenspiel mit den Bildern können seine Kommentare eine oft kühle Aggressivität entwickeln und die durch die Bilder entfachten Emotionen in eine Richtung zwingen, sie als Basis für eine Anklage benutzen.

Stern arbeitete ohne ein vorher am Schreibtisch verfaßtes Drehbuch. Er besprach mit dem Team vor Ort, worauf es ihm ankam, und verdeutlichte im Gespräch Biologie und Verhaltensmuster der zu filmenden Tiere. Wie dann aufzunehmen war, wurde von den Mitarbeitern mitgeplant: sie entwickelten selbst kreative Lösungen. Dabei wurde viel Material verbraucht, weil bei den Tieraufnahmen die Tiere nicht wie Darsteller auf Stichwort reagierten. »Tiere wollen oder wollen nicht. Meist wollen sie nicht«, sagte Stern einmal in einer Beschreibung seiner Produktionsmethoden. Die meiste Zeit bei den Dreharbeiten verging mit Warten, und manchmal konnte er in einer Sendung nur sagen, was er eigentlich zeigen wollte und was aufzunehmen nicht gelungen war. Inszeniert wurde nichts, Authentizität der Bilder war immer oberstes Gebot. So entstanden auch die Kommentare erst, wenn die Aufnahmen abgeschlossen waren. In genauer Abstimmung mit den Bildern und im Rhythmus des Visuellen eingefügt. Die enge Verzahnung von Wort und Bild war ihm wichtig. »Wenn ich das Ohr des Publikums haben will, darf ich im Fernsehen, meine ich, sein Auge nicht gleichzeitig fremdgehen lassen.«

Die Kritik an Sterns Sendungen, die Botschaft seiner Texte werde oft durch die Bilder erschlagen, geht von der Annahme aus, daß nur größtmögliche Identität von Wort und Bild Wirkung erzeuge. Die dahinterstehende »Wort-Bild-Schere«-These, in den siebziger Jahren entwickelt und in den Filmen von Bernward Wember plakativ herausgestellt, verkennt jedoch die Dynamik des filmischen und televisuellen Wahrnehmens, die seit den sechziger Jahren auch zu anderen Wahrnehmungsweisen geführt hat. Das Nebeneinander von attraktiven Bildern und einem gleichzeitig auditiv vermittelten Kommentar, der ganz andere Aspekte anspricht als in den Bildern vermittelt werden, und das Fehlen von direkten Verknüpfungen mit dem Bild bedienten gerade avanciertere Rezeptionsweisen, wie sie sich in den siebziger Jahren – auch unter den sich verändernden Arbeits- und Lebensbedingungen einer zunehmend technisierten und automatisierten Welt – etablieren. Auf einer strukturellen Ebene unterstützt eine solche Präsentationsweise die Attraktivität von Sterns Sendungen. Sie bedient die in dieser Zeit sich durchsetzenden, auf Komplexität ausgerichteten Wahrnehmungsweisen und verbindet sie mit einem auch gesellschaftskritisch akzentuierten Themenbereich.

Konflikte mit Jägern, Tierhändlern und Zoodirektoren

Die Genauigkeit des audiovisuellen Textes bildete die Basis für die Prägnanz seiner Sendungen. Was in »Sterns Stunde« formuliert wurde, war nicht einfach dahergesagt, sondern hatte Gewicht. Deshalb erregten sich auch so viele über seine Sendungen. Als er mit seinen »Bemerkungen über den Rothirsch« die bundesdeutschen Jäger der Überhegung beschuldigte und behauptete, daß der hohe Wildbestand den Wald ruiniere, schwappte der Protest der Jägerlobby bis in den Bundestag. Der Bundestagsausschuß für Ernährung, Landwirtschaft und Forsten ließ sich in einer Sondersitzung den Film vorführen. Die Besichtigung geriet nicht, wie von einigen Lobbyisten beabsichtigt, zum Tribunal; Experten konnten Sterns Befunde nur bestätigen. Bei der Sendung über den Tierhandel kam es zu einer Anfrage im Bundestag. Stern legte sich auch mit dem Fernsehtierschützer Grzimek an, weil er zeigte, daß sich dessen Frankfurter Zoo mit Angebotslisten am Tierhandel beteiligte und auch für Grzimeks Tiere nicht jeder »Platz für Tiere« paradiesischer Natur war.

Doch diese Proteste bildeten nur die Spitze einer Lawine ganz unterschiedlicher, meist zustimmender Reaktionen auf seine Sendungen. Dabei war Stern mit seinen Sendungen kein notorischer Parteigänger. Ganz im Gegenteil: Als er sich mit den Tierversuchen der Pharmaindustrie beschäftigte, zog er sich die wütende Kritik der Tierschützer zu, weil er die Notwendigkeit der Tierversuche (aufgrund unserer Lebensweise und der medizinischen Entwicklung) nachwies, auch wenn er den Umfang und die Praxis dieser Versuche nicht guthieß. Stern zeichnete aus, daß er sich nicht festlegen ließ, daß er nicht bereit war, Kompromisse einzugehen, abzuschwächen und zu mildern, wo andere es für opportun gehalten hätten.

Mit seinen Filmen steht Horst Stern für ein kritisches, aufklärendes und informierendes Fernsehen, das auch Provokationen nutzte, wenn von ihnen ein die Zuschauer mobilisierender Effekt zu erwarten war. Dieses Fernsehen war Ende der siebziger Jahre immer weniger gefragt. Entpolitisierung der Programme und eine vorgreifende Unterhaltungsausrichtung des öffentlich-rechtlichen Fernsehens auf das erwartete Kommerzfernsehen zielten auf andere Angebote. Auch wenn bei seinem Entschluß, aufzuhören, noch andere Überlegungen eine Rolle spielten, der Journalist Horst Stern hätte trotz seiner Prominenz mit seinen Sendungen im Fernsehen der achtziger Jahre einen schwereren Stand gehabt.

Tierversuche in der Pharmaforschung

Im Oktober und November 1978 wurden vom Süddeutschen Rundfunk drei Fernsehfilme Horst Sterns zum hochemotionalisierten Thema Forschungsversuche an Tieren gesendet. Die Filme erzeugten einen Proteststurm sondergleichen. Weil Stern versucht hatte, mehr als nur eine Anklage gegen Laborversuche an Tieren vorzutragen, wurde er beschimpft und bedroht. Er beschloß, dem Medium Fernsehen den Rücken zu kehren. Die Buchveröffentlichung mit den Filmtexten und weiteren Dokumenten enthält ein Vorwort, in dem Stern sich mit den Erfahrungen nach der Ausstrahlung der Filme auseinandersetzt. Auch dem hier abgedruckten Textteil zur zweiten Folge der Serie »Die Seele« fehlen die aufwühlenden Bilder, aber gerade dies ermöglicht, den differenzierten Überlegungen Sterns nachzudenken.

Vorwort

Es wird diesem Buch nicht anders ergehen als den Filmen, die ihm zugrunde liegen: angeklagt des nützlichen Idiotentums für die Pharma-Industrie, ja sogar der PR-Kumpanei mit ihr; geziehen auch der Blauäugigkeit, weil ich die Kellerverliese bei ihr noch immer nicht fand, in denen Tiere aus purer Lust gemartert werden; und beschimpft des Verrats an der leidenden Kreatur sowie der Geschäftemacherei mit ihrem Elend.

Nach drei Jahren Umgang mit dem Thema »Tierversuche in der Pharmaforschung« und nach Auslöffeln der heißen Suppe, die ich mir damit einbrockte, bin ich dem Achselzucken nahe, mit dem der behördliche Tierschutz, Gesundheitspolitiker und Pharmakologen schon lange die hysterischen Schmähungen durch die »Antivivisektionisten« quittieren. Oh, wie ist es am Kilimandscharo so schön!

Aber darf man das: mit Kamera und Notizbuch ins Tierparadies retirieren, wenn man zwei Dutzend Filme gemacht hat über Mensch-Tier-Beziehungen und Lob und Preis dafür kassierte? Darf man dann die tragischste dieser Beziehungen unangerührt lassen, weil man im voraus weiß, daß die bewegten Bilder von Tierversuchen jedes zur ruhigen Betrachtung mahnende Begleitwort erschlagen und den verschlingen werden, der es wider besseres Wissen wagte, solche Bilder – siehe, das bist auch du! – den Pillen-, Putzmittel- und Parfumkonsumenten nach dem Abendbrot vor die gemütlich hochgelegten Füße zu legen?

Man darf es einmal nicht, wenn man Tiere mag. Man darf es zweimal nicht, wenn man Zugang zu den großen Medien hat. Man darf es dreimal nicht, wenn man weiß, daß nichts als der beharrliche journalistische Versuch, eine von schreibenden Scharfrichtern gesellschaftlich hingerichtete Wissenschaft zu resozialisieren, Tierleid quantitativ und qualitativ wird mindern können. Denn, nicht wahr: In einer technokratisch regierten Gesellschaft ist die Emotion ein unanständig Ding; man läßt sie tunlichst aus dem Spiel, wenn man Zustände verändern will. Man wird also auch den Zustand der tierexperimentell forschenden Wissenschaft nicht verändern, wenn man sie verteufelt. Schließlich stellt allein sie die Gutachter, die den technokratisch-wissenschaftlich gesonnenen Gesetzgeber beraten. Und die, die man für Un-Menschen hält, sind in einem wenigstens nur allzu menschlich (auch wenn sie es bestreiten werden): in der sie solidarisierenden Trotzreaktion auf Schmähungen.

So waren denn die Filme – und so ist dies Buch – nichts anderes als der Versuch, die tierexperimentell forschende Wissenschaft, besonders die Pharmakologie, wieder gesellschaftsfähig zu machen, sie zurückzuholen an den Gesprächstisch der Gesamtgesellschaft, von dem eifernde Scharfmacher sie mit der kompromißlosen Forderung des Unmöglichen – Abschaffung *aller* Tierversuche – vertrieben.

Meine Position ist deutlich (und die in diesem Buch abgedruckten Originaltexte meiner Filme weisen es aus): Ich befürworte die Tierversuche nicht, ich verteidige sie nicht einmal. Ich relativiere sie nur an menschlichen Leiden und frage: Wer will, wer darf die weltweit nahezu einheitliche, erdrückende Mehrheitsmeinung der Wissenschaft, es ginge nicht, noch nicht und ganz wohl nie ohne Tierversuche in der Medizin, vom Tisch wischen mit einem Schwall von Schmähungen, die im Grunde allesamt in einem einzigen Wort – Sadismus – kulminieren?

Ich bestreite nicht (und die in diesem Buch abgedruckten Filmtexte weisen auch das aus), daß es in der Geschichte des Tierversuchs unerhört grausame, verachtenswerte Experimente gegeben hat. Ich frage nur: Wer der Forschung vorwirft, sie rechtfertige die Tierversuche von heute mit ihren Erfolgen von gestern – muß der sich nicht auch vorwerfen lassen, er verdamme die tierexperimentelle Teamforschung von heute mit ihren Kellergreueln von gestern?

So zu fragen bedeutet wiederum nicht, ich meinte, es sei heute, unter dem neuen Tierschutzgesetz, alles bestens. Es gibt Sadisten unter den Tierversuchsgegnern (sie forderten in nicht geringer Zahl in Briefen an mich und den SDR, statt an Tieren an Sittlichkeitsverbrechern zu experimentieren, einige auch, die Kinder der gezeigten Wissenschaftler dafür herzunehmen), und es gibt Sadisten unter Wissenschaftlern. Warum nennt man Briefschreiber mit solchen Moraldefekten pathologische Ausnahmen, hält einen unter Wissenschaftlern vorkommenden Sadismus aber für den Regelfall?

Ich verharmlose das rigorose Marktverhalten der Pharma-Industrie nicht (und die Filmtexte weisen auch das aus): ihre geschäftlich veranlaßten Neumischungen von längst im Handel befindlichen Arzneiwirkstoffen, ihre oft ethisch aufgeputzte Werbung, ihr konspiratives Schweigen, wenn Kritik ihr ans Eingemachte zu gehen droht. Ich frage nur, warum wir die Schattenseiten des kapitalistischen Systems, das wir in vielen Wahlen mit erdrückenden Mehrheiten bestätigt haben, nur an der Pharmaindustrie so deutlich wahrnehmen. Arbeitet der Gesellschaft liebstes Kind, die Automobilindustrie, um Gottes Lohn?

Es seien die Tiere, die die Pharmaindustrie verbrauche, und die Gesundheitsopfer, die sie in Pharmakatastrophen verursache? Da muß ich wiederum fragen: Wann verursachten die Produkte der Pharmaindustrie jemals – selbst weltweit gesehen – solche Gesundheitskatastrophen wie die Produkte der Automobilindustrie: allein in der Bundesrepublik an die 15 000 Tote jährlich, die Krüppel nicht gezählt. Und hörte man nie von Modell-Rückrufen wegen lebensgefährlicher Konstruktionsfehler, von Reifen, die bei hohen Geschwindigkeiten, für die sie angepriesen worden waren, in Fetzen gingen?

Und weiß man nicht, daß – von den USA ausgehend – Menschenaffen in hohen Dosierungen mit den Abgasen unserer Luxusmotoren zu Tode gebracht werden müssen, damit man erfährt, wieviel mehr Abgas wir uns in den vom Verkehrsinfarkt bedrohten Städten gesundheitlich noch leisten können? Kann man sich nicht denken, daß Kaninchen Haut und Augen zu Markte tragen mußten, damit diejenigen, die uns Luxusfarben wie »Saharagelb« oder »Arktisblau« auf die Luxuskarossen auftragen, nicht gesundheitlich Schaden nehmen? Las und sah man es nicht erst unlängst in einer Illustrierten, daß Affen in Crash-Tests zerdrückt wurden? Und expandiert der Automobilmarkt etwa weniger als der Pharmamarkt? Und sind Tierversuchsgegner daran nicht beteiligt, weil sie nur mit der Straßenbahn fahren?

Wissen wir nicht längst, daß zur Erprobung der Neutronenbombe (Forschungsfrage: Wie lange kann ein russischer Soldat nach Bestrahlung noch gegen uns kämpfen?) ganze Herden von Rhesusaffen in den Labors der amerikanischen (und wohl auch der russischen) Militärs mit hohen Dosen bestrahlt und dann, während sie sich speichelnd erbrechen und ihnen Haare und Zähne ausfallen, mit Elektroschocks gezwungen werden, sich in einer Lauftrommel bis zum Tode anzustrengen? Und ändert dies das Wahlverhalten der Tierversuchsgegner? Und was wohl, glaubt man, geschieht erst bei der Erforschung chemischer Kampfstoffe?

Ich übersehe auch nicht, daß Leistungsstreben und akademische Titelsucht in der tierexperimentell forschenden Wissenschaft zu Tierleid führen. Ich frage nur: Gibt es das nicht auch in wissenschaftlichen Bereichen, die uns wohlgefällig sind? Man gehe in einen Metzgerladen und höre, wie die Verbraucher – Tierversuchsgegner doch wohl auch darunter – selbst nur wenig fettes Schweinefleisch zurückweisen. »Das moderne Schwein«, schrieb Martin Urban Ende 1978 in der *Süddeutschen Zeitung*, »ist die Antwort der Wissenschaft auf die Gesundheitswelle. Es hat dreißig Prozent weniger Speck als das der fünfziger Jahre. Es ist ein Fleischkoloß, der nicht mehr schmerzfrei auf seinen vier Haxen stehen kann, weil die Skelettentwicklung nicht mitgekommen ist. Infolge eines zu kleinen Herzens ist er kurzatmig und zugleich hochsensibel. Treibt man das Tier auch nur ein bißchen rasch durch den Stall – man hat das zu Zwecken einer Doktorarbeit ausprobiert – oder gar ins Schlachthaus, so gerät sein Hormonsystem völlig durcheinander. 400 000 Schweine sterben bei uns jährlich auf dem Weg zum Schlachthof, und vier bis fünf Millionen Ferkel verenden schon vorher.« Unter Schmerzen, darf man getrost anfügen, und gegenüber geschätzten 150 000 Hunden, Katzen und Affen im Tierversuch – wenn man solche makabren Dinge überhaupt ins Verhältnis zueinander setzen darf.

Sam Shuster, Professor für Dermatologie an einer englischen Universität, gab im Oktober 1977 vor der Londoner *Royal Society* im Rahmen eines Vortrags über Tierversuche und ihre Darstellung in den Medien die folgende denkbare Beschreibung eines Tierversuchs: »Eines der Tiere wird aus der Gruppe herausgegriffen, die dort zusammengedrängt steht. Man hält es fest, weil es sich sehr wehrt. Seinem Kopf wird ein starker elektrischer Schlag versetzt. Nach dieser Art von Betäubung wird im Hals des Tieres ein Schnitt gemacht und das Blut entweder gesammelt oder vergossen, je nach Bedürfnis. Sobald das Tier aufgehört hat zu zucken, wird ein klaffender Schnitt in die Bauchdecke gelegt…«

Shuster fuhr fort: »Dies hört sich entsetzlich an und ist die Sorte von Presseveröffentlichung, die einen schlechten Ruf begründet: Die Öffentlichkeit, die es liest, ist entsetzt. Aber ist es auch fair? Was ich Ihnen geschildert habe, ist nicht der Hergang eines Tierversuchs, sondern der Ablauf der Schlachtung eines Schweins zum Zweck der Lebensmittelgewinnung, und zwar in einem besonders guten Schlachthof, den ich besuchte. Die Medien geben dem Gewöhnlichen den Anschein des Ungewöhnlichen und umgekehrt. Man kann nicht anders als der Meinung sein, daß Journalisten wie auch Politiker eine Sache nicht so sehr vorantreiben um der Wirkung willen, die diese Sache aus sich heraus haben könnte, sondern um der Wirkung willen, die sich aus ihr erzielen läßt.«

Eine große deutsche Illustrierte (ich will den Namen gar nicht nennen, sie sind sich in diesen Fragen alle gleich), schockierte im Sommer 1978 mit einem großen Photo, auf dem zu sehen war, wie man, in Schweden, einem auf einem Schießstand fixierten Schwein mit einem Gewehr in den Bauch schoß. Der Text sagte, das Tier diene danach Militärärzten als Übungsprojekt für Operationstechniken. Aber nicht daran, an dieser dem Schuß folgenden Operation, entzündete sich der Protest, vielmehr an der grausamen Beschießung des Tieres.

Ich fand das auch grausam, aber wenn ich bedenke, daß überall in den zivilisierten Ländern Männer von hohem gesellschaftlichen Ansehen Tieren von der Schnepfe bis zum Elefanten oft genug auch in die Bäuche schießen, während sie sie zum sportlichen Vergnügen jagen, dann wundert mich die Erregung über dies arme Schwein, ein Tier doch, mit dessen Artgenossen ja, wie wir gesehen haben, auf Schlachthöfen auch nicht eben sanft umgegangen wird. Ich kann diese Erregung nicht teilen, weder was den Militärarzt noch was den Jäger betrifft, die beide ja auch durchaus ein paar hörenswerte Gründe für ihr Tun ins Feld zu führen haben: Verwundetenrettung beziehungsweise Biologie.

Die Illustrierte, von ihren Lesern belobigt ob ihres »Mutes«, solche und ähnliche Forschungspraktiken angeprangert zu haben, schrieb stolz-bescheiden zurück, sie habe das für ihre »journalistische Pflicht« gehalten. Ich weiß das deshalb, weil mir ein paar dieser Illustrierten-Briefe von empörten Fernsehzuschauern, meiner »einseitigen« Filme wegen, als leuchtendes Beispiel journalistischer Pflichterfüllung um die roten Ohren gehauen wurden.

Ein paar Wochen später druckte das Bilderblatt das 135 000-Mark-Inserat einer großen amerikanischen Kosmetikfirma, auf dem eine Dame von der üblichen blasierten Art das intensiv geschminkte Gesicht über den polierten Walnuß-Schaft eines Jagdgewehrs hielt, um so die neue Lidschattenfarbe »Jagdbraun« (oder so ähnlich) zu kreieren, so sagt man wohl.

Die *Blue-Eye-Rabbits,* Blau-Augen-Kaninchen in den toxikologischen Labors großer amerikanischer Kosmetikfirmen, sind berüchtigt: Tiere, die in Plastikgestellen fixiert die Giftigkeit von blauen Lidschatten-Substanzen zu ergründen hatten. Nun werden es wohl *Brown-Eye-Rabbits* gewesen sein.

Eine Hamburger Tageszeitung veröffentlichte 1978 das breitformatige Foto einer Frau, von der in einer Schlagzeile gesagt wurde, sie halte den Gedanken an die gemarterten Versuchstiere nicht mehr aus, sie habe eine Initiative gegen Tierversuche gegründet. Das dreispaltige Bildformat faßte lediglich drei ihrer fünf Hunde. »Antivivisektionisten«, sagte jener schon zitierte Professor Sam Shuster, »sind Tierfreunde und halten sich oft Heimtiere, die meistens Hunde und Katzen sind, Fleischfresser also. Indem wir deren Zahl künstlich immer weiter vermehren, müssen wir immer größere Zahlen von Tieren zu ihrer Ernährung töten. Man erinnert sich noch gut an den Skandal, den es gab, als vor ein paar Jahren in Australien ein Känguruh-Massaker für die Heimtiernahrung stattfand.« Ich möchte anfügen: Nicht nur für die Ernährung, auch für die medikamentöse Behandlung dieser oft aus Liebe krankgefütterten viel zu vielen Heimtiere müssen Hunderttausende von Versuchstieren leiden und sterben.

Wie viele Maßstäbe hat unsere Gesellschaft eigentlich für ihre Leiden, ihren Luxus und ihre Ängste? Und für die Anklagen an die Adresse derer, die ihr die Leiden mildern, den Luxus beschaffen und die Ängste besänftigen? Das wohl krasseste Beispiel: Der mit einem geringen Krebsrisiko behaftete Süßstoff Saccharin gerät – nach Tierversuchen – in den USA auf den Verbotsindex, während der potente Krebserreger Zigarette nach Tierversuchen nicht nur unbehelligt bleibt, sondern mit Millionenaufwand für die Gesundheitszerstörung werben darf.

Es ist an der Zeit, die Pharmakologen zu entdämonisieren. Im Umgang mit einer Chemie, die zu einem zweiten, äußeren Blutkreislauf des modernen Menschen geworden ist, ohne den er nicht mehr leben kann, können wir es uns nicht leisten, ihnen leichtfertig Instrumente aus der Hand zu schlagen, ohne die sie nicht arbeiten zu können glauben. Dazu gehört der Tierversuch. Solange er maßvoll bleibt und human, die Gesetze beachtet und die Kontrolle der Öffentlichkeit nicht scheut, werden wir mit ihm leben müssen, wenn wir leben wollen, wie wir nun einmal leben: genußsüchtig bis zur Krankhaftigkeit, der Bequemlichkeit hörig und skrupellos im Umgang mit der Natur.

Freilich, auch die Forschung hat Anlaß für ein *mea culpa,* wenn es denn schon ohne Schuldverteilung in diesem Debakel zwischen ihr und ihren Gegnern nicht abgeht. Es ist ja nicht alles, was ihr vorgeworfen wird, fanatisierten Gehirnen entsprungen. Ihr überstrapaziertes Argument, sie diene nur dem Wohle der Menschheit, klingt tatsächlich so hohl, daß man dahinter getrost noch vieles andere vermuten darf. Den barmherzigen Samariter sollte sie sich abschminken.

Ich muß den Vorwurf nicht selbst formulieren. Jener Sam Shuster, den wir nun schon kennen, ein hochkarätiger Fachmann und ein Insider dazu, besorgte das schon 1977. Ich zitiere ihn: »Wenn Forscher behilflich sein wollen, ihr Bild und das ihrer Arbeit der Öffentlichkeit neu zu vermitteln, dann müssen sie, was sie selbst betrifft, erheblich ehrlicher werden. Unsere Selbstdarstellung in der Öffentlichkeit war sehr schlecht. Wir haben Verwirrung gestiftet dadurch, daß wir die Motive der Forscher alles andere als wahrheitsgemäß darstellten. Wir haben die Trivialität in vielen Arbeiten verheimlicht und immer der Sucht der Medien nach ›Durchbrüchen‹ in die Hände gespielt.«

Shuster weiter: »Am Beginn der Untersuchung ethischer Vorbehalte gegen Tierversuche sollte die Frage stehen, welches die Motive des Experimentators sind. Ich glaube, wir waren weniger als ehrlich über unsere wirklichen Motive, sowohl gegenüber uns selbst als auch gegenüber der Öffentlichkeit. Der Wissenschaftler wird getrieben vom Doppelmotiv Neugier und Belohnung, und von diesen beiden ist die Neugier das stärkste. Wir sind neugierig, darum experimentieren wir. Der Wunsch, eine Krankheit zu heilen, ist in Wirklichkeit die Neugier auf den Krankheitsprozeß, oder das sublimierte Motiv ist Belohnung, weil Aussicht auf Ruhm und Vermögen mit der Anwendbarkeit der Forschung wachsen. Nun führt das Motiv Belohnung nicht notwendigerweise zu schlechten Dingen, so wenig wie gute Motive notwendigerweise zu guten Dingen führen. Man braucht ja nur an die schlimmen Folgen hochtönender politischer und religiöser Glaubenssätze in allen Jahrhunderten zu denken. Natürlich wollen Wissenschaftler das Wohl der Menschheit, und manchmal arbeiten sie sogar für dieses Wohl. Aber dies Wohl ist nicht das wahre Motiv und kann es auch niemals sein.«

Auf dem Boden eines solchen Argumentierens könnte neue Glaubwürdigkeit wachsen, Verständnis auch, denn schließlich sind Neugier und Aussicht auf Ruhm oder Vermögen die Triebfedern wohl der meisten menschlichen Tätigkeiten. Daran ist a priori nichts Schlechtes, und warum sollten Wissenschaftler – Menschen doch auch nur – besser sein? Moral? Sie war ohnehin durch die Zeiten stets wandelbar. Was allein die heute möglich gewordene Heilung von Geschlechtskrankheiten und die Erfindung der empfängnisverhütenden Pille auf dem Gebiet der Moral verändert haben, muß nicht ausgeführt werden. Es dringt von allen Kanzeln.

Gebricht es der Forschung an Ehrlichkeit in der Darstellung ihrer Motive, so mangelt es ihren Kritikern zu oft an der Seriosität der Anklagen. Mit sinkendem intellektuellen Niveau einer Publikation sinkt auch die Kritik am eigenen Argument. Man setzt Zahlen in die Welt, die kein Leser überprüfen kann. Man imponiert mit Zitaten, die auf ihrem Weg durch die Druckpressen immer platter, plakativer werden. Namen werden wie Fetische gehandelt, akademische Titel der eigenen Zeugen wie Fanfaren geblasen, die der gegnerischen aber bei dem, der sie zitiert, als »Hörigkeit vor den weißen Kitteln der Professoren« diffamiert. So wird die Verwirrung in der Öffentlichkeit immer größer.

Hin und wieder macht sich dann jemand daran, der Quelle einer besonders abenteuerlichen, häufig publizierten Behauptung nachzugehen. Ich möchte zwei solcher Enthüllungen von Enthüllungen hier Raum geben.

1. Eine Standardbehauptung der Pharma-Kritiker, die von der Antivivisektionsliteratur freudig aufgegriffen wird, lautet: *30 Prozent aller Krankheiten sind durch Medikamente verursacht. 25 Prozent aller Patienten zeigen schadliche Arzneimittelnebenwirkungen.* Daraus wird stets gefolgert: Tierversuche sind also untauglich, zur Sicherheit von Medikamenten beizutragen. Beweise dafür, wenn es sie gibt, werden der Öffentlichkeit nicht vorgelegt. Es sind Glaubenssätze, und sie dringen oft in die Hirne selbst kritischer Leute ein.

1971 sagte der berühmte amerikanische Verbraucheranwalt Ralph Nader vor einer US-Senatskommission aus, »daß nach der konservativsten Schätzung von FDA (die amerikanische Zulassungsbehörde für Medikamente) täglich 100 Amerikaner an Arzneimittelnebenwirkungen sterben«.

Es gibt aber keine FDA-Untersuchung, die eine solche Aussage stützen würde, stellte Walter S. Ross in *Reader's Digest Press* in einer großen Untersuchung fest *(The Life/Death Ratio – Benefits and Risks in Modern Medicine,* 1977). Einer von Naders Abteilungschefs, Dr. Sidney Wolfe, sagte dann, die Quelle sei die Rede eines Dr. Donald Rucker. Dr. Rucker, als er befragt wurde, sagte, seine Quelle sei ein Artikel im *New England Journal of Medicine.* Aber auch dieser Artikel erhärtete die Aussage Naders nicht. Ross: »Die wirkliche Quelle dieser Aussage zu finden, gleicht dem Versuch, fliegende Untertassen dingfest zu machen.«

1974 war der Leichenberg von 100 täglichen Toten (eine US-Jahresquote von 36 500) in einem Buch der Pharma-Kritiker Silverman und Lee *(Pills, Profits and Politics)* schon auf 140 000 Tote angewachsen. Ich verkürze die Groteske hier, die auch in anderen Veröffentlichungen mit diesen Zahlenspielen aufgeführt wurde. Es stellte sich schließlich heraus, daß die horrenden Todeszahlen auf der Basis von 27 Sterbefällen in sechs Krankenstationen hochgerechnet worden waren auf 32 Millionen Patienten in allen US-Krankenhäusern (darunter sechs bis sieben Millionen schwangere oder entbundene Frauen mit ihren Neugeborenen). So wurden aus jedem dieser 27 Toten einer Boston-Studie 5185 Leichen quer durch die Vereinigten Staaten. Dabei stammten diese Toten alle aus *Medical Wards,* vergleichbar etwa Intensivstationen, deren Insassen mit den Patienten von Allgemeinkrankenhäusern nicht verglichen werden können.

Die Untersuchung von elf Todesfällen in einer Florida-Studie, mit denen ein ähnlicher statistischer Unfug getrieben worden war, ergab, daß zwei unter den Verstorbenen, deren Tod den Nebenwirkungen von Medikamenten angelastet worden war, an Leukämie gelitten hatten, einer an Lymphdrüsenkrebs, zwei an Nephritis, einer lebensgefährlichen Nierenkrankheit, ein weiterer an chronischer Herzinsuffizienz und ein siebter an Urämie, einer von kranken Nieren ausgehenden Blutvergiftung, kompliziert noch durch Bluthochdruck. Mit anderen Worten: sieben dieser elf Toten waren von lebensgefährlichen Krankheiten befallen und dem Tode nahe gewesen. Es ist aber anerkannte Praktik, auch risikoreiche Nebenwirkungen eines Medikaments in Kauf zu nehmen, wenn es gilt, den Tod abzuwenden.

1974 veröffentlichten die Autoren Karch und Lasagna, beide klinische Pharmakologen (also Angehörige einer Forschungsrichtung, die am Menschen statt am Tier orientiert ist), eine umfangreiche Untersuchung aller verfügbaren Daten von Medikamentennebenwirkungen. Sie kamen zu folgendem Schluß: »Eine Hochrechnung der verfügbaren Daten kann keine gültige Abschätzung des Problems der schädlichen Nebenwirkungen von Medikamenten in den USA erbringen. Ausreichend Daten für gültige Hochrechnungen sind einfach nicht vorhanden.«

Wir wollen um Himmels willen nun nicht auch noch fragen, was Zahlen über Arzneimittelschäden durch Nebenwirkungen wert sind angesichts einer von der *Süddeutschen Zeitung* im Dezember 1978 veröffentlichten Untersuchung, wonach 35 bis 40 Prozent (bei Depressiven 70 und bei Hochdruckkranken sogar 80 Prozent) aller vom Arzt verschriebenen Medikamente ins Klo wandern...

Postscriptum: Vorsichtig geworden durch die Kritik von Fernsehzuschauern, die die Kunst beherrschen, einen Film zu bewerten, während sie gleichzeitig über ihn am Telefon schimpfen, füge ich für Diagonalleser an: Es wurde hier nicht behauptet, daß es *keine* schädlichen Nebenwirkungen von Medikamenten gäbe.

2. In der Oktober-Ausgabe 1975 der Zeitschrift *Tier* veröffentlichte der von mir sehr geschätzte Robert Jungk einen Leitartikel, der die Überschrift trug: »Millionen Versuchstiere werden unnötig geopfert.« Es handelte sich um die Würdigung eines Buches, das heute zu den Hauptzeugen gegen Tierversuche in der Pharmaforschung zählt: *Victims of Science (Opfer der Wissenschaft);* Verfasser ist der in Oxford tätige klinische Psychologe Richard D. Ryder.

Unter Berufung auf ihn schrieb Jungk: »Laut vertraulichen Nachrichten des mit der Überwachung von Tierversuchen betrauten englischen Ministeriums wird ein erheblicher Teil der angeblich nur für lebenswichtige medizinische Forschungen gestatteten Tierquälereien zur Entwicklung und Erprobung von Schaumbädern, Intimsprays, Deodorants, Zigaretten unternommen.«

Seither zählt auch Robert Jungk zu den wissenschaftlich legitimierten Kronzeugen wider jedweden Tierversuch. Er wurde per Vereinsstempel und Postversand vom »Bund gegen den Mißbrauch der Tiere (vorm. Bund gegen die Vivisektion e. V.)« vereinnahmt.

Wie das so geht, eskalierte der Jungk-Text. Im März 1976 schrieb das Hannoveraner Psychiater-Ehepaar Stiller an das *Göttinger Tageblatt* unter anderem: »Die ›unbedingte Notwendigkeit zum Wohle der Menschheit‹ wird von Versuchstierforschern zwar immer behauptet, aber nach Ryder sind mehr als zwei Drittel der vorgenommenen Versuche völlig unnötig und die Ergebnisse des verbleibenden Drittels nicht einmal beweiskräftig.« Auch dieser Text wurde vervielfältigt und ausgestreut.

Ich recherchierte damals schon für meine Filme, und so geriet ich auch an die Arbeit jenes Sam Shuster, Professor für Dermatologie in England, den ich schon bemühte. Shuster hatte auch in England solche und ähnliche Interpretationen immer wieder in der Antivivisektionsliteratur gefunden, und nicht nur dort. Aus seiner Insider-Kenntnis der englischen Pharmaforschung hielt er – bei aller kritischen Einsicht in die Trivialität vieler Experimente – die Mengenangabe »mehr als zwei Drittel« für maßlos übertrieben. Er beschloß, der Sache nachzugehen. Ich glaube, seine Recherchen für glaubhaft halten zu dürfen. Er trug sie immerhin in der Londoner *Royal Society* vor wissenschaftlichem Publikum vor.

Shuster telefonierte mit dem *Observer,* mit der hochangesehenen Medizinzeitschrift *The Lancet* und mit dem *New Scientist.* Sie alle hatten diese 1:2-Story über Sinn und Unsinn englischer Tierversuche auch veröffentlicht. Nein, sagten die zuständigen Redakteure (der von *Lancet*, wie Shuster anmerkt, immerhin »leicht peinlich berührt«), nein, selber geprüft hätten sie diese Zahlen nicht. Als Quelle nannten sie alle Ryder (oder sich gegenseitig).

Also klingelte Shuster bei Ryder an. Ich lasse ihn das selber erzählen: »Er war äußerst hilfreich und bestätigte, daß seine Quelle für das Zahlenmaterial das *Home Office* (Innenministerium) sei. Aber er wies mich darauf hin, daß er niemals affirmativ gesagt habe, weniger als ein Drittel der Tierversuche diente medizinischen Zwecken. Was er tatsächlich gesagt habe, sei dies: ›In anderen Worten, weniger als ein Drittel aller lizenzierten Versuche an lebenden Tieren können als medizinisch veranlaßt gesehen werden *(can be seen to be medical).*‹ Abbildung 3 (immer noch Originalton Ryder) illustriert die ständige, sich über Jahre erstreckende Abnahme von Forschungen, die offensichtlich medizinisch sind.« So stehe es auch auf Seite 32 des Ryderschen Buches, sagt Shuster. Und er zitiert Ryder zur Sache noch einmal richtig, diesmal aus *Scientific Cruelty for Profit* (1974): »Wenn also die meisten Forschungen nicht medizinisch sind, was sind sie dann?« Man erkennt: Ryder stellte mangels ausreichender Informationen bloß eine Frage, eine Suggestivfrage freilich, die seine Epigonen für ihn mehr oder weniger phantasiereich beantworteten. Ryder zu Shuster: Er sei wiederholt falsch zitiert worden.

Und von den »vertraulichen Nachrichten« des *Home Office,* die Robert Jungk erwähnt, sagt Shuster: »Zu der Zeit, als Ryder seine Zahlen präsentierte, waren detaillierte Zahlen nicht erhältlich, und zwar einfach deshalb nicht, weil das *Home Office* sie zu der Zeit überhaupt nicht erhob.« Eine summarische *Home Office*-Übersicht über die Rückmeldungen der lizenzierten Tierexperimentatoren habe lediglich gezeigt, daß weniger als ein Drittel der Versuche klar medizinisch waren; über den Rest habe es nur sehr spärliche Angaben gegeben. Ryder hatte also das dürftige Material korrekt – als Frage – behandelt.

Das *Home Office* ließ Shuster 1977 dann Einblick nehmen in eine neuere Pilot-Studie, die auf der Basis von 86 000 Experimenten statistisch erstellt worden war. Die Studie basiert auf dem neuen Meldeformular des *Home Office.* Sie zeigt, daß über 75 Prozent aller Tierexperimente in England in direkter Verbindung mit der medizinischen und pharmakologischen Forschung stehen; etwa 90 Prozent des Restes bestehen aus Grundlagenforschung in enger Beziehung zu medizinischen Problemstellungen (Forschungen an Bakterien, Viren, Gewebe-Transplantationen und -Reparatur). Sehr wenige Experimente betrafen Haut- und Augenirritationen, und der mit Kosmetika befaßte Anteil an den Experimenten war zu klein, um statistisch überhaupt definiert werden zu können. Shuster schätzte ihn in Erwartung detaillierterer Erhebungen von 1978 dennoch auf ein bis zwei Prozent. (Für Nordamerika mit seinem großen Weltmarktanteil an Kosmetika und seinen rigorosen Sicherheitsbestimmungen liegen die Schätzungen des Anteils dieser Branche am Versuchstierverbrauch bei 10 bis 15 Prozent.)

Auf dem 8. Welttierschutzkongreß 1978 in Berlin sagte Ryder, daß etwa 80 Prozent der 5,8 Millionen jährlich in Großbritannien durchgeführten Tierversuche nicht der medizinischen, sondern der chemischen und kosmetischen Testung dienten, »die im Fall der Kosmetika völlig entbehrlich sind« (Mitteilung der SCIVU – Internationale Vegetarier-Union vom 11.1.1979). Im Licht der neuesten, von Shuster zitierten *Home Office*-Erhebungen läßt dies die Deutung zu, daß Ryder nur ein bis zwei Prozent aller englischen Tierversuche für »völlig entbehrlich« hält. Soviel über die Kunst, mit Zahlen alles und nichts zu beweisen.

Und nun auch noch dies: Nach der Zeitschrift *New Scientist* vom 20.1.1977 werden in England von etwa 10 000 Wissenschaftlern jährlich fünf bis sechs Millionen Versuchstiere gebraucht. Es kämen so in der biomedizinischen Forschung auf 13 Engländer eine Maus und auf 3000 ein Hund. Demgegenüber seien verantwortlich: ein Engländer jährlich für den Tod von 8 Hühnern, drei Engländer für das Ende eines Schweins, vier für die Schlachtung eines Schafs und zehn für das Ende eines Rinds.

Postscriptum: Vorsichtig geworden durch eine Fernsehkritik, die die Kunst beherrscht, drei Filme zu verreißen, von denen sie nur einen gesehen hat, sage ich für jene, die einen Textabschnitt nur anlesen: Es wurde nicht versucht, die Tieropfer für die kosmetische Industrie zu verharmlosen.

Ich könnte beliebig lange fortfahren in der faktischen Schärfung von publizistischen Dumdum-Geschossen, die schwere Wunden reißen in die im Interesse der Versuchstiere bitter nötige Solidarität zwischen Wissenschaft und Öffentlichkeit. Ich lasse das. Es lag mir nur daran, auf beiden Seiten den Heiligenschein etwas tiefer zu hängen, mit dem sie sich gern schmücken. Gefragt ist Moderation, nicht Anklage.

In diesem Sinne werte ich einen Brief, den ich für zitierenswert halte, weil er die Absicht meiner Filme am deutlichsten beschreibt. Eine Frau, Barbara Winther aus Wedemark, schrieb mir nach der Sendung: »Ich habe es auch nur mit ziemlich viel Alkohol im Leib ausgehalten. Natürlichste Reaktion: Man möchte kämpfen und etwas ändern, eine Verhaltensweise, die uns westlichen Menschen ohnehin besonders naheliegt und durch zahlreiche Bürgerinitiativen, neue Unterrichtsinhalte usw. auch sehr gefördert wird. Nur braucht man dazu ein Feindbild – und das macht einem der Herr Stern mit diesem Film kaputt! Ich muß gestehen, daß ich auch erbittert war, daß Ihr Film mir die Flucht nach vorn, in den Zorn und in irgendeine Aktion unmöglich machte, daß die Sache also so einfach nicht ist… Es ist sicher eines der am schwersten zu lernenden Dinge, nicht rein emotional und fanatisch für eine Sache zu kämpfen und andererseits nicht zu resignieren und aufzugeben, wenn man den Standpunkt der Gegenseite versteht und respektiert. Hierzu haben Sie mit Ihrem Film einen ganz wesentlichen Beitrag geleistet. Ich hoffe sehr, daß er zu einem Buch wird…«

Hier ist es. Es maßt sich nicht an, das Problem vollständig zu beschreiben. Es bietet Informationen statt Sensationen und keine Patentrezepte. Es ist im Chor der Horrordarsteller eine Stimme, die zur Besonnenheit mahnt: Wer mit der Peitsche nach der Hand schlägt, die ein Versuchstier hält, trifft leicht mit der Hand auch das Tier.

Die Seele

Horst Stern (Anfangsmoderation):
Die stark gefühlshaltige Wirkung solcher Bilder hat die öffentliche Debatte über Sinn oder Unsinn der Tierversuche

längst in Polemik erstickt. Für die Gegner sind Tierexperimentatoren nur noch Sadisten im weißen Kittel. Die Wissenschaft hält ihre Gegner für emotionale Spinner. Am allerwenigsten ist damit den Versuchstieren geholfen.

Differenzierung tut not. Und eine ehrliche Antwort auf die Frage, ob wir denn bereit sind, Schmerz und Krankheit zu erleiden, damit die Tiere nicht stellvertretend für uns leiden müssen.

Horst Stern:
Rund eine Million Ratten und Mäuse – das ist der Jahresbedarf eines einzigen Pharma-Konzerns – eines großen freilich. Er züchtet sie sich selber. Um die Tiere frei von jeglichen Krankheitskeimen in die Labors zu bekommen, erfolgt die Aufzucht unter total sterilen Bedingungen. Abgeschlossen von der Außenluft werden keimfrei gemachtes Futter und Trinkwasser in Plastiktrommeln gelagert und den Tieren mit Hilfe von Gummi-Armen verabreicht, in die die Pfleger von außen einschlüpfen.

So keimfrei ist die Innenluft, daß verendete Tiere nicht verwesen, sondern mumifizieren.

Obwohl weltweit der ganz überwiegende Teil der Versuchstiere aus Ratten und Mäusen besteht, spielen sie in den plakativen Protesten der Tierversuchsgegner so gut wie keine Rolle.

Sie sind – uneingestandenermaßen – Ekeltiere, deren freilebende Varianten von nahezu jedermann mit Fallen und Giften verfolgt werden. Gleichwohl steht fest, daß sie nicht nur ein hochentwickeltes Sozialgefüge, sondern auch starke Schmerzempfindungen haben. Aber das Mitgefühl des Menschen gilt nahezu ausschließlich seinen Streicheltieren, unter ihnen besonders den Katzen.

Um unabhängig zu sein vom anrüchigen Katzenfang und den vielen Krankheiten zusammengekaufter Tiere, züchtet Ciba-Geigy auch die Versuchskatzen selber.

Dr. Hans Hurni:
»1959 haben wir mit der Planung dieser Katzenzuchtanlage begonnen. Es gab damals keine Vorbilder, und wir mußten uns selbst ausdenken, wie man SPF-Katzen züchten könnte. SPF bedeutet: frei von spezifischen Infektionen. Um diese Infektionen nicht in die Katzenzucht einzuschleppen, betreiben wir einen großen Aufwand. Personal muß durch eine Duschenschleuse treten und dann sterilisierte Kleider anziehen. Alles Material, das hineinkommt, wird entweder desinfiziert oder sterilisiert.

Wir bekommen im Jahr pro Zuchtweibchen ungefähr zehn Katzen. Wir haben ungefähr acht Prozent Verluste. Andere Katzenzuchten müssen mit 20–30 Prozent Verlusten bei Geburt und Aufzucht rechnen. Die ursprüngliche Kapazität dieser Anlagen war auf 7200 Katzen berechnet. Seitdem wir unsere gesunden Katzen liefern, ist der Verbrauch weiter gesunken auf 2200 Tiere. Und ich glaube, man darf das auch erwähnen als einen Beitrag zum Tierschutz.«

Horst Stern:
Sie nennen es ein Tiermodell. Die Reflexe der betäubten Katze werden dem Angriff neuer Substanzen ausgesetzt, in der Hoffnung, ein Präparat zu finden, das die unkontrollierten Reflexe des menschlichen Spastikers dämpft. Der Neurologe Werner Koella erläutert:

Prof. W. P. Koella:
»Wir zeigen hier ein weiteres Modell, wo wir die Reflexe prüfen können. Nun, wir sind interessiert an Reflexen im Zusammenhang mit verschiedenen Krankheitsbildern beim Menschen – bei sogenannten Spastikern, wo Reflexe typischerweise verstärkt sind. Und dort vielleicht noch wichtiger bei spastischen Kindern, wo auch der Muskeltonus, die Muskelgrundspannung, die Reflexe erhöht sind.

Bei dieser Katze haben wir zwei Reflexe vorbereitet, auf der einen Seite – hier am rechten Bein der Katze – haben wir den sogenannten Dehnungsreflex. Wenn wir hier die Kniescheibensehne beklopfen – ganz fein, was wir normalerweise mit einer Maschine machen –, dann kommt es zum Strecken des Beines. Das können wir registrieren. Wir können nach Substanzen suchen, die nun typischerweise diesen Reflex vermindern.

Auf der anderen Seite, am linken Bein, haben wir einen sogenannten Flucht- oder Flexorenreflex präpariert.

Das ist etwas komplizierter. Wir müssen den Nerv elektrisch reizen. Das Signal geht dann zum Rückenmark, dort wird es verarbeitet, kommt zurück zu diesem Muskel hier, den wir mit seiner Sehne losgelöst haben, so daß wir die Muskelsehne direkt mit diesem Apparat verbinden können, der nun seinerseits wieder den Reflex registrieren kann.«

Horst Stern:
Der Erfolg einer Prüfsubstanz ist ungewiß, der Weg zu ihm hin in jedem Fall lang, jahrelang. Hunderte, mitunter Tausende von Katzen enden auch in wissenschaftlichen Sackgassen, die – im Gegensatz zum Erfolgsfall – niemand publiziert; in die man die Pharmakonkurrenz mit noch einmal Hunderten oder Tausenden von Katzenkadavern hineinlaufen läßt.

Nicht schadenfroh, natürlich nicht. Nur eben so, als unabänderliche Folge eines Marktsystems, das nicht einmal den Menschen schont, wie sollte es da – durch freiwillige Marktabgrenzungen etwa oder durch Tierversuchskartelle – Tierleben schonen?

Am Pfeil beginnt die Hoffnung für Spastiker: Das Mittel wirkt, die Reflexe werden schwächer. Aber das liegt angesichts des Tierelends neben der Frage nach dem Gewissen des Experimentators:

»Wie ist es möglich, daß ein Mensch, der mit hochentwickelten Lebewesen mehr oder weniger eng zusammenlebt, sie beobachtet und an ihren Lebensäußerungen interessiert ist, an denselben Tieren Eingriffe vornimmt, die oft schmerzhafter oder sogar grausamer Natur sind, ohne daß sich ihm die Frage der Moral stellt? Was geht in einem solchen Menschen vor? Wie wird er damit fertig?«

(H. u. M. Stiller, *Tierversuch und Tierexperimentator, 1976)*

Horst Stern:
Werner Koella, Professor der Medizin, Hochschullehrer, auf beiden Seiten des Atlantiks mit vielen wissenschaftlichen Publikationen als Gehirn- und Schlafforscher ausgewiesen, Kenner klassischer Musik, sinniert:

Prof. W. P. Koella:
»Ja, wie kann man mit diesen Versuchen leben? Es gibt wohl Versuche, die schwierig sind in dieser Beziehung. Man hat früher – aber sicher auch noch heute – den sogenannten Curare-Versuch gemacht. Die Tiere werden durch Curare oder ähnliche Medikamente immobilisiert, ruhiggestellt, künstlich beatmet, und in diesem wachen Zustand wird dann das Experiment durchgeführt. Ich kann mir vorstellen, daß diese Tiere, die ja nun das ganze Experiment, die ganzen Manipulationen miterleben, in diesem Versuch eine heillose Angst haben. Wir können uns vorstellen, daß wir vielleicht mit feinsten Registriermethoden gewisse Aktivitäten des Gehirns aufzeichnen möchten. Und wenn das Tier sich bewegen würde, dann würde diese Registrierapparatur sofort in die Brüche gehen.

Umgekehrt kann das Tier nicht in Narkose sein, weil dann das Gehirn nicht normal reagieren würde. Aus diesen Gründen sind auch wir gezwungen – noch vereinzelt, aber wirklich nur vereinzelt –, solche Versuche an curarisierten Tieren durchzuführen. Es ist ganz allgemein zu sagen, daß ein Versuch in Narkose nicht befriedigend ist. Die Reaktion des Tieres ist nicht mehr normal. Das Gehirn reagiert nicht mehr normal wie bei einem Wachtier. Wir haben darum angefangen, schon seit vielen Jahren, den sogenannten chronischen Versuch durchzuführen. Das bedeutet, daß wir zunächst dem Versuchstier in Narkose Elektroden ins Gehirn einsetzen, die zur Aufzeichnung und Registrierung der Hirnströme dienen. Ich glaube, mit solchen Versuchen – wenn man überhaupt den Tierversuch bejaht –, ich glaube, mit solchen Versuchen können wir leben, mit solchen Versuchen können wir arbeiten, ohne daß wir deswegen schlaflose Nächte haben müssen.«

Horst Stern:
Die durchgeschlafenen Nächte sind wohl auch eine Folge der Gewöhnung an das wissenschaftliche Tagesgeschäft. Koella brachte diese Operationstechnik aus Nordamerika mit, dem Mekka der humanmedizinischen Forschung an Tieren. Und er gab sie an seine Laboranten weiter. Sie ist heute Routinesache, die Narkotisierung der Katze betäubte längst auch das eigene Gewissen. Es erleidet keine stechenden Schmerzen mehr, zumal die Einpflanzung von Elektroden ins Gehirn neuerdings auch am Menschen gemacht wird, wie hier an einem kindlichen Spastiker in der Neurologischen Klinik der Medizinischen Hochschule Hannover.

Es gibt in der Bundesrepublik einige zehntausend Spastiker: Menschen, die bei oft großer Intelligenz und klarem Verstand zu Außenseitern der Gesellschaft werden, weil eine vom Gehirn nicht mehr kontrollierte Muskelspannung ihnen den Anschein von schwer Geisteskranken gibt, die sie in Wahrheit nicht sind. Sowohl die Kenntnis von den Ursachen der Spastizität als auch deren Dämpfung durch Einbringung von Elektroden im Bereich des Kleinhirns – so sagen es jedenfalls die Hannoveraner Neurochirurgen – verdankt man Versuchen am Gehirn der Katzen.

Wer solche Tierversuche verboten sehen wolle, der verurteile seine spastischen Mitmenschen zu einem Idiotendasein.

Ein Bohrer hat zwei markstückgroße Löcher in den Kinderschädel über dem Kleinhirn gefräst. Die Hirnhaut wird durchtrennt und beiseite geschoben. Dann wird durch jedes der beiden Löcher eine Elektrode auf das Gehirn geschoben.

Prof. Dr. Winkelmüller:
»So, jetzt führen wir die Elektrode – die zweite – ein. Links und rechts wölbt sich jetzt die Kleinhirnhemisphäre vor. In der Mitte ist ein Gebiet, das nennt man ›Wurm‹, und die Strukturen neben dem Wurm, links und rechts, die sind also zuständig für die Hemmung der Spastik. Bei der Katze hat man das gemacht. Wenn man da eine Starre der Muskulatur erzeugt, indem man im Hirnstamm einen Schnitt macht, dann kommt es zu einer extremen Streckbewegung aller Extremitäten, so wie wir es kennen beim Hirntrauma – bei Unfällen, bei Bewußtlosen…

Und der Sharington und Löwenthal, die haben damals gezeigt – schon 1898: Wenn man bei der Katze diesen Zustand produziert, dann hat die elektrische Reizung dieser Region eine Hemmung dieses Streckmusters zur Folge. Die Katzen waren also wieder in der Lage, die Extremitäten zu bewegen beziehungsweise dieser starre Tonus wurde dadurch erheblich vermindert.

Heute weiß man natürlich elektrophysiologisch genauer Bescheid, daß – wenn man also hier einen Strom ansetzt, daß die darunter gelegenen Zellen hemmend auf diese Strukturen wirken, die den Tonus fördern, das heißt die Muskelspannung fördern.«

Horst Stern:
Von diesem Empfänger, der im Fettgewebe der Oberbrust eingepflanzt wird, führen Kabel mit Steckerverbindungen unter

der Halshaut zu den Elektroden auf dem Kleinhirn. Bei Herannahen eines Anfalls gibt der Spastiker mit Hilfe eines taschenradiogroßen Senders, den er stets mit sich führt, schwache Stromimpulse an den Empfänger, der sie über die Elektroden in die Hirnzellen weiterleitet. Der Anfall wird stark gedämpft. Der Spastiker lebt ein halbwegs normales Leben.

Das Versuchsprinzip ist alt. Schon vor dreißig Jahren setzte man Haushähnen Elektroden in die verschiedensten Hirnzentren und ließ sie mittels eines schwachen Stromimpulses Hennen treten, die gar nicht da waren, und vor Habichten flüchten, die nirgends flogen. Diese Katze wird auf dieselbe manipulatorische Weise aggressiv gemacht. Sie dient so der Erforschung einer medikamentösen Behandlung aggressiver Epileptiker und Geisteskranker. Schaltet man den Strom ab, hat sie sofort vergessen, was sie eben noch tat. Von einer Sekunde auf die andere wird aus der Furie ein fügsames Streicheltier.

Prof. W. P. Koella:
»Wir zeigen hier ein Aggressionsmodell. Ein Modell, das uns Aggression, Angriffslust, Angriff näherbringt. Aggression spielt ja heute weltweit eine große Rolle. Wir wissen alle vom Terrorismus, vom Krieg. Aggression spielt aber auch eine große Rolle bei verschiedenen psychischen Krankheitsbildern, wo aggressive Verstimmung – diese Lust zum Angreifen – ein typisches Symptom ist. Wir sehen das bei der Epilepsie, wir sehen das aber auch bei verschiedenen Geisteskrankheiten.

So haben wir ein Anliegen:

Über diese Aggression mehr zu wissen, die Aggression besser zu verstehen und, vielleicht das Wichtigste, Substanzen zu entwickeln, die es uns erlauben, Aggression zu vermindern, Aggression zu behandeln. Mit diesem Modell, wo wir Aggression künstlich auslösen, haben wir es in der Hand, Substanzen zu entwickeln, die spezifisch auf Aggression, auf Angriff einwirken können.«

Horst Stern:
Angesichts einer solchen emotionalen Gewalt, die arglosen Tieren angetan wird, fällt es schwer, objektiv zu bleiben und wahrheitsgemäß zu sagen, daß diese Steckerkatzen frei von Furcht sind gegenüber ihrem menschlichen Manipulator. Weder fliehen sie ihn, noch scheuen sie seine Hand, die sie greift. In den langen Pausen zwischen den Versuchen leben sie gesellig unter ihresgleichen. Den Stecker im Schädeldach scheinen sie vergessen zu haben, wenn er ihnen je bewußt war. Nie beobachtete ich ein Tier beim Versuch, sich von ihm zu befreien. Dennoch ist dieses Katzenhaus ein zutiefst deprimierender Ort – Durchgangsstation auf dem Weg aus einem kurzen und stets manipulierten Leben in einen von Nützlichkeitserwägungen bestimmten gewaltsamen, wenn auch schmerzlosen Tod.

Martin Schaub, Laborant:
»Bei diesem Versuch erzeuge ich Aggression durch Angst. Diese Angst wird erreicht durch schwache Stromstöße, die in die Füße der Ratten geleitet werden. Der Reiz dieser Stromstöße ist gering. Man sieht das daran, daß es nicht zu einem Kampf kommt. Ebenso beißen sich die Tiere nicht. Ich bewerte hier die Anzahl der Kampfpositionen. Dabei müssen die Tiere aufrecht stehen und sich mit den Vorderpfoten berühren. Wir stellen dann einen Vergleich her zwischen unbehandelten Tieren und solchen Tieren, die mittels einer Substanz in dieser Reaktion gehemmt sind.«

Horst Stern:
Verantwortlich: die Doktorin der Medizin Dr. Stula, Serbin, 1961 in Belgrad promoviert, seit 1966 als Psychopharmakologin in Basel, Mutter von zwei Söhnen.

Dr. Stula:
»Wir kennen verschiedene Formen der Aggressivität am Tier sowie am Menschen. Um diese erforschen zu können und die physiologischen Mechanismen, die dabei eine Rolle spielen, besser zu verstehen, sind wir gezwungen – auch unter Laborbedingungen –, die Aggressivität zu erzeugen durch verschiedene Manipulationen.«

Horst Stern:
Eine dieser Manipulationen besteht darin, der Ratte ein Loch ins Schädeldach zu bohren und aus ihm heraus das Riechzentrum im Rattengehirn abzusaugen.

Das Tier entwickelt daraufhin eine Verhaltensänderung.

Die Ratte wird zur Killerratte.

Dr. Stula:
»Hier haben wir eine normale Ratte, die keine Aggressivität gegenüber einer Maus zeigt. Die verhält sich vollkommen normal, nervt sie nicht. Und die können zusammen eine ganze Weile bleiben, ohne daß irgendwelche Aggressivität entsteht.

Im Gegensatz: Eine Ratte, die durch eine Hirnmanipulation aggressiv geworden ist, wird auf die Präsenz einer Maus mit einer Tötungsreaktion reagieren, sobald diese Maus in ihr Blickfeld kommt. Die sogenannte Killerratte gilt als Modell für die Erprobung von Heilmitteln gegen Schwermut. Durch Ausschaltung eines bestimmten emotionellen Zentrums im Rattengehirn wird die Gefühlswelt verändert. Dies führt sehr wahrscheinlich zu Fehlinterpretationen ihrer Umweltsituationen. Und wir nehmen an, daß dies der Grund ist für das krankhafte Tötungsverhalten. Mit solchen Tiermodellen werden seelische Erkrankungen erforscht. Und es wird versucht, genauer wirkende Heilmittel zu finden, weil nicht alle psychisch kranken Menschen nur mit Beruhigungsmitteln behandelt werden sollten.«

Horst Stern:
Die Unsicherheit in diesem Forschungsbereich ist groß, der praktische Nutzen noch gering. Kann man also sagen:

»Oft wird ohne Konzept drauflosgeforscht, in spielerischer Neugier, ohne an das Leid der Tiere zu denken. Bei Tierexperimentatoren besteht überhaupt dem Leiden des Tieres gegenüber ein eigentümliches ethisches Vakuum.«

(H. u. M. Stiller, *Tierversuch und Tierexperimentator,* 1976)

Dr. Stula:
»Das ethische Vakuum oder der Mangel an Ethik, den man dem Forscher oft vorwirft, kann ich am besten damit beantworten, daß ich aufzähle, welche Art von Versuchen ich nicht tun würde und welche ich als unethisch betrachte. Wenn man von Tierversuchen spricht, wirft man meistens alles in einen Topf. Versuche durchzuführen, die dazu dienen, die Tiere zum Beispiel Neutronenstrahlen oder Bomben auszusetzen, nur um festzustellen, unter welchen Leiden ein Tier stirbt oder wie lange es dauert, bis es stirbt, würde ich nicht tun.

Auch solche Tierversuche, bei welchen Tiere qualvollen tödlichen Verfahren ausgesetzt werden, wie zum Beispiel Zertrümmern von Körperteilen oder Kopfschlägen, nur um zu sehen, unter welchen Arten von Leiden die Tiere sterben, würde ich nicht tun. Und ich betrachte sie als unethisch.

Eines ist jedoch sicher, ohne Neugier gibt es keine Forschung. Die treibende Neugier findet für mich die Grenze dort, wo die gewonnene Erkenntnis in keinem Verhältnis zu dem unvermeidlichen Leid der Tiere steht.«

Horst Stern:
Am radikalsten scheiden sich die Geister an der Verwendung von Tieren in der psychiatrischen Heilmittelforschung. Wenn überhaupt etwas die Menschen vom Tier trenne, sagen die

Gegner, dann doch der geistig-seelische Bereich. Am Affen gefundene Forschungsergebnisse seien deshalb auf den Menschen nicht übertragbar.

Primatenforscher in der Pharmakologie, wie der Tierarzt und Ethologe Joachim Jaekel, lassen das nicht gelten.

Dr. Joachim Jaekel:
»14.11.77 – Versuch mit Gruppe Milo…«

Horst Stern:
Für sie ist das Gehirn nicht Seele, sondern Körper, und zwar ein chemisch organisierter, den man im Krankheitsfall so wenig gesundreden könne wie einen Darmverschluß. Menschen- und Affengehirn, sagen sie, produzieren nur anderswertig, nicht aber grundsätzlich anders.

Dr. Joachim Jaekel:
»Wenn man davon ausgeht, daß alle Lebewesen abgestuft einander ähnlich sind, so trifft das sicherlich nicht nur für ihre körperlichen Merkmale zu. Auch Tiere haben Stimmungen, auch Tiere haben Angst. Auch Tiere durchleben ihre Konflikte. Und wenn Medikamente, die später in der Psychiatrie Anwendung finden sollen, am Tier geprüft werden müssen, dann erscheint es logisch, das Tier zu verwenden, das dem Menschen stammesgeschichtlich am nächsten steht, den Affen.«

Horst Stern:
Jaekel studiert die pharmakologische Beeinflußbarkeit von Phänomenen wie Angst und Aggression als Folge von sozialen Spannungen in Affengruppen, wie das Verhalten dieser unbehandelten Tiere es am Futternapf offenbart. Es frißt nur das ranghöchste Tier. Der zweithöchste Rhesus-Affe links davon, der zum Gruppenchef einen zwar geringen, aber doch respektvollen Abstand einhält, produziert alsbald den Radfah-

rer-Effekt: selbst ein von oben Getretener, tritt er seinerseits die ihm im Rang Nachfolgenden. Er jagt sie aus dem Bereich der Privilegierten sozusagen auf die Bäume zurück. So stellen sich spontan Zustände der Aggression bei dem einen Tier und Zustände der Angst bei den anderen her und bieten sich als Experimentierfeld für die Wirkungen von Psychopharmaka an.

Nachdem die Tiere eine Prüfsubstanz verabreicht bekamen, verändert sich ihr soziales Verhalten am Futternapf deutlich. Fast alle Affen befinden sich nun auf dem Boden, im Nahbereich der beiden durch Ranghöhe Privilegierten. Der soziale Abstand hat sich durch eine Dämpfung der aggressiven Tiere und eine Angstlösung bei den Unterdrückten verringert, ohne daß die Rangordnung indessen abgeschafft wäre. Wir wollen ja nicht, sagt Jaekel, den aggressiven Psychotiker mit der chemischen Keule ins Bett werfen, sondern ihn konfliktarm am gesellschaftlichen Leben teilnehmen lassen. Andererseits sei es auch nicht der Sinn einer Behandlung von Angstzuständen, dem Ängstlichen Mut zu machen, auf den Schreibtisch seines Chefs zu springen und dessen Gehalt zu fordern.

Die große Nähe der Tiere zueinander, die Ruhe im Gemeinwesen als Folge einer chemischen Behandlung seien nicht, wie Jaekel immer wieder versichert, das profitorientierte Modell einer mit Pillen politisch befriedeten menschlichen Gesellschaft von morgen. Man studiere vielmehr die Heilwirkung von psychiatrischen Medikamenten an Einzelwesen, wie etwa an dieser kleinen Gruppe erwachsener Rhesusaffen.

Nur die beiden ranghöchsten Tiere, von denen die Nummer eins ihre soziale Überlegenheit über Nummer zwei dadurch ausdrückt, daß der Höhere beim Niederen aufreitet, unterhalten Beziehungen zueinander.

Sie äußern sich im gegenseitigen Putzen, einer Reinigung des Fells von Hautschuppen. Nummer drei wird auf Abstand gehalten, sie nimmt am Putzverkehr nicht teil. Für den Fortgang des Versuchs ist es nützlich, diese unterprivilegierte Nummer drei zu identifizieren, was mit Hilfe der blauen Haut an Brust und Bauch leicht möglich ist.

Nachdem die Tiere vor der Kamera ihr chemisch nicht beeinflußtes normales Verhalten zeigten, werden sie unter die Wirkung einer hausgemachten Prüfdroge gesetzt. Gewaltanwendung verbietet sich nicht nur aus Tierschutzgesichtspunkten, sondern auch aus der Einsicht heraus, daß erregte Tiere keine brauchbare Ausgangsbasis für die Prüfung von Medikamenten sein können, die auf das Zentralnervensystem der Affen einwirken. Also sind die Tiere nahezu auf Selbstbedienung dressiert. Dabei ist die Menschlichkeit des Pflegers die erste und wichtigste Voraussetzung für die emotionale Stabilität der Tiere.

Was dann, unter Drogeneinfluß, geschieht, macht einen Pharmakologen auch ohne die Einnahme von Psychopharmaka »high«: Das ranghöchste Tier trifft sich, wenn auch sichtlich verstört über diesen gesellschaftlichen Fehltritt, mit der blaubrüstigen Nummer drei zum sozialen Putzen. Die Situation ist aber keineswegs, wie unter normalen Umständen, entspannt. Besonders der Nummer drei steht die Angst im erregten Gesicht, das Ganze könnte mit einer Tracht Prügel seitens der aus der Gnade des Herrn verdrängten Nummer zwei enden. Aber Nummer zwei bleibt friedlich – eine Undenkbarkeit ohne Drogen.

Mit fortschreitender Wirkung der Prüfsubstanz schwindet die Angst des kampflos sozial aufgestiegenen Tieres. Die Passivität wandelt sich schließlich sogar zur Aktivität.

Aber im blutleer und apathisch werdenden Gesicht des Paschas kündigt sich auch in diesem Versuch schon etwas an, das Gegenstand eines dritten Jaekelschen Experiments mit Rhesusaffen ist: die unerwünschten Nebenwirkungen von Psychopharmaka. Ihrem Studium und den Versuchen, sie durch eine Verbesserung der Heilmittel zu beseitigen, gilt heute die weitaus größte Aufmerksamkeit der pharmakologischen Forschung, und dies keineswegs nur auf dem Gebiet der Psychodrogen.

Wer diese Versuche mit nichtwissenschaftlichen Augen betrachtet, wird sagen müssen, daß hier Tiere auf eine perverse Weise vermenschlicht werden, indem man an ihnen Krankheitsbilder erzeugt, die ihnen von Natur aus fremd sind.

Die Apathie, die sich bis zur Katalepsie, zur denkmalhaften Erstarrung inmitten einer Bewegung steigert, erinnert fatal an Bilder von chemisch gedämpften menschlichen Psychotikern, wie die Medien sie in letzter Zeit immer wieder verbreiteten – als Anklage gegen eine Anstaltspsychiatrie, die die Kranken mit Pillen ruhigstellt, sie aber nicht heilt.

Die Psychiatrie verteidigt sich, indem sie sagt, man wisse noch viel zu wenig über biochemische Hirnabläufe bei Geisteskranken, und also könne es auch, so sekundiert ihr die Pharmakologie, noch keine perfekten Heilmittel geben. Eine Diskussion über die denaturierten Lebensbedingungen der Menschen in der modernen Industriegesellschaft, die zunehmend zu geistigen Erkrankungen führen, wird als außerfachlich, als neben der medizinisch-wissenschaftlichen Sache liegend angesehen. Allein Forschung tue not. Und natürlich am Tier. Das Psychiater-Ehepaar Herbert und Margot Stiller, die wissenschaftlichen Wortführer der Tierversuchsgegner aber sagen:

»Die gesamte experimentelle Versuchstierforschung ist auf einer Gewaltmoral unter Mißbrauch der Arg- und Wehrlosigkeit der Opfer aufgebaut. Es besteht eine völlige Mißachtung und totale Gleichgültigkeit gegenüber dem tierischen Leben und Leiden, die mit dem Ethos der Tierärzte, soweit die Experimentatoren dazugehören, eigentlich unvereinbar sein müßte.«

(H. u. M. Stiller, *Tierversuch und Tierexperimentator,* 1976)

Dr. Joachim Jaekel:
»So etwas kann eigentlich nur ein Menschenarzt sagen, der an den hippokratischen Eid gebunden ist. An einen Eid, der ihn verpflichtet, Leben in jedem Falle und mit allen Mitteln zu halten. Das trifft für einen Tierarzt nur bedingt zu. Wir wissen, daß der Mensch das Tier seit jeher ausgenutzt hat. Sei es zum Vergnügen, sei es als Schlachttier oder – wie in unserem Falle – zur Prüfung von Medikamenten, die er selbst einmal zu sich nehmen wird. Das Ethos des Tierarztes in einer derartigen Situation kann eigentlich nur darin bestehen, Qualen vom Tier weitgehendst fernzuhalten.

Was meine Experimente hier angeht, kann ich dazu sagen, daß ich mit diesen Tieren bereits seit 1969 arbeite.

Unsere Versuche haben keinen tödlichen Ausgang für das Tier. Wir verwenden Dosierungen der Medikamente, wie sie später auch für den Patienten in der Klinik gedacht sind. Und die Tiere haben zwischen den einzelnen Versuchen Erholungspausen von vier Wochen bis hin zu sechs Monaten.«

Horst Stern:
Das Elend dieser Tiergesichter ist nur zu ertragen, wenn man seine menschlichen Entsprechungen im Auge behält. Gleichwohl bleiben Zweifel bestehen am schrecklichen Positivismus der Pharmakologen, es liege – da die zeitweilige Zerstörung der Affenpsyche chemisch bewirkt sei – auch diesen verwüsteten menschlichen Seelen ein gestörter hirnlicher Chemismus zugrunde, der letztlich mit Chemie wieder heilbar sei.

Andererseits, wenn das, was sich hier äußert, gottgesandte Seele ist, dann wird man auch der leidenden Tierkreatur eine Seele nicht länger absprechen können. Dann ist auch im Umgang mit ihr Humanität gefordert.

Indien war der Hauptlieferant von Rhesusaffen für die Labors der ganzen Welt. In den fünfziger Jahren wurden allein in Nordamerika und nur für die Herstellung von Impfstoffen gegen Kinderlähmung jährlich 200 000 meist indische Rhesusaffen verbraucht. Als die Bestände in Gefahr gerieten, drosselte Indien die Exporte auf 20 000 Tiere pro Jahr. 12 000 davon gingen in die USA. Dann, am 1. April 1978, stoppte Indiens Ministerpräsident Desai die Affenausfuhr total. Er hatte erfahren, daß ein Teil der Tiere von nordamerikanischen Militärs grausamen Strahlenversuchen zur Erprobung der Neutronenbombe unterworfen wurde. Seither stocken in aller Welt die medizinischen Forschungsprogramme, es sei denn, die Pharmakonzerne haben längst schon, wie Ciba-Geigy, einen Teil ihrer Experimente nach Indien ausgelagert.

Über 340 000 Bundesbürger leiden an Epilepsie, darunter nicht wenige Kinder. Sie sind nicht des Mitleids, sie sind der Behandlung bedürftig, denn auch der Fallsucht, der heiligen Krankheit des Altertums, liegen chemisch beeinflußbare Fehlvorgänge im Hirn zugrunde. Da das Zentralnervensystem des Rhesusaffen eine große Ähnlichkeit mit dem unsrigen hat, werden Versuchstiere für einen Eingriff im Gehirn für epileptische Anfälle bereit gemacht. Durch Streßeinwirkung im Käfig oder durch Injektionen kann man sie beliebig auslösen, um ihre Intensität zu messen und sie mit Prüfsubstanzen zu dämpfen oder zu vermindern. Dr. Joy David, eine in den USA ausgebildete Neurologin, ist spezialisiert in Epilepsie.

Dr. Joy David:
»Dieser Affe hat eine chronische Epilepsie, ähnlich der menschlichen. Sie wurde herbeigeführt durch eine Paste aus Aluminiumhydroxid, die in geringer Menge ins Affengehirn verbracht wurde. In 30 bis 45 Tagen entwickelt das Tier epileptische Anfälle in den vier Extremitäten, im Schwanz und im Körper.

Ich werde nun einen Anfall dadurch produzieren, daß ich dem Affen eine milde Reizung zufüge. Sie können dann die Art des Anfalls beobachten. Sie sehen, daß die Glieder rhythmisch zu zucken beginnen…

Die Zuckungen werden auf den ganzen Körper übertragen…

Das Tier klammert sich, um Halt zu finden, an den Käfigwänden fest…

Das Zucken nimmt an Stärke zu…

Das ist ein Anfall, ganz ähnlich dem eines menschlichen Epileptikers…

Das Zucken hat nun alle Extremitäten befallen…

Der Anfall ist vorüber, und das Tier gewinnt innerhalb von Sekunden den vollen Gebrauch seiner Gliedmaßen zurück.

Wir provozieren einen solchen Anfall dreimal täglich. Diese grafischen Säulen stehen für Durchschnittsdauer und Stärke der Anfälle.

Diese Stelle hier zeigt die Behandlung des Tieres mit einem Medikament an, das bereits im Handel ist und dessen Namen wir absichtlich verdeckt haben. Sie können sehen, daß während der Behandlung mit diesem Medikament die Anfälle zwar vermindert wurden, aber nicht aufhörten. Und nach dem Absetzen des Medikaments nahmen die Anfälle als Rückschlag sogar zu, über die hinaus, die wir am Anfang hatten.

Das ist für uns der Antrieb, nach besseren Medikamenten zu suchen, nach Substanzen, die für den epileptischen Patienten ein Maximum an Wohltat mit einem Minimum an Risiko verbinden.

Dem Affen, den Sie vorhin sahen, gaben wir eine Prüfsubstanz ein, und während der zehn Tage der Verabreichung dieser Substanz hörten die Anfälle ganz auf, im Gegensatz zur Wirkung des handelsüblichen Mittels. Als wir dann die Prüfsubstanzen absetzten, gab es keinen Rückschlag in Form verstärkter Anfälle, und Sie können sehen, daß die Intensität der unbehandelten Anfälle unter der Kontrollhöhe blieb.«

Horst Stern:
Wer die Epileptiker unter uns nicht den Teufelsaustreibern überlassen will, wer ihr Schicksal nicht der Unversehrtheit von Tieren unterordnen möchte, der hat wohl keine andere Wahl, als diesen Tieren in die leidvollen Gesichter zu schauen, in denen sich – und das ist das wahrhaft Erschreckende – ein heilloses Nichtbegreifen spiegelt. Denn was ihnen hier aus den Spritzen in den Leib fährt, dafür hat die Natur sie nicht programmiert. Sie haben nicht einmal den Trost des Verstandes, der dem menschlichen Epileptiker hilft, sein Schicksal zu begreifen und auf Heilung zu hoffen.

Horst Stern (Schlußmoderation):
Wie an keiner anderen Tierart wird an den Affen im Gehirn-Versuch die schwer auslotbare moralische Vielschichtigkeit des Tierversuchs deutlich.

Unser Gehirn funktioniert nicht isoliert im Reagenzglas. Es ist mit seinen 15 Milliarden Nervenzellen und seinen vielen, kaum noch erforschten Funktionszusammenhängen auch als Computer nicht nachbaubar. Woran also Medikamente prüfen, die auf das Gehirn einwirken sollen? Am gehirnkranken Menschen etwa?

Dafür fehlt es oft an der Zurechnungsfähigkeit als der ersten gesetzlichen Voraussetzung für eine Einwilligung des Patienten in eine klinische Medikamentenerprobung. Nichts auf dem Gebiet des Menschenversuchs ruft deshalb heute mit Recht leidenschaftlichere Proteste hervor als die Verletzung dieses Tabus.

Andererseits: Wenn die Primaten, also die Menschenaffen, die uns entwicklungsgeschichtlich am nächsten stehen, Wesen im Vorfeld des Menschen sind, Entwürfe der Natur zu seinem eigenen Bild, und wenn geisteskranke Menschen Wesen sind, die auf dieses vormenschliche Entwurfsstadium zurückgeworfen wurden, unter Verlust des frei wählenden, frei entscheidenden Geistes, der allein uns vom instinktgebundenen Tier trennt – was berechtigt uns dann, an den Menschenaffen zu experimentieren, das klinische Experiment an diesen reduzierten Menschen aber zu tabuieren?

Ich möchte diese gedankliche Tabuverletzung noch weitertreiben: In medizinischen Zeitungen kann man derzeit lesen, daß die Seuche der Hepatitis, eine seit Menschengedenken ganze Völkergruppen heimsuchende Leberkrankheit, mit einem anwendungsreif entwickelten Serum ausrottbar wäre, wenn man dieses Serum Menge für Menge an Schimpansen auf Sicherheit überprüfen könnte.

Das geht nur mit Schimpansen. Und man bräuchte dazu von ihnen so viele, daß ihre Ausrottung in freier Wildbahn – weil man sie nicht in einer genügend großen Zahl nachzüchten kann – sicher wäre.

Ich frage: Haben wir das Recht, unsere ohnehin selten gewordenen nächsten Verwandten – die Menschenaffen – auszurotten, vollends auszurotten, nur um Menschen zu retten, Angehörige einer Art doch, die durch ihre krebsartig wuchernde Zahl ohnehin die Erde zu verheeren droht?

Ich meine: nein! Freilich habe ich auch keine Hepatitis.

Und sollen wir, analog dazu, unsere geistes- und gemütskranken Mitmenschen ihrem seelischen Elend überlassen, obwohl ihnen, das sagen alle Psychiater, mit vernünftig eingesetzten modernen Drogen oft nachhaltig geholfen werden kann – nur um Menschenaffen zu schonen?

Ich meine: nein! Aber ich bin freilich auch kein Menschenaffe.

Was ich sagen will, ist dies: Nur moralischer Rigorismus, einseitig auf den Menschen oder auf das Tier fixiert, stolpert mit raschen Antworten in diese ethischen Fragen nach der Wertigkeit von Mensch und Tier hinein.

Es gibt kein Heil für des Menschen Bruder zur Rechten,

den Menschen, ohne Elend für seinen Bruder zur Linken, das Tier.

Die Frage kann nur lauten: Wieviel Elend muß es denn sein?

Die Lust am Schreiben – der Schriftsteller Horst Stern

Ethos und Phantasie – die Literatur als eine andere Wahrheit?

von Ludwig Fischer

Die Lust am literarischen Schreiben durchzieht wie ein unterirdischer »Wärmestrom« (Ernst Bloch) das gesamte Werk Horst Sterns. Die Energien aus diesem tief hinabreichenden Reservoir speisen noch die Sprachbewegung solch routinierter Pflichtarbeiten wie die Herausgeber-Kolumnen für die Segler-Zeitschrift »Die Yacht«. Aber in all den Jahren des journalistischen Hauptberufs ließ Stern die Quellen seines literarischen Vermögens nur ganz selten an der Oberfläche fließen, mit Texten, von denen er halb entschuldigend, halb stolz sagte, daß sie »bei aller wissenschaftlichen Faktizität doch das Subjektive, das Literarische wohl auch, hart streifen«.* Es waren, bezeichnenderweise, fast ausschließlich Reiseberichte und in die Wissensvermittlung eingesprengte Erlebnisschilderungen, in denen er dem Erzählerischen partienweise Raum gab und das Bilderreiche seiner Sprache zu kühnen Kombinationen, aufleuchtenden Metaphern verdichtete.

Der Text »Bemerkungen zur See«, 1968 für den »Kosmos« geschrieben, gibt ein illustratives Beispiel für solche Anreicherungen publizistischer Arbeiten mit dem literarischen Unterstrom. (S. 347 bis 356) Hier montiert Stern Auszüge aus dem Logbuch, das er – inzwischen zum Hochsee-Segler avanciert – zeitweise geführt hat, mit beinahe klassisch »natur-

* Im Vorwort zu »Tiere und Landschaften« (Stuttgart 1973, S. 7).

kundlichen« Wissensbeständen zu Seegang, Wellendynamik und Brandungswucht. Das Logbuch – es muß leider als verloren gelten – gehörte zu den »privaten Papieren« des Horst Stern; den nicht selten pedantischen journalistischen Berufsschreiber in sich konnte er an der Kaimauer zurücklassen und am Kajütentisch den Schatten Joseph Conrads begrüßen: Das elementare Erleben auf See wollte erzählt werden. Die Auszüge demonstrieren, wie ambitiös dieses private Erzählen aber angelegt wurde, mit gedrängten Folgen sprachlicher Bilder, mit einem Großaufgebot von anreichernden Adjektiven, mit beglaubigenden Zitaten, mit Anspielungen auf Homer, mit ironischen Lichtern. Es wirkt, als sei das Logbuch eine verborgene Kladde gewesen, in der Stern das »freie Schreiben« erprobte, das ihm die Anforderungen des Brotberufs nicht erlaubten.

Aber in dem »Kosmos«-Beitrag durchtränken die Passagen aus dem literarisch eingefärbten Logbuch, die Stern abzudrucken sich gestattete, sozusagen die eher trockenen Partien der Wissensvermittlung. Auch wo er zusammengeholte Informationen aus der Physik der Wasserbewegungen und der Meteorologie arrangiert, gerät er immer wieder ins Erzählen, gibt gar Emotionen des recherchierenden Berufsschreibers preis.

Das Bildhafte am Sprachgewand seines Wissenschaftsjournalismus findet sich allenthalben in Sterns Texten. Manchmal bekommt dieser belebende Redeschmuck sogar etwas Angestrengtes, wirken die herbeigeholten Metaphern forciert. Aber in einem Stück wie den ›Bemerkungen zur See‹, die das auflockernde Frage-Antwort-Spiel und das anekdotisch Informierende anderer Texte jener Zeit ja auch enthalten, reißt der partienweise offengelegte, erlebnishafte Energiefluß des Mitgeteilten den Stil der informativen Partien mit, indem Stern nicht nur gekonnt formuliert, was er weiß, sondern auch erzählend veranschaulicht, welchen Erlebnissen, welchen Erfahrungen mit sich selbst das Wissen aufliegt.

Solche erzählerischen Schübe, die zum Literarischen hin öffnen, konnte Stern am ehesten in Reiseberichten vor sich und den Redaktionen rechtfertigen. Er schloß damit ja auch an die beglaubigten Traditionen älterer und neuerer Reiseberichte an, die seit je ein Zweig der anspruchsvollen Literatur sind. Die »Kosmos«-Redaktion und dann der Verlag Delius Klasing boten in den sechziger und siebziger Jahren Stern viele Gelegenheiten zu Reisen in nähere und ferne Weltgegenden. Manche dieser Reiseerfahrungen sind der Stoff eigenständiger Texte geworden wie »Lanzarote« oder »Antarktis«.

Die Bindung der literarischen Ambition an solche Erlebnisgründe hat Stern dann auch, relativ spät, in die wissenschaftsjournalistische Arbeit hinübergenommen. In dem zweifellos anspruchsvollsten »tierkundlichen« Projekt, auf das er sich je eingelassen hat, in dem Buch über die Spinnen (»Leben am seidenen Faden«), finden sich erzählende Textblöcke, die auf den ersten Blick der strengen Wissenschaftsprosa des übrigen Werks fremd gegenüberstehen. Diese Textblöcke schließen thematisch und stilistisch direkt an die literarisch aufgehöhten Reiseberichte an. Stern gibt zu verstehen, daß sie beim Verlag und bei manchen Lesern Befremden verursacht haben. Aber mit diesen Bestandteilen des Buches erreicht Stern, daß er – ohne je die Absicht verfolgt zu haben – Reflexionen aus neuester Wissenschaftstheorie und Wissenschaftsgeschichte auf erzählerische Weise in das Buch hineinholt: Er macht die Verfassung der Forschenden selbst mit zum Thema, bis hin zu ihrer kruden Körperlichkeit, dem Essen und Trinken und Schlafen. Was wie eine literarisch versierte Lockerungsübung in der Masse der Wissenschaftsdarbietung gelesen werden könnte – und vielleicht auch so gedacht war –, zieht dem Buch doch zugleich eine zweite Ebene ein, von der aus der blinde Fleck konventioneller Wissenschaft aufgefüllt wird und zu leuchten beginnt: die Anwesenheit der forschenden Subjekte im Prozeß des Suchens und Erkennens.

Die Linie der Reiseberichte, die für Stern im journalistischen Hauptgeschäft fast die einzigen Zonen boten, wo seine literarischen Kräfte freier an den Tag treten konnten, setzt sich bis in die späten Jahre fort: Die großen, ins Essayistische hinübergeführten Texte über Monserrate (Portugal) und Triest sind dann schon offenkundig Vorstudien zu Romanen.

Als sie erschienen, hatte Stern schon den scheinbar abrupten Wechsel ins literarische Feld vollzogen, den ihm nicht wenige Weggefährten aus der ökologischen Bewegung verübelt haben und der vielfach mit dem Stereotyp der Altersresignation interpretiert wurde.

Ein Anteil Resignation, angesichts der erkennbaren Zukunft der von ihm gegründeten Zeitschrift »natur«, hat sicher an Sterns Entschluß mitgewirkt, Herausgeberschaft und Redaktionsleitung von einem Tag auf den anderen niederzulegen (vgl. S. 54). Aber gleichzeitig stellte er sich ja eine neue Herausforderung: den lange schon begonnenen Roman über den Staufenkaiser Friedrich II. fertigzuschreiben.

Abrupt war der Wechsel ins literarische Feld schon deswegen nicht, weil Stern ja aus dem Zug zum Literarischen nie einen Hehl gemacht hatte. Aber die Entstehungsgeschichte des ersten Romans, der in einem Lebensalter erschien, da mancher Beamte sich pensionieren läßt, reicht bis in die ersten Jahre der journalistischen Arbeit zurück: Eher zufällig gelangte ein Turmfalke zum »Tierfreund« Horst Stern (vgl. S. 38f.), und aus dem Interesse für den Vogel wurde die Beschäftigung mit der Falknerei. 1960 schon hatte Stern das epochemachende Lehrbuch des mittelalterlichen Kaisers über die Falkenjagd gelesen (vgl. S. 72), und die Faszination durch diese ferne historische Gestalt hatte begonnen.

Der Plan, ein Buch nur über die naturkundlichen Erkenntnisse des Staufers zu schreiben, erwies sich als unangemessen. Um die monumentale »Gesamtperson« des Kaisers in einen literarischen Entwurf zu fassen, fand Stern aber noch nicht den Ermöglichungsgrund. Zwar konnte er sich im Laufe der

Jahre weitläufige Kenntnisse über Friedrich und seine Zeit anlesen, die bis ins Detail der Reichspolitik und in Subtilitäten der Theologie reichten. Den Schlüssel, der ihm eine großangelegte literarische Phantasie »aus dem Inneren des Kaisers« eröffnete, fand er jedoch erst im Alter: eben mit dem eigenen Erleben des Alterns.

Der Roman räumt deshalb der Selbstwahrnehmung des alternden Herrschers so viel Gewicht ein. Die Beobachtung der eigenen Körperlichkeit ist verbunden mit den Reflexionen über einen drohenden Zerfall des Reiches, vom Alter her richtet sich der Blick auf die Jugend und die Jahre der »Manneskraft«. Zweifel, Selbstbefragung, ja Selbstanklage werden mit Zeichen des körperlichen Verfalls zusammengesehen. Und am Ende verknüpfen sich in den großen Fieberphantasien des todkranken Imperators visionär Reichspolitik, Leiblichkeit und Falknerei – »die Kunst mit Vögeln zu jagen«, lebensgeschichtlicher Springquell des ganzen Werks, hat im vollendeten Roman die zentralen Großmetaphern freigesetzt, mit denen das Buch beginnt und schließt.

Es muß auffallen, daß Horst Stern dort den größten »Mut zur Sprache« findet, wo er seine Figuren in außergewöhnliche, ja bedrohliche Gemütszustände versetzt. Das ist so bei den Träumen und Fieberphantasien des Staufenkaisers, und das gilt in noch höherem Maße für den Journalisten Klint im gleichnamigen Roman. Dessen berufliche und privat-intime Identität, wesentlich über die Sprache und das Schreiben gesichert, zerfallen im schließlich klinischen Sinne, mit der schizophrenen Spaltung. Die grundlegende Konstruktion des Romans besteht darin, die aufgefundenen Notizen und Berichte des in der Meditation erfrorenen Journalisten in der Schwebe zwischen nachprüfbarem Erlebnisbericht und immer grelleren, wüsteren Phantasien eines »Verwirrten« zu belassen. In der erzählerischen Füllung ungeheuer großräumiger Metaphern – z. B. von der »Sodomie« eines pervertierten Naturverhältnisses, von der Staffage eines Arkadien der Natursehnsucht, von den kentaurischen Chimären manipulierter Geschöpfe – gelingt es Stern, in der Verzweiflung eines sensiblen Menschen, der das Innere seiner Haut nach außen gewendet fühlt, einen beispiellosen literarischen Ausdruck für die »Hochrechnung« seiner ökologischen Ängste und Erwartungen zu finden.

Das Buch ist ihm selbst nicht ganz geheuer. Kein Wunder, hat er sich dort doch am weitesten vorgewagt auf das gänzlich ungesicherte Terrain der halluzinatorisch erschriebenen Phantasien. Er mußte sich offenkundig den Kopf eines »Kranken«, eines von der Welt in der Seele Verstörten erfinden, um einen legitimen Ort für die kühnen Bilder, für die hochfliegenden sprachlichen Fügungen, für das visionär Fabulierte zu erreichen.

Darin läßt sich ein Grundkonflikt erahnen, in den Sterns literarische Ambition eingebaut ist: Sie ist von früher Jugend an bis ins hohe Alter, bis zum Erfolg des ersten Romans, nie »beglaubigt« worden, auch wenn in den ersten Nachkriegsjahren ein Gedicht und eine Kurzgeschichte gedruckt, ein Hörspiel gesendet worden sind. Stern war auch als Literat immer »Autodidakt«, hat nie die Feuertaufen und Weihen der Schriftstellerkarriere, den Eintritt in die literarische »Szene« gesucht.

Für ihn selbst stand die literarische Begabung, deren er sich eigentlich sicher war und aus deren Potential sich auch seine journalistische Sprachkunst speiste, lange Zeit unter dem Verdacht, nichts Gewisses, Verläßliches, Geltung Beanspruchendes hervorzubringen. Erst als er sich sagen konnte, er habe lange genug sein Können auf dem Feld des sicher Gewußten, des gut Recherchierten bewiesen, er habe wahrhaftig genug Energie in die öffentliche Argumentation für die richtige Sache gesteckt, erst da gab er dem zurückgehaltenen Bedürfnis nach, die Überzeugungskraft seiner Phantasie zu erproben. Am wenigsten »angreifbar« aber mögen diese Phantasien erscheinen, wo sie als Ausdruck eines inneren Zustands fabuliert werden, der rationaler Kontrolle mehr oder weniger entrückt ist.

Der Konflikt ist ihm auch bei der schriftstellerischen Arbeit geblieben: Mehrfach hat er geschildert, wie der durchtrainierte Journalist in ihm an den fast rauschhaft entstandenen literarischen Texten beckmesserisch herumnörgelt (vgl. S. 55). Auch für diese grundlegende Konstellation hat Stern in »Klint« die beispielhafte literarische Ausgestaltung gefunden: Die fiktiven Texte des unglücklichen Journalisten, die immer stärker unter dem Verdacht der krankhaften Phantasie stehen, werden von einem zweiten Journalisten gefunden und herausgegeben, der berufsmäßigen Abstand zu wahren sucht und doch ein gutes Stück in den Sog der erschreckenden Visionen gerät.

Die »Jagdnovelle« scheint von diesem Deutungsansatz gar nicht berührt. Sie hat mit ihrem klaren Aufbau eines regelmäßigen Perspektivwechsels, mit ihrer moderaten Stillage nichts von den riskanten literarischen Operationen der beiden Romane. Sie rückt den journalistischen Themen und Thesen Sterns viel näher: falsche Forstpolitik, abscheuliche Trophäensucht bei der Jagd, korrupte Umwelt-Politiker, Macht des Geldes auch in ökologischen Belangen. Eben dadurch wird aber auch leichter sichtbar, daß Stern mit den literarischen Werken die ethischen Grundlagen seines im Journalismus bewiesenen Engagements nicht verläßt. Die Literatur bietet nicht eine »andere Wahrheit«, sondern die eine, nur von einem anderen Wahrnehmungs- und Gestaltungsvermögen aus. Der Nachweis, daß Stern in der »Jagdnovelle« dieselben Themen wie in den publizistischen Arbeiten zur Sprache bringt, ist müßig. Denn sie werden auf eine andere Weise verhandelt: von den Erlebnisgründen aus, die allemal nur sichtbar werden können, wenn »das Innere nach außen gewendet wird« – ein öffentliches Medium dafür ist in unserer Kultur die Literatur.

Früh hat Stern Gedichte, auch Chanson-Texte geschrieben. Gelegentlich warf er später mit lockerer Hand einen Gedichttext hin, mit ironischem Gestus. In »Mann aus Apulien« ist fingierte mittelalterliche Lyrik eingestreut, die von einer manchmal bestechenden Virtuosität zeugt. Unter den späten Gedichten – durchstilisierte Erlebnislyrik einer »gedämpften Modernität« – finden sich einige bemerkenswerte Stücke. Stern »kann« auch dies, aber die gelegentlich strapazierte Metaphorik zeigt an, daß ihm die größeren Bögen der Prosa gemäßer sind.

Horst Sterns spätem Eintritt in das literarische Feld verdankt die deutsche Gegenwartsliteratur einige ihrer wichtigsten, ergreifendsten Texte. Was sie vor allem auszeichnet – die federnde innere Spannung von durchaus moralischem Ernst und hohem Kunstsinn – ist in unseren Zeiten der postmodernen Artistik und der mit sich selbst beschäftigten Literaten selten geworden.

Bemerkungen zur See

Nachdem Horst Stern 1965 die Chefredaktion der Segler-Zeitschrift »Die Yacht« übernommen hatte, wurde er bald zu einem passionierten Segler. 1968 erschienen in einem Essay über die Meere auch einige Auszüge aus seinen Logbüchern. Sie bezeugen, daß die literarischen Ambitionen Stern nie ganz losgelassen hatten.

Windsee

... stehen auf 30° 10' Nord 19° 12' West – halbwegs zwischen Portugal und den Azoren, mit 5000 m Wasser unter dem Kiel. Der Wind ist WNW 6, in den Böen wohl 7. Das ist die falsche Richtung und die falsche Stärke für eine kleine, verzweifelt West machende Segelyacht auf dem Nordatlantik. R. kam den Niedergang herauf an Deck, schwerfällig in Ölkleid und Seestiefel, den Sextanten in der Hand, die wasserhellen Augen unter dem weißen Haar beutelustig auf die unseren Schiffsort verheißende Venus gerichtet, die im Morgengrauen gelb und groß wie ein aufkommendes Dampferlicht über unserem schäumenden Kielwasser schwankte. »Wer das Alter der Erde erfahren will, der schaue bei Sturm auf die See!« Er schrie mir das Conrad-Zitat mit dem Winde zu, Ironie gegen das Pathos der hochgehenden See setzend. Wir haben es verlernt, ein großes Wort gelassen auszusprechen. R. fesselte seinen von überkommendem Wasser triefenden Leib mit einer Sorgleine an den Großmast; er brauchte einen sicheren Stand und beide Hände, um das rasch verblassende Licht des Morgensterns zur Winkelmessung im Spiegelsystem seines Instruments auf den schwer atmenden Wasserhorizont herabzuholen. Ich legte die Yacht mit dem Ruder ganz hoch an den Wind, damit er sie nicht allzuweit am Hebelarm ihrer Segel aus der Senkrechten krängte. »Gut so, Odysseus?« schrie ich gegen den Wind zum Mann am Mast. Er schwieg, versunken in sein zauberisches Handwerk, mit dem er einem feindlichen Himmel eine Antwort auf die Frage nach dem rechten Weg in einer zeichenlosen Urwelt abzuringen hoffte. Ich fror vor Verlassenheit. Meine Ablösung kam an Deck. Ich ging nach unten mit einem ungewissen Blick auf die heranrollende Prozession schrundiger, von weißem Schaum bespeichelter Greisengesichter, von denen nichts abzulesen war, für das ich ein Wort gehabt hätte. An Schlaf war nicht zu denken...

(Aus meinem Logbuch)

Windseen donnern mit Geschwindigkeiten von 70–80 Stundenkilometern über die Meere, wenn der Wind nur stark genug, lange genug und von weit genug her weht. Die atlantischen Graubärte, die ein schwerer Sturm von Kontinent zu Kontinent jagt, türmen sich zu Höhen von 15 Metern und mehr auf. Die Stereofotogrammetrie, also die fotografische, maßstabgerechte, plastische Zusammenschau eines Wellenberges mit Hilfe zweier im Abstand von etwa 20 Metern postierter Kameras, ergab die sichere Höhe von 16 m. Und als man daranging, solche Bilder auszumessen, fielen auch die Gewichte der Wassermassen mit ab: 19 000 Tonnen mußte ein Wellenberg wiegen, den ein Wind von nur 6–7 Beaufortgraden zusammengeweht hatte.

Wie behaupten sich Schiffe gegen solche Monstren, wie ist es möglich, daß kleine Segelyachten gegen 19 000 Tonnen Wasser, das mit Eisenbahngeschwindigkeit über sie kommt,

nicht nur nicht unterliegen, sondern durchaus Fahrt voraus machen, obwohl sie doch nichts treibt als die schwache Kraft, die diesen Booten aus der Unverzagtheit ihrer kleinen, die Segel setzenden Crews kommt. Die Antwort bedarf keines wissenschaftlichen Aufwands, sie erschließt sich jedem Seefahrer, der sich angesichts seines entfesselten Elements Mutzuwachs aus der Rumbuddel holt: Der außenbords fliegende Korken beendet seine Reise ungefähr dort, wo er sie begann, und auf lachhafte Weise wird klar, was allein die Meere schiffbar macht: Es bewegt sich nicht das Wasser, es bewegt sich die Welle. Der Binnenländer denkt an das unter dem Augustwind wogende Kornfeld und ist richtig im Bilde. Jedes Wassermolekül auf der Oberfläche des Meeres folgt beim Durchgang einer Welle einer Orbitalbewegung, vergleichbar der Schwingung eines Pendels, das infolge kräftigen Anstoßes ganz herumschwingt. Während der Wellenkamm vorwärts stürmt, bewegen sich die Wassermoleküle mit ihm in dieser Richtung, aber schon im Wellental werden sie durch den Einfluß der Schwerkraft der Erde rückläufig. Die tatsächliche Versetzung der Wasserteilchen in der Richtung der Welle ist nur gering. Wäre es anders, keine Küste hielte dem Ansturm der Wassergebirge stand.
Es ist so schon schlimm genug.

Grundsee

… entschließe ich mich mit einem Geschmack im Mund, der nicht vom Salzwasser allein herrührt, das Rennen abzubrechen. L. setzt auf einen Wink von mir die Nationalflagge, Zeichen der Kapitulation nach den Gesetzen der Seeregatten. Seit nahezu fünf Stunden kreuzen wir an gegen eine steile, von gut sieben Windstärken zu Schaum geschlagene See und, was schlimmer ist, einen einsetzenden Ebbstrom, der mit 5 Knoten von Hoek van Holland her gegen uns läuft. 5 kn – das ist exakt unsere Fahrt durchs Wasser, die Fahrt über Grund also gleich Null. »Die Nordsee«, sagt L., »ist an Ostern noch eine sehr holprige Chaussee. Was meint denn das Hafenhandbuch zu Scheveningen, ich kenne da ein China-Restaurant, das ...« Das Hafenhandbuch (als ob er das nicht, wie jeder von uns, wüßte) warnt kleine Schiffe vor der Einfahrt nach Scheveningen, wenn starker auflandiger Wind Grundseen vor dem engen Hafenloch auftürmt. Als den spärlichen Ostergästen des Bades klar wird, daß wir einlaufen wollen, strömen sie auf der Mole zusammen und wählen mit Genuß Blende und Verschlußzeit für ein hübsches Erinnerungsfoto von der erwarteten Katastrophe. Die Rumpfgeschwindigkeit meines Bootes ist etwa 9 Knoten. Als die erste Grundsee uns zwischen den Molenköpfen auf den Rücken nimmt und vorwärts katapultiert, zeigt der Geschwindigkeitsmesser 13 Knoten. Das Boot steckt die Nase weg, und eine braune Sturzflut, die zur Hälfte aus Sand besteht, droht L. von Deck zu spülen. Er hält sich am Mast. Wir sind, ohne quergeschlagen zu sein, durch. Mein Gott, sie klatschen dort oben auf der Mole, wie die Passagiere in den Düsengiganten nach glücklichem Aufsetzen auf der Landepiste früher den Piloten applaudierten. »Also, ich kenne hier ein China-Restaurant ...«, sagt L.

(Aus meinem Logbuch)

Das Drama der Brandung beginnt, wenn die Welle den Boden fühlt. Sie läuft auf ihn auf, ihre Fahrt wird gebremst; die eben noch nach vorn gerichtete Kraft weicht nach oben aus: die Welle wird langsamer und höher. Der Schock, den die Landberührung ihr versetzt, macht sie labil. Taumelnd verharrend, beugt sie sich über sich selbst, gleichsam um zu sehen, was ihr dort unten geschieht; ihre Brust wird hohl, und schon erbricht sie sich schaumig, stirbt. Bowditch* sagt, daß eine Bran-

* U.S. Navy Hydrographic Office Publication No. 9: Bowditch, »American Practical Navigator« – der Welt umfassendstes Buch über Navigation.

dungswelle, eine halbwüchsige nur von nicht mehr als vier Fuß Höhe, eine kinetische Energie freisetzt, die für jede Strandmeile 35 000 Pferdestärken ergibt. Und er sagt weiter, daß Amerikas Hoover-Damm, ein Kraftwerk wahrlich von Weltrang, nicht mehr Energie abzugeben vermag, als die Brandungswellen auf 56 Strandmeilen in ewiger Folge spielerisch in den Sand werfen. 1877 trug die Brandung vor Wiek einen 2600 Tonnen schweren, fest verankerten Wellenbrecher aus Steinen und Beton als Ganzes von seinem Fundament fort, und er maß 12,5 m in der Länge, war 8 m breit und 4,5 m dick. Eine solche Brandung geht 18 m hoch. Als ich in einer Winternacht, die ein Weststurm nicht zur Ruhe kommen ließ, vom tosenden Westerländer Strand in mein Hotel zurückkehrte und die Haustür sorgsam verschließen wollte, sagte der Hausdiener still: »Ach bitte, lassen Sie doch offen, es geht in einer Nacht wie dieser mancher gern zum Beten.«

An der dänischen Nordseeküste bestieg ich einen Leuchtturm. Die See war unruhig, doch das konnte der Grund nicht sein für ein deutlich irritiertes Gefühl, das zunahm, je länger ich das Wasser betrachtete. Irgend etwas stimmte da unten nicht; das von Natur aus unordentliche Aussehen des Meeres war auf eine, so schien es mir, außernatürliche Weise in Unordnung geraten. Als ich merkte, daß ich schon nach der Antwort suchte, noch bevor ich im Besitz der Frage war, formulierte ich vor mich hin: Die Küste verläuft von Süd nach Nord, der Wind ist Südsüdwest, man sieht es deutlich an den Wellenzügen dort weit draußen, wo ihre Marschrichtung in sehr spitzem Winkel zur Küstenlinie verläuft. Und doch… und doch… – da hatte ich, was ich suchte: Die Brandungswellen trafen genau rechtwinklig auf die Küste, sie kümmerten sich nicht um die Richtung des Windes. Immer und überall auf der Welt treffen Brandungswellen rechtwinklig den Strand – was zwingt sie aus der Richtung des Windes?

Erscheinungen wie diese überhaupt zu bemerken, das

macht, meine ich, das Glück des intelligenten Reisens aus. Freilich kann man nicht mehr hoffen, eine echte Entdeckung gemacht zu haben. Und so wußte ich schon, noch während ich nach der Antwort suchte, daß die Ableitung der Welle zur Brandung längst bemerkt, benannt und veröffentlicht sein würde. Doch hat man seinen Laienstolz, und ich notierte fern jeder Bibliothek: Wellen, die der Wind unter einem Winkel auf die Küste zutreibt, exerzieren wie in Linie schwenkende Garden – der küstennahe Flügel gerät auf Grund und tritt kurz, der seewärtige Flügel aber, noch in tiefem Wasser, schwenkt rapide herum, bis, sozusagen, die Richtung stimmt für den Frontalangriff auf den Strand.

Refraktion heißt im Bowditch dieses der Optik verwandte Phänomen. Ein alter Hut. Ich hatte es ja gewußt. Manchmal möchte man die gelehrten Herren in die Ecke feuern; sie sind von lähmender Allwissenheit.

Sturmsee

»... Skagerrak 8 bis 9, zunehmend...«, quakt der Wetterfrosch aus dem Radio, so teilnahmslos, als verläse er die Schweinepreise und nicht unser Schicksal. Wir haben Skagen an Backbord voraus, schicken uns an, aus dem Fegefeuer des Kattegats in die Hölle des Skagerraks zu laufen. Als wir vor Stunden Anholt-Feuerschiff rundeten, war das Feld der Yachten noch beisammen: an die dreißig wild steigende, Schaum von den Flanken schleudernde, im Sprung die Fühlung mit dem Element fast verlierende Rösser, und auf ihre triefnassen Rücken hingekauert und in die knatternden Segelmähnen verklammert ein Häuflein Menschen zwischen Angst und Jubel. So sah uns der Alte auf dem Feuerschiff, und so sah ich ihn: in Lee seines Brückenhauses, Pfeife rauchend und kummervoll den schlohweißen Kopf schüttelnd. An diesem stillen Menschengesicht inmitten des Aufruhrs wurde das Pandämonium greifbar; ich wußte mit einem Schlage: Es geht nicht mehr um Sieg, es geht ums Überleben. Ich erbrach mich nach Lee.

(Aus meinem Logbuch)

Bei Rachel Carson lese ich: »Im Februar 1933 geriet die USS »Ramapo« auf ihrer Fahrt von Manila nach San Diego in einen siebentägigen Sturm. Der Sturm war ein Teil einer Tiefdruckstörung, die sich über die ganze Entfernung von Kamtschatka bis nach New York erstreckte und den Winden eine ununterbrochene Wirklänge von mehreren tausend Meilen gab. Im Höhepunkt des Sturms wählte die ›Ramapo‹ einen Kurs, der mit dem Wind und der See verlief. Winde von 68 Knoten kamen in den Böen heran. Während einer der Offiziere die Frühwache ging, sah er im Mondlicht von achtern eine See aufsteigen, die ihn mit Grauen erfüllte, denn ihr Kamm überragte ein eisernes Band, das das Krähennest hoch oben am Topmast hielt und dessen Höhe ihm bekannt war. Das Schiff lag zu dieser Zeit auf ebenem Kiel und befand sich im Wellental. Eine einfache Berechnung, die auf den Abmessungen des Schiffes beruhte, ergab die Höhe dieser Monsterwelle. Sie betrug 34 Meter.«

Dieser Bericht ist von der Wissenschaft angezweifelt worden. Man errechnete, daß das Zustandekommen einer solchen Welle einen Wind von mehr als 100 Knoten voraussetzt – die Beaufort-Skala endet bei 64 Knoten oder Windstärke 12. Das bedeutet nicht, daß es höhere Windstärken nicht gäbe, sie treten sogar im Binnenland auf, um wieviel mehr erst auf den hindernislosen Weiten der Ozeane. Doch hätte dieser 100-kn-Wind mehr als 30 Stunden lang unvermindert anhalten müssen, und zwar über eine Anlaufstrecke von 1000 Seemeilen und mehr, um eine Welle von 34 m zusammenzuwehen.

Wellen indessen von etwa 25 m Höhe sind, als Ausnahmen, allzuoft beobachtet und gemessen worden, um noch bezweifelt werden zu können. In den Roaring Forties, den brüllenden vierziger Breitengraden am Kap Hoorn, wo kein Land den Winterstürmen die Stirn bietet, da türmen sie sich auf, diese Riesen, und mit Längen von 800 Metern und mehr rasen sie im Eilzug-Tempo dahin. Was kann einen Menschen so ruhelos machen, daß er aus freien Stücken diese Hölle aufsucht? *Routa impossible* steht in den alten Seekarten der einsamen Räume zwischen Kap Tasmanien und dem Hoorn.

Das Erlöschen des Windes ist nicht der Tod der Welle. Die Sturmsee, ihres Antriebs beraubt, wird zur Dünung, die aus sich selber lebt. Und sie lebt lange. Zwar macht das Alter ihren Rücken rund, doch büßt sie nichts an Geschwindigkeit ein, im Gegenteil: Immer läuft die Dünung schneller als das Sturmfeld, dem sie entstammt, und so zeigt sie dem Seefahrer, dem sie das Schiff zum unerträglichen Rollen bringt, die Gefahr an, die für ihn mit dem aufziehenden Sturm herankommt. St. Helena, die Napoleon-Insel im Südatlantik, ist unzugänglich, wenn die Roller einer Dünung gegen sie anbranden, die ihren Ausgang in den nordatlantischen Stürmen nahm. Und in den windarmen Hochdruckgebieten, die an den polwärtigen Rändern des Nordostpassatgürtels liegen, in den dreißiger Breitengraden, dort ließ die weitgereiste Dünung die der Stütze des Windes beraubten Galeonen der nach Westindien fahrenden Spanier so bösartig rollen, daß die Besatzungen die vor Durst und Geworfensein dem Wahnsinn nahen Pferde der Soldaten über Bord warfen, woher sich wohl der Name Roßbreiten erklärt.

Nur die Tropenbewohner wissen der Dünung Dank, ist sie doch für diese jedweder Raserei des Himmels ausgesetzten Gegenden der selten trügende Vorbote eines nahenden Wirbelsturmes. Dann schlägt die Welle mit tödlicher Ruhe auf den Strand, nicht öfter als zwei, drei Mal in der Minute, wohingegen das weithin friedliche Meer an die fünfzehnmal in dieser Zeitspanne ausatmet. Dem Aufmerksamen verkehrt das Schicksal nach Fahrplan.

Tsunami

Hawaii – 1. April 1946. Drei Flutwellen von gigantischer Wucht und Größe fielen heute in den Mittagsstunden ohne Warnung über die Inseln her und richteten Zerstörungen an, die sich nur mit dem Desaster des Krakatau-Ausbruchs von 1883 vergleichen lassen. Die Wellen, deren Kämme an die 15 m über die Springflutmarke hinwegreichten, stürmten weit in das Land hinein und rissen Häuser und Menschen mit sich ins Meer zurück. Es ist mit weit über 100 Toten zu rechnen. Der Sachschaden wird viele Millionen Dollar betragen.

(»New York Times« vom 2. April 1946)

Es war, nur einen Tag nach dem Desaster, noch zu früh für mehr als diesen Schlagzeilenschrei, der damals um die Welt lief. Bald aber artikulierte sich das Entsetzen zu erstaunlichen Einzelheiten. Ein Seebeben, dessen Epizentrum bei den Aleuten gelegen war, hatte dem Pazifik Stöße versetzt, die an der Oberfläche des Ozeans Wellen von furchterregenden Eigenschaften in Bewegung setzten.

Dabei fingen sie harmlos genug an: Bei einer Wellenlänge von 180 Kilometern und einer Höhe von nicht mehr als 60 Zentimetern fielen sie keinem Schiff sonderlich auf, und so blieben die gefährdeten Küsten ungewarnt. Zudem – und nur dies machte diese Wellen tödlich – eilten sie mit einer Geschwindigkeit von 490 Meilen in der Stunde dahin. Das ist nicht viel weniger, als die Düsengiganten der zivilen Fliegerei erreichen.

Als diese Tsunamis – so nennt der Japaner die seismischen Wellen – nach nur viereinhalb Stunden Reisezeit in das flacher werdende Wasser um die Hawaii-Inseln gelangten, da türmte die Bremskraft des Grundes diese Babywellen im Verlauf eines Lidschlags zu apokalyptischer Höhe auf. Wie Keulenschläge fielen die Brecher über die ungewarnten Inseln her.

Doch meldeten sich Leute, die eine Warnung erhalten

haben wollten. Das Donnern der Brandung, so sagten sie, das doch die Inseln begleite wie das Lied der Vögel, habe plötzlich ausgesetzt, und der Ozean sei vor der Ankunft der Tsunamis vom Strand zurückgewichen, so, als habe es selbst dem großen Vater Pazifik den Atem verschlagen, als er das Unheil spürte, das ihn von Grund auf verstörte.

Antarktis

1968 reiste Horst Stern im Auftrag der Zeitschrift »Kosmos« in die Antarktis. Seine Wahrnehmungen und Erlebnisse veröffentlichte er in einer Reihe von Artikeln, die er für das Buch »Tiere und Landschaften« dann auch zu einem Text zusammenfaßte, der zweifellos zum Genre des literarischen Reiseberichts gehört.

Am wüsten Grund dieser Erde, in ihrem südlichsten Süden, hängt wie der Korb am Raumballon ein Kontinent von außerirdischer Schönheit und Grausamkeit. Es belebt ihn nichts als das Donnern kalbender Gletscher, das Brutgeschrei der Pinguine, das Stöhnen der Robben und die Atemstöße der Wale in sturmgepeitschten Ozeanen. Seit wenigen Jahren erst mischt sich die Stimme des forschenden Menschen in dieses urweltliche Konzert. Ich sah beklommen das Blau der Eisküsten und ging auf dem Moränenschutt der Gletscherstraßen unter Möwen, Robben und Pinguinen einher wie unter meinesgleichen. Ich bin zurück aus der Eiszeit, und ich habe Ihnen viel zu erzählen.

Bis in die moderne Zeit hinein war dieser vom Gewicht seines Eismantels in die Erdkruste zurückgepreßte Kontinent nichts als Spekulation: Der Hang der alten Griechen zur Symmetrie, zur Ordnung, zum Gleichgewicht ließ sie diese Landmasse als südlichen Gegenpol zum nördlichen Reich der ewigen Nebel vermuten, an das sie fest glaubten. Das Mittelalter nahm ihre Spekulation in Karten auf und füllte deren weiße Flecken mit märchenhafter Phantasie. Noch der aufgeklärte Franzose Yves Joseph de Kerguelen-Trémarec, der 1772 in jenem eisigen Atem segelte, den der Kontinent in Form von ablandigen Orkanen über den südlichen Ozean schickt, kehrte mit Berichten von einem Land zurück, dem er kühn den Namen »Südfrankreich« gegeben hatte, und er sparte nicht mit Vermutungen von Rubinen und Edelsteinen, von Wäldern und Marmorbrüchen, die nur Nebel und Stürme ihm verhängt hätten. Was er in Wahrheit gefunden hatte und was heute den Namen Kerguelen-Inseln führt, liegt weit ab vom Kontinent, noch im subantarktischen Bereich des Treibeises.

Der Wahrheit nahe kam noch im selben Jahr ein Seefahrer, der nur mit Kolumbus und Magellan in einem Atemzug genannt werden kann: James Cook. Er umsegelte die Packeisgrenze des gesamten Kontinents, von Schneestürmen gepeitscht und von Eisbergen bedroht, von Skorbut zerfressen, ohne Land gesehen zu haben. Sollte es, so schrieb er, einen antarktischen Kontinent geben, so sei er gewiß wüst und leer und ummantelt im ewigem Eis; von einer Entdeckung habe die Welt nichts zu erwarten.

Die Entdeckung kam knapp fünfzig Jahre später mit theatralischem Effekt. Nathaniel Palmer, ein blutjunger nordamerikanischer Robbenfänger, segelte 1820 sein kleines Schiff »Hero« auf der Suche nach neuem Schlachtvieh bis vor die Küste der antarktischen Halbinsel, die sich wie ein Daumen von der geballten Faust des Kontinents abspreizt und nach Südamerika weist. Zum erstenmal fiel der Blick eines Menschen auf die grünblauen Eiswände, die sich dreißig Meter senkrecht aus dem Meer erheben und den ganzen Kontinent umlaufen, wie James Cook es vorausgesagt hatte.

Nebel überfiel die »Hero«. Als er sich endlich wieder lichtete, fand Palmer sich mit seinem Robbenfänger zwischen zwei großen Kriegsschiffen, die gleich ihm vor Anker lagen. Nach Jahrmilliarden der absoluten Einsamkeit ein Tag des Flottenzeremoniells: Palmer steckte das Sternenbanner an die Gaffel, auf den Kriegsschiffen ging das Andreaskreuz hoch; Russen also und, wie Besuch und Gegenbesuch erwiesen, die Schiffe »Wostok« und »Mirnij« unter dem Befehl des Admirals Thaddeus von Bellinghausen.

Aber der seither währende Streit um die Entdeckerehre bekam einen dritten Teilnehmer: den Engländer Bransfield, einen Seeoffizier der britischen Krone, der in Valparaiso abkommandiert worden war, mit einem Handelsschiff die Südshetlands in Besitz zu nehmen, eine dem Kontinent vorgelagerte Inselkette, die von den Engländern entdeckt worden war. Bransfield kam im Januar 1820, zehn Monate vor den Amerikanern und den Russen, bis vor den Kontinent, doch ist strittig bis auf den heutigen Tag, ob es nicht die Trinity-Insel war, die er für das Festland hielt.

Müßig, dieser Streit? Nicht ganz. Wir werden noch sehen, wie die Begehrlichkeit der Nationen, fußend auf den Taten ihrer Seefahrer, sich in der Antarktis nur mühsam im Zaum hält. Wostok und Mirnij heißen heute demonstrativ die modernen wissenschaftlichen Stationen der Sowjets im Ostteil des Kontinents, und die Engländer haben einen anderen Namen für die antarktische Halbinsel als die Amerikaner. Und beiden wird sie streitig gemacht von den Argentiniern und den Chilenen, die sich auf eine päpstliche Bulle aus dem Jahr 1493 berufen, wonach den Lateinamerikanern alles Land westlich einer von Pol zu Pol gezogenen Linie gehöre, die bei den Kapverdischen Inseln verläuft. Der Haager Internationale Gerichtshof wendet unentschieden Akte um Akte.

Ich finde mein Tagebuch eine erfreulichere Lektüre:
… die erste Begegnung mit einem antarktischen Eisberg ist von gleich elementarer Kraft wie der erste Blick auf Meer oder Hochgebirge. Ich schätze die Höhe der Seen auf sechs Meter,

das ist nicht viel für einen Wind von Beaufort 9 in der Drake-Straße, dem verrufenen Seeraum zwischen Kap Hoorn und der Antarktis, aber es reicht, um den Bug unseres Schiffes abenteuerlich steigen und im Absturz zischende Gischtfontänen aufwerfen zu lassen. Diese Pferdemanier des Schiffes bringt die Macht des Eisbergs, den ich im Glas habe, erst recht zur Geltung: Die See, in der auch ein gigantischer Tanker noch rollen müßte, läßt den Eisberg unbewegt; sein Kiel, die ungeheure Unterwassermasse, macht das sichtbare eisige Hochplateau des Bergs zum stationären Fels, an dem die Brandung dreißig Meter hochleckt und doch den oberen Rand nicht erreicht. Dabei ist dieser Berg klein, nicht mehr als 120 Meter lang; es brachen von den Eismauern der Antarktisküste schon Berge ab, die 300 Kilometer in der Länge maßen und Jahr um Jahr durch den südlichen Ozean segelten, bis sie sich endlich zu Tode kalbten, Donner aussendend, Gischt aufwerfend, Wasser vereisend…

Die Eisflanken haben kein Sonnenlicht nötig, um bläulich zu schimmern. Die Last von Jahrtausenden preßte den Schnee, mit dem alles beginnt, zu mineralisch hartem Eis, das im Zusammenprall Schiffsstahl aufreißt wie ein Messer das Pergament – kein guter Gedanke für eine stürmische Nacht in einem Seegebiet, das seit den längst vergangenen Tagen der Tiefwassersegler keinen Schiffsverkehr mehr kennt. Und was sollte Hilfe bei Wassertemperaturen um null Grad? Da schwindet das Bewußtsein in weniger als drei Minuten…

Am Morgen kommt Land in Sicht: Elephant Island, wie ich höre. Der Strom hat uns hundert Meilen nach Ost versetzt, unser Landfall war eigentlich südlicher geplant; das ist die Folge eines Navigierens bei stets bedecktem Himmel, ohne Gestirnsmessung mit dem Sextanten, in Polnähe dazu, die den Kompaß irritiert, und nach Seekarten, die mit der Warnung vor Unstimmigkeiten in der Vermessung bedruckt sind. Die wahren Küstenlinien dieses Kontinents kennt noch niemand, und das Eis verändert ständig seine Kontur; Land, vom

Druck des Eises befreit, steigt aus der plastisch-flüssigen Erdrinde wieder nach oben: Ich werde, so weiß ich aus der Literatur, Strände sehen, die vierzig Meter über dem Meeresspiegel liegen. Das sind Gefahren, von denen die technisierte, bürokratisierte Seefahrt der gemäßigten Breiten nichts mehr weiß.

Unser Kurs ist südlich, in die Bransfield-Straße hinein, die die Südshetland-Inseln vom Kontinent trennt. Die Szenerie ist nicht von dieser Welt. Das Eis kehrt uns eine Wand zu, die uns Stunde um Stunde begleitet; sie steigt dreißig Meter, mehr oder weniger, senkrecht an und hat die zerrissene Struktur eines Marmorbruches. Das Grünblau des dichten, luftarmen Eises geht nach oben in zunehmend weiße, firnige Schichten über und schwingt schließlich hinter klaffenden Rissen, die schon die Geburt neuer Eisberge anzeigen, in einem sanft landeinwärts steigenden Schneefeld aus. Die Gipfel der nicht allzu hohen Inselberge ragen aus diesem Eis- und Schneemantel an die dreihundert Meter heraus, ihre Flanken sind teilweise abgetaut, denn es ist, im Februar, hoher antarktischer Sommer. Und so liegen sie da wie riesige schwarz-weiß gefleckte Kühe auf schneebedeckter Weide, an den von Nebel umdampften Leibern die Schürfbahnen des Eises zeigend.

So zieht King George Island vorüber, die größte Insel der Südshetlands, doch noch während wir sie passieren, erinnert uns ein Zwischenfall daran, daß Eis auch diplomatische Glätte haben kann. Peter Scott, Engländer und wissenschaftlicher Führer unserer Exkursion, erhält von der Brücke einen Funkspruch zugestellt, der von der chilenischen Regierung in Santiago kommt: WELCOME TO CHILEAN ANTARCTICA.

Peter Scott kann kaum anders, als darin einen feinen Nadelstich zu sehen, der ihn stellvertretend für seine Nation daran erinnern soll, daß neben Argentinien auch Chile Englands Anspruch auf die antarktische Halbinsel und die ihr vorgelagerten Inseln leidenschaftlich bekämpft. Er wundert sich wohl auch über den bemerkenswerten Zufall der Übermittlung dieses Funkspruchs, just während wir eine Insel querab haben, die den Namen eines englischen Souveräns trägt. Und so abwegig ist das nicht: In Santiago weiß man drei Journalisten an Bord, einen Argentinier aus Buenos Aires, der mit den Angelsachsen nicht viel im Sinn hat, einen Mann von Londons BBC und mich.

Journalisten haben Sinn für zeitgerecht angebrachte Pointen, und Peter Scott ist just die rechte Persönlichkeit für einen höflichen kleinen Tiefschlag; ist er doch der Sohn des großen englischen Südpolforschers Robert Falcon Scott, der 1912 nach einem dramatischen Wettrennen zum Südpol gegen den Norweger Amundsen knapp unterlag und auf dem Rückweg, nur elf Meilen von seiner Basis entfernt, mit vier Gefährten den Tod im Eis fand.

»Ich wurde als Sohn einer Legende geboren«, hörte ich Peter Scott einmal sagen, aber ohne die Bitterkeit, die oft die Söhne großer Männer befällt; er hat einen weltweiten Ruf als Ornithologe; ist Illustrator seiner eigenen Veröffentlichungen; als leidenschaftlicher Konservator steht er dem World Wildlife Fund vor (und somit den Bankiers nahe); und schließlich noch ist er einer der großen Namen im internationalen Yachtsport. Man fand ihn in unserer Schiffsgesellschaft aus englischen und amerikanischen Wissenschaftsbeflissenen nicht allseits charming, eher insular-kühl, aber das mochte am Außenklima gelegen haben. Ich fand den großen Mann menschlich: Unter all den Fotografen mit den teuersten Telelinsen aus Wetzlar und Oberkochen handhabte unser Führer eine Kodak-Instamatic für 33 Mark und hörte, was das Filmwechseln anging, klugerweise auf seine hübsche Frau.

Bei Schneetreiben und auffrischenden Winden laufen wir Deception Island an, eine Vorposteninsel des Kontinents, die viel Gewalt gesehen hat, von der Natur und auch vom Menschen. Durch eine enge Einfahrt, deren Tücke bei Sturm ein Walfänger signalisiert, der seit fünfzig Jahren, in zwei Teile zerbrochen, am Fuß des Felsentores in der Brandung liegt, dampfen wir in ein riesiges Amphitheater ein. Mephisto hat die wüste Szene soeben verlassen; man riecht noch den Schwefel eines Vulkanausbruchs, der sechs Wochen vor unserem Eintreffen die Eisflanken durch fliegende Asche schwarz färbte. Kreisrund, wohl achthundert Meter im Durchmesser, ein alter, abgesunkener Krater; die See drang in ihn ein, und auf achtzig Meter Tiefe werfen wir in ihm Anker.

Nathaniel Palmer fand diesen Naturhafen; auf unserem Ankerplatz lag 1820 seine winzige Brigg, mit der er westlich ins sommerlich offene Packeis segelte, wo er Antarctica proper, die höchste Landmasse der Erde, entdeckte.

Ein Boot setzt uns an Land. Die Baracken der britischen und der lateinamerikanischen Forschungsstation liegen verlassen, verschlossen; der Vulkanausbruch schlug die Wissenschaft in die Flucht. Wo das Wasser das heiße Land bespült, steigt Wasserdampf auf. 1921 war diese runde Bucht ein einziger Heißwasserkessel: Schiffe verloren die Farbe ihres Unterwasseranstrichs. Am Strand verrotten Berge von Walknochen aus der Zeit vor dem ersten Weltkrieg, als die Norweger hier eine riesige Trankocherei unterhielten.

Ein britischer Frachter schoß sie 1916 zusammen, denn es operierten deutsche Kaperschiffe in diesen Breiten, und man wollte ihnen diesen Stützpunkt nicht lassen. Die Trümmer der Kessel und Öfen liegen noch herum. Drei Mann unserer Besatzung schmieren mit Mennige ihre Namen in die Kessel, einer fährt eigens vom Schiff eine Leiter herüber, um durch die Größe der Buchstaben die eigene Nichtigkeit zu erhöhen. Und da steht es nun, JUAN ALVAREZ, zwei Meter hoch, rot und leuchtend, und strahlt über eine Bucht, aus der das heroische Zeitalter dieses Kontinents seinen Anfang nahm, eine Bucht, in der tausend Wale auf den Strand gezerrt und gefleddert worden sind.

Ihre Schlächter ruhen nahebei, auf einem kleinen Seemannsfriedhof, dessen windschiefe, im Frost geborstenen Kreuze skandinavische Namen tragen über Jahreszahlen zwischen 1890 und 1912. Sechzig, siebzig eisige Polarwinter gingen über die Toten hinweg. Es friert mich bei dem Gedanken, wie sehr die Aussicht auf ein Grab in dieser Weltgegend das Sterben des jungen Hilfssteuermanns dort verschärft haben muß. Drei Kormorane hocken schwarz und groß wie Raben auf den Kreuzen. Ich bin froh, daß das Boot mich holt.

An Bord erzählt der Kollege aus Buenos Aires, daß in dieser Bucht Schüsse fielen, als die Argentinier den Briten die Landung von Wissenschaftlern verweigern wollten – 1952! Und daß vorher und nachher die verfeindeten Parteien den Streit um das Anrecht auf die antarktische Halbinsel hier in Deception austrugen, indem sie gegenseitig die besitzanzeigenden Bronzetafeln demontierten und die Nationalflaggen herunterholten.

Es ist gut, daß wir uns dem Kontinent nur langsam nähern; die Dramatik seiner geophysikalischen Fakten wäre bei rascher Annäherung, im Flugzeug etwa, so verzerrt wie für das Auge die zu nahe Breitleinwand des Kinos.

In der Sonne, die uns treu ist, seit wir das Festland nahe wissen, in Lufttemperaturen von drei Plusgraden fällt es schwer, sich die eigentliche Geißel der Antarktis vorzustellen: den Blizzard.

Antarktis, ich sagte es schon, ist nicht nur der kälteste, es ist auch der höchste Kontinent der Erde, ein Hochplateau aus Eis, das unsere Alpen, von ein paar Gipfeln abgesehen, unter sich begraben würde. Gebirgsketten, bis 5000 Meter hinaufreichend, durchziehen den Kontinent, und Gipfelriesen, die der Stolz jeder bayerischen Gemeinde wären, ragen aus dem Eis nicht anders hervor als die armseligen Mastspitzen versunkener Schiffe aus dem Meer. Auf dieser gewaltigen Hochlandmasse, die Australien gleich zweimal schlucken könnte, lebt nichts, kein Tier, kein Gras, kein Baum, kein Strauch. Es lebt dort, seit ein paar Jahren, nur der forschende Mensch, eingegraben in das Eis, versehen mit Ölheizung und Strom aus atomarer Kraft, mit konservierten Leckereien und Kriminalfilmen im täglichen Wechsel, mit Büchern der reinen Wissenschaft und der reinsten Pornographie, denn die Antarktis ist Männerland; die Frauen, die den Kontinent bislang, und nur im Sommer, betraten, sind noch leicht zu zählen; es überwinterten nur zwei, und sie gerieten sich prompt in die Haare; das Buch, das die eine darüber schrieb, handelt von wenig mehr. Männer überstehen die absolute, sechsmonatige Nacht der Polgegend aber auch nur besser, weil alle Nationen, die hier forschen, die Kandidaten vor der Entsendung zwischen Psychiatern und Ärzten Spießruten laufen lassen, um labile Typen auszuscheiden. Dennoch ist der verlorene, leere Blick der Überwinternden, das ziellose Starren in die Weite, den ablösenden Sommermannschaften nur zu gut bekannt.

Der Wetterforschung dient ein großer Teil dieser Stationen, denn die Weltwetter machende Kraft dieses Eisgiganten Antarktis ist groß. Vom Pol her, der markiert ist durch ein Sternenbanner am Mast und eingekreist von leeren Ölfässern, wälzt sich seewärts nicht nur das Eis unter dem Druck des eigenen Gewichts, es wälzt sich von hier oben herab zu den Meeren auch die kälteste Luft der Erde. Es herrscht hoher Druck, die kalte Luft sinkt herab, nimmt, indem sie über das Eis streicht, noch mehr Kälte auf und donnert schließlich mit doppelter, ja dreifacher Orkanstärke auf die Ozeane hinaus. Mit dem Oberflächenschnee des Hochplateaus gefüllt, sind diese Stürme die gefürchteten Blizzards, die Sicht und Atem nehmen; sie fegen mit dem infernalischen Lärm der Düsenflugzeuge einher und dulden in ihrer Bahn kein bewegliches Hindernis. Der Mensch kann sich ihrer nur auf den Knien erwehren.

Wir navigieren vorsichtig im Packeis, das zuweilen tückisch an den Schiffswänden knirscht. Pinguine treiben auf großen Schollen heran, eine Krabbenfresser-Robbe setzt auf einem kleinen Eisberg ihren Speck der brennenden Sonne aus. Erregung läuft durch das Schiff: Voraus tauchen die Häuser einer

Station auf, die an der wilden Danco-Küste steht. Dies ist das Festland, Antarctica proper. Wir sind da.

Der Gedanke ist grauenhaft und übertrifft die Sensation der literarischen Zukunftsvisionäre: 29 Millionen Kubikkilometer Eis lasten in einer durchschnittlichen Schicht von 2500 Meter Höhe auf der Antarktis, und es hält sie wenig mehr als die eigene Konsistenz auf ihm fest: Gebirgsketten, deren Gipfel 4000 Meter hoch und höher reichen, stecken bis zum Kragen im Eis und sind ihm längst keine Staumauer mehr. Eis ist überall – in jedem Tal, auf jedem Plateau, in jeder Schlucht, in jedem Spalt; und unter dem eigenen, schier unvorstellbaren Gewicht, das die Erdkruste eingedrückt hat wie der Fußballstiefel den Ball, setzt es sich von der Mitte her, vom geographischen Pol, in Bewegung.

Das Auge nimmt nichts davon wahr, so angespannt ich auch die Fluchtlinie der Eismauer entlangstarre, die wie hier, an der Stelle unserer Landung, 30 bis 40 Meter hoch in monotoner Großartigkeit fast den gesamten riesigen Kontinent umläuft. Das Ohr schon eher: ein leises Knistern ab und zu, das sich, ferne, zum Stöhnen steigert, zum Knarren einer in rostigen Angeln hängenden Tür; und nachts gelegentlich, noch ferner, der Donner, wenn der blaue Wall den Eisberg ins aufrauschende Meer kalbt. Die Instrumente der Forscher sagen es genau: Zwischen 15 und 500 Meter im Jahr schiebt sich der antarktische Eismantel von der Mitte her den Ozeanen zu. Kommen uns diese blaue Lava, diese 90 Prozent des Welteises auf den Hals?

Es gilt als ausgemacht, daß die Temperaturen am Grunde des Eismantels, dort, wo er dem Land aufliegt, sich um 0 Grad Celsius bewegen, also den Schmelzpunkt erreichen. Reibungswärme, so sagen die Pessimisten, erhöhe die Temperaturen noch, und so sei es wohl denkbar, daß sich die Antarktis ihres Eismantels mit der zunehmenden Geschwindigkeit einer Lawine entledige.

»Und dann was, bitte schön?« frage ich einen der chilenischen Glaziologen, der seine Sprengladungen, mit denen sie Schallwellen zur Messung der Eisdicke aussenden, vor dem Vulkan auf der Insel Deception nach hier auf das Festland gerettet hat.

Es ist nicht einfach, ein Interview mit einem Mann zu führen, der beim Packen ist, aber wir können nicht warten, bis häusliche Ruhe in der Station eingekehrt ist, bis die Studierstuben für den heraufziehenden Winter gerichtet sind. Unsere Schiffsführung ist voller Unruhe; man analysiert die Wetterberichte, an denen es nicht mangelt in der Antarktis, wo nächst den Pinguinen die Meteorologen die zahlreichste endemische Spezies sind. Das Jahr ist weit vorgeschritten, und das windstille Sonnenwetter, das uns bislang in Hemdsärmeln gehen ließ, dauert schon zu lange, um noch viel länger währen zu können. Kapitän Oliva erzählte in der Messe die Geschichte der »Kista Dan«, eines Versorgungsschiffes unserer Größe und Beschaffenheit. Sie sei, so sagt er mit einem ominösen Blick auf den Wandkalender, der den 14. Februar zeigt, am 23. Februar 1954 auf dem Rückweg nach Australien in einen 90-Knoten-Wind geraten (eine allzu untertreibende Benennung eines Orkans der Stärke 17), quergeschlagen, und so trieb sie denn mit gefährlicher Schlagseite hilflos dahin, 30 Stunden lang, in einer Seegegend, in der Eisberge so häufig sind wie im englischen Kanal die Tanker. Doch rammte sie keinen der Giganten, sondern landete schließlich im offenen Packeis, das die Konsistenz von frisch angerührtem Zement hat, deswegen den Seegang dämpft und die »Kista Dan« wieder auf die Beine kommen ließ. »So, please, gentlemen – hurry up!«

Bei diesem »Beeilen Sie sich!«, das ein Leitmotiv unserer ganzen Reise gewesen war und bleiben sollte, wurde mir klar, wie unverändert feindselig sich die Antarktis seit den Tagen ihrer Entdeckung dem Menschen zeigt, der ohne die Schiffsladungen voll spitzfindigster Ausrüstungsgegenstände kommt, die allein ihm ein Verweilen im Eis möglich machen. Für den kurzzeitigen Besucher dieser Weltgegend gilt 1968 nichts anderes, als was schon 1899 für ihn galt, da H. Arçtowski, der polnische Geologe einer belgischen Antarktis-Expedition, seufzend dies in sein Tagebuch schrieb: »Der Kapitän zeigte sich sehr zuvorkommend, doch mit einigem guten Willen hätten wir an vielen anderen Stellen noch landen und weit mehr geologisches Material sammeln können, als es uns möglich war. Bei dieser 18. Landung unserer Reise führte der Kapitän mich selber, doch für zehn Minuten nur! Einige wenige Ruderschläge brachten uns zum Ufer, nicht ohne die vertrauten Rufe ›Hurry up, hurry up!‹ Ich gab Tellefsen einen Hammer und die Anweisung, hier und dort am Ufer zu sondieren, derweil ich eilig die Moräne hinaufkletterte, dabei im Laufen Gesteinsproben aufnehmend; mit dem Kompaß stellte ich rasch die Richtungen fest, blickte nach rechts, nach links, und rannte dann wieder hinab, um meinen Felsen im ganzen zu sehen – das ist die Art und Weise, in der geologische Untersuchungen in der Antarktis vonstatten gehen…«

»In aller Kürze also, Doctore: Was geschieht, wenn dieser Riese Antarktis seinen Eismantel abwirft?« Zwischen Möbelrücken und Bücherabstauben (»Wo kommt in der Antarktis Staub her?«) erfuhr ich etwa dies: 29 Millionen Kubikkilometer Eis, schätzt man, sei das Gesamtvolumen. Ihm liegt diese Rechnung zugrunde: Die Durchschnittsdicke des dem Land aufliegenden Eismantels ist 2500 Meter, die des Schelfeises 588 Meter (Eis, das wohl Verbindung mit dem Festland hat, aber im Wasser liegt) – bei einer Gesamtgrundfläche von mehr als 11,5 Millionen Quadratkilometern. Dem stehen 360 Millionen Quadratkilometer Wasseroberfläche der Weltmeere gegenüber. Verteilte sich, mal angenommen, die Gesamtmasse des antarktischen Eises gleichmäßig über alle Meere der Erde, so wären sie mit einer Eisdecke von 80 Meter Stärke bedeckt. Dergleichen kann nicht eintreten, weiß man doch unter anderem, daß das Eis in den niedrigen Breiten der Erde zu Wasser werden muß. Aber zu wieviel Wasser?

Säbelte man von dieser gigantischen Eistorte eine Schicht von 31 Metern ab, so würde sie den Pegelstand aller Weltmeere um einen Meter anheben. Aufs Ganze gegangen, sähe die Weltkatastrophe so aus: Alle Häfen der Welt teilten das Schicksal Vinetas; sie würden in den Fluten versinken. Alle Küsten der Erde müßten ins Land zurückweichen; das Wasser käme zum Stehen erst an Stellen, die heute 60 bis 65 Meter über dem jetzigen Wasserspiegel liegen. Dabei sei, sagt mein Glaziologe, bei diesen Zahlen durchaus bedacht worden, daß die Dichte des Eises nur das 0,92fache des Wassers betrage und auch, daß große Teile der eisbedeckten Antarktis unter den Wasserspiegel abgesunken seien.

»Aber die isostatische Kompensation...?« frage ich; ich habe meine Hausaufgaben gut gelernt. »Ach ja«, sagt er, »die isostatische Kompensation, das ist so: Die Erfahrung mit den jüngsten Eiszeiten der nördlichen Hemisphäre hat gelehrt, daß die Kontinente, die vom Eise befreit wurden, ansteigen. Es findet ein Lastwechsel statt, indem der Meeresgrund unter dem durch das schmelzende Eis vermehrten Wassergewicht absinkt – darum nicht 60, sondern nur 40 Meter Pegelanstieg. Natürlich in der Theorie. Eine solche Katastrophe ist nach allem, was wir über das antarktische Eis wissen, unwahrscheinlich. Erstens vermuten wir, daß die Temperaturen am Grunde des äußeren Eismantels kälter sind als unter dem Zentraleis, demnach unter dem Schmelzpunkt liegen. Das bewirkt eine Art Bremsung der von der Kontinentmitte herabdrückenden Eismassen; ein Lawineneffekt ist deshalb kaum zu befürchten. Und damit auch kein halber Weltuntergang. Der normale Abbau des Eises aber, wie wir ihn seit dem Höhepunkt der kontinentalen Vereisung im Pliozän, dem frühen Tertiär, vor 60 Millionen Jahren kennen, braucht uns nicht zu beunruhigen.«

»Und zweitens?«

»Zweitens – aber das ist eigentlich nicht mehr kausal – wissen wir nicht einmal, ob das Eis zu- oder abnimmt. Sie kennen das: Alles beginnt mit dem Schnee. Er fällt, aber es ist zu kalt für ihn, um wegtauen zu können, er altert also zu Firn. Firn wird durch Druck von neuem Schneegewicht zu Eis, das ab 50 Meter Tiefe schon nicht mehr porös ist. Ab 150 Meter sind fast keine Luftblasen mehr im Material; hier beginnt das reine, mineralisch harte Eis… Madre dio! Ich muß das Fenster wieder öffnen, was ist das heiß in dieser Antarktis – plus 8 Grad Celsius in der Sonne. Das glaubt Ihnen zu Haus kein Mensch…«

Der Herr Doktor aus Puerto Montt in Patagonien fährt fort: »Wenn Sie zur Byrd-Station unten im Süden kommen, dann werden Ihnen die Amerikaner ihren alten Trick vorführen. Mit einem Bohrer holen sie aus großen Tiefen niedliche Eiswürfel herauf, die jede Verunreinigung, wie zum Beispiel durch Vulkanasche, auf ewig bewahren. Daran dann lesen sie die Geschichte des Kontinents ab, wie die Geologen anderswo am Stein. Ich glaube, sie sind schon bei 400 nach Christi Geburt angekommen. Sie kippen Ihnen einen solchen Eiswürfel in den Whisky und sagen nonchalant: ›Was Sie da zischend entweichen hören, Sir, das ist die Luft, die Captain James Cook atmete, als er 1773 hier in der Gegend war…‹ – Aber was wollte ich denn sagen?… ja so: Wir wissen also nicht sicher, ob das Eis hier zunimmt oder ab. Die Berechnungen schwanken zwischen plus 1,32 Millionen Millionen und minus 0,41 Millionen Millionen Tonnen pro Jahr. Darunter können Sie sich nichts vorstellen? Ich auch nicht. Ich weiß nur, daß pro Jahr zwischen 30 und 60 Zentimeter Schnee über dem Kontinent niedergehen. Etliches davon weht auf die Ozeane hinaus, das meiste wird zu neuem Eis gepreßt, zu einer Schicht von jährlich 10 bis 20 Zentimeter Höhe oder ein bis zwei Millionen Millionen Tonnen… Wir messen das mit Schallwellen, die von Explosionen ausgesendet werden – Sie wissen, durchs Eis gehen die Wellen leichter hindurch, am darunterliegenden Fels aber stoßen sie sich, seiner größeren Dichte wegen, wieder ab, werden gemessen, berechnet und so weiter … ja, mit dem Echolot auch, häufiger sogar … und auch mit Hilfe von Stollen, die wir ins Eis treiben und kreuzweise mit Stützrohren versehen; an ihnen sind empfindliche Instrumente montiert, die den von oben kommenden Druck messen und auch das seitliche Wandern des Eises, dem Ozean zu … Und nun entschuldigen Sie mich wohl, ich habe zu tun … Adiós, Señor!«

Bis zur Byrd-Station kam ich nicht. Mein Eis im abendlichen Whisky stammte nicht aus der Zeit von James Cook, sondern aus dem Eisfach von Charly, dem Schiffsbar-Tender. Ich kam nur nach Palmer, der großen US-Station auf der Anvers-Insel, dicht vor dem Kontinent. Der Weg dorthin führt durch die Gerlache-Straße, so benannt nach dem Belgier De Gerlache, der Ende des 19. Jahrhunderts die »Belgica«–Expedition führte. Sein 250-t-Schiff fing sich in der zuschnappenden Falle des Packeises und trieb willenlos ein volles Jahr mit ihm dahin. Die Männer an Bord erlitten als erste die antarktische Winternacht, und nur die Beobachtung der Sterne zeigte ihnen an, daß sie dem Auge nicht trauen durften, welches ihnen ein bewegungsloses Verharren im Eis vorspiegelte: Sie gerieten auf barographisch gezackten Kursen schon in den ersten zwei Monaten 500 Meilen weit in Gegenden, die kein Mensch zuvor gesehen hatte.

Ich sah sie nun, granitene Fjordwände, so einsam, daß von ihnen nicht einmal der Schrei der Skuamöwen herabwehte, sondern nur der Nebel; zerrissene Bergketten, an denen die Macht der Sonne deutlich wird: nackter schwarzer Fels an der dem Mittag zugekehrten Seite; stilles Wasser dazwischen, zuweilen nicht mehr als eine Schiffslänge breit. Darauf das sommerlich lockere Eis, wahllos hingestreut wie Aquamarine auf schwarzem Samt. Wir winden uns, vorsichtig navigierend, hindurch. Es knirscht manchmal bedrohlich, und dann bleibt häßliche rote Schiffsfarbe am reinen Eis zurück. Es ist so still, daß die nervösen Klingelsignale des Maschinentelegraphen die Robben auf den großen Schollen die Kegelkugelköpfe heben lassen.

Wer den von Fjorden zerrissenen patagonischen Süden des amerikanischen Doppelkontinents gesehen hat und dann in diese schönste antarktische Landschaft der Palmer-Halbinsel gerät, der braucht die Belehrung durch die Bücher nicht, um zu erkennen, daß die Anden, Südamerikas Rückgrat, hier nach Formation und Richtung ihr geologisches Steißbein haben. Nur die Art des einstigen Zusammenhangs ist ungewiß: Festlandbrücke oder die Knorpel einer Inselkette?

Es gibt eine radikale geologische Schule, die sagt: Alles Land, alle Kontinente der südlichen Hemisphäre, Südafrika und Südamerika, Asien und Australien und die Antarktis, müssen einmal eine einzige riesige Landmasse gewesen sein, die dann zu den Umrißformen der heutigen Kontinente aufbrach und zu den Positionen auseinandertrieb, die sie heute einnehmen. Und in der Tat, schneidet man sich aus den Kontinentsumrissen, wie sie uns vertraut sind, ein Puzzlespiel zurecht, so sieht man sogleich verblüfft: Sie passen aneinander, fast nahtlos Rand an Rand.

Um diese Theorie zu stützen, führte man den geologischen Beweis der Gesteinsstruktur, die die Antarktis zu einem nahen Verwandten der anderen Kontinente macht: Magma von unten, Erosion von oben. Aber das Eis gab noch andere, weit sensationellere Beweise im Sinne dieser Theorie frei: Sporenartige Mikrofossilien im Kambriumgestein aus einer Zeit, als überall auf unserer Welt lebende Organismen erkennbare Reste im Sedimentgestein zu hinterlassen begannen. 1909 schon fand Shackletons Expedition das bis dato älteste Makrofossil der Antarktis, einen korallenartigen Seeorganismus, wie er sich auch im Kambriumgestein Australiens, ja Sibiriens fand. Ein antarktischer Berg, der den Namen Flora bekam, gab Beweise einer subtropischen Vergangenheit her: Ablagerungen von Farnen, Süßwasserschnecken, Fischschuppen, Wasserkäfern – tonnenweise die herrlichsten Ammoniten! Die Antarktis, das wurde deutlich, mußte in der mittleren Jurazeit die Heimat von Süßwasserseen gewesen sein, die belebt waren von einer Fauna und umstanden von einer Flora subtropischen Charakters.

Es gibt auch einen fossilen Magnetismus: Jeder Stein enthält magnetische Teilchen, die, sozusagen, den Fingerabdruck der Polarität des magnetischen Feldes der Erde bewahren, wie es zur Zeit der Ablagerung des Steins bestand. Untersuchungen solcher Magnetfossilien lassen darauf schließen, daß die antarktische Halbinsel vor dem Tertiär auf einer Breite von 35 bis 40 Grad Süd gelegen war, und dort liegt Buenos Aires.

Im Tertiär kam aber auch das Ende dieser Herrlichkeit; von Säugetieren, die in anderen Teilen der Welt Leittiere des festen Landes geworden waren, fand sich in der Antarktis keine Spur. Bevor dieser Höhepunkt in der Tier-Evolution einsetzen konnte, kam das Eis – gleichzeitig etwa mit der Pleistozän-Eiszeit, die den Norden der Erde heimsuchte. Das liegt eine Million Jahre zurück, und während das Eis seither den Norden weitgehend freigab, hielt es den Süden bis heute umklammert. 90 Prozent des Welteises liegen hier...

Palmer kam in Sicht, eine kleine, verlorene Ansammlung von Baracken unter dem Sternenbanner, mit spinnenfingrigen Antennen, Öltanks und – Pinguinen. Ich konnte sie schon wieder riechen, und ich glaubte längst, was ich für Seemannsgarn gehalten hatte, als ich es zum erstenmal hörte: daß nämlich der Gestank, der von den Kolonien dieser Vögel ausgeht, eine Navigationshilfe sei, die schon so manches Schiff im Nebel dieser südlichen Breiten vor dem Stranden bewahrt habe.

Wer aus der Antarktis zurückkehrt, hat immer wieder diese eine Frage zu beantworten: Wie kalt ist es da nun eigentlich?

Das kommt, wie immer, darauf an: An der Küste, wo die Ozeane für Milderung sorgen, fällt im Sommer das Thermometer selten unter –10°C, und Hemdsärmelwetter ist nichts Ungewöhnliches. Auf dem kontinentalen Festlandeis, das den Großglockner, wie man weiß, unter sich begraben würde, herrscht ewiger Frost, niemals geht das Thermometer an den Nullpunkt heran oder gar darüber hinaus. Der Winter bringt hier Temperaturen von mehr als 80 Grad minus, wenn das freilich auch Rekordmessungen, keine Durchschnitte sind; insbesondere die Küstenregion hat mildere Wintertemperaturen (denen freilich immer noch jedes ungeschützte Ohr in Sekundenschnelle zum Opfer fiele).

Und da leben Tiere? ist in aller Regel die nächste Frage an den Heimkehrer aus der Antarktis. Das kommt, schon wieder einmal, darauf an: Dauerbewohner, auf die Antarktis beschränkt, sind nur zwei Tiere: neben der Weddell-Robbe der Kaiser-Pinguin, der größte dieser fluglosen Vogelfamilie. Er findet sich erst sehr weit im Süden der Antarktis, und sein Brutgeschäft fällt ausgerechnet in den lichtlosen, bitterkalten Polarwinter, den nichts als wütende Schneestürme beleben. Das wird uns noch beschäftigen. Alle anderen Tiere sind Sommergäste. Kommt die sechs Monate dauernde Nacht heran, wandern sie, ein jedes in seinem Element, nordwärts, was hier gleichbedeutend mit Wärme ist.

Die dritte Frage, die unausweichlich kommt, lautet: Man hört stets, daß die Antarktis vegetationslos sei; es soll auch keine Insekten geben, also muß alle Nahrung aus dem Meer kommen – aber so viel Nahrung? Daran ist richtig, daß Vegetation dort unten mehr den Wert von Kuriosa hat, desgleichen die Insekten; als Nahrung scheiden beide aus, es lebt dort auch niemand, der sich für sie interessiert, sieht man von den Botanikern und Zoologen ab.

Es kommt also in der Tat alle Nahrung aus dem Meer, und staunt der Laie, daß dieses Wasser bei Temperaturen um Null überhaupt Leben produziert, so wundert sich der Fachmann über die ungeheuren Mengen von *Euphausia superba*, einem fingergliedlangen garnelenartigen Lebewesen, das die südlichen Ozeane mitunter weithin rot färbt. Man nennt es Krill, und die Lebenskette, in der es ein wichtiges Glied ist, geht so: 100 Pfund Plankton ergeben zehn Pfund Krill, die wiederum ein Pfund Blauwal produzieren, denn nicht nur die Seevögel und die Pinguine, auch die Wale schaufeln Euphausia zentnerweise in sich hinein. Es ist das Grundnahrungsmittel der Antarktischen Fauna, vergleichbar den Spaghetti der Italiener und dem Reis der Asiaten. Und wer sich angesichts von Fotos, die riesige Pinguinkolonien zeigen, je gewundert hat über diese Massierung von Vögeln in einem Land, das doch als Synonym für Lebensfeindlichkeit gilt, der findet im Krill die Erklärung. Die Ozeane, allen voran die antarktischen Gewässer, sind der größte Nahrungsmittelproduzent der Welt. Die fünf Millionen Adélie-Pinguine der Laurie-Insel in den Südorkneys haben einen täglichen Nahrungsmittelbedarf von 9000 Tonnen, der Ladungskapazität von 70 modernen Fischtrawlern. Und doch hält das Meer weit mehr bereit, als die Pinguine und alle anderen Tiere ernten können. Es ist nicht Nahrungsmangel, was ihre Ausbreitung begrenzt, sondern Mangel an Lebensraum.

Das ist merkwürdig genug auf einem Kontinent, der die doppelte Größe von Australien hat, doch man muß bedenken, daß Pinguinkolonien nur an den Rändern des Kontinents leben können, denn das Innere gibt keine Nahrung her. Die Küste hinwiederum eignet sich auch nur an wenigen Stellen zur Koloniebildung, steigt sie doch fast überall als dreißig, vierzig Meter hohe Eiswand aus dem Meer. Und so nimmt es nicht wunder, daß die zwei Millionen Adélie-Pinguine von Mawson auf drei Fuß hohen, von der Kälte konservierten, von der trockenen Luft mumifizierten Kadavern ihrer Vorfahren hausen. Ein makabres Bild, das am wenigsten zu diesem kleinen Clown der Antarktis passen will, dem der Franzose d'Urville, als er ihn 1839 entdeckte, den Namen seiner Frau Adélie gab (weshalb sich seither alle Welt fragt, wie diese Dame wohl ausgesehen haben mag).

Pinguine sind des Menschen liebste Tiere; wo er ihnen begegnet, im Zoo oder in freier Wildbahn, gerät er in Verzückung. Peter Scott, der unsere Exkursion leitete, sah sich sogar in dieser Gesellschaft von Fachleuten veranlaßt, seines Amtes als Präsident des World Wildlife Fund zu walten und eine Notiz ans Schwarze Brett unseres Expeditionsdampfers zu zwicken: »Ich bitte, vom Berühren der Pinguine Abstand zu nehmen!« Das kommt, natürlich, vom aufrechten Gang dieser Fluglosen, von ihren Stummelflügeln, die sie bewegen wie ein Mensch, der die Arme vor Kälte um den Leib schlägt (wogegen die Pinguine in Wirklichkeit auf diese Weise sommers »hecheln«, also eine Wärme abgeben, die durch den Fettmantel unter der Haut und die enganliegenden Federn nur schlecht entweichen kann). Und es kommt diese unermüdliche Aufmerksamkeit, die der Mensch den Pinguinen widmet, nicht zuletzt von deren Streitsucht her, die eine Folge des Hausens dicht an dicht ist. Über der selbstvergessenen Beobachtung, die mancher von uns beispielsweise dem trickreichen Diebstahl von Nestmaterial widmete, waren nicht wenige in Gefahr, den Dampfer zu verpassen – eine dumme Sache, wenn der nächste erst sieben Monate später geht.

Natürlich ist die Ähnlichkeit des Pinguin-Verhaltens mit dem menschlichen wieder einmal hineingedacht worden: Aus der richtigen Beobachtung folgte der falsche Schluß. Das ist besonders gut an einem Märchen zu sehen, das in der Pinguin-Literatur nicht aussterben will. Man weiß, daß die Leopardenrobbe der größte Feind der Pinguine ist. Sie lauert nahe den Kolonien im Wasser, und hat sie einen geschnappt, dann schlägt sie die Beute so lange auf die Wasseroberfläche, bis der Balg platzt und das Pinguinfett mitsamt dem Gedärm herausgleitet, denn nur dieses frißt die Robbe.

Nun wird gesagt, daß Pinguine, die sich ins Wasser zur Nahrungssuche begeben möchten, zuvor stets ängstlich am Ufer herumstehen und schließlich erst einmal einen der ihren ins Wasser stoßen, um zu sehen, ob ihn der Teufel von Leopardenrobbe holt. Also, ich muß sagen: Kein Mensch wird einem Pinguin den fröhlichen Zynismus zutrauen, den solche Handlungsweise zur Voraussetzung hätte. Man schloß, einmal wieder, von sich auf andere. Richtig ist nur, daß die Pinguine als ausgesprochen gesellige Wesen nicht eher ins Wasser gehen, bis sie es mit etlichen anderen zusammen tun können. Das ergibt ein Gedrängel am Uferrand, bei dem es schon mal passieren kann, daß einer die Balance verliert und in den Bach kippt. Das ist alles. Und sollten Sie je wieder hören: »Pinguine sind wie du und ich, denn sie zanken sich um die Wohnung, bestehlen ihre Nachbarn, verprügeln ihre Weiber und kommandieren ihre Kinder herum!«, so wäre darauf die richtige Antwort: »Es ist genau umgekehrt – Pinguine haben nicht teil an den höheren Gedanken der Menschen, es hat der Mensch vielmehr teil an den primitiveren Regungen der Pinguine.« Es machte sie noch etwas anderes zum Liebling insbesondere der Damen: Pinguine, so sagt man, seien monogam. Stonehouse, dem ich manchen guten Pinguin-Tip verdanke, hat das genauer untersucht. Was dabei herauskam, gibt nun wirklich Veranlassung zu dem Spruch, Pinguine seien wie du und ich. In großen Kolonien, das steht fest, wechseln sie manchmal den Partner, und da Pinguinkolonien selten klein sind, kann man auch nicht gut von der Ausnahmemoral der Großstädte reden. Die Scheidungsrate unter Pinguinen schätzen Ornithologen auf 17 Prozent. Auch im Detail geht der Frauentausch auf bekannte Manier vor sich: Man schweift weniger in die Ferne, sondern bedient sich der Nachbarin. Was nicht ausschließt, daß man die Geschichte im Jahr darauf wieder rückgängig macht und ein jeder zu seiner, fast hätte ich gesagt: Angetrauten zurückkehrt. Doch wurde auch beobachtet, daß ein Männchen, nachdem es sich mit einer Neuen gepaart hatte, in ernste Schwierigkeiten geriet, als die Alte – verspätet – in der Kolonie ankam. Kämpfe sind dann die Regel unter den Hennen.

Die Verliererin hält alsbald Ausschau nach einem Hahn,

der das vorführt, was man die Ekstasehaltung genannt hat: Ähnlich der sich tarnenden Rohrdommel nimmt der Pinguin eine Pfahlstellung ein und kräht wie der Haushahn auf dem Mist, freilich im Ton sehr verschieden. Doch hat das mit Ekstase nichts zu tun; es ist nur die aus der Herde herausragende Signalstellung, die mannbaren Weibchen anzeigt, daß dort ein Nest bereitet wurde und eine Ehe zu haben sei. Stonehouse hat beobachtet, daß selbst verheiratete Pinguinhennen solchem Angebot nähertraten – womit kein moralisches Wort gesagt sein soll.

Diese Paarbildung, diese häufige Rückkehr zum Partner des Vorjahrs, setzt die Fähigkeit voraus, sich zu erkennen, wenn man nicht an die automatische Rückkehr beider Partner zum alten Nest als dem alleinigen Motiv zur Treue glauben will. Pinguine erkennen sich am Gesicht wie die Gänse, die Schwäne auch. Wichtiger aber, so meint man, sei die Stimme, und das wird gestützt durch Beobachtungen, die dem Fütterungsverhalten galten. Wenn eine Henne mit vollem Kropf aus dem Wasser an den Rand der Kolonie zurückkehrt, dann stößt sie Rufe aus, die unter den Tausenden von Jungen nur eines zur Henne eilen läßt, und diesem einen nur würgt sie die Nahrung vor (die von einer Schleimhaut vor der Verdauung bewahrt wurde). Fremde Junge, die abstauben wollen, werden weggebissen. Erst wenn das eigene zu Tode kam, hat die Pinguinhenne Augen für andere Junge; sie wird dann im Versuch, ein fremdes Küken zu bemuttern, nicht selten so rabiat, daß die Kleinen vor ihr und ihrer Liebe flüchten – in Felsspalten, in denen sie oft zugrunde gehen. Überhaupt ist die Sterblichkeit unter Pinguinjungen unglaublich hoch; die Prozentzahlen schwanken zwischen 70 und 80. Unter den Todesursachen stehen die Kälte, der Schneesturm, die Skua-Möwe, die Unachtsamkeit der Elterntiere obenan. Ein Pinguinpaar braucht viele Jahre, bis es ein Pärchen Junge, das es in der Generationenfolge ersetzen kann, großgebracht hat.

Während ich in der Adélie-Kolonie bei der amerikanischen

Palmer-Station auf der Anvers-Insel inmitten der Pinguine hocke und fotografiere, rollt mir beim Filmwechseln die Spule fort, dicht vor ein Nest. Ich strecke ganz vorsichtig meine Hand danach aus, erreiche die Spule auch, ohne daß ich einen Angriff des auf dem Nest hockenden Pinguins ausgelöst hätte, schließe die Finger um die Spule und denke: mal sehen, was geschieht, wenn ich mit der Faust den Vogel berühre. Als diese Faust endlich im Nest lag, rutschte der Vogel ein bißchen hin und her, bis er schließlich zufrieden auf ihr saß wie auf einem Ei. Er brütete mir ein paar hübsche Bilder aus.

So zutraulich, so wenig menschenscheu sind die Tiere der Antarktis. Sie haben uns noch nicht kennengelernt. Aber sie sind schon dabei. Mit den Krankheitskeimen, mit der Unruhe, die der Mensch bringt, bringt er auch seine Zivilisation. Im McMurdo-Sund watschelten die Pinguine in die Flammen der brennenden Kehrichthaufen, denn sie kannten das Feuer nicht. Schon tauchen bei den Kolonien, die nahe an den großen Stationen liegen, die ersten Schilder auf: »Schützt die Tiere der Antarktis. Haltet Abstand!« Nirgendwo gingen die Politiker, die Senatoren, die Abgeordneten, die Journalisten, die auf Besuch kamen, näher mit den Kameras an die Tiere heran als hier, denn so ein Schild in der Antarktis, das ist schließlich was...

Unbehelligt in seinem Brutgeschäft ist allein der Kaiser-Pinguin, denn sein Lebensfrühling ist die tiefe Polarnacht, wenn die Temperaturen so absinken, daß sie der forschende Mensch nur noch im Eis vergraben, am Ölofen aushält, Schneestürme heulen mit Orkanstärke über die Tiere hin, die eng zusammenrücken. Aufs blanke Eis legt die Henne ihr einziges Ei, denn der Sturm duldet keine Nester. Der Hahn rollt es sich auf die Füße und stülpt die lose Bauchhaut wärmend darüber, und sinkt die Temperatur auf 30 Grad minus, so muß seine Körperwärme 60 Grad überbrücken, denn unter 30 Grad plus darf sich das Ei nicht abkühlen. Und so steht der Pinguin 60 Tage über dem Ei, fastend, während die Henne sich auf den

Weg macht zum oft meilenweit entfernten offenen Meer, wo sie sich mit der im Winter spärlich gewordenen Nahrung fett zu machen sucht. Schlüpfen dann, zu Hause in der Kolonie, die Jungen, so haben die ausgemergelten Hähne noch immer genug im Kropf, um die Jungen noch einmal sechs Wochen lang, bis zur Rückkehr der Hennen, atzen zu können. Als körperliches Wrack wandert dann der Hahn dem Meere zu...

Was mir aber das größte Wunder der Natur zu sein scheint: Diese Jungen werden nackt geboren, ohne jeglichen Flaum. Doch was angesichts der Kälte widersinnig anmutet, ist Weisheit. Jeglicher Bewuchs der Haut müßte den raschen Wärmefluß vom Alten zum Jungen stören. Erst wenn das Junge für die Bauchfalte des Elterntieres zu groß zu werden droht, fangen die Federn rasch zu sprießen an.

Es ist in der Tierwelt kein Bild denkbar, das mehr ans Herz griffe als dieses: Pinguine stehen, leise miteinander redend, am Grunde der Erde, an einem schrecklichen Ort, wo kein Gedanke sie mehr erreicht. Die Polarnacht ist sonnenlos schon seit langem und vor Alter grau. Eis ist überall, und manchmal regt sich mit drohender Sachtheit der Ozean unter dem Totenlaken des Packeises. Fällt dann der Wind vom Hochland herab, zerspringt der blankgefegte Spiegel wie unter dem Schlag einer flachen Hand, und die Risse laufen knisternd an den Horizont. Unruhig horchend, rücken die Pinguine zusammen und senken vor dem Ansturm des Windes die Köpfe, wie eine gefährdete Gemeinde im Gebet. Die Füße, auf denen das Ei reift, treten auf der Stelle, denn wohin sollten sie auch gehen, ist doch ein Ort dem anderen an Schrecklichkeit gleich. Und das Gedächtnis der Art bewahrt die Gewißheit, daß der Wind auch die Zeit verweht, Stunde um Stunde.

Pinguine schwimmen, indem sie die Flügel gebrauchen, nicht die Füße, die nur dem Steuern dienen. Die nahezu ideale

Stromlinienform, die ihr Körper mit seiner größten Breite nahe dem Kopf erreicht, läßt sie unter Wasser um ein Mehrfaches schneller und leichter vorankommen als auf dem Wasser, wo sie tief eingetaucht schwimmen. Gilt es, größere Entfernungen zu überwinden, so machen sie es wie die Delphine und Robben: Langgezogene S-Kurven führen sie mal unter, mal über Wasser, wo sie die Gelegenheit zum Atmen benützen.

Pinguine tauchen bis zu 20 Meter tief. Pinguine erreichen kurzfristig Geschwindigkeiten von etwa 50 km/h. Pinguine navigieren auf ihren Wanderungen über das Eis nach der Sonne. Pinguine watscheln, weil sie keine Taille haben. Pinguine wurden schon 400 Kilometer von der offenen See entfernt gefunden. 3800 Kilometer von ihrer Kolonie entfernt, vom Menschen ausgesetzt, fanden sich drei von ihnen zehn Monate später wieder am heimischen Nest ein. Pinguine verbringen zwei Drittel ihres Lebens unter Wasser. Pinguine in ihrer Kolonie veranstalten einen Lärm, der einem Fußballstadion während eines Europa-Cups zur Ehre gereichen würde. Pinguine stinken. Aber dies erstaunte mich an Pinguinen am meisten: Dieser fluglose Vogel ist verwandt mit dem größten Flieger, den die Erde kennt – dem Albatros. Nicht nur brüten sie zusammen in den großen Kolonien der subantarktischen Inselwelt, nicht nur haben sie ein ähnliches Balzverhalten, es zeigte sich nach Meinung der Ornithologen auch an fossilen Knochenfunden, daß die Pinguine und die Röhrennasigen sich vor 100 Millionen Jahren trennten – nicht viel anders, als Mensch und Affe sich einstmals trennten, was immer Sie davon halten mögen.

Es gab Sekt. Ein spleeniger Brite aber nippte zur Feier der Stunde am Seewasser im Becher des Thermometers, das Dr. Berry, der Meeresbiologe aus Miami, an der Schiffswand herabgelassen hatte: Von der Brücke war der 60. Breitengrad Süd, die Grenze zwischen der Subantarktis und der Antarctica proper, aufgerufen worden.

Auf unserer Route verlief diese Grenze in der Mitte zwischen den Kaps von Südamerika und der antarktischen Halbinsel, und sie deckte sich hier mit der Linie der antarktischen Konvergenz, einem biologischen Phänomen, das das Thermometer auf die Meile genau bezeichnet. »4,9 Grad Celsius«, überschrie Berry den heulenden Wind. »Die Wassertemperatur ist in drei Stunden um 2,2 Grad gefallen.«

Rings um den vereisten Kontinent wandert, von westlichen Winden getrieben, eine um null Grad kalte Wassermasse östlich. An ihrer nördlichen Grenze, die sich unregelmäßig wie eine Girlande um den 60. Breitengrad windet, sinkt dieser kalte Wasserkörper fast schlagartig unter das wärmere Wasser der subantarktischen Region. Hier scheidet sich ozeanisches Leben so deutlich wie der Tag von der Nacht. Ist der Artenreichtum und die relativ geringe Kopfzahl der Spezies das Kennzeichen der gemäßigten Zone, so herrscht südlich der antarktischen Konvergenz das Gesetz der großen Zahl bei wenigen Arten.

Die Falkland-Inseln, außerhalb dieses Kaltwassergürtels gelegen, sind milde Eilande, eisfrei das ganze Jahr und im Monatsmittel mit Temperaturen, die nicht unter den Gefrierpunkt sinken. Insekten und Süßwassertiere sind zahlreich auf ihnen. 150 Arten von Blütenpflanzen gedeihen in Mooren, Sümpfen, an Bächen und auf Weideland. 40 der 65 hier brütenden Vogelarten leben ganz vom Lande.

Und nun das nicht sehr weit entfernte, ja fast mit den Falklands auf gleicher geografischer Breite, jedoch schon im Kaltwassergürtel liegende Südgeorgien: vergletschert, mit Temperaturen, die deutlich unter denen der Falklands liegen; es gibt nur 16 Arten von Blütenpflanzen, das harsche Tussoc-Gras überwiegt; von den 25 ansässigen Vogelarten holen schon 23 ihre Nahrung aus dem Meer.

Schließlich die Antarktis selber: Die Artenzahl der Brutvögel ist auf acht abgesunken, die Zahl der Blütenpflanzen auf zwei, deren wissenschaftliche Namen ich mir bei den Botanikern der Palmer-Station notierte, wie man sich ein Zitat notiert, das dem Eingeweihten eine ganze geistige Landschaft erhellt: *Deschampsia antarctica* und *Colobanthus crassifolius.*

Hier, auf Palmer, war es auch, wo mir die Symbiose, die Hilfestellung der Natur für das Leben zu zweit, faßlich wurde wie nie zuvor. Die Alge und der Pilz, dem Lichttod ausgesetzt die eine und dem Hungertod die andere, gehen eine kryptogame Ehe ein, die sie als Flechte glücklich überleben läßt in der extremsten Landschaft der Erde. Man findet sie sommers in den Klüften der eisfreien Gletschermoränen, wo sie den schwarzen Stein in papierdünner Schicht mit den Farben der Malerpalette überziehen. Es sind zwei sehr verschiedene Organismen, deren Hilfe füreinander sich, wenn man den Vorgang vergröbert, so darstellen läßt: Die Alge hielte dem Lichtansturm des antarktischen Sommers nicht stand, und der Pilz fände in dieser sterilen, trockenen Luft keine Nahrung. Also überkriecht der Pilz mit filternden Farbpigmenten die Alge, die zum Dank mit dem Mittel der Photosynthese ausreichend Glukose für den Nahrungsbedarf beider produziert.

Neben solchem feinsten Räderwerk der Natur hatten die Amerikaner das nicht minder erstaunliche Wunder einer Computer-Filiale aufgebaut. Der Gegenwert von 100 000 Mark stand hier in Form von Kisten und Kasten, die gefüllt waren mit einer Art von elektronischer Holzwolle, unmotiviert in der Gegend herum. Ich verstehe nichts davon, aber die Konfrontation zwischen einer Technik von morgen und einer Landschaft von gestern zeigte schlaglichtartig die Kunst der Amerikaner auf, die Wissenschaft dort zu improvisieren, wo sie sich, bedingt durch eine feindliche Umwelt, nicht organisieren läßt.

Sie füllten Pflanzen in suppenschüsselgroße Tiegel, schlossen sie hermetisch mit lichtdurchlässigen Deckeln und überließen es der Sonne, den Flechten und Moosen flüchtige, die Atmosphäre verändernde Essenzen zu entziehen, deren Wesensart von feinsten elektronischen Spürnasen einem Gaschromatographen und weiter dem Computer mitgeteilt wurde. Der Computer seinerseits brachte seine Erfahrungen in Form von Lochstreifen zu Papier, die von den menschlichen Botanikern dem elektronischen Kollegen entnommen und via Eisbrecher und Flugzeug nach Washington geschafft wurden. Dort schlingt sie ein Obercomputer in sich hinein, vergleicht ihre Informationen aus dem fernen Eisland mit dem Wissen, das man ihm eingefüttert hatte, und gibt dann in Form von neuen Lochstreifen bekannt, ob diese Moose oder Flechten von der Palmer-Station lediglich dort vorkommen, welcher Familie sie wohl zugerechnet werden sollten, ob sie wohl taugen könnten für die Nahrung oder gar für die Medizin.

»Und welchen praktischen Wert nun hat hier das Moos?« wollte ich wissen. Der Harvard-Professor führte mich, fein lächelnd, ins Labor und wies auf eine dem »Playboy«-Magazin entnommene Nackte, die da an der Wand hing zwischen Mikro- und Makroklimakurven und der Mitteilung, daß heute Abend »Doktor Schiwago« gegeben werde. Man hatte dem Schamberg der Dame mit Büscheln des Mooses *Neuropagon* zu einigem Realismus verholfen. »Das ist«, sagte der Professor, »vorerst alles an praktischem Wert. Wir sind nur neugierig, betreiben nur Grundlagenforschung, you know, und was dabei herauskommen mag, weiß kein Mensch …«

Ich notierte noch fix: »Makroklima, also Luft: 0° C. Mikroklima, also Temperatur im Moos: plus 16° C, durch Sonneneinstrahlung.« Dann stehle ich aus der Sammlung der Station rasch noch einen moosbewachsenen Stein zu näherem Studium daheim und renne zum Boot, denn die Schiffssirene heult schon wieder. Zu der Frage an den Professor, ob meine Überlegung richtig sei, daß insbesondere die schwarzen Steine so stark von Pflanzen bewachsen seien, weil Schwarz wenig Sonne abstrahle, bleibt keine Zeit mehr.

Auf dem Schiff komme ich gerade zurecht zu einer Vorlesung Berrys über die Vorliebe von *Euphausia superba* für kaltes Wasser, je kälter, je lieber. Dieses garnelenartige Tierchen mit dem Vulgärnamen Krill ist, ich sagte es schon, das Grundnahrungsmittel aller antarktischen Tiere vom Blauwal bis zum Pinguin. Der Meeresbiologe, der es mit dem Netz aus der See heraufholt, weiß mit Sicherheit, daß er sich innerhalb des antarktischen Kaltwassergürtels befinden muß. Krill färbt den Ozean rot, so massiert kommt es vor. Jedenfalls sagen das alle Bücher, doch Berry konnte auch an unserem sechsten Tag in antarktischen Gewässern nicht einmal eines dieser Tierchen vorführen. Noch war *Euphausia superba* anwesend, kein Zweifel, denn die Kolonien der Pinguine waren rot vom krillhaltigen Kot. Mary Hooten-Heftel, eine bizarre Rechtsanwältin aus Chicago, die es aus Gründen, die nur sie allein kannte, unter diese zoologische Gesellschaft verschlagen hatte, machte Berrys Not resolut ein Ende: Mit manikürten Fingern hatte sie sich aus der Futtermasse, die ein Adélie-Pinguin seinem Jungen vorwürgte, ein guterhaltenes Exemplar von *Euphausia superba* herausgeschnappt und es aufs Schiff entführt, wo es, in Plastik eingesargt, fortan die Diskussionen belebte.

Je kälter also, je lieber. Berry doziert: 1908 schon habe Jaques Loeb an der Universität von California demonstriert, daß Lebensdauer und Entwicklungsgeschwindigkeit auf Temperatur unterschiedlich reagieren. Indem er mit den Eiern von Seeigeln arbeitete, stellte er fest, daß die Verminderung der Temperatur um zehn Grad Celsius die Lebensdauer theoretisch tausendmal verlängere, wohingegen die entsprechende Entwicklungsperiode nur um das Dreifache zunahm. Hieraus schloß er, daß die chemischen, die Entwicklung beeinflussenden Prozesse grundverschieden von jenen sein müssen, die hohes Alter und Tod verursachen. Was, so Berry, in den antarktischen Gewässern demonstriert werde, denn hier, in Wassertemperaturen um null Grad Celsius, hätten Einzelorganismen ein längeres Leben, was zur Folge habe, daß von jeder Spezies mehr Generationen gleichzeitig lebten, als dies in wärmeren Gewässern der Fall sei... Leises Schnarchen hier und da; der antarktische Tag hat für uns 15, 16 Stunden, und man soll nichts übertreiben. Es ist auch sehr warm in der Messe. Ich nehme das Eis aus meinem Gin in die Hand. Eis, so lernte ich neulich, entzieht dem menschlichen Körper die Wärme 23mal rascher als Luft gleicher Temperatur.

Am Abend hängt eine Notiz am Schwarzen Brett, die Peter Scotts Mahnung parodiert, die Pinguine nicht anzufassen: »Es wird gebeten, nicht erneut den Krill zu stören, es geht diesen Tieren angesichts der vielen Pinguine schon schlecht genug.« – »Merkwürdiger Humor«, sagt Scott dazu. Drei Wochen auf einem kleinen Schiff machen Spannungen sichtbar.

Ich habe mich noch eines Auftrags zu entledigen, den mir der *»Kosmos«*-Verleger mit auf den Weg ins Eis gab. Wernher von Braun, der 1967 die Goldene Bölsche-Medaille in Stuttgart empfing, war kurz zuvor aus der Antarktis zurückgekehrt, stark beeindruckt insbesondere von einem unerwarteten Insektenleben im ewigen Eis. Ich sollte danach schauen – was keine geringe Aufgabe war, denn das häufigste Tier der Antarktis, das in der Lage ist, ausschließlich vom Lande zu leben, ist beträchtlich kleiner als eine Stubenfliege: *Nanorchestres antarcticus Strandtmann,* entdeckt 1963, ist der häufigste Gliederfüßer der Gegend und bis auf weiteres das südlichste Landtier der Welt. Es mißt 0,25 mm in der Länge und lebt von mikroskopisch winzigen Algen und Pilzen. Das Honolulu-Museum Bishop sammelte 10 000 Stück aller Lebensstadien auf, indem man die Kadaver von Pinguinen umdrehte, an deren Federn Algen wuchsen.

Weit interessanter und von Braun wohl auch gemeint ist eine Diptera-Art, eine zweiflügelige Fliege, zu der meist weder dies Adjektiv, noch die Bezeichnung Fliege paßt: Da die starken Winde der Antarktis nichts anderes bewirken würden, als eine fliegende Fliege ins Meer zu treiben, gewöhnt die Art sich in einem Schulbeispiel der Anpassung die Flügel und das Fliegen ab.

Federlinge und Läuse als Gäste auf Vögeln und Robben vervollständigen die überaus artenarme Insektenfauna, die ein Leben führt, das man gewiß selbst einer Laus nicht wünscht: Die Bodentemperaturen übersteigen den Nullpunkt nur zwei Stunden am Tag und nur wenige Wochen im Jahr; die Starre, in die die Tiere sich retten, hat ihre Grenze bei 50 Kältegraden, die das Thermometer durchaus zuweilen und an manchen Orten unterbietet; eine relative Luftfeuchtigkeit von nur zehn Prozent kommt vor und ist desgleichen tödlich. Schließlich gefriert winters die Erde, die spärlich genug ist, tief und nachhaltig: Man maß in ihr schon – 55 Grad Celsius.

Wo sie herkamen, die Insekten? Man vermutet, durch die Luft, denn in Netzen, die zwischen den Masten der Forschungsschiffe ausgespannt sind, fing man Arten, die sich in der Antarktis finden. Schließlich sind die Wirte selber gute Transporteure, so verursacht auch die Ankunft eines ordinären Flohs auf dem siebenten Kontinent den Entomologen längst schon kein wissenschaftliches Rätselraten mehr.

Ich gewöhnte mich nur langsam daran, die Robben der Gegend voneinander zu unterscheiden, wenn sie mir, zum Stolpern nahe, im Weg lagen und nicht wichen oder wenn sie sich durch wellenförmige Kontraktionen ihrer vor Fett bibbernden Leiber auf dem Eise davonmachten; die Flossenfüße sind ja an Land zu nicht viel nütze, und die hinteren Extremitäten taugen ganz und gar nur etwas im Wasser.

Die meiste Aufmerksamkeit erregte immer die gefleckte und darum danach benannte Leopardenrobbe. Das Raubtier steht ihr deutlich im Gesicht geschrieben, einem scharfbissigen Schlangenkopf, der wenig mit den friedlichen Opa-Gesichtern der zwei anderen Robbenarten gemein hat, die ich noch sah: der Weddell-Robbe und des Krabbenfressers. Nummer vier der dortigen *Phocidae*-Arten ist der seltene Roß-Seehund, der auf weniger als 50 000 Stück geschätzt wird.

Neben dem Kaiser-Pinguin haben wir in der Weddell-

Robbe noch ein Tier, das dem südpolaren Winter trotzt und nicht auswandert. Ihr Gebiß ist eine hervorragende Eissäge, von der sie mit im Halbkreis geschwungenem Kopf Gebraucht macht, wenn es gilt, ein Loch ins Eis zu schneiden, um an Nahrung, an Atemluft oder – ins warme Bett zu gelangen, ins Wasser, das im Winter, weil bedeutend wärmer als die Luft, die einzige Überlebenschance bietet. Robert Falcon Scott, der Vater unseres Exkursionsleiters, der 1912 tragisch im Eis umkam, fand die Mumien von Weddell-Robben 1000 Meter hoch auf dem Inlandeis, 2000 Jahre alt, wie Untersuchungen ergaben. Eindeutige Opfer verzweifelter Wanderungen auf der Suche nach rettendem Wasser.

Acht Millionen Krabbenfresser soll es geben, eine ungeheure, zutrauliche, den Menschen nicht fürchtende Masse Leiber, deren Unbeholfenheit an Land die Grausamkeit verdoppelt, mit der die Robbenschlächter des 19. Jahrhunderts die nördlichen Vettern dieser Tiere, die Pelzrobben, an den Rand des Aussterbens brachten. Captain Edmund Fanning, einer amerikanischen Chronik nach ein bescheidener und warmherziger Mann, welcher niemanden an Bord nahm, der fluchte, nahm jedoch während einer einzigen Reise nach Südgeorgien 5700 Pelzrobben die Haut und verkaufte sie um fünf Dollar das Stück nach China. Und er war nur einer. Von Hunderten.

Von 1821 auf 1822 knüppelten sie in den Südshetlands, vor der antarktischen Haustür, 320 000 Pelzrobben nieder. Sie töteten nur die erwachsenen Tiere. 100 000 Junge überließen sie dem Hungertod. In weniger als 50 Jahren erreichten allein London 1,2 Millionen Häute und 20 000 Tonnen Öl, das aus dem Blubber der See-Elefanten stammt. Man hatte es über Feuern ausgekocht, die mit den erschlagenen Kadavern ganzer Pinguinkolonien genährt worden waren.

Und auch über Wale hatte ich Ihnen berichten sollen. Wir alle hielten scharf Ausguck und die Telelinsen schußbereit. Aber es hatten andere lange vor uns zu scharfen Ausguck gehalten und zu gut mit Harpunen geschossen. Ich bekam den Blas auch nicht eines einzigen Wals zu Gesicht.

Es ist sinnlos, hier die Leidensgeschichte dieser großen Leviathane zu erzählen. Sie ist zu oft erzählt worden, ohne daß es, bis auf den heutigen Tag, auch nur das geringste genutzt hätte. Neulich sah ich im Fernsehen, wie sie die Harpunenschiffe nun schon von Hubschraubern aus lenken. Die Tiere haben keine Chance mehr. Als die Fänger auf dem ersten toten Wal der Saison den Sektkorken knallen ließen, drehte sich mir der Magen um. Ich stellte ab. Man kann wohl mehr nicht tun. Wir hatten auf unserer Reise einen guten Menschen dabei, der an alle, die mit den Walen leiden, Listen verteilte; sie enthielten die Namen von Produkten, in denen Waltran verarbeitet wird. Das gute Unterfangen erinnerte an die Heilsarmee.

»Sei nett zu deinen Freunden, den Hunden. Wer weiß, ob du sie nicht mal essen mußt.« Dieses Schild an der Stationswand hatte dicken Staub angesetzt. Es stammte aus den Tagen, da der Traktor in der Antarktis noch ein Kuriosum war, das sich nach wenigen hundert Metern meist in einer Eisspalte zum Kältetod niederzulassen pflegte. Dann grunzten die echten Nachfahren der Amundsen und Scott verächtlich und pfiffen ihren Hunden, die sie liebten und prügelten, fütterten und aßen.

Amundsen siegte im Rennen zum Südpol nicht zuletzt deswegen über Scott, weil er der bessere, von keiner Sentimentalität angekränkelte Hundemann war. Er regierte die Rudel mit harter, peitschenbewehrter Hand. Scott dagegen wurde nicht Herr über seine traditionelle englische Hundeliebe. Er mochte auch die wölfischen, rauflustigen Huskies der Eskimos nicht, die Amundsen vorzog. Scott experimentierte mit dem sibirischen Samojed, einem sahnefarbigen Hund, der kleiner war und sanfter. Die Tiere befriedigten nicht, und so setzte Scott sibirische Ponys ein. Er mußte sie alle töten, und da er und seine Männer danach die schweren Schlitten selber ziehen mußten, kamen sie vor Schwäche um – elf Meilen vom nächsten Depot entfernt.

Amundsen machte aus seiner Verachtung für diese weiche Veranlagung im Charakter seines Konkurrenten keinen Hehl. »Die wahre Grausamkeit«, schrieb er, »liegt nicht darin, Hunde für Hunde zu töten, sondern sie nicht ausreichend zu ernähren.« Er führte 24 Hunde mit – als Futter für Hunde. Als es soweit war, griff er zum Revolver. Er kehrte als Sieger und von den Strapazen kaum gezeichnet vom Pol zurück. Doch muß man gerecht sein und sagen, daß der arktische Hund in jenen Tagen wahrlich mehr Wolf als Menschenfreund war, und es konnte auch einen weniger tierliebenden Mann als Scott grausen vor der Behandlung, die diese Tiere nach Meinung der Eskimos und Trapper brauchten. Nach langen Reisen mußte man nicht selten die Hunde töten, denn unter den vielen Peitschenhieben, die sie zur Bekämpfung der Rauflust und zur Anfeuerung auf langen Reisen erhalten hatten, war das Fell in Fetzen davongeflogen. Man wußte von Peitschengriffen, die auf den Köpfen der aufsässigen Tiere zerschlagen worden waren; besonders bissigen Rüden hatte man die Zähne stumpf gefeilt. Während der Rast ließ man sie laufen, damit sie sich durch Reißen von Wild selbst ernährten.

In den Hundezwingern der Antarktis wurde der Wolf in diesen Tieren dann allmählich durch Züchtung verdrängt. Heute sind Eigenschaften wie Zerbeißen des Geschirrs, unmäßige Rauflust, Fressen von Kot zumeist psychologische Störungen, die ihre Ursache in einem gespannten Verhältnis zwischen Mensch und Hund haben. Es gilt heute, wo man noch immer nicht auf die Dienste der Schlittenhunde verzichten kann, der Satz: »Das Benehmen eines Hundeteams spiegelt die Persönlichkeit des Fahrers wider.«

Knapp 150 Kilogramm sind das Maximum an Zuggewicht, das ein Team von neun Hunden bewältigen kann. Sucht man für den antarktischen Schlittenhund und seine Leistung nach einem Vergleich aus dem menschlichen Bereich, so bietet sich dafür die Zugkraft an, die jedes Mitglied eines olympischen Achters zu geben hat. Robbenfleisch und Blubber sind für die Hunde die beste Nahrung. Bekommen sie 6000 Kalorien pro Tag und ist das Wetter kalt, die Luft sauerstoffreich, so gelten diese Tiere als praktisch unermüdlich: 150 Kilometer pro Woche schaffen sie einen Monat lang, erst dann zeigen sie deutlich Unlust. Man hat allen Ernstes der Monotonie der Landschaft die Schuld gegeben, doch neigen die Praktiker zur Erhöhung der Fleischration; in einer Zeit, da Hundefutter unterwegs von Hubschraubern abgeworfen wird, ist das nicht mehr schwierig.

Es sind die Hunde überhaupt kein Problem mehr heutzutage. »Es ist«, so hörte ich, »viel schwerer, den richtigen Herrn zu züchten als den richtigen Hund!«

Das Angebot an, wenn das Wort erlaubt ist: Menschenmaterial für die Antarktis ist nicht mehr so groß wie ehedem. Konnten die wissenschaftlichen Institute und die Marine sich vor ein paar Jahren noch nicht retten vor Freiwilligen, die das romantische Abenteuer eines Winters im Eis erleben wollten, so muß heute zumindest die amerikanische Navy die Hilfskräfte für die Stationen schon abkommandieren.

Es ist nicht leicht, Polarbewohner zu werden, und es ist noch schwerer, es zu sein. Applikanten für einen Job »da unten« absolvieren einen geistigen Spießrutenlauf von Psychiater zu Psychiater, die sich bemühen, die Labilen auszusondern, die zur Gewalt neigen oder zur Depression. Und selbst von den Harten, Nüchternen, Gleichmütigen, die dann ins Eis und in die sechsmonatige Nacht gehen, kommen nicht alle ganz ohne Selbstbetrug aus: Die Lagerverwaltung von McMurdo zum Beispiel hält Wachsblumen in Töpfen bereit, die gegen Quittung wochenweise ausgeliehen werden, und ganz besonders Grünhungrige können sich einen Grasteppich geben lassen, dem nicht einmal das Schild »Betreten verboten« fehlt.

Man hat versucht, die Schwierigkeit eines Lebens in der Antarktis in Zahlen zu fassen. So muß ein Mann, der einen dunklen Pullover trägt, während die – ungefilterte – Sonne scheint, mit 49°C Temperaturdifferenz zwischen Brust und Rücken rechnen, denn bei einer Außentemperatur von –7,5 Grad maß man auf der schattigen Brust zwölf, auf dem sonnigen Buckel 61 Plusgrade. Die Fingernägel wachsen langsamer hier unten, die Haare dagegen, obwohl sie doch demselben Ektodermalgewebe entstammen, im Winter schneller. Man sieht darin die Evolution, die Anpassung an die veränderte Umwelt: Kriegen denn die Tiere in der Kälte nicht auch ein dickeres Fell?

Vor der Station Palmer fotografiere ich den »Adler der Antarktis«, die Skua-Möwe. Sie faucht mich furchtlos an. *Catharacta skua lönnbergi* ist bipolar. Raubvogelgleich fürchtet sie niemanden, niemals versucht sie, unauffällig zu bleiben, und so ist sie vom Adlerkopf bis zur Schwimmzehe der Herrscher des Südens – eine Möwe, die sich in einen Falken verwandelt hat. Sie ist der Feind von allen und jedem, den sie bezwingen kann; Rauben und Töten sind ausgeprägte Wesenszüge, und auch im Äußeren tritt das Raubvogelhafte deutlich genug hervor: in der Farbgebung des Federkleids, im abspreizbaren Nackengefieder, im Krummschnabel und in den langen, scharfen, gekrümmten Klauen, die zu den Schwimmhäuten nicht recht passen wollen.

Skuas sind starke, schwere, vitale Vögel, die in der Luft eher massiv als schnell aussehen; der die Antarktis besuchende Ornithologe zeigt sich immer wieder überrascht, daß sie dennoch in freiem Flug solche behenden, langflügligen Sturmvögel wie *Procellaria aequinoctialis* zu überholen imstande sind. Kraft drückt sich in jeder Bewegung aus; ich sah Skuas inmitten von Pinguinen landen, die Schwingen drohend abgespreizt, den Krummschnabel geöffnet, und die gewiß nicht ängstlichen Pinguine wichen zu einer breiten Gasse zurück, durch die der Skua gravitätisch zu einem Kadaver schritt. Kranke Pinguine treibt der Vogel mit Flügelschlägen an den Kolonierand und tötet sie dort. Kein Ei ist sicher, das unbewacht bleibt, denn ständig patrouillieren diese Räuber im Tiefflug über den Pinguinkolonien, deren kommunale Wachsamkeit indessen groß ist, wenn es das lebendige Ei, das lebendige Junge zu schützen gilt. Zehn Skua-Paare brauchen schon eine hunderttausendköpfige Pinguinkolonie, um von ihr allein leben zu können.

Ich trug einen schmerzhaft gezerrten Brustmuskel aufs Schiff zurück; ein Skua war im entschlossenen Sturzflug auf mich herabgestoßen, so daß ich ebenso instinktiv wie ungeschickt den Kopf in den Armen geborgen hatte. Danach fiel es mir noch schwerer, diesen Vögeln gegenüber sachliche Haltung zu bewahren, hatte ich doch gesehen, wie sie geierhaft zu viert um einen verletzten Artgenossen herumgestanden waren und auf die Agonie gewartet hatten, den Zeitpunkt für den Gnadenstoß und das Fressen. Sie fressen auch das zweite eigene Junge und ziehen nur eines auf, doch wertet mancher dies als einen Schutz vor zu großer Vermehrung der räuberischen Art.

Ich spürte aber noch einen anderen Stich in der Brust: Wir hatten mittlerweile den tiefsten südlichen Punkt erreicht, bis zu dem unser für die Eisfahrt nur ungenügend gebautes Schiff vordringen konnte; es stand uns lediglich noch eine Renommier-Schleife auf dem Südpolarkreis bevor, in offenem Wasser schon; und das würde dann der Abschied sein von einem Kontinent, den noch niemand verließ, ohne sich ein Wiedersehen mit ihm zu wünschen. Seine Großartigkeit ist auch mit mehreren Reisen nicht auszuschöpfen. Und so hing ich denn trüben Gedanken nach, als das Schiff durch die letzten Eisszenerien der Reise glitt. Es wurde Nacht. Achteraus lag der Mond fett und gelb auf dem schwarzen Wasserhorizont, eine große Kugel, die vor dem Himmel zu stehen schien, so rein war die Atmosphäre und die Nacht so unwirklich, die gewohnte Welt so fern, daß niemand sich gewundert hätte, wäre diese Mondkugel auf ihrer eigenen Straße, die sie zu uns herüberschickte, ins Rollen gekommen. Vor dem leise murmelnden Bug zog sich der Himmel zu wie ein Helmvisier, und bevor es uns ganz vom Tag trennte und in die erzene Schwärze des Helminneren einschloß, gewährte es uns noch einen raschen Blick auf einen schmalen Streifen blaugrünen Lichts. Eisberge schimmerten an den Seiten, die diesem Lichtband zugewandt waren, wie Porzellan, während der Mond ihre Rücken mit düsterer Goldbronze einfärbte – stoffliche Alpträume auf der deutlich atmenden Brust eines schlafenden Meeres, über das, eine Handbreit über dem Wasser, Kaptauben dahinglitten, ohne Flügelschlag, ohne Laut. Ich wußte nun, warum die Seeleute in ihnen die Seelen der Verschiedenen suchen: Das Stoffliche an ihnen scheint, da es sich nicht regt, tot; und sie bewegen sich, fliegend, doch.

»Ich gehöre nun einer höheren Ordnung von Menschen an, denn ich habe den Albatros gesehen …«

So emphatisch kann ein Forscher werden, dessen Welt gemeinhin aus hochinteressanten Knochen gefügt ist. Robert Cushman Murphy, Ornithologe und Kustode großer nordamerikanischer Museen, schrieb den Satz, nachdem er die Schatten der Albatrosschwingen, die bis zu drei Meter spannen, über das Schwarzblau des Südmeers hatte huschen sehen.

Kein Vogel dieser hohen Breiten, wohl kein Vogel überhaupt, hat mehr zur Bildung einer Legende beigetragen. Insbesondere die Seeleute wissen fürwahr Erstaunliches zu berichten: Er schlafe im Fliegen (was nicht richtig ist, denn der Vogel ruht sich, lange Zeit bewegungslos gleitend, nur aus); er bringe die Mittelwache von Mitternacht bis vier Uhr früh schlafend auf den Rahen der Schiffe zu (was desgleichen nicht stimmen kann, denn der Albatros ist nicht in der Lage, die Schwimmzehen um ein Rundholz zu krümmen); er spritze aus den Nasenlöchern Öl auf die stürmischen Wogen, um ruhiger zu schwimmen (ein hübscher Gedanke und ein richtig beobachteter Vorgang, doch eine zumindest kühne Interpretation, denn vermutlich dient dieses ölige Sekret, das Vitamine A und D enthält und von den Maoris auf Neuseeland als Salatöl geschätzt ist, der Gefiederpflege). Die erstaunlichste Behauptung aber: Die Jungen der Albatrosse säßen neun Monate auf dem Nest und verbrächten ohne Nahrung und mit reduziertem Kreislauf den subantarktischen Winter von Juni bis November – das winterschlafähnlichste Verhalten, das aus der Vogelwelt bekannt sei.

Nun ist der subantarktische Winter nicht gleichzusetzen mit der sechs Monate währenden Nacht des antarktischen. Der Albatros brütet nicht in der Eisregion. Ich sah seine Nester auf den Falkland-Inseln, und dort ist eine Atzung der Jungen durch die Altvögel, wenn auch nur in langen Zwischenräumen, beobachtet worden.

Diese spaßigste Albatros-Legende schließlich noch: Geraten diese Vögel an Deck eines Schiffes – was durchaus vorkommt –, so würden sie auf der Stelle seekrank. Das ist wiederum richtig beobachtet, aber falsch interpretiert. Der Mainzer Professor Netter, der die Seekrankheit studiert hat, belehrte mich, daß Vögel physiologisch nicht seekrank werden können. Da sie aber dennoch erbrechen, bleibt nur diese Erklärung: Albatrosse tun sich schon bei einem Start vom Wasser ziemlich schwer, um wieviel schwerer erst muß ihnen das Abheben vom verbauten Deck eines Schiffes fallen; sie würgen also Nahrung heraus, um Ballast abzuwerfen für einen Notstart auf kürzeste Distanz.

Es gibt eine wissenschaftliche Aerodynamik des Albatrosfluges, denn immer schon hat das Gleiten dieses Vogels auf dem Wind die Menschen fasziniert. Ich sah die beglaubigte Fotoserie von einem Albatros, der dem britischen Kreuzer »*York*« vier Tage lang bei einer Geschwindigkeit von 18 Knoten (circa 32 km/h) folgte. Man sah ihn nie die Schwingen regen – doch wird man ihn auch nicht dauernd beobachtet haben. Im Museum der Brown-Universität in den USA wird ein Manuskript bewahrt, das sich, als Botschaft des vor Neuseeland operierenden Walfängers »Euphrates«, in einer Hülse fand, die am Hals eines Albatros befestigt worden war; man hatte ihn an Chiles Küste geschossen – nach zwölf Tagen und 3150 Meilen.

Vom Wanderalbatros glaubt man zu wissen, daß er das Südpolargebiet öfter als einmal im Jahr umfliegt: Einer dieser Vögel, der als Junges am 20. Juli 1952 auf den Kerguelen beringt worden war, fand sich am 1. Oktober 1953 bei Patache in Chile. Die kürzeste Entfernung zwischen beiden Punkten: 13 000 Kilometer. 18 000 sind wahrscheinlicher, wenn man annimmt, daß der Vogel vor dem Wind segelte und dann Chiles Westküste folgte.

Ein Albatros, der 20 Pfund wiegt, bringt als Skelett mit Kopf und Füßen noch nicht einmal drei Pfund auf die Waage. Die Knochen enthalten eine Menge Luft. Nur jedes zweite Jahr brüten diese großen Flieger, denn die Aufzucht des einzigen Jungen dauert weit ins neue Brutjahr hinein. Albatrosse werden auch sehr alt: 30 Jahre und mehr sind möglich.

Seit ich ihnen auf den Falklands beim Brüten auf Armlänge gegenübersaß, kann ich das höhere Lebensgefühl Murphys begreifen. Wer den Luftzug der Schwingen dieser legendären Ozeanflieger auf der Wange spürte, kommt als ein anderer heim...

Leben am seidenen Faden

1978 veröffentlichte Horst Stern zusammen mit dem Biologen Ernst Kullmann ein großes, reich illustriertes Buch über Spinnen. Es ist nicht nur das naturwissenschaftlich anspruchsvollste Werk, an dem Stern je gearbeitet hat. Der Band enthält auch erzählende Texte, die den Übergang von der wissenschaftsjournalistischen in die literarische Prosa markieren.

Reiseziel Schwarze Witwe

Der erste Gang war deprimierend. Hatte mich bei allen vorausgegangenen Mittelmeerreisen der erste Weg nach der Ankunft stets ans Meer geführt, zur Gewöhnung von Ohr und Lunge an die atmende Körperhaftigkeit der See, zur Einstimmung auf kommende mediterrane Tage, so endete ich diesmal nach wenigen Schritten aus dem strandnahen Hotel in einer verwahrlosten, vom Autoverkehr fast gestreiften Opuntienhecke, den Blick, statt geweitet von Himmel und Meer, verengt auf der Suche nach *Cyrtophora citricola.* Die Jagd auf Spinnen schärft den Blick für das vegetative und mineralische Detail. Man begibt sich in eine Lupenwelt. Nie wahrgenommene Strukturen treten hervor, fremdartige Reliefs, die bisher im flüchtigen Draufblick auf flächig Wirkendes verborgen blieben. Neue Sprachfacetten blitzen auf.

Die Opuntienhecken, die Sardinien parzellieren, hatte ich bislang immer nur als rainbegleitende grüne Mauern wahrgenommen und allenfalls mit brennenden Hautrissen assoziiert, weshalb ich auf sicheren Abstand zu ihnen bedacht gewesen war. Nun, auf der Suche nach Spinnen, zwang mich meine frühe Alterssichtigkeit, Folge eines lebenslangen Suchens nach Worten über weißem Papier, das Gesicht auf Lesebrillenabstand in die Wirrnis der Opuntien zu halten.

Die große Nähe erzwingt konkrete Gedanken: die von Wassernot und Verdunstungsgefahr bewirkte Umwandlung der Blätter zu Stacheln und die sukkulenten Schweinsohren der Pflanzenglieder, deren unter einer ledrigen Haut bewahrter Saft die karnevalistisch gelben Blüten zu eßbaren, süßen Früchten reifen läßt. Ich merke erfreut, daß der Umgang mit Spinnen den Geist diszipliniert; indem sie diffuse Gefühle einer auch nur kleinen Zuneigung, wie man sie vielen anderen Tieren leicht entgegenbringt, nicht zulassen, fordern sie den, dem sie nicht ganz und gar gleichgültig sind, zur Wissensaneignung auf. Das überträgt sich dann rasch auch auf die Betrachtung der Umwelt der Spinnen. Die Naturbeobachtung insgesamt gewinnt an Tiefe und Kontur. Das Nichtdenken, das vegetative Dämmern hinter selig geschlossenen Augen, das mich auf früheren Reisen ans Mittelmeer in den ersten ruhigen Momenten der Ankunft stets befallen hatte, ist auf Gängen zu den Spinnen ausgeschlossen.

Meine Depression weicht. Ernst Kullmann, den nur die Spinnen noch mehr zu beflügeln vermögen als die Aussicht auf ein gutes Essen, ist zufrieden mit mir, als er sieht, daß ich die erste *Cyrtophora,* wenn auch noch mit vorsichtigen Fingern, ins Glasröhrchen klopfe. Wir sind da, heiter angepaßt an Sardinien schon in der ersten halben Stunde.

Die Netzgebilde der *Cyrtophora* sind überall in dieser Feigenkaktushecke. Das einzelne Netz erinnert mich stark an ein Zirkuszelt, dessen Seitenwände man tagsüber, bei sommerlicher Hitze, aufrollt, so daß nur der Baldachin des Daches und das Filigran der Halteseile sichtbar bleiben. Unter diesem Baldachin, in seinem aufgewölbten Zentrum, lauert mit dem drachenartig gehöckerten, weiß auf schwarzgrau gezackten Rücken nach unten die Spinne auf Beute. Da ihr Auffangnetz als ein stammesgeschichtlicher Vorläufer des Radnetzes noch horizontal im Raum hängt, bliebe seine Ergiebigkeit bescheiden, hätte *Cyrtophora* nicht darüber einen in die Vertikale strebenden Dschungel von Fangfäden zwischen den Kaktusgliedern ausgespannt, ohne erkennbare Ordnung darauf gerichtet, Fluginsekten im Anprall an diese Luftsperre auf den Baldachin abstürzen zu lassen. Der Aufschlag der Beute ermöglicht ihre Ortung; die Spinne hangelt sich kopfunter mit großer Geschwindigkeit heran, durchbeißt das Netz unter der Beute und fesselt sie im geschickten Zusammenwirken von Spinnapparat und Hinterbeinen mit ausgehaspelter Seide. Insekten, die im Fadendschungel über dem Baldachin ohne abzustürzen hängenbleiben, schüttelt sie herunter, indem sie den Dschungel durch wiederholtes energisches Hineingreifen in den mit ihm verwobenen Baldachin wie unter schweren Windböen zum Erbeben bringt.

Ich spielte für zwei im dürren Gras aufgelesene kleine Heuschrecken Schicksal, indem ich sie in zeitlichem Abstand aus einer Glasröhre in den silbrigen Orkus stürzte. *Cyrtophora* gab sogleich eine andere ihrer Gewohnheiten preis: die Vorratswirtschaft. Fliegt die Beute reichlich, so hängt die Spinne, was sie erwischen kann, am Faden des Einwickelgespinstes unters Netz, ein jedes Insekt bei lebendigem Leib. Eingedenk der Fischbassins unserer Restaurants fand ich an diesem Verhalten nichts zu moralisieren. Es erinnerte mich, im Gegenteil, an die Aussicht, am Abend Languste essen zu können.

Ernst litt bei Tisch unter der sauertöpfischen Vorstadtarroganz des Oberkellners, die ihn veranlaßte, nicht auch noch die Essigsauce unter den wahlweise gereichten Beigaben zur Languste zu nehmen: unter Lobpreisungen eines gesunden Eiweißessens, wie es das reine Muskelfleisch der Languste darstellt, wählte er die Mayonnaise.

Da wir als Filmreisende im Auftrag des Süddeutschen Rundfunks, einer Anstalt des öffentlichen, das heißt: knauserigen Rechts, deutlich über unsere Spesenverhältnisse lebten, stellte sich bei uns nach der zweiten Flasche eines herben Weißweins aus der Gegend von Nuoro das Gewissen ein. Wir verbanden das Angenehme mit dem Nützlichen und diskutierten, stets im Dienst, die Tischsitten der Spinnen.

Dem oft finsteren Äußeren und der räuberischen Wildheit, mit der Spinnen attackieren, ist ein Mund zugeordnet, der absurd klein ist, ein Mündchen, das nur Flüssiges passieren läßt. Das ist bei der handtellergroßen furchterregenden Vogelspinne nicht anders als bei der winzigsten Springspinne. Die äußeren Mundwerkzeuge, also die mit je einer Giftklaue besetzten kieferartigen Cheliceren, kneten der durch Gift oder Fesselung gelähmten, an den Mund gehaltenen Beute das durch Fermente verflüssigte Körperinnere aus. Ein von starken Muskeln bedienter Saugmagen im Vorderleib der Spinne pumpt den Nahrungsbrei in einen den ganzen Körper durchziehenden und in ihm verzweigten Verdauungstrakt. Ein vor den Mund gewucherter Bart filtert feste Stoffe heraus.

Meine gescheiterten Versuche, den zehn Langustenbeinen durch Saugen noch etwas Genießbares zu entziehen, hatten Ernst schon vorher veranlaßt, mir die diesbezüglichen Fähigkeiten der Zitterspinne *Pholcus* zu schildern: Die Muskelkräfte des Schlundes und des Saugmagens setzen sie instand, ein langbeiniges Insekt, etwa eine Mücke, von einer Fußspitze her total auszusaugen. Natürlich, das dauert seine Zeit, zwölf Stunden und mehr, vor allem auch deshalb, weil *Pholcus* vor jedem Saugvorgang von der gegenüberliegenden Seite ein Verdauungssekret in den Mückenkörper pumpen muß. Wie alle Spinnen, betreibt auch *Pholcus* die Verdauung *vor* dem Mund. Millot entdeckte im Schlund der Spinnen Geschmackszellen. Bristowe beobachtete häufig Spinnen, die von einem unbekömmlichen Insekt, etwa einer Motte, stelzbeinig, wie im Ekel, hinwegstolperten und sich auf einem Blatt erbrachen. Daß Spinnen über chemotaktil gesteuerte Sinneswahrnehmungen verfügen, also über die Fähigkeit, mit den Beinen die Eßtauglichkeit eines Beuteobjekts noch vor einem Probebiß festzustellen, ist sicher. Was sie freilich instand setze, schon am Äußeren eines Insekts zu erfühlen, daß sein Inneres abscheulich schmecken werde, das war, bei der dritten Flasche aus Nuoro, eine Frage, an der für diesen Abend die Grenzen der Arachnologie, und auch die unserigen, sichtbar wurden. Wir stolperten, wie Spinnen von unbekömmlicher Beute, stelzbeinig vom weinfleckigen, krümelübersäten Tisch fort in unsere Betten. In dieser Nacht hörte ich nicht einmal das Hundegebell, das die sardischen Nächte bis zur Morgendämmerung kakophonisch durchzieht. Dieses Hotel Califfo östlich von Cagliari wäre eine Herberge für Gerhard Nebel gewesen, dem auf Gran Canaria die vielen streunenden Hunde Nächte und Gedanken so nachhaltig zerbellten, daß er mit seinem berühmtem Wanderstock auf sie losging und ihnen teutonische Flüche wie Steine nachschleuderte. De mortuis nil nisi bene, aber von den Affekten der Hunde, von ihrem wölfischen Erbe der nächtlichen Stimmfühlung verstand er nichts. Er maß ihnen eine ganz persönliche, wissende Schuld zu und griff steißtrommelnd zum Knüppel. Ernst und ich griffen da lieber vorbeugend zur Flasche: Tierfreunde, die wir sind, gewannen wir auch den schlechteren Seiten der Objekte unserer Zuneigung Gutes ab. Anderntags wieder Spinnen.

Es war dies unsere dritte Spinnenreise, und die zweite schon nach Sardinien. Wir waren auf der Suche nach Filmdarstellern und führten eine Besetzungsliste mit uns, die gegliedert war in Haupt- und Nebenrollen. Ernst suchte die Stars, ich die Chargen und Statisten. Die Opuntienspinne *Cyrtophora* war zweifellos ein Star unseres Fernsehfilms und ist überdies eine Art von Lebensspinne für Ernst. Seit zwanzig Jahren steckt er seine intuitiv und auch sonst bedeutende Nase in ihren Intimbereich; mit ihrem Verhalten hatte er einen wesentlichen Teil seiner Habilitationsschrift bestritten. Was immer man Näheres heute über *Cyrtophora* weiß, die in etwa 40 Arten die warmen Zonen der Alten Welt besiedelt, das weiß man, speziell von der auf Sardinien gemeinen Variante *C. citricola,* durch Kullmann.

Da liest man in irgendeinem zoologischen Buch den unscheinbaren Satz, es würden sich die Jungspinnen von *Cyrtophora citricola* nicht, wie viele andere, durch den Segelflug am eigenen Faden von der Mutter entfernen, um neue Räume zu besiedeln, sondern daß sich vielmehr die Entfernung vom mütterlichen Netz primär aus der Zahl der in der Umgebung zur Verfügung stehenden Bauplätze ergäbe, aufgesucht von den Jungspinnen zu Fuß, an einem Brückenfaden.

Ernst steht jenseits, ich diesseits einer Opuntienhecke, irgendeiner irgendwo zwischen Villasimius und Capo Carbonara, denn *Cyrtophora* ist fast in ihnen allen. Die große Unbeweglichkeit der verholzten, wie von Gicht gekrümmten alten Kakteenglieder und ihre vielen Verankerungsmöglichkeiten für Fäden bewahren die luftigen Großgespinste vor dem Zerreißen, dem sie in windbewegten Ästen, an flatternden Blättern ausgesetzt wären. Ich schaue einer *Cyrtophora* zu, wie sie aus einer Zisterne trinkt: Es hatte gegen Morgen geregnet, die leere Chitinhülle eines längst verdauten Insekts hatte sich mit Wasser gefüllt, während am Netz keines haftete. Da erzählt mir Ernst durch ein Loch in der Kakteenwand die Geschichte jenes Lehrbuchsatzes von den zu Fuß auswandernden Jungspinnen der *Cyrtophora.* Im Sommer 1959 ließ er im Garten des Parasitologischen Instituts in Bonn aus zwei Kokons 413 Jungspinnen frei. Nicht etwa 412 oder 414, denn er zählte in den Kokons die von den 1,4 Millimeter großen Kleinen zurückgelassenen Erstlingshäute nach – es waren 413. Wissenschaft ist so.

Ich erzähle die Geschichte von ihrem Schluß her weiter. Nach elf Wochen wurden noch 121 Tiere in der Umgebung des Instituts gezählt. Sie hatten sich in alle Richtungen ausgebreitet, die meisten nicht weiter als zehn Meter vom Schlupfort weg. Das am weitesten entfernte Jungspinnennetz fand sich in 60 Meter Abstand. Die nicht mehr aufgefundenen Tiere dürften zu einem großen Teil Männchen gewesen sein. Sie sind so winzig, daß schon das Auffinden ihrer Mininetze im Buschwerk eines Parks die größten Schwierigkeiten macht, nicht zu reden von den netzlosen erotischen Vagabunden. Da ein Teil der Weibchen auch schon begattet war, werden die daran beteiligt gewesenen Männchen mit ihrem Innenleben im Saugmagen der Weibchen ihr Ende gefunden haben, während ihre chitinisierten Hüllen vom Winde verweht wurden. Auch natürliche Abgänge waren zu bedenken, und schließlich die für den Netzbau dieser Spinnen ungeeignete, stark windbewegte Vegetation.

Es gab noch andere Indizien für die These von der fluglosen Verbreitung der Jungspinnen in großer Nähe des Schlupfortes, aber nicht darauf kommt es mir an. Ich stelle mir die Besessenheit vor, die ein Mensch verspüren muß, wenn er die Emigration von ein paar Hundert schwarzen Winzlingen in einem Parkstück mit dem Durchmesser von 60 Metern doch immerhin über elf Wochen hinweg, Tag und Nacht, verfolgt zu dem alleinigen Zweck, der Arachnologie einen einzigen gesichert zu nennenden Satz hinzuzufügen.

Ernst schloß mit der Bemerkung, daß die relativ hohe Überlebensquote seiner ausgesetzten Jungspinnen auch darauf zurückzuführen sei, daß *Cyrtophora* in Bonn vermutlich das einzige Wesen ohne natürliche Feinde gewesen war, denn Gattenmörderinnen rechnet er nicht zu den Feinden. Goethe zu Eckermann am 18. Mai 1824: »Es gehört zur Naturbetrachtung eine gewisse ruhige Reinheit des Innern, das von gar nichts gestört oder präokkupiert ist.«

Diese Lupenbesessenheit, diese bäuchlings im Staub stattfindende Welt-Anschauung, dieses Opfer an unwiederbringlichen Lebensjahren für das oft genug nicht einmal Sichtbare, das Esoterische, hatte Jean-Henri Fabre schon, der große französische Entomologe aus der Provence. In seinem Hauslabor »Hermas« in Sérignan bei Orange schreibt er 1896 als Dreiundsiebzigjähriger an seinen Freund Delacour: »Mir ist die Biologie des Insekts zugefallen, ich weiß nicht einmal wie. Ich bin dabei und ich bleibe dabei, ich habe keine Zeit, nach etwas Besserem zu suchen. Das ist mein Sandkorn, mein Atom, im Ameisenhaufen der Menschen. Es gibt Stunden, da schelte ich mich selbst ob dieser Verschrobenheit, die zu allem hinführt, nur nicht zu dem: nämlich Geld zu verdienen und mich vor dem Elend zu bewahren, das mich erwartet. Es ist stärker als ich: das Tier führt mich. Den ganzen Winter habe ich damit zugebracht, die Prozessionsraupe zum Sprechen zu bringen, und jetzt habe ich ein Stelldichein mit der Grille, dem Warzenbeißer und mit so vielen anderen. Es endet nie. Selbst ein Methusalem käme damit nie zu Ende.«

Nun, das Elend erwartet diese Wissenschaftler heute so wenig, wie es sie damals heimsuchte. Über Fabres Lebensabend kamen Ruhm und Geld, und es kamen auch schon die Filmleute, von der Firma Pathé, zu ihm. Sie wollten das geheimnisvolle Leben der Insekten filmen – ein Einfall, der mich heute, denke ich an unsere elektronisch gesteuerten, kamerasynchronen Stroboskopblitze, unsere Klimakammern, Nachtfilmapparaturen und Hochgeschwindigkeitskameras, atemlos macht ob seiner Verwegenheit – oder sollte ich sagen: Naivität? Auch zu Ernst Kullmann kamen die Journalisten in Scharen nach Kiel, in die Universität. Doch frage ich mich in Kenntnis der journalistischen Mentalität, ob sie viel mehr lockte als das Wort »Spinnenkommune« seines zeitbezogenen Reizinhalts wegen. Kullmanns sozial lebende *Stegodyphus*-Spinnen verwirklichten den Traum der gegen Konrad Lorenz stehenden Lernpsychologen: die Überwindung der auf die eigene Art gerichteten Aggressivität, ihre Einmündung in die gemeinsame Verrichtung der Alltagsgeschäfte, in die gemeinsame Stillung eines so elementaren Triebs wie des Hungers und in die Austauschbarkeit der Mütter bei der Brutpflege. In Kiel waren die Utopie und das Prinzip Hoffnung weitgehend konkret geworden. Nur, es ist, was die *Stegodyphus*-Spinnen zum Frieden in eine von Toleranz geprägte Gesellschaft führt, kein Akt des politischen Willens. Es ist Phylogenese. Nicht Revolution, sondern Evolution. Und es gilt auch hier Bertolt Brecht: Erst kommt das Fressen, dann die Moral. Kullmann nüchtern: »Dem sozialen Zusammenschluß liegen ernährungsphysiologische Vorteile zugrunde.«

Schon in Sardinien fragte ich uns immer wieder besorgt, ob der asoziale Alltag der Spinnen, ihre nur mit dem Mikroskop ganz erschließbare Welt, ihr notgedrungener hoher Anspruch an Wissenschaftlichkeit, Geduld und Denken, zwei Fernsehfilme in Programmkonkurrenz zu Show oder Krimi, und ein Buch noch dazu, wohl zu tragen imstande sein werden. Ernst zweifelt nicht daran. Aber er liebt Spinnen. Und wer noch?

Als wir am Abend ins Hotel zurückkehren, staubig und mit vom Knien vor Lößwänden besudelten Hosen, stelle ich demonstrativ zwei Hände voll Glasröhren mit Spinnen darin, meine Ausbeute eines heißen Tages, auf den Tresen vor dem Empfangspersonal. Niemand entsetzt sich, nicht einmal die freundliche Signorina am Telefonschrank. Ernst kassiert dies als einen Punkt für das allgemeine Interesse an Spinnen. Ich, vorsichtiger, neige dazu, es als die tolerante Neugier der Südländer an zwei Fremden zu werten, teutonischen Spinnern, die ihre sardischen Tage, statt am Meer, in unratträchtigen Opuntienhecken verbringen.

Das muß man wissen: Landschaftsbilder werden dem Spinnensucher höchstens aus den Augenwinkeln zuteil oder im Vorüberfahren an ihnen auf den Wegen zu den Siedlungsorten der Spinnen. Deren Vorliebe für obskure Bauplätze, altes Gebälk und staubige Winkel, Kellerlöcher und Mauerruinen, ist für eine schöne Seele abschreckend. Die Liebe der Fotografen zu taubenetzten Radnetzen, und als Ergebnis davon die weite Verbreitung solcher ästhetisch befriedigenden Bilder, täuscht eine Häufigkeit dieser schönen Gebilde und Orte vor, die es nicht gibt. Dergleichen Bilder schmücken auch dieses Buch, doch stammen sie allesamt aus den Tropen, und selbst dort sind sie selten, weil Tau eine rare Sache ist. Seit ich mich mit Spinnen abgebe, krieche ich drinnen und draußen in Örtlichkeiten, die nur deshalb aufsuchenswert sind, weil sie Spinnenleben verheißen.

Diese Tiere, soweit sie Gespinste herstellen, benutzen unsere gegenständliche Welt im wahrsten Sinn des journalistischen Jargonworts nur als Aufhänger für die Dimensionen ihrer eigenen Wirklichkeit. Der *Cyrtophora* ist es gleichgültig, ob sie in einer sardischen Opuntienhecke, einer afghanischen Stecheiche oder in der artistischen Glaswelt einer großen Museumsvitrine ihren Baldachin aufschlägt. Spinnen gedeihen überall, wenn Temperatur und Luftfeuchtigkeit halbwegs ihrem Herkunftsort angepaßt sind. Ich hielt zu Hause längere Zeit eine sardische, der amerikanischen Schwarzen Witwe eng verwandte Kugelspinne und eine madagassische Raubspinne aus der Familie der Pisauriden mit Fliegen aus meinem Allgäuer Schafstall bei guter Gesundheit. So geht es nicht immer, es gibt empfindliche Spinnengestalten, die dem Beobachter ihre feineren Regungen vorenthalten, wenn man ihnen ihre artspezifischen Bedürfnisse nicht erfüllt. Doch da sie lange ohne Nahrung auskommen, steht man nicht unter Zeitdruck beim Versuch, sie geduldig an Neues zu gewöhnen; die Plastizität ihres Verhaltens ist groß, was gegen die Ansicht von der Spinne als einer starren Instinktmaschine spricht. So nahm meine Schwarze Witwe, die normalerweise ihre Beute in Gestalt von erdgebundenen Kerfen mittels geleimter Fangfäden vom Boden holt, mir bald die Stallfliege aus der Pinzette oder griff sie sich aus dem Gespinst der Wohnhaube. Als ich sie einmal umsiedelte, spannte sie die Fangfäden nicht mehr aus, doch bin ich nicht sicher, ob hier nicht, statt einer Anpassung an ein verändertes Beutegreifschema, eine Ausfallerscheinung im Sinne einer Instinktalterung vorliegt, wie man sie bei *Cyrtophora* genauer kennt. Die stammesgeschichtliche Entfernung zwischen uns und den Tieren ist ablesbar an unserer Fähigkeit, ihnen ihr Alter an Leib und Gesicht ansehen zu können: Sie rücken in dem Maße von uns fort, wie wir zur Erkennung ihrer Alterungsprozesse zu außergesichtlichen Anzeichen Zuflucht nehmen müssen. Nur der eigenen Art und auch den Primaten als unseren nächsten Verwandten sehen wir den beginnenden Verfall am Gesicht an, doch schon bei den anderen Großsäugern, sofern wir sie nicht täglich um uns haben und mit ihren Gesichtern durch Jahre hin vertraut sind, verlassen wir uns bei der Altersbestimmung lieber auf Hornbildung, Zähne, Motorik und Gestalt, allenfalls daß wir uns an grau werdende Haare halten. Den alten Vogel erkennen nur der Ornithologe und der Jäger noch an der Ausfärbung des Gefieders, doch wird die Jahresangabe hier schon unsicher. Bei Echsen und Fischen reduziert sich selbst für den wissenschaftlich Geschulten die Altersbestimmung ohne sezierendes Messer auf die Jugendform oder den erwachsenen Zustand; der Laie kann allenfalls aus der Größe eines solchen Tiers vage auf ein fortgeschrittenes Alter schließen. Die Insekten bieten nur noch die uns ganz und gar fremden Stadien ihrer Metamorphose und Häutungen zur Erkennung ihres Alters an, doch setzt die Fähigkeit dazu intimste Kenntnisse der Arten voraus. Bei den Spinnen schließlich, die zu den ältesten Gliedertieren der Erde gehören, ist ein ausgewachsenes Individuum auf der Höhe seines Lebens äußerlich nicht mehr zu unterscheiden von einem anderen, das den natürlichen Tod schon in den Spinndrüsen trägt.

Ich meine das nicht metaphorisch: An den Produkten der Spinndrüsen ist, wenigstens bei einigen untersuchten Arten, deutlich der bevorstehende Tod abzulesen. Das Phänomen ist unter dem Namen »Instinktalterung« bekannt. Die Senilität spricht sich in fahrigen Gewebemustern aus, die weit entfernt sind von der geometrischen Präzision früher gesponnener Netze.

Während ein *Cyrtophora*-Weibchen alle zwei bis vier Wochen, je nach dem Grad der Netzabnutzung, ihren Baldachin aus dem Raumgewebe entfernt und in vier Nächten neu strickt, gibt es diese Restauration in den letzten drei von insgesamt etwa acht Lebensmonaten auf. Löcher werden von nun an nur noch grob ausgebessert, nicht mehr kunstgestopft. Und als Ernst einmal eine verlöschende *Cyrtophora* in den halbfertigen Baldachin einer jüngeren setzte, vollendete sie ihn nur noch weitmaschig und unregelmäßig: so zittert wohl eine Greisinnenhand mit der Feder über das Papier.

Ich hatte mir Ernst Jüngers »Subtile Jagden« mitgenommen, in der Hoffnung auf lokal verwertbare Hinweise, hatte er doch auf unserem Spinnenstrich zwischen Villasimius und Capo Carbonara früher Käfer gesammelt. Aber als zoologischer Pausanias ist Jünger unbrauchbar, dagegen als Denkstimulans im Bereich der Naturwissenschaften unübertroffen, wenn ich auch oft in heftigem gedanklichem Streit mit ihm liege. Er verachtet die Wissenschaftsspezialisten und findet immer weniger Leute darunter, »mit denen man verkehren kann«. Gut so, ich fange auch nicht viel an mit jener oft arroganten Spezies der umfassend Beschränkten, aber man mäßigt ihre »technokratische Anmaßung« nicht, indem man ihr die elitäre Anmaßung des beschränkt Umfassenden entgegensetzt, ihnen den Dialog verweigert und sie aus dem Wilfinger Forsthaus mit literarischen Preziosen bewirft. Jünger über die Ethologen: »Auch (das) Verhalten (der Tiere) wird mit schärferem und zugleich kälterem Auge verfolgt, und immer mit messenden, quantifizierenden, statistischen Absichten. Das ist ein Symptom ganz allgemeiner Schwächung, wachsender Impotenz, die sich ebenso fruchtlos mit jedem Verhalten, auch dem des Menschen, beschäftigt…«

Fruchtlos die ganze Ethologie und ihr Wurzelgrund, die Psychiatrie? Jünger weiter: »Was bedeuten all diese Kurven und Tabellen gegenüber der Liebe, mit der ein Wallace das Spiel der Paradiesvögel in den Baumwipfeln der Urwälder Neuguineas oder ein Fabre Aufstieg und Untergang eines Scarabäus in der Provence belauscht? Das kann nicht durch Maschinen ersetzt werden.«

Bei aller Bewunderung, die ich für den großen Stilisten Jünger empfinde: Das ist das literarische Räsonieren eines an der Zoologie parasitierenden Autors, der sich mit den bunten Federn ihrer Erkenntnisse zwar schmückt, deren Feinstruktur aber mit Sprachkunst verklebt, schlimmer: der Fabre gegen das Elektronenmikroskop setzt.

Wer wollte nicht einen Fabre preisen, den Homer der Insekten und Spinnen! Aber es ging und es geht ihm wie Klopstock: wer will ihn auch lesen? Sein unerschütterlicher Glaube an die Konstanz der Arten, die ihn immer wieder Gott in seinen geliebten Kerfen suchen ließ, konnte die Ausbreitung der Darwinschen Abstammungslehre schon deshalb nicht aufhalten, weil seine Bücher kaum jemand las. Erst 1911, als Mistral, mehr aus provenzalischem Lokalpatriotismus denn aus Einsicht in die großen Werte des Fabreschen Werks, das schlechte Gewissen der Franzosen ob der Vergessenheit anfachte, in die Fabre längst geraten war, wurde ihm das »Brot des Ruhms« zuteil, doch habe er, wie Kurt Guggenheim sagt, keine Zähne mehr gehabt, es noch zu essen. Jean-Henri Fabre ist in der anschaulichen Beschreibung der Insekten bis heute unübertroffen und in der Faktizität seiner Beobachtungen durch die moderne Wissenschaft oft bestätigt worden. Er war ein großer Entomologe. Sobald er aber die Lupe weglegte und über das eben Gesehene zu reflektieren begann, wurde er zum Poeten. Fabre über das Netz der Kreuzspinne: »Die Geometrie, das heißt die Harmonie des Raumes, thront über allem, in der Anordnung eines Pinienzapfens so gut wie in jener der Leimruten einer Kreuzspinne, sie ist im Spiralbogen einer Schnecke, wie in der Girlande eines Spinnenfadens, wie in der Bahn eines Planeten. Sie ist überall, in der Welt der Atome, wie in der Unendlichkeit der Himmelsräume. Diese allgemein gültige Geometrie spricht uns von einem Himmlischen Geometer, dessen Zirkel alles gemessen hat.«

Fabre verachtete, wie Jünger, die Maschinen der Wissenschaft. Er stellte, wie Jünger, seine Gedanken ganz auf das Auge und Gott – wobei im Fall Jüngers der metaphysische Fortschritt im Plural liegt: die Götter, erdichtete Gestalten, die »ihr Widerlager im Festlichen« haben. Aber ist es wirklich »ein Symptom ganz allgemeiner Schwächung, wachsender Impotenz«, wenn ein Wiehle oder ein Kullmann mit durchaus »messenden, quantifizierenden, statistischen Absichten« am Radnetz der Kreuzspinne, sagen wir es behutsam: nicht nur den Zirkelschlag eines himmlischen Geometers, sondern – auch unter Zuhilfenahme einer Maschine, nämlich des Rasterelektronenmikroskops – die von Darwin gefundenen Gesetze der Evolution, des Wandels der Arten feststellen?

Und wenn es denn ohne einen Gang zu den Göttern nicht geht: Es sind noch am ehesten Maschinen wie das Elektronenmikroskop, die einen verengten Spezialisten wieder transzendieren lassen. Das im tastenden Elektronenstrahl aufgleißende 20 000fach vergrößerte Bild einer einzigen von 50 000 Spinnspulen auf der realen Fläche von der Größe eines kleinen Stecknadelkopfes hat mehr von der geistigen Glut der Flamme, die Moses am Berg Horeb aus dem Dornbusch entgegenschlug, als die *belle tristesse* des peripheren Waldgängers. Fabre jedenfalls, da bin ich sicher, hätte in solchen Bildern Gott nicht mehr gesucht. Er hätte ihn gesehen.

Wo der dichte Buschwald der Macchia zur Garigue verkümmert, einer lichten Vergesellschaftung mit duftenden Zwergsträuchern mit eingestreuten, wie räudig gewordenen Kahlstellen, da ist die Malmignatte zu Hause. Sie schmückt den

Umschlag dieses Buches: *Latrodectus tredecimguttatus*, die dreizehnmal rot auf Schwarz gefleckte mediterrane Variante der berüchtigten neuweltlichen *Latrodectus mactans*, genannt Schwarze Witwe. Ich bedauerte, daß wir sie nicht in Spanien jagten, da ist sie in ihrer reinen klerikalen Schwärze von unbeschönigter Gefährlichkeit, wie die andalusischen gegen die Männerwelt stehenden Frauengestalten in Garcia Lorcas »Bluthochzeit«. Die Italienerin, wenngleich nicht weniger gefährlich, ist menschlicher, indem sie durch ihr rotes Fleckenkleid warnt.

Wir suchten sie tagelang. Die Einsilbigkeit, die Ernst zunehmend an den Tag legte, zeigte seine innere Spannung an. Er trug sein Jagdgesicht, das ich aus heimlicher Beobachtung kannte: ein nach innen gekehrtes Lauern, das seine Züge entleert. Ich wußte, daß er dann die Landschaften, an denen wir langsam entlangfuhren, mit den Gesteins- und Vegetationsformen verglich, die er als Fundorte bestimmter Spinnen von früheren Reisen her in seiner Erinnerung bewahrte. Kamen dann die inneren und die äußeren Bilder plötzlich zur Deckung, bat er mich abrupt, den Wagen anzuhalten.

So war es auch auf unserer ersten Sardinienreise. Wir waren eine ziemlich große, gemischte Gesellschaft, das ganze Kamerateam, denn Kurt Hirschel, der seit Jahren für mich die diffizileren, vor allem technisch anspruchsvollen Tierdarstellungen dreht, wollte Probeaufnahmen machen für unseren Spinnenfilm, auch Biotop-Fotos für die Bildhintergründe schießen. Joachim Höfig war dabei, Hirschels Assistent und Tonmann. Dazu Höfigs und meine Frau und Waltraut Zimmermann, die damals bei Kullmann ihre Doktorarbeit schrieb und seine Wissenschaftliche Assistentin ist. Ernst hieß uns einen Hang besteigen, auf dessen Geröllmantel nur verdorrtes Gras zwischen Inseln von niederem Stechginster wuchs, dazu ein bißchen Klatschmohnrot und das Gelb eines spärlich angeflogenen verwilderten Weizens – eine Schutthaldengesellschaft direkt an der Autostraße, die von Sassari in das Landesinnere Sardiniens führt. Hier hielt einer allenfalls, wenn er sein Wasser nicht mehr halten konnte. Nur Waltraut Zimmermann machte keine unziemlichen Bemerkungen, obwohl sie ihrem Doktorvater gegenüber damit sonst nicht geizt; sie roch *Latrodectus,* wie er.

Zwanzig Minuten nichts, obwohl wir alle tief gebeugt, wie mit dem Witwenbuckel der alten Gebirglerinnen behaftet, den Boden absuchten. Während die nordamerikanische Schwarze Witwe, so las ich, zur Kulturfolgerin wurde und mit Vorliebe die ländlichen Klosetts bewohnt, hält ihre europäische Verwandte an den alten Traditionen ihrer Art fest. Sie zieht eine oder zwei Handbreit über dem Boden ein paar Halme zu einer Pyramide zusammen und webt sich unter deren Spitze eine Wohnhaube. Von ihr aus zieht sie einen lichten Gießkannenschwall von Fangfäden senkrecht und schräg zum Boden, befestigt sie dort und bestreicht die Fadenzonen unmittelbar darüber mit Leim, der sich durch Zupfen an den Fäden zu kleinen Perlen zusammenzieht.

Es sind tödliche Perlen, und man kann es mit bloßem Auge sehen: Die kleine Heuschrecke *Calliptamus italicus,* die die Malmignatte bevorzugt, klebt an einer der Fußangeln fest. Die Haftwirkung ist nicht so, daß die muskulöse Heuschrecke nicht wieder freikäme, aber während sie es versucht, reißt der Faden, der sie fesselt, am Erdboden ab, und da er unter Spannung stand, zieht er sich ruckhaft zusammen und wirft die Heuschrecke, sie aus dem Gleichgewicht bringend, gegen die benachbarten Klebfäden. Die Fesselung ist nun nicht mehr lösbar; die unter dem Zappeln der Beute reißenden Fäden ziehen der Heuschrecke vollends die Beine unter dem Leib weg. Im Nu ist die Malmignatte über ihr und spinnt sie mit einer Schnelligkeit, der das Auge kaum folgen kann, als lebendige Mumie ein.

Ich war weit weg, als ich Waltraut Zimmermann rufen hörte: *Latrodectus!* Wir alle liefen zu ihr; sie stand annähernd noch da, wo sie angefangen hatte zu suchen: dicht bei der

Straße, an der steilsten Stelle des Hanges. Und während wir die erste Malmignatte im Röhrchen der Finderin begafften, sagte Ernst im Konversationston: »Ich möchte die Herrschaften nicht beunruhigen, aber wir stehen hier inmitten einer Kolonie von Schwarzen Witwen!«

Frau Höfig verließ mit spitzen Schritten und einem ebensolchen Schrei das gefährliche Lokal; sie trug sommerliche Sandalen. Wir anderen ernteten, so muß man es wohl sagen, *Latrodectus:* 5, 10, 15, 20, 25... Den Fängertrick hatten wir bald heraus – ein Röhrchen unter die Pyramide mit der Haube gehalten und leicht auf das Gespinst geklopft. *Latrodectus* stieg meist anstandslos ins Glas.

Nur Ernst hatte, mit der Nummer 26, glaube ich, ein Problem. Er schubste eine sehr fette Witwe in ein Glas, dessen Boden auf seinem Handteller stand. Dummerweise hatte das Glas keinen Boden mehr, er war in der Tasche glatt abgesplittert, und die männermordende Malmignatte mit der unkalkulierbaren, aber in der Literatur attestierten hohen Giftwirkung saß ihm in der bloßen Hand. Ernst hätte sich, in unserer Gegenwart, eher beißen lassen, als daß er das Tier, womöglich noch mit einem ganz unprofessoralen Aufschrei, von sich geschleudert hätte. Äußerlich ungerührt fummelte er ein neues Röhrchen aus der Tasche. Ich entkorkte es ihm. Dann steuerten wir ein Restaurant in den Bergen an. Nach *Latrodectus tredecimguttatus* hatte uns der Tag nichts mehr zu bieten.

Dolche in der Nacht

Noch immer auf Sardinien. Gefeiert und gefüttert ruhen die von uns gesammelten Schwarzen Witwen in ihren Glasröhren, eine jede für sich, denn es sind Kannibalinnen. Ernst Kullmann wird sie, wenn es auf die Heimreise geht, zuoberst in seinen Expeditionskoffer packen, der aus Aluminium ist und weitgereist. Schwarze Witwen obenauf beschleunigen auf magische Weise lästige Zollkontrollen. Für den Fall einer Frage nach dem Motiv solch ungewöhnlicher Ex- und Importe hält Ernst stets Sonderdrucke seiner wissenschaftlichen Veröffentlichungen bereit. Die Identität des Verfassernamens mit dem im Reisepaß verschafft ihm grünes Licht. Auch ist die Faszination des Professorentitels wenigstens beim Zoll noch ungebrochen.

Wir kauern an der Nordküste bei Sassari vor einer niedrigen, senkrecht zum Strand abfallenden Erdwand. Sie ist oben mit Pflanzengesellschaften der Macchia bewachsen: Wolfsmilchgewächse, Lavendel, Cistrosen und deren Parasit, der schuppige gelbe Hypocist, und weiter landeinwärts Lorbeer und Oleander. An der Abrißkante zum Strand liegen einige schwache Wurzelstöcke der Baumheide zutage. In ihrem Holz wächst das wertvolle Material für die Bruyère-Pfeifen heran. Aber wir sind auf andere Beute aus: Falldeckelspinnen.

Es ist nicht unser erster Gang zu ihnen, und ich habe mir mittlerweile die Technik angeeignet, die allein zu ihrer Entdeckung taugt: eine Wandfläche von nicht mehr als dreißig Zentimeter im Quadrat mit Augenbewegungen absuchen, die dem langsamen Lesen eines Buches entsprechen – von links nach rechts, Zeile für Zeile. Jedes eilige Schweifenlassen des Blicks ist sinnlos. Es führen nur Systematik und Augendisziplin zur Spinne und, bei Verdacht, Verharren auf einer Erdstelle, wie auf einem schwierigen Wort beim Lesen. Dann springt es einem plötzlich in die Augen, eine Kreislinie löst sich aus der wirren Erdstruktur wie die im Vexierbild versteckte Figur. Man sieht am Durchmesser des meisterhaft getarnten Kanaldeckels sofort den Reifezustand der darunter hausenden Spinne. Die Geschlechtsreife tritt erst nach drei oder vier Jahren ein, und Kenner dieser Falldeckelspinne geben den Weibchen ein Lebensalter von fünfzehn, ja zwanzig Jahren. Sie sind der treibenden Kraft der Sonne ganz und gar entzogen, tiefbraune oder nachtschwarze saturnische Gestalten, von denen eine, *Cteniza,* dem 300 Millionen Jahre alten erdgeschichtlichen frühesten, devonischen Spinnenfossil den Namen gab: *Palaeocteniza.*

Der Tag ist ihnen allen ein Greuel. Ich hebelte mit dem Taschenmesser einen markstückgroßen Deckel auf und wußte aufgrund seines Durchmessers und der nicht geringen Kraft, die ich dabei einsetzen mußte, daß die Spinne darunter ein reifes Weibchen war, das sich nach Art der Kaminkletterer mit den Beinen in der Röhre verkeilt hatte und den Deckel von innen mit eingeschlagenen Krallen niederhielt. Als die korkenartig angeschrägte Tür schließlich an ihrem Seidenscharnier aufklappte, hatte die Spinne sich in die Tiefe ihrer Röhre fallen lassen. Aber ich wollte sie sehen, jetzt, bei hochstehender Sonne. Also hielt ich die Röhre mit Hilfe eines zwischen Deckel und Röhrenrand verklemmten Pflanzenstengels offen. Die Spekulation auf die Lichtfeindlichkeit des Tieres und seine nicht auszuschließende Fähigkeit, eine Änderung der Luftfeuchtigkeit bei geöffnetem Höhlendeckel wahrzunehmen, ging auf. Die Spinne schoß herauf, ganz schwarze personifizierte Wut, und schlug mit einem heftig geführten Hieb ihres einen Vorderbeins den Stengel aus seiner Verklemmung heraus, so daß der Deckel zuklappte. Mit einem deutlich indignierten Ruck zog sie ihn von innen in die Fassung.

Wut und Indignation der Spinne. Während unser Aufnahmeteam die komplizierte Kameraapparatur aufbaut, um das Türspektakel im Wiederholungsfall zu filmen, setze ich mich abseits auf einen großen Stein, der in der leise klatschenden Brandung steht, und denke zum wiederholten Mal über die Grenzen einer Tierbeschreibung mit den Termini der Humanpsychologie nach, über den Versuch, das Unbekannte mit sprachlichen Wendungen des Bekannten zu beschreiben. Dem Biologen, der dieses Dilemma aller über Tiere Schreibenden bedenkt, stehen vier bekannte Wege der geistigen Annäherung an die Tiere offen. Aus der umfänglichen Instinktliteratur ergeben sich vier Möglichkeiten:

1 – Tierverhalten darzustellen in Ausdrücken des luziden Bewußtseins und des frei entscheidenden Willens, ähnlich also einer Darstellung von Absichten, wie sie den uns vertrauten menschlichen Handlungsweisen zugrunde liegen;

2 – im direkten Gegensatz dazu zu bestreiten, daß in den Tieren Bewußtsein, Willen oder gar Emotionen wirksam seien; sie vielmehr als Wesen zu nehmen, die automatenhaft allein auf äußere Reize und innere materielle Veränderungen reagieren;

3 – zu leugnen, es könnte auch in den Tieren ein Vorauswissen der Ergebnisse vorhanden sein, zu denen ihre Handlungen führen; statt dessen diese Handlungen und ihre Ergebnisse nur in nüchternen Protokollen festzuhalten und solche Ergebnisse als den alleinigen, vom Tier nicht gewußten Zweck der Handlungen, mithin des Tierverhaltens zu betrachten;

4 – die Ergebnisse tierischen Verhaltens ganz zu ignorieren, aber zu versuchen, dessen innere Kausalfaktoren zu finden, zu sagen also, welche Ereignisse wo in den Tieren und Muskeln der Tiere eine koordinierte Verhaltensweise produzieren.

Wenngleich sie durch Aristoteles sanktioniert sind, erinnere ich mich nur ungern der anekdotisch angelegten Tierbeschreibungen aus der Zeit meiner Anfänge, die dem ersten obigen Weg entsprachen. Die Unbefangenheit, mit der ich damals den Tieren gegenübertrat, ist dahin, der Zugang zu ihnen über die Eselsbrücke menschlicher Denk- und Verhaltensweisen durch seither angehäuftes Wissen verstellt. Mit fast körperlichem Unbehagen lese ich heute, was ich damals schrieb, und ich mißtraue einem gewiß kenntnisreichen Autor wie John Crompton, wenn er über die mitunter verzweigten und auch durch Innentüren abgesicherten Röhrensysteme der Falldeckelspinnen schreibt: »In diesem Haus einen Einbrecher hinters Licht zu führen muß geradezu ein Vergnügen sein, ein Spiel, mit dem sich die Spinne heimlich amüsiert.« Und so weiter, durch ein ganzes Buch hindurch.

Kein Zweifel, daß Derartiges ganz nach dem Herzen des großen Publikums geschrieben ist (und damit auch nach dem Wunsch der Verleger popularisierter Tierliteratur). Besonders die Boulevardblätter und die Programmpresse ringen die Hände nach solchen mit fahrlässigen Anthropomorphismen gespickten Manuskripten. Man könnte sich mit dieser Art von ethologischer Afterliteratur leicht eine goldene Nase verdienen, ginge dabei der eigene Name nicht langsam vor die vermenschlichten Hunde. Weg eins ist also heute mit Anstand nicht mehr begehbar.

Weg zwei kam mit Descartes und seiner Maschinentheorie des Lebendigen in die Welt und ist der Weg der mechanistischen Biologie, die noch heute ob ihrer scheinbaren Klarheit ihre Anhänger hat. Die Unfähigkeit des Menschen, mit Sicherheit zu wissen, was ein Tier fühlt oder denkt, *wenn* es fühlt oder denkt, verleitet sie dazu, den Tieren jedes höherwertige, über den bloßen physischen Schmerz hinausreichende Fühlen, jedes Denken, das die Kausalität des Freß- und Paarungsverhaltens übersteigt, rundweg zu leugnen. Sie definieren Tierverhalten als das physikalische und chemische Produkt von Außenweltreizen, auf die der Tierkörper maschinengleich reagiere, unbeeinflußbar von Gefühl oder Willen und durch nichts gesteuert, das nicht meßbar wäre. Diese Tierauffassung hat noch immer ihre Versuchungen in einer Zeit weltweiter Aggressionen, wo der von seiner eigenen mörderischen Art angewiderte *Homo sapiens* in den wertfrei lebenden Tieren leicht die besseren Menschen sieht. Da ist die mechanistische Tierdeutung, weil wissenschaftlich nicht ohne Überzeugungskraft, eine wirksame Peitsche in der Hand der im Geiste Zornigen, die Mensch und Tier nicht gern vermengt sehen. Aber sie ist, wie die Amerikaner treffend sagen, ein Weg, der zu weit in die richtige Richtung führt. Man kann nicht eine Stimmgabel anschlagen, sie an das Netz einer *Argiope* halten und dann, wenn die Spinne in die schwingenden Gabelenden zu beißen beginnt, mit Beweiskraft sagen, Spinnen seien Sklaven ihrer angeborenen Verhaltensmuster, ohne Fähigkeit, von außen kommende Einflüsse zu unterscheiden oder auszuwerten: Stimmgabel oder Insekt – es mache für sie keinen Unterschied.

In der Entwicklungsgeschichte der Spinnen kam eine Stimmgabel nicht vor, und ich bin sicher, daß *Argiope* den Unterschied zwischen ihr und einer Schmeißfliege lernen würde, gäbe man ihr nur lange genug Gelegenheit dazu. Ohne die Fähigkeit der Anpassung an eine sich wandelnde Beutewelt hätten die Spinnen nicht aus dem Meer heraus die Erde erobert. Seit ich bei unseren Filmaufnahmen sah, wie ein Spinnenmännchen, dem bei der Werbung um ein unzugängliches ruppiges Weibchen fünf von acht Beinen abhanden gekommen waren, auf den verbliebenen drei nicht nur, was physiologisch erklärbar ist, sein Laufprogramm, sondern auch das komplizierte taktile Ritual der Werbung und schließlich noch die Kopulation erfolgreich, also artspezifisch zu Ende führte, glaube ich an die Plastizität der Spinneninstinkte. Unser Kameramann Kurt Hirschel gar kann ein Lied singen von den ausgeprägten Persönlichkeitsmerkmalen seiner Filmspinnen, den höchst unterschiedlichen Vorlieben und Abneigungen für Laboreinflüsse in Individuen derselben Art.

Weg drei zum Tier, den man den teleologischen nennt, scheint mir eine eher philosophische Sackgasse amerikanischer Zweckpsychologen zu sein. Er überträgt, wenn ich das recht verstehe, die Teleologie des Aristoteles auf das Tierverhalten. Sie besagt nichts anderes, als daß sich jedes Lebewesen auf sein Telos hin entwickle, auf eine ganz bestimmte, in ihm fertig angelegte Gestalt. Die banale und zugleich überwältigende Erfahrungstatsache heißt: Aus dem Hühnerei, das nicht verfault oder gegessen, sondern ausgebrütet wird, entsteht nichts anderes als ein Küken und danach ein Huhn, aus einem Tannensamen, der nicht verlorengeht, nichts anderes als eine Tanne. Es ist das Huhn der Zweck des Eis, die Tanne der Zweck des Tannensamens.

Was aber ist der Zweck der Spinne? Der bekannte amerikanische Arachnologe Theodore Savory kam nach mehreren Jahren der Überlegung darauf, daß die Antwort nur heißen könne: Der Zweck der Spinne ist es, mehr Spinnen zu machen. Daran ist auf den zweiten Blick nichts Lächerliches, denn Savory gibt seine Antwort nicht aus der Sicht des Menschen, sondern er gibt sie – vermeintlich – als Spinne, und dazu kann ein Mann, fern wie Anthropos den Arthropoden steht, durchaus Jahre brauchen. Aufgrund von Erkenntnissen dieser Art nun existiert für die Begeher des dritten, teleologischen Weges zu den Tieren mangels menschlicher Einsichtsfähigkeit in deren subjektive Innenwelt als Telos, Zweck oder Ziel ihres Verhaltens allein dessen erkennbares Ergebnis, primär also die Vergrößerung des Artbestandes. Das erinnert in seiner dünnblütigen Abstraktion an den hochmittelalterlichen Exkurs des Aristotelikers Petrus de Hibernia über die Frage des italienischen Staufers Friedrich II., ob die Glieder der Tiere, etwa die Krallen der Greifvögel, wegen ihrer Tätigkeiten, oder die Tätigkeiten als das später Seiende die Ursache für das Frühere, die Glieder, sein könnten, aber er dachte dabei als Tierbeobachter und erklärter Augenmensch allein an einen zeitlichen Zusammenhang: Die jungen Greife lernten nach seiner Meinung den Gebrauch der Krallen erst beim Vorwerfen der Beute durch die Eltern. Petrus de Hibernia jedoch hielt weit- und weltsichtiger dafür, daß die Glieder der Tiere um ihrer Zwecke willen da seien, und dachte damit schon, unbewußt gewiß, in den Begriffen der Anpassung evolutionistisch modern. Aristoteles hatte es einfach gesagt: Die Arbeit des Sägens sei nicht der Säge zuliebe geschaffen worden, sondern die Säge um des Sägens willen.

Die sardische Sonne verleidete mir, wie vermutlich die Lektüre dem Leser, solche philosophischen Spitzfindigkeiten, und ich machte mich auf den vierten Gedankenweg zu den Tieren, den der mir eher vertrauten Ethologie. Er vereint, wie mir die Arbeit mit Ernst Kullmann erneut bewies, die subjektive Tierbeobachtung im Feld mit der sie absichernden, jederzeit nachprüfbaren Laborforschung am gefangengehaltenen Tier.

Die naturwissenschaftliche Basis der Ethologie ist – neben der Erforschung genetisch bewirkter stammesgeschichtlicher Anpassungen auch des Tierverhaltens – zweifellos die Neurophysiologie. Das drückt sich im Disziplinnamen Verhaltensphysiologie schon aus. Es sucht ja auch die Ethologie die Tiere von ihrem Nervensystem, ihrem Neurosensorium her zu ergründen, das innere Antriebsmechanismen und Außenweltreize in sinnvolles, weil arterhaltendes Handeln umsetzt. Wo aber die Mechanisten und Reflexologen tierinnere, außerchemische Phänomene nicht beachten, mithin eine »Psychologie ohne Seele« betreiben, da sucht die Ethologie die Tiere nicht nur zu beschreiben, sondern auch zu deuten; sie stuft sie nicht zum seelenlosen Automaten herunter, sondern gesteht ihnen Lernfähigkeit und Spontaneität zu, also Aktivität, die nicht Reflex ist. Bei Konrad Lorenz dürfen Graugänse sogar Trauer tragen.

So schwankt der über Tiere schreibende Mensch auf einem Meeresarm von Wissen dahin, dem Meer des Nichtwissens entgegentreibend, dabei einmal die Scylla der Vermenschlichung, ein andermal die Charybdis der Unverständlichkeit streifend. Was geht in der *Nemesia*-Spinne vor, die wir in der Nacht unter dem Kyklopengemäuer einer sardischen Nurage im elektronisch verstärkten hellen Monitorbild haben, wenn sie Stunde für Stunde, reglos wie ein Präparat, unter dem leicht angehobenen Deckel ihrer Röhre kauert – der Gleichmut des in den Naturgesetzen geborgenen Fatalisten? Die Spannung des Jägers? Oder am Ende doch nichts anderes als die seelenlose Leere der von chemischen Körpersäften fängig gestellten Insektenfalle?

Die Entscheidung des Autors für das eine oder das andere ist gefordert; er muß Wörter setzen für stummes tierisches Verhalten. Sagt er, die Spinne »lauere«, so gibt er damit eine Antwort, die er nicht wissen kann; er entscheidet sich ohne

Beweise für die Annahme einer sich subjektiv als Jäger empfindenden Spinne. Benutzt er zur Beschreibung ihres Erscheinungsbildes auf dem Monitor das Adjektiv »geduldig«, so impliziert er, was er desgleichen nicht beweisen kann: ein Vor-Wissen der Spinne vom Fang und daß er so sicher kommen werde, wie der Morgen nach dieser Nacht.

So verrät sich die Gedankenlosigkeit eines Autors in leicht dahingeschriebenen, vom Leser meist überflogenen, in ihrer Bedeutung nicht erfaßten Wörtern. Ich bekenne mich da durchaus schuldig, denn der Ausweg aus dem Dilemma des Zwanges einerseits, den Vorgang beschreiben zu müssen, und der Unmöglichkeit andererseits, ihn durchschauen zu können, ist entweder der mit Konditionen und Einschüben überfrachtete oder der kastrierte Satz, das farblose, wenig oder nichts sagende, nichtsdestoweniger einzig korrekte Wort: *Nemesia* »ist«. Punktum. Dann um der Magerkeit dieser Aussage willen fortzufahren mit der harmlos anmutenden Ergänzung »und wartet«, das wäre bereits wieder Ausdruck der Anmaßung zu wissen, daß die Spinne das Ziel ihres Wartens kennt. Das sind auch Dolche in der Nacht des Schreibenden.

Doch dann kommen Beute und Fang und das Ende der Frustration des Autors in Gestalt eines Literaturfundes: Harro Buchlis Veröffentlichung über das Jagdverhalten der *Nemesia*. Der Berner Wissenschaftler hatte in einem Terrarium den Deckel einer bewohnten *Nemesia*-Röhre mittels eines Fadens an ein barographenähnliches Schreibgerät angehängt. Jedes noch so geringe Öffnen des Deckels durch die Spinne, und natürlich auch jedes Schließen, wurde durch einen Schreibarm auf einer mit Papier bespannten sich drehenden Trommel registriert. Heftige Ausschläge der Schreibnadel signalisierten das Auffliegen des Deckels bei einem Sprung der Spinne nach Beute. Die Langzeitversuche Buchlis ergaben ein lückenloses Bild vom Nachtleben der *Nemesia*.

Trost bei langem Warten vor geschlossenem Haus verschafft dem Ungeduldigen Buchlis Spinnen-Aktogramm. Immerhin 5 h 52 min von vierundzwanzig Stunden bringt *Nemesia* im Jahresmittel fangbereit unter geöffnetem Deckel zu. Mit der Genauigkeit einer Schweizer Uhr gibt Buchli auch gleich das Jahresmittel: 1512 h 59 min. In dieser Zeit registrierte sein Schreibapparat 724 Sprünge der Spinne, Buchli kommt aber auf komplizierten Wegen zu dem Schluß, daß nur etwa zehn Prozent davon erfolgreich sind: 70 Insekten im Jahr, und keines mehr als halb so groß wie die 2 cm lange Spinne. Größere Beute greift sie nicht an. Doch ist diese Magerkost ausreichend, denn die Falldeckelspinnen können sechs Monate ohne jede Nahrung sein, und da die Ruheperioden jene der Aktivität in der Zeitausdehnung weit übertreffen, ist der Energieverbrauch nicht groß. Selbst während der Jagdzeit legt *Nemesia* Pausen ein; in einer Nacht liegt sie durchschnittlich sechsmal unter dem geöffneten Deckel, während sie fünfmal dazwischen den Deckel schließt. Zu sagen: für ein Nickerchen, das ist nicht zulässig. Nach allem, was man weiß, sind Spinnen ohne Schlaf.

Buchlis Laborversuche liefern einen weiteren Beweis gegen den geistigen Hochmut der literarischen Nostalgiker, die in der Lupe das äußerste Zugeständnis an eine sich der Hilfe von Maschinen bedienende zoologische Wissenschaft sehen. Mit dem Auge allein ist bei diesen Spinnen, und bei Tausenden von Tierarten gleichermaßen, nichts an objektiven Erkenntnissen zu gewinnen. Das Quantifizierbare, statistisch Gesicherte ist nicht die Schwächung der Ethologie, sondern die Voraussetzung vieler ihrer Aussagen. Aus Buchlis Ethogrammen geht hervor, daß die Falldeckelspinnen wohl eine biologische Uhr in sich tragen müssen, ein Zeitgefühl, dessen Rhythmus zwischen fünf bis zwanzig Minuten unter vierundzwanzig Stunden bleibt. Die innere Spinnenuhr geht also ein wenig vor. Das führt die Tiere dazu, jeden Tag in der Zeit des abnehmenden Sonnenstands den Deckel etwas früher zu öffnen als am Tag zuvor, ohne daß sie sich vom Eintritt der Dämmerung durch – gefährlichen – Augenschein überzeugen müßten. Die Abwesenheit eines solchen Zeitgefühls würde den Schutz, den die raffinierte Tarnung der Wohnung bietet, durchlöchern; nur in Verbindung mit der Nacht, in der der Deckel gefahrlos geöffnet werden kann, ist er gewährleistet.

Zur Frühjahrszeit freilich, wenn die Tage wieder länger werden, die Dämmerung am Abend später kommt, muß die Spinne die Uhr verstellen. Das wird offensichtlich dadurch in ihr bewirkt, daß sie sich zu dieser Jahreszeit an mehreren Tagen dem noch zu hellen Licht aussetzt. Sie öffnet dazu den Deckel und schließt ihn, wie in Angst, sogleich wieder. Man kann sagen, sie tanke Zeitgefühl, denn nach einiger Zeit erscheint sie nur noch, wie artüblich, in der Dämmerung, wenn ihre Beutetiere aktiv werden.

Nimmt man diesen Spinnen das Sehvermögen, indem man ihnen die Augen abdeckt, so sind sie zwar in der Zielsicherheit des Beuteansprungs nicht beeinträchtigt, aber ihre biologische Uhr gerät durcheinander, die Lebensführung wird arhythmisch, woraus man wohl nicht zu Unrecht auf das scheidende Tageslicht als den Zeitgeber für die biologische Spinnenuhr schließt. Buchlis geblendete Spinnen stellten ihre innere Uhr allmählich nach den Erschütterungen durch den Abendverkehr ein, der stets zur selben Zeit an seinem Labor vorbeiging – ein weiteres Indiz für die Plastizität der Spinneninstinkte, die nebenbei, in den höher entwickelten Radnetzspinnen in dem Maße abnimmt, in dem ihre Spezialisierung zunimmt.

Seine ethologisch bedeutendste Entdeckung schätzt Buchli offensichtlich nicht besonders hoch ein, denn er widmet ihr nur wenige Zeilen. Sie ist von Belang auch wohl nur für den mit der Innenwelt der Tiere befaßten Schriftsteller, weil sie ihn aus der Qual seiner Verbwahl erlöst: »Lauert« *Nemesia* mit der inneren Spannung des Jägers, »faßt sie sich in Geduld« mit der Kismetgläubigkeit des Orientalen, oder ist sie Fangautomat ohne Seele? Ich diskutierte das schon. Als Buchli seinen Spinnen lange Zeit jegliche Beute vorenthielt, sie überdies im Terrarium von allen Umwelteinflüssen wie Erschütterungen des Bodens und der Luft fernhielt, beobachtete er, daß die Tiere nach einer gewissen Zeit des Sitzens unter dem geöffneten Deckel dennoch Sprünge nach – nicht vorhandener – Beute ausführten.

Diese Leerlaufhandlung ist ein bekanntes Phänomen, das Konrad Lorenz zwar nicht entdeckte, aber zu seiner heutigen Bedeutung als Beweis gegen die mechanistische, reflexologische Biologie erhob: eine im Zentralnervensystem entstehende und sich stauende, als Hirnstrom meßbare Erregungsproduktion, die das Tier schließlich ganz unabhängig von äußeren Reizen Entladung in einer Leerlaufhandlung suchen läßt. Berühmt geworden ist der Lorenzsche Hausstar, der, obwohl stets sattgefüttert, von Zeit zu Zeit an der Wand eine Fliege fixierte, sie durch Auffliegen von seinem Sitzplatz fing, dann mit artspezifischen Totschlagsbewegungen umbrachte und schließlich deutlich sichtbar schluckte. Nur: es hatte an der Wand gar keine Fliege gegeben! Die angeborene Triebhandlung »Fliegenfang«, die mangels Fliegenangebot niemals konsumiert wurde, staute sich im Star zu einer Erregung hoch, die sich schließlich ihren Auslöser, die Fliege, selber schuf. So ist mir also hinfort der Satz erlaubt, *Nemesia* lauere voll innerer Spannung auf Beute. Der Leser, der den hier getriebenen Beweisaufwand für diesen einen, ihm eher selbstverständlich vorkommenden Satz für übertrieben hält, mag sich mit einer weitergreifenderen Nutzanwendung der Ethologie schadlos halten für die anstrengende Lektüre: Unter der Mitautorschaft des Fußballfans Ernst Kullmann ist mir vielleicht der Analogieschluß erlaubt, daß auch das nach einem Tor gierende Fußballpublikum nach langem torlosen Spielverlauf ein Tor, wie der Star die imaginäre Fliege, selbst dort sieht, wo gar keins fiel. Schiedsrichterbeleidigung als Appetenzverhalten.

Wir hatten uns in Villasimius in einem Kramladen verproviantiert: Brot, Käse, Hartwurst, Wein. Am Tag des Einkaufs respektierten wir noch unseren bei spannendem Hosenbund geleisteten Schwur, endlich Abstand zu nehmen von zwei warmen, mehrgängigen Restaurantmahlzeiten am Tag und mittags karg aus der Hand zu leben. Doch sind diese im Süden durch Nordländer immer wieder versuchten Absichten, der mit der Leibesfülle einhergehenden Mittagsmüdigkeit zu entkommen, meist zum Scheitern verurteilt. Man kann die drei heißesten Stunden des Tages nicht mit dem Gesäß in einer krabbelnden Fauna verbringen, das harte Brot in der einen, den schwitzenden Käse in der anderen Hand und den urinwarmen Wein zwischen den Knien. Es ist würdelos, Nordmännerbarbarei, eine Verletzung mediterraner Kultur.

Am nächsten Tag schon saßen wir wieder in der Taverne und kompensierten, im Gegensatz zu Buchlis *Nemesia*, unseren seit dem Morgen und seinem lächerlichen Hotelfrühstück aufgestauten Beutetrieb nicht mit Leerlaufhandlungen, sondern mit Kaninchen in einer denkwürdigen Kapernsauce, mit frischem Brot, Oliven, Tomaten, Zwiebeln und kellerkühlem Wein. Wir zeigten ein unserer hochentwickelten Art angemessenes Appetitverhalten. Wissenschaft war wieder schön.

Der sardische Wein übte auf mich einen Zwang zu Fragestellungen aus, die man bei dreißig Grad im Schatten ruhen läßt, wenn man klug ist. Aber ich will nicht klug sein, und es sind diese verdammten Kullmannschen Spinnen, die mich mit der Fremdartigkeit ihrer exotischen Formen und der Ungeahntheit ihres abstrusen Verhaltens gerade beim Wein immer wieder in Depressionen stürzen: Diese Spinnen überführen mich gründlich der Lückenhaftigkeit meines Tierwissens, der Stumpfheit meiner bohrenden Gedanken, die in tiefere Schichten des Seins dieser Tiere vorzudringen versuchen. Es ist wohl ein Zeichen von verlorener Schreiberunschuld, wenn man nicht mehr berufliches Genügen findet am mitgeteilten Staunen über eine besonders verblüffend geratene, an menschlichen Werkzeuggebrauch erinnernde tierische Verhaltensweise, sondern ihr Sosein gleich mit dem Gedanken an ihr Sogewordensein hinterfragt.

Wir besprachen nach Tisch die Möglichkeiten, für unsere Filme an ein paar Exemplare der Bolaspinne zu kommen, die in Afrika, in Australien und in der Neuen Welt zu Hause ist. Mit ihrer spektakulären, in der Spinnenwelt einzigartigen Methode, die Beute mit einer Art Lasso aus der Luft zu fangen, mit einem Seidenfaden, an dessen Ende eine klebrige Kugel hängt, schien sie mir für den Film unerläßlich zu sein. Aber es sah so aus, als sollten wir in den Beschaffungsversuchen erfolglos bleiben. Irgendwie versickerte das Thema, aber es setzte in meinem von Hitze und Wein beschwerten Kopf eine knirschende Gedankenmühle in Gang, die wenig mehr als knirschende Fragen produzierte.

Es ist kaum bezweifelbar, daß dieses Fanginstrument der vorläufige Höhepunkt der Radnetzentwicklung ist, auch wenn beide, Netz und Bola, auf den ersten Blick nicht das mindeste miteinander zu tun zu haben scheinen. Doch ist die Bola wirklich nichts anderes als ein auf die Spitze der ökonomischen Vereinfachung getriebener Fangfaden, wie er im Prinzip auch in der mit Leimtropfen besetzten Spirale des Radnetzes zu finden ist. Und mit dieser Ökonomie paßt die Bolaspinne vorzüglich in das Denkgebäude der Darwinschen Abstammungstheorie. Es haben danach jene Lebewesen die größte Chance zu überleben, deren Lebensweise auf Einsparung von Aufwand und Energie für die Stillung der Bedürfnisse gerichtet ist: Wirtschaftlichkeit als Ausleseprinzip. Aber was setzte diesen Prozeß der Spezialisierung, der radikalen Vereinfachung in Gang?

Das Spinnenetz, wir sagten es schon, ist Verhalten, nicht Leib. Wir haben es also mit einer stammesgeschichtlichen Entwicklung des Verhaltens zu tun, nicht der Gestalt. Aber auch Verhalten wandelt sich nicht durch Gewöhnung. Lamarck ist tot. Erworbenes ist nicht vererbbar. Der Sprung in die Zukunft der Art muß immer im Erbgut geschehen, durch genetische Veränderungen, durch Mutationen. Aber Mutationen sind ungerichtet, sind blind, sind Zufall, und vor allem: sie sind immer nur winzige Schrittchen vom Guten zum möglichen Besseren, über dessen Lebensfähigkeit dann die erlangte oder nicht erlangte höhere Fortpflanzungsrate als Siegeszeichen im Kampf ums Überleben entscheidet. Rückschritte und Sackgassen sind ebenso wie die Fortschritte die Kinder des Zufalls.

In welchem Gen also mutierte eine Radnetz bauende Spinne, als der lange Marsch durch die Institutionen der Evolution – Mutation und Selektion – zum ökonomischen Mehr-Wert der Bolaspinne begann? Was ließ sie, um ganz kindlich zu fragen, als erstes Bauelement des Radnetzes weg? Was machte sie anders? Wie sah sie aus, wo lebte sie und wann? Und in welchen Genen mutierte sie weiter und weiter und weiter? Über welche Zwischenformen des Netzes? Bezeichnet *Zygiella,* die einen Netzsektor einspart, den Anfang und eine solche wie *Hyptiotes,* die nur einen Sektor noch baut, das nahe Ende des Wegs zur Bolaspinne?

Und wo steckt der Sinn im Gesetz von der evolutionären Antriebskraft der Ökonomie für die Zuchtwahl, wenn jene Spinnen, die noch immer komplette Radnetze bauen, darin mitnichten Hungers sterben? Und warum summierten sich diese in Äonen sich reihenden Zufälle der Genmutationen gleich in drei Kontinenten – Afrika, Australien und Amerika – zu Bolaspinnen? Ist die umstrittene Wegenersche Kontinentalverschiebungstheorie etwa die – auch erdzeitgerechte – Antwort?

Darwins Evolutionstheorie ist ein der Bewunderung würdiges grandioses Denkgebäude, dessen Dach an die Sterne des Kopernikus stößt. In seinen von der Wissenschaft selten betretenen Kellern freilich türmen sich die unbeantworteten Fragen.

Nach Aufgabe der Picknick-Idee schworen wir noch einem weiteren Urlauberklischee ab: am Strand zu liegen, zu baden. Viele dieser sardischen Strände drehen dem halbwegs sensiblen Besucher den Magen um. Übersät mit Abfällen der mobilen Wochenendgesellschaft, die aus den Ballungszentren ans Meer strömt, geben sie dem Wiener Lied des André Heller recht: »Der Mensch is a Sau...« Leere Flaschen zu Tausenden, heil und zerschlagen. Papier überall, fettig. Stinkende Konservenreste. Becher und Büchsen aus Plastikmaterial, das nicht zerfällt. Exkremente unter den mit Schatten lockenden Juniperusbäumen, fliegenübersät.

Dabei sind diese Strände keineswegs verlassen. Sonntag für Sonntag hockt halb Sassari, halb Cagliari inmitten dieser Müllhalden, reichert sie ungeniert mit neuem Unrat an und ist heiterster Laune, blind für die Zerstörung einer Landschaft. Da fällt es leicht, den Blick auf die Spinnen zu verengen.

Ein Coca-Cola-Phänomen ist der im Süden, in Meernähe, durch Passanten nicht zu genierende öffentliche Austausch von Zärtlichkeiten handgreiflichster Art in Automobilen auf den Parkplätzen am Strand. Der Sonnenuntergang bewährt sich als Aphrodisiakum. Zu Dutzenden stehen dann die kleinen Autos aufgereiht, die Windschutzscheiben nach Westen gerichtet, und während die eben Angekommenen mit Blicken ins Sonnenrot noch Stimmung oder Mut tanken, sind die anderen schon ineinander versunken. Auf die freiwerdenden Parkplätze der schließlich erschöpft Frustrierten – zur Konsumation der Leidenschaft kommt es in Anbetracht von Ort und Stunde kaum – warten schon die nächsten Liebenden. Die Emanzipation der sardischen *ragazza* vom rächenden Messer des Vaters, des Bruders geschieht unter Kichern und Stöhnen im Duft von hochoktanigem Supercortemaggiore und Shell X-100. Ernst, der in seiner Studienzeit aus Sardinien neben Opuntienspinnen auch Erinnerungen an Platonisches unter Oleander zurück nach Bonn gebracht hatte, strich Sardinien in sich aus. Coca-Cola war plötzlich überall.

Es streikte dann auch noch das Personal von Alitalia. Wir saßen sechs Stunden lang auf dem ungastlichen Flugplatz von Cagliari herum und nährten uns von Gerüchten: In zwei Stunden geht eine Maschine nach Mailand, es geht heute überhaupt kein Flugzeug mehr. Es gibt noch eine Verbindung nach Rom mit Anschluß an einen Lufthansaflug in die Bundesrepublik, der Flugplatz von Rom ist geschlossen. Dann plötzlich, und in jeder Hinsicht aus heiterem Himmel, kam eine Maschine, die uns quer über den Stiefel hinweg nach Bologna brachte. Vier Stunden Dösen auf modernistischen Stühlen, ein pappiges Sandwich im Magen. Aus allen Himmelsgegenden fielen verstörte, aus dem Gleis ihrer festgebuchten American-Express-Weltbetrachtung geworfene Reisegesellschaften ein, Frauen meist. Die älteren trugen dicke Schminke, die jungen dünne Jeans, Coca-Cola überall. Nach neun Stunden auf stickigen Flugplätzen mit der Sicherheit, in Mailand für diesen Tag endgültig hängenzubleiben, wuchsen die Aggressionen. Ich spielte mit der sardonischen Idee, ein paar Schwarze Witwen freizulassen, die ich im Handgepäck, diskret in Glasröhren verwahrt, bei mir trug, begnügte mich dann aber damit, zum Schrecken von Ernst unter deutlichem Ansehen der weiblichen Personen, die füllig und in Fülle um uns herumstanden, nicht eben leise lateinische Vokabeln zu memorieren: *Mons pubis, natis, mammiculae, umbilicus.* Es lag ja alles offen genug zutage. Als ich dann noch zu den Adjektiven *obesus, umidus, crassus* überging, entzog mir Ernst unter Hinweis auf den Ursprung des Italienischen aus dem Lateinischen das lose Wort. »Alitalia announces its flight number 114 to Milano...« Es wurde auch nachgerade Zeit. Nach einer halben Stunde waren wir in Mailand.

Der Flugplatz quoll über vor Gestrandeten. Wir holten unseren Spinnenkoffer vom Zoll. Man würdigte ihn keines Blickes, schon gar nicht von innen, und ich hatte mich so darauf gefreut. Nach zwei Stunden Schlangestehen vor einem Schalter in der Hoffnung auf eine Anschlußverbindung nach

Stuttgart machte der Schalter zu. Großes südländisches Theater. Flüche und Tränen. Wir deponierten die Spinnen in einer Gepäckaufbewahrung, buchten auf Kosten von Alitalia ein feines Hotel und fuhren in die Stadt.

Der Dom sei sehr schön, sagte Ernst versuchsweise. »Sicher, sicher«, sagte ich. Wir waren schon zu lange unterwegs. Da half nur Wein.

Mann aus Apulien

Als 1986 das umfangreiche Buch »Mann aus Apulien. Die privaten Papiere des italienischen Staufers Friedrich II., römisch-deutscher Kaiser, König von Sizilien und Jerusalem, Erster nach Gott, über die wahre Natur der Menschen und der Tiere, geschrieben 1245–1250« erschien, reagierte die literarische Öffentlichkeit mit Erstaunen, Respekt und auch Bewunderung. Was als die späte »Geburt« des Schriftstellers Horst Stern erschien, ist in Wahrheit nur eine entschiedene Gewichtsverlagerung in einer lebenslangen Ambition: gut zu schreiben.
Die hier abgedruckten Passagen aus dem Roman sind Notate der Fieberphantasien des todkranken Kaisers. In ihnen verschränkt sich die politische Vision mit Bildern aus der Jagd und Falknerei, dem Kernbereich des vorwärtsweisenden Natur-Wissens bei diesem mittelalterlichen Herrscher.

Et cetera, et cetera. Während ich so das Vergangene stilisiere, beginnt mir, zum wiederholten Mal in diesem Jahr 1250, das Gegenwärtige zu den Hinterbacken hinauszulaufen, und sein übler Geruch verdirbt mir den Geschmack am Verfertigen von Feinsinnigem. Mein fiebriges Gedärm löst die Schichten meines Lebens auf und verquirlt mir im Kopf Geschehnisse, Orte und Zeiten. Die Wörter verwesen in mir schon, noch während ich über ihnen brüte. Die Sätze brechen ein, während ich sie konstruiere. Bald wird nichts mehr in mir sein, das Substanz genug hätte, auch nur einen kleinen Gedanken zu tragen. Hohl sind längst auch die Knochen. Und während mein Leib zwischen Lager und Latrine auf kotiger Spur in die Nacht stürzt, fliegt mein Geist schwerelos in die Sonne. Von dünnen, hornschuppigen Stelzbeinen, die im Auffliegen erdwärts hängen, tropft die modrige Nässe der Rheinaue und legt eine mitlaufende Spur aus sich verkettenden Ringen auf das stille grüne Wasser. Aber der Abwind meiner Flügel, die träge, gleichwohl mächtig, die dichte Luft des unteren Himmels zu schlagen beginnen, zerreißt diese Kette zwischen mir und der Erde schließlich, und ich bin frei. Wärme umfängt mich und trägt mich in die Höhe. Es ist die Luft, die das Gebirge an seinen heißtrockenen Südhängen ersteigt und mich auf ihrem Rücken mit sich nimmt. Die Handschwingen an den Enden meiner breiten Flügel wispern, als berieten sie sich über meinen Kopf hinweg über Richtung und Steigwinkel unseres Fluges. Der daunige Flaum der Bauchfedern nimmt die zittrigen Schenkel auf, die Füße falten die verkrümmten Zehen ein. Der lange Hals kurvt sich zwischen den Flügelbögen zum S wie Süd, und dorthin auch sticht der Lanzenschnabel ins Blau. Während das kleine Gebirge unter mir sich nach und nach mit der Rheinebene gemein macht und der Dunst die Farben auslöscht, und während fern am Horizont sich das große Gebirge der Alpen entfaltet, höre ich in der Stille des Mittags deutlich die sonore Stimme Alberts, wie sie zum Herrn Friedrich sagt: *Ein Purpurreiher, sieh!* Worauf Herr Friedrich lacht und mir mit einem Wink an sein Gefolge einen Falken heraufschickt. Herr Friedrich ist selten ohne Falken.

Zweites Jagdstück: Der Reiher

Um rascher steigen zu können, entleere ich den Darm in einem langen kalkweißen Strahl und werfe auch den angegorenen Inhalt von Magen und Schlund aus. Als der Aufwind, der mich rasch Höhe gewinnen läßt, mir die Gerüche davon zuträgt, denke ich voll Trauer: *Immer hast du mit deinem Innersten den Himmel beschmutzt!* Ich trage ein Kleid aus abertausend purpurn leuchtenden Schreibfedern, und ihr düsteres Leuchten kommt nicht vom lebendigen Blut in ihren Kielen, auch nicht vom Widerschein des Sonnenlichts auf ihren luftgefüllten Strahlen. Es kommt von der an meinen Federn getrockneten Tinte auf den abertausend Bluturteilen, Polemiken und Pamphleten, die meinen Namen und meinen Geist in die Geschichte tragen werden. Und während nach Darm, Magen und Schlund sich auch noch mein Kopf erleichtert, indem ich Schuld bekenne an den staatlichen Lügen und privaten Beschönigungen, an den großen Worten und den kleinen Wahrheiten dieser Bluturteile, Polemiken und Pamphlete, denke ich, abermals voll Trauer: *Immer hast du, wenn du schriebst, dich ein bißchen mehr beschmutzt! Zu lange glaubtest du, dein Sprachkleid leuchte aus der Tiefe deines Wesens. Aber es war nur das Irisieren getrockneter Tinte.* Als dann der Sakerfalke des Herrn Friedrich auf mich niederstößt, begegne ich seiner sausenden Annäherung, indem ich ruhig, den Tod mehr ersehnend als fürchtend, den Kopf himmelwärts nehme. Ich suche mit den Augen mein Ziel, das Gott heißt, nicht hingegen fixiere ich den Weg dorthin, der zufällig ein Falke des Herrn Friedrich ist. Aber Gott weist mich ab. Der Falke spießt sich an meinem langen scharfen Schnabel auf, und ich schleudere ihn mit abwärts stechendem Hals in die Tiefe, Herrn Friedrich vor die Füße. Der Falke klagt jämmerlich. Herr Friedrich, ich höre ihn deutlich, sagt rätselvoll: *Ich besiege mich selbst, oder es besiegt mich keiner.* Daraufhin fliege ich fort, in Richtung auf die Alpen, nach Italien. Herr Friedrich schaut mir dabei während des ganzen Fluges von unten zu. Sein Gesicht dehnt sich lang und breit in die Fläche und liegt alsbald mit den Abgründen seiner Falten, den Bergen seiner Knochen, den Seen seiner Augen und den Wäldern seiner Haare riesenhaft auf dem Land. Herr Friedrich zwingt dem Land zwischen Aachen und Palermo sein Bild auf, aber nur die Vögel können es sehen, und alle Vögel zwischen Aachen und Palermo haben es so gesehen, Tag für Tag, Jahr um Jahr, während er lebt: dieses ubiquitäre Antlitz des Herrn Friedrich, der das Staunen der Welt ist und ihr Verwandler, ein Antlitz, das stets dem Himmel zugewandt ist, auf Glauben nicht aus, Wissen fordernd, nur den eigenen Augen vertrauend, und es sind Augen, die um der Nähe zu den Vögeln willen sich die Vögel vom Himmel holen, zu welchem Zweck Herr Friedrich ihnen seine Blicke schickt, die wie sanfte, gleichwohl zwingende Falken sind. Auf magische Weise dem Himmel entrissen, lassen sie sich in Herrn Friedrichs Wimpern nieder, die als Bäume das abgrundtiefe Blau seiner riesenhaften Augen umstehen. Sie nisten in den herbstroten Wäldern seines Haars oder setzen ihre Gelege in den weitverzweigten Höhlen seiner Ohren ab. In seinen seltenen Tränen spiegeln sich die kostbaren Arten, im Schweiß seiner Stirn baden die gemeinen. Herr Friedrich ist voll von Vögeln. Nun jagen Wolken über seinem Antlitz dahin und verschatten es tief mit wandernden Dunkelheiten wie mit sichtbar gewordenen schwarzen Gedanken. Regen fällt und strömt, Tränenbächen gleich, von den Höhen der Backenknochen beiderseits des Nasenrückens entlang, vorbei am schrundigen Bergmassiv des Mundes kinnwärts, talwärts. Dann öffnet sich der Mund zu einem großen bebenden Krater und stößt unter dem alptraumhaften Stöhnen des Herrn Friedrich Gedankenasche aus, bis hoch an die Wolken, wo sich an den toten Wörtern der Asche das Wolkenwasser zu Schneeflocken kristallisiert; sie geben Herrn Friedrichs Antlitz bald das Aussehen einer weißen Totenmaske. Längst hat er die Augen geschlossen, und so entkomme ich seinen saugenden Blicken über die Alpen. Erst beim Überfliegen der Sümpfe von Parma trifft mich in der nebligen Frühe eines neuen Tages wieder sein allgegenwärtiger Blick. Er trifft mich diesmal voll und holt mich aus dem Himmel. Steingleich stürze ich vor die Hufe seines Pferdes. Trotz seines vorgeschrittenen Alters gleitet Herr Friedrich geschmeidig aus dem Sattel und rammt mit beherztem Zugriff meinen langen Schnabel tief in die lombardische Erde, als haßte er sie und wollte sie strafen. Der Schmerz im Genick wirft mich auf meinen rechten Flügel, was Herr Friedrich, der alles weiß über die Reaktionen der Vögel auf Freud und Leid, voraussah, denn nun kann er sich, während einer seiner Falkner meine schlegelnden Beine fixiert, mit flinken Fingern daranmachen, mir das Brustgefieder auszureißen, so daß bald schon mein nacktes Fleisch als Lockspeise für den neuen Sakerfalken des Herrn Friedrich zutage liegt. Alsdann stellt er mir den Saker, der am Reiherfleisch Geschmack gewinnen soll, auf den Leib, und die Dolche der Falkenhände dringen mir sogleich tief in Hals und linke Schulter. Ich schreie durch die erdfreie Nase, und also in unreinen Tönen, was sehr zu Herrn Friedrichs Verdruß ist, denn Herr Friedrich liebt die Beizjagd in allem rein. Verdruß auch bereitet es ihm, daß sein Saker mich zwar mit beiden Flügeln besitzergreifend mantelt, aber von meinem Brustfleisch nicht kröpfen will. Ein Falkner sagt: Brich dem Reiher die Knochen auf, Herr, und gib dem Saker das Mark! Herr Friedrich hält davon nichts, sagt es und befiehlt statt dessen, die Hunde fortzuführen, denn er weiß, daß Sakerfalken Hunde fürchten. Aber auch das bewirkt, ausgeführt, beim Saker keinen Fortschritt in Richtung auf einen kunstgerecht auf den Reiher abgetragenen Falken. Herr Friedrich, der voll ist von Wissen über die Vorlieben und Abneigungen der Beizvögel, weiß neuen Rat. Er entnimmt seinem Gürtel ein Jagdmesser und schneidet mein Brustfleisch an, das der Saker verschmäht. Nicht sehr tief schneidet er, nur gerade so viel, daß mein Blut zu rinnen beginnt. Da stößt der Saker einen kehligen Schrei aus und fängt an, mir das Muskelfleisch vom wild schlagenden Herzen zu reißen. Ich stöhne meine Qual in die Erde. Doch bevor der scharfe Falkenschnabel mein Herz erreicht, läuten an diesem neuerlichen Tag des Unglücks und des Elends, des Zorns auch für Herrn Friedrich, die Sturmglocken von Vittoria. Vittoria ist eine von Herrn Friedrich eigens zur Belagerung von Parma in dessen Nähe erbaute Stadt und ihr Name eine Vorwegnahme des kaiserlichen Sieges über das Herrn Friedrich von jeher verhaßte päpstlich-guelfische Parma. Nun endlich will er es von der Erde tilgen und Vittoria an seine ungefähre Stelle setzen. Vittoria hat acht Tore in seinen festen Mauern. Die Mauern stehen auf der Spur eines Pfluges, mit dem Herr Friedrich nach römischem Muster die Grenzen der zu bauenden Stadt auf die lombardische Erde zeichnen ließ. Vittoria hat auch einen neuen Fluß. Man leitete ihn in die Stadt, damit Wasser fließen kann auf die Mühlen für das Brotgetreide des Heeres. Straßen hat Vittoria und viele feste Häuser, einen Markt und Kaufläden dazu; auch einen Palast. In diesem Palast lebt Herr Friedrich dem Untergang des hungernden Parma entgegen. Die Zeit bis dahin, die wächst und wächst, vertreibt er sich mit Jagdausflügen in die parmensischen Sümpfe, mit dem Studium der Tiere im allgemeinen und dem der Beizvögel im besonderen; über sie hat er sogar ein dickes Buch mit dem Titel *De arte venandi cum avibus* geschrieben, mit kostbaren Tierbildern von eigener Hand, so daß sein leiblicher Sohn Manfred aus der Bianca Lancia, der unter allen kaiserlichen Söhnen Herrn Friedrich in allem am meisten nachgeraten ist und jetzt bei ihm weilt, dieses Buch zum Staatsschatz zählt, der in Vittoria verwahrt ist. Vittoria birgt auch die Staatskanzlei, in der das Reich verwaltet wird. Hofkammer und Hofgericht, Jagdtroß und Menagerie. Vittoria ist also, während Parmas Belagerung dauert, der Nabel der abendländischen Welt, und geschmückt ist er nach morgenländischer Sitte mit den Saphiraugen, Rubinlippen und Elfenbeinleibern sarazenischer, von Eunuchen bewachter

Mädchen, denen Herr Friedrich vor den Toren der neuen Stadt neue Lusthäuser in neuangelegten Gärten zuwies. Vittoria ist der ganze Stolz des Herrn Friedrich. Und Vittoria brennt. Ein Scheinausfall der Parmenser lockt die staufische Besatzung aus Vittoria heraus, weit ins Land. Und Herr Friedrich weilt auf der Jagd. War Vittoria nicht sicher hinter den neuen Mauern? Aber die Sicherheit wird leicht zur Mutter des Schadens. Andere Parmenser, Männer, Weiber, Kinder, brechen ins entblößte Vittoria ein und machen die Stadt zu ihrem Freudenfeuer. Anderthalbtausend Kaiserliche in ihrem Blut, zweimal so viele gefangen. Thaddäus von Suessa, Herrn Friedrichs Großhofrichter und Sachwalter vor dem Papststuhl in Lyon, erschlagen, die Staatskanzlei verwüstet, der Staatsschatz geraubt, die Mädchen, die Tiere getötet oder zerstreut, Herrn Friedrichs Zepter und sein sizilisches Königssiegel verloren, seine Prunkkrone von einem stadtbekannten zwergwüchsigen Menschen namens Cortopasso unter dem Gelächter des Pöbels davongeschleppt. Und mein Buch? fragt Herr Friedrich tonlos den Boten. Darauf gibt es keine Antwort. Was wiegt ein Buch und was eine Krone? Manfred nimmt mir den Sakerfalken vom Leib. Viel Kostbareres hat Herr Friedrich nun nicht mehr. Er ist als einziger tief in Gedanken. Er schaut mir dabei zu, wie ich aus offener Brust in die Erde blute. Er sagt in mein Erwachen hinein dunkel:

Nie zuvor kam ich meinem Herzen so nahe.

Unter tausend Sätzen nur dieser eine, der gewiß ist und zum Niederschreiben taugt. Sonst nur Bilder. Ihre Ideen und Gestalten, ihre Farben und Konturen sind so fließend, daß die Veränderung auch nur eines einzigen Wortes aus den tausend Sätzen, mit denen ich die Bilder wie mit Rahmen und Firnis zu fixieren versuchte, eines einzigen Wortes, das Atom ist und nicht nur Chiffre zur Benennung des leeren Raumes zwischen den Wortatomen, daß also, sage ich, eine solche minimale Veränderung das ganze Bildgefüge bis hin zur Auflösung aller

Bilder verändert. Nichts ist wirklich, und alles ist wahr. Und wahr ist auch das Umgekehrte: Nichts ist wahr, und alles ist wirklich. In dieser Umkehr der Gleichung stecken Wahrheit und Logik der Träume. Auch ihre Botschaft, die heißt: Ich werde sterben. Das ist nun, so allgemein gesagt, banal, so als sagte man, der Regen sei naß. Aber: *bald* – darin liegt die eigentliche Bedrohung. Ich entnehme diesen Zeitfaktor der Tatsache, daß ich im Traum mit mir und über mich durch Hand und Maul anderer rede, die mit Hand, Huf und Klaue ein Bild von mir in den rinnenden Sand meiner ablaufenden Uhr zu zeichnen versuchen. Und sie reden mit mir wie mit einem, nun, sagen wir: Abgelebten, denn dies Wort ist angenehm ungenau, sowohl was die Sache selber betrifft, den Tod, als auch den Zeitpunkt seines Eintritts. Es irrlichtert dies Wort auf der Grenze zwischen *gerade noch am Leben sein* und *gerade tot* und ist für beide Zustände zu verwenden. Den Zuversichtlichen, zu denen ich mich zähle, allen politischen und körperlichen Widrigkeiten zum Trotz, läßt es Hoffnung, weil es ihnen einen Rest von Leben läßt.

Es ist Papier genug beschmutzt. Ich werde nicht damit fortfahren, immer aufs neue, nach jedem Anfall von Dysenterie, die Symptome meiner elenden Magen- und Darmschwäche aufzuschreiben. Mit Ekel und Unruhe registriere ich bei mir einen inneren Zwang zur Beschäftigung mit den eigenen Exkrementen. Die Rückkehr der Infantilität ist die Ankunft der Senilität. Längst schon ist auch mein Gehirn infiziert. Die Gedanken, die auf meinen Gängen in die Würdelosigkeit immer dabei sind, bewahren noch lange Zeit danach, wie eine beschmutzte Hand, die Ausdünstungen der inneren Auflösung in Form einer dann mein Denken beherrschenden Beschäftigung mit Anamnese, Diagnose und Therapie meiner Krankheit. Es weichen solche Gedanken nur noch den Schreckensbildern meiner Fieberträume, und darum seien sie mir willkommen, sind sie doch wie saubere Reißzähne in einem stinkenden Maul! Diese Metapher kommt mir nicht von ungefähr in den Sinn; meine Träume sind von Tieren bevölkert. Im Karneval, den meine Delirien ihnen bereiten, tragen sie Verkleidungen und Masken, in denen ich mich zu erkennen glaube. Sie sprengen die Käfige und Gehege, die mein aristotelisch beeinflußtes Denken ihnen zwischen Pflanze und Mensch anwies, indem es ihnen eine nur dumpf fühlende Seele zubilligte, die von keiner Verstandestätigkeit erhellt ist. Und nun, freigesetzt durch mein Fieber, fliegen sie durch die verhangenen Himmel meiner Träume, klettern im Dickicht meiner Gedanken, schwimmen im Blut meiner Taten und wühlen sich in den Schlamm meiner Sünden. Tiere überall. Sie denken und sie reden, haben Erinnerung und sogar die Gabe der Prophetie – wahrhaftig, ich bin Zeuge des Sündenfalls der Tiere, ihres Abstiegs zum Menschen! Aber das muß ein Irrweg sein, denn niemals kann Schuld Unschuld zu anderem hinführen als zu Schuld. Der wilde Falke, der eine Taube ergreift, handelt nach seiner Natur. Der Beizfalke aber, den ich lehrte, einen Kranich zu schlagen, mordet. Indem ich ihn mir gegen seinen Willen angleiche, was heißt, daß ich meine Wünsche, die nicht die seinen sind, durch Dressur zu den seinen mache, präge ich meine Natur der seinen auf, ganz so, wie ich mein Bildnis dem Naturprodukt Gold aufpräge, wodurch es zu einer Münze mit festem Tauschwert wird, ein anderes jedenfalls, ein Künstliches. Schärfer gesagt: Ich entarte den Falken. Noch schärfer: Ich lasse ihn meine aufs Töten gerichteten Lüste begehen.

Lange Zeit sah ich darin eine Veredelung der primitiven Falkenseele, die Erhebung eines Niederen in den Stand eines Höheren, und darum hohe Kunst. So sagte ich es auch immer, weil ich lange mit Aristoteles glaubte, es seien die Tiere allein um des Menschen willen da und darum auch, so folgerte ich, für sein Vergnügen, das er in der Jagd auf sie findet. Heute, gegen Ende meines Lebens, zu spät für Folgerungen praktischer und literarischer Art, nagen Zweifel an mir. Möglich, daß dieser Mönch aus Assisi sie mir vor mehr als zwanzig Jahren eingab; jedenfalls wollen sie mir sagen, daß die Tiere Wesen sui generis seien, um ihrer selbst willen auf der Welt, zu keinem anderen Zweck, und daß alles, was wir mit ihnen anstellen, mißbräuchlich ist, gleichgültig, ob es aus Liebe zu ihnen geschieht, was sie bastardiert, weil es ihre bescheidenen Seelenkräfte auf den Menschen richtet statt auf das Ausleben ihrer eigenen Natur; ob es aus Gründen ihrer Verfolgung durch Jagd geschieht, was ihr Leben der Zufallsgnade einer unruhigen Jägerhand oder eines zaghaften Hundeherzens ausliefert und ihren Tod dem Zufallsdatum eines Jagdtages; oder ob es sich um die Nutzung ihres Fleisches handelt, was die Schlachttiere, solange sie leben, zu Gefäßen für die Frischhaltung menschlicher Nahrung degradiert.

Das ist nun zwar eine andere, philosophische Art der Deutung als die religiös-anthropomorphe, die dieser umbrische Heilige den Tieren gab, aber doch auch keine ganz und gar andere. Wir beide, er und ich, nahmen die Tiere, einfach gesagt, für voll. Bei ihm wurde daraus: das brüderliche Tier; bei mir: das autonome. In einem meiner Träume letzthin sah und hörte ich ihn den Tieren auf dem Feld das Evangelium predigen – mit Gewinn, denn Ochs und Esel verstanden nun die Bergpredigt, obwohl sie ihnen eigentlich nicht gegolten hatte. Wölfe zogen die Lefzen herab, über die Reißzähne, deren Gebrauch sie abschworen. Schafe blökten ihre neue Liebe zum himmlischen Hirten in die Welt hinaus, und beide, Wölfe wie Schafe, versprachen dem Heiligen, die Vision des Propheten Jesaja von einem Zukunftsreich wahrzumachen, in welchem sie beide einträchtig zusammenleben würden. Elstern und Raben bereuten unter demütigen Verneigungen gegen Franziskus, die begleitet waren von einem affirmativen Schwanzwippen, ihr Stehlen. Füchse beichteten ihm mit schiefem Lächeln ihre Verschlagenheit. Hunde schämten sich jaulend ihrer Lust am Wälzen in Aas. Katzen zeigten sich geniert ob ihres peinlichen Brunstgeschreis. Spatzen klagten sich der Geilheit an und Kuckucksweiber der seelischen Abtreibung. Die Schweine versprachen ein Sonntagsbad, und die Lerchen in der Luft jubelten zu alledem ein Halleluja. Nur eine Schlange kroch schweigend davon. Sie tat es hocherhobenen Hauptes, die Giftzähne unter leisem Zischen entblößt, die gespaltene Zunge sichernd vor dem Maul, die Augen voll von böse glitzerndem Gold. In jenem Augenblick der Wahrheit hörte ich die Stimme Gottes: *Nur um dieser einen Aufrechten willen, die der um sich greifenden Vermenschlichung der Tiere widersteht und allein ihren Schöpfungsauftrag lebt, will ich die anderen verschonen! Geh zu den Menschen, wenn Du predigen willst,* redete die Stimme den Mönch an, *gehst Du zu den Tieren, dann schaue und denke…*

Drittes Jagdstück: Der Adler

Die Stimme ist nahe an meinem Ohr, denn ich fliege in sehr großer Höhe. Von der Erde aus gesehen bin ich der Punkt hinter Gottes Diktum über die Tiere. Schlaglos ruhen meine Flügel mit ihren Handschwingen auf den Rändern meines Franziskus-Traums und denen eines ihm benachbarten neuen, in welchem ich Herrn Friedrichs staufischer Adler bin, sein Auftrag und sein Gewissen. Herr Friedrich liegt tief unter mir rücklings auf dem Imperium. Er wirft sich in schlimmen Schmerzen. Seine Füße mit den goldenen Sporen an den rehbestickten Stiefeln traktieren Worms. Seine Unterschenkel im Beinkleid aus byzantinischer Seide beschweren Bayern und Burgund. Unter seinen angehobenen Knien ziehen sich die Alpen hindurch und schicken Eiseskälte in sein Blut. Die von tausend langen Ritten gestählten Oberschenkel unter einem Rock aus der seidigen Wolle tarentinischer Schafe pressen das lombardische Reichsitalien, Mailand und Parma vor allem, denen Herr Friedrich nachsagt, sie zögen die Üppigkeit einer ungebundenen Freiheit der Ruhe von Frieden und Gerechtigkeit vor. Sein Gesäß lastet auf der von ihm abgefallenen Stadt Viterbo, zu deren Zerstörung, so hat er rachsüchtig geschworen, er sogar einen schon ins Paradies gesetzten Fuß noch einmal zurückziehen würde. Sein Kreuz überwölbt drohend das Patrimonium Petri; könnte er, er machte Rom zu seiner Kloake. Die Schultern hat Herr Friedrich zwischen die ihm freundlich gesinnten Städte Andria am Adriatischen und Salerno am Tyrrhenischen Meer gebettet, sein Haupt auf das waldige Kissen seiner geliebten Provinz Basilicata. Im unruhigen Werfen des Kopfes, wobei ihm der Kronreif mit dem Adlerbild, das ihn zum Ersten unter den Königen machte, abfiel und in die Straße von Messina rollte, wo er versank, gehen Herrn Friedrichs Blicke sorgenvoll zwischen seinen beiden Sizilien, der Insel und den Festlandprovinzen, hin und her: Was soll ohne ihn aus dem mütterlichen Erbe werden? Herr Friedrich leidet auch sonst Schmerzen. In seinem Fleisch stecken viele Pfähle, die ihn an die Erde spießen. An manchen, beileibe nicht an allen, ist ein Fetzen Papier angeheftet, auf dem jeweils ein Name steht, wie man es vom Kreuz Christi her kennt. So trägt der Pfahl, der Herrn Friedrichs Füße bei Worms an die Erde nagelt, den Namen seines ältesten Sohnes, des siebenten Heinrich, der König in Deutschland war. Im rechten Oberschenkel stecken Herrn Friedrich gleich dreihundert Pfähle. Sie tragen die Namen ebenso vieler Mantuaner und Ferraresen, die dem von den Kaiserlichen belagerten Parma mit Lebensmitteln zu Hilfe kommen wollten, aber ergriffen und auf einen Streich gehängt wurden. Im linken Oberschenkel stecken noch einmal dreihundert Pfähle, es können auch mehr sein. Sie erinnern an die mailändischen Patarener und die allgemeinlombardischen Comnistos und Communellos, die unter Herrn Friedrichs Ketzergesetzen, mit denen er (sic!) als erster Kaiser das Reichsschwert der Inquisition dienstbar machte, ins Feuer mußten, obwohl sie auf zivile Bürgermündigkeit aus waren, auf mehr Stadtfreiheiten, nicht auf einen anderen Gott als den, welchen auch Herr

Friedrich hat, wenn er einen hat – wer kann das wissen? Herr Friedrich setzt ein Verbrechen gegen seine Majestät einem Verbrechen gegen Gott gleich, nicht weil er sich wirklich für Gott hielte, sondern weil er den und dessen ersten Vikar, den Herrn Papst, zur Festigung des Staates durch Abwendung der Menschen vom irdischen Jammertal hin zu einem postmortalen Paradies eben braucht. Aber selbst der große Pisaner Mathematiker Lionardo Fibonacci, den Herr Friedrich über die Maßen schätzt, kann eine Gleichung nicht lösen, in der man mit zwei bekannten Größen, nämlich Kaiser und Papst, eine dritte, unbekannte suchen muß, nämlich Gott, von der den Menschen alles Heil kommen soll: Herr Friedrich hat nichts gegen den Papst. Er will nur einen andern. Herr Innocenz hat nichts gegen den Kaiser. Er will nur einen andern. Beide haben sie nichts gegen Gott. Sei wollen nur jeweils einen andern, einen päpstlich gesinnten der Herr Papst, einen kaiserlich gesinnten der Herr Kaiser. Darum sagen manche, es seien nicht die Katharer und die Patarener, nicht die Comnistos und die Communellos die wahren Ketzer, sondern der Kaiser und der Papst. Im Bauch des Herrn Friedrich tief unter mir stecken die Pfähle derjenigen unter den Kirchenfürsten, spanischen zumeist, die er 1241 auf dem Tyrrhenischen Meer, bei der Insel Giglio, während die Prälaten per Schiff nach Rom unterwegs waren – zu einem Konzil, von dem Herr Friedrich erfahren hatte, daß es ihn schmähen sollte –, gefangennehmen und in seinen sizilischen Kerkern umkommen ließ. Nah bei seinem Herzen ist ein Pfahl eingestochen, der ihm besonders schlimme Qualen bereitet. Auf dem Papier daran liest man: Petrus de Vinea, einst Kanzler des Reiches, Feder, Mund und Freund des Kaisers. Die Brust schließlich ist Herrn Friedrich durchbohrt von den Pfählen, die für die mit den vier Elementen aus den vier Elementen verstoßenen Anführer der 46er Beamtenverschwörung gegen sein Leben stehen. Auf der Erde zu Tode geschleift, in der Luft erhängt, im Feuer verbrannt oder im Wasser ertränkt wurden Tibald Franziskus, Pandulf von Fasanella, Jakob von Morra und viele andere, denn Herr Friedrich verfolgt Verräter bis ins zweite und dritte Glied ihrer Sippen. – So liegt er nun da, er, den viele, die ihm einst anhingen, nun einen *rex tyrannus* nennen. Um sich eine letzte Freude zu machen, befiehlt er den Kustoden seiner über ganz Apulien verstreuten Jagdkastelle, ihm alle seine Falken, Habichte und Bussarde zu schicken, die sie in Verwahrung und Ausbildung haben. Das geschieht, denn alle Menschen und Tiere können Herrn Friedrich hören. Ein Brausen von Flügelschlägen und ein Sausen von Schwungfedern erfüllt die Luft; eine dunkle lebende Wolke aus Raubvogelleibern schiebt sich zwischen mich hier oben und Herrn Friedrich dort unten. Sie deckt ihn von Foggia in Apulien bis nach Grosseto in Tuszien. In der Lombardei und in Deutschland hält er keine Beizvögel. Als das Brausen verebbt und die Wolke sich lichtet, sieht man auf jedem einen Namen tragenden Pfahl einen Greifvogel sitzen. In großer Erregung, wie sie Beizvögel unmittelbar vor der Jagd befällt, treten sie auf dem Kopfholz der Pfähle von einem Fuß auf den andern. Das bringt die kleinen silbernen Glocken zum Klingen, die Herr Friedrich seinen Vögeln nach orientalischem Brauch an das lederne Geschüh nähen läßt, damit seine Falkner einen Beizvogel, der sich während der Jagd verstoßen hat, leichter wiederfinden. Nun klingt es von den Füßen der Vögel geradeso, als zeigten tausend Sterbeglocken zwischen Foggia im Süden und Grosseto im Nordwesten Italiens mit dünnen Stimmen den Tod des Herrn Friedrich an. Angestrengt und unter Schiefhalten des Kopfes starren die Greife von ihren Pfahlsitzen auf den Leib ihres Herrn hinunter. Kein Zweifel, sie warten auf das Austreten seiner Seele, damit sie diese, wenn sie gen Himmel fliegt, sich zur Beute machen können. Aber Herr Friedrich stirbt, ohne daß eine Seele vorher oder nachher aus ihm ausgetreten wäre. Als er tot ist, erkennen die Vögel ihn nicht mehr und nehmen, statt seiner Seele, seinen Leib zur Beute. Von ihren Sitzen stürzen sie hinunter auf die sein Kleid durchblutenden Wundränder am Eintritt der Pfähle in Schenkel, Bauch und Brust und holen sich auf dem kaiserlichen, seelenlosen Aas einen vollen Kropf.

Da erscheint Manfred, Herrn Friedrichs Lieblingssohn aus der piemontesischen Markgräfin Bianca Lancia, seiner vierten Frau. Manfred lockt den staufischen Adler aus dem Äther, indem er ihm einen Vorlaßhasen zeigt. Der Adler folgt sogleich, und das Sausen seines Sturzflugs und der breite Schatten seiner Flügel jagen die Leichenfledderer auf und zerstreuen sie in alle Winde. Über italischem Boden stehend, die Flügel besitzergreifend gespreizt, hält der mächtige staufische Adler einen leeren, stinkenden Hasenbalg in seinen Händen. Manfred beweint seinen Vater und dessen Adler.

Sintra – diesseits von Eden

In der Zeitschrift »Geo« erschien im Mai 1989 Horst Sterns Essay über den portugiesischen Landschaftsgarten Monserrate bei Sintra, das »Paradies« des englischen Poeten Lord Byron.

Den Koffer noch in der Hand, das Scheppern der Hotelglocke im Ohr, sah ich ihn schon, den Ginkgo. Vergesellschaftet mit einer riesigen Araucarie, hob er seine fleischige, gelbgrüne Blattmasse über das mächtige Hoftor, an dem der Name meines Hotels stand: Quinta de São Thiago.

»Bom dia!« sagte eine leise Stimme in meinem Rücken. Nur zögernd löste ich den Blick vom Ginkgo und wandte mich der Stimme zu. Sie gehörte einem kleinen, sanft dreinblickenden Herrn von schwer bestimmbarer Abkunft. Er war aus einer Seitentür nach draußen gekommen, um mich einzulassen. Den Fremdländer in mir erkennend, wechselte er ins Englische. »Wir haben Gäste«, sagte er und hob Augen und Kinn gegen den Baum überm Tor, »die eigens im Herbst kommen, um den Ginkgo zu erleben, wenn er seine Farben tauscht. Er nimmt dann in jedem grünen Blatt vom Rand her ein buttergelbes Leuchten an, Farben, die in der Fülle der Töne und Blätter betörend sind!« Und er wiederholte das für einen Mann ungewöhnliche Wort: »Enchanting.« Ich dachte, daß es sich gut leben lassen müsse in einem Hotel, in dem man mit einem Gespräch über die Ästhetik eines Baumes begrüßt wird.

Was für ein Baum aber auch! Im »West-östlichen Divan« pries Goethe ihn in einem Gedicht an die Adresse seiner Muse Marianne von Willemer:

Dieses Baums Blatt, der von Osten
Meinem Garten anvertraut,
Gibt geheimen Sinn zu kosten,
Wie's den Wissenden erbaut.

Nach Weimar, wie überhaupt nach Deutschland, war der Gingko erst gegen Ende des 18. Jahrhunderts gekommen, aus China über Japan, wo ein deutscher Arzt im Dienst der niederländischen Ostindischen Kompanie, Kaempfer mit Namen, ihn als häufigen Tempelbaum entdeckt und 1712 beschrieben hatte. Der erste seiner Art, der von Japan nach Europa gebracht worden war, um 1730, wurde 1754 von Holland nach Kew bei London in den Königlichen Botanischen Garten verkauft. Da steht er heute noch, ein mächtiger Baum, respektvoll »The Old Male Tree Ginkgo Biloba« genannt (biloba – zweilappig –, der Form seiner Blätter wegen). Der Weg, der an ihm vorbeiführt, wurde absichtlich nicht asphaltiert, damit der alte Tempelbaum auch an den Wurzeln Wasser und Licht bekommt. Über die botanischen Gärten von Utrecht und Leiden verbreitete der Ginkgo sich dann alsbald über die ganze westliche Welt – zum zweiten Mal in seiner Geschichte.

Der Gingko ist – nach den Baumfarnen – wohl der älteste aller Bäume, ein lebendes Fossil aus der Endzeit des Erdaltertums, als es noch keine Vögel und keine Säugetiere gab. Vor 250 Millionen Jahren schon, sagen die Botaniker, traten seine ersten Familienmitglieder auf, und die letzten 50 Millionen davon existierte er als Art ganz unverändert. Er sah Saurier zur Lebensuntüchtigkeit heranwachsen, sah die ersten Vögel sich vom Boden erheben, erlebte als längst fertiger Baum das Erscheinen immer neuer Säugetierarten und dann – erst kürzlich, aus seiner Sicht – das des Homo erectus.

Während die Erdgeschichte den Ginkgos anderswo klimatisch nicht mehr behagte, überlebte der *Ginkgo biloba* in China, wo er als ein »konservativer Endemit« in splendid isolation die ganze Evolution der Lebewesen und alle seine Feinde aussaß.

Heute, in einem neuen Zeitalter des Baumsterbens, schauen die Ginkgos so strahlend frisch, als wollten sie die Sorgenvollen unter uns fragen: Ist was?, selbst in New York, an der Fifth Avenue, auf den lärmenden, stinkenden Verkehr herab, ohne Schaden zu nehmen an Leib und Seele (die ich einem Baum zubillige). Für viele andere, phylogenetisch weit jüngere Baumarten laufen die Fließbänder von General Motors und Ford, Daimler-Benz und Volkswagen zu schnell, als daß die Bäume Zeit hätten, sich im Wege der Evolution an die automobile Giftfracht anzupassen.

Meine bescheidenen Ginkgo-Kenntnisse machten mich, der ich in der heute üblichen äußeren Verwahrlosung der Reisenden daherkam, in den Augen des kleinen, mich nun ins Haus führenden Herrn akzeptabel in einer Umgebung aus altem englischen Silber, noch älterem chinesischen Porzellan und öfter zu Besuch weilenden Exzellenzen. Darunter rechnet man in der Residenz São Thiago den deutschen Botschafter in Lissabon, einige ältliche, mit dem europäischen Großadel versippte Marquesas und, last not least, den »Pretender to the Throne of Portugal«, wie man einen von der portugiesischen Geschichte längst Vergessenen aus der Braganza-Dynastie hier skurril tituliert.

Mir wurde, meiner Natur-Vorlieben wegen, »The Birds Room« überlassen, eines von zehn nummernlosen Gästezimmern, das nach alten Stichen an seinen Wänden so heißt; sie haben ornithologische Motive, darunter eine Wildente, die mit einer komischen Halsverrenkung nach einer Libelle schnappt. Dieses Bild sowie zwei sich unter meinem Fenster immer wieder genüßlich flöhende Hunde, fünf Sorten Marmelade zum Frühstück, homemade, und immer auch Schwarzbrot auf dem langen Refektoriumstisch im Speisesaal – alles zusammen sollte alsbald bewirken, daß ich mich wohl fühlte und in guter Haltung sogar einen abendlichen Schlips um den Hals ertrug.

Ich schloß die Tür hinter mir; einen Zimmerschlüssel gab es so wenig wie Zimmernummern. It's not gentlemanlike, you know, schien die Ente, deren linkes Auge auf mich gerichtet war, blinzelnd zu sagen.

Während ich sie amüsiert betrachtete, fiel mir auf, daß ihre breiten Watschelfüße ziemlich genau der Form der Ginkgoblätter glichen, weshalb schon die alten Chinesen den Baum, wie ich heute weiß, Ya Chi nannten, Entenfuß. Aber obwohl er Blätter trägt, gehört er nicht zu den Laubbäumen, und obwohl er wie die Koniferen zu den Gymnospermen, den »Nacktsamern« gehört, ist er dennoch kein Nadelbaum. Und so paßte alles auf das schönste Unbestimmte zusammen: der Herr, das Haus und der Baum. Solche marginalen Unbestimmtheiten, das leitet sich von der Quantenphysik her, machen die Zukunft unberechenbar. Sie sind der Stoff, aus dem auf Reisen die kleinen geistigen Abenteuer wachsen. Ich vertiefte mich in Lord Byrons Gedichte. Um seinetwillen, nicht des Ginkgos wegen, war ich nach Sintra gekommen, in sein Glorious Eden.

Sintra, eine gute halbe Autostunde nordwestlich von Lissabon gelegen, in einem mäßig hohen kleinen Waldgebirge und mit dem Atlantik in Sichtweite, ist seit Byrons Zeiten ein touristisches Muß aller nach Portugal kommenden Gebildeten. Kein auf sich haltendes Reisebrevier, das den britischen Poeten und Playboy, Lord und Liederjan nicht aus einem Brief zitiert, den Byron im Juli 1809, kaum daß er seinen Schulden entflohen war, aus Lissabon an einen Freund in England schrieb: »Es ist aber nur gerecht zu sagen, daß das Städtchen

Sintra in Estremadura vielleicht das schönste in der ganzen Welt ist...« Später wird er dichten: »Sieh Cintras glorreich Eden dort sich heben...« Und so weiter im überschwenglichen, oft genug zwischen Kitsch und Kunst einhertaumelnden Wortrausch dieser von Jean-Jacques Rousseau und dessen sentimentaler Natursicht beeinflußten Zeit.

Glorious Eden, da war es heraus, dieses auf den ersten Blick eher leichtgewichtige Dichterwort, das dennoch in keinem Fremdenverkehrsprospekt fehlt, der die Gegend um Sintra beschreibt. Es ist Ursache und Treibkraft des bildungsbeflissenen nordeuropäischen Iberien-Tourismus bis heute: Byron und kein Ende. – Zyniker sind an dieser Stelle versucht zu sagen, daß die zivilisatorischen Exkremente, als die sich der Massentourismus heute auch über Sintra ergießt, symbolisch vorgezeichnet waren in jenem Sommer 1809: Byron, mittellos geworden durch seinen großspurigen Lebenswandel, hatte seine Reise mit einem Griff in den Nachttopf seines Freundes Scrope Davis finanziert, der den Spielgewinn einer volltrunken verbrachten Nacht nachlässig in sein Nachtgeschirr gestopft hatte, neben dem Byron ihn schnarchend antraf.

Mir fiel dieses Detail aus der Vita des Lords ein, als ich auf dem Platz vor dem Sommerpalast der portugiesischen Könige um die in der Abendkühle dampfenden Misthaufen kurvte. Hinterlassenschaft der Pferde, die vor den immer bereitstehenden Kutschen auf neubyronsche Romantiker warteten. Der Dunggeruch vermischte sich innig mit den Dieselabgasen der vielen auf dem Platz geparkten Touringbusse.

O Sintra! Schönstes Plätzchen in der Welt? Das war es auch sicher schon zu Byrons Zeiten nicht gewesen, noch ohne Busse, Pizzabuden und Andenkennepp. Im nahen Lissabon ging er, wie er rüde nach England schrieb, nur mit Pistolen aus, fluchte auf portugiesisch, litt an Diarrhöe und zahllosen Moskitostichen. Poeten haben oft zwei Wahrheiten in der Brust: die eigene und keine.

Da ich der Natur wegen gekommen war, schenkte ich mir

Alt- und Neustadt von Sintra, ging auch nicht in den Palast, in dem König Manuel I. auf die Rückkehr Vasco da Gamas und seiner Indien-Flotte gewartet und Philipp II. nach der Beugung Portugals unters spanische Joch Wohnung genommen hatte.

In den Waldfalten der Serra de Sintra dann fand ich Byrons Eden:

Die starren Felsen morsche Klöster tragend,
Des Berges Moos, vom Sonnenbrand gebräunt,
Den weißen Korkbaum, Klüfte überragend,
Das tiefe Tal, das sonnendurstig weint,
Die ruhige Flut, die bläulich widerscheint…

Byron-Kommentatoren haben des Dichters glorioses Paradies in Monserrate lokalisiert, ein paar Kilometer außerhalb von Sintra. In der XXII. Stanze seines Versepos »Childe Harold«, das Byrons abenteuerliche Reise über Portugal und Spanien, Malta und Albanien nach Konstantinopel zum Gegenstand hat und das ihn europaweit berühmt machte, findet sich ein Hinweis auf das Paradies eines gewissen Vathek, unweit des »Prinzenpalastes« von Sintra gelegen. D. G. Dalgado, ein portugiesischer Gelehrter, war noch 1919, 110 Jahre nach Byrons Portugalaufenthalt, so gekränkt über des Engländers Willkür, allein Portugals Natur bewundernswert, die Portugiesen aber schmutzig, feig und faul zu finden und also unwürdig dieser Natur, daß er ein ganzes Buch – ich entdeckte es in Münchens Staatsbibliothek – darauf verwandte, in Byrons Lyrik viele, auch einem Genie unverzeihliche Sachfehler nachzuweisen.

Auf den »Prinzenpalast« sei der Dichter gekommen, weil zu jener Zeit ein Prinzregent im Königsschloß von Sintra residierte; um kein anderes Schloß könne es sich handeln. Und Vathek, das nun weiß der Literaturbeflissene, ist der Titel eines noch heute vielgelesenen orientalischen Schauerromans des englischen Schriftstellers William Beckford. Der wiederum hatte sich im Jahre 1794 in Monserrate eingemietet und Park und Palast nach seinem – pseudoorientalischen – Geschmack erneuert.

Aber Beckford war nicht der erste spleenige Engländer auf Monserrate gewesen. Vor ihm, von 1790 bis 1794, hatte ein Gerard de Visme das Gut von der Familie des Vizekönigs von Indien, den Castros, gepachtet und an der Stelle des im großen Lissaboner Erdbeben 1755 eingestürzten Hauses einen neugotischen Palast errichtet, den Beckford in Anlehnung an seinen papierenen Kalifen Vathek orientalisierte – eine dem ererbten (Beckford) oder zusammengerafften (De Visme) großen Geld zu allen Zeiten oft eigentümliche Empfindungslosigkeit gegenüber gewachsenen fremden Kulturen.

Lange vor Byron also hatte wenigstens einer, Beckford nämlich, Monserrate als »Paradies auf Erden« beschrieben, als »Garten der Hesperiden«. Nie habe er, las man von ihm in England, Pflanzen von außergewöhnlicherem Wuchs und außergewöhnlicherer Lebenskraft gesehen wie auf diesem meernahen, von oft nebliger Feuchte und subtropischen Temperaturen begünstigten Boden.

So war Lord Byron zu seinem Eden gekommen, das, wie wir nun wissen, schon damals nicht freie Natur, sondern ein von Gärtnerhand geformter Park war. Eden ist ja immer nur der Garten, nie als ungezähmte Natur gedacht worden, vor deren Wildheit die Rousseaus und die Byrons allenfalls in Angst, nie in Anbetung auf den Knien lagen.

Von der Quinta de São Thiago, in der ich wohnte, kann man das Paradies bequem zu Fuß erreichen. Nicht ein abweisender Erzengel bewacht es mit dem Schwert, sondern, von neun bis sechs, eine liebenswürdige Matrone mit klappernden Stricknadeln. Für den Gegenwert von 20 Pfennigen zugunsten der Wohlfahrtseinrichtung Santa Casa da Misericordia, Gruppen die Hälfte, erhält man Einlaß.

Für zwei Groschen, Damen und Herren, ist hier nach dem geistigen der natürliche Tod eines Zeitalters zu besichtigen, das man Romantik nennt. Die pantheistische Gottheit Jean-Jacques Rousseaus und Lord Byrons hat sich augenscheinlich abgewandt von dieser vegetativen Inkarnation einer Naturidee, die eine Kopfgeburt weltschmerzlichen romantischen Denkens war, mit der Illusion einer zweiten, anthropogenen Schöpfung als Hebamme und mit der Lüge, dies sei die bessere, weil humanere Natur, als Ziehmutter.

Rousseau, der in Wissen und Wissenschaft die Quellen aller irdischen Übel sah und in seinem »Zurück zur Natur« deren Heilung; Byron, der die Natur eingestandenermaßen nur mit den Augen eines Malers wahrnahm, die Sätze, die er schrieb, als deren Topographie verstand und seine Wörter als deren Farben, der aber nie, schon im Urteil hellsichtiger Zeitgenossen nicht, zu einer auf Wissen, auch nur auf Nachdenken beruhenden Natursicht gelangte – diese beiden Protagonisten der Naturromantik sind im Park von Monserrate in ihrem Scheitern zu besichtigen: ihre Ästhetik erwürgt vom Efeu, ihre harmoniesüchtigen Sentiments widerlegt vom gnadenlosen Kampf der Pflanzen um Licht, ihr Tränenfluß, der einst so viele Gärten Europas zum Blühen brachte, versiegt zum zittrigen Strahl aus dem Gießschlauch eines letzten Gärtners dort, wo einst 15 seiner Zunft der Natur mit Säge und Pflanzspaten menschliche Vorstellungen davon aufzwangen, wie sie zu wachsen, wie sie auszusehen habe.

Das schwierigste Problem aller Gärten – angefangen bei den mittelalterlichen Klostergärten, verschärft bei den Architekturgärten der Renaissance und nur scheinbar beherrscht in den geometrischen Buchsbaum-Orgien des französischen Rokoko – dieses Problem ist bis auf den heutigen Tag die Grenze, wo ein jeder Garten am Ende in seine natürliche Umgebung übergehen muß. Mit der wachsenden Ausdehnung, welche die Gärten im Verlauf ihrer langen Geschichte nahmen, mit ihrem Bedeutungswandel auch vom Kräuter- zum Lustgarten, verboten sich die Mauern. Man trieb die Alleen nicht nur in Versailles, oft unter Auslöschung ganzer Bauerndörfer, so weit an den Horizont, daß die Baumreihen oder Buchswände sich vor dem Blick perspektivisch schlossen.

Als die Engländer sich gegen die sterilen französischen Palastgärten aufzulehnen begannen und der vorgefundenen Natur nur noch sanfte Gewalt antaten, sie formten, wie ein Maler sie im Kopf haben mochte, mit gekurvten Wegen, weiten Rasenfreiflächen, pflanzlichen Vorder- und Mittelgründen, mit Licht- und Schattenwirkungen sowie mit perspektivisch raffiniert gegeneinander versetzten Baum- und Buschgruppen, da gingen sie das Problem der Grenzen mit Wassergräben an und versenkten Zäune in sie hinein, damit das schweifende Auge keine Belästigung erfahre.

Der Monserrate-Park ist als englische Schöpfung ein Landschaftsgarten, wenngleich einer mit starken exotischen Akzenten. Seiner Hanglage wegen, an der Flanke eines Hügelzugs, verboten sich Wassergräben als Grenzen. Man löste das Problem gut kapitalistisch, indem man mit unwiderstehlich großem britischen Geld alle Nachbargüter aufkaufte und deren Flächen beließ, wie man sie vorfand: als meist lichten Wald, in dem Nadelhölzer sowie Eichen, Akazien und immergrüne Bäume wie Lorbeer und Wildoliven vorherrschten, teils gemischt und teils, so die Pinie, im Reinbestand.

Die Quinta de São Thiago, mein Quartier, gehörte bis in die zwanziger Jahre dieses Jahrhunderts ebenfalls zum Monserrate-Besitz, der vor seiner Auflösung über 140 Hektar groß gewesen war. Alle diese Quintas um Sintra, bis heute nicht selten von bedeutendem, auch kunsthistorischem Wert, waren in den Händen des portugiesischen Adels oder des Lissaboner Besitzbürgertums. Sie dienten der Erholung von weltweiten Geschäften. Sein Geld machte man anderswo. Im Besitz enthaltene landwirtschaftliche Nutzflächen wurden verpachtet. Man selbst genoß ein Landleben, wie es mit Horaz schon die reichen Römer geschätzt hatten und Vergil es einer römischen Oberschicht in seiner ›Georgica‹ agrardidaktisch zu vertiefen suchte.

Aber Vergils augusteisches Landleben ist längst, war wohl immer schon weitgehend von der Wirklichkeit abgehobene Literatur, zum Nachlesen mehr denn zum Nachleben geschrieben. Die »Vita rustica« der reichen urbanen Römer – ein angelesenes soziales Klischee, Me-too-Verhalten würde man heute sagen, ein mit Sesterzen erkauftes »Et in Arcadia ego«. Auch ich in Arkadien! Den ärmeren Schichten Roms dagegen blieb dies Arkadien eine »lorbeerumduftete Hoffnung«, um ein Wort Hermann Brochs aus seinem Roman »Der Tod des Vergil« zu zitieren. Aber indem sie Arkadien als Traum begriffen, waren sie der Wahrheit sehr viel näher als jene, die in ihm zu leben wähnten: Das geschichtliche Arkadien, die gebirgige Mitte des Peloponnes, ist ein unwirtliches Land, wo keineswegs »goldige Äpfel die Wälder durchhingen« (Broch), sondern kriegerische Gedanken.

Aus dem antiken Traum von einem glücklichen Arkadien wurde, nicht nur in Portugal, eine politisch mißbrauchte Ideologie: Indem die Grundherren ein Leben nahe der Natur, also nahe dem Ursprung alles Seienden lebten, eines, das darum ethisch privilegiert zu sein schien, gottnah, wenn nicht gottgegeben gar, wehrten sie, lange genug, den auf soziale Veränderung gerichteten Willen der Unterprivilegierten ab. Marie-Antoinette inszenierte in Versailles mit ihren Hoffräulein, allesamt bäuerlich kostümiert, ein parfümiertes Landleben.

Daß die Natur denen, die sie solcherart besaßen, nur seelische Nahrung zu geben hatte, nicht auch materielle, war für sie von Vorteil: Der Wald wurde wenig oder gar nicht genutzt; für seine licht- und raumbedürftige Verjüngung sorgten und sorgen sporadische Feuer. Ansonsten spendete er Abgeschiedenheit und Schatten und selige Gefühle. Heute indes, und schon seit den zwanziger Jahren unseres Jahrhunderts, ist dieser in Monserrate inzwischen in Staatsbesitz übergegangene lusitanische Wald dabei, sich ebenso lautlos wie unerbittlich, krakengleich, Byrons Eden zurückzuholen, dem er unter dem Diktat englischer romantischer Ideen seit Mitte des 18. Jahrhunderts hatte weichen müssen. Die einstigen Grenzen des Parks verengen sich mehr und mehr um den sich maurisch gebenden Palast der Cooks. Diesen Palacio allein wird der Wald einstmals, wenn alle Berichte über Monserrate mit »Es war einmal…« beginnen werden, aussparen und inmitten seines dann dichten Grüns dulden wie eine überreife, schöne fremde Frucht.

Die Cooks also endlich. James Cook, so liest man es gelegentlich in Reisebeschreibungen, habe 1856 Monserrate von der portugiesischen Castro-Familie gekauft. Aber der es kaufte, hieß in Wahrheit Francis Cook und war ein reicher englischer Geschäftsmann: Mit dem viel früheren Seefahrer und Entdecker James Cook hat er nur den in England nicht eben seltenen Namen gemein. Es ist eine Frage wert, wovon Sir Francis – er wurde 1886 geadelt – mehr verstand: von der Natur, die er als neuer Herr auf Monserrate zum dritten Mal, nach De Visme und Beckford, zu verschwenderischer Pracht formte, oder vom Geld, denn er erwarb das riesige Gut im Tausch gegen Effekten im Nominalwert von 40 000 Reis – der Kurswert betrug weniger als die Hälfte. Die Castros brauchten Geld, und das schnell. Gerade aus Indien zurückgekehrt und geschlagen mit dem zu Repräsentanz verpflichtenden Status von Ex-Vizekönigen, standen sie vor den Ruinen ihres im großen Lissaboner Erdbeben von 1755 zusammengestürzten Palastes. War für Voltaire dieses Desaster pompejanischen Ausmaßes (es kostete mehrere zehntausend Menschen das Leben) ein Beweis gegen Leibnizens Lehre von dieser als der »besten aller möglichen Welten« – für Großspekulanten war es eher, wie auch das Großfeuer, das 1988 die Lissaboner Altstadt zerstörte, eher ein Beweis dafür.

Nur fünf Jahre brauchte Francis Cook, um das verfallene Beckfordsche Palais auf dessen Grundmauern so zu errichten, wie es noch heute zu sehen ist, und die Gartenlandschaft drumherum nach seinem Geschmack neu zu ordnen und zu bepflanzen. Weil Geld kein treibender Dünger für Pflanzen ist, zumal für Bäume nicht, werden sich Cooks Gärtner im wesentlichen auf vorsichtiges Roden und auf das Ausbringen von Blumen und Büschen beschränkt haben, auf eine neue, verschwiegene Führung der Wege und auf dramatische Akzente aus Palmen und Baumfarnen, die vor allen anderen Pflanzen »Eden« signalisieren.

Eine Viererlösung wurde verwirklicht. Der Verkaufsprospekt über Monserrate aus dem Jahre 1929, von dem ein Exemplar noch in der Bibliothek von São Thiago gehütet wird, nennt sie: Allgemeiner Garten, Rhododendron-Garten, Botanischer Garten und Tropischer Garten. Klar voneinander geschieden waren sie wohl nie; heute sind ihre Grenzen unter der üppigen Naturverjüngung der Randwälder, des Farns und vor allem des Efeus vollends verwischt. Wer die annähernd 3000 Pflanzenarten, von denen in englischen Gartenzeitschriften früherer Jahre die Rede gewesen ist, identifizieren wollte, müßte wohl einen Urlaub auf Knien verbringen und würde dennoch kein Bild von Byrons Eden ernten.

So boten sich mir nur zwei Arten der Betrachtung an: ein aufs Ganze gerichteter, panoramahaltiger Blick von der den Palast umlaufenden Terrasse und ein aufs Detail beschränktes Studium hier sich abspielender vegetativer Dramen.

Ein Panoramagang ist schnell abgeschritten. Er beginnt mit der den Palasteingang beherrschenden Pracht der Strelitzien, auch Paradiesvogelblumen genannt. Kanaren-Touristinnen schleppen sie armweise und in Plastikfolie verpackt nach Hause.

Der weitere Gang führt westwärts um den Palast, dem Atlantik zugewandt, der blau durch das Schwarzgrün der Kiefern und Zypressen schimmert. Manchmal halten diese Bäume in ihren von Alter und Wind ausgedünnten Armen, wie ein Bild in einem beschädigten alten Rahmen, minutenlang ein in der Ferne dahingleitendes weißes Schiff. Ich konnte mich solchen unzeitgemäßen Metaphern und wenig reporterhaften Abschweifungen um so ungestörter hingeben, als der Park, während ich dort war, tagelang geschlossen, also leer von Besuchern blieb; man drehte in seinem Inneren einen Kostümfilm, und der technische Rummel konzentrierte sich auf ein steingefaßtes Seerosenbecken mit einer zu ihm hinabführenden Prachttreppe aus bemoostem Marmor – Baulichkeiten, an denen sich einem Kinopublikum die vergangene Zeit augenfälliger darstellen läßt als etwa an den dichten Nadelbärten um den Stamm einer mächtigen kanarischen Kiefer. Sie zieht den Blick auf sich, wenn man den Terrassengang fortsetzt und, nun südwärts gewandt, den Meerblick gegen eine Bergsicht eintauscht.

Der Monte Bedel, der das Panorama hier abschließt, gehört zum Monserrate-Besitz. Mit seinen 300 Metern Höhe wirkt er nur deshalb als Berg, weil die Serra, der die Stadt Sintra den Nachnamen gab, sich nach einem Zehn-Kilometer-Anlauf vom Atlantik her, über flaches fruchtbares Land, in einem einzigen Schwung aufstellt, eine mächtige Woge, auf deren Kamm sich der Wald zu brechen und in windbewegten Streifen, den Schluchten folgend, zurückzufluten scheint, hinab wieder zum Monserrate-Park, der blüten- und blattschwer auf halber Höhe dieser versteinerten Woge liegenblieb.

Mit dem Blick zum Monte Bedel erschließt sich auch das ästhetische Prinzip, das die englischen Landschaftsgärten beherrscht: die Einteilung in Vordergrund, Mittelgrund und Hintergrund. Der Vordergrund, das ist hier die säulengeschmückte Palastterrasse mit ihrer Blumenumpflanzung. Deren Vielfalt lenkt den ruhesuchenden Blick auf den Mittelgrund, der fast immer eine große Rasenfläche ist, in Monserrate nicht anders als in England oder im Münchner Englischen Garten. Damit es dem Blick nicht langweilig wird, setzen raffiniert gestaffelte Baumgruppen, Koniferen und Zypresse, dunkle Akzente auf das helle Grün des Grases. Das freilich hat aufgehört, makelloser Rasen, lawn, zu sein und ist wieder zu Wiese geworden, aus der lange Rispengräser schießen und Disteln hervorstechen.

Dieser Mittelgrund schließt sich vor einer Kulisse aus kanarischen Phoenixpalmen mit langwedeligen erdwärts gebogenen Kronen und, fächerartig himmelwärts strebend, kalifornischen Washingtoniapalmen. Dazwischen und dahinter die Araucarien, mächtige und vom Alter deutlich gezauste stachelige Südamerikaner, deren Vorfahren einst als Samen in der Westentasche eines gewissen Archibald Menzies, Pflanzensammler des Botanischen Gartens von Kew, England, ihren Weg nach Europa antraten.

Menzies war Bordchirurg und Botaniker auf dem königlichen Vermessungsschiff des Kapitäns Vancouver gewesen. So kam er in den neunziger Jahren des 18. Jahrhunderts auch nach Chile. An der Tafel des spanischen Gouverneurs, an die er geladen worden war, wurden zum Nachtisch, landesüblich bis heute, die rohen Samen von *Araucaria araucana* gereicht. Menzies kannte sie nicht, steckte sie darum, statt in den Mund, direkt in die Tasche und ließ sie alsbald in seinem Bordgewächshaus keimen. Als das Schiff in England zurück war, ging Menzies mit fünf hübschen und gesunden kleinen Bäumen an Land. Einer von ihnen lebte in Kew hundert Jahre lang.

Es ist zu vermuten, daß sowohl Beckford als auch Cook viele, wenn nicht alle der in Monserrate angepflanzten Exoten aus Kew bezogen. Dieser wohl berühmteste aller botanischen Gärten ist bis auf den heutigen Tag eine allererste Adresse, wenn es um Bestimmung oder Bezug fremdländischer Pflanzen geht. Ausgeklügelte, an die Bedürfnisse von Samen oder Schößlingen angepaßte Verpackungen ließen und lassen die empfindliche lebende Ware meist gut ankommen, ob mit der Karavelle von damals oder der Boeing von heute.

Es ist ziemlich sicher, daß auf diesem Weg auch der kalifornische Redwood-Baum, *Sequoia sempervirens,* den Weg nach Sintra in Portugal fand – auch er übrigens eine Entdeckung von Archibald Menzies. Ich fand diesen Riesen, dessen schrundige, von Siena-Rot durchschossene Borke jedem

Daumendruck nachgibt, in einem anderen Park von Sintra, in Pflanzreihen stehend, wie man das bei uns von den handgemachten Fichtenkulturen kennt.

Die weiteren Teile des Parks sind einem Rundblick von der Terrasse entzogen. Hinreichend zu beschreiben wären sie ob ihrer Arten- und Individuenfülle nur in Form einer langatmigen Namensliste. Nur einem Teil des Parks muß ich noch ein paar Zeilen widmen. Es ist der Teil, der mit Abstand vor den anderen als der zu gelten hat, welcher Byron dessen Wort vom gloriosen Eden eingab. Unterhalb des Palastes, im Dämmerlicht riesiger Korkeichen und Platanen gelegen, durchzogen von einem steil fallenden murmelnden Bach, gesäumt von rotblühenden japanischen Kamelien, Rhododendren und Magnolien, eingesprenkelten Fuchsien und Azaleen, senkt sich das Tal der Farne zum Fuß der Serra ab. Farne über Farne!

Aber es sind nicht die niedrigen, harmlosen, wie immer hübsch anzuschauenden Farne unserer Waldböden, es sind die Baumfarne Australiens, von hüfthoch bis haushoch, in Gesellschaft wachsend und allein, immer aber das Filigran ihrer palmartigen Wedel vor den blauen Himmel haltend, sein grelles Licht dämpfend, Feuchtigkeit verströmend und paradiesische Ruhe. Hier, in diesem außerirdisch anmutenden Tal, kommt die armseligste, von der Zivilisation ausgelaugte Phantasie zum Blühen, sieht sie im Geist paradiesisch sanfte Menschen wilde Tiere streicheln…

Daß Byron in seinem Monserrate-Lob den Begriff »Eden« verwendete, entsprang keineswegs sprachlicher Beliebigkeit, war nicht nur der Gebrauch eines allgemein üblichen Begriffs für ein unüblich schönes Landschaftsbild. Vielmehr war Byron vertraut mit einem abendländischen Denken, das bis in seine Zeit hinein in botanischen Gärten – und ein solcher war Monserrate seiner weltumspannenden Pflanzenvielfalt wegen ja auch – den Versuch sah, Miltons »Lost Paradise« wiederherzustellen, nachdem man es vergebens bis hin zu den beiden Amerikas und in Afrika in gläubigem Ernst gesucht hatte.

Amerigo Vespucci nicht anders als Vasco da Gama und Kolumbus hatten teilgehabt an dieser Suche und glaubten sich angesichts der unbekannten Pflanzen- und Tierwelt, auch der sanften Menschen wegen, die sie auf ihren Entdeckungsreisen antrafen, oft genug nicht nur dem biblischen Garten Eden greifbar nahe, sondern auch inmitten eines neuen, nach dem siebten Tag erschaffenen Teils der göttlichen Schöpfung. Als die Portugiesen 1419 Madeira gefunden hatten und ihres Staunens kein Ende war ob der paradiesischen Pflanzenpracht eines scheinbar ewigen Frühlings, da tauften sie den ersten dort geborenen Knaben Adam und ein ihm nachfolgendes Mädchen Eva. Und in Brasilien suchten sie mehr als 100 Jahre lang nach dem Garten Eden. Bis zum Ende des 17. Jahrhunderts hielt die Neugier und die Hoffnung auf ihn die Phantasie vieler Menschen gefangen.

Die neuen Pflanzen, die man entdeckte, Tiere ebenso, wurden Bestandteile eines leidenschaftlich gespielten Puzzles, und das zusammengesetzte fertige Bild hieß »Botanischer Garten«. In Südafrika, am Kap der Guten Hoffnung, unterhielten die Holländer seit 1652 einen großen Frucht- und Akklimatisierungsgarten. Er lag am Schnittpunkt der Seewege nach Ost und West und gab nicht nur den skorbutkranken Seeleuten Vitaminkost, sondern den Pflanzen, die von ihnen in Samenform mitgebracht wurden, einen ersten Wurzelgrund. Sogar Gewächshäuser auf den Achterdecks der Schiffe waren, wie wir von Archibald Menzies nun schon wissen, nichts Ungewöhnliches. Sie wurden betreut von gelehrten Pflanzensammlern, wie die Kew Gardens sie ausschickten. Da mag schon stimmen, was man sich dort bis heute erzählt: daß die jungen Pflanzen an Bord der nicht selten lange in Flauten liegenden Segelschiffe den Matrosen zuweilen das knapp werdende Süßwasser streitig machten.

1929 ist das Paradies für jedermann zu haben, der es bezahlen konnte. In einem aufwendigen, reich bebilderten Prospekt der heute noch einschlägig tätigen Messrs. Knight,

Frank & Rutley, London, Edinburgh, Monte Carlo und Cannes, wird Monserrate, »One of the world's loveliest spots«, im Auftrag von Herbert Frederick Cook, dem Enkel von Sir Francis, in ganz Europa zum Kauf angeboten. Man kann sich das Paradies nicht mehr leisten. Sein literarisches Etikett Re-Creation, das zwei Jahrhunderte lang auf der Flaschennatur all dieser Paradiese auf zweiter Hand klebte, fiel ab, in den inflatorischen Strom der Zeit zwischen den Kriegen. Und als es wieder auftaucht, ist es verblaßt zur amerikanischen Allerweltsvokabel »Recreation« und bezeichnet nun die faden, rasch wechselnden Erholungsmoden des modernen Menschen.

Das gärtnerische Personal von Monserrate wird reduziert. Die ungeschönte Natur tritt die Herrschaft an. Aber sie will keiner haben. Lediglich die Monserrate benachbarten Quintas, die Sir Francis seinem Palast als schützenden Waldmantel umgelegt hatte, darunter die Quinta de São Thiago, finden Käufer. 1939 stirbt der Enkel. Ein Urenkel schleppt das gerupfte Erbe weiter, über den Krieg hinweg. 1946 bietet er es dem portugiesischen Staat an. Als der zögert, greift Saul Saragga zu, ein Lissaboner Handelsherr, der kein Herr ist. Für 9,35 Millionen Escudos geht das dem natürlichen Vordringen des Waldes langsam anheimfallende Paradies endlich weg. Es bedarf, soll es »Paradies« bleiben, der Pflege.

Aber Saul Saragga ist kein Paradiesvogel, der vom Garten Eden träumend die Schwingen hebt. Er ist ein Aasgeier. Möbel, Teppiche, Bilder – die ganze Pracht des Palastinneren, die der Prospekt in der Bibliothek von São Thiago noch bezeugt, verhökert er. Als der Palast leer und nur ein antiker Sarkophag in ihm verblieben ist, zu schwer zum Abtransport, als auch die Beschwerden der Nachbarn, wohl auch der englischen Touristen, sich bei den Behörden häufen, zieht Saragga es vor, Monserrate zu verkaufen – an den Staat. Neun Millionen Escudos, kaum weniger, als er bezahlte, kriegt er zurück, zweieinhalb zusätzliche hat er an der Plünderung verdient. Er macht sich, man ist versucht zu sagen: händereibend, davon. Der Palast schaut ihm aus den längst trübe gewordenen hohlen Augen seiner Fenster stumm hinterdrein.

Das ist nun auch schon wieder 40 Jahre her. Die Augen des Palacio sind unterdes noch trüber geworden, zerbrochen auch hier und dort. Spinnweben, schwer von Staub, fallen mit den arabischen Stuckverzierungen der Decken und den bunten Azulejos der Wände auf schmutzige Böden. Ein steineres etruskisches Ehepaar lagert beim Sarkophag gleich hinter den blinden Scheiben der Portaltüren, durch die einst die High Society Englands und Portugals in die Salons eintrat.

Am 25. April 1974 beginnt in Portugal die von jungen Militärs getragene sozialistisch-kommunistische »Nelkenrevolution«, so benannt nach den Blumen, die Lissabons Frauen den gegen das verhaßte Rechtsregime Salazars und Caetanos putschenden Soldaten in die Knopflöcher stecken. Die wohl dem Kapitalismus zugerechneten 15 Gärtner von Monserrate, das letzte Aufgebot einer bourgeoisen Romantik in Abwehr der andrängenden Wildnis, werden entlassen. Was soll einer, der zum literarischen Botanisieren dorthin geschickt wurde, dazu sagen? Vielleicht nur dies: Daß ein Volk, wenn schon nicht glücklich, so doch menschlich zu nennen ist, dessen Revolution, neben einem einzigen Zufallsopfer auf der Straße, nur ein Dutzend Gärtner fraß. Denn zwei oder drei blieben damals auf ihrem – verlorenen – Posten.

Einmal begegnete ich auf der Palastterrasse in Monserrate einem Eleven, der lustlos die unverdrossen vor sich hin blühenden Blumen begoß. Ich fragte nach dem Namen eines auffälligen Baumes mit vielen dünnen Luftwurzeln, die er zu breiten Strauchbesen bündelt, zu harten Besen in der Farbe der Revolution: blutrot. Ich radebrechte etwas Ungereimtes, das mir, es wird die Hitze gewesen sein, in den Kopf kam: Ob diese roten Besen nicht wie geschaffen seien, Portugal, Europas ökonomisches Schlußlicht, endlich auszukehren, zu säubern von seinen Saraggas. Er verstand mich nicht, was Wunder.

Ich machte meinen letzten Gang durch Byrons Slum-Eden, dem unübersehbar die Zeichen der Gewalt anhaften, menschlicher wie natürlicher. Ganz Monserrate ist ja überlaufen von Efeu. Er steht selbst vielen Palmen bis unter die himmelhohen Wedel. Sein dichtes Kleid nimmt den neuen Trieben der von ihm heimgesuchten Pflanzen das Licht. Zeichen gärtnerischer Wut und Ohnmacht sind die nicht wenigen Messerschnitte in Efeuwurzeln, welche die Stämme der Bäume wie Krampfadern überziehen. Dann verdorrt zwar der durchtrennte Trieb, aber das mindert nicht den Friedhofseindruck, den der Efeu ja, wo er seuchenhaft auftritt, verbreitet.

Gewalt auch unter den Bäumen. Ich sah Korkeichen mit den Gabeln ihrer dicken Arme halbwüchsige schlanke Palmen würgen, die leichtfertig genug gewesen waren, unter diesen einheimischen Riesen frohgemut das Wachsen zu beginnen. Auf manchen Wegen, die grün sind von Moos, weil kaum ein Fuß sie noch betritt, sah ich den Efeu wie mit gierigen Zungen nach den Sprößlingen der Nordmannstannen lecken, und bald genug wird er sie verschlungen haben.

Was stürzt, wehrt sich im Sterben gegen den Tod. Erste Kadaververjüngung, untrügliches Zeichen des Naturwaldes, ist zu sehen: Aus Baumleichen wachsen neue Triebe, fremde, einer anderen Art zugehörige. So in der Stammverzweigung einer kanarischen Kiefer, in der sich herausfordernd frech ein zwei Handbreit hoher kleiner Thuja ansiedelte. Er ist von der Sorte *Th. plicata*, die zum Riesenlebensbaum wird, mit säulendicken Ästen voll immergrünem weichen Nadelwerk. An einem anderen Ort kämpfen, wohl schon drei Menschenleben lang, eine Korkeiche und eine Platane im selben Wurzelbett um Licht und Raum. Wären sie in der Textur ihrer Stämme nicht so grundverschieden – blatternnarbig, dabei glatt die Platane; schrundig zerrissen die Eiche – und verlöre die Platane nicht zum Winter das Laub, die Korkeiche dagegen nicht, man würde diesen Titanenkampf nicht bemerken.

Als ich an meinem letzten Tag in Monserrate um drei Minuten nach sechs ans Tor kam, fand ich es verschlossen. Die subtilen Überlegungen Le Nôtres zur bestmöglichen, also unauffälligsten Grenze eines Gartens endeten hier in einer dicken Eisenkette und an einer mannshohen rauhen Mauer, über die ich das lädierte Eden mit Hautabschürfungen verließ. Und mein Mietwagen, den ich auf dem Parkplatz des Paradieses abgestellt hatte, war aufgebrochen.

O Byron, o Rousseau …

Das unerlöste Land

Am 15. September 1990 veröffentlichte Horst Stern in der »Frankfurter Allgemeinen Zeitung« eine Betrachtung über die Stadt Triest. Der Text ist eine Vorstudie zu dem bislang letzten Roman, »Klint«, der 1993 erschien.

Man richte seine Ankunft in Triest so ein, daß man seiner Koffer und aller Hotelangelegenheiten ledig ist, wenn die Sonne sich anschickt, über dem Golf unterzugehen. Sie muß noch, schirmt man das Auge gegen sie ab, drei Handbreiten über dem Horizont stehen, in 260 Grad, also ein wenig südlicher als West. Das ist für alle der Himmelsgeografie Unkundigen die Richtung auf Venedig zu, jenseits des großen blauen Golfes, welchem die Königin der Adria zum Verdruß der Stiefschwester Triest den Namen gab.

Man spaziere zu einer solchen Stunde von der Piazza Vittorio Veneto südwärts durch die Via Roma, und man wird auf eine Goldader nach der anderen stoßen. Gemeint sind die neun oder zehn im rechten Winkel zum Hafen hinunterlaufenden Querstraßen wie die Milano, die Machiavelli, die Rossini, Bellini und Mazzini. Nur in der kurzen Stunde des Sonnenuntergangs werden sie dem Glanz ihrer großen Namen gerecht. Sie füllen sich dann an ihren hafenseitigen Enden mit einem Licht, das auf dem blauen Spiegel des Golfes gleißend daherkommt und in sie einströmt wie geschmolzenes Gold in die schwarzen Gußformen von Barren, denn schwarz und barrengleich, jeder Farbe und Struktur vom Gegenlicht beraubt, bieten die hohen Häuserfronten dieser engen Straßen sich nun dem Auge dar, und man geht von einer zur anderen, als passiere man eine Reihe von eigens zum Hinschauen hingestellten, lang ausgezogenen Sehrohren, die gerichtet sind auf die wahren Schätze dieser Welt.

Oder man richte seinen Aufenthalt in Triest nach einem ganz anderen Wetter, als es zum Erleben eines Sonnenuntergangs von der eben beschriebenen Art nötig ist: Man komme im Winter, wenn die Meteorologen die Bora voraussagen, diesen katabatischen Wind, der von den rauhen Karstbergen, die Triest umstehen, niederfährt in nicht selten orkanartigen Böen. Sie treffen die Stadt mit Geißelhieben, daß sie mit ihren Fenstern und Türen wie mit Knochen klappert und mit den sturmdurchtosten Straßenschluchten stöhnt wie ein dantesker Höllenchor. So schlimm ist dieser bitterkalte, manchmal tagelang anhaltende Wind, daß die Behörde an Stellen, die ihm besonders ausgesetzt sind, Halteseile spannt, damit die Triestiner nicht vor ihm her ins Meer getrieben werden.

Ein guter Platz zum Beobachten dieser Naturgewalt ist der hoch am Hang über der Stadt gelegene Obelisco-Platz an der Straße nach Villa Opicina. Man erreicht ihn mit »Il Trenino«, einer kleinen elektrischen Zahnradbahn, die, wenn das Wetter es erlaubt, von der Piazza Oberdan steil aufwärts fährt. Aber man sichere sich, wenn man oben angekommen ist und die Bora wütet, gut. Der Blick hinunter auf das Meer mag zu solchen Zeiten Verwunderung auslösen bei denen, die mit den Ursachen und Wirkungen der Elemente unvertraut sind, ist doch das Wasser des Hafens und des näheren Golfes nicht so erregt, wie es die Heftigkeit des Sturmes vermuten ließe. Aber die Bora ist, aus Nord bis Ost kommend, ein ablandiger Wind, wie die Seeleute sagen; er braucht eine längere Strecke Wegs über das Meer, bis er es zu hohen Wellen türmen und vor sich her jagen kann.

So oder so ähnlich las ich es vor vielen Jahren über Triest, und es weckte mein Interesse an ihm. Als ich dann jüngst mit meinen Besuchen begann, merkte ich bald, daß Sonnenuntergang und Bora die zwei einzigen Gewißheiten sind, die man über die Stadt Triest heute noch nach Hause tragen kann, wenn man als Besucher anderes mit ihr im Sinn hat als die Entwirrung ihrer sie heute identitätslos erscheinen lassenden österreichisch-französisch-italienisch-slowenischen Geschichte. Es sind in ihr die habsburgischen Seemachtträume des beginnenden 18. Jahrhunderts so gut verwoben wie die an dessen Ende mit dem Säbel gemachten napoleonischen Landkartenkorrekturen. Italienischer Aufruhr dann mit Bomben gegen das 1814 wiedergekehrte, trotzdem nun bis 1918 bleibende österreichische Regime, das, niemand bestreitet es, Stadt und Hafen großen Reichtum brachte. Nach 1922 faschistisches Römergehabe im Umgang mit der slowenischen Bevölkerung Triests. Reichsdeutsches Sieg-Heil-Geschrei 1943. Und schließlich, bei Kriegsende, ein Griff Titos in des Westens Gesäßtasche, wo Tito ein gutgefülltes Portemonnaie vermutete. Englische Besatzungstruppen beendeten das. Bis Triest 1954 endgültig wieder an Italien kam und sein Hinterland an Jugoslawien. Geht man durch die Wohnquartiere Triests und studiert die großen Klingelbretter in den Hauseingängen, dann findet man in der Internationalität der Bewohnernamen die meisten dieser geschichtlichen Spuren wieder. So angefüllt die Stadt ist mit italienischen und slowenischen, deutschen, österreichischen und französischen Lauten, englischen auch und israelitischen, so angefüllt ist ihre Historie mit politischer Gewalt und einem (heute nur noch unter vieles erstickender Asche glimmenden) Haß zwischen Lateinern und Slawen und ihren sich bis heute hart im Stadtraum stoßenden Kulturen. Ohnehin übersättigt bis zum Erbrechen mit Nachrichten von Haß und Hader, verliert der Reisende jede Lust, über das alles noch nachzudenken. Grillparzer fällt einem ein: »Von der Humanität über die Nationalität zur Bestialität.«

Für diese Unlust an der komplizierten Geschichte Triests gibt es noch zwei andere Gründe, einen alten und einen neuen. Den neuen zuerst: In einer Zeit, in der die Geschichte Mitteleuropas sich häutet wie sonst nur durch das Agens großer Kriege, schrumpft die Geschichte des Triestiner Raums zu einer knappen europäischen Fußnote. Berlins Brandenburger Tor wirft, seit es sich geöffnet hat, so viel Licht auf die alten Schatten anderer zerrissener Städte, daß deren Geschichte dem Blick außerregionaler Beobachter entschwindet. Auch zerbröselt rasch die Tragik der geografischen Grenzlage Triests zwischen West und Ost, die ihr, einer italienischen Provinzstadt doch nur, immer wieder das Interesse großer europäischer Blätter wie ›Le Monde‹ und ›Nouvel Observateur‹ sicherte. Die Grenzen zwischen den Blöcken wurden durchlässig, und die politischen und wirtschaftlichen Hirne beider Seiten bemühen sich um Kompatibilität. Triest bereitet sich, das wird uns noch beschäftigen, auf die Rolle eines mitteleuropäischen Wirtschaftszentrums vor.

Und damit ist, nach dem neuen, der alte Grund angedeutet, der dem Besucher Triests die Lust nimmt, auf die Details seiner wechselvollen Geschichte mehr als einen kurzen, der zeitlichen Orientierung dienenden Blick zu werfen: Wie sehr auch immer die neuere Geschichte Triests, die 1719 mit seiner Erhebung zum Freihafen durch Österreichs Karl VI. begann, sich seither durch die Zeit mäandrierte, sie hatte in dieser Stadt immer nur ein Ziel – Geld. Zu einer Rivalin Venedigs, was Triest im 18. Jahrhundert war – freilich in einer Zeit des beginnenden Niedergangs der Serenissima –, konnte die Stadt ja nicht werden durch Schöpfungen der Architektur oder der bildenden Künste.

Für eine Fahrt durch den Canale Grande der Lagunenstadt, etwa zum gotischen Ca' d'Oro, wird man das meiste, wenn nicht alles von Triests Architektur, wie immer eindrucksvoll sie im Zentrum auch sein mag, drangeben. Natürlich hinkt der Vergleich, wiewohl er für den zur Selektion gezwungenen Reisenden wahr ist. Er hinkt nicht nur der unterschiedlichen Stilepochen wegen, sondern weil die Architektur Triests ganz anderen Motiven entsprang als die zeitlich frühere Venedigs. Sie ist Ausdruck eines multinationalen imperialen Glanzes, der sich einem großbürgerlichen Merkantilismus aufprägte. Nichts Karnevalistisches, keine Mantel-und-Degen-Mentalität flossen hier in die Entwürfe der Architekten ein, es bestimmte das Regolamento contro il fuoco, die Feuerordnung von 1754, die massigen, kompakten Bauformen. So wurde Triest, cum grano salis ob seiner Lage am Meer, zu einem Wien, das an der schönen blauen Adria liegt: neoklassizistisches Ringstraßen-Ensemble, theresianisches Barock auch, und alles versüdlicht hier und da mit orientalischem Pluderhosendekor und verschandelt mit etlichem faschistischem Brutalismus nach Art des hochgereckten Mussolini-Kinns.

Es ist diese Architektur auch schon das Beste unter Triests nennenswerten Kulturgütern, mißt man sie, oder gar ihre Werke der bildenden Kunst, mit der Elle der namhafteren norditalienischen Stadtkommunen. Was unter dem habsburgischen Doppeladler von Österreichern und Italienern, Deutschen, Slowenen, Griechen und Juden in Triest geschöpft und geschaffen wurde, war in aller Regel das große Geld. Begünstigt wurde es neben dem Wiener Freihandelsprivileg durch die freie Lage am offenen Meer an einer Schnittstelle zwischen Orient und Okzident.

Seinen Reichtum hat Triest längst wieder, wenn es ihn denn je nennenswert eingebüßt haben sollte. Venedig, und nicht nur Venedig, ist endgültig auf die Plätze verwiesen. Seriöse Sozialstatistiken aus den letzten Jahren führen Triest, das doch europaweit als ein Ort der müden Weißhaarigen und der chancenlosen Auswanderer gilt, noch vor der Industriemetropole Mailand und gleich nach Bologna in der Spitzengruppe der am Pro-Kopf-Einkommen gemessenen reichen italienischen Städte. Hinter den meist nur zurückhaltend mit Säulen, Simsen und Portalen prunkenden Fassaden der Banken, vor allem aber der in den dreißiger Jahren des 19. Jahrhunderts von Österreich aus gegründeten Versicherungen, allen voran der finanzpolitisch mächtige Generali-Konzern, ruhen große Vermögen, wahre Rentenberge und hochwertige, weltweit hergegebene Policen für die Risikofreude und die Zukunftsgewißheit einer Zeit, die, Triest betreffend, immer wieder als stillstehend, ja als rückwärtsgewandt beschrieben wird.

Wenn es die Stadtgeschichte nicht ist, deretwegen man neugierig wird auf Triest, und weniger noch das Geld als Ziel seiner Geschichte; wenn seine Architektur, soweit sie sehenswert ist, ganz ähnlich in Ljubljana und Zagreb und besser in Wien anzuschauen ist; wenn seine Kunstwerke zu fahlen Schatten verblassen im Aureolenschein des nahen Venedigs; wenn Istriens Strände schöner und die alten dalmatinischen Häfen venezianischer, mediterraner sind in ihrer Anmutung; wenn des armen Trogirs Altstadt die des reichen Triests als Slum erscheinen läßt, ja wenn es sich von Triest überhaupt nur geografisch-politisch sagen läßt, man sei in dieser Stadt des k. u. k-Ambientes und des hohen slowenischen Bevölkerungsanteils noch in Italien – was dann ist es, das Triest immer wieder in die Bücher und in die Zeitungsseiten bringt?

Man kommt erst darauf, wenn man es sich als weitgereister, des Vergleichens fähiger Besucher in der Stadt an den Schuhsohlen abgelaufen hat, daß eine Reise der üblichen Art – schwelgend in historisch-ästhetischen Vergnügungen oder in leiblichen Genüssen – im Falle Triests nicht dafürsteht. (Man muß also in Antwort auf die immer wieder gestellte Frage, warum so wenige Touristen in Triest Aufenthalt nehmen, vielmehr die Stadt auf dem Weg nach Jugoslawien nur durchfahren, nicht Zuflucht nehmen zu dem achselzuckenden Zynismus eines Fremdenverkehrsbeamten: Non c'è un parcheggio, es gäbe halt keinen Parkplatz in Triest.) Sieht man von der wirklich herrlichen Lage der Stadt in der Armschmiege der Karstberge und am venezianischen Golf mit seinen Sonnenuntergängen ab, so ist der Gefühlswert Triests für den anspruchsvolleren Reisenden nicht eben hoch. Wenn es gleichwohl nicht gar so wenige Europäer gibt, die immer wieder einmal in Triest hereinschauen, so kann man darauf wetten, daß sie entweder mit der schönen Literatur im Kopf ankommen, auf den Spuren der Svevo, Saba, Slataper, Joyce & Co (darin immerhin noch ein Rilke eingeschlossen ist), oder daß sie der Lust am Widersprüchlichen frönen und dem Versuch seiner Auflösung. Triest ist eine Stadt für Detektive des Intellekts.

Einer der heitersten Widersprüche und darum zur Einstimmung in die Verquertheiten der Stadt geeignet, gut für den Anfang auch deshalb, weil in der Geschichte verwurzelt (also doch!), ist der Sinngehalt des Oberdan-Platzes. Er hat seinen Namen von einem Giugliemo Oberdan, der Mitglied war in der italienischen irredentistischen Bewegung gegen Habsburg. Terra irredenta, unerlöstes Gebiet, das war Triest für sie. 1882, an einem Tag, an dem Österreich die fünfhundertjährige habsburgische Herrschaft über Triest feiern wollte, half Oberdan, eine Bombe nach Kaiser Franz Joseph zu werfen. Der Monarch entkam dem Attentat unversehrt. Oberdan brachte es an den Galgen. Um die Todeszelle herum, in der er seine letzte Nacht verbrachte, in einer an der Nordseite des Platzes gelegenen damaligen Kaserne, bauten die Faschisten in den dreißiger Jahren eine Art Forum: Viva Italia und Tod dem Tyrannen! Mussolini konnte nicht ahnen, daß er sein eigenes Ende in die Steine schreiben ließ.

Das gegen Österreich revoltierende Triest machte Oberdan zwar zu seinem Märtyrer, zum Blutzeugen seiner Italianità, das verfehlte Ziel der Bombe aber, den Kaiser Franz Joseph, zum Schutzpatron eines Festes, das bis heute gefeiert wird und als Kaiserfest eine im Italienischen geläufige Vokabel ist. Der 18. August, Geburtstag von Cecco Beppe, wie sie Franz Joseph liebevoll nennen, hat seinen festen Platz im Jahreskalender, und nicht wenige Triestiner, gleichviel ob italienischer oder slowenischer Abkunft, fahren an diesem Tag ins nahe Friaulische, nach Giassico bei Cormons oder nach Cervignano. Da hängen sie dann die Bilder des Sissy-Ehemanns an die Wände, Bilder, wie alle Welt sie von ihm kennt: kahlköpfig, rotbäckig, weißbärtig. Von einer echt österreichischen Blaskapelle lassen sie sich zum Gran Ballo aufspielen und zur (unernsten) Andacht: »Gott erhalte, Gott beschütze unsern Kaiser, unser Land!« Sie ziehen ihren Kindern Lederhosen zu Sepplhüten an, trinken Bier zu Bratwürsten und blättern an den Verkaufsständen in alten und neuen Büchern über die guten alten Zeiten, als »Triest noch bei Österreich war«. Da kann man Titel finden wie »Österreich war ein ordentliches Land«, ein modernes Sammelwerk im Sprachmischmasch des Triestiner Dialekts, ein vergnüglicher Bestseller, der zwei heutige – italienische! – Journalisten zu Verfassern hat. Eines ihrer hintergründigen Witzworte sagt, daß die Triestiner den Kaiser Franz Joseph wohl ganz gerne wieder hätten, aber in Bersaglieri-Uniform möchte es schon sein, per favore!

Die Nachdenklichen unter den Besuchern der Kaiserfeste verstehen das Rekurrieren zeitgenössischer Polit- und Populärliteratur auf die Habsburger Monarchie weder nostalgisch noch lustig. Es steckt die Utopie von einem Mitteleuropa bester Kaffeehauskultur darin: Österreich und Ungarn, Slowenien und die ČSFR, Bayern auch, wenn es will – sie alle das *Hinterland* von Triest als dem Zugang der Binnenkapitalen Wien und Budapest, München und Prag zu den Weltmeeren. Man würde sich gegenseitig besuchen, würde friedlich miteinander reden, in Deutsch oder Französisch, wenn's in den eigenen Sprachen nicht ginge, würde über einem kleinen Braunen oder Schwarzen die Kurse in den Zeitungen studieren und eine Politik der schlauen, das freie Atmen erlaubenden Kompromisse betreiben zwischen den Großen.

Ausgerechnet in Triest, denkt man nach einem ersten Blick vom Caffè Tommaseo auf den auch werktags nur von kleinen Segelbooten befahrenen großen alten Hafen, ausgerechnet in dieser zerrissenen, überalterten Stadt ganz an Europas Rand soll die Utopie der »civiltà mitteleuropea« entstanden sein?

Wo sonst, denkt man nach einem zweiten Blick aufs weithin schiffsleere Meer, wo sonst als in einer Stadt, die sich nach Identität sehnt und nach Einheit mit Völkern, welche sie in ihrer prekären Randlage leicht ins Meer der Geschichtslosigkeit stoßen könnten, bemühte sie sich nicht um eine weit ausgreifende Öffnung nach Norden und Osten. Lange bevor John F. Kennedy sein berühmtes »Ich bin ein Berliner!« gegen den sich immer tiefer auf Europa senkenden Eisernen Vorhang rief, sagte der weltberühmte Bühnenregisseur Giorgio Strehler, ein Triestiner: »Sono mitteleuropeo!« Ich bin ein Mitteleuropäer.

Und nun, wo der Eiserne Vorhang hochging, die Dikaturen zerbrachen, die Grenzen in Mitteleuropa sich öffnen, ist die Utopie der Wirklichkeit hart auf den Fersen. Oder die Wirklichkeit der Utopie, denn sagen nicht immer wieder mal nachdenkliche Politiker von Gewicht, daß die Regionalisierung Europas, der Zusammenschluß willkürlich getrennter, aber geschichtlich und kulturell verwandter Nationenteile ein besseres Fundament für die Vereinigung des alten Kontinents abgäbe als ein allein auf Geld gebautes europäisches Haus der Nationen?

Gerade rechtzeitig zur neuen mitteleuropäischen Ordnung, so als habe man sie hier vorausgeahnt, wurde Triests berühmtestes Kaffeehaus mit seiner Restaurierung fertig: das San Marco in der Via Cesare Battista, auf halbem Weg zwischen Kais und Karst. Es ist weitläufig, ein eckiges großes U, gehalten in reinstem, erneuertem Jugendstil (Generali machte es möglich). Thonet-Gestühl und Marmortische, was sonst. Zeitungsständer und Registrierkasse. Unter der hohen Decke, von der die Qualmspuren des Tabakrauchs und der nicht minder wolkigen politischen Debatten vergangener Jahrzehnte getilgt sind, läuft ein Fries aus vergoldeten Blättern, Lorbeer, was sonst. Gipserne Medaillons dazwischen mit Masken der

Commedia dell'arte. Beste Kaffeehaus-Kultur von Zagreb, Wien, Prag, Budapest, »civiltà mitteleuropea« eben, was sonst.

Während ich dies schreibe, stolpere ich, spät am Abend auf neue Fernseh-Nachrichten vom einig Vaterland aus, in eine politische Magazinsendung. Und worüber reden sie in den Kaffeehäusern Prags und Wiens und später noch einmal in einer Talkrunde mit ungarischen, polnischen, tschechischen Intellektuellen? Über »Mitteleuropa«. »Mitteleuropa«, höre ich György Konrád sagen, »ist keine Idee, es ist eine Wahrheit mit viel Poetik und Phantasie.« Freundliches Lächeln dazu auf den Gesichtern der teilnehmenden bundesdeutschen Journalisten und Politiker, eine Spur zu überlegen und einer großeuropäischen Zukunft allzu gewiß. Es kommt ein solches Lächeln der Frage gleich, ob Mitteleuropa sich nicht am besten dadurch definieren lasse, daß man dort das Fischmesser kenne und niemals einer Dame eine gerade Zahl von Blumen schenke.

Beim Zuhören fiel mir Claudio Magris ein, der eloquente Germanistikprofessor in Triest, der in einem klugen Buch die Utopie eines Mitteleuropas an der sie nährenden, sie begründenden, sie rechtfertigenden Kulturkonstanten Donau, soll man – realpolitisch – sagen: aufhängte? Ich traf Magris im San Marco. Zwischen unseren Kaffeetassen lag ein anderes seiner Bücher, das Triest und seine Widersprüche in dessen belletristischer Literatur spiegelt: »Eine literarische Hauptstadt in Mitteleuropa«. Na, na, dachte ich, daß Joyce hier seinen ›Ulysses‹ begann, Slataper den Karst besang und Italo Svevo die literarische Psychoanalyse der Triestiner wort- und ehebrüchigen ehrbaren Kaufleute betrieb, das rechtfertigt, bei allem Respekt, den Buchtitel nicht. Und sagte es. Magris wies auf den Originaltitel: »Trieste. Un 'identità di frontiera«. Zu dieser Grenz- oder Nichtidentität Triests paßt auch der Schluß des Buches, ein Zitat des Karst-Poeten Slataper, der 1912 schon im Hinblick auf das Anderssein von Triest, das man nur leben, nicht predigen könne, schrieb: »Wenn dann jemand kommt, fällt uns nichts anderes ein, als ihn durch diese grauen Straßen zu führen und uns zu wundern, daß er nicht versteht.«

Ich bin nicht sicher, ob *ich* Triest verstehe. Ich befürchte auch für mich eine gewisse Gleichgültigkeit des Seufzers einer Triestiner Journalistin, Elena Comelli, im ortsansässigen, zuweilen selbstquälerischen Piccolo: »Den Klischees entflieht man nicht.« Und wie denn auch – es sind die alten, immer wieder durch die Mühlen der Medien gedrehten Klischees, die ständig die Neugier immer neuer Medienleute anziehen, die sie dann – mit freundlicher Unterstützung leicht zynischer beamteter Auskunftspersonen – neu beleben: Alte, in Pelz gehüllte Damen, die im Schloß Miramare vor dem Bild des Kaisers Franz Joseph weinen und ihm Blumen bringen. Alte Herren, in Flanell und Kaschmir gekleidet, im ritualisierten Flaniergang zwischen Pensionskasse und Kaffeehaus. Eine Arbeitslosigkeit, die nur vor den Leichenbestattern haltmacht. Die Unità Sanitaria Locale, eine Art Gesundheitsverwaltung, als der größte Arbeitgeber der Stadt: um die 5000 Pfleger, Schwestern und Ärzte für die vielen Depressiven, Suizidgefährdeten, Verrückten, Süchtigen. Triest, die »Nekropolis«. Triest, das »Pensionopolis«. Triest, das reiche, das sterbensmüde, das aus der Zeit herausgefallene, das nichts mehr verstehende oder nichts mehr verstehen wollende. Triest, in dem die Einwohnerzahl (240 000) unter den Stand des 19. Jahrhunderts gesackt ist, als es die viertgrößte Stadt der Donaumonarchie war. Triest, die Gerontokratie, in der dreimal soviel beerdigt wie geboren wird und bald die Hälfte seiner Menschen jenseits von 65 sein wird. Triest, das verkalkt ist wie seine Karstberge, zu denen es sich metaphernhaft hingezogen fühlt, während es seinem Hafen den Rücken zuwendet. Triest, das »zuviel gelebt hat«, laborierend bis heute an seiner Geburt per Kaiser-Schnitt, seinem »Leben per Dekret«.

Es umstellen diese und andere Klischees das Bild der Stadt

wie ein mit grellbunten Plakaten beklebter Zaun, so daß man schon gar nicht mehr hinsehen kann in sie. Es ist ja wahr, daß es diese alten Damen gibt; an einem Sonntagvormittag zählte ich auf den besonnten Stühlen vor dem Caffè degli Specchi, gelegen am ungemein schönen, weitläufigen Platz Unità, 36 weiße, sorgsam ondulierte Köpfe in Reihe. Wahr auch, daß die gutsituierten alten Herren, die in den Kaffeehäusern die Rentenberichte des Piccolo studieren, nicht erfunden sind. Daß Triests Friedhof Santa Anna ein belebter Ort ist, wo man ständig erweitert und verschönt und die Toten jahrgangsweise bettet, zwischen vier- und fünftausend per anno. Daß es der Stadt an Gemütskranken und Drogensüchtigen nicht mangelt. Daß der Karst seit langem poetischer Gegenstand der Verehrung ebenso ist wie Weekend- und Picknickziel, während die Hafenbecken verfallen und die Marmorkais zu Großparkplätzen verkamen.

Aber ist das alles? Keine Zeit, keine Lust, in die Viale XX Settembre zu gehen? Sie ist eine baumbestandene, hinter einer brausenden Magistrale liegende Nebenstraße, in der sich das Klischee von Triest als einer Stadt ohne Jugend totlachen läßt. In keiner anderen Stadt Europas, nicht einmal auf der zur Paseo-Zeit von Jugend wimmelnden Madrider Plaza Sta. Ana sah ich solche großen Ansammlungen von lachenden, schwatzenden, sich kosenden und streitenden jungen Menschen, wie in dieser »Spatzenallee«. Mein Reiseführer unterm Arm sagt dazu: »Es gibt wenig junge Leute in Triest. Die Jungen, die hierbleiben, wirken sehr ernst, sehr gesetzt.«

Keine Zeit, keine Lust, zum weit draußen gelegenen Containerhafen zu gehen? (Kaffeehaus- und Literatur-beflissen, wie ich gekommen war, tat auch ich mir diesen Gang nur widerwillig an.) Hier schlagen sie pro Jahr 130 000 Container um, die Hälfte fast des Genua-Aufkommens (Erweiterungsarbeiten zielen auf 400 000 Container). Und am Pipeline-Terminal werden, gleich auf mit Marseille, jährlich 20 Millionen Tonnen arabisches Öl entladen; Ingolstadt in Bayern und

Wien hängen an dieser transalpinen Pipeline. Weniger angenehm als ernüchternd in diesem bedeutendsten Kaffee-Hafen Italiens ist auch der Weg zwischen vergammelten Lagerhäusern hindurch, vorbei an so gar nicht nach Caffè espresso duftenden Dieselmonstern, zur Hafenverwaltung. Hier zeigen sie jedem, der es hören und sehen will, glaubhaft die Pläne für Triest nach 1992, das Jahr, in welchem Europa endlich handels-einig sein wird.

Begeistert vergewaltigen die Hafenplaner ihr Italienisch mit so sperrigen Begriffen wie Roll-on-Roll-off-Terminal, worunter sie die Be- und Entladung von Schiffen mit Handelsgütern verstehen, zum Beispiel Autos aus Japan, die während der Seefahrt auf den Lastwagen bleiben. Die daran geknüpften Erwartungen sind plausibel: Die verrotteten, zeitfressenden Landstraßen aus den EG-Ländern Türkei und Griechenland nach Mitteleuropa machen für den Schwerlastverkehr von und nach diesen Ländern einen technisch und infrastrukturell dafür gerüsteten Hafen Triest zu einer logischen und konstengünstigeren Alternative. Ein »Adria-Terminal«, der die Häfen Venedigs und Rijekas zu Ausflugs- und Kreuzfahrerstationen degradieren soll.

Und auch auf diesem Gebiet haben sie große Pläne. Triest, dessen zu Buche schlagender Fremdenverkehr heute bescheiden ist, will im Bereich des toten Alten Hafens einen pleasure port namens »Polis« bauen, in dem die Eisenbahnzüge mit den Touristen bis nahe an die Gangways der Musikdampfer fahren sollen, mit Marinas für Yachten auch und Platz für Banken, Busse und Boutiquen. Die Industrie- und Finanzgiganten Fiat und Generali sind hier die geldgebenden Partner, bei den Güterhafenprojekten Rom, Triest und die Region – 1100 Milliarden Lire insgesamt. Sie bauen schon.

Den Schreibblock voll mit diesen und noch viel mehr Zahlen und Fakten, Kostenrechnungen und Bilanzierungen, denkt man: Zum Teufel mit dieser Faktenhuberei! Wen interessiert das schon, wenn es nicht einmal die Triestiner selber interessiert! Eine Umfrage vom September 1989 erbrachte, daß »eine breite Bevölkerungsschicht die reale Situation von Triest nicht kennt«. Von 100 Bürgern der verschiedensten Schichten und Berufe antworteten 90 auf die Frage, was sie an Triest interessiere: die Schönheit und die Lage der Stadt, die harmonische Architektur des Stadtzentrums sowie der Karst und das Meer. Basta. Die Auswerter der Umfrage bemerkten dazu: »Bei der Frage nach weiteren Vorteilen oft längere Pausen, ja einigen Befragten ist tatsächlich nichts anderes mehr eingefallen.« Negativ angemerkt wurden unter anderem die Verschlossenheit der Menschen, die hohen Preise, die Unhöflichkeit der Kaufleute und der Bedienungen.

Die Umfrage zitiert dazu den Historiker Elio Apih: »Der Triestiner hält sich für etwas Besonderes, denn er trägt die Geschichte einer in gewissem Sinne privilegierten Stadt auf seinen Schultern. Dieser Vorteil führt oft zu einem Exzeß der Selbstüberschätzung, den man dann mit Passivität und Selbstmitleid wieder abbaut. « – »Von hier bis zu den Verrückten einerseits und der habsburgischen Nostalgie andererseits ist es nur ein kurzer Schritt«, schrieb Il Piccolo an den Rand eines weiteren unter den vielen, sich ähnelnden Kommentaren zur Pathologie der »rätselhaften Bastardin«, wie der Pariser »Nouvel Observateur« Triest nannte.

Ach ja, die Verrückten von Triest! 1973 hatten sie die Aufmerksamkeit der ganzen westlichen Welt. Der Psychiater Franco Basaglia hatte in dem damaligen Regierungspräsidenten Michele Zanetti einen Politiker gefunden, dem es, wie dem Arzt, grauste vor der Zwangspsychiatrie, die in der Anstalt San Giovanni die kranken Menschen stapelte »wie Gemüse«. Von einem damaligen Patienten bewahren sie dort diesen Text auf: »Ich schreibe im Stehen auf einem an die Wand gehefteten Blatt, da mir keine bequemere Stellung möglich ist, wenn ich mich nicht zwischen Schmutz und Auswurf auf den Boden legen will. Wir sind etwa 45 Personen, eingeschlossen in einem Raum von 25 Quadratmetern. Es gibt sechs Bänke mit jeweils drei Sitzplätzen und acht am Boden befestigte Eisenschemel, also 26 Sitzplätze. Die übrigen irren wie blinde Fliegen im Raum umher, in zerlumpten Kleidern, einige barfuß, unter physisch und moralisch gleichermaßen verzweifelten Bedingungen. An einer Seite des Raums befindet sich eine Toilette. Ohne eine Tür oder sonstwie geartete Abtrennung, verbreitet sie während des ganzen Tages einen Übelkeit erregenden Gestank ...«

1906 gegründet und dem Wiener Psychiatrischen Krankenhaus nachempfunden, ist San Giovanni noch heute eine wirklich schöne und weitläufige, in einen großen, hügelansteigenden Park gebaute dezentralisierte Pavillon-Anlage. Als sie eröffnet wurde, bewohnten 30 Patienten einen Pavillon. 1971 waren es 76. Das Belegungsmaximum waren 750 Personen. Als Basaglia kam, waren es an die 1200. Basaglia, er ist inzwischen verstorben, gehörte zu den gesellschaftskritischen neuen Psychiatern, deren Credo Patrick McGrath so formulierte: »Ich glaube, daß wir ein Recht haben, uns vor Gefährdungen durch Geisteskranke zu schützen. Aber wir haben kein Recht, nach unserem Standard psychisch Kranke mit Medikamenten vollzupumpen oder zu versuchen, ihre Psyche zu ›rekonstruieren‹. Psychiatrie heute ist eine elaborierte, rationalisierte Form gesellschaftlicher Kontrolle, die normalerweise durch ein medizinisches Modell von Gesundheit gerechtfertigt wird, eine Kolonialisierung der Persönlichkeit.«

1973 gingen für die Patienten von San Giovanni, soweit sie nicht unwiederbringlich jenseits von sich selber waren, die Anstaltstore auf. »Freiheit ist die Therapie« war das Motto, und es steht bis heute auf den Hauswänden. »Casa Rosa Luxemburg« liest man am Haupthaus. Die politische Linke hatte sich dieser unerhörten Begebenheit bemächtigt und brachte sie in einer bourgeoisen Stadt wie Triest dadurch nur noch mehr in einen Verruf, der bis heute anhält, italienweit, denn diese Triestiner Öffnung wurde in Rom Gesetz und blieb es.

Aber man will es, nun die politische Rechte, reformieren. Die Angehörigen dieser Gestörten, die kommen und gehen können, wie sie wollen, fühlen sich überfordert, geängstigt auch durch einige Akte der Gewalt von seiten der Patienten. Basaglia vor seinem Tod: »Wie kann man ein Gesetz reformieren, das noch nie eine echte Chance bekam?«

Neben berechtigter Angst vor diesen Menschen machen sich Unverstand und schlecht gespielte Anteilnahme breit: In Triest, erzählte man mir in Fremdenverkehrskreisen, hätten sich einige dieser »Ärmsten« im Karst verlaufen, und einer sei sogar von »Bestien« gefressen worden. Andere hätten sich in aller Öffentlichkeit nackt ausgezogen. Wenn man weiß, daß die größte im Karst vorkommende Bestie der Steinmarder ist, allenfalls der Fuchs, und wenn man bedenkt, daß die öffentliche Entkleidung auch an Triests Stränden, unmittelbar neben Autostraßen, für viele Menschen durchaus auch zur geistigen Gesundheit gehört, dann wird einem die Einschätzung solcher Argumente erleichtert.

Ich redete lange mit Basaglias Nachfolger in San Giovanni, Lucio Damiani. Die Situation spiegelte den Genius loci wider: Ein Chefarzt ohne Vorzimmer, in Jeans, Pullover, offenem Hemd. Während er mir leise Auskunft gibt, geht immer wieder die Tür auf, und es treten Menschen ein, deren Gesichtern man eine geistige Störung, wenn auch nur von minderer Schwere, deutlich ansieht. Sie wollen, durchaus rational, Anweisungen von ihrem dottore, ihr Zusammenleben betreffend in den offenen Pavillons des Klinikums oder in den sieben küchen- und bettenbestückten Dependancen im Stadtgebiet, in denen 32 Fachärzte und 250 Pfleger für 3000 bis 3500 freiwillig kommende Patienten sorgen, rund um die Uhr. Sie kommen nicht nur freiwillig, sie können auch ungehindert gehen, wenn sie es wollen. Bis 1971, sagt Damiani, kamen auf 600 Patienten drei Ärzte. Nein, die Freiheit allein sei eben nicht die Therapie. Nein, Todesfälle oder gar Morde habe es in Triest nicht gegeben. Doch Widerstand sei noch immer spürbar, aber auch öffentliche Ermutigung, langsam, durch Eltern kranker Kinder. Ja, natürlich gebe man auch Medikamente, aber während man bis zur Öffnung San Giovannis reine Symptombehandlung getrieben habe, Kuriererei an Menschen, die durch ihre zwangsweise Verwahrung in einer unmenschlichen Umgebung erst richtig – oder überhaupt erst – krank geworden seien, betreibe man heute nach besten Kräften die Lebensbegleitung der Kranken bis in deren Familien hinein. Über 100 Jugendliche seien an landwirtschaftlichen Kooperativen beteiligt, an Tischlerei, Videokunst, Malerei und Theater. Das alles sei gewiß nicht der psychiatrischen Weisheit letzter Schluß, aber der Menschlichkeit bester …

Ich ging drei Tage lang in San Giovanni spazieren. Die Häuser sind heruntergekommen. Die Triestiner Universität, die mit einigen Instituten in die von Kranken geräumten großen Gebäude einziehen soll, kommt nicht: Stadt und Provinz können sich nicht über die Kostenträgerschaft einigen. Dabei wäre es so schön gewesen, so lehrreich und so gerecht: Die modernen, am Menschen und an der Natur angewandten Wissenschaften, die an der Spitze des gesellschaftlichen Fortschritts marschieren und menschliches Leben zu dem machen halfen, was es heute schon ist: voller Ängste und Neurosen, Entfremdungen und Naturzerstörungen – die Adepten dieser Wissenschaften in Wohngemeinschaften mit denen, die mit dem Fortschritt nicht Schritt halten konnten, die aus sich selber flohen. Ich sah ihre von ihnen auf die Außenwände gemalten Träume: ein Hubschrauber, der die zugemauerten Fenster verläßt und in den Himmel steigt; eine real existierende Feuerleiter, auf der ein an die dahinter liegende Wand gemaltes Ich nach oben steigt, dorthin, wo für unsere Augen nichts anderes ist als ein vor sich hin rottendes Dach.

Ich setzte mich, ein bißchen Angst im Nacken und ein bißchen Brüderlichkeit im Herzen, zu den Kranken in ihr Café. Ich weiß nicht, wie, aber es fiel mir dort Bernhard Grzimek ein, der in seinem Frankfurter Affenhaus den letzten Käfig leer gelassen hatte. Mit einem großen Spiegel an der hinteren Wand. Ich habe mich darin auch schon einmal gesehen und fand es gar nicht so lustig.

O Triest, du rätselhafte Bastardin – entweder man vergißt dich und deine Kompliziertheit, oder man kehrt wieder. Zu sehen, was man anderswo nicht besser sehen könnte, gibt es wenig. Zu denken,was sich nur hier denken läßt, dagegen viel.

Klint

1993 kam Horst Sterns drittes belletristisches Werk heraus, die fiktive Dokumentation der »Stationen einer Verwirrung« in den letzten Lebensmonaten eines deutschen Journalisten. Eines der schwärzesten und zugleich faszinierendsten Bücher, die angesichts des ökologischen Desasters unserer Tage geschrieben wurden, spannt es den Bogen der literarischen Phantasie von Arkadien bis Tschernobyl.
Die Reflexion Klints über seine Betrachtung von Hieronymus Boschs Triptychon »Der Garten der Lüste« faßt wie in einem Hohlspiegel die thematische und erzählerische Anlage des Buchs zusammen.

Das Bild

Als ich bemerkte, daß ich das Mißtrauen des Aufsehers erregte, ging ich zu ihm und wies mich aus. Ich käme, sagte ich, hierher zu Zeiten, in denen der Publikumsandrang im Prado sich in Grenzen hielt, um das Triptychon *La Lujuria* zu studieren – dies da, den Garten der Lüste des Hieronymus Bosch. Ich zeigte mit dem Daumen über die Schulter zu der Wand, an der das Gemälde hängt. Man sähe doch, redete ich auf ihn ein, wie viele Menschen da drauf seien, und alle in den rätselhaftesten Situationen, das mache nun einmal viele Studienaufenthalte nötig. Ich hätte über das Bild einen Zeitungsartikel zu verfassen (was nicht stimmte, aber glaubwürdig schien). Der Aufseher war beruhigt. Ich ging zu dem Bild zurück und richtete mich wieder vor ihm ein. Um Beine und Kreuz zu entlasten, stützte ich das Gesäß auf einem Stockstuhl ab, wie ihn die Jäger benutzen. Ich besaß ihn noch aus der Zeit meiner frühen Feldstudien in der Natur und fand ihn immer wieder einmal nützlich. So saß ich reglos, wie nun seit Monaten schon, einmal die Woche für eine halbe Stunde. Anderes schaute ich nicht an. Ich kam hierher, weil ich besessen war von meiner eigenen Deutung dieses seit Hunderten von Jahren immer wieder einmal und immer wieder anders gedeuteten Bildes.

Ich war vertraut mit den kunsthistorischen Spekulationen, die in Bosch, als er um 1500 das Triptychon malte, den Novizen einer obskuren freigeistigen Sekte sahen; er habe ihr mit diesem Gemälde das geheime Altarbild für ihre Nacktgottesdienste geschaffen und ihrem lüsternen Denken die Symbole. Im Brüten über diesem gelehrten Schutt, im Überprüfen der bis nach Indien und Ägypten reichenden Ausdeutungen von tausend Einzelheiten hatte ich bald das Gefühl, einen zu Tode vivisezierten Bildleib anzuschauen, über dessen ausgelöste, ausgebeinte, ausgeschabte Teile ich nun alles wußte, aber nichts mehr über seine Ganzheit als der Voraussetzung für einen Bedeutungswandel in der Zeit. Denn wodurch sonst wird sein Bild unsterblich, wenn nicht durch seinen Gang durch die denkenden Köpfe immer neuer Generationen von Menschen mit ihren immer neuen Problemen. Also machte ich mir von Boschens Garten der Lüste ein neues, ein zeitgemäßes Bild und erhob seinen Maler zum Zeitgenossen. In vielen Sitzungen vor dem Bild machte ich mich daran, es umzudeuten.

Mein angestrengtes Nachdenken über den Zustand der Welt hatte gegen Ende der sechziger Jahre begonnen, als die Krankheit der Natur gleichzeitig mit der Krankheit der Gesellschaft sichtbar geworden war. In westlichen Hauptstädten kam es zu heftigen politischen Fieberanfällen, die indes wenig oder nichts heilten. Auch der Verfall der Natur ging weiter, ihre Krankheitsbilder wurden zu Gegenständen alltäglicher Gewöhnung. Und die juvenilen Antikörper im Leib der politischen Gesellschaft, die man fortan nach dem Jahr ihres virulentesten Vorkommens die Achtundsechziger nannte, wandelten sich, während sie alterten, metamorph zu ganz eigenen parasitären und autoparasitären Formen. Während sie von der Substanz des ungeliebten Wirts lebten, gingen sie durch ein Larvenstadium und nährten sich darin von einem politischen Bewußtsein, das sie als Antikörper gewonnen hatten und das als Reflex auf den repressiven Druck ihres Wirtes zornig in ihnen pochte. Als dieses Bewußtsein durch ihr Heranreifen aufgezehrt war, stiegen sie aus dem Wirtsleib aus und häuteten sich auf Cannabisblättern zu weichleibigen und leidanfälligen Faltern. Während sie auf ihre Lebenstüchtigkeit durch Versteifung warteten, brachte der Zeitgeist, der über sie hinwehte, in die Zellen ihrer zum Trocknen ausgebreiteten Flügel die Vokabeln zum schönsten Schillern und Gleißen. So hoben sie schließlich ab. Im Gaukelflug spürten sie mit den Antennen ihrer Fühler jedwedes Esoterische, Lukullische und Feminine auf, um sich darin narzißtisch zu versenken, unterwegs zu immer neuen und nur ihnen bekannten Metamorphosen.

Auch mein Denken war zu jener Zeit vom Wandel geprägt gewesen, wenn es auch andere Inhalte gehabt hatte. Es glich unverbindlichen, abstrakten Bildern, die als Äußerungen eines in ökologischen Urchristengemeinden grassierenden Endzeitdenkens in meinem Kopf aufgehängt waren wie Kunstobjekte in einer Galerie. Und manchmal dann hatte ich das Gefühl, es seien die Rahmen meiner Denkbilder – deren besserer Teil, stammten sie doch aus den grundsoliden Materialien meiner wissenschaftlichen Kenntnisse. Zehn Jahre später, als die Krebsigkeit der Natur zu ersten Kreislaufkollapsen führte, begannen meine Gedanken, sich konkretere Bilder vom Verfall der Welt zu machen, Bilder, die ihren Wert nun nicht mehr allein aus ihren Rahmungen bezogen, sondern aus ihren ökologischen Grundierungen. Meine Hochrechnungen einschlägiger wissenschaftlicher Erkenntnisse führten meist zu kollabierenden Systemen. Ich wurde ex negativo beweissüchtig mit einer Besessenheit, die in allem und jedem, was mit der Natur und in der Politik geschah, oder nicht geschah, bald nur noch das Krebsige sah. Jede Nachricht darüber, jedes Bild davon (und beides mehrte sich in den Medien erschreckend), verschaffte mir ein Triumphgefühl, wo ich doch eigentlich, wie ich mir in distanzierteren Momenten sagte, die Trauer des Mitbetroffenen hätte empfinden müssen. Nicht anders ging es mir vor dem Garten der Lüste des Hieronymus van Aken, genannt Bosch.

Trotz des Paradiescharakters der linken, ersten Tafel, trotz auch der metaphysischen Übungen des Menschengeschlechts im großen Mittelteil, die dem Bild den Namen gaben, sehe ich in ihm kein Kirchenkunstwerk, was man aus Entstehungszeit und höllischem Pandämonium auf der dritten Tafel hätte schließen können. Vielmehr sehe ich den Weg der Menschheit in die ökologische Katastrophe dargestellt: Der anfänglichen Unschuld, dem Frieden mit der Natur und ihren Geschöpfen auf der ersten Tafel, folgt auf der zweiten die Überfüllung der Erde mit Menschen. Unter ihren Leibern (und denen der in Massen gezüchteten oder von menschlicher Ästhetik am Leben gelassenen Tiere) wurden Wasser und Boden zum Mangel. Orte des Spiels und des frivolen Vergnügens entstanden. Bauwerke machen sich hoch und breit. Freie, unberührte Natur wich bis an letzte, ferne Horizonte. *Wer wäre das,* höre ich es aus diesem Lustgarten rufen, *der sich ein Gewissen daraus machen müßte, von den vier Elementen das zu beanspruchen, dessen er bedarf, ohne die Einsprache der Vernunft!* Überall herrscht die Sorglosigkeit des Homo ludens, circensische Heiterkeit und die Gymnastizierung der Glieder in Lust. Es predigte ein Besorgter wie ich vor diesem Bild wohl nur entblößten, ihm wie zum Spott hingestreckten nackten Gesäßen. Die Gewissen der Menschen haben sich ätherisiert zu durchsichtigsten Schleiern über dem Gewagten, und der ragende Phallus gehört den Akrobaten. Am rechten Bildrand, der Katastrophe bereits benachbart, ist noch Spiel und Tanz, Tändelei unter rotbäckigen Bäumen. Aber es lassen sich die Raben schon nieder auf nacktem Fleisch und prüfen hackend, ob es schon aasig ist.

Dann bricht, auf der Tafel rechts, die Hölle los, das Ende der Natur, das große Sterben, das nur die Genchimären noch verschont. Der Mensch, sein Ende vor Augen, sieht sich nun, wie er in Wahrheit ist: Die Erde, ein bis zuletzt von ihm beschmutzter Ort, wo Habsucht und Falschspiel herrschen und der Kauf des eigenen Vorteils von der sich christlich gebenden Macht in Gestalt des bestechlichen Schweins; wo die Völlerei wieder zum Maul und der Profit zum Hintern herauskommen; wo die Politik eine Hure ist und die Vernunft der Wissenschaft das nur noch schartige Messer des Ockham zwischen ihren Ohren; wo die Kunst in Gestalt eines äffischen Kantormauls die Noten des letzten Tedeums vom nackten Hintern eines Mannes sind, akkompaniert von Fürzen in eine Flöte; wo Musik Folter ist und Drama Farce. Die Seelen der vom Menschen zu Tode gebrachten Wildtiere entweichen ihm, da er jetzt selber zum Teufel geht, als schwarze Vogelgestalten rücklings zum Leib hinaus. Aber sie werden keine Türme mehr finden, um die sich noch fliegen, keine Bäume, in denen sich noch nisten, keine Früchte, von denen sich noch leben ließe. Denn oben bersten die Täler und die Berge, die Häuser und die Fabriken. Selbst das Wasser brennt. Der Himmel ist ein Inferno aus atomarem Feuer und Rauch. Die Natur ist im Zustand des Grimms und der Rache. Die Elemente sind außer sich durch den zweiten, den atomaren Sündenfall des Menschen, der ein Feuer auf die Erde holte, das der Sonne zugehörig ist. Aus wohltätigen Mächten wurden zerstörerische Gewalten. Versprengte Kriegshaufen plündern, foltern, henken – Lanzen, Spieße, Messer überall, als wäre der Tod der Natur nicht allen schon Tod genug. Es ist ein Quälen und ein Schlachten, ein Fressen und ein Gefressenwerden, als gelte es, den Tod zu entmutigen: *Was willst du, Gevatter, das können wir selber, und wir können es besser!* Es ist ein Sterben, daß es nur so eine Art hat: Menschenart …

Fühlte ich, daß ein Bildbetrachter neben mir mich musterte, wandte ich das Gesicht ab. Zwar sagte ich mir, daß ich neugierige Blicke nur wegen meines Stockstuhls auf mich zog, doch war ich mir nicht sicher, ob nicht doch der eine oder der andere in mir jenen Mann wiedererkannte, dessen Gesicht mondgleich ruhig und bleich aus der Mitte dieses Pandämoniums hervorleuchtet, groß wie kein anderes Gesicht unter den unzähligen auf der Tafel, und auch so menschlich wie keines. Es gibt wirklich eine Ähnlichkeit der Nase, des Mundes und des länglichen Kinns zwischen meinem Gesicht und dem des Mannes inmitten des Gemäldes: wissende, alles sehende dunkle Augen und ein kleines Lächeln um den breiten, dabei schmallippigen Mund, das ebenso dem Mitleid des Artgenossen entsprungen sein kann wie der traurigen Genugtuung des Augurs, der längst alles hat kommen sehen. Ich bin der Baummensch dort im Bild. Mein leichenfahler Leib, der nur noch hälftig ist und leere Hülle, steht auf zwei Beinen, die drehwüchsigen Bäumen gleichen. Es starren lange Äste aus ihnen heraus, die entlaubt sind von einem vergifteten Himmel und entrindet von einer sorglosen Zeit. Die Sorglosigkeit sitzt in meinem weit offenen Leib zu Tisch. Es sind Zecher, und es stört sie nicht, nicht einmal angesichts des großen Sterbens ringsum, daß die toten Bäume mit den Ästen auch nach ihnen stechen, in den Leib des sie behausenden Baummenschen Klint hinein, den das Feiern und das Festen der allzeit Sorglosen, Hirnlosen, Mitleidlosen aushöhlte, lange bevor es ans allgemeine Sterben ging. Die toten Äste wachsen noch, wie die Fingernägel an Leichenhänden. Sie haben nun auch meinen Rücken durchstoßen. Es nährt sie das tote Wasser des schwarzen Flusses Lethe, das in zwei segellosen Barken um die darin abfaulenden Wurzeln ihrer Stämme schwappt. Ich spüre von den Beinen herauf, mit denen ich in den Booten wie in zu großen Leichenschuhen stehe, ein Gleiten, das mich immer weiter von jeder Erinnerung an das Leben entfernen und mich hineintragen will ins afterhaft Finstere. Mein Kopf ist in höllischer Logik meinem Leib verkehrt herum angesetzt und trägt hutgleich einen Mühlstein, der mich so schwer drückt wie mein Wissen vom Zustand der Welt. Obenauf, in der Mitte des Steins, steht tonlos ein riesiger Dudelsack. Es entweicht ihm in rasch verfliegenden Kräuselungen mein Atem, mit dem ich den Blasebalg füllte, um der Welt mit schrillen Tönen zur Warnung aufzuspielen. Oder ist es schon der Rauch meiner zu Wortasche zerfallenen Kassandragesänge? Drei wunderliche Winzlinge, dämonische Gestalten aus meinen Alpträumen, führen mich, der ich selber dreifach bin – Täter, Träumer, Opfer – um den Dudelsack herum. Sie lassen mich ganz außen am Mühlstein gehen, hart am Rand zum Abgrund, wo ich von Sturz bedroht bin. Nicht anders auch führt mich die Mater ecclesia, an deren Hand ich den äußersten Rand meines Seins abschreite. Mit der bändergeschmückten Mitra auf dem hoffärtig getragenen Kopf und der langen Schleppe ihres Kleides aus Sack und Asche ist diese Kirche längst kein Trost mehr für mich.

So sehr hatte ich mich mit dem Mann im Bild identifiziert, daß ich gestern absichtslos und nicht wissend zu welchem Zweck dessen Kopfhaltung nachahmte: Ich schaue nach hinten und nehme in die Rückwärtsbewegung einen Blick mit, der gesättigt ist mit Frauenleibern und sehnsüchtigem Fleisch. Geängstigt von einer dunklen Willensströmung, die mich von mir fortzutragen droht, versuche ich, mit bruchstückhaften Gedanken rudernd, zu mir zurückzugelangen. Wie an einem

Treibholz suche ich Halt bei dem Gefühl, es habe mich eine Hand an der Schulter berührt. Ich weiß Pilar Sorge hinter mir und mache Anstalten, mich vom Stockstuhl zu erheben, mich zu ihr zu drehen, sie zu begrüßen. Aber da spüre ich, wie sie den Druck ihrer Hand verstärkt. Ich verstehe, bleibe gehorsam sitzen und wende mich, mein Leib eine einzige Hoffnung, wieder dem Bild zu. So dicht steht die Spanierin hinter mir, daß ich versucht bin, mich an ihren Leib zu lehnen, Halt zu suchen und auszuruhen von meinen schrecklichen Gedanken. Ich gebe der Versuchung nach. Im Tempo einer ihren Weg ertastenden Schnecke schiebe ich der Frau meinen Rücken entgegen; die Berührung, die ich herbeisehne, soll als Zufall erscheinen. Ebenso langsam hebe ich den Kopf, den ich in Höhe der Frauenbrust glaube. Alles dauert lange und geschieht schweigend. Als ich in den Nackenhaaren Kontakt verspüre, bin ich zwischen Glück und Panik. Ich hoffe auf ein Zeichen des Einverständnisses oder wenigstens der Duldung. Aber weder hebt die Frau die Berührung durch ein Zurückweichen auf, noch kommt sie näher, auch im leisesten nicht. Ich denke mutlos: Duldung ohne Hoffnung, so lieben Madonnen! Ich atme tief und schwer. Dabei ist mir, als berührte mein Hinterkopf eine Brust unter allerdünnster Seide. Die Frau beginnt zu sprechen, über meinen Kopf hinweg mitten ins Bild hinein und gewiß den Blick unverwandt auf dessen Mitte gerichtet, die ich bin, Klint. Und also fühle ich, daß ihr Blick warm auf meinem Gesicht ruht und ich höre, wie sie sagt: *Wer wäre das, der sich ein Gewissen daraus machen müßte, von Gott das zu beanspruchen, dessen er bedarf, ohne die Einsprache der Vernunft!* Ich weiß sogleich, daß sie die Liebe meint. Ich schließe die Augen. Bis da wieder der Druck der Hand auf meiner Schulter ist, verstärkt dieses Mal durch ein leichtes Rütteln. Die Stimme des Aufsehers sagt, ich möge nun endlich gehen, man sei längst dabei zu schließen.

Kopfliebe

1994 brachte Horst Stern einen Band mit Gedichten heraus. Ohne Zweifel sind es die persönlichsten Texte, die er je geschrieben hat. Sie weisen zurück auf die frühen Gedichte aus den ersten Nachkriegsjahren, die bis auf eines verloren sind.

Interview I

»Herr Kollege, ich möchte Sie fragen:
Was treibt Sie bloß unter Bäume –
sind's schöne Träume?
Oder was sonst macht Sie da an?«

»Frau Kollegin, ich würde sagen,
daß man, während sie langsam verderben,
das aufrechte Sterben
von ihnen lernen kann.«

Auf Drift

Nicht hadern,
wenn der Anker,
vor dem wir drei schafwarme Nächte lagen,
auf Drift geht.
Er hielt doch lange.

Aber er grub sich nicht ein.
Steiniger Grund,
von Abgelebtem verlehmt,
von alten verschlickten Ketten armiert,
wies seine nach neuen Tiefen suchenden Hände ab.

Wir treiben nun,
windlos,
die Segel leer,
dem Meer des Vergessens zu,
gewiegt von der Dünung des abziehenden Sturms.
Es wird dauern,
neue Stürme sind nicht in Sicht.

Wende dich bugwärts,
sieh den Delphin!
Im Sprung zeigt er dir
einen von Leben überglänzten Leib –
deinen.

Mir glänzt
nächtens
langes Kielwasser.

Nachts, einen Barolo anstarrend

Du füllst mich an wie Wein die späte Stunde,
wenn sie sich in den Morgen dehnt,
und stehst mir rot wie Blut am Munde,
der sich an deinem Nacken wähnt.

Du steigst in mir wie wilde Lachse steigen,
wenn ihr Geburtsfluß sie verlockt,
sich paarend einem Tod zu zeigen,
der nächtens in den Steinen hockt.

Du gehst in mir wie einst die Echsen gingen,
als aus dem Hornleib Flügelseide sproß,
wo Kehllaut war, ward erstes Singen,
der Kriechleib wurde göttliches Geschoß.

Du blühst in mir wie schwarz mutierte Feigen;
ihr Nektar ist den Faltern fremd,
ihr Angsttanz ein Gedankenreigen
um Honigleib und Nesselhemd.

Du schläfst in mir wie Öl in den Amphoren
am Grund des Meeres bei Brindisi,
veratmest dich durch meine Poren –
und ein Delphin rollt uns nach Sybari.

Du fliehst aus mir wie alle Räusche fliehen,
wenn Zeit in ihre Tiefen fällt.
Der Lebensrest ist dann beliehen
mit einem Blick, der nichts mehr hält…

Fensterrede

Ich reiste einmal, auf Lesetour mit Klint*)
und von Gedanken an sie herkommend,
auf ihrem Leib nach Amberg in der Oberpfalz.
Interregio, erster Klasse, standesgemäß.
An meiner Seite Klint.
Da lag das Ungewöhnliche nahe.
Daß es ein Sonnentag war und heller Mittag,
störte nicht weiter, waren wir doch, er und ich,
das Ungewöhnliche gewohnt.

*) Der dem Wahn verfallende Held in des Verfassers gleichnamigem Roman.

In der Gegend von Aalen durchwirkte das Braunrot
noch laubhaltiger Buchen das Schwarz eines Fichtenkopfs,
und ich sagte: »Ihr Haar, Klint, findest du nicht auch?«
Er schwieg. Dabei kannten sie beide sich gut.

Vor Crailsheim,
wo hohenlohisches Hügelgewell sich südwärts im Ebenmaß
eines offenen Landschaftsgesichts verläuft,
mit den blinkenden Rundaugen der Fischteiche darin
und den schwarzen Brauen aus Erlenbögen darüber,
sah ich zwei Forellen silbern nach frühen Fliegen springen,
und ich sagte: »Sie wirft uns kühne Blicke zu!«
Aber Klint schwieg auch diesmal wieder.

Bei Ansbach dann
strich eine alte Brücke mit ihren Bogen einen Bach,
Suite für Cello solo,
und in Erinnerung an ein Fournier-Konzert hier im Schloß
sagte ich gedankenverloren:
»Ihre Bettstimme, Klint! Schwermütigstes d-moll...«
Er schwieg noch immer.

Kam Hersbruck.
Zwei ansehnliche Hügel, die Seiten weich
auf ein grünes Laken aus Wintersaat sinkend,
oben sanft geplattet und gekrönt
von je einer noch rotbeerigen Eberesche,
ließen mich die Augen schließen und erschauern.
Da sagte Klint: »Ich weiß, ich weiß...«

Er verließ mich noch in der Nacht.
Er fehlt mir sehr.

Biographische Daten

1922	Geboren am 24. Oktober in Stettin
1928–1932	Besuch der Grundschule in Gollnow
1932–1936	Besuch des humanistischen Gymnasiums in Gollnow
1936	Umzug der Familie nach Berlin, Besuch einer Oberrealschule
1938	Schulabgang mit Mittlerer Reife; Beginn einer Banklehre
1939	Zu Kriegsbeginn zum Reichsarbeitsdienst eingezogen
1940	Ausbildung zum Fallschirmjäger, Einsätze in Frankreich und Nordafrika
1942	In Nordafrika in Gefangenschaft gekommen
1942–1945	Kriegsgefangenschaft in Camp Breckinridge/Kentucky, Fernstudium in angelsächsischem Recht und angelsächsischer Literatur an der University of Chicago
1946	Eheschließung mit Annelies Bettin (aus der Ehe gehen die Söhne Rainer und Stefan hervor)
1947–1950	Gerichtsdolmetscher am Militärgericht Ludwigsburg
1950–1955	Lokalredakteur bei den »Stuttgarter Nachrichten«, außerdem Berichte über Tiere in der Wochenendbeilage der »Stuttgarter Nachrichten«
1955	Wechsel zum Delius Klasing Verlag, Bielefeld
1957	Im Franckh-Verlag veröffentlicht Stern mit Wolfgang Bechtle den Band *Lauter Viechereien. Geschichten von Tieren mit Familienanschluß*
1959–1967	Chefredakteur und Herausgeber des Reisemagazins »Unterwegs«
1963–1968	Chefredakteur der VW-Zeitschrift »Gute Fahrt«
1965–1973	Chefredakteur und Herausgeber der Segel-Zeitschrift »Die Yacht«
1960–1965	Vom 1. April 1960 bis zum 9. Juli 1965 werden in 36 Folgen Sterns Schulfunk-Sendungen beim SDR ausgestrahlt
1961	In der Franckh'schen Verlagshandlung erscheint *So verdient*

man sich die Sporen. Reiten lernen, wie es selten im Buche steht

1965 In der Franckh'schen Verlagshandlung erscheint *In Tierkunde eine Eins. Die Buchausgabe der Funkvorträge*

1967 In der Franckh'schen Verlagshandlung erscheint *Gesang der Regenwürmer und andere Kuriosa* (13 Funkvorträge)

1968 Veröffentlichungen in der Zeitschrift »Kosmos«

1969–1979 Produktion von 26 Fernsehfilmen in der Sendereihe »Sterns Stunde« (SDR) in der Zeit vom 13.1.1970–21.1.1979

1970 Umzug nach Nonnenhorn am Bodensee,
Mitbegründer der »Zeitschrift Nationalpark« für den Nationalpark Bayerischer Wald

1971 Verleihung der Goldenen Kamera an Horst Stern;
»Goldener Bildschirm« als Auszeichnung für die Sendereihe »Sterns Stunde«;
Sonderpreis des Adolf-Grimme-Preises, verliehen vom Stifterverband der Deutschen Industrie; im Kindler Verlag erscheinen die Bücher *Sterns Bemerkungen über Hunde, Sterns Bemerkungen über Bienen* und *Sterns Bemerkungen über Pferde*

1972 Gründung der »Gruppe Ökologie« gemeinsam mit den Verhaltensforschern Konrad Lorenz, Irenäus Eibl-Eibesfeld, Otto Koenig und Paul Leyhausen sowie mit Bernhard Grzimek, Heinz Sielmann u. a.

1972–1979 Tätigkeit als ehrenamtlicher Naturschutzbeauftragter des Landkreises Lindau am Bodensee

1973 Verleihung des Bayerischen Naturschutzpreises an Konrad Lorenz und Horst Stern; Umzug auf den Hof Hohenegg bei Harbatshofen, Gemeinde Grünenbach, im Allgäu; Tätigkeit als Nebenerwerbslandwirt (Schafzucht); in der Franckh'schen Verlagshandlung erscheint *Tiere und Landschaften*

1973–1977 Vom 26. Februar 1973 bis zum 25. Juli 1977 produziert Stern für die NDR-Sendung »Panorama« 10 Kurzfilme zu ökologischen Themen

1974 Verleihung der Wilhelm-Bölsche-Medaille in Gold der Kosmos-Gesellschaft der Naturfreunde; die Universität Hohenheim, Stuttgart, verleiht Stern die Würde eines Doktors der Sozialwissenschaften ehrenhalber (Dr. rer. soc. h. c.); Erhalt der Ludwig-Thoma-Medaille der Stadt München; im Kindler Verlag erscheint *Mut zum Widerspruch. Reden und Aufsätze*

1975 Verleihung des Bodensee-Literaturpreises der Stadt Überlingen; im Bertelsmann Verlag erscheint *Leben am seidenen Faden. Die rätselvolle Welt der Spinnen*

1975–1979	Beiratsmitglied im Naturschutzbeirat der Regierung von Schwaben (Augsburg); im Juni 1979 Rückzug aus dem Beirat wegen Querelen um eine Teilaufhebung der Landschaftsschutzverordnung; stellvertretendes Mitglied im Naturschutzbeirat der Bayerischen Staatsregierung
1976	Erhalt des Fernsehpreises des Verbandes der deutschen Kritiker; die Sendereihe »Sterns Viertelstunde« wird vom 16. 5.–17. 10. über den Landfunk des SDR ausgestrahlt
1978	Erscheinen des Buches *Rettet die Vögel, wir brauchen sie* im Herbig-Verlag. Hrsg. Rudolf L. Schreiber, Autoren: Horst Stern, Gerhard Thielcke, Frederic Vester
1978–1984	Mitglied im Gemeinderat der Gemeinde Grünenbach
1979	Verleihung des Autorenpreises der Deutschen Umwelthilfe an das Autorenteam des Buches *Rettet die Vögel*; Stern, Hans Biebelriether et al. veröffentlichen das Buch *Rettet den Wald*; der zweite Teil des Films *Die Stellvertreter – Tiere in der Pharmaforschung* wird mit dem Sonderpreis des Stifterverbandes für die Deutsche Wissenschaft ausgezeichnet; bei Kindler erscheint *Tierversuche in der Pharmaforschung. Originaltexte der Fernsehfilme und neue Materialien – kontrovers diskutiert*
1979–1982	Mitglied in der Wissenschaftskommission »Aktionsprogramm Ökologie« der SPD-Regierung in Bonn
1980	Veröffentlichung des Buches *Rettet die Wildtiere.* Hrsg. Rudolf L. Schreiber, Autoren: Horst Stern, Wolfgang Schröder, Frederic Vester und Wolfgang Dietzen
1980–1984	Herausgeber und Chefredakteur der Zeitschrift »natur« im Schweizer Verlag Ringier
1981	Am 3. Juni wird Stern die Alexander-von-Humboldt-Medaille in Gold der Hamburger FVS-Stiftung an der Universität Bonn verliehen
1982	Umzug nach München
1986	Im Kindler Verlag erscheint *Mann aus Apulien*
1989	Im Kindler Verlag erscheint die *Jagdnovelle*; im Droemer Knaur Verlag erscheinen *Bemerkungen über das Tier im Handel/Bemerkungen über das Hausschwein* und *Bemerkungen über eine Urlaubslandschaft/Bemerkungen über den Rothirsch*
1993	Übersiedlung nach Irland; Im Albrecht Knaus Verlag erscheint *Klint*
1994	Bei der Edition Toni Pongratz in Hautzenburg bei Passau erscheint der Gedichtband *Kopfliebe*
1995–1997	Vom 24. März 1995 an erscheint vierzehntägig eine Stern-Kolumne in dem Wochenblatt »Die Woche«

Auswahlbibliographie

Erarbeitet von Martina Schweitzer

Die Bibliographie führt wichtige Arbeiten Horst Sterns auf. Die Auswahl basiert auf der kompletten Bibliographie, die zeitgleich in dem ebenfalls von Ludwig Fischer herausgegebenen Band *Unerledigte Einsichten. Der Journalist und Schriftsteller Horst Stern* (Lit-Verlag, Münster und Hamburg) erscheint.

Wir danken folgenden Institutionen, Unternehmen und Personen für die Unterstützung bei der Beschaffung von Textvorlagen, Daten und Nachweisen: Süddeutscher Rundfunk – Historisches Archiv und Fernsehen, Redaktion Kultur & Gesellschaft; Norddeutscher Rundfunk, Archiv; Spiegel-TV, Dokumentation; Verlag Gruner & Jahr, Archiv; Frau Wellenbrink, Verlag Delius Klasing, Bielefeld; Der Spiegel, Archiv; Die Woche, Dokumentation; Die Zeit, Dokumentation; Berliner Zeitung, Archiv; Deutsche Verlagsanstalt, Stuttgart; Franckh'sche Verlagshandlung, Stuttgart; Nationalpark Bayerischer Wald, Verwaltung; BUND Bayern, Verwaltung; Große Kreisstadt Überlingen, Kulturamt; Stiftung FVS, Hamburg; Wildbiologische Gesellschaft e.V., München; Herrn Beisel, Verlag C.H. Beck, München; Verlag Droemer Knaur, München.

1. Buchveröffentlichungen Horst Sterns:

So verdient man sich die Sporen. Reiten lernen, wie es selten im Buche steht. Stuttgart: Franckh'sche Verlagshandlung, 1961.

In Tierkunde eine Eins. Die Buchausgabe der Funkvorträge. Stuttgart: Franckh'sche Verlagshandlung, 1965.
Ab Juli 1970 mit neuem Titel: Mit den Tieren per Du. Horst Stern gibt in Tierkunde eine Eins. Stuttgart: Franckh-Kosmos.

Gesang der Regenwürmer und andere Kuriosa, erzählt streng nach der Natur. 13 Neue Funkvorträge. Stuttgart: Franckh'sche Verlagshandlung, 1967.

Ab Juli 1970 mit neuem Titel: Mit der Natur per Du. Horst Stern erzählt vom Gesang der Regenwürmer und andere Kuriosa. Stuttgart: Franckh-Kosmos.

Sterns Bemerkungen über Hunde. München: Kindler, 1971

Sterns Bemerkungen über Bienen. München: Kindler, 1971.

Sterns Bemerkungen über Pferde. München: Kindler, 1971.

Stern für Leser: Tiere und Landschaften. Stuttgart: Franckh'sche Verlagshandlung, 1973.

Mut zum Widerspruch. Reden und Aufsätze. München: Kindler, 1974.

Tierversuche in der Pharmaforschung. Originaltexte der Fernsehfilme und neue Materialien – kontrovers diskutiert. München: Kindler Verlag, 1979.

Mann aus Apulien. München: Kindler Verlag, 1986.

Jagdnovelle. München: Kindler Verlag, 1989.

Bemerkungen über das Tier im Handel/Bemerkungen über das Hausschwein. München: Droemer Knaur, 1989.

Bemerkungen über eine Urlaubslandschaft/Bemerkungen über den Rothirsch. München Droemer Knaur, 1989.

Klint. München: Verlag Albrecht Knaus, 1993.

Kopfliebe. Gedichte. Mit einer farbigen Graphik von Ernst Fuchs. 800 numerierte und vom Autor signierte Exemplare. o. O.: Edition Toni Pongratz: Hautzenburg bei Passau (Reihe Literarisch-Graphische Blätter), 1994.

2. Horst Stern als Co-Autor und Mitherausgeber:

Stern, Horst/Bechtle, Wolfgang. Lauter Viechereien. Geschichten von Tieren mit Familienanschluß. Stuttgart: Franckh'sche Verlagshandlung, 1957.

Stern, Horst/Kullmann, Ernst. Leben am seidenen Faden. Die rätselvolle Welt der Spinnen. Gütersloh/München: Bertelsmann, 1975.
[1981 unveränderter Nachdruck bei Kindler, München]

Schreiber, Rudolf L. (Hrsg.). Stern, Horst/Thielcke, Gerhard/Vester, Frederic. Rettet die Vögel, wir brauchen sie. München/Berlin: Herbig, 1978.

Stern, Horst/Biebelriether, Hans et al. Rettet den Wald. München: Kindler, 1979.
[1989 Nachdruck als Edition des Deutschen Bücherbundes Stuttgart]

Schreiber, Rudolf L. (Hrsg.). Stern, Horst/Schröder, Wolfgang/Vester, Frederic/Dietzen, Wolfgang. Rettet die Wildtiere. Stuttgart: Pro Natur Verlag, 1980.

3. Taschenbuchausgaben:

Bemerkungen über Hunde. Reinbek: Rowohlt, 1974.
Bemerkungen über Bienen, Reinbek: Rowohlt, 1974.
Bemerkungen über Pferde, Reinbek: Rowohlt, 1974.
Mut zum Widerspruch. Reinbek: Rowohlt, 1976.
Tierversuche. Reinbek: Rowohlt, 1976.
Stern, Horst/Biebelriether, Hans et. al. Rettet den Wald. München: Heyne, 1983.
Mann aus Apulien. München: Droemer Knaur, 1988.
Jagdnovelle. München: Droemer Knaur, 1991.
Pfau, Ulli (Hrsg.). Das Horst Stern Lesebuch. München: Deutscher Taschenbuch Verlag, 1992.
Klint. München: Goldmann, 1995.

4. Literarische Einzeltexte:

Der Zweifler. In: Horizont. Jg. 1945/46. Nr. 21/15. Sept. 1946. S. 23.
Obergefreiter Kluncke. In: Der Ruf – Unabhängige Blätter für unabhängige Leser. 4. Jg. Nr. 6/15. März 1949. S. 12–14.
Umfrage/10 Wörter: Das Magma. In: Die Zeit. Nr. 1/1992. S. 39.
NachtiGalliges. In: Süddeutsche Zeitung – Magazin. Nr. 12/24. März 1995. S. 34.

5. Essays, Aufsätze, größere Zeitschriften- und Zeitungsbeiträge:

Hausgenosse Kleiber. In: Kosmos, Jg. 53. Nr. 9/1957. S. 435–437.
Ach, Sie sind Tierfreund? In: Stern, Horst/Bechtle Wolfgang. Lauter Viechereien. Stuttgart: Franckh'sche Verlagshandlung, 1957.
Der deutsche Wald kann mehr als rauschen. In: Gesang der Regenwürmer und andere Kuriosa, erzählt streng nach der Natur. Stuttgart: Franckh'sche Verlagshandlung, 1967.
Bemerkungen zur See. In: Kosmos, Jg. 64. Nr. 4/1968. S. 152–156.
Malpais – Notizen von der Vulkaninsel Lanzarote. In: Kosmos, Jg. 64. Nr. 5/1968. S. 177–183.
Zurück aus der Eiszeit (1). In: Kosmos, Jg. 64. Nr. 7/1968. S. 286–294.
Eis für Whisky – 1600 Jahre alt: Zurück aus der Eiszeit (2). In: Kosmos, Jg. 64. Nr. 8/1968. S. 330–336.
Gentlemen ohne Taille – Zurück aus der Eiszeit (3). In: Kosmos, Jg. 64. Nr. 10/1968. S. 417–423.
Alles lebt vom Krill – Zurück aus der Eiszeit (4). In: Kosmos, Jg. 64. Nr. 10/1968. S. 417–423.

... denn ich habe den Albatros gesehen! – Zurück aus der Eiszeit (5). In: Kosmos, Jg. 64. Nr. 11/1968. S. 462–468.
Das hält ja kein Pferd aus! Springreiten – ist das noch Sport? In: Stern, Nr. 16/1971. S. 96–102.
Ich drehe nicht nach Lehrbuch. In: Deutsche Zeitung – Christ und Welt, Nr. 19/7. Mai 1971. S. 25.
Bemerkungen über Hunde. In: Deutsche Zeitung – Christ und Welt, Nr. 31/30. Juli 1971. S. 25.
Verlogene Paradiese. Über westdeutsche Safari-Parks und Wildgatter. In: Der Spiegel, Nr. 20/1973. S. 153–159.
Wie natürlich ist die Natur? Jugend forscht. In: Die Zeit, Nr. 21/1973. S. 62.
Ende der Bescheidenheit – Auch im Naturschutz. In: Das Parlament. Jg. 23, Nr. 36/8. September 1973. S. 1.
Sterns Reitstunde (1). In: Welt am Sonntag, Nr. 36/9. September 1973. S. 29–34.
Sterns Reitstunde (2) – Keine Qualen beim Traben. In: Welt am Sonntag, Nr. 37/16. September 1973. S. 36.
Sterns Reitstunde (3) – Wenn beim Reiten die Lunte brennt. In: Welt am Sonntag, Nr. 38/23. September 1973. S. 34.
Waldeslust 1974. In: Zeitschrift Nationalpark, Nr. 1/1974. S. 4–5.
Menschenfeinde? In: Zeitschrift Nationalpark, Nr. 3/1974. S. 4–6.
Die sogenannte heile Welt. In: Kosmos, Jg. 70. Nr. 6/1974. S. 180–186.
Mut zur Emotion. In: Kosmos, Jg. 70. Nr. 12/1974. S. 366–372.
Die Tiere fressen wieder. Horst Stern über Grzimeks Buch der Verhaltensforschung. In: Der Spiegel, Nr. 41/1974. S. 200.
Wir an Sie. In: Zeitschrift Nationalpark, Nr. 4/1975. S. 4–5.
Offener Brief an den Jäger Walter Scheel. In: Zeitmagazin, Nr. 9/1975. S. 10–18.
Steinwürfe in den Lorenz-Strom. In: Kosmos, Jg. 71. Nr. 11/1975. S. 464–469.
Spinnen für Anfänger. In: Kosmos, Jg. 71. Nr. 12/1975. S. 485–490.
Haben Kaninchen einen Gott? Horst Stern über Richard Adams: Unten am Fluß. In: Der Spiegel, Nr. 28/1975. S. 117–118.
Der Mensch, die Tiere und das Böse: Bemerkungen über die inkompetenten Kritiker des Verhaltensforschers Konrad Lorenz. In: Deutsche Zeitung – Christ und Welt, Nr. 3/8. August 1975. S. 9/10.
Film: Das verkannte Un-Tier. Horst Stern über den Hollywood-Schocker Der weiße Hai. In: Der Spiegel, Nr. 51/1975. S. 118–120.
Naturschutz und Tierschutz in dieser Zeit. Sonderbeitrag. In: Meyers Enzyklopädisches Lexikon. Bd. 16. Mannheim/Wien/Zürich: Bibliographisches Institut, Lexikonverlag, 1976. S. 823–827.
Der Bürger als Waldbesitzer. Ansichten eines inkompetenten Waldgängers. In: Zeitschrift Nationalpark (Sonderbeilage). 1976. S. 1–8.
Arbeitsplätze. In: Zeitschrift Nationalpark, Nr. 2/1976. S. 4–5.

Vom sogenannten guten Ruf der Naturschützer. In: Natur & Umwelt (Organ des Bundes Naturschutz). Nr. 3/1976. S. 10–15.
Bitter und Zornig. In: Kultur & Technik (Zeitschrift des Deutschen Museums München). Nr. 2/1977. S. 3–10.
Auch 1985 noch ein Veilchen. In: Der Spiegel, Nr. 5/24. Januar 1977. S. 130–131.
Grüner Wald in roten Zahlen. In: Zeitschrift Nationalpark, Nr. 2/1977. S. 6–7.
Rehe ohne Raum. In: Geo, Nr. 3/1977. S. 40–56.
Ordnung gegen Natur. In: Schreiber Rudolf L. (Hrsg.). Stern, Horst/Thielcke Gerhard/Vester, Frederic. Rettet die Vögel, wir brauchen sie. München/Berlin: Herbig, 1978.
Echte und falsche Liebe zum Wildtier. In: Süddeutsche Zeitung, Nr. 47/25.–26. Februar 1978. S. 105.
Rettet das Wild vor der Liebe. In: Zeitschrift Nationalpark. 1978 (o. S.).
Warum regen sich die grünen Typen auf? Horst Stern über die Umwelt-Anzeigen der Bundesregierung. In: Der Spiegel, Nr. 49/1978. S. 126–132.
Ich lasse mich nicht zum Tierfeind stempeln. In: Hör zu. 2. Dezember 1978. S. 18–22.
Waldeslust gestern, heute, morgen. In: Stern, Horst/Biebelriether, Hans et. al. Rettet den Wald. München: Kindler, 1979. S. 17–32.
Es fing so harmlos an... In: Zeitschrift Nationalpark, Nr. 1/1979. S. 4–5
Wald ist mehr als die Summe der Bäume. In: Zeitschrift Nationalpark, Nr. 4/1979. S. 4–6.
Der häßliche Weinberg. In: Geo, Nr. 10/1979. S. 130–156.
Sehr geehrter Herr Bundeskanzler... In: Geo, Nr. 12/1979. S. 156–158.
Ein Trinkspruch wie eine Säge. In: Zeitschrift Nationalpark, Nr. 3/1980. S. 4–5.
Die Milch-Athleten. In: Geo, Nr. 10/1980. S. 42–60.
Familienkrach der Verhaltensforscher. Das geänderte Lorenz-Modell und seine Folgen für die Hühnerhaltung. In: Der Spiegel, Nr. 32/1980. S. 50–58.
Zwischen Bomben und Busen. In: natur, Nullnummer, September 1980, S. 3/4.
Sterns Märchenstunde oder die Erfindung einer wahren Geschichte. In: natur, Nr. 9/1981. S. 44–51.
Die wahre Wende – Eine alternative Regierungserklärung. In: natur, Nr. 5/1983. S. 51–66.
Die ermüdete Wahrheit. In: natur, Nr. 11/1983. S. 5.
Die ungehaltene Rede. In: natur, Nr. 1/1984. S. 30–32.
Sintra – diesseits von Eden. In: Geo, Nr. 5/1989. S. 14–34.
Das füg auch keinem Pferde zu – Vom Elend der Springreiterei. In: Frankfurter Allgemeine Zeitung, Nr. 185/11. August 1990.

Das unerlöste Land – Der Wahrheit Mitteleuropas auf der Spur: Triest, eine Stadt für Detektive des Intellekts. In: Frankfurter Allgemeine Zeitung, Nr. 215/15. September 1990.

Das Gebirge der Seele – Naturschutz als Menschenschutz. In: Frankfurter Allgemeine Zeitung, Nr. 286/8. Dezember 1990.

Baum oder Zahl – Konjunktur gegen die Natur: Die gefälschten Bilanzen der Wachstumsideologen zeigen, warum die vielbeschworene Versöhnung zwischen Ökonomie und Ökologie blanker Mumpitz ist. In: Die Zeit, Nr. 26/21. Juni 1991. S. 52.

Noch ist der Falke nicht gerettet – Angst um die Natur, Angst vor der Natur. In: Die Zeit, Nr. 29/12. Juli 1991. S. 62.

Frische Fische: Das Fischen mit Treibnetzen auf den Meeren vernichtet ganze Fischgründe. In: Die Zeit, Nr. 46/8. November 1991. S. 87.

Wozu die Unke? In: Spiegel Special, Nr. 2/1995. S. 26–28.

Es fehlte nur der Papst – Über die Umweltheuchelei der Bonner Regierenden. In: Spiegel Special, Nr. 11/1995. S. 10.

Am Ende ein Amen. Die Vorpommersche Bodenlandschaft. In: Die Zeit, Nr. 26/21. Juni 1996. S. 68.

Der Brocken ist ein Deutscher – Wo Hexen farzen: Nationalpark Hochharz. In: Die Zeit, Nr. 33/9. August 1996. S. 56.

Im Strom der Zeit. Nationalpark Unteres Odertal. In: Die Zeit, Nr. 7/7. Februar 1997. S. 76.

6. Reden:

Was ist an der Naturwissenschaft noch natürlich? Rede vor den Preisträgern des Wettbewerbs Jugend forscht in Paderborn, am 3. Mai 1973.

Mut zur Emotion. Rede zur Verleihung des Bayerischen Naturschutzpreises. Gehalten in München, im Studio des Bayerischen Rundfunks, 17. November 1973.

Die sogenannte heile Welt. Festrede Horst Sterns anläßlich des Erhalts der Wilhelm-Bölsche-Medaille in Gold, in Stuttgart 1974.

Tiere zwischen Vermenschlichung und Vermassung. Vortrag Sterns vor dem 11. Deutschen Tierärzte-Tag (8.–11. April 1974) in Berlin, anläßlich des 100. Gründungsdatums des deutschen Veterinärrates, gehalten am 9. April 1994.

Naturschutz gegen Menschen? Rede Sterns vor dem Deutschen Naturschutztag in Berchtesgaden, am 18. April 1974.

Wissenschaft und Journalismus. Promotionsrede Sterns anläßlich der Verleihung der Ehrendoktorwürde durch die Universität Hohenheim (Stuttgart), am 22. April 1974.

Haben Sie's nicht 'ne Nummer kleiner, Thomas Mann? Dankesrede anläßlich der Entgegennahme des Bodensee-Literaturpreises der Stadt Überlingen, am 15. Juni 1975.

Der Bürger als Waldbesitzer. Ansichten eines inkompetenten Waldgängers. Rede, gehalten am 29. Januar 1976, bei einem Kolloquium der Universität Freiburg/Brsg. zum Thema Wald und Wild.

Vom sogenannten guten Ruf der Naturschützer. Festvortrag bei der Delegiertenversammlung des Bundes Naturschutz in Bayern am 25. April. 1976 in Erlangen.

Bitter und Zornig. Festrede zur Eröffnung der Ausstellung Jugend und Umwelt im Deutschen Museum München, am 18. August 1977.

Echte und falsche Liebe zum Wildtier. Einführungsvortrag zu einem Wochenendseminar zum Thema Tierliebe und Wildtier (17.–19. Februar 1978) der Evangelischen Akademie Tutzing, am 17. Februar 1978.

Sterns Märchenstunde oder die Erfindung einer wahren Geschichte. Rede anläßlich der Verleihung der Alexander-von-Humboldt-Medaille in Gold der Hamburger Töpfer-Stiftung FVS. Universität Bonn, 3. Juni 1981.

7. Fernsehfilme und -beiträge:

Sterns Stunde – Bemerkungen über das Pferd. Süddeutscher Rundfunk, 13.1.1970.

Sterns Stunde – Bemerkungen über die Kunst, mit Vögeln zu jagen: Der Falke. Süddeutscher Rundfunk, 31.3.1970.

Sterns Stunde – Bemerkungen über die Biene. Süddeutscher Rundfunk, 14.7.1970.

Sterns Stunde – Bemerkungen über das Rind. Süddeutscher Rundfunk, 11.8.1970.

Sterns Stunde – Bemerkungen über den Jagdhund. Süddeutscher Rundfunk, 29.9.1970.

Sterns Stunde – Bemerkungen über die Raubkatze. Süddeutscher Rundfunk, 29.12.1970.

Sterns Stunde – Bemerkungen über das Hausschwein/Bemerkungen über das Schwein. Süddeutscher Rundfunk, 11.5.1971.

Sterns Stunde – Bemerkungen über das Haushuhn. Süddeutscher Rundfunk, 8.6.1971.

Sterns Stunde – Bemerkungen über den Igel. Süddeutscher Rundfunk, 29.6.1971.

Sterns Stunde – Bemerkungen über den Rothirsch. Süddeutscher Rundfunk, 24.12.1971.

Sterns Stunde – Bemerkungen über das Pferd im Zirkus. Süddeutscher Rundfunk, 17.4.1973.

Sterns Stunde – Bemerkungen über das Tier im Handel. Süddeutscher Rundfunk, 29.5.1973.

Sterns Stunde – Bemerkungen über den Storch. Süddeutscher Rundfunk, 10.7.1973.

Sterns Stunde – Bemerkungen über den Schmetterling. Süddeutscher Rundfunk, 26.12.1973.
Sterns Stunde – Bemerkungen über eine Urlaubslandschaft. Süddeutscher Rundfunk, 12.4.1974.
Sterns Stunde – Bemerkungen über die Spinne (1): Leben am seidenen Faden. Süddeutscher Rundfunk, 28.12.1975.
Sterns Stunde – Bemerkungen über die Spinne (2): Leben am seidenen Faden. Süddeutscher Rundfunk, 30.12.1975.
Sterns Stunde – Bemerkungen über den Hund als Ware. Süddeutscher Rundfunk, 27.1.1976.
Sterns Stunde – Bemerkungen über das Tier im Zoo (1). Süddeutscher Rundfunk, 13.6.1976.
Sterns Stunde –Bemerkungen über das Tier im Zoo (2). Süddeutscher Rundfunk, 15.6.1976.
Sterns Stunde – Die Stellvertreter. Tiere in der Pharmaforschung (1): Der Leib. Süddeutscher Rundfunk, 22.10.1978.
Sterns Stunde – Die Stellvertreter. Tiere in der Pharmaforschung (2): Die Seele. Süddeutscher Rundfunk, 26.10.1978.
Sterns Stunde – Die Stellvertreter. Tiere in der Pharmaforschung (3): Das Gesetz. Süddeutscher Rundfunk, 27.10.1978.
Sterns Stunde – Bemerkungen über Gemsen. Süddeutscher Rundfunk, 21.1.1979.

8. Videos:

Bemerkungen über Spinnen, Teil 1. Videocassette; ca. 45 Min. Stuttgart: Franckh-Kosmos.
Bemerkungen über Spinnen, Teil 2. Videocassette; ca. 45 Min. Stuttgart: Franckh-Kosmos.
Bemerkungen über das Pferd. Videocassette; ca. 45 Min. Stuttgart: Franckh-Kosmos.
Bemerkungen über das Perd im Zirkus. Videocassette; ca. 45 Min. Stuttgart: Franckh-Kosmos.

9. Plattenaufnahme:

Vom Winterschlaf der Tiere/Über den Vogelzug. Stuttgart, Kosmos-Verlag, Franckh'sche Verlagshandlung, 1969.

Quellennachweise

Wo Druckfassungen der Texte vorlagen, wurde der jeweils jüngste Druck zugrunde gelegt, d.h. die letzte von Horst Stern autorisierte Version.

Tiere zwischen Vermenschlichung und Vermassung
Aus: Mut zum Widerspruch. Reden und Aufsätze. © 1974 Kindler Verlag, München
Was ist an der Naturwissenschaft noch natürlich?
Aus: Mut zum Widerspruch. Reden und Aufsätze. © 1974 Kindler Verlag, München
Wissenschaft und Journalismus
Aus: Mut zum Widerspruch. Reden und Aufsätze. © 1974 Kindler Verlag, München
Haben Sie's nicht 'ne Nummer kleiner, Thomas Mann?
Unveröffentlichtes Manuskript. © Horst Stern
Der Bürger als Waldbesitzer
Aus: Zeitschrift Nationalpark (Sonderbeilage 1976). Morsak Verlag, Grafenau. © Horst Stern
Vom sogenannten guten Ruf der Naturschützer
Aus: Natur & Umwelt. 3/1976. © Horst Stern.
Rettet das Wild vor der Liebe
Aus: Zeitschrift Nationalpark (1978). Morsak Verlag, Grafenau. © Horst Stern
Basta
Aus: natur 11/1981. © Horst Stern
Ist was?
Aus: natur 6/1983. © Horst Stern
Die ermüdete Wahrheit
Aus: Das Horst Stern Lesebuch, hrsg. von Ulli Pfau. © Deutscher Taschenbuch Verlag, München
Das Gebirge der Seele
Aus: Das Horst Stern Lesebuch, hrsg. von Ulli Pfau. © 1992 Deutscher Taschenbuch Verlag, München

Baum oder Zahl
Aus: Das Horst Stern Lesebuch, hrsg. von Ulli Pfau. © 1992 Deutscher Taschenbuch Verlag, München
Kahlschlag im Biotop
Aus: Die Woche, 5. Mai 1995. © Die Woche, Hamburg
Unsterbliche Freunde
Aus: Die Woche, 14. Juli 1995. © Die Woche, Hamburg
Seuche im Kopf
Aus: Die Woche, 5. April 1996. © Die Woche, Hamburg
Schön war's
Aus: Die Woche, 21. Februar 1997. © Die Woche, Hamburg
Die neuen Wölfe
Aus: Die Woche, 28. März 1997. © Die Woche, Hamburg
Im Strom der Zeit
Aus: Die Zeit, 7. Februar 1997. © Horst Stern
Vorwort
Aus: Tierversuche in der Pharmaforschung. Originaltexte der Fernsehfilme und neue Materialien – kontrovers diskutiert. © 1979 Kindler Verlag, München
Die Seele
Aus: Tierversuche in der Pharmaforschung. Originaltexte der Fernsehfilme und neue Materialien – kontrovers diskutiert. © 1979 Kindler Verlag, München
Bemerkungen zur See
Aus: Tiere und Landschaften. Stuttgart: Franckh'sche Verlagshandlung, 1973. © Franckh-Kosmos Verlag, Stuttgart
Antarktis
Aus: Tiere und Landschaften. Stuttgart: Franckh'sche Verlagshandlung, 1973. © Franckh-Kosmos Verlag, Stuttgart
Reiseziel Schwarze Witwe
Aus: Leben am seidenen Faden. Die rätselvolle Welt der Spinnen. © 1981 Kindler Verlag, München
Dolche in der Nacht
Aus: Leben am seidenen Faden. Die rätselvolle Welt der Spinnen. © 1981 Kindler Verlag, München
Mann aus Apulien (Auszüge)
Aus: Mann aus Apulien. © 1986 Kindler Verlag, München
Sintra – diesseits von Eden
Aus: Das Horst Stern Lesebuch, hrsg. von Ulli Pfau. © 1992 Deutscher Taschenbuch Verlag, München
Das unerlöste Land
Aus: Das Horst Stern Lesebuch, hrsg. von Ulli Pfau. © 1992 Deutscher Taschenbuch Verlag, München

Klint (Auszüge)
Aus: Klint © 1993 Knaus Verlag, München
Interview I
Aus. Kopfliebe. Gedichte. © 1994 Edition Toni Pongratz, Hautzenburg bei Passau
Auf Drift
Aus: Kopfliebe. Gedichte. © 1994 Edition Toni Pongratz, Hautzenburg bei Passau
Nachts, einen Barolo anstarrend
Aus: Kopfliebe. Gedichte. © 1994 Edition Toni Pongratz, Hautzenburg bei Passau
Fensterrede
Aus: Kopfliebe. Gedichte. © 1994 Edition Toni Pongratz, Hautzenburg bei Passau